**사진01**

휘문의숙 시절

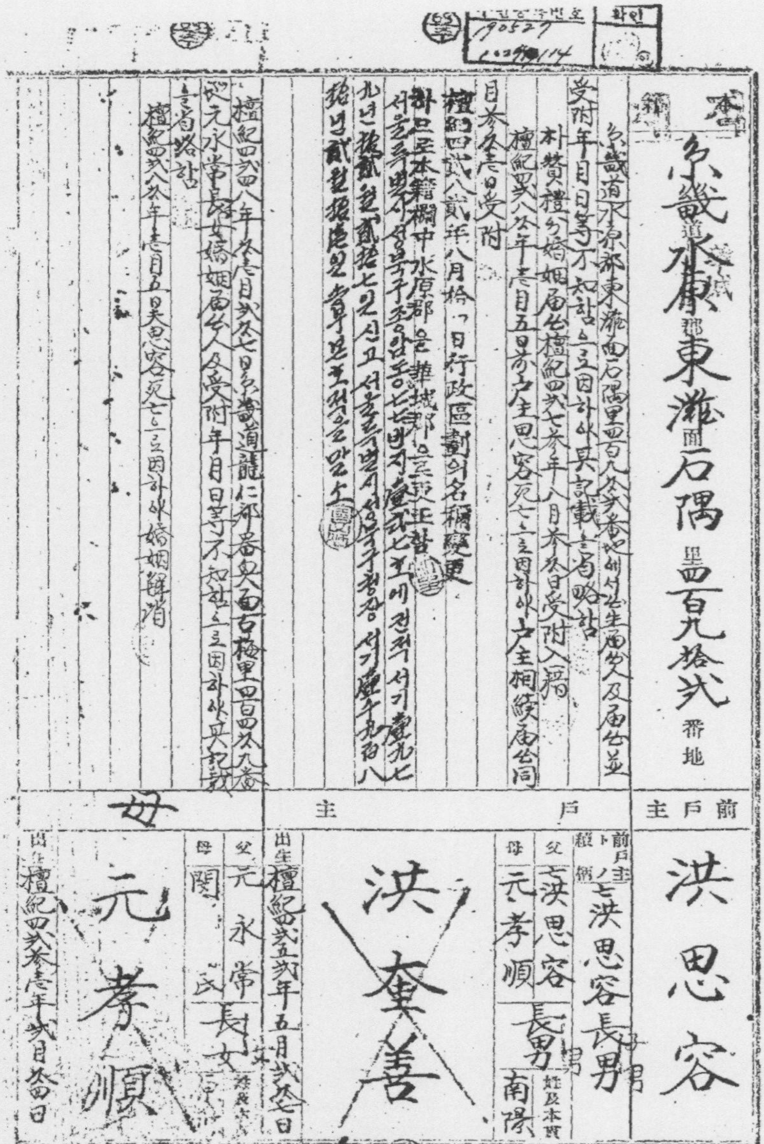

本籍 京畿道水原郡東灘面石隅里四百九拾弐番地

前戸主 洪思容

前戸主トノ續柄 亡洪思容長男

父 亡洪思容

母 元孝順

長男

姓及本貫 南陽

戸主 洪奎善

母 元孝順

**사진02** 제적등본. 원효순과의 사이에서 낳은 장자 홍규선이 제공한 제적등본을 통해 홍사용의 가족관계와 주소지(경기 수원군 동탄면 석우리 492번지)를 확인할 수 있다. 석우리는 남양 홍씨의 집성촌이자 현재 노작홍사용문학관이 위치해 있는 곳이다.

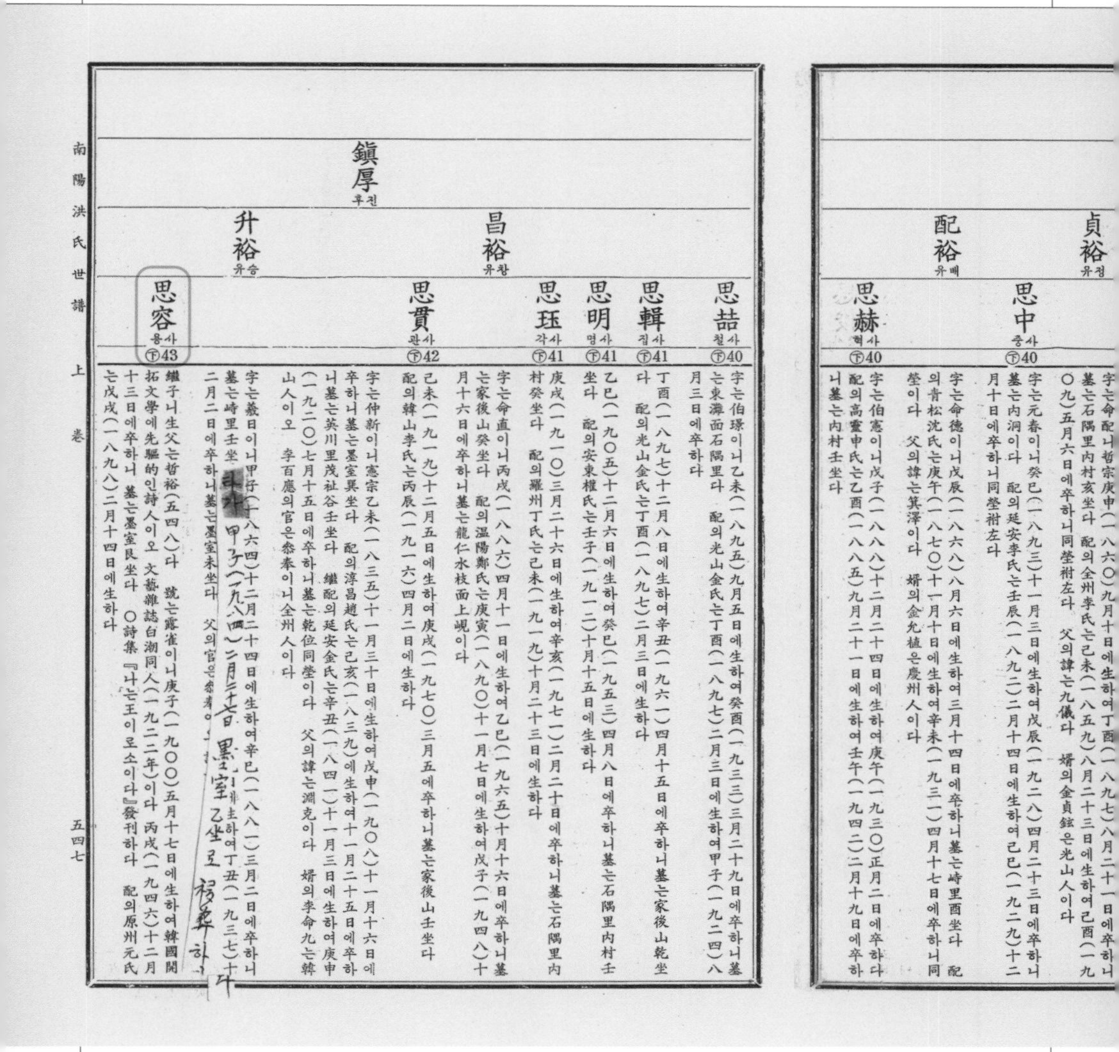

南陽洪氏世譜 上卷 五四七

貞裕 유정

字는命配이니哲宗庚申(一八六〇)九月十日에生하여丁酉(一八九七)八月二十一日에卒하니墓는石隅里內村亥坐다 配의全州李氏는己未(一八五九)八月二十三日에生하여己酉(一九〇九)五月六日에卒하니同塋祔左다 父의諱는九儀다 婿의金貞鉉은光山人이다

思中 중사 ㊦40

字는元春이니癸巳(一八九三)十一月三日에生하여戊辰(一九二八)四月二十三日에卒하니墓는內洞이다 配의延安李氏는壬辰(一八九二)二月十四日에生하여己巳(一九二九)十二月十日에卒하니同塋祔左다

配裕 유배

字는命德이니戊辰(一八六八)八月六日에生하여三月十四日에卒하니墓는峙里酉坐다 配의青松沈氏는庚午(一八七〇)十一月十日에生하여辛未(一九三一)四月十七日에卒하니同塋이다 父의諱는箕澤이다 婿의金允植은慶州人이다

思赫 혁사 ㊦40

字는伯憲이니戊子(一八八八)十二月二十四日에生하여庚午(一九三〇)正月二日에卒하다 配의高靈申氏는乙酉(一八八五)九月二十一日에生하여壬午(一九四二)二月十九日에卒하니墓는內村壬坐다

鎭厚 후진

昌裕 유창

思喆 철사 ㊦40

字는伯璟이니乙未(一八九五)九月五日에生하여癸酉(一九三三)三月二十九日에卒하니墓는東海面石隅里다 配의光山金氏는丁酉(一八九七)二月三日에生하여甲子(一九二四)八月三日에卒하다

思輯 집사 ㊦41

丁酉(一八九七)十二月八日에生하여辛丑(一九六一)四月十五日에卒하니墓는家後山乾坐다 配의光山金氏는丁酉(一八九七)二月三日에生하다

思明 명사 ㊦41

乙巳(一九〇五)十二月六日에生하여癸巳(一九五三)四月八日에卒하니墓는石隅里內村壬坐다 配의安東權氏는壬子(一九一二)十月十五日에生하다

思珏 각사 ㊦41

庚戌(一九一〇)三月二十六日에生하여辛亥(一九七一)二月二十日에卒하니墓는石隅里內村癸坐다 配의羅州丁氏는己未(一九一九)十月二十三日에生하다

思貫 관사 ㊦42

字는命直이니丙戌(一八八六)四月十一日에生하여乙巳(一九六五)十月十六日에卒하니墓는家後山癸坐다 配의溫陽鄭氏는庚寅(一八九〇)十一月七日에生하여戊子(一九四八)十月十六日에卒하니墓는龍仁水枝面上峴이다

己未(一九一九)十二月五日에生하여庚戌(一九七〇)三月五에卒하니墓는家後山壬坐다 配의韓山李氏는丙辰(一九一六)四月二日에生하다

升裕 유승

字는仲新이니憲宗乙未(一八三五)十一月三十日에生하여戊申(一九〇八)十一月十六日에卒하니墓는墨室巽坐다 配의淳昌趙氏는己亥(一八三九)에生하여十一月二十五日에卒하니墓는英川里茂社谷壬坐다 繼配의延安金氏는辛丑(一八四一)十一月三日에生하여庚申(一九二〇)七月十五日에卒하니墓는乾位同塋이다 父의諱는淵克이다 婿의李命九는韓山人이오 李百應의官은叅奉이니全州人이다

字는羲日이니甲子(一八六四)十二月二十四日에生하여辛巳(一八八一)三月二日에卒하니墓는峙里壬坐다가 甲子(一九八四)二月二十日 墨室乙坐로 移葬하다 …主하여丁丑(一九三七)十二月二日에卒하니墓는墨室未坐다 父의官은叅奉이다

思容 용사 ㊦43

繼子니生父는哲裕(五四八)다 號는露雀이니庚子(一九〇〇)五月十七日에生하여韓國開拓文學에先驅的인詩人이오 文藝雜誌白潮同人(一九二二年)이다 丙戌(一九四六)十二月十三日에卒하니 墓는墨室艮坐다 ○詩集『나는王이로소이다』發刊하다 配의原州元氏는戊戌(一八九八)二月十四日에生하다

**사진03** 남양 홍씨 문희공파 족보. 왼쪽 첫 줄에 홍사용의 생애와 가족관계가 서술되어 있다. 노작은 1900년 음력 5월 17일(1900년 6월 13일)에 출생하여 1946년 음력 12월 13일에 별세한 것으로 기록되어 있다(족보에 기재된 날짜는 양력 1947년 1월 4일이나 실제로는 1월 5일 새벽에 별세). 원래 생부는 대한제국 통정대부 육군헌병 부위를 했던 홍철유洪哲裕이나 종가의 승계를 위해 백부 홍승유洪升裕에게 입양되었다. 오른쪽 옆면에는 문화사를 설립해 동인지 『백조』를 출간할 때 자금을 지원한 재종형再從兄 홍사중洪思中에 대한 정보도 서술되어 있다.

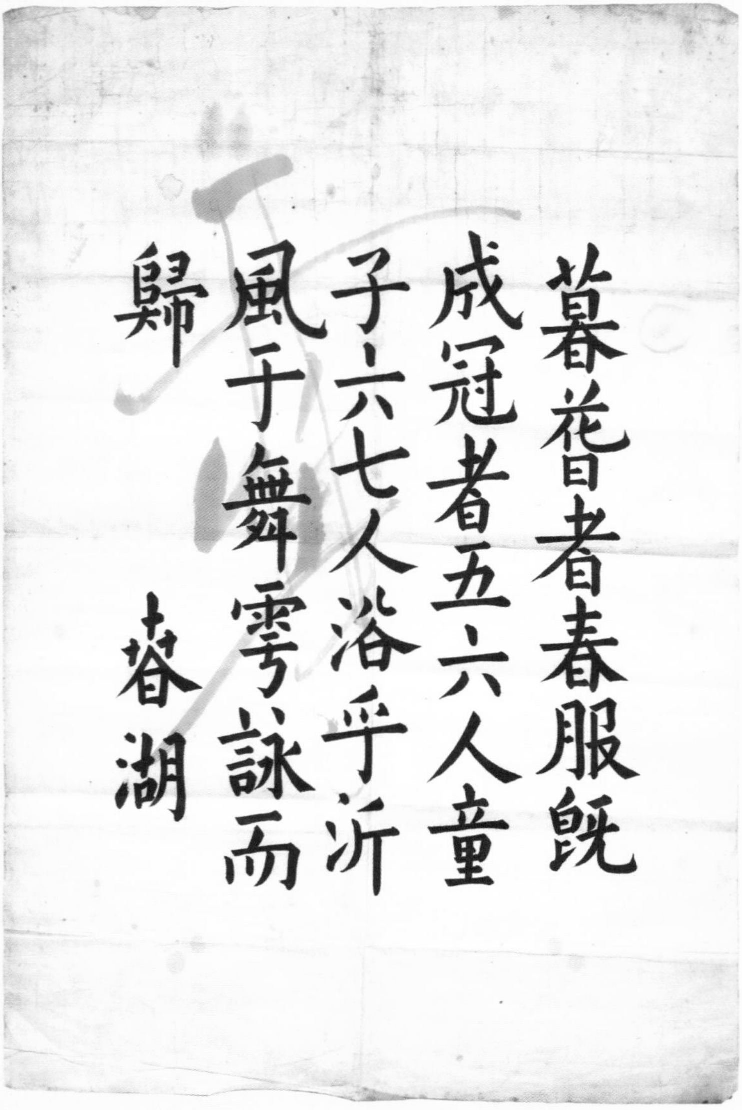
暮春者春服既
成冠者五六人童
子六七人浴乎沂
風乎舞雩詠而
歸
春湖

**사진04**　휘문의숙 경시대회에서 수상한 노작의 친필(1916년 추정). 『논어』 「선진편」 25장 7절의 글을 노작이 유려한 서체로 옮긴 것이다. "늦봄에 봄옷이 만들어지면 성인이 된 자 대여섯과 어린아이 예닐곱을 데리고 기수에 가서 목욕하고 기우제 지내는 곳에 나가 바람 쏘이고 시를 읊으며 돌아오겠습니다"라는 내용으로, 제자 증점이 스승인 공자에게 전한 말이다.

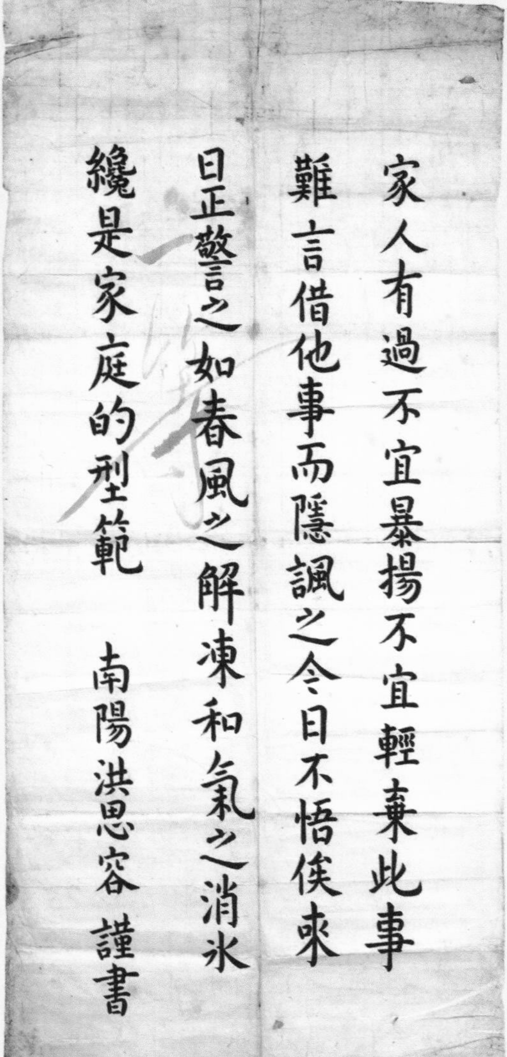

家人有過不宜暴揚不宜輕棄此事
難言借他事而隱諷之今日不悟俟來
日正警之如春風之解凍和氣之消氷
纔是家庭的型範

南陽洪思容 謹書

**사진05** 휘문의숙 2학년 때의 1등 수상 시험지(1916). 잘못을 저지른 자에 대해 훈육하는 내용이 담겨 있다. "(…)오늘 설령 깨닫지 못하더라도 내일까지 기다려 스스로 바르게 깨닫게 하여야 한다. 이러한 일들은 은근히 하여 마치 봄바람이 얼음을 녹이듯, 온화한 기운이 얼음을 녹이듯 하여야 한다.(…)"

**사진06** 휘문의숙 제9회 졸업생 송별 기념사진(1918년 3월 15일). 휘문의숙은 4년 과정으로 당시 노작은 4학년에 재학 중이었는데, 졸업한 선배들을 송별하기 위해 함께 모여 찍은 사진이다. 휘문의숙은 1918년 교육법 개정으로 휘문고등보통학교로 개편되었다. 그해에 노작은 학우인 정백(정지현), 월탄(박종화)과 함께 『피는 꽃』이라는 잡지를 펴냈다고 하는데, 해당 자료는 실전된 상태다.

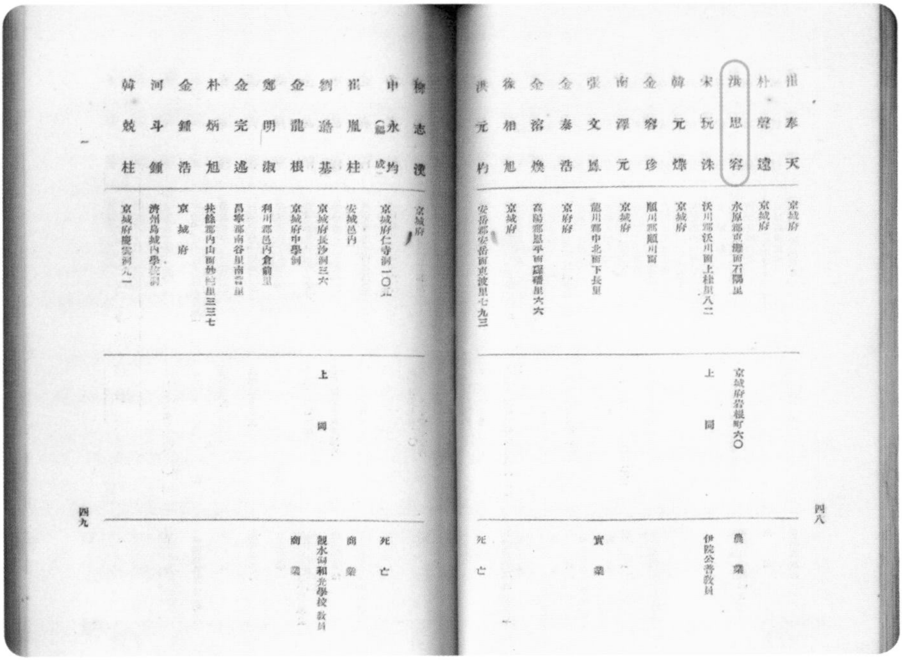

| 姓名 | 原籍 | 現住所 | 職業 |
| --- | --- | --- | --- |
| 崔奉天 | 京城府 | | |
| 朴聲遠 | 京城府 | | |
| 洪思容 | 水原郡東灘面石隅里 | 京城府岩根町六〇 | 農業 |
| 宋玩洙 | 沃川郡沃川面上桂里八二 | 上同 | 伊院公普教員 |
| 韓元燁 | 京城府 | | |
| 金容珍 | 甕川郡甕川面 | | |
| 南澤元 | 京城府 | | |
| 張文鳳 | 龍川郡中北面下長里 | | 實業 |
| 金泰浩 | 京府府 | | |
| 金溶煥 | 高陽郡恩平面碌磻里六六 | | |
| 徐相旭 | 京城府 | | |
| 洪元杓 | 安岳郡安岳面東坡里七九三 | | 死亡 |

四八

| 姓名 | 原籍 | 現住所 | 職業 |
| --- | --- | --- | --- |
| 柳志淡 | 京城府 | | |
| 申永均(舊成) | 京城府仁寺洞一〇五 | | 死亡 |
| 崔胤柱 | 安城邑內 | | 商業 |
| 劉漪基 | 京城府長沙洞三六 | 上同 | 觀水洞和光學校教員 |
| 金龍根 | 京城府中學洞 | | 商業 |
| 鄭明淑 | 利川郡邑內倉前里 | | |
| 金完逸 | 昌寧郡南谷里南谷里 | | |
| 朴炳旭 | 扶餘郡內山面紗[illegible]里三三七 | | |
| 金鍾浩 | 京城府 | | |
| 河斗鍾 | 濟州島城內學校洞 | | |
| 韓兢柱 | 京城府慶雲洞九一 | | |

四九

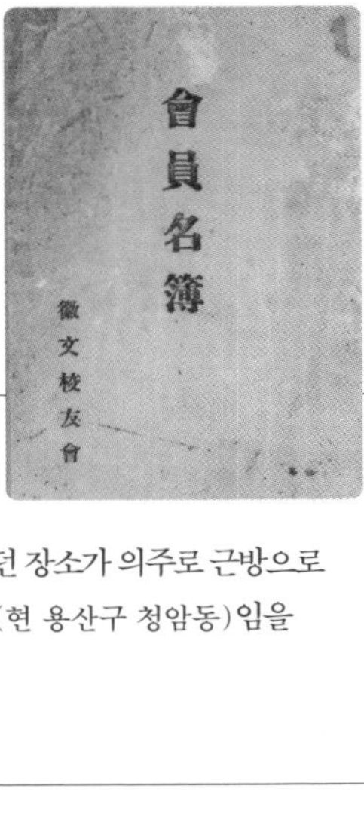


**사진07** 휘문교우회 명부. 오른쪽 세 번째 줄에서 홍사용의 이름을 확인할 수 있으며, 휘문의숙 재학 당시의 원주소(옛 지명은 수원군 동탄면 석우리)가 나와 있다. 기존 연구에서는 당시 하숙하던 장소가 의주로 근방으로 알려져 있었는데 이 명부를 보면 '경성부京城府 암근정岩根町 60호'(현 용산구 청암동)임을 확인할 수 있다.

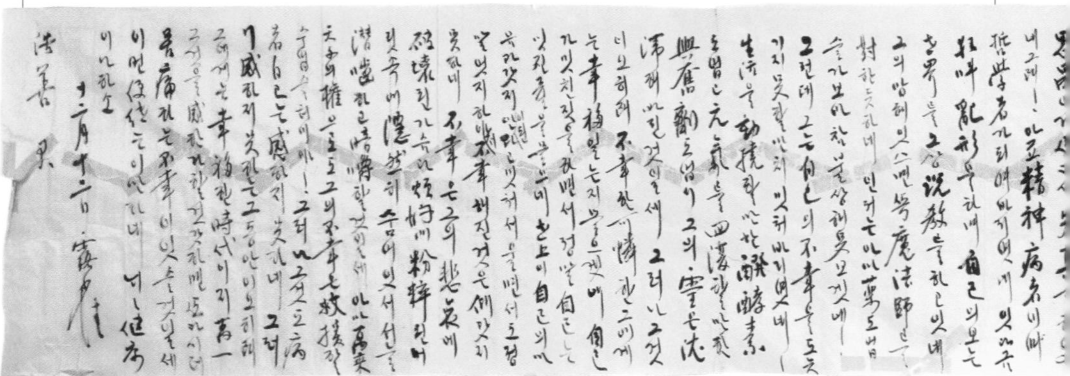

**사진08** 노작의 친필 서간(1922년 12월 12일, 182.5×29cm). 휘문의숙 동기이자 9촌지간인 홍호선에게 보낸 것으로, 노작이 서울 익선동에서 홍호선에게 받았던 편지에 대한 답신이다. 홍호선에게 『백조』 1호와 2호를 잘 받았는지 등을 묻는 내용이 담겨 있다.

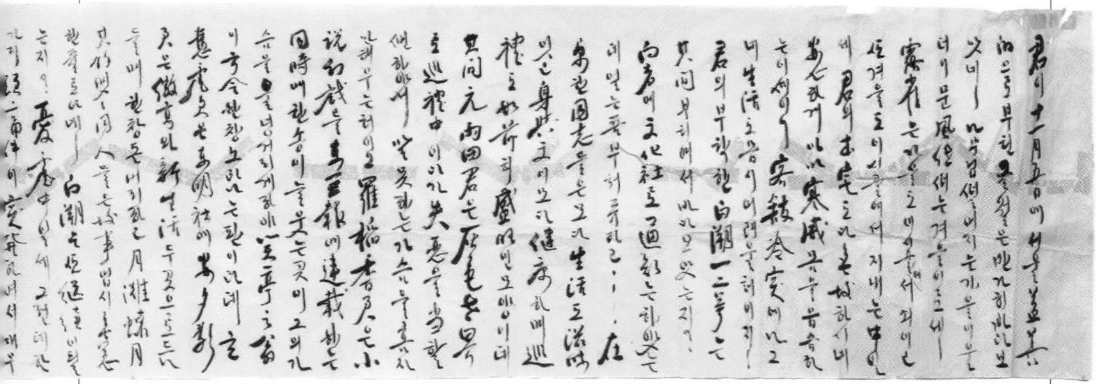

**사진09** 토월회 단체사진. 앞에서 두 번째 줄 가운데에 정장 차림으로 웃고 있는 인물이 노작이다. 토월회는 1923년 5월, 동경 유학생 박승희를 중심으로 김복진, 김기진, 이서구 등이 창립해 근대연극사를 선구적으로 이끌어온 신극운동단체다. 토월회土月會란 '현실[土]을 도외시하지 않고 이상[月]을 좇는다'는 뜻이다.
1923년 노작은 토월회 창립공연의 빚을 일부 갚아주면서 본격적으로 연극 활동에

가담하게 되었으며, 제3회 공연부터 토월회의 문예부 책임자를 맡았다. 이후 극단 산유화회와 신흥극장 등을 조직하며 공연예술 분야로 문예운동의 범위를 넓혀나갔다. 외국 작품을 번역하거나 기존 문학 작품을 각색하는 것은 물론 직접 희곡을 쓰고 연출하며 연극인으로서 뚜렷한 족적을 남겼다. 당시의 희곡들은 관념적이거나 남녀 간의 애정을 다룬 것이 많았으나 노작은 민족적 색채를 띤 작품들을 펼쳐 보였다.

10

11

**사진10** 노작의 장자 홍규선의 결혼식 사진(1939년 2월). 당시 춘원 이광수(뒷줄 왼쪽에서 네 번째)가 주례를 보았다. 뒷줄 왼쪽에서 세 번째에 흰옷을 입고 있는 이가 노작이며, 부인 원씨는 앞줄 오른쪽에서 세 번째 자리에 있다.

**사진11** 노작의 영정 사진(1930년대 추정). 온화하고 은은한 미소를 띠고 있으며 생전에 즐겨 입던 흰색 두루마기를 착장한 것을 확인할 수 있다.

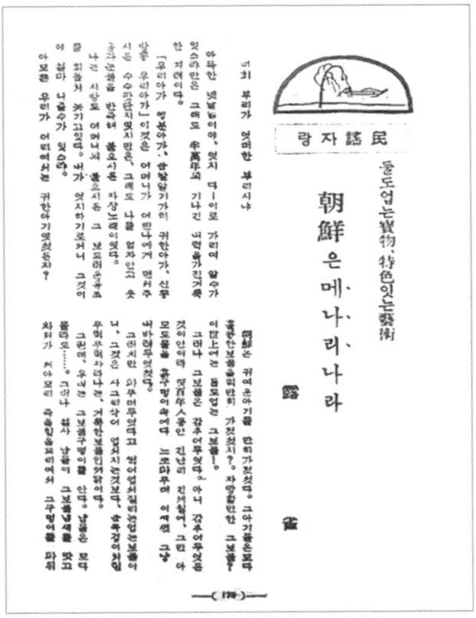


**사진12** 노작이 한국 민요의 정신을 논한 「조선은 메나리 나라」(『별건곤』, 1928.5) 첫 쪽. 이 글은 교양 문화 확산과 현실 풍자에 주력해온 『별건곤』이 자신들의 기획을 확장하여 특별판으로 발행한 '조선자랑호'에 발표된 것이다.

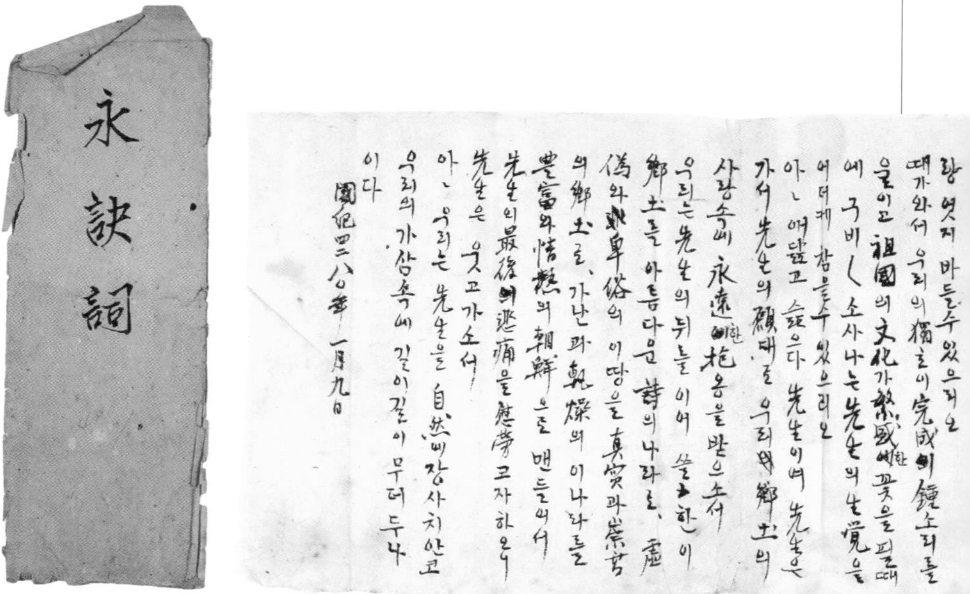
永訣詞

랑 엇지 바들수 있으리오
때가 와서 우리의 獨立이 完成의 鍾소리를
울이고 祖國의 文化가 繁盛에한 꽃을 필때
에 그비ㄴ 소사나는 先生의 生覺을
어더케 참을수 있으리오
아ㄴ 애닯고 슲으다 先生이여 先生은
가서 先生의 願대로 우리의 鄕土의
사랑속에 永遠에한 抱옹을 받으소서
우리는 先生의 뒤를 이어 쓸ㅁ한 이
鄕土를 아름다운 詩의 나라로、虛
僞와 卑俗의 이땅을 眞實과 崇高
의 鄕土로、가난과 乾燥의 이나라를
豊富와 情熱의 朝鮮으로 맨들어서
先生의 最後의 悲痛을 慰勞코자 하오니
先生은 웃고 가소서!
아ㄴ 우리는 先生을 自然에 장사치안코
우리의 가삼속에 길이길이 무더 두나
이다
國紀四二八〇年 一月九日

**13**

**사진13** 홍노작 영결사(1947년 1월 9일). 노작의 친구 정백이 쓴 영결사로, "인생은 생과 사의 한 덩어리다"라고 시작하면서 삶과 죽음이 하나로 얽혀 있다는 이치를 전하면서도 노작을 잃은 비통한 심정을 전하고 있다. 또한 노작이 생전에 지녔던 조국애를 강조하며 그의 뒤를 이어서 이 나라를 "아름다운 시의 나라로" 만들고자 하는 다짐을 담았다.

14

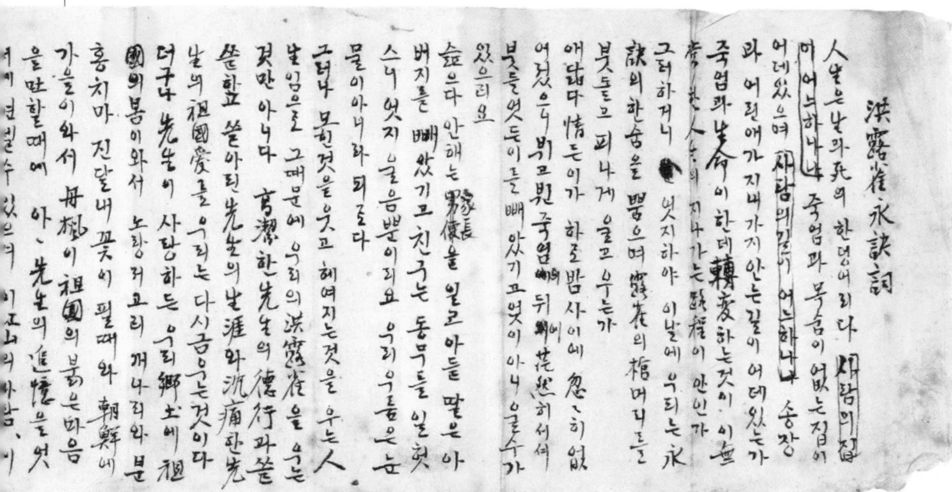


**사진14** 노작의 유고집이자 첫 단독 저서인 『나는 왕이로소이다』(근역서재, 1976). 김용성이 쓴 '한국 현대문학사 탐방' 기사를 읽고 찾아온 근역서재 최중호 사장의 요청으로 장자 홍규선과 장손 홍승준에 의해 출간되었다. 박종화와 박진의 육성 녹음 등을 바탕으로 노작의 작품을 발굴해 수록하였으며, 노작의 유품 사진 등이 담겨 있다.

**사진15** 노작이 가사를 번안한 〈아가씨 마음〉과 〈고도의 밤〉이 수록되어 있는 콜럼비아 레코드 음반(Colombia 48284, 1932년). 1930년대 초 노작은 유행가요의 가사를 창작하거나 번역하는 작업에 참여하기도 하고, 라디오 방송극(문사극)에서 자신의 작품을 연출하는 등 다양한 매체를 통해 민중을 향한 문예운동을 펼쳤다.

# 정본 노작 홍사용 문학 전집

정본 노작 홍사용 문학 전집

초판 1쇄 인쇄 2022년 10월 31일
초판 1쇄 발행 2022년 11월 20일

지은이 홍사용
편찬자 최원식 박수연 노지영 허민
자료조사 이장열
기획 노작홍사용문학관
펴낸이 이영선
책임편집 김선정

편집 이일규 김선정 김문정 김종훈 이민재 김영아 이현정 차소영
디자인 김회량 위수연
독자본부 김일신 정혜영 김연수 김민수 박정래 손미경 김동욱

펴낸곳 서해문집 | 출판등록 1989년 3월 16일(제406-2005-000047호)
주소 경기도 파주시 광인사길 217(파주출판도시)
전화 (031)955-7470 | 팩스 (031)955-7469
홈페이지 www.booksea.co.kr | 이메일 shmj21@hanmail.net


ISBN 979-11-92085-67-8 04810
ISBN 979-11-92085-66-1 (전2권)

* 이 책은 한국문화예술위원회 2021년 한국작고문인선양사업에 선정되어 발간되었습니다.

# 정본 노작 홍사용 문학 전집

편찬자 최원식 박수연 노지영 허민
기획 노작홍사용문학관

서해문집

발간사

# 『정본 노작 홍사용 문학 전집』을 내며

손택수(노작홍사용문학관 관장)

**1**

노작공원의 목백일홍꽃이 한창이던 2018년 여름 문학관에 온 첫해에 이런 졸시를 썼다. 모든 것이 서툴고 막막하였으나 둥지를 튼 직원들과 서로 의지하고 응원하며 지내던 무렵이다.

눈물 봉분
— 동탄6

신춘 등과 스무 해 되던 해에 처음으로 관직을 제수 받고 사은숙배한 뒤 화성도 동탄 돌모루 왕릉으로 왔다 왕릉은 왕릉인데 '눈물의 왕'을 모신 누릉淚陵인지라 낯선 타지에서 눈물깨나 쏟을 것이라 다들 고개를 흔들었으나 죽음을 마주하는 청직을 어찌 사양할 수 있을까 미관말직이긴 해도 함께 온 능졸이 불쌍놈 같은 허우대와는 달리 그 심성이 딴은 심산유곡처럼 깊은 데가 아주 없지는 않아서 적잖이 의지가 되었던 것도 사실이다 기실 우리는 싯줄이나 읊으며 떠돌면서 경화사족들을 은근히 부러워하고 질시하며 미천한 신세타령을 함께 한 도반으로서 눈물만큼은 그 누구보다 곡진하게 흘려본 내력을 갖고 있기도 하였다 능역에 들어선 문학관 맞은편엔 사차선 도로를 사이에 두고 러브호텔과 룸살롱과 주점이 즐비하고, 환락가 반대편 문학관 뒤쪽엔 나지막하지만 새소리 깊게 울리는 오솔길을 품은 산이 어깨를 내어주고 있다 문학관을 제실로 밤이면 도로를 건너다

골절상을 당하는 풀벌레 소리를 받아 적고, 주점을 헤치고 검은 도로를 건너오는 사람들의 참배를 기다린다 더러는 폐차 직전의 나귀를 타고 덜덜덜 남양도호부 매향까지 가서 신도들을 찾아보기도 한다 능졸이나 나나 허술한 데가 많아 근방의 호족들 서리배들로부터 수차 고초를 겪기도 하였으나 눈물을 봉분으로 섬기는 일에 어찌 소홀함이 있을까 오호라 종구품 음직인들 어떠랴 눈물을 고배율 렌즈처럼 닦아 하늘을 보자꾸나 경술년 중추절 앞 벌초를 하고 내려오는 잠시 몸에 밴 풀내를 따라오는 나비 날개를 능참봉 견장처럼 슬쩍 달아도 보았던가

'누릉'을 받드는 능참봉을 선언한 마당에 이태 뒤엔 좀 더 뿌리를 내려보고자 다음과 같은 시를 썼다. 환난의 시대를 노작은 어떻게 통과하였던가를 묻고 답하며 지낼 때다. 답은 노작에게 있었다. 노작의 정본 전집을 기획하고 『백조』의 복간을 서둘렀다.

노작露雀공원에 옥매를 심고서
— 동탄 5

무대나 장소에 따라 영향을 받는 가객들처럼
새들도 저마다 좋아하는 나무들이 있어서
에코가 달라지는지 모르겠다
노래방에서처럼 이 나무 저 나무 옮겨가며
아아 마이크 테스트를 하는지 모르겠다
옥매를 좋아하는 새라면 좋겠는데
기다리는 새는 쉬 오지 않는다
취향이 까다로운 새라면
듣기 힘든 귀한 소리를 공으로 들을 수도 있으련만
나무는 땅에만 심는 것이 아니라서

가지는 가지대로 낯선 공기들과 입주 인사를 나눠야 한다
뿌리하고 땅하고 한 몸이 되려면
개미들이 바지런을 떨어야겠고
벌레들은 더 자주 왕래를 해야 할 것이다
무심하게 지나가던 구름은 축성 삼아
비라도 몇 차례 뿌려주고 가야 하겠지
나무는 나무대로 떡잎이라도 좀 돌려야겠지
누가 먼저 찾아올지 두근거리는 며칠
새로 장만한 악기의 연주법은 기다림이어서
가지의 멍울들을 나는 음표처럼 들여다본다
내게 한 사람이 오는 일이 그와 같았으니
새 한 마리가 나무에 앉기 위해선
참으로 많은 궁리와 일들이 있고 난 뒤다

노작은 무시무시한 맹금류가 아니라 이슬처럼 맑고 여린 가슴을 품고 세계의 그늘을 노래하는 새다. 그늘에서 와서 그늘로 가는 노래는 눈물의 수심으로부터 바닥을 차고 솟구치는 빛을 길어 올린다. 새를 기다리는 동안 옥매의 뿌리는 보다 실팍해지고 튼실해졌다. 마침내 전집 출간이라는 대장정을 마치는 감격을 숨기지 못하고 절로 시가 터져 나왔다.

꾀꼬리단풍

지용의 고향 옥천 화계리花溪里는 꽃계리 혹은 꾀꼬리, 꾀꼬리 정씨로 통하던 지용이 영랑에게 준 글이었지 아마, "한 놈이 여러 소리를 내"며 운다고 했던 바로 그 놈*, 자네 가수라며, 꾀꼬리보다 노래를 잘하나, 직지사 방장 스님 질문에 답은 못하고 자네의 꾀꼬리를 찾아보라는 말에 못찾겠다 꾀꼬리를 부른 조용필, 고향

이 화성 어디였더라 귓속에 무지개가 선다고 해야 할지, 꺾이는 허리 맵시마다 성대가 좋은 여울이 흐른다고 해야 할지, 자신은 정작 살아 책 한 권 남기지 않았던 사람, 지용이 따라다니던 노작의 고향 동탄에 오니 남양만 너머 아산만 너머 흐르는 여울 따라 꾀꼬리단풍이 한창이었네

**2**

노작이 창간한 『백조』의 흰 물결과 고향 마을 동탄의 여울이 합류하는 지점에 홍사용문학관이 있다. 노작의 이슬과 「나는 왕이로소이다」의 눈물까지 더하여 문학관은 하나의 액체로서 지역의 인문지리뿐만 아니라 한국문학의 안팎을 적시는 하나의 물줄기처럼 늘 새뜻하게 출렁이고 있는 장소다.

군자는 백 년 뒤를 향해 화살을 쏘아 올린다는 말이 있지만 문학관이 들어선 지 십 년이 지나서야 겨우 정본 전집을 내는 일이 만시지탄의 부끄러움을 떨쳐버릴 수 없게 한다. 이 부끄러움을 동력 삼아 한국문화예술위원회의 '한국 작고문인 선양사업'에 선정되고 초기의 연구자이신 최원식 선생을 편찬위원장으로 모시게 되면서 맞춤한 진용을 갖추었으니 뒤늦게나마 다행이라고 해야겠다. 문학관이 들어서기 이전에 부식토 역할을 했던 홍신선, 홍일선, 홍승우 선생과 손자 홍승준 선생 같은 남양 홍씨 종중의 배려를 각별히 기억해야겠고 김우영, 이원규 선생을 비롯하여 수원, 오산, 화성 지역 문인들의 관심이 복류천을 형성하였기에 가능한 일이라 믿는다. 여기에 기초 자료를 정비하여 전집을 편찬하셨던 고 김학동 선생의 노고를 잊을 수 없다. 문학관의 독립성을 지켜준 '노작홍사용기념사업회'의 든든한 후원과 화성시 문화예술과의 적극적인 지지는 따로 각자刻字를 해야 할 일이다. 온갖 궂은 일을 도맡은 문학관 사무국의 신명순, 임희진, 최영희, 최은영 그리고 사무국

* 정지용, 「꾀꼬리」, 『정지용 전집 2』, 민음사, 2003, 138쪽.

장 허민이야말로 갑골문으로 남을 이름들이다. 그 밖에도 얼마나 지극한 헌신들이 문학관의 안팎을 둘러싸고 있을 것인가. 미처 살피지 못한 분들의 정성이 백비白碑처럼 이 전집의 여백으로 남아 있음을 삼가 기억하고자 한다. 이 전집을 통해 지역의 인문지리가 더욱 풍성해지고 나아가 한국문학 연구가 보다 폭넓은 지평으로 나아갈 수 있길 바란다.

비가 새는 누옥의 빗방울을 받으러 나온 그릇들의 울림이 저마다 달라 나의 집이야말로 악기점이고, 나의 가난이야말로 세계의 가난을 이해하는 창이라고 하였던 눈물의 왕이시여! 그 눈물로 백 년을 적셨으니 또 한 백 년을 면면히 흘러가소서.

2022년 10월

동탄 돌모루 문학관에서

# 편찬의 말

# 정본 전집을 만든 뜻

최원식

나에게 노작露雀 홍사용洪思容(1900~1947) 시인은 꼭 미뤄둔 숙제 같은 분이다. 노작에 매혹되어 연구생활 초년에 논문 하나를 덜렁 쓰고(「홍사용 문학과 주체의 각성」, 1978) 이내 돌아보지 못했다. 일 많은 나라에 분잡하기도 했지만 노작 시의 핵심, 구체적으로 말하건대 「나는 왕이로소이다」(1923)를 끝내 풀지 못했기 때문이다. 지금 생각하면 노작의 다른 면모들을 두루 탐사한 「홍사용 문학과 주체의 각성」 자체가 「나는 왕이로소이다」를 해명하기 위한 예비적 검토였던 셈이다.

근대 자유시가 정립되는 1920년대에 일군의 산문시들이 접종接踵했다, 주요한朱耀翰의 「불놀이」(1919)를 필두로 이상화李尙火의 「나의 침실로」(1923)를 거쳐 한용운韓龍雲의 「님의 침묵」(1926)에 이르기까지. 「나는 왕이로소이다」도 분명 한 계열인데, 속종으로는 결이 다르다. 부재하는 님에 대한 타는 듯한 갈애渴愛를 폭포수 같은 리듬에 실어 노래한 요한·상화와 달리(리듬으로만 말하면 「나는 왕이로소이다」는 한용운과 통할 것), 노작에게는 근대성의 투과를 거부하는 토착 지식들이 모자母子로 응축된다. 그 축에서 빛나는 '왕', 그것도 '눈물의 왕', 이 돌올한 출현은 도대체 무엇이란 말인가? 근기近畿 양반 출신 시인에게 밴 봉건성의 외현이라 볼진대 이는 유치한 신원주의이기 십상인데 1920년대 시에 두루 감지되는 어떤 외래신에 대해, 노작에게서 생으로 드러난 토착신들의 이 마성魔性을 본격적으로 해명하는 것이 관건이다.

물론 노작이 외래와 절연했다는 것은 아니다. 근대를 산다는 것 자체가 서구 자본주의의 자장 아래 생존함을 상기할 때 노작 또한 외래신의 엄습에서 완전히 자유로울 수는 없다. 혹자는 노작이 타고르R. Tagore(1861~1941)를 경애한 것을 들지도 모른다. 그런데 타고르는 노작에게 외래라기보다는 토착을 깨우는 화두에 가깝다. 알다시피 타고르의 근거지 벵골은 인도에서 가장 먼저 영국과 접촉했던 곳이다. 이 깊은 충돌에서 벵골로 회귀한 타고르는 더 나아가 벵골을 인도로, 또 인도를 다시 아시아의 상징으로 들어올렸거니와, 때마침 시와 종교의 황홀한 통일을 꿈꾸던 W. B. 예이쯔Yeats(1865~1939)에 의해 발견됨으로써 일종의 오리엔탈리즘적 타고르 붐이 형성된 것은 주지하는 터. 이 수상함 때문에 '동양'으로 역수입된 과정이 간단치 않다. 각 나라마다, 또 그 사람마다 찬반이 갈렸다. 그래도 조선은 대체로 긍정적이었다. 타고르를 "백골의 향기"(「타골의 시 GARDENISTO를 읽고」)라고 비판한 만해卍海 한용운이 예외일 정도로, 당시 조선에서 타고르는 가장 사랑받는 외국 시인이었다. 만해에 앞서 타고르를 열렬히 맞이한 노작은 이 벵골 시인을 통해 우리가 딛고 사는 아시아, 그럼에도 깜빡 잊곤 하는 아시아를 다시 영접한 것인데, 이 영접은 바로 조선, 또는 고향 돌모루에 대한 자각과 멀지 않다. 타고르가 서양을 통해 벵골로 회귀했듯이, 노작은 타고르를 매개로 조선 토착신들의 마을에 도착한바, 벵골을 아시아로 상상한 타고르의 허풍이 없었다는 점에서 노작의 회향이 더욱 종요롭다.

또 하나의 관건은 3·1운동(1919)이다. 노작은 온몸으로 3·1운동의 아들이다. 근대적 국민nation의 상상적 선취를 시현한 거족적 3·1운동이 현실적으로는 무단武斷통치를 문화지배로 바꾸는 데서 좌절되자, 이 운동에 직간접으로 참여한 젊은이들이 대거 문학운동에 투신한다. 동경에서 『창조』(1919)가 깃발을 올리자 경성에서 『폐허』(1920)·『백조』(1922)가 호응하며 게릴라처럼 자유로운 동인지 운동이 발랄하게 용출한 것이다. 3·1운동은 해방된 조국이 민국民國 곧 공화국임을 처음으로 선언한 점에서 획기적이거니와, 동인지 트로이카를 축으로 추동된 신문학운동은 3·1운동의 문학적 등가물이다. 동인同人이란 공화적 결합이다. 상하도 없고 위계도 없고 오직 자유가 지배하는 작은 문학공화국이었으니, 동인지 운동 자체가 3·1운동이 선취한 공화국을 문학으로 시현하려는 뜻깊은 내디딤이었다. 이 문화적 폭발 속에서 우리 문학은 계몽주의에서 일거에 탈각하여 근대성에 성큼 다가갔으매, 우리가 지금도 영위하는 시·소설·희곡·평론으로 구성된 '근대문학의 집'이 비로소 구축된다. 순식간에 문학의 시대 교체를 수행한 것이다. 3·1운동은 정치투쟁인 동시에 문화혁명이었다. 그 문화적 폭발의 축에 『백조』가 있었고, 또 그 중심에 노작이 계셨음을 나는 최근 다시 확인했거니와(「『백조』의 양면성」, 2020), 노작에 대한 추모가 다시금 새롭다.

그러던 차 손택수 관장이 노작 전집을 만든다는 기쁜 소식을 전해 왔다. 그것도 정본 전집이라니 흔감하다. 누워서 침 뱉기지만 우리 근대문학, 특히 시는 더욱이 텍스트가 실답지 않은 터에 마음먹고 정본을 다짐하니 어찌 편찬위원장 자리를 사양할까. 편찬위원으로 손택수 관장과 박수연 교수, 연구위원으로 노지영 평론가·이장렬 박사, 그리고 간사는 허민 문학관 사무국장. 진용을 짜고 6인이 모두 참석한 가운데 문학관에서 첫 편찬위원회를 연 것이 2021년 12월 9일, 대강이 결정되었다. 『정본 노작 홍사용 문학 전집』이란 이름과, 작품집과 연구서 각 한 권씩 총 2권으로 이루어진다는 구성에 합의하고, '정본'에 대해 토론했다. 대원칙은 하나, 원문에 최대한 충실하자! 시는 더욱 원전비평에 주력하였다. 대표작의 원문 이미지를 일부만이라도 함께 수록한 것도 그 일환인데, 소설·희곡·평론 등도 현대어로 바꿈에 세심을 다했다. 고문에 능한 노작인지라 글에 원전 인용이나 용사用事가 족출한다. 세 분의 전문가를 모셨다. 이번 전집에 새로 추가되는 『청구가곡』은 전주대학교 김하라 교수에게 부탁하여 따로 번역하였고, 전체적으로 용사 감수는 이화여대 최재남 명예교수가 맡았다. 그리고 불교 용어는 동국대학교 불교학술원의 박인석 교수가 꼼꼼히 정리해주었다. 덕분에 텍스트에 대한 접근이 훨씬 수월해졌으니, 감사무지다.

이번에 다시 확인한바 노작 고향 근처에서 문인들이 연속적으로 배출된 사실이다. 남양 홍씨(토홍土洪)와 반남 박씨는 그 근방에서 행세하는 가문인데, 남홍에서는 노작과 난파蘭坡(홍영후洪永厚, 1898~1941), 반박에서는 프로문학자 박팔양朴八陽(1905~1988)과 박승극朴勝極(1909~?)이 나왔다. 나혜석羅蕙錫(1896~1946)도 빼놓을 수 없거니와, 안성으로 넓히면 죽산 안씨에서 안국선安國善(1878~1926)과 그 아들 회남懷南(1909~?), 그리고 조카 안막安漠(1910~?, 최승희崔承喜의 남편)이 함께하더니, 한양 조씨(나나실 조씨)에서는 조병화趙炳華(1921~2003)가 우뚝하다. 박두진朴斗鎭(1916~1998)까지 헤아리면 놀랍다. 어찌하여 이 근방에서 이처럼 시인·소설가·평론가들이 대거 출현했을까? 그들은 대개 서울 유학생이다. 경부선의 남부 경기 거점인 수원역이 주목된다. 1901년에 착공하여 1905년에 완공한 경부선, 철도가 실어 나른 근대가 농촌을 분해하며 그들을 양광陽光 아래 끌어내었던 것인가? 학교와 철도의 마술이 놀랍다. 아마도 노작도 이들과 함께 고찰해야 그 비밀이 더 잘 해명될 터인데, 앞으로의 과제다.

이 작업은 2021년 6월 한국문화예술위원회 '한국 작고문인 선양사업'에 선정됨으로써 발진했다. 문예위에 감사한다. 편찬위원, 연구위원, 그리고 입력에 수고한 성균관대 국어국문학과 박사과정 현대시 전공 수료생 박형진·홍현영·허요한 군, 그리고 까다로운 전집 출판을 기꺼이 감당한 서해문집 출판사도 고맙다. 무엇보다 손 관장의 발심과 허 국장의 헌신을 기억한다.

일부러 맞추려고 한 건 아니지만 공교롭게 올해는 『백조』 탄생 백 주년이다. 스페인독감 거의 1세기 만에 엄습한 코로나 팬데믹 와중에도, 때맞춰 제대로 된 정본 전집이 여러 분의 집합적 노고로 출판된다. 늦었지만 그 어떤 전집보다 충실한 정본 전집을 상재하매, 기쁘기 한량없다. 모쪼록 전집이, 바친 것, 이룬 것에 비해 턱없이 가리운 고결한 선비 시인 노작 선생의 진면목으로 인도할 겸허한 디딤돌이 된다면 더할 나위 없는 보람이겠다. 흠향!

2022년 10월

편찬위원장 최원식 삼가 씀

그러나 그러나 눈물의 왕!

이 세상 어느 곳에든지 설움 있는 땅은

모두 왕의 나라로소이다

차례



## 제1부 시

## 제2부 소설

## 제3부 산문



## 제4부 희곡

## 제5부 평론



## 제6부 기타



## 부록

## 일러두기

1 『정본 노작 홍사용 문학 전집』은 한국 근현대 시사(詩史)에 다양한 문학적 족적을 남긴 노작 홍사용의 작품 세계를 독자에게 널리 소개하고, 문학사적 의의를 정리하며, 향후 노작 연구의 기초적 토대를 마련하고자 발간되었다.

2 노작 홍사용의 발굴된 전작(全作)을 크게 시, 소설, 산문, 희곡, 평론, 기타 작품으로 편성하고, 책 말미에 생애 및 작품 연보를 첨부했다. 장르별로 지면에 발표한 순서에 따라 작품을 수록하였으며, 각 작품의 발표일을 작품 끝부분에 밝혔다. 작품의 존재는 확인되었으나 검열 등의 문제로 해당 원고를 확보하지 못한 경우에는 연보에 부기했다.

3 『청구가곡』 초고를 비롯해 기존 전집들에 수록되지 않았던 근대 초기 노작의 작품을 포함하여 전집을 구성했다. 또한 노작의 생애와 관련한 근현대 비평과 기사를 소개하고, 노작의 다양한 활동 이미지들을 수록했다. 라디오, 영화 등 다양한 매체 활동과 작사를 통한 음반 참여 활동, 각종 공연에 참여한 내역 등을 밝혀, '매체'에 대한 노작의 폭넓은 관심을 조명하고자 했다. 그리고 책 말미에는 노작의 작품 전반에 관한 해설을 수록했다.

4 작품 게재 시 가독성과 대중 독자의 편의를 고려해 맞춤법과 띄어쓰기는 현행 맞춤법 규정에 따라 고쳐 표기하는 것을 원칙으로 했다. 특히 소설·수필·희곡 등 산문의 경우 가능한 한 현대적 어법에 맞게 바꾸어 표기했다(예: 이엿다→이었다, 불으든→부르던, 고마웁고→고맙고, 고달피엿다→고달팠다). 원문의 표기를 살려 띄어쓰기와 철자 등을 최소한으로 교정한 김학동 편 『홍사용 전집』(새문사, 1985)을 저본으로 하되, 작품의 최초 발표 지면과 기존 전집들을 참고해 현대어 표기를 확정했다. 노작문학기념사업회 편의 『홍사용 전집』(뿌리와날개, 2000) 외에 『나는 왕이로소이다』(박종화 편, 근역서재, 1976), 『노작 홍사용 문집』(문협경기도지회 편, 미리내, 1993), 『백조가 흐르던 시대』(이원규 편, 새물터, 2000), 『나는 왕이로소이다』(김은철 편, 범우, 2006), 『홍사용 평전』(김학동 저, 새문사, 2006) 등 과도기적 형태로 홍사용 전집 발간 사업에 기여한 저작물이 참고되었다. 기존 전집 수록 과정에서 와전된 표기와 오식을 검토하였고, 표기의 해석이 상이할 경우 '김학동본', '기념사업회본' 등으로 약식 명기하여 주석에서 풀이하였다.

5 다만 노작의 문체적 특성이라 판단되는 부분은 현대어 표기에 맞지 않더라도 말맛을 살리고자 했다. 방언, 외래어 음역 등 노작의 독특한 언어 감각이나 정황적 뉘앙스, 시대적 환경과 언어의 물질성이 존중되어야 한다고 판단될 경우 최초 발표 지면의 표기를 유지했다.

6 작품 원문에서 한자로 표기된 부분은 한글로 고쳐 표기하고 필요한 경우 한자를 병기했다. 또한 원문에 없더라도 독자의 이해를 위해 중요한 한자나 착오가 생길 법한 한자는 병기했다.

7 문장 부호의 경우, 단행본 책과 신문·잡지 표제는 『 』, 시·단편소설 등 단일 작품명은 「 」, 연극·영화·라디오 관련 콘텐츠나 민요·노랫말 등은 〈 〉로 표기했다. 원발표면에서 『 』로 표기된 대화 부분은 큰따옴표 " "로 고쳐 표기했다. 산문의 경우에는 필요한 자리에 구두점을 부기했으나, 문체의 구술적 특징을 고려해 구두점 교열도 최소화했다.

8 시의 경우, 노작이 기획한 매체의 대표작 등 노작의 생애에서 의미 있는 시들을 추려 원문 이미지를 함께 수록했다. 노작 시의 형식적 특징과 변모 과정을 조감하는 데 도움이 될 것이다. 산문의 경우에는 원문 이미지를 제공하는 것에 한계가 있으므로 주석을 통해 원문의 표기 형태와 해석 근거를 밝혀두었다.

9 산문에서 문단 구분은 원문을 충실하게 반영하고자 했다. 문장의 시각적 배치와 대화체의 구술적 성격에 관심을 기울였던 노작의 의도를 존중하여 가능한 한 원발표면에 배치된 방식을 살려서 교정했다. 김학동본을 비롯해 기존의 전집들은 노작의 산문에서 발견되는 빈번한 문단 구분을 내용의 응집성을 고려해 재배열하고 있으나, 형식을 통일하는 과정에서 임의로 문단을 조정한 부분이 과도하게 많았다. 본 전집에서는 과도한 교열이 자칫 대화체 언어의 생동감을 훼손하고 나아가 의미를 왜곡시킬 수도 있다는 우려하에 문단 구분과 시행 들여쓰기 등은 원문과 동일하게 표기하는 것을 원칙으로 했다. 작가의 문체적 특성을 반영한 자료를 제공하여 노작 연구의 기초적 토대를 마련하는 것이 우선 과제라 판단했기 때문이다. 이 부분에 대한 최종적 판정은 후대 연구자의 몫으로 남겨둔다.

10 고문(古文) 및 경전 인용 등의 '용사(用事)'를 노작 작품의 중요한 문학적 특징으로 보고, 해당 내용을 확인해 주석으로 밝혀두었다. 기존의 전집들에서 고문이나 불교 용어가 잘못 판독된 채 와전된 사례가 많았기에, 인용 고문의 원문과 노작의 인용 부분을 비교할 수 있도록 해당 내용을 밝히고 출전을 표시했다.

# 시

## 제1부

# 어둔 밤[1]

때는 흑암黑暗 칠야漆夜다

나는 명상冥想에 잠기어 암란暗瀾이 출렁거리는 마당 한복판에 섰다

천지天地에 가득한 어둔 밤이야 만상萬象이 어둠에 빠지고 만뢰萬籟가 어둠에 죽은 듯

주봉朱鳳뫼[2] 괘등형掛燈形[3]에 "불켜라" 하는 등잔불 재촉 가추가추[4] 어둔 기상氣象 큰재봉峯 독두옹禿頭翁[5]은 응당 저 어둠 속에서 체머리 흔들리라 현량평賢良坪 넓은 벌은 천만경암파도千萬頃暗波濤[6]가 이리 밀고 저리 민다 온갖 것이 모두 그 속에서 뛰논다

저 자연 무대에서 무수한 환영幻影이 활동함은 사람의 공상空想 앞도 없고 뒤도 없고 또한 위아래 모두 없다 전후좌우가 무궁無窮하니 왜— 애써 가슨을 맺으랴 확연한 우주宇宙 모두 내 차지로다 어둔 밤 있는 곳은 모두 내 차지로다

나는 저 어둠을 갖고 싶다 어둠을 사랑한다 즐겨한다 광명光明하다는 백주白晝보다 차라리 혼흑昏黑한 암야暗夜가 좋다 암야만 되었으면 이내 소원이다

무상신속無常迅速[7]한 이 세상일 어찌 보리 오늘 아침 꽃봉오리 내일 모레 서리란 말인가 누구에게 호소할 데 없는 가련한 무리 야박한 인간에 어찌 말하랴 다행多幸해라 사람도 어둡고 나무도 어둡고 물도 어둡고 뫼도 어둡고 모두 모두 어둔 그 품에 안기어 맘껏 힘껏 부르짖어라 몸부림하거라 살점을 여의거라 그러다 죽어라 죽어버려라

그렇지 죽지 죽어 거리낌 없이 화평한 저세상에서 죽으면 좋지 사死는 나

를 생生에서 구할 것이다 여봐라 살려고 난 사람이 왜— 죽어?

살 수 없으니 죽지!

밤— 밤— 어둔 밤 아— 어둡고 어둡고 어둔 저 속에는 아마 생명을 먹여 살릴 무엇이 있으련만 뭇사람아 대관절 저 어둠은 어둔 밤은 밤별은 나를 사랑하는가? 나에게 키스를 주려는가? 나를 불쌍히 여기는가? 나를 살리려는가?

아— 아니다 속았다

저는 나를 기欺함이로다 나를 조롱함이로다 뚱한 저 얼굴을 보라 일점一點의 생광生光이 없는 암옥暗獄에 몰아넣으려 함이 아니냐? 응징스러운 저 어둠을 보라 마옥철창魔獄鐵窓을 지키는 옥사정獄司丁[8]의 구슬이 아니냐! 얄궂은 저 별이야 반짝거리는 눈깔을 깜짝이면서 나를 골—리도다 흑장마黑裝魔 포플러나무 부스스하는 소리도 또한 음충陰冲맞은[9] 코웃음

아— 왜 이러느냐

코웃음은 여전하고 지붕마루 밤나무 우물두덩 뒷간 콩밭 수수떨기 불 꺼진 모깃불 화로 우중충한 댑싸리 포기 온갖 것이 모두 암의흑안暗衣黑眼으로 나를 노려본다

아— 무섭다 보지마라

나는 한갓 돌팔매를 던졌다

아— 허의虛矣라 공의空矣라 돌 떨어지는 소리만 '퍽' 사람의 일평생 허우적거리는 일이 모두 이뿐이로다 어둠아 어둠아 네가 나를 사랑치 않는 게로구나

이웃집 청춘부靑春婦 '닝닝'거리는 울음소리 뼈가 아프게 구슬프다

어미네야 어미네야! 어둠 속에 부르짖는 어리석은 어미네야 그대의 뿌리는 눈물 무릇 몇 방울이며 그대의 쉬는 한숨 모두 몇 모금이뇨? 또한 몇 방울 눈물 몇 모금 한숨은 무슨 뜻이냐?

무수無數의 고苦 무수의 혈血 무수의 누淚로 결정結晶된 인생이라 응당

슬픔 있으리라마는 슬픈 사람 중에서도 하나는 누항陋巷[10] 더러운 지어미를 가리어 이런 밤에 인생의 다정다감한 모든 일을 제 아람치[11]로 부르짖어 느끼는 것이다

느낄세라 저 유령의 나라 흑마黑魔의 곳 이러한 곳에 이렇게 무서운 곳에 빠져있는 사람이 만일 뜻 있을진대……

네가 철모르는 연정아軟情兒[12]로다 부질없이 느끼지마라 여汝의 과거가 어둡고 장래가 어두울진대 어찌 현금現今 이 어둠을 슬퍼하느냐

사람들아 오늘까지 뚝딱거리는 너의 심장 혈구血球가 붉더냐 검더냐 차더냐 뜨겁더냐 억세더냐 여리더냐 뜻 있더냐 뜻 없더냐 또한 오는 날 내일 것이 어떠하겠느냐?

그를 어둡게 모르니 알음이 어두울진대 어둔 거로 보아서는 차라리 밤이 어두워 아니 뵘이 너의 사는 능률에 이익이 되리라

어떻든지 아니 뵈니 좋다 인간의 더러운 만겁萬劫 참 천당이요 낙원이로세

저곳을 보라 상인常人도 없고 양반도 없고 개명開明도 없고 완고도 없고 빈한貧寒도 없고 부요도 없고 모두 사람이면 거저 사람 아무 시비是非 없는 극락의 천지다

아름답다 평등의 빛뿐인 저 암흑의 속 평화의 소리뿐인 저 한적閑寂의 사이

이 세상 맑다고 하던 뜬 이 세상 백주청명대도세상白晝清明大道世上 너의 맘을 구속하는 뇌옥牢獄[13]이 아니냐

부세浮世에 쫓겨 다니는 불쌍한 인생들아 별유천지別有天地[14] 어둠을 찾아오너라 자모慈母 같은 애처愛妻 같은 또한 소녀 같은 어둔 밤을 찾아오너라

사람들아— 잘 살거라 아무 댁 큰 사랑舍廊 댓돌 아래 마주걸이[15] 무서워 말고 아무도 아니 보는 어둔 밤이니 마음 놓고 잘 살거라

사람들아— 토호土豪 도심盜心에 부릅뜬 눈자위 아무도 아니 뵈이는 어

둔 밤이니 누구를 향向해 호령號令하려는가

사람들아— 그대의 고루한 완고집頑固執도 어두워 아니 뵈니 허무로세 골치 아픈 망건網巾 당줄 끌러 내던지고 맨머리 바람이라도 너 편할 도리로 하여라

사람들아— 너의 가진 것은 개명의 밝음이라더니 어두운 이 밤에 더 밝을 것 못 보겠니

사람들아— 두부찜 같은 너의 고리안高利眼 돈 동록銅綠[16]에 아주 멀리 맘 돌리어라 맘 바로 먹어라 번쩍거리는 저 성광星光 무섭지 않으냐 광 속에 부란腐爛하는[17] 금곡金穀 쌓아두지만 말고 저 별같이 광채光彩 있게 어려움에 빠진 불쌍한 빈민과 공락共樂을 누리지 않으려느냐

사람들아— 아무도 아니 뵈는 어둔 밤이니 빈한貧寒에 쫄인다 부끄러워 주접떨지 말고 헌옷 사폭에 해어진 구녁 움켜쥔 손아귀 확 풀어버리고 활활 활개치며 네 멋대로 잘 놀아라

사람들아— 아리따운 꼴을 꾸며 사람에게 붙이려 양질호피격羊質虎皮格으로 더러운 얼굴에 분粉 바르고 알찐거리는 야천野賤한 자태姿態 어두워 아니 뵈니 누가 보아 어여쁘다 할까?

사람들아— 인세人世의 고해苦海를 쉬웁게 건너가자 술 먹고 '엣튀—' 주정酒酊하는 너희들 짓 어찌 어리석지 않은가 그믐 칠야漆夜 어둔 밤에 비틀걸음으로 어찌하려는지 음복飮福이니까 술 마셔야 하고 교제交際하자니까 밤새 빨아야 하는 버릇들도 어두운 밤이라 남 아니 보니 그만 좀 두소

사람들아— 느끼지 말라 말 못 하는 너의 비밀秘密이지만 어두운 밤은 암흑일색暗黑一色이니 어찌 너의 타는 속 검은빛을 몰라주랴

뭇사람들아— 죽으려 말고 살려 하여라 죽지 말고 살거라 살아도 검은 나라 검어도 시커먼 나라에 강렬하게 살거라 정열적으로 살거라 저기 저 컴컴한 속에서 아무쪼록 뜨겁게 뜨겁게 살고 싶지 않은가? 참된 이 세상에서 잘 살아라 어두우면 모두 사해死骸라더냐 모두 공각空殼[18]이라더냐 모두 마귀

魔鬼라더냐 왜 슬퍼하랴

낙망마라 저기 저 뫼 저 물 어두운 구석에도 생명이 있느니라 수水면 양量없는 수水요 육陸이면 한限없는 육陸이니라 희망 있다 어두울수록 큰 희망이 있다 또한 너무나 사랑 없다 실심失心마라 너를 사랑하기에 저 별이 번쩍거리지 않는가 저것도 사랑하시는 이가 너희에게 시여施與하신 선물이다

저 별 별! 별! 별 있는 저 어둔 밤! 참 미美하다 저렇게 아름답건만 너희는 슬퍼하느냐? 느끼느냐? 이는 물物을 대對할 줄 모름이로다 너무 슬퍼 느끼지만 말고 기꺼운 눈을 떠 저를 좀 보라 너무 슬퍼 느끼지만 말고 기꺼운 감感을 가져 저를 좀 보라 저는 벌써 우울憂鬱하지도 않고 초조焦燥하지도 않고 번민煩悶하지도 않고 고통苦痛 하지도 않고 비애悲哀 하지도 않고 사랑이 가득한 기쁨이 가득한 신앙信仰이 가득한 광명光明이 가득한 너를 위로하는 찬미讚美로 너의 찬가讚歌에 향응響應하리라 홀로 암흑한 속에서 암흑을 찬미하리라 아아— 저 영원—

그러나 그래도 믿을 수 없는 것은 사람의 말이라 나를 보라 나는 운다 나는 운다

이 쓰린 눈물이 무슨 눈물! 무슨 까닭?

아— 모를세라

내가 슬퍼하느냐 사람의 슬픔을 슬퍼하느냐 차此 일시一時 인류人類의 번민煩悶 고통苦痛을 슬퍼하느냐 모를세라 모를세라 아아 모르리로다 굽이굽이 행로난行路難[19]이라

암야수성暗夜愁城[20] 중中에 나는 일보일보一步一步 멋없이 왔다갔다 한다 어둔 나뭇가지에선 한 마리 새가 "서촉도西蜀道[21]! 서촉도!"

—1919. 9. 28 화남華南에서

(『서광曙光』 창간호, 1919년 11월)

# 커다란 집의 찬 밤[22]

푸른 언덕 가으로 흐르는 물이올시다
어둔 밤 밝은 낮
어둡고 밝은 그 그림자에
괴로운 냄새 슬픈 소리 쓰린 눈물로
뒤섞어 뒤범벅 걸게 걸게[23]

돌아다보아도 우리 시골은 어드멘지
꿈마다 맺히는 우리 시골집은
어드메쯤이나 되는지
떠날 제 가노라 말도 못해서
만날 줄만 여기고 기다리는 그
커다란 집 찬 밤을
어찌 다 날로 새우는지!

지난 일 생각하면 가슴이 뛰놀건만
여윈 이 볼인들
비쳐낼 줄이 있으랴
떨리는 이 넋인들
비쳐낼 줄이 있으랴

멀고 멀게 자꾸자꾸 흐르니

속 쓰린 긴—[24]
한숨은 그칠 줄도 모르면서
걸고 흐리게[25]
어디로 끝끝내 흐르기만 하려노

퍼—런 풀밭에서 방긋이 웃는
이 계집아이야
무궁화 꺾어 흘리는[26]
그 비밀을 일러라
귀밑머리 풀리기 전에

(『문우文友』 창간호, 1920년 5월)

# 철 모르는 아이가

"속이지 마오" 하고 누나를 자꾸자꾸 조르니까 누나는 괴로운 웃음에 수그린 낯을 붉히면서 "아니다" 한다.

"무얼 속이지 마오 남 다 보는 꽃송이를 감추면 무엇하오 푸른 봄철은 누나 보는 거울에 비쳤으니 그래도 누구 눈에 띄면 거기로 숨으려 하오?

품속에 깊이깊이 감추어 둔 그것이 온통 비쳤나니 어찌하오"

누나는 또

"아니다 너는 철도 모른다"

"철 모르는 나 말고 철 아는 누나의 일을 생각하오 누나 가슴에 어둠의 구슬을 비추어 주는 이가 누구요 목소리가 저리 떨림은 무슨 일이오 두 볼이 저리 붉음은 무슨 까닭이오"

입술을 악물고 노려보는 누나는 흐느끼자 떨리는 손으로 내 눈을 가리며

"철 모르는 아이가……"

나는

"응?"

누나는 다시

"얘 이 말은 남더러 하지 마라"

"그러오 그리고 누나도 날더러 아침 잠꾸러기라고 그러지 마오"

"오냐 나도 어리다 이 팔, 이 다리가 못다 굵었다"

(『문우文友』 창간호, 1920년 5월)

# 벗에게

떠난다 섭섭하고 쓰리고 아픔
너 나가 달라?

“잘 계시오” 한 마디 던진 뒤에는
아무 말도 할 줄 몰라서
입맛만 쩍쩍 다시다가 돌아서
본체만체 우충우충[27] 걸어올 제
힘없이 걷는 걸음 잘 안 나간다
발부리를 머물러 휘돌쳐보니[28]
저도 말없이 막 돌아서네

말없이 돌아서는 그들의 속
오죽이나……
아— 떠남!

떠남을 슬퍼한다
그러나 우습다 슬퍼하는 그 뜻
무엇이 만남이냐
무엇이 떠남이냐

우주는 넓고 시간은 긴데

여기에서 육신마다 모두 단독신單獨身
이리가나 저리가나 부침이 없네
부침이 없으니 무엇이 떠나?
떠남이 없으니 무엇이 남나?
만났다 잃으나 한 몸 아니요
두 사이 공간이 몇 자 몇 치냐
만나지 않고 떨어진 남과 남
떠났다 잃음도 또 다름없어
그자로 잘 그 공간 그 남남끼리

입술에 발린 말로
만났다 떠났다 하는 그 소리
공연空然히 잇지 마라
반기며 느낄 까닭없네

육신肉身은 유형有形하다
다시 합合하지 않을 바에
제멋대로 되도록 내버려두고
무형無形한 정령精靈이나 합合해 떠나지 말거나

네 것 은사銀絲되고 내 것 금사金絲되거나
내 것 은사銀絲되고 네 것 금사金絲되거나
둘의 것 씨로 날로 서로 걸어서
풀무에 들거든 쇠망치 같이 맞고
베틀에 오르거든 바디질[29] 같이 받아
다— 짜진 뒤

찢어진 데 없고 이어진 데 없이
한 끝 한 나이

네 심장心臟에 나 내 심장心臟에 너
일심실一心室 일실一室에 너 나가 들어서
저 창窓에 걸린 커튼[30]
너와 나로다

창문을 열어놓으니
바람에 나부끼네
너와 나
내 눈으로 봄이 네 눈으로 봄
네 내 눈 한데 합合쳐 저 물物을 보니
저 물物도 보고 이르길
저 커—튼

길이길이 같은 감으로
낡고 해지더라도
헤지지[31] 말아지자고
축원기도祝願祈禱

(『문우文友』 창간호, 1920년 5월)

# 새해[32]

꼬끼오

하니 닭이 우는가 봅니다

먼 곳에선 쇠북이 울리어 옵니다 창살은 훤합니다 인제는 이웃 방에서 코고는 소리도 아니 들립니다 창풍지窓風紙 뜨르를 하는 바람소리도 못 듣겠습니다 그러나 부엌에서는 솥 가시는 소리가 새로이 들립니다 아마 날이 새었나 봅니다 아침인가 봅니다 그러하올시다 새해 아침이올시다 새해올시다 밤마다 무궁화나무 어둔 그늘에서 혼자 울며 기다리는 새해올시다 푸른 언덕 가으로 흰 안개에 싸여오는 새해올시다 따듯한 봄 품어오는

새 해 올 시 다 언 니 여 ……………

……고이 고이 드 소 서

(새별)

(『문우文友』 창간호, 1920년 5월)

# 백조白潮는 흐르는데 별 하나 나 하나

저—기 저 하늘에서 춤추는 저것이 무어? 오— 금빛 노을! 나의 가슴은 군성거려 견딜 수 없습니다.

앞 강에서 일상日常 부르는 우렁찬 소리가 어여쁜 나를 불러냅니다. 귀에 익은 음성이 멀리서 들릴 때에 철없는 마음은 좋아라고 미쳐서 잔디밭 모래톱으로 줄달음칩니다.

이러다 다리 뻗고 주저앉아서 얼없이 지껄입니다. 은고리같이 둥글고 미끄러운 혼자 이야기를……

상글상글[33]하는 태백성太白星[34]이 머리 위에 반짝이니 벌써 반가운 이가 반가운 그이가 옴이로소이다. 분粉 세수한 듯한 오리알빛 동그레 달이 앞동산 봉우릴 짚고서 방그레— 바시시 솟아오르며, 바시락거리는 김[35] 안개 위로 달콤한 저녁의 막幕이 소리를 쳐 내려올 때에 너른너른하는 허—연 밀물이 팔 벌려 어렴풋이 닥쳐옵니다.

이때올시다. 이때면은 나의 가슴은 더욱더욱 뜁니다. 어둠 수풀 저쪽에서 어른거리는 검은 그림자를 무서워 그럼이 아니라 자갈대는[36] 내 얼굴을 물끄러미 보다가 넌지시 낯 숙여 웃으시는 그이를 풋여린[37] 마음이 수줍어 언뜻 봄이로소이다.

신부新婦의 고요히 휩싸는 치맛자락같이 달 잠겨 떨리는 잔살 물결이 소리 없이 어린이의 신흥神興을 흐느적거리니 물고기같이 내닫는 가슴을 걷잡을 수 없어 물빛도 은銀 같고 물소리도 은銀 같은 가없는[38] 희열喜悅 나라로 더벅더벅 걸어갑니다…… 미칠 듯이 자지러져 철철 흐르는 기쁨에 뛰어서—.

아— 끝없는 기쁨이로소이다. 나는 하고 싶은 소리를 다— 불러봅니다.

이러다 정처 없는 감락甘樂이 온몸을 고달프게 합니다. 그러면 안으려고 기다리는 이에게 팔 벌려 안기듯이 어리광처럼 힘없이 넘어집니다.

옳지 이러면 공단貢緞같이 고운 물결이 찰락찰락 나의 몸을 쓰담아 주누나!

커다란 침묵은 길이길이 조으는데 끝없이 흐르는 밀물 나라에는 낮익은 별 하나가 새로이 비칩니다. 거기서 웃음 섞어 부르는 자장노래는 다소히[39] 어리인 금빛 꿈터에 호랑나비처럼 훨훨 날아듭니다.

어쩌노! 이를 어쩌노 아— 어쩌노! 어머니 젖을 만지는 듯한 달콤한 비애가 안개처럼 이 어린 넋을 휩싸들으니…… 심술스러운 응석을 숨길 수 없어 뜻 아니한 울음을 소리쳐 웁니다.

(『백조白潮』 1호, 1922년 1월)

# 꿈이면은?

꿈이면은 이러한가, 인생이 꿈이라니
사랑은, 지나가는 나그네의 허튼 주정酒酊
아니라, 부숴버리자,
종이로 만든 그까짓 화환花環
지껄이지 마라, 정 모르는 지어미야
날더러 안존치[40] 못하다고?
귀밑머리 풀기 전 나는
그래도 순실純實[41]하였었노라

이 나라의 좋은 것은, 모두 아가 것이라고
내가 어린 옛날에 어머니께서
어머니 눈이 꿈적하실 때, 나의 입은 벙긋벙긋
어렴풋이 잠에 속으며, 그래도 좋아서
모든 세상이 이러한 줄만 알고 왔노라

속이지 마라, 웃는 님이여
속이지 마라, 부디 나를 속이지 마라
그러할 터면, 차라리 나를
검은 칠관漆棺[42]에다 집어넣고서
뾰족한 은정銀釘[43]을, 네 손으로 쳐 박아 다오
내나 너를 만날 때까지는

또 만날 때면은, 순실純實하였었노라
입을 맞추려거든, 나의 눈을 가리지 마라
무엇이든지 주면은, 거저 받을 터이니
그래서, 나로 하여금 의심疑心케 마라
또 간사姦詐[44]에 들게 마라
그리고, 온갖 소리를 치워다오
듣기 싫다, 회색창灰色窓 뒤에서 철벅거리는 목욕물 소리

내가 입을 다물랴, 입을 다물어?
속고도, 말 못 하는 이 세상이다
억울하고도, 말 못하는 이 세상이다
내가 터 닦아 놓은 꽃밭에
어른어른하는 흰 옷은, 누구?
놀래어 도망하는 시악시 사랑아
오이씨 같은 어여쁜 발아
왜, 남의 화단花壇을, 무너뜨리고만 가려뇨

뭉뜯어 내버린 꽃송일
주섬주섬 주워 담자
임자가 나서거든, 던져주려고
앞산의 큰 영嶺을 처음 넘어서
낯모르는 마을로 찾아나 가자
퇴금색褪金色[45]의 옷 입은 여왕의 사자使者가
번쩍거리는 길가에, 나를 붙들고
동산의 은빛 달이 동그레 돋거든
여왕궁女王宮의 뒷문으로 중맞이 오라면

옳지 좋다, 좀이나 좋으랴
생전에 처음 좋은 천진天眞의 내다
그러나 그러나, 이 어린 손으로
초련初戀의 붉은 문을 두드릴 때에
꿈에나 뜻했으랴, 뜻도 아니한
무지한 문지기의 성난 눈초리
그래도 나는, 거침없이 말하겠노라
이 꽃의 임자는, 우리 님이시다

그러나 꽃을 받을 어여쁜 님아
어데로 갔노? 어데로 갔노?
한 송이 꽃도 못다 이뻐서
들으니, 그는 무덤에 들었다
님의 무덤에 가자마자
그 꽃마저 죽누나! 그 꽃마저 죽누나!
그 꽃마저 죽자마자
날뛰는 이 가슴도 시들시들 가을바람

아— 이게 꿈이노? 이게 꿈이노!
꿈이면은, 건넛산 어슴푸레한 흙구덩이를
건너다보고서, 실컷 울었건마는
깨어서 보니, 거짓이고 헛되구나, 사랑의 꿈이야
실연失戀의 산기슭 돌아설 때에
가슴이 미어지는 그 울음은
뼈가 녹도록 아팠건마는
모질어라 매정하여라

깨어서는, 흐르는 눈물 일부러 씻고서
허튼 잠꼬대로 돌리고 말고녀

(『백조白潮』 1호, 1922년 1월)

# 통발

뒷동산의 왕대싸리[46] 한 짐 베어서
달 든 봉당[47]에 일수 잘하시는 어머님 옛이야기 속에서
뒷집 노마와 어울려 한 개의 통발을 만들었더니
자리에 누우면서 밤새도록 한 가지 꿈으로
돌모루[石隅] 냇가에서 통발을 털어
손잎 같은 붕어를 너 가지리 나 가지리
노마 몫 내 몫을 한창 시새워[48] 나누다가
어머니 졸음에 단잠을 투정해 깨니
햇살은 화—ㄴ하고 때는 벌써 늦어서
재재바른[49] 노마는 벌써 오면서
통발 친 돌성城은 다— 무너뜨리고
통발은 떼어서 장포밭[50]에 던지고
밤새도록 든 고기를 다— 털어 갔더라고
비죽비죽 우는 눈물을, 주먹으로 씻으며
나를 본다

(『백조白潮』 1호, 1922년 1월)

# 어부漁父의 적跡[51]

냇가 버덩[52] 늙은 솔 선 흰 모래밭에
텃마당[53]같이 둥그레 둘러 어른의 발자국이 있다
아마도 여울목을 지키고 고기잡이하던 낯모르는 사내가
젖은 그물을 말리느라고 예다가 널고서
물때 오른 깜정 살을 빨가둥 벗고서
남 안 보는 김에 좋아라고 뛰놀았던 게로군
옳지 옳지 그런 때 그런 때
한 움큼 왕모래를 끼얹었으면
(아마 미워 죽겠지)
그러나 어여쁜 님이라 하면
(아주 좋아 죽겠지)

(『백조白潮』 1호, 1922년 1월)

# 푸른 강물에 물놀이 치는 것은

푸른 강물에 물놀이 치는 것은 아는 이 없어
그러나 뒷집의 코 떨어진 할머니는 그것을 안다
옛날 청춘에 정들은 님과 부여안고서
깊고 깊은 노들 강물에 죽으려 빠졌더니
어부의 쳐 놓은 큰 그물이 건져내면서
마름잎[54]에 걸리어 푸르르 떨더라고

(『백조白潮』 1호, 1922년 1월)

# 시악시 마음은

비탈길 밭둑에
　삽살이 조을고
바람이 얄궂어
　시악시 마음은
　……

찢어 내려라
버들가지를
　꺾지는 말아요
　비틀어다오

시들픈[55] 나물은
뜯거나 말거나
늬나니 늬나나
나나늬 나늬나……[56]

(『백조白潮』 2호, 1922년 5월)

# 봄은 가더이다

봄은 가더이다……

"거저 믿어라……"
봄이나 꽃이나 눈물이나 슬픔이나
온갖 세상을, 거저나 믿을까?
에라 믿어라, 더구나 믿을 수 없다는
젊은이들의 풋사랑을……

　봄은 오더니만, 그리고 또 가더이다
　꽃은 피더니만, 그리고 또 지더이다
님아 님아 울지 말아라
봄은 가고 꽃도 지는데
여기에 시들은 이 내 몸을
왜 꼬드겨 울리려 하느냐
　님은 웃더니만, 그리고 또 울더이다

울기는 울어도 남 따라 운다는
그 설움인 줄은, 알지 말아라
그래도 또, 웃지도 못하는 내 간장肝臟이로다
그러나 어리다, 연정아軟情兒의 속이여
꽃이 날 위해 피었으랴? 그렇지 않으면

꽃이 날 위해 진다더냐? 그렇지 않으면
핀다고 좋아서 날뛸 인 누구며
진다고 서러워, 못 살 인 누군고

"시절이 좋다" 떠들어대는
봄나들이 소리도, 을씨년스럽다
산에 가자 물에 가자
그리고 또 어데로……
"봄에 놀아난 호드기[57] 소리를
마디마디 꺾지를 마소
잡아 뜯어라, 시원치 않은 꽃다지[58]"
들 바구니[59] 나물꾼 소리도
눈물은 그것도 눈물이더라

바람이 소리 없이 지나갈 때는
우리도 자취 없이 만날 때였다
청請치도 않는, 너털웃음을
누구는 일부러 웃더라마는
내가 어리석어 말도 못 할 제
훨훨 벗어버리는, 분홍치마는
"봄바람이 몹시 분다" 핑계이더라

이게 사랑인가 꿈인가
꿈이 아니면 사랑이리라
　사랑도 꿈도 아니면, 아지랑이인가요
　허물어진 돌무더기에, 아지랑이인게지요

그것도 아니라, 내가 속았음이로다

동무야, 비웃지 마라
아차 꺾어서 시들었다고
내가 차마, 꺾기야 하였으랴만
어여쁜 그 꽃을, 아끼어준들
흉보지 마라, 꽃이나 나를
안타까운 가슴에, 부여안았지

그러나 그는, 꺾지 않아도
저절로 스러지는 제 버릇이라데
아— 그런들 그곳이[60] 차마
차마, 졌기야 하였으랴만
무디인 내 눈에, 눈물이 어리어
아마도[61], 아니 보이던 게로다

아— 그러나, 봄은 오더니만, 그리고 또 가더이다

(『백조白潮』 2호, 1922년 5월)

# 비 오는 밤

1

한숨에 무너진
설움의 집으로
혼자 우는 어두운 밤
또다시 왔구나

2

잠 속에 어린 꿈
눈물에 젖는데
님 없는 집 혼자 나를
찾는 이 누구냐

3

귀여운 음성은
님이라 했더니
애처로운 그림자는
헛꿈이로구나

4

이 몸은 쓸쓸한
맘 아픈 거리로

애끊기는 그림자를
따라나 가볼까

5
누진— 내 가슴
흐너진[62] 내 설움
궂은비 슬피우니
또 어이 하려나

(『동명東明』 7호, 1922년 10월)

# 별, 달, 또 나, 나는 노래만 합니다

온 동리가 환한 듯하지요? 어머니의 켜 드신 횃불이 밝음이로소이다. 연자燕子 맷돌[63]이 붕 하고 게을리 돌아갈 때에 온종일 고달픈 꺼먹 암소는, 귀찮은 걸음을 느리게 옮기어 놉니다. 젊은이 머슴은 하기 싫은 일이 손에 서툴러서? 아니지요! 첫사랑에 게을러서 조을고 있던 게지요. 그런데 마음 좋으신 어머니께서는, 너털거리는 웃음만 웃으십니다. 아마도 집 지키는 나의 노래가, 끝없이 기꺼웁게 들리시던 게지요.

하늘에 별이 있어 반짝거리고, 앞동산에 달이 돋아 어여쁩니다. 마을의 큰 북이 두리둥둥 울 때에, 이웃집 시악시는 몸꼴[64]을 내지요. 송아지는 엄매—하며 싸리문으로 나가고, 아기는 젖도 안 먹고 곤히만 잡니다. 고요한 이 집을 지키는 나는, 나만 아는 군소리를 노래로 삼아서, 힘껏 마음껏 크게만 부릅니다, 연맷간[65]의 어머니께서 기꺼이 들으시라고……

(『동명東明』 17호, 1922년 12월)

# 희게 하얗게

누이가 일없이 날더러 말하기를
"나의 얼굴이 어찌하여 흰지 오빠가 그것을 아시겠습니까?"
"아마 너의 얼굴이 근본부터 어여쁜 까닭이지"
"아니지요! 달님의 흰 웃음을 받았음이지요"

"나 사는 이 땅이 흼은 어쩐 일인지 오빠가 아십니까?"
"아마 하얀 눈이 오실 때에 우리의 마음도 희었던 까닭이지"
"아니지요! 가만히 계셔요 나의 노래를 들어 보셔요"
　"옷 짓는 시악시를 만나보거든
　붉은 꽃 수놓은 비단일랑 탐치 말라고
　붉은 꽃 피우려는 사랑이 올 때에 젊은이의 붉은 시름 지지 않을 터이니"
나는 누이의 뜻을 잘 알았다. 그가 나의 옷을 지을 때에 일부러 흰 감[66]으로 고르는 줄을

(『동명東明』 17호, 1922년 12월)

# 바람이 불어요!

밤이 오더니만 바람이 불어요
바람은 부는데 친구여 평안하뇨
창밖에 우는 소리 묻노라 무삼 까닭
집 찾는 나그네 갈 길이 어디멘고
이 밤이 이 밤이 구슬픈 이 밤이
커다란 빈집에 과부寡婦가 울 때라

부러진 칼로 싸우던 군사야
잊지 말아라 차든가 덥든가
주막집 시악시 부어 주는 술이……
해 저문 강가에 팔짱 낀 사공이
애타는 젊은이 일 넌지시 묻거든
그리 말하소 더부살이 허튼 주정 말도 말라고

누구의 말이던가 "정성만 지극하면은
죽었던 낭군도 살아오느니라"고
그것도 나는 믿지 않아요 거짓말이어서
"꺼진 불을 살려 주소서" 정성껏 빌어도
북두칠성 앵돌아졌으니 어이 하리오

이 밤을 새우면 내 나이 스물네 살!

어머니! 말어 주서요 시왕전十王殿[67]에 축원祝願을
문 앞에 가시성城[68]이 불이 붙어요
당신의 외독자 나도 가기는 갑니다

죽음의 흑방黑房에서 선지피를 끓이어
죄악의 부적符籍을 일없이 그리는
마법사야! 오너라 네 어찌하리오
내가 모르는 체 너털웃음을 웃으면은

아! 지겨운 밤이 바람을 데려오더니
시들치 않은 문풍지 또다시 우누나

(『동명東明』 17호, 1922년 12월)

# 키스 뒤에

“여보셔요! 쫓아오지 말고 저만큼 서셔요 남들이 있거든……”
“아따, 이 사람아! 만날 때에면 참을 수 없구나
울렁거리는 가슴을”

“입을 그리 마셔요 입 맞췄다 하게요 남들이 보면은”
“아따, 이 사람아! 휘파람 부누나 하자는 말이지 남몰래 올 때에”

“쉬! 떠들지 말아요 우리 집의 사나운 개 또 짖고 나서요”
“아따, 이 사람아! 두 근 반 하더냐 너의 가슴이”

“내 속이 상합니다 웃지 말아요 허튼 웃음을”
“아따, 이 사람아! 못 만나 우냐? 만나서 웃지!”

“나는 싫어요 놀리지 말아요 그러면 나는 갈 테야요”
“아따, 이 사람아! 마음대로 하려무나 싫거든 그러면 나도 간다나”

(『동명東明』 17호, 1922년 12월)

# 그러면 마음대로

"해마다 열리는 감이 해마다 풍년이라"고
짚신할아비[69] 그것을 지키며 좋아합니다.
씨 많은 속소리[70] 뚫기만 하여도
소꿉질감[71] 으로 그나마 놀라나
다팔머리[72] 이웃 애들 날마다 꼬여요
"요것들 어린 것이 감 따지 말아라"
"당신이 죽으면 가지고 갈 테요"
"요 녀석 죽기는 왜 죽는단 말이냐"
"그러면 마음대로 오백 년 사오"
아이들은 지껄이고 몰려가는데
모른 체 할아범은 짚신을 삼으며
"첫서리가 와야지 감을 딸 터인데"

(『동명東明』 17호, 1922년 12월)

# 노래는 회색灰色 — 나는 또 울다[73]

아기의 울음을 달래려 할 때에
속이지 아니하면은 어머니의 사랑으로도
웃지 말어라 미친 이의 이야기를
참말로 믿으면 허튼 그 소리도
커다란 빈집을 일없이 지키는
젊은이 과수의 끝없는 시름은
한마음밖에 또 다른 뜻을 모른다 말어라
속 모르는 이의 군이야기가 없었더라면

사나이 젊은 중 염불이 아니었더면
밝은 눈동자 목탁木鐸이 아니거든 모를 수 있으랴 가사袈裟를 입을 때에
붉은 비단 수놓은 솜씨를 어여쁜 보살菩薩! 관세음觀世音보살[74]을!

(『동아일보東亞日報』, 1923년 1월 1일)

# 해 저문 나라에

그이를 찾아서
해 저문 나라에,
커다란 거리에, 나아갔었더니
지나가는 나그네의 꾀임수[75]에
흔하게 싸게 파는 궂은 설움을
멋없이 이렇게 사 가졌노라.

옛 느낌을 소스라쳐
애 마르는 한숨
모든 일을 탓하여 무엇하리오
때 묻은 치맛자락 흐느적거리고
빛바래인 그림자 무너진 봄 꿈,
미치인 지어미의 노래에 섞어서
그날이 마음 아픈 오월 열하루.

봄아 말 없는 봄아,
가는 봄은 기별도 없이
꽃 피던 그 봄은 기별도 없이,
진달래꽃 피거든 오라더니만,
봄이나 사랑이나 마음이나
사람과 함께 서로 달라서,

이 몸이 사랑과 가기도 전에
돌아가는 그 봄은 기별도 없이……

진실과 눈물은
누구의 말이던고,
시방도 나는 이렇게 쉷거든,
그적에[76] 애끊이던 그이의 눈물은
얼마나…… 붉었으료,
하염없이 돌아가던 언덕,
긴 한숨 부리던 머나먼 벌판,
눈물에 젖어서
잡풀만 싹이 터 우거졌는데,
이 산에서 저 산으로 오고가는 산새
가슴이 아프다 '뻐뻑꾹'
그이가 깨끗하게 닦아주고 가던
내 맘의 어루쇠[鏡][77]는 녹이 슬어서
기꺼우나 슬프나 비추이던 얼굴,
다시는 그림자도 볼 수 없으니,
아— 그 날은
병든 나의 살림,
마음 아픈 오월 열하루,
나는 이제껏 그이를 찾아서
어두운 이 나라에 헤매이노라.

(『개벽開闢』 37호, 1923년 7월)

# 어머니에게

어머니!
어찌하여서
제가 이렇게 점잖아졌습니까
어머니 젖꼭지에 다시 매어달릴 수도 없이
이렇게 제가 점잖아졌습니까
그것이 원통해요
이 자식은

어머니![78]
어찌하여서
십 년 전 어린애가 될 수 없어요
어머니께 꾸중 듣고 십 년 전 어린애가 다시 될 수 없어요
그리고 왜 이제는 꾸중도 아니 하십니까
그것이 설워요
이 자식은

어머니!
어찌하여서
어린 것을 가꾸어 크기만 바라셨습니까
가는 뼈가 굵어질수록 욕심과 간사가 자라는 줄을 모르셨습니까
거룩한 사랑을 값싸게 저버리는 줄 모르십니까

그것이 느끼어져요
이 자식은

어머니!
어찌하여서
떡 달라는 저에게 흰무리떡[79]을 주셨습니까
티끌 없이 클 줄만 아시고 저의 생일이면은 흰무리떡만을 해 주셨습니까
인제는 때 묻은 옷을 벗을 수도 없이 게을러졌습니다
그것이 아프게 뉘우쳐져요
이 자식은

(『개벽開闢』 37호, 1923년 7월)

# 그이의 화상畫像을 그릴 제

이 가슴에 사라지지 않는 그이의 얼굴을
잊히지 못하여 그림으로 그릴 제
　　우는 눈 웃는 입
　　붉은 빰 푸른 눈썹
　　이 세상의 아름다움을 모두 다 걷어서
　　어여쁘게 어여쁘게 그리려 한다.
이 가슴에 사라지지 않는 그이의 얼굴을
잊히지 못하여 그림으로 그릴 제
　　이 몸과 마음은 고달팠으니
　　그이의 아름다운 얼굴과 같이
　　이 맘의 깨끗함도 자랑해 보려고

이 가슴에 사라지지 않는 그이의 얼굴을
잊히지 못하여 그림으로 그릴 제
　　그이의 그림과 이 나의 넋은
　　어두운 방바닥에 힘없이 흩어져
　　임자 없이 이리저리 굴러다녀라
이 가슴에 사라지지 않는 그이의 얼굴을[80]
잊히지 못하여 그림으로 그릴 제
　　별러서 그리는 그이의 얼굴은
　　가장 아름답게 그려졌으니

이 몸이 애쓰고 괴로워질수록
그림의 얼굴은 어여뻐졌도다
이 가슴에 사라지지 않는 그이의 얼굴을
잊히지 못하여 그림으로 그릴 제
그이의 얼굴이 고웁게 뵐수록
도무지 한 가지는 그릴 수 없으니
보이지 않도록 감추어서 둔
그이의 가슴의 붉은 마음은

이 가슴에 사라지지 않는 그이의 얼굴을
잊히지 못하여 그림으로 그릴 제
알 수 없는 그이를 엿보아 그리나
다만 눈앞에 나타나 보임은
노상 어여쁜 얼굴뿐이었다.
이 가슴에 사라지지 않는 그이의 얼굴을
잊히지 못하여 그림으로 그릴 제
그러나 이 몸만 가엾어졌으니
그릴 수 없는 것은 계집애 속이요
그릴 수 없는 것은 그이의 마음이라
못 그리는 그림을 부여안고서
나는 이렇게 울기만 할 뿐

(『개벽開闢』 37호, 1923년 7월)

# 흐르는 물을 붙들고서[81]

시냇물이 흐르며 노래하기를
　외로운 그림자 물에 뜬 마름잎
　나그네 근심이 끝이 없어서
　빨래하는 처녀를 울리었도다

돌아서는 님의 손 잡아당기며
　그러지 마셔요 갈 길은 육십 리
　철없는 이 눈이 물에 어리어
　당신의 옷소매를 적시었어요

두고 가는 긴 시름 쥐어틀어서
　여기도 내 고향 저기도 내 고향
　젖으나 마르나 가는 이 설움
　혼자 울 오늘 밤도 머지않구나.

(『백조白潮』 3호, 1923년 9월)

# 커다란 무덤을 껴안고

— 묘장墓場 1[82]

나그네 살림살이 스물두 해 반!
커다란 무덤을 껴안고 놀았다,
쑥 캐는 지어미의 눈물에 젖어서
무리선 늦은 해 엶은 빛이
뉘엿뉘엿 넘어갈 때에,
시들픈 산길에 고달픈 지팡막대 집어던지고,
피에 절은 비린내가 힘없이 타는 누런 연기가
거칠은 풀끝에 어리인 옛 무덤 모인 곳에서,
안개 같은 지나간 꿈을 가슴에 그리며.
으스름 달빛을 붙들어라 회오리바람은 꼬여오라,
모다기[83] 울음이 일어나는 곳에서
피와 고기의 뭉틋는[84] 소리는,
유령의 향연饗宴에 첫 서곡序曲이더라.
해골바가지의 각족 어린, 널름거리는 귀화鬼火[85]
질그릇이 깨어지는 듯한 여우의 노래,
빛도 없고 그림자도 없는 그윽한 집에서
이상한 눈을 번득거리는 촉루髑髏[86]의 무리는
제가끔 거룩한 신이라 일컬으며 곤댓짓[87]하더라.
거기에서 나도 흰소리[88]하였다,
나그네 살림살이 스물두 해 반!
그래도 거룩한 신神에 하나이라고.

(『백조白潮』 3호, 1923년 9월)

# 시악시의 무덤

— 묘장 2

임자 없이 묻히인 시악시 무덤에
알 수 없는 비밀이 감추어 있다고
시름없이 지껄이는 나무 긁는 아이 혼자 군소리는
...... ...... ...... ......
그러나 부끄러운 가슴은 울렁거리어
임자 없이 드러내는 시악시의 젖가슴을 볼까 봐서

꺾으려고 가 보니 그 꽃은
참으로 아름다운 꽃이었다
그러나 그것은 시악시 무덤 위에
다만 한 송이의 이름 모를 꽃이었다

아프게 꺾는다 하여도 임자의 손이라 하오면
스러질 꽃이오니 꺾인들 어떠하오리까마는
저잣거리의 값싸게 파는 웃음이 아니어든
웃기고 또다시 꺾어버리는 쓰라린 솜씨야!

임자 없는 꽃에 임자 없는 바람이 불었거니
맘 없이 오고 가는 나비야 무슨 죄오리까
꽃을 꽃으로 보아 꺾는 꽃이어니
시악시 마음에 감추어 둔 붉은 구슬을 누가 알았사오리까

놀던 나비 날아갈 때에 울던 꽃은 스러져 버렸다.
꽃도 없이 조으는 시악시의 무덤은
알 수 없는 비밀을 꿈꾸고 있는데
나무 긁는 아이의 혼자 군소리는
날이 맞도록 그 소리가 그 소리였다.

(『백조白潮』 3호, 1923년 9월)

# 그것은 모두 꿈이었지마는[89]

그것은 모두 수수께끼였지마는 누님이

"모른다 모른다 하여도, 도무지 모를 것은, 사나이의 마음이야" 하시기에, 나는

"모른다 모른다 하여도, 도무지 모를 것은, 나라는 '나'이올시다."

"쩌르렁—하는 소리는, 건넛산이 우렁차게 울림이로소이다."

동내洞內의 큰 북이, 소리쳐 웁니다. 동내의 두레패[90]가, 자지러지게 놉니다.

밤! 밤! 회적색灰赤色의 이 밤! 이 밤에 이 밤에 아— 이 밤에, 불이 또 붙는다 하오면, 두고 가신 님의 속이 오죽이나 타시오리까.

바지지 하느니, 시악시의 마음이로소이다. 불보담 더 달으니 나의 마음이로소이다.

장명등長明燈[91], 발등걸이[92], 싸릿불, 횃불, 불이야— 쥐불, 듣기에도 군성스러운 퉁탕 매화포[93], "가자— 건너편으로" 마른 잔디밭에 불이 붙어 오니, 무더기 불이 와르르하고 일어납니다.

쥐불은 기어 붙고
노루불[94]은 뛰어오고
파랑 불

빨간 불
호랑나비 나비 불[95]
사내 편
계집애 편
얼씨구 좋다 두둥실

"으아— 쥐불이야" "뭐 막걸리 열동이?" 붉은 입술, 연시보담 더 빨간 청춘의 빰, 늙은이의 눈짓. 선머슴꾼의 너털웃음, 용트림하는 젊은이 마음, 이 밤은 이렇게 모두 놀아나는데, 고갯짓하는 홰나무의 속심을 누가 아오리까.

퍼지는 불길은 바다처럼 흐르고, 사람의 물결은 불붙듯 몰립니다.

벌불, 산불 주봉朱鳳뫼[山名]의 붙는 불이, 괘등형卦燈形[山名]으로 치붙어…… 검은 하늘에는 날으는 이 불꽃, 또다시 퉁탕 매화포, 고혹蠱惑의 누린 내음새, 정열에 타오르는 불길, 피에 어린 눈동자 미쳐서 비틀거리고, 두근거리는 가슴은 울듯이 "뛰자!"

"내 손을 잡아라 내 손을" 손에 손길, 불에 불길 "치마꼬리가 풀어지네요!" "대수……" "옷자락에 불이 붙네요!" "대수……" 아픈 발을 제기어[96] 뜁니다. "잡아라— 쥐불 쥐불"

그것은 모두 꿈이었지마는, 오늘이 쥐날인데 이상한 꿈도 꾸었다고, 누님이 탄식하며 이야기하시던…….

그것은 모두 수수께끼였지마는 누님이

"모른다 모른다 하여도, 도무지 모를 것은, 사나이의 마음이야" 하시기에, 나는

"모른다 모른다 하여도, 도무지 모를 것은, 나라는 '나'이올시다."

(『백조白潮』 3호, 1923년 9월)

# 나는 왕이로소이다

나는 왕이로소이다. 나는 왕이로소이다. 어머니의 가장 어여쁜 아들 나는 왕이로소이다. 가장 가난한 농군의 아들로서……

그러나 시왕전十王殿에서도 쫓기어 난 눈물의 왕이로소이다.

"맨 처음으로 내가 너에게 준 것이 무엇이냐" 이렇게 어머니께서 물으시면은

"맨 처음으로 어머니께 받은 것은 사랑이었지요마는 그것은 눈물이더이다" 하겠나이다. 다른 것도 많지요마는……

"맨 처음으로 네가 나에게 한 말이 무엇이냐" 이렇게 어머니께서 물으시면은

"맨 처음으로 어머니께 드린 말씀은 '젖 주셔요' 하는 그 소리였지요마는 그것은 '으아' 하는 울음이었나이다" 하겠나이다. 다른 말씀도 많지요마는……

이것은 노상 왕에게 들리어 주신 어머니의 말씀인데요.

왕이 처음으로 이 세상에 올 때에는 어머니의 흘리신 피를 몸에다 휘감고 왔더랍니다.

그날에 동내洞內의 늙은이와 젊은이들은 모두 "무엇이냐"고 쓸데없는 물음질로 한창 바쁘게 오고 갈 때에도

어머니께서는 기꺼움보다도 아무 대답도 없이 속 아픈 눈물만 흘리셨답니다

발가숭이 어린 왕 나도 어머니의 눈물을 따라서 발버둥질치며 '으아—' 소리쳐 울더랍니다.

그날 밤도 이렇게 달 있는 밤인데요

으스름달이 무리 서고 뒷동산에 부엉이 울음 울던 밤인데요

어머니께서는 구슬픈 옛이야기를 하시다가요 일없이 한숨을 길게 쉬시며 웃으시는 듯한 얼굴을 얼른 숙이시더이다.

왕은 노상 버릇인 눈물이 나와서 그만 끝까지 섧게 울어 버렸소이다. 울음의 뜻은 도무지 모르면서도요.

어머니께서 조으실 때에는 왕만 혼자 울었소이다.

어머니의 지우시는 눈물이 젖 먹는 왕의 뺨에 떨어질 때에면, 왕도 따라서 시름없이 울었소이다.

열한 살 먹던 해 정월 열나흗날 밤 맨 잿떠미[97]로 그림자를 보러 갔을 때인데요, 명命이나 긴가 짧은가 보려고

왕의 동무 장난꾼 아이들이 심술스럽게 놀리더이다 모가지 없는 그림자라고요

왕은 소리쳐 울었소이다 어머니께서 들으시도록 죽을까 겁이 나서요

나무꾼의 산타령을 따라가다가 건너 산비탈로 지나가는 상두꾼의 구슬픈 노래를 처음 들었소이다.

그 길로 옹달우물[98]로 가자면 지름길로 들어서면은 찔레나무 가시덤불에서 처량히 우는 한 마리 파랑새를 보았소이다.

그래 철없는 어린 왕 나는 동무라 하고 쫓아가다가 돌부리에 걸리어 넘어져서 무릎을 비비며 울었소이다.

할머니 산소 앞에 꽃 심으러 가던 한식날 아침에

어머니께서는 왕에게 하얀 옷을 입히시더이다.

그러고 귀밑머리를 단단히 땋아 주시며

"오늘부터는 아무쪼록 울지 말아라."

아—, 그때부터 눈물의 왕은!

어머니 몰래 남모르게 속 깊이 소리 없이 혼자 우는 그것이 버릇이 되었소이다.

누—런 떡갈나무 우거진 산길로 허물어진 봉화烽火둑 앞으로 쫓긴 이의 노래를 부르며 어슬렁거릴 때에, 바위 밑에 돌부처는 모른 체하며 감중련[99] 하고 앉았더이다.

아—, 뒷동산 장군將軍바위[100]에서 날마다 자고 가는 뜬구름은 얼마나 많이 왕의 눈물을 싣고 갔는지요.

나는 왕이로소이다. 어머니의 외아들 나는 이렇게 왕이로소이다.

그러나 그러나 눈물의 왕! 이 세상 어느 곳에든지 설움 있는 땅은 모두 왕의 나라로소이다.

(『백조白潮』 3호, 1923년 9월)

# 한선寒蟬[101]

높은 숲 맑은 이슬
　　　무어 그리 맵고 쓰려
매암이 매암 매암
　　　쓰르람 쓰르라미[102]
아마도 덧없는 비바람
　　　하도 사나워……

(『신조선新朝鮮』 6호, 1934년 10월)

# 월병月餠[103]

팔월에도 한가위는
고구려의 시름이라
칠백 리 거친 벌판
무슨 일이 있더이까
추석 절사節祀[104] 아기네들
조상 내력 이르라니
도래떡[105] 울던 겨레
오례송편[106] 목이 메네

(『월간매신月刊每申』, 1934년 11월)

# 각시풀

## — 민요 한 묶음 1[107]

산초나무 휘추리[108]에 가시가 붉고
뫼비닭[109]이 짝을 찾아 '꾹구루룩국'
　잡아 뜯어 꽃다지[110] 되는대로 뜯었소
　한숨조차 숨겨 가며 외딴 불당 왔노라
"봄꽃 꺾다 맞은 삼살三殺[111] 무슨 법法으로 풀릴까"
　말 없으신 금金부처님 감중련坎中連만 하시네

먼 산山 보고 눈물지는[112] 실없는 마음
만날 사람 하나 없이 기다리는 시름
　긴 메나리 호드기 불기도 싫어서
　바구니 속 서리서리 되는 대로 담았소
"봄꿈 꾸다 맞은 삼살三殺 무슨 법法으로 풀릴까"
　넌즛[113] 웃는 금부처님 감중련만 하시네

(『삼천리문학三千里文學』 1호, 1938년 1월)

# 시악시 마음이란
## — 민요 한 묶음 2

왜 또 우나요 봄사람 너무 울면 시드나니
타락 송아지[114] '엠매—' 할 제 무에 그리 서러워
　실없는 말 하면은 얼굴이 붉고
　진정眞情대로 달래면 돌아내려라
　그도 저도 말 없으면 가만한 한숨
　　시악시 마음이란 여울목 달빛
　　온달도 반달인 양 대중도 없지
네 나이 열아홉 살…… 봄꿈은 개꿈

왜 또 우나요 봄사람 너무 울면 시드나니
타락 송아지 '엠매—' 할 제 무에 그리 서러워
　뉘 손에 꺾일 꽃인가 걱정도 없이
　이름 모를 딴 시름 온밤을 새워
　붉은 입술 다문 대신 느낌만 잦지[115]
　　시악시 마음이란 덤불의 메꽃
　　핀 꽃도 진 꽃인 양 이슬에 젖네
네 나이 열아홉 살…… 봄꿈은 개꿈

(『삼천리문학三千里文學』 1호, 1938년 1월)

# 붉은 시름
## — 민요 한 묶음 3

이슬비에 피었소 마음 고와도 찔레꽃
이 몸이 사위어져서[116] 검부사리 될지라도
꽃은 아니 되올 것이 이것도 꽃이런가
눈물 속에 피고 지니 피나 지나 시름이라
미친 바람 봄 투세하고[117] 심술 피지 말아도
봄꽃도 여러 가지 우는 꽃도 꽃이려니

궂은 비에 피었소 피기 전에도 진달래
이 몸이 시어져서[118] 떡가랑잎 될지라도
꽃은 아니 되올 것이 이것도 꽃이런가
새나 꽃은 두견杜鵑이니 우나 피나 핏빛이라
새벽 반달 누구 설움에 저리 몹시 여위었노
봄꽃도 여러 가지 보라꽃도 꽃이려니

아지랑이 애졸여 가냘피 떠는 긴 한숨
봄볕이 다 녹여도 못다 녹일 나의 시름
불행 다시 꽃 되거든 가시 센 꽃 되오리
피도 말고 지도 말아 피도 지도 않았다가
호랑나비 너울대거든 가시 찔러 쫓으리
봄꽃도 여러 가지 가시꽃도 꽃이려니

(『삼천리문학三千里文學』 1호, 1938년 1월)

# 이한離恨[119]
## — 속민요續民謠 한 묶음[120]

밥 빌어 죽을 쑤어서
　　열흘에 한 끼 먹을지라도
바삐나 돌아오소
　　속 못 채는 우리 님아
타는 애 썩는 가슴도
　　그동안 벌써 아홉 해구려
내 나이 서른이면
　　어레[121] 먹은 삼잎이라
아무려나 죽더라도
　　임자의 집 귀신이나
봄풀이 푸르러지니
　　피리 소리 어찌나 들으라오[122]

동지섣달 기나긴 밤을
　　눈물에 젖어 드새올[123] 적에
마음을 다스리고
　　이를 갈며 별렀어요
꿈마다 자주 갔던 길[124]
　　머다사 얼마나 멀리
설움이 앞을 서니
　　까마아득 주저앉소

님[125]의 별 어떤 별이뇨
　　내 직성直星[126] 하마 베틀 할미
은하수 마를 때까지
　　예 앉아서 사위라오

(『삼천리문학三千里文學』 2호, 1938년 4월)

# 감출 수 없는 것은

나물 캐러 가면은 먼 산 바라기
옹달우물 거울삼아 무엇을 보누
솔도치[127]에 몽당솔[128]을 감춰야 쓰지
감출 수 없는 것은 큰아기 궁둥

반달 보고 긴 한숨 웃음을 당싯[129]
앞내 여울 잔돌 방천 통발을 털어
고슴도치 외마지고 술추렴[130] 갈 제
낯 붉은 뒷집 열녀 새벽길 건네

시세時勢[131] 못 본 영웅이 소용이 무엇
소증素症[132] 난리 염치廉恥 귀양 닭서리 가려
노랑 수염 강생원님 밤잠 못 자고
좀생[昴星]이[133] 천기天機 보며 흠[134]자 군소리

(『삼천리三千里』 131호, 1939년 4월)

# 고추 당초 맵다 한들

충주 객사 들보 남글[135] 도편수都片手[136]는 아우
품 안에 든 어린 낭군 어이나 믿어
　굽은 사리[137] 외서촌外西村[138] 길 푸돌며[139] 가도
　가랑개리[140] 시누이 마음 그 누가 알리

목천木川 무명 청주淸州 나이 열두 새 길쌈
잉아[141] 걸고 북[142] 잡으니 가슴이 달캉
　달캉달캉 우는 바디[143] 무엇이 설워
　열두 가락 가락꼬치[144] 등골을 빼지

속 모르는 시어머니 꾸리[145]만 기었수[146]
오백 꾸리 풀어 짠들 이 설움 풀까
　이 세목細木[147]을 다— 나으면 누구를 입혀
　앞 댁宅 아기 기저귓감[148] 어이두 없네

칠팔월에 자체 방아 온밤을 새두
애벌댓김 꽁보리밥 그것두 대견
　강피[149] 훑다 누명陋名 쓰긴[150] 시누이 암상[151]
　눈결마다 헛주먹질 철없는 낭군

(『삼천리三千里』 131호, 1939년 4월)

# 호젓한 걸음

호젓한 걸음 포청捕廳 다리[152] 무섭지 않소?
　요리料理집 살殺풀이 장단長短 복청교福淸橋라오
일부러 맞는 함박눈 옷 젖은들 대수요?
　반천년半千年 묵은 쇠북 말없이 에밀렐레……

호젓한 걸음 도깨비팔[153] 무섭지 않소?
　진딴다 거리의 짜스[154] 귀가 저리네
일부러 맞는 함박눈 옷 젖은들 대수요!
　길 넘은 수표水標 다리[155] 구정물 몇 자 몇 치……

호젓한 걸음 훈련원訓練院[156] 터 무섭지 않소?
　늦은 일 공장工場 사이렌 몸도 고달펴
일부러 맞는 함박눈 옷 젖은들 대수요!
　오간수五間水[157] 목이 메니 왕십리往十里 어이 가리

(『삼천리三千里』 131호, 1939년 4월)

# 어 둔 밤

笑 啞 生

때는黑暗深夜다

나는 深淵에잠기여 暗黑이숨넘거리는 마음을 부둥에섯다

天地에가득ᄒᆞᆫ 어둔밤이야 萬象이 어둠에 싸지고 萬籟가 어둠에숨은듯

宋鼠의排徊形에「쓸커라」ᄒᆞ는 貓聲을지ᄋᆞ 가ᄉᆞᄉᆞ어둔氣象을재쫓는頭顱은 凝然히어둠속에서 헤매이는듯ᄒᆞ나 暗良사ᄂᆞᆫ밤은 千萬幻影彷徨가 이러닉고지니ᄂᆞ다 온갓것이 모다 그속에서 떨는다

저自然界에서 無數ᄒᆞᆫ幻影이 跳躍ᄒᆞ는 사람의空想 압도업고 뒤도업고 션ᄒᆞᆫ 위아래 모다 업다 前後左右가 無窮ᄒᆞ니 왜―일서 가슴을미지라



黯然ᄒᆞᆫ宇宙 모다벼자지로다 어둔밤잇는곳은 모다너자지로다

나는 저어둠을 찻고신다 어둠을사랑한다 캄캄ᄒᆞ다 光明ᄒᆞ다는 白晝보다 차라리 怨黑ᄒᆞᆫ暗夜가 조타 暗夜ᄂᆞᆫ 될엇스면 이너所願이다

無常迅速ᄒᆞᆫ 이世上엇지보다 오날아ᄎᆞᆷ밧분오린 볏모되서리만밤가 수구에개昨日ᄒᆞᆫ 벗엇는 지綠ᄒᆞᆫ 무리 野蠻ᄒᆞᆫ人皿에 엇지언ᄒᆞ다 多※ᄒᆞ다 사람도 어둡고 나무도어둡고 풀도어둡고 뫼도어둡고 모다ᄉᆞᄉᆞ어둔 그속에안기여 맘껏 힘껏 부르짓거라 몽부림ᄒᆞ나라 살짝흘여라나 그러다슉거라 숨어바려라

그러치 슉지슉어 거릿김업시 和平ᄒᆞᆫ 저世上에







서 죽으면조차 死는나는 生에서救할것이다 여보라 살녀고 날사ᄂᆞᆫ이 왜―죽어?

살수이스나 죽자!

밤― 밤―어둔밤 아― 어둡고어둡고 어둔지속에는 아무生命을머어살엄 무엇이잇스면만 ᄯᅩ시닷아 머믈적어둠은 어둔밤은 밤빛은 나를사랑ᄒᆞ는가? 나에게 키쓰를주랴는가. 나를불상이녀이는가? 나를살이려는가?

아―안이다 속엇다

저는 나를嫉ᄒᆞ이로다 나를嘲弄ᄒᆞ이로다 썩은 저얼골을보나 ―君의生光이이는 暗黑에올너느라ᄒᆞᆷ이안이냐? 응걸스럽은저어둠을보라 嚴然毅然을 직히는 鐵面丁의구ᄉᆞᆷ이안인나? 안구지저빈이야 밤쌔여터는소리엉은 쉬식이벗서 나를 죽―을니또다 照然脈모르나나ᄂᆞ 부서ᄉᆞᄒᆞ는소리도 쌍ᄒᆞᆫ 陰淵마진고우숨

아― 왜이러나냐

코우슴은鈍ᄒᆞ고 겨ᄋᆞ바루 밤나무 우쓸부명 뒷간 큰밧 수ᄉᆞ썽기 분서진모기붙 火焰 우송송ᄒᆞᆫ달벼래포기 온갓것이 모다 嘲笑로ᄂᆞ 보나 흘노리ᄂᆞ다

아―무셥다 보지마라

나는 ᄒᆞᆫ갓흘판미ᄋᆞᆯ엿다

아―嫉妬다 嫉妬다 듯세려지는소리만「피」사롬의―邪性취우며어리는인이 모다이쎈이로다 어둠아 어둠아 네가 나를사랑치안는게로구나

이웃집淸潔婦「넝ᄉᆞ」거리는 우름소리 ᄯᅢ가앗호게 구슬프다

어미네야 어미네야― 어둠속에 부르짓는 어린석은어미네야 그대의 싸이는곳은 무릇 벗방울이며 그대의쉬는할숨 모다벗짓음이요? 생ᄒᆞᆫ벗방울숨을 벗목운할숨은 무삼섯이냐?

無數의笞 無數의血 無數의淚로 結晶된 人生이라 鬱悒숨동잇스며ᄒᆞ마는 수만 사롬中에서도 하나는 悶抱ᄒᆞ려운지어미를 가리여 이어밤에 人生의多瑞多悲ᄒᆞᆫ 모든일을 계아밤처로 부르지지 ᄉᆞ기는것이다

ᄉᆞ갈세ᄂᆞ 저幽冥의나라 無感의곳 이러ᄒᆞᆫ곳에 이밋케 무서운곳에 ᄉᆡ지잇는사롬이 萬一 잇것슬진더……………

내가젼보르는 歎惜못보다 부지런히닛거지마라
汝의過去가어둡고 將來가어둡진ᄃᆡ 엇지現今이어
둡을수잇ᄒᆞ느냐

사람들아 오날ᄭᆞ지 생각ᄒᆞ여오는 너의心臟 血球
가쑴ᄒᆞ느냐 갑ᄒᆞ느냐 차느냐 신각ᄒᆞ느냐 약세ᄒᆞ느냐 어
ᄯᅥᄒᆞ느냐 생잇ᄒᆞ느냐 생엽ᄒᆞ느냐 생ᄒᆞᆯ오는남밝ᄭᅳᆺ이 엇
더ᄒᆞ겟느냐?

그럼 어쑴케보ᄂᆞ니 앎음이 어둡진ᄃᆡ 어ᄃᆡ가보
보아셔는 차바더밤이 어두어 안이뵈이 너의사는
能系에 利益이되리라

엇더튼지 안이되니조차 人世의더러운罪劫 참
天堂이오 樂園이로세

저곳을보라 富人도업고 窮班도업고 賤民도업
고 亂國도업고 貪家도업고 浴殺도업고 오다 사
랑이면 거저사롬 아모是非업는 極樂의天地다

아름답다 永樂의빗츨인 저新宗의合 平和의소
리촌인 저國家의사이

이世上 말ᄒᆞ고ᄒᆞ는 쎵이世上 自由淸明大道世
上너의맘을拘束ᄒᆞ는 牢獄이안이냐

浮世에솟겨다니는 분상ᄒᆞᆫ人生들아 則有天地어
홍앙 차져오너라 瑞光가는發光샤 샛별 少女汝
혼 어둔밤을차져오너라

사람들아ㅡ전상가다 아모친근合옵셧숭이며 파
ᄌᆞ기ᄭᅡ우서워말고 아모도안이보ᄂᆞᆫ어둔밤이니 파
웅노코젼산가라

사람들아ㅡ 土叢盤心에 부끄러운자야 아모도
안이뵈이ᄂᆞᆫ어둔밤이니 ᄂᆞ의罪와將來ᄒᆞ라ᄂᆞᆫ가

사람들아ㅡ 그대의四隣과迴顧도 어두어안이
뵈니 繁禁로서 끌치안는 新世界을 신니거니지고
빗나리바람이라도 너假裝道路로ᄒᆞ여라

사람들아ㅡ 너의가진暗黑의밤을이ᄂᆞ뷔니 어
두운이밤에 더밝은것못보리니

사람들아ㅡ 부ᄭᅳ럽ᄭᅡᆺ은 너의滔利臣 邪國家에
아조어나 맘ᄇᆞᆫ니어라 맘바로비오라 번ᄯᅥᆨ오더는
저星光 부셧시안으나 광ᄉᆞ에解釋ᄒᆞᄂᆞᆫ佥殺 색아
부지안코 저별ᄀᆞᆺ치光彩잇게 어리움에ᄭᅢ진 불
쌍ᄒᆞᆫ貧民과 非樂을부ᄭᅴ지안으랴느냐

사람들아ㅡ 아모도안이뵈ᄂᆞᆫ어둔밤이니 貧家에
쌩인다 봇그리우졋는지말고 눈웃사랑에져졋진
ᄇᆡ 솔거진손아기 할ᄅᆞᆷ마바피고 할ᄋᆞᆷ할개치며 ᄇᆡ







엇더ᄒᆞᆫ慰安을ᄒᆞ라

사람들아ㅡ 이렀다운世上을ᄉᆞ랑ᄒᆞ며 사람에게보ᄂᆞᆫ지리
華麗虛飾으로 더럽은의몸에綜出로고 언ᄒᆞᆫ거리
는 野賤ᄒᆞᆫ慾態 어두어안이뵈니 누가보와 어ᄯᅥᆯ
ᄲᅮ즐가?

사람들아ㅡ 人世의浮游는 쉬엄게거니가자 술
먹고「잇ᄂᆞᆫ니ㅡ」流行ᄒᆞᄂᆞᆫ 너희들지 엇지ᄒᆞ리셔지안
은가 그럼浮游이뉴니에 빗삼ᄀᆞᆺ흠으로 엇지ᄒᆞᆯ가
는지 放縱이빗ᄯᅳᆫ 술먹저하ᄒᆞ고 放蕩ᄒᆞᄌᆞᆺ가 밤
바ᄃᆡ어아ᄒᆞᄂᆞᆫ 비ᄭᅢᆺ도 어두운밤이라 보아니보
니 그만ᄒᆞ오소

사람들아ㅡ 봇가지말나 罰送ᄒᆞᄂᆞᆫ너의生活이지
만 어두운밤의語鬼ㅣ인이니 엇지너의하ᄂᆞᆫ슐잔을
빗ᄉᆞᆯ을ᄭᅡ보라

못사ᄂᆞᆫ들아ㅡ 죽으라ᄒᆞ잇고 살아ᄉᆞ여라 죽지말
고 살거나 살아도죽으나ᄯᅡ 죽어도 살아오나리에
眼羅ᄒᆞ게살거라 慈悲圓으로살거라 저거지렴ᄉᆞᄒᆞᆫ
숨에서 아모생각 업시옴ᄌᆞᆨᄌᆞᆨᄌᆞᆨᄌᆞᆨ 살고 생지안
은가? 형님이世上에서 졀난이라 어두우면 모다
死滅ᄒᆞ겨나 모다 幽殺이되겨나 모다 慾民ᄒᆞ겨나
엣 슬퍼ᄒᆞ라

慈悲ᄒᆞ라 저거져의저쥰 어두운 구석에도 生命
이잇ᄂᆞ니라 水만넘이ᄂᆞᆫ水오 燈이빗나ᄂᆞᆫ燈이니
라 希望잇다 어두운사름 큰希望이잇다 生의너에
나사ᄅᆞᆷ아 부끄ᄂᆞ냐 너는사랑ᄒᆞ기에 저별이빗쳐
이되지안ᄂᆞᆫ가 저것도사랑ᄒᆞ시는이가 너희에게誠
實ᄒᆞ신 것뿐이다

저별은ㅡ 밤ㅡ 빗잇는 저ᄂᆞ둔밤ㅡ 慈悲ᄒᆞ라 저리
계시므로가진 너희는슬퍼ᄒᆞᄂᆞ냐? 웃기나냐? 이
는 物의消잠졸로중이로다 너희는슬퍼웃기지말ᄀᆞᆯ고
깃거워ᄒᆞ는ᄯᅢ 저것들보라 너희는슬퍼웃기지말할고
깃거운誠운가져 저것들보라 저는 밤새 恐怖ᄒᆞ지
도안코 悲嘆ᄒᆞ지도안코 絕望ᄒᆞ지도안코 苦痛ᄒᆞ
지도안코 憂悶ᄒᆞ지도안코 사람이가득ᄒᆞᆫ 깃븜이
가득ᄒᆞᆫ 信仰이가득ᄒᆞᆫ 光明이가득ᄒᆞᆫ 너를懸分ᄒᆞ
는 誠意로 너의罪業에 修養ᄒᆞ리라 ᄒᆞᆫ말ᄉᆞᆷᄒᆞᆯ을
에서 暗黑을退却ᄒᆞ리라 아아ㅡ 저光明ㅡ

그러나 그러도 맛볼수업는것은 사람의 밤이라
나몰오나 나는울다 나는운다

이세상사람이 무삼꿈을? 무삼꿈을?

이一몯을세라

내가 슬퍼ᄒᆞᄂᆞ냐 사ᄅᆞᆷ의슬ᄑᆞᆷ을 슬퍼ᄒᆞᄂᆞ냐 此一時 人類의煩悶苦痛을 슬퍼ᄒᆞᄂᆞ냐 몯을세라 몯을세라 아아몯으리로다 구비〃〃行路難이라

暗夜悲境中에 나는 一步一步 엿아서 옛다갓다ᄒᆞ다 어둔나무가지에선 찬바의새가 [illegible]路ㅣ 歸到道ㅣ。 (一九一九、九、二八獄窓에서)

1920.05
〈커다란 집의 찬 밤〉
〈철 모르는 아이가〉
〈벗에게〉
『문우』 창간호

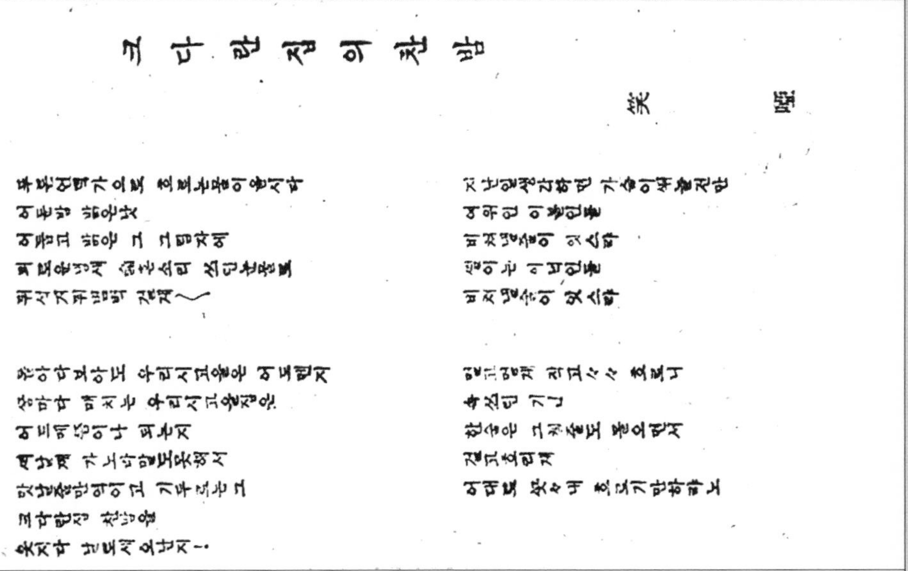


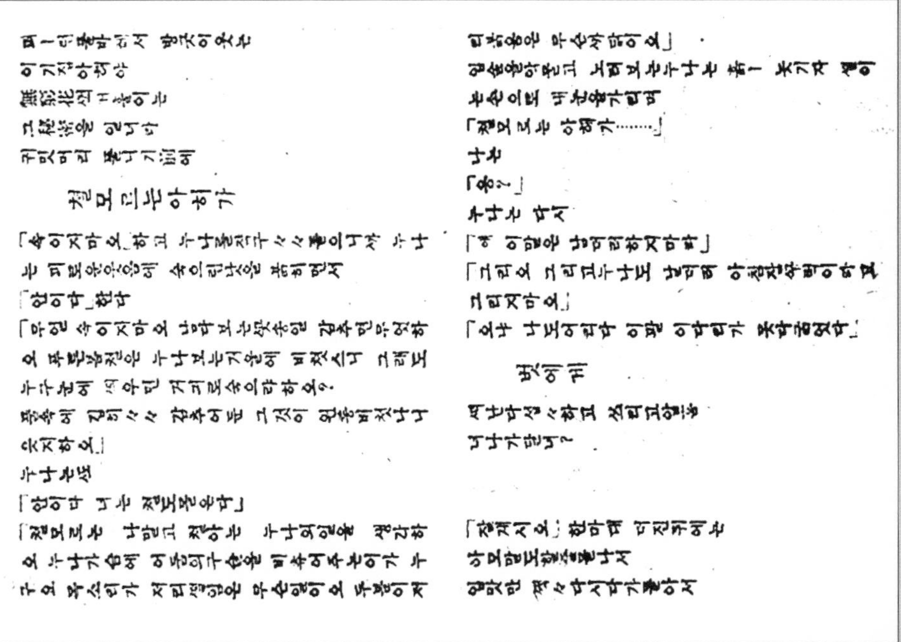

본체만체 우숭~걸어올제
힘업시것는걸음 잘안나간다
발뿌릿 머믄어 휘돌쳐보니
저도맘업시 막돌어스네

맘업시 돌아스는 그끝의속
오직이나……
아-써남!

써남을 슯허한다
그러나 우습다 슯허하는그쯧
무엇이맛나남이나
무엇이써남이냐

宇宙는넓고 時間은기ㄴ데
여기에肉身마다 모다單獨身
이리가나 저리가나 부침이업네

부침이업스니 무엇이써나나?
써남이업스니 무엇이남나?
맛낫다일오나 한몸안이요
두사이 空間이 멋자멋치냐
맛나지안코 써러신남파남
써낫다일홈도 쏘다뜸업서
그자로 잘 그空間 그남々세리

입술에 발넌말로
맛낫다써낫다하는 그소리
空然히 잇지마라
반기며 늣길새닭업네

肉身은有形하다
다시슴하지안을바에
제멋대로 되도록 내바려두고
無形한精靈이나 슴해 써나지말가나

내것 銀線되고 내것 金線되거나
내것 銀線되고 내것 金線되거나
줄에것 써로날로 서로걸어서
뭍우에돌거든 쇠마치 갓치맛고
비들에오로거든 바되질 갓치바더
다ㅣ 짜진뒤
씨저진데업고 이어진데업시
한옷한나이

내心臟에 나 내心臟에 나
一心第一室에 나나가 들어서
저室에 걸인가졍
너와나도다

窓門을열어노니
바람에 나붓기네
너와나

내눈으로도 봄이 내눈으로도봄
내내눈 한데合처 저物을보니
저物도 보고이도길
저가ㅣ엔

길이길이 갓촌갑으로
날고 혀지드래도
혀지々말어지다고
觀園新綠

1922.01
〈백조는 흐르는데
별 하나 나 하나〉(권두시)
『백조』 창간호

# 白潮는 흐르는데 별하나 나하나

洪

저ㅣ기저 하날에서 춤추는저것이 무어? 오ㅣ金빗노을! 나의가슴은 군성거립니다 견댈수업습니다。

압江에서 日常불으는 우렁찬소리가 어엽븐나를불너냄니다。 귀에닉은音聲이 미닷이서 들일때에 철업는마음은 조와라고 밋처서 잔듸밧 모래톱으로 줄달음줍니다。

이리다 다리엣고 쥬저안저서 얼업시 짓거립니다 銀고리갓치 동글고 멋그러운 혼자이약이를………

상글々々하는 太白星이 머리우에 만쟉이니 발서 반가운이가 반가운그이가 옴이르쇼이다 粉세수한듯한 오리알빗 동그레달이 압동산봉오릴 집고서 방그레ㅣ바시々 소사올으며 바시락어리는 깁안개우호로 달콤한 저녁의幕이 소르를처 나려올때에 너른々々하는 허ㅣ연밀물이 팔버려 어렴풋이 닥처옴니다。

이째을시다 이째면은 나의가슴은 더욱々々 뛥니다 어둠수풀 저쪽에서 어른거리는 거믄그림자른무서워 그림이안이라 쟉갈대는 내얼골을 물그렴이 보다가 넌짓이 낫숙여 우수시는 그이를 픗너린마음이 수접어 언뜻 붐이로소이다。

新婦의 고요히 휩싸는 치마싸락갓치 달잠겨 썰이는 잔살물결이 소리업시 어린이의歸興을 흐느적어리니 문고기갓치 나닷는가슴을 것잡을수업서 물빗도銀갓고 물소리도銀갓흔 가업는 喜悅나라로 더벅々々 걸어감이다………핏칠듯키 자지러저 철々흐르는 깃붐에 씌여서ㅣ。

아ㅣ웃업는 깃붐이로소이다。 나는 하고십흔 소래를 다ㅣ불너봄니다。

이러다 定處업는甘樂이 원븐을 고달피게합니다。 그러면 앉으랴고 기두르는이에게 살미러 안기듯

1

- 7 -

키 어리광처럼 힘업시 넘어짐이다。

올치 이러면 貢緞갓처 고흔물결이 찰낙々々 나의몸을 씨담어쥬노나!

키다란沈默은 기리々々 죠오는데 쏫업시 흐르는 밀물나라에는 낫닉는 별하나히 새로히 빗닙니다。 거기서 우숨석거불으는 자장노래는 다소히어리인金빗꿈허에 호랑나뷔처럼 훨々나라드님니다。

엇지노! 이를엇지노 아ㅣ엇지노ㅣ 어머니젓을 만저는듯한 달콤한悲哀가 안개처럼이어린넉슬 휩싸들으니……심술스러운 웅석을 숨길수업서 뜻안이한 우름을 소리처울이다。

2

- 8 -

1923.09
〈나는 왕이로소이다〉
『백조』 3호

# 나는 王이로소이다

나는 王이로소이다 나는 王이로소이다 어머니의 가장어여쁜아들 나는 王이로소이다 가장 가난한 농군의아들로서………

그러나 十王殿에서도 쫓기어난 눈물의王이로소이다。

「맨처음으로 내가 너에게 준것이 무엇이냐」 이러케 어머니께서 무르시면은

「맨처음으로 어머니께 받은것은 사랑이엇지오마는 그것은 눈물이더이다」 하겟나이다 다른 것도만치오마는………

「맨처음으로 네가 나에게 한말이 무엇이냐」이러케어머니께서 무르시면은

「맨처음으로 어머니께 드린말슴은「젖주서요」하는그소리엇지오마는 그것은「으아—」하는 울음이엇나이다」하겟나이다 다른말슴도 만치오마는………

이것은 노상 王에게 들녀주신 어머니의 말슴인데요

王이 처음으로 이世上에 올때에는 어머니의 흘니신 피를 몸에다 휘감고 왓더랍니다

그날에 洞內의 늙은이와 젊은이들은 모다 「무엇이냐」고 쑥덕거리는 [illegible]

어머니께서는 깃거움보다도 아모대답도 업시 속아픈 눈물만 흘니셧답니다

벌거숭이 어린王 나도 어머니의 눈물을 따라서 발버둥질치며 「으아—」소리쳐 울더랍니다

그날밤도 이러케 달잇는 밤인데요

으스름달이 무리스고 뒷동산에 부엉이 울음우는밤인데요

어머니께서는 구슬픈 옛이약이를하시다가요 일업시 한숨을 길게쉬시며 웃으시는듯한 얼골을 얼는 숙이시더이다

王은 노상버릇인 눈물이 나와서 그만 끗까지 섧게 울어버렷소이다 울음의뜻은 도모지 모르면서도요

어머니께서 조으실때에는 王만 혼자 울엇소이다

어머니의 지우시는 눈물이 젓먹는 王의뺨에 떨어질때이면 王도 따라서 시름업시 울엇소이다

열한살먹든해 正月열나흔날밤 맨잿덤이로 그림자를 보러갓슬때인데요。명이나 긴가 짜른가 보랴고

王의동무 장난군아이들이 심술스러웁게 놀니더이다 목아지업는 그림자라고요

王은 소리처 울엇소이다 어머니께서 들으시도록 죽을가 겁이나서요

나뭇군의 山타령을 따라가다가 건넌山비탈로 지나가는 상두군의 구슬픈노래를 처음들엇소이다

그길로 옹달우물로 가자고 지름길로 들어서면은 찔레나무 가시덤불에서 처량히우는 한마리 파랑새를 보앗소이다

그래 철업는 어린王나는 동모라하고 쫓아가다가 돌뿌리에 걸니어 넘어저서 무릅을 비비며 울엇소이다

　　한머니산소압헤 뭇십으러가든 寒食날아츰에
　　어머니께서는 王에게 하얀옷을 입히시더이다
그러고 귀밋머리를 단단히 싸어주시며
　「오늘부터는 아모ㅅ조록 울지말어라」
　　아ㅣ그때부터 눈물의王은!
　　어머니몰내 남모르게 속깁히 소리업시 혼자우는그것이 버릇이 되엿소이다

누ㅣ런떡갈나무 욱어진山길로 허무러진 烽火뚝압흐로 쫏긴이의노래를 불으며 어실넝거릴째
에 바위미테 돌부처는 모른체하며 감중연하고 안젓더이다
아ㅣ뒤ㅅ동산將軍바위에서 날마다 자고가는 뜬구름은 얼마나만히 王의눈물을 실고갓는지요.

나는 王이로소이다 어머니의 외아들나는 이러케王이로소이다
그러나그러나 눈물의王ㅣ 이世上어느곳에든지 설음잇는짱은 모다 王의나라로소이다

1938.01
〈각시풀〉
〈시악시 마음이란〉
〈붉은 시름〉
『삼천리문학』 1호



# 民謠 한묵금

洪 露 雀

## 각 시 풀

山椒나무 휘추리에 가시가 굵고
꾀버답이 짜운차저 『꾹구무룩국』
　잡어뜨며 꿋따지 되는데로 뜨덧소
　한숨조차 숨겨가며 욋단佛堂 왓노라
『봄꿋꺽다 마슨三殺 무슨法으로 풀릿가』
　말업스신 金부처님 坎中連만하시네

먼山보고 눈뭅지는 시럽슨마음
맛날사람 하나언시 기다리는실음
　긴메나리 호들기 불으기도 실혀서
　보구니쑥 서리々々 되는대로 담엇소
『봄꿈꾸다 마슨三殺 무슨法으로 플릿가』
　넌줏웃는 金부처님 坎中連만하시네





## 시악시 마음이란

웨또 우나요 봄사람 넘어울면 시드나니
타락송아지 『엠매ㅣ』할쩨 무에그리 슬어워
　시럽슨말 하면은 얼골이 붉고
　眞情대로 달래면 도라나려라
　그도저도 말업스면 가만한 한숨
　　시악시마음이란 여울목 달빗
　　원달도 半달인양 대중도업지
네나히 연아홉살……봄꿈은 개꿈

웨또 우나요 봄사람 넘어울면 시드나니
타락송아지 『엠매ㅣ』할쩨 무에그리 슬어워
　뉘손에 꺽길꼿가 걱정도업시
　일읍몰은 만시름 원밤을새워
　붉은입술 다분내신 놋김만 잣지
　　시악시마음이란 덤불의 메꼿
　　된꼿도 진꼿인양 이슬에젓네
네나히 열아홉살……봄꿈은 개꿈

# 붉은시름

이슬비에 피엿소 마음고아도 찔레꼿
이몸이 사웨저서 검부사리 될지라도
꼿은 안이되올것이 이것도 꼿이런가
눈물속에 피고지니 피나지나 시름이라
미친바람 봄투세하고 심술피지 말어도
봄꼿도 여러가지 우는꼿도 꼿이려니

구즌비에 피엿소 피기前에도 진달래
이몸이 시여저서 떡가랑닙 될지라도
꼿은 안이되올것이 이것도 꼿이런가
새나꼿이 杜鵑이니 우나피나 피빗이라
새벽半달 누구설음에 저리몹시 여윗노
봄꼿도 여러가지 보라꼿도 꼿이려니

아즈랭이 에조려 가냘히떠는 긴한숨
봄볏이 다녹여도 못다녹일 나의시름
不幸다시 꼿되거든 가시센 꼿되오리
피도말고 지도말어 피도지도 안엇다가
호랑나뷔 너올때거든 가시찔러 쪼츠리
봄꼿도 여러가지 가시꼿도 꼿이려니

# 주

1 홍사용이 공식적인 매체에 발표한 최초의 시 작품이다. 『서광』 창간호에는 '1919년 9월 28일 화남(華南, 화성지역)'에서 집필한 것으로 기록되어 있으며, 소아(笑啞, 咲啞)라는 필명으로 발표되었다. 『홍사용 평전』(2016)에서 김학동은 종합학술교양지인 『서광』에 수록된 「어둔 밤」이란 작품을 산문 장르로 분류하여 소개한 바 있으나, 『문우』지에 수록된 박종화의 「심볼리즘」(1920.5)이라는 비평에서는 본 작품의 일부를 거론하며 홍사용(홍새별)의 '산문시' 형식을 고평한 바 있다. 본 전집에서는 홍사용과 더불어 『서광』, 『문우』 등에 정력적으로 참여했던 박종화의 견해와 후대 연구자들의 견해를 참고하여 「어둔 밤」이란 글을 노작이 발표한 최초의 시 작품으로 바로잡는다.

2 원발표면에는 '주풍뫼(朱風뫼)'라고 표기되어 있으나, 주봉뫼(현재의 반석산)를 이르는 것으로 보인다. 산문 「청산백운」, 시 「그것은 모두 꿈이었지마는」 등의 작품에는 '朱鳳뫼'라고 표기되어 있다. '풍(風)'은 '봉(鳳)'의 오식으로 판단하여 본문에서 수정하였다.

3 '괘등형'은 '등불을 달아놓은 형상'이라는 뜻으로 주봉뫼의 산세를 표현한 것으로 보인다. 풍수지리에서 유명한 학자나 예언자를 배출하는 명당형 지대를 괘등형이라고 표현한다. 「그것은 모두 꿈이었지마는」이란 시에서는 괘등형 뒤에 '山名'이라는 표기를 덧붙이고 있다.

4 가추가추: 의식이나 기억이 조금 흐릿해져서 정신이 약간 드는 듯 마는 듯 하는 모양.

5 큰재봉은 화성시 석우동에 있는 산봉우리인데, '독두(대머리)'로 표현한 것으로 보아 당시를 기준으로 '나무가 없는 산봉우리'를 뜻하는 것으로 보인다.

6 천만경암파도(千萬頃暗波濤): 천만 경 넓이의 어두운 파도.

7 무상신속(無常迅速): 무상은 세상에 영원한 것이 없음을 뜻하는 불교 용어다. 인간 세상의 변천이 지극히 빠름 혹은 세월의 덧없음을 뜻한다. 『육조단경(六祖壇經)』에서는 "생사사대 무상신속(生死事大 無常迅速)", 곧 "생사의 일이 지극히 크며, 무상은 신속하다"라고 하였다.

8 옥사정(獄司丁): 감옥에 갇힌 사람을 맡아 지키던 사람.

9 음충(陰冲)맞다: 마음이 음흉하고 불량한 데가 있다.

10 누항(陋巷): 좁고 더러운 골목 혹은 가난한 자가 사는 곳.

11 아람치: 개인의 몫.

12 연정아(軟情兒): 어린 정인.

13 뇌옥(牢獄): 죄인을 가두는 옥.

14 별유천지(別有天地): 특별히 경치가 좋거나 분위기가 좋은 곳.

15 마주걸이: 서로 마주 서서 대응하는 모습.

16 동록(銅綠): 구리 거죽에 돋은 푸른빛의 물질. 독(毒)이 있음.

17 부란(腐爛)하다: 썩어 문드러지다.

18 공각(空殼): 속이 빈 껍데기.

19 행로난(行路難): 세상에서 살아가는 길의 험하고도 어려움.

20 암야수성(暗夜愁城): 어두운 밤의 시름 어린 성(城).

21 서촉도(西蜀道): 두견새 우는 소리를 나타낸 표현. 고국인 촉나라로 가지 못하고 죽은 두우(杜宇)의 이야기를 소쩍새 우는 소리에 반영한 것으로 보인다.

22 「크다란 집의 찬 밤」이라는 제목으로 『문우』지 창간호(1920.5)에 발표되었으며, 1919년에 집필하여 박종화에게 전했던 미발표 원고로 알려져 있다. 홍사용 사후 월탄의 추모글과 함께 『동아일보』에 발표된 「푸른 언덕 가으로」(1947.1.14)라는 제목의 시와 동일한 작품이며, 『동아일보』에서도 본 작품의 집필 시기를 1919년 11월 그믐날에 창작한 것으로 밝히고 있다. 기존의 전집에서는 박종화가 소지한 유고[『달과 구름과 사상(思想)과』, 휘문출판사, 1965]에 근거해 「푸른 언덕가으로」라는 제목으로 소개하고 있으나, 시인 스스로가 제목과 형식 등을 개작하여 공식적으로 발표한 첫 작품이므로, 본 전집에서는 이 시를 최초 발표지면에 표기된 제목으로 바로잡고, 표기와 형식도 『문우』지 판본을 기준으로 하여 수정하였다.

23 '걸게〜'라는 표기를 기전집본에서는 '같게'의 방언인 '걸게'로 해석하고 있으며, 『동아일보』 판본에서는 '같게'라는 의미에 기호까지 말줄임표로 교체하여 '같게……'로 표기하고 있다. 본 전집에서는 시 후반부의 '걸고 흐리게'라는 표기를 참고하여, '걸게 걸게'로 수정하였다. '걸게'는 맥락상 뒤범벅되어 '걸쭉하고 많아진다'는 의미나 '거칠고 짙어지다'의 의미로 해석할 수 있다.

24 원발표면에는 '기ㄴ'으로 표기되어 있으나, 시인이 길게 발음한 단어들을 경우에 따라 '긴—'과 같은 형태로 수정하였다.

25 원발표면에는 '걸고 흐리게'로 표기되어 있고, 『동아일보』 판본에는 '걸고 흐르게'로 표기되어 있다. 이 부분을 기전집본에서는 '길고 길게'로 표기해왔고, '검고 흐르게'의 의미로 해석하는 경우도 있으나, 본 전집에서는 원발표면 그대로, '걸고 흐리게'로 표기하여 '걸다'라는 의미를 살렸다.

26 원발표면에는 '홀이는'으로 표기되어 있고, 『동아일보』 판본에는 '홀리는'으로 표기되어 있다. 이 부분을 『동아일보』 판본에 따라 '홀리는'으로 표기하거나 연구자에 따라 '홀이는'이나 '후리는'으로 표기하기도 하지만, 표기에 따라 의미의 편차가 크다. 여기서는 김학동의

해석을 따라 '흘리는'으로 표기하였다.

27 우충우충: 몸을 힘 있게 일으켜 서거나 걷는 모양.

28 휘돌쳐보니: '휘돌아쳐보니'의 의미로 보인다.

29 바디질: 베나 가마니를 짤 때 바디로 씨를 치는 일.

30 원발표면에는 '가뎅'으로 표기되어 있다. 커튼을 뜻하는 말.

31 원발표면의 '헤지々'라는 표기를 '해지지'의 오식으로 볼 수도 있으나, 여기서는 동음을 활용하여 벗과 '헤어지지' 말자는 의미를 표현한 것으로 보인다. 원발표면에 따라 '헤지지'로 표기하였다.

32 『문우』지 창간호에 '새별'이라는 아호로 쓴 권두시(언)이다. 같은 잡지에 박종화가 쓴 「심볼리즘」이라는 비평을 보면 "신문단에 일이채(一異彩)인 홍새별군(君)의 산문시 「어둔 밤」의 일절이다"라는 문장이 있다. 이 글을 통해 『문우』 창간호의 권두시를 쓴 '새별'이란 필자가 홍사용임을 확인할 수 있다.

33 상글상글: 눈과 입을 귀엽게 움직이며 소리 없이 정답게 자꾸 웃는 모양.

34 태백성(太白星): 해 진 뒤 서쪽 하늘에 보이는 금성. 개밥바라기.

35 원발표면에는 '깁'으로 표기되어 있다. '천'의 의미로 쓴 것인지 '김'의 오식인지 불분명하나, 여기서는 김학동의 표기를 따른다.

36 자갈대다: 여럿이 모여서 나직한 목소리로 자꾸 지껄이다.

37 풋여리다: 풋풋하고 여리다.

38 가없다: 끝이 없다.

39 '다소히'가 '다소(多少)'를 의미하는 것인지, '다소곳이'를 표현한 것인지 불분명하다.

40 경우에 따라 '安尊'으로 한자화하여 해석하는 경우도 있으나 여기서는 '성품이 얌전하고 조용하다', '아무런 탈 없이 평안히 지내다'라는 의미의 '안존(安存)하다'로 해석하는 것이 더 자연스럽다.

41 순실(純實): 순직하고 진실함.

42 칠관(漆棺): 칠을 한 관. 시신을 넣는 관을 뜻한다.

43 은정(銀釘): 은으로 된 못. 은빛의 못.

44 간사(姦詐): 성질이 간교하고 남을 속임. 간사(奸邪)하고 남을 속임.

45 퇴금색(褪金色): 퇴색하고 바랜 금색.

46 대싸리: 댑싸리. 명아줏과에 속하는 일년초로 그 줄기를 가지고 통발을 만든다. 혹은 싸리나무로 만들기도 한다.

47 봉당: 안방과 건넌방으로 가는 공간에 마루를 놓지 않고 흙바닥 그대로 둔 곳.

48 시새우다: 사람을 샘하거나 그 사람과 다투다.

49 재재바르다: 수다스럽게 말하다.

50 장포밭: 집에서 가까운 텃밭.

51 적(跡): 흔적. 발자취.

52 원발표면에는 '냇갈번던'으로 표기되어 있다. '냇갈'은 경기 서해안 쪽에서 많이 쓰이는 '냇가'의 방언이다. '번던'은 '버든'의 오기로 보인다. '버든'은 '버덩', 즉 높고 평평하며 나무 없이 풀만 우거진 거친 들을 말한다.

53 텃마당: 타작할 때에 공동으로 쓰려고 닦아놓은 마당.

54 원발표면에는 '말음닙'으로 표기되어 있다. '마름'은 뿌리가 진흙 속에 뻗은 채 잎이 물 위에 떠 있는 한해살이풀로서, 그러한 형태를 한 수생식물류의 잎을 말한다. 기전집본에서는 '마른 잎'으로 표기하기도 하나, 맥락상 '마름잎'으로 표기하는 것이 더 적절해 보인다.

55 시들프다: 마음에 마뜩잖고 시들하다.

56 『백조』 2호의 표지를 넘기면 속표지에 '여는 시' 형태로 삽화와 함께 본 시의 일부가 제시되어 있다. 『백조』 2호에는 이 시의 제목이 따로 게재되어 있지 않으며, 삽화와 함께 3연의 1행인 "시들픈 나물은"까지의 내용이 수록되어 있다. 노작이 『매일신보』에 쓴 「향상(向上)」(1938.12.5)이란 산문에 본 시의 후반부가 소개되어 있어, 전체 내용을 확인하여 이를 보완하였다. 『매일신보』 판본에는 "버들가지를 / 찢어 내려라 / 꺾지는 말아요 / 비틀어다오 / 시들픈 나물은 / 뜯거나 말거나 / 늬나늬 늬나나 / 나나늬 나늬나"와 같은 구절로 소개되어 있다. 일부 도치된 표현이 사용되고 있으며 분연, 분행 방식에도 다소 차이가 있는 것으로 보아, 노작이 후대에 산문을 쓸 때 자신의 시를 기억에 의지하여 인용한 것으로 보인다.

57 호드기: 봄철에 물오른 버드나무 가지를 고루 비틀어 뽑은 껍질이나 짤막한 밀짚 토막 따위로 만든 피리. 버들피리.

58 원발표면의 '꼿짜지'를 기전집본에서는 '꽃가지'나 '꽃까지'로 표기하여왔다. '꽃다지'는 봄에 피는 십자화과의 들풀로 어린잎은 식용한다. 〈나물 타령〉 같은 민요에도 등장하는 풀이다.

59 원발표면에는 '보구니'로 표기되어 있다. '보구니'는 '광주리'의 방언.

60 기전집본에서는 '그 꽃이'와 '그곳이'가 혼기되고 있다. 여기서는 원문의 표기를 따른다.

61 원발표면에는 '아마나'로 표기되어 있다. 이후에 등장하는 '아마나'는 김학동의 표기에 따라 '아마도'로 통일한다.

62 흐너지다: 포개져 있던 작은 물건들이 낱낱이 무너지고 허물어지다.

63 본문의 '연자(燕子)'는 '硏子'의 오기로 보인다. '연자(硏子)매'는 둥글고 판판한 돌판 위에 그보다 작고 둥근 돌을 옆으로 세우고, 이를 마소가 끌어 돌림으로써 곡식을 찧는 연장을 말한다.

64 몸꼴: 몸의 생긴 모양이나 맵시.

65 연맷간: 연자매로 곡식을 찧는 연자맷간(間).

66 '감'은 옷감을 의미한다. 원발표면에는 '가음'으로 표기되어 있으나 축약하여 옷감이란 의미를 선명히 하였다.

67 시왕전(十王殿): 저승의 유명계를 상징하는 곳. 죽은 사람을 심판하는 시왕을 모신 사찰 건물.

68 가시성(城): 가시나무로 친 울타리를 비유적으로 이르는 말.

69 원발표면에는 '집신한아비'로 표기되어 있다. '한아비'는 '할아버지'의 옛말.

70 속소리: 열매가 잘고 씨가 많은 재래종 감을 이르는 방언.

71 소꿉질감: 소꿉놀잇감.

72 다팔머리: 다팔다팔 날리는 머리털. 혹은 머리털이 찰랑거리는 사람.

73 원발표면을 확인해보면 하나의 지면(『동아일보』)에 동일 제목으로 시와 소설이 실려 있다. 첫머리에 제사(題辭) 형식으로 쓰인 시 작품을 분리하여 시 부에도 수록했다. 기전집본의 분연, 분행 방식이 원발표면과는 차이가 있다. 원발표면에 따라 시의 형태를 바로잡았다.

74 관세음보살: 동아시아 불교에서 가장 대중화된 보살 가운데 하나이다. 『법화경』에 따르면, 고통받는 중생이 일심으로 관세음보살의 이름을 부르면, 관세음보살이 그 음성을 관하여 그를 고통으로부터 벗어나게 해준다고 한다. 천 개의 눈과 천 개의 팔로 고통받는 사람들을 보고 건져주는 역할을 맡은 대승보살이다.

75 원발표면에는 '쐬수임'으로 표기되어 있다. '꾀임수'는 '꾐수'의 북한어.

76 그적에: 그때에.

77 어루쇠: 구리 같은 쇠붙이를 반들반들하게 닦아서 만든 거울.

78 원발표면에는 이 부분이 위의 연과 한 연으로 이어져 있다. "어머니!"를 호명하며 시작하는 전체 시의 형식상 분연되는 부분으로 추정되나, 조판 중 지면을 아끼기 위해 붙여 쓴 듯 보인다. 여기서는 김학동본에 따라 연을 구분하였다.

79 흰무리떡: 멥쌀로만 빻아서 만든 시루떡의 하나. 주로 어린아이의 생일에 하는 떡으로 '백설기'라고도 한다.

80 원발표면에서는 2연의 6행과 7행이 들여쓰기가 되어 있으나, 전체 시의 반복적 구조상 이는 조판 과정에서의 실수로 추정된다. 본 전집에서는 전체 형식을 고려하여 들여쓰기를 바로잡아 통일하였다.

81 『백조』 3호의 속표지 첫 장에 '여는 시' 격으로 제시되어 있는 시이다. 2호의 '여는 시' 「시악시 마음은」과는 달리, 3호에서는 목차에서부터 이 시를 '과비(裹扉)'라는 이름으로 소개하고 있다.

82 「묘장」이라는 제목으로 발표된 연작시다. 목차에도 「묘장」이라는 제목으로 소개되어 있으며, 그 안에 「커다란 무덤을 껴안고」와 「시악시의 무덤」 두 편이 번호순에 따라 게재되어

있다. 본 전집에서는 개별 작품이면서도 연작시적 성격을 가지는 형태의 시들을 '묘장 1', '묘장 2'와 같이 각 시의 제목 아래 부제를 다는 방식으로 표기하였다.

83 모다기: 많은 것이 한꺼번에 쏟아지는 것. 무더기.

84 뭉툿는: 뭉텅뭉텅 떨어지는 것을 이르는 말로 보인다.

85 귀화(鬼火): 도깨비불. 밤에 무덤이나 축축한 땅 또는 고목이나 낡고 오래된 집에서 저절로 번쩍이는 푸른빛의 불꽃.

86 촉루(髑髏): 해골. 살이 전부 썩은 죽은 사람의 머리뼈.

87 곤댓짓: 뽐내어 우쭐거리며 하는 고갯짓.

88 흰소리: 터무니없이 남 앞에서 자랑으로 뽐내는 말.

89 『백조』 3호의 목차에는 동일 매체에 쓴 「묘장」 등의 '시'와 구분하여 본 작품을 '산문시'라는 장르로 소개하고 있다.

90 두레패: 농군들이 공동 작업을 하기 위해서 만든 모임.

91 장명등(長明燈): 대문 밖이나 처마 끝에 달아두고 밤에 불을 켜는 등.

92 발등걸이: 임시로 만든 초롱불.

93 매화포(梅花砲): 종이로 만든 딱총의 일종. 불똥 튀는 모양이 매화꽃이 떨어지는 것과 비슷하다.

94 노루불: 노루처럼 뛰어오는 불.

95 나비불: 나비처럼 날아다니는 불.

96 제기다: 발끝으로 다니다. 있던 자리에서 빠져 달아나다.

97 원발표면에는 '맨재텀이'로 표기되어 있다. 기전집본에서는 '맨잿더미' 등으로 표기해왔으나 여기서는 시적 맥락을 고려하여 김학동의 해석을 따른다. '잿떠미'는 재, 곧 고개 밑 터전이 있는 곳.

98 옹달우물: 작고 오목한 우물. 옹달샘.

99 감중련(坎中連): 팔괘(八卦)의 하나인 감괘(坎卦)의 상형 '☵'을 이르는 말. 감괘의 가운데 획이 이어져 틈이 막혔다는 뜻으로, 감괘의 모양처럼 입을 다물고 말을 하지 않는 상황을 이른다.

100 장군(將軍)바위: 주봉산 위에 있는 바위.

101 원발표면의 목차에는 본 작품이 '시조'로 소개되어 있다. 그러나 목차상에 '時調'가 아닌 '詩調'라는 표기로 소개되고 있으며, 김학동의 『홍사용 전집』에서는 이것을 오기로 파악하여 본 작품을 홍사용의 유일한 '시조' 장르로 보고 시부와 별도로 구분하여 수록하고 있다. 『청구가곡』에 드러난 홍사용의 시조에 대한 관심을 상기할 때, 이러한 장르적 표기는 관심 있게 살펴볼 부분이다.

102 2행의 '쓰려'가 원발표면에는 '씰여'로 표기되어 있다. '씨리다'는 주로 '쓰리다'의 방언으로

사용되며, 일부 경남지역에서는 '시리다'의 방언으로도 사용된다. 시에 사용된 의성어를 가급적 살려서 현대어 표기를 하고자 했으나, 원발표면의 '씨려'라는 시어와 뒤에 나오는 '씨르람 씨르람이'라는 가을 매미의 음소적 동일성을 고려하여 '쓰려'와 '쓰르람 쓰르라미'로 표기를 수정하였다. 물론 '한선(寒蟬)'이라는 제목에 차가운 계절감이 내포되어 있으므로, '씨리다'라는 시어에서 '시리'고 냉한 감각도 읽어낼 수 있을 것이다.

103 『매일신보』의 기관지이자 대중잡지인 『월간매신(月刊每申)』에 수록되어 있다. '비시(扉詩)'로 소개되어 있으며, '추석즉흥 2수(秋夕卽興 二首)'라는 주제하에 월탄과 노작의 두 작품이 소개되어 있다. 추석 절기를 맞아 월탄은 아예 「추석즉흥」이라는 제목으로 시를 썼고, 노작은 이에 부응하여 「월병」이라는 시를 게재한 것으로 보인다. 여기서 '비시'는 서시와 같이 책의 맨 앞에 실리는, '여는 시'를 말한다.

104 절사(節祀): 절기나 명절을 따라 지내는 제사.

105 도래떡: 초례상에 놓는 큼직하고 둥글넓적한 흰떡.

106 오례송편: 그해에 농사지은 올벼의 쌀로 만든 송편.

107 『삼천리문학』 창간호에는 '민요한묵금'이라는 대제목하에 홍사용의 시 세 편이 수록되어 있다. 「각시풀」, 「시악시 마음이란」, 「붉은 시름」의 순서로 게재된 시편들은 노작이 동일 지면에서 민요조의 성격으로 묶어낸 시이므로 본 전집에서는 편의상 '민요 한 묶음' 연작에 숫자를 붙여두었다.

108 휘추리: 가늘고 긴 나뭇가지.

109 뫼비닭: 산비닭, 산비둘기를 말한다.

110 〈나물타령〉의 민요와 연관하여 원발표면의 '꽃따지'를 '꽃다지'라는 식용풀의 종류로 수정하여 표기하였다. 「봄은 가더이다」란 시와 유사한 민요 모티프를 사용하고 있다.

111 삼살(三殺): 일반적으로 역학에서 말하는 12가지의 살 중에 삼살은 세 가지의 불길한 방위로서, 겁살(劫殺), 재살(災殺), 천살(天殺)을 말한다.

112 눈물지다: 여기서는 '눈물이 흐르는 상태'를 의미하는 것으로 보이나 희곡 등의 다른 작품에서는 '눈물을 짓'는 모습이나 '눈물을 닦아내는' 모습을 의미할 때도 있다.

113 '넌지시'의 준말인 '넌짓'이 현대어 표기로 적절하나 어감상 '넌즛'의 표기를 살린다.

114 '타락 송아지'는 젖을 제때 먹지 못하는 새끼 소를 이르는 말로 보인다. 타락(駝酪)은 소의 젖을 일컫는 말로, '말린 우유'라는 뜻의 몽골어 '토라크'를 음차한 표현이다. 우유가 귀하던 시절, 타락죽과 우유 등이 의원에서 보양식으로 처방되어 송아지들이 어미의 젖을 뺏기곤 하였다.

115 원발표면의 '잣지'는 '기운이 깊이 스며들거나 배어든다'라는 의미의 '잦지'나 시악시가 첫날밤에 '온밤을 새'우는 상황을 고려하여 '잤지'라는 의미로 읽을 수도 있겠지만, 여기서는 '불길한 느낌이 솟아나는 상태'를 뜻하는 것으로 보아 본래의 표기를 유지하였다.

116 원발표면에는 '사웨저서'로 표기되어 있는 것을 기념사업회본에서는 '시워져서'로 수정한 바 있다. 그러나 시들어 까맣게 말라가는 검불인 '검부사리'와 이어지는 표현이므로, '불이 사그라져서 재가 된다'는 의미의 '사위어져서'라는 시어로 보는 것이 더 적절할 것이다.

117 투세하다: 불만이나 못마땅함을 드러내거나 떼를 쓰며 조르다.

118 시어지다: 머리카락이나 털이 하얗게 세어버린다는 뜻의 전라도 방언.

119 이한(離恨): 이별의 한.

120 노작은 『삼천리문학』 창간호에 이어서 2호(2호로 종간)에도 민요시를 연달아 발표하였다. 1호에 '민요 한 묵금' 세 편을 발표하고 2호에 후속작으로 '속민요 한 묵금'이란 부제를 붙여 발표한 작품이 바로 「이한(離恨)」이라는 시다.

121 어레: '어레'는 얼레[籰]의 옛말로 볼 수도 있으나 '벌레 먹은 삼잎 같다(얼굴에 기미 등이 퍼진 사람을 비유적으로 이르는 말)'는 속담을 참고할 때 '벌레'의 의미로 쓴 것이 아닐까 한다.

122 원발표면에는 '피릿소리 엇지나들으라오'로 표기되어 있는데, 기전집본에서는 '피리소리나 들으라오'로 표기하고 있다. 의미의 차이가 크다고 판단하여 '피리 소리 어찌나 들으라오'로 수정하였다.

123 드새다: 길을 가다가 집이나 쉴 만한 곳에 들어가 밤을 지내다.

124 원발표면의 '자로가튼길'이란 표기를 '자주 갔던 길'이란 의미로 해석하였다. '자로'라는 단어가 '자주'라는 뜻의 옛말이기 때문이다. 하지만 '자로가튼길'이 띄어쓰기가 전혀 없이 표기되어 해석이 상이하게 나타날 수 있다. 기념사업회본에서는 이를 붉은 왜가리인 '자로'로 보고, '자로(紫鷺)가 튼 길'이라고 한자까지 부기하여 해석하고 있다. 시 후반부의 먼 하늘길의 이미지와 연결하면서, 본가를 두고 철새인 자로처럼 오가며 나그네 생활을 했던 시인의 생애를 참고한 표기로 보인다. 또한 이 부분은 '밤'이나 '꿈'이라는 시어와 연관하여 '꿈마다 자러 갔던 길'로 해석할 수도 있을 것이다.

125 원발표면에는 '님의별'로 표기되어 있으나 기념사업회본에는 '남의 별'로 오기되어 이 부분이 와전되고 있다. 원발표면에 따라 '님의 별'로 바로잡는다.

126 직성(直星): 타고난 운명을 뜻하기도 하고, 사람의 나이에 따라 그 운명을 맡는 별을 뜻하기도 한다.

127 2연과 연결해볼 때 '솔도치'는 솔가지처럼(몽당솔) 가시가 있는 고슴도치를 말하는 것으로 보인다.

128 몽당솔: 키가 작고 짤막한 소나무.

129 당싯: '당싯거리다'가 원형으로 어린애가 손짓 발짓으로 춤을 추는 모습.

130 술추렴: 차례로 돌아가며 내는 술의 자리. 혹은 그 술을 마시는 것.

131 시세(時勢): 그때의 형세.

132 소증(素症): 푸성귀만 너무 먹어서 고기가 먹고 싶은 증세.

133 좀생이: 묘성의 속칭. 기념사업회본에서는 이 '좀星'에 묘성(昴星)이라는 한자를 부기하고 있다. 이 별은 중국에서는 묘성이라 불리고, 서구에서는 황도 12궁 가운데 하나인 황소자리로 불리며, 국내에서는 별들이 자잘하고 좀스럽게 모여 있다고 해서 좀생이별이라고 불렸다.

134 기념사업회본에서는 이 구절의 '흠' 자 옆에 한자[欠]를 부기한 바 있으나, 맥락상 말이 수월하게 나오지 않는 난처한 상황을 '흠'이라는 의성어로 표현한 것으로 보인다.

135 여기서 쓰인 '남글'이란 시어는 어원상 '나무'를 의미하는 것으로 보인다. 충주 객사 대들보 나무를 세운 도편수처럼 경제적 능력이 있는 사람이 아니라 결혼하게 된 낭군이 경제적인 능력도 없고 철도 없어서, 신부가 길쌈으로 연명하며 시댁에서 매운 시집살이를 하고 있음을 노래하는 민요조의 시이다. 홍사용이 '메나리 시론'에서 강조한 〈베틀가〉의 시집살이 모티프를 계승하고 있는 작품으로 보인다.

136 도편수(都片手): 집을 지을 때 책임을 지고 일을 지휘하는 우두머리 목수.

137 굽은 사리: 실의 사리처럼 굽이굽이 감겨 있는 벽지의 길을 의미하는 것으로 보인다.

138 외서촌(外西村): 충주에서 남서쪽으로 멀리 떨어져 있는 곳. 당시 충주현의 행정력이 미치지 못하는 벽지라 '외서촌(外西村)'이라 불렸다.

139 푸돌다: '풀돌다'와 같은 말. 어떤 둘레를 돌던 방향과 반대로 빙빙 도는 것.

140 원발표면의 '가랑개리'는 거슬리고 가치작거리는 소리를 자꾸 내며 '가랑거리'는 시누이의 모습으로 해석할 수도 있고, '가랑(佳郎)'이 '참한 소년'이라는 의미를 가지고 있으므로, 어린 신랑을 '가르치는' 시누이의 모습으로 해석할 수도 있다. 기념사업회본에서처럼 '가랑개리'를 '두 가랑이로 갈라 땋아 늘인 머리'인 '가랑머리'로 해석한다면, 결혼하지 않고 시댁에 함께 사는 시누이를 이르는 제유로도 볼 수 있을 것이다.

141 잉아: 베틀의 날실을 한 칸씩 걸러서 끌어 올리도록 맨 굵은 실.

142 북: 베틀에서, 날실의 틈으로 왔다 갔다 하면서 씨실을 푸는 기구. 베를 짜는 데 중요한 역할을 하며, 배 모양으로 생겼다.

143 바디: 베틀 같은 방직기 따위에 있는 기구. 살의 틈마다 날실을 꿰어서 베의 날을 고르며 북의 통로를 만들어주고 씨실을 쳐서 베를 짜는 역할을 한다.

144 원발표면에는 '고치'라고 표기되어 있다. 맥락상 물레로 실을 자을 때 실이 감기는 쇠꼬챙이인 '가락꼬치'를 의미하는 것으로 보인다.

145 꾸리: 둥글게 감아놓은 실타래.

146 원발표면에는 '겼수'라고 표기되어 있다. 깁고 보충하는 행위를 말하는 것으로 보인다.

147 세목(細木): 올이 가늘고 고운 무명.

148 원발표면에 '기저귀ㅅ감'으로 표기되어 있으나 기전집본에서 '지저귀감'으로 표기되어 바로잡는다.

149 강피: 논에 발생하는 벼와 유사해 보이는 피의 종류.

150 원발표면에는 '쓰긴'으로 표기되어 있는데, 이는 '쓰기는(쓰는 것은)'의 준말이 아닐까 한다. 강피를 훑을 만큼 넉넉지 못했으나 시누이에 의해 누명을 쓰게 된 시집살이 상황을 일컫는 것으로 보인다.

151 암상: 남을 시기하고 샘을 잘 내는 마음. 또는 그런 행동.

152 포청(捕廳) 다리: 종로에 있던 다리로서 혜정교라 불린다. 이 다리 옆에 죄인을 다스리는 우포도청이 있었기 때문에 포청다리라고도 불렸고, 육조 관아가 집중된 거리의 동쪽에 있어 관가다리라고도 불렸다. 사람이 많이 오가는 포청다리에서 탐관오리에 대한 공개처형을 시범 삼아 보임으로써 부정부패에 대한 경각심을 주던 장소다. 식민지 시기 콘크리트교로 개수하면서 이름을 '복청교(福淸橋)'라 하였다.

153 원발표면의 '독갭이팔'이 기전집본에는 '도깨비불'로 표기되어 있다. 도깨비불 모티프는 「커다란 무덤을 껴안고」나 「봉화가 켜질 때에」 같은 작품에도 등장하지만, 카페나 댄스홀에서 '짜스' 음악에 맞춰 흥겨이 추는 춤으로 인해 '도깨비팔'의 이미지가 연상되었을 수도 있다. 정확한 의미를 알 수 없어 원발표면의 표기를 그대로 둔다.

154 짜스: 재즈. 혹은 재즈를 포함하여, 1930~1940년대에 경성에서 유행한 재미있고 유쾌한 가사의 신음악. 재즈와 신민요, 민요, 코믹한 만요, 외국에서 유입된 팝, 상송, 스윙, 탱고 등 흥에 겨운 곡조의 음악을 통틀어 '짜스'라 불렀다.

155 수표(水標) 다리: 청계천에 흐르는 수량(水量)을 측정하는 다리. 물길을 건너는 통로이자, 수표를 통해 홍수를 조절하는 역할을 하였다.

156 훈련원(訓練院): 조선 태조 원년에 설치된 곳으로, 무장들이 무예를 훈련하고 전투대형 등의 강습을 받는 등 군사적 업무를 집행하던 장소. 한일신협약으로 한국 군대가 강제 해산되면서 터만 남게 되었다.

157 오간수(五間水): 서울 도성의 성벽 아래에 뚫린 다섯 개의 구멍으로 흘러 내려가던 물. 토사가 쌓이고 수문 개폐가 어려워져서 후대에는 성벽까지 헐리게 되었지만, 이 오간수문은 조선 시대에는 외부 사람들이 도성을 드나드는 통로가 되기도 했다. 식민지 시기 오간수문이 헐리고 근대식 콘크리트 다리가 세워졌으며, 이 오간수교 위에는 전차가 다닐 수 있는 철교가 놓였다.

# 소설

제2부

# 노래는 회색灰色 — 나는 또 울다

아기의 울음을 달래려 할 때에
속이지 아니하면은 어머니의 사랑으로도
웃지 말어라 미친 이의 이야기를
참말로 믿으면 허튼 그 소리도
커다란 빈집을 일없이 지키는
젊은이 과수의 끝없는 시름은
한마음밖에 또 다른 뜻을 모른다 말어라
속 모르는 이의 군이야기가 없었더라면

사나이 젊은 중 염불이 아니었더면
밝은 눈동자 목탁木鐸이 아니거든 모를 수 있으랴 가사袈裟를 입을 때에 붉은 비단 수놓은 솜씨를 어여쁜 보살菩薩! 관세음觀世音 보살을![1]

12월 22일 사랑하는 언니 유로流露씨여. 누영군淚影君을 기다리느라고 전등불이 켜진 뒤에도 한 시간이나 되어서 저녁밥을 먹었나이다.

그리고 또다시 누영군이 돌아오기를 기다렸으나 기다릴수록 그는 지긋하게도 오지 아니하더이다. 참다가 못하여 나중에는 "아마 그림을 오늘도 다— 마치지 못한 모양이로군! 그렇지 않으면 예배당에서 저녁밥을 내었거나……" 이렇게 혼자 군소리를 지껄이고 나서 기다리던 일을 단념해버렸나이다.

두루마기를 입고 막— 일어서려 할 때에 몽소夢笑군이 털털거리고 달려

들어요. 그는 노상 잘 웃는 너털웃음을 큰소리쳐서 한 번 웃더니

"왜 이때까지 이 냉방에서 가뜩이나 말라꽁이가 떨고만 앉았어?" 나는 한 번 쓴웃음을 지어서 그의 말을 대답하는 듯해버렸나이다. 그는 또 의아해하는 듯한 눈으로 나의 얼굴을 유심히 보더니 "왜 오늘도 또 무슨 근심인가?"

"아닐세……"

"아니기는 무엇이 아니여? 어서 나오게—" 나는 별안간 울 듯한 가슴에 아무 말도 하기가 싫어서 그저 그의 시키는 대로만 따라나섰나이다.

종로 네거리까지 갔을 때에 몽소군이 우뚝 서더니 눈을 찌긋—하고 무슨 생각을 한참 하다가 사방을 한 번 휘휘 둘러보고서 "거기나 가보지—" 하고 어디론지 목적지를 확정한 듯이 다시 걸음을 시원스럽게 옮겨놓더이다.

밤은 능청스러운 거짓말 같은 밤이더이다. 상두꾼의 옛날이야기 같은 하늘의 별들은 선술집에 늘어놓은 굴접시같이 여기저기서 끔벅끔벅하면서도 멀뚱멀뚱하면서 내려다볼 때에 철모르는 어린아이들을 꾀어 속이려는 음충스러운 문둥이의 눈을 보는 듯하더이다. 큰길로 지나다니는 사람들은 바쁜 듯이 왔다 갔다 하는데 모두 초상집에 가는 이의 걸음같이 설움에 젖어서 가는 듯하더이다. 기꺼운 빛 기꺼운 소리는 조금도 없이 이 밤 안으로 무슨 큰 흉변이 장차 일어날 듯한 무서운 조짐이 보이는 듯하더이다. 그런데 여기저기에서 희미한 전등빛이 어른거려 근심에 미친 길거리 가득한 마취제痲醉劑를 마시고 한창 어지러운 걸음을 비틀거려 걷는 듯이 세상만사가 마초자磨硝子[2]처럼 몽롱해 보여버리더이다.

문사로 자처하고 돌아다니는 얄궂은 한일초韓一草군을 만났나이다. 그는 우리를 보더니 한 번 간사한 웃음을 던지며 인사하는 뜻으로 모자 쓴 채 머리를 한 번 까딱하고 지나가더이다. 어찌해 얄미운 그 웃음을 일부러 던지고 가는가요.

나는 소름이 끼쳐서 떨었나이다.

수진방壽進坊[3]골로 막 들어설 때에 나는 몽소군이 나를 데리고 가는 곳을

얼른 짐작하였나이다. 아마 나의 얼굴에 수색[4]이 있었음을 보았으니까 그를 풀어주기 위하여 붉은 등 단 잿빛의 거리를 일부러 찾아가는 게지요. 근심하고 시름하고 소리 없이 우는 이에게도 가끔 향락을 맛볼 수가 있는 게야요. 고민할수록 아찔한 향락을 더 맛볼 수가 있는 게야요. 끝없이 막막한 사막으로 헤매 다니던 목마른 나그네가 조그만 푸른 잔디밭을 만났을 때에 일없이 거리에 다리 뻗고 주저앉아서 머나먼 고향의 꽃 핀 동산을 달콤하고도 나른하게 엷은 꿈을 꾸고 있을 테지요. 그러나 향락이라는 그것이 여북[5]이나 하는 수 없어서 차마 이름을 향락이라 지었겠습니까?

이층으로 새로 지은 잡화상점 앞까지 갔을 때에 누영군의 연인이던 화정아씨를 만났나이다. 그가 우리를 보고서 아는 체하려고 한 번 방긋 웃을 때에 나도 무슨 말을 할 듯이 멈칫하고 섰었나이다. 그러다가 몽소군이 화정이와 나란히 서서 가는 양장한 여자를 보더니 아무 말도 없이 시치미를 뚝 떼고 얼른 걸음을 옮겨 가기에 잠깐 멈칫하다가 '너무도 수상하다' 하는 생각이 들어서 나도 모르는 체하고 그를 쫓아가며 어쩐 까닭을 물었나이다.

양장한 그 여자가 어느 교육회의 회장이던 줄을 알았을 때에

"이상한 곳에서 이상한 일이 이상하게도 충돌이 되었구나!" 하고 다시 발을 돌이켰나이다. 화정의 가는 곳을 쫓아가려 함이로소이다. 그의 가는 곳을 잘 알았나이다. 반드시 서린동에 사는 그의 동무의 집으로 간 줄을 꼭 알았나이다.

사랑이란 사람이 반드시 한 번 하고 가는 것이지마는 그것이 행복을 가지고 온 것인지 불행을 가지고 온 것인지 그는 모르겠나이다. 그러나 그것이 사람에게 행복과 불행을 제 마음대로 지배하고 또 농락하는 것은 사실이외다. 아— 불행에서 거슬러 흐르는 밀물에서 이리 뒤치고 저리 뒤치는 젊은이의 무리들이 얼마나 많을는지요! 나는 나의 벗 누영군을 불행이란 불행을 알뜰히 모아 가진 그를 늘— 옆에다 두고 보나이다. 그는 삼사 년이나 허탕하고 방탕한 난봉살이도 해보았지요. 또 날마다 일없이 웃는 꽃다운 꽃의 늘—

부르는 노래도 수없이 쓰릴 만치 들었지요. 그러한 그가 화정이라는 한 여성의 "사랑 좀 하여주오—" 하고 애걸하는 듯한 어여쁜 소리를 들을 때에 "영구히 서로 믿자. 허영이라는 그 속에서는 맛보지 못한 새로운 행복에서 살아보자. 슬픔과 기꺼움을 모두 묶어서 될 수만 있으면 우리만 아는 향락의 나라에서 꿀같이 알뜰히 살아보자" 하였나이다. 그의 가슴은 기쁨과 희망으로 한껏 마음껏 펴지고 벌어버렸었나이다. 그는 애인이 있는 그동안에는 침착하고 진실해졌나이다. 그러나 그의 바라던 그 사랑은 지나가는 나그네의 허튼 주정이 되어버렸어요. 아마 화정의 모진 발길이 여지없이 그를 박차버렸던 게지요. 그가 처음에 누영을 얼싸안았을 때에는 "항용 있는 기생의 사랑으로는 알지 말아주셔요" 하였다 하더이다. 그러나 어느 때까지 기생은 그대로 기생이던가 보아요. 요사이는 어느 부잣집 자식이 미쳐가서 결국 팔백 원 사기 사건을 만들어냈다 하는 어느 신문기사를 보았나이다. 동시에 누영군은 실연을 당하였지요. 군은 자기도 어리석은 줄을 알면서도 말 못하는 가슴을 남몰래 혼자만 태우나 보더이다.

그러한 배경 안에서 오늘 밤에 우리가 화정을 만났나이다. 심상히[6] 만났으면 아무 일도 없겠지요만 이상한 장면에서 이상한 충돌이 있었으므로 다시 말하면 화정이가 누영의 일로 인연해서[7] 무슨 오해나 있지 아니할까 하는 생각이 들어서 서린동으로 그를 쫓아갔었나이다. 그러다 그의 동무의 집에를 들어설 때에 '쓸데없는 짓을 하는구나' 미지근한 느낌이 가슴에 떠오르더이다.

대문 안으로 들어서며 "이리 오너라" 물을 때에 한 겹 중문 안에서 소곤소곤 속살거리는 화정과 그의 동무의 말소리를 들었을 때에 가슴이 뻐개지는 듯한 불쾌한 감정이 불 일듯 하더이다.

"또 속이는구나—" 한 마디 부르짖고 어두운 골목길로 숨어서 나왔나이다…… 몰래 다니는 도둑질꾼의 가만한 자취와 같이.

(『동아일보東亞日報』, 1923년 1월 1일)

# 저승길[8]

**1**

유월 스무날, 새벽하늘이 먼동 틀 때이다. 호올로 병원 문을 나서는 황명수黃明秀는 온몸이 후줄근해서 정신없이 비틀거리며, 자욱한 안개 속 희미한 거리로 헤매어 가다.

**2**

그 전날 밤이다. 죽음을 맡아가지고 다니는, 커다란 흑의 사자[9]가, 무겁고 거북한 발을, 잠깐 멈춰, 음침스럽게 서는 듯이, 어두운 밤에 싸인 병원 집은, 옛날에 지겹고 구슬픈 죽음이 많았다. 이로는, 함춘원含春園[10] 솔숲에 흐트러진 옷자락을 펄럭거리며, 끝 모르는 어둠 나라에서 꿈꾸는, 마음 약하고 몸 약한 불쌍한 무리를, 손짓해 부르는 듯하다.

한 어깨를 으쓱 틀어 추썩거리며, 선술집의 굴젓시처럼, 희멀뚱거리는 눈을, 두리번거리는 듯한 병원 지붕의 탑시계는, 어렴풋이 열한 점[11]을 가리킨다.

어떻든, 밤도 흉물스러운 밤이요, 집도 음침스러운 집이다.

서삼호西三號 부인 병실에는, 무거운 근심이 깊이 쌓였다. 하얀 모기장 밖으로, 답답하게 매달린 푸른 점등빛은, 애태우는 여러 사람의 한숨과 눈물을, 안타깝고 청승스럽게 적신다.

백목白木 홑이불을, 보얗게 마전하여서[12], 깨끗이 깐 병상 위에, 병든 희정熙晶이가, 고이 누웠다. 고이 누워 있는 그만큼[13], 그의 병세는 위독하였다. 구름 같은 머리카락은, 되는대로 엉클어져, 커다란 베개를, 검게 덮었다. 너무도, 모진 병에 시들고 시어져서, 백골이나 아닌가 의심할 만치, 그의 얼굴은, 창백하게 여위어졌다. 어여쁘고 고운 얼굴에, 가장 아름다운 속눈썹을, 가졌다 하던 샛별 같은 그의 눈도, 이제는 궂은 눈물에 어리인 채, 반쯤 뜨여 있다. 하얗게 빛바랜 입술은, 어느 시절에 꽃다운 웃음을 띠어보았던지, 흔적도 없고 자취도 없이, 어디로 사라져 볼 수도 없다. 가슴에 덮인, 홑이불 한 겹이 무거운 듯이, 가쁘게 할딱할딱하는 숨소리는, 이따금 가느다란 목 속에, 얼크러진 가래침에 걸려, 괴롭게 귀찮게 가르랑가르랑할 뿐이다. 그럴 적마다 메마른 입언저리는, 힘없이 가늘게 바르르바르르 떨린다. 온몸은, 가느다란 철사에다, 엷은 백지를 휘감아놓은 듯이, 허수아비같이, 힘없이 쓰러져 누워 있다. 팔과 다리가 아무 연락도 없이, 그저 그렇게 떨어져 되는대로 흩어진 듯이…….

끊어지려 하는 가는 목숨을, 마디마디 졸이는 듯한, 머리맡에 목각종 소리는, 혼자 제 세상이라고, 고요한 방 안을 아프게 울린다. 무거운 수은을, 부어놓은 듯한, 방 안의 공기는, 가만한 속에서도, 한참 바쁘게, 장차 일어날 무슨 일을, 신비스럽고 거룩히 큰 무슨 어려운 일을, 예비하기에 몹시 부산한 듯하다.

대각대각하는 시계 소리가, 기름이 말라서 기운 없이 서면…… 바랄 수 없는 희정의 목숨이, 목 안에서 깔딱깔딱하다가 그만 뚝 그치면…… 희정의 병상을 에워싸고, 안타깝게 들여다보는 여러 사람은, 하염없이 창자를 졸이며, 무엇을 기다리고 있다. 그러나, 그 기다리는 무엇이란 무엇이, 참으로 무엇인지는 모른다. 아무도, 캄캄히 모를 수밖에 없이 되었다.

다섯 시간 전에, 희정의 배를 갈랐다. 위와 십이지장을 수술하려 함이었다. 하다가 미처 손을 떼기도 전에, 원체 몹시도 허약해진 환자는, 시간을 기다리지 못하여, 맥박이 끊어지려 하였다. 그래서 하는 수 없이, 병 수술은 둘째이고, 우선 끊어지려 하는 목숨이나, 조금 더 꿰매어놓으니, 물론 믿을 수 없는 것은, 환자의 남았다 하는 그 목숨이다.

응급수술의 힘으로 이때껏 목숨이 부지해 있으나, 의사가 "열 시간 이상은, 더 바랄 수 없습니다" 하고, 다시 입맛을 쩍쩍 다시며, "어서 수의나, 장만할 도리나 하시오" 하는, 정떨어지는 최후의 선언을, 하고 가버렸다.

정작, 목숨의 주인인 희정이는 몰라도, 애를 써서 간호하던 여러 사람들은, 청춘을 다 못 사는 희정의 짧은 일생을, 가엾게도 박명한 그의 일생을, 너무도 박절迫切히, 열 시간이라는 기한을 받아놓고, 임종을 기다려 지키고 있게 되었다.

희정은, 물에 녹은 수련화睡蓮花 줄기같이 파리한 팔을, 무거운 듯이 배 위에서 가슴으로, 가슴에서 배 위로, 기운을 들여 옮겨놓는다. 그리고 아무 탄력이 없는 듯한 눈꺼풀이, 흐린 날에 먼동 트듯이, 멍— 하게 열리어진다. 그러나, 그의 눈은 아무 빛도 없고 아무 힘도 없이, 그저 열려 있을 뿐이다. 그러다가, 그의 눈동자가 이리로 저리로, 조금씩 돌기 시작한다. 아마 누구를 찾으려 함인지, 여러 사람들은, 일제히 무슨 군호軍號[14]나 있는 듯이, 귀를 기울이며, 허리를 굽혀 들여다본다.

희정의 얼굴은, 몹시 무섭게 해쓱하고 희어지면서, 다시 눈을 감는다.

이 모양을 보는 명수는, 차마 견뎌 볼 수가 없는 듯이, 옆의 사람들을 얼른 돌아보면서, 혼잣말같이

"어떻게 하나…… 암만 하여도…… 마지막으로 유언이나 들어보도록 하지!"

의사가 와서, 주사를 한 지 한 오 분쯤 되어서, 희정은 다시 눈을 떴다. 그리고 희정의 시선이 한 사람씩 한 사람씩 거쳐서, 천천히 돌아간다. 아마 이제 마지막으로, 가장 자기의 사랑하는, 가장 깊이 믿는, 또한 영원히 믿을 그이를, 찾는 모양인가 보다.

시선이, 명수의 얼굴까지 돌아갔을 때에, 한참이나 이윽히 보더니, 눈이 몹

시도 부신 듯이, 잠깐 눈을 감는 듯하였다. 그러다가, 다시 한번 크게 뜨면서,

"다— 꺼내어버렸어요?"

말끝에다 몹시 힘을 들인다. 자꾸 썩어 들어간다 하던, 자기의 창자를 가리켜 말함인가. 기운 없는 손을 일부러 옮겨, 붕대로 싸맨 자기의 배를, 지근지근하고 있다.

"응……."

명수의 대답은, 힘없이 떨렸다.

"얼마나 해요?"

"의사가 보이지를 않아……."

박정[15]은 하지만 명수의 대답이 거짓말을 안 할 수 없게 된 이때였다.

"그래 이제는 잘 살겠대요?"

"……." 명수는 참으로 뭐라 말을 해야 좋을는지 몰랐다. 다만 그러하다는 듯이, 고개를 얼른 끄덕하고, 옆으로 돌이켰다.

희정은, 만족하고 안심된다 하는 듯이, 눈을 시르르 감는다. 하얗게 빛바랜 입술에는, 기꺼운 웃음이 오르는 듯하다가, 힘없는 근육이 다시 누그러져 버린다.

명수는 마음까지 떨렸다. 참으로 아픈 괴로움에 떨렸다. 가슴이 답답할수록, 희정의 묻는 말을 거짓이라도 되는대로 아니 대답할 수가 없었다. 더구나 금방 죽을 그 사람이, 자기가 살겠느냐 물을 때에, 참으로 딱하고 불쌍하고 가엾어도, 차마 그의 귀에다가 시방 죽으리라 하는 그 애처롭고 야속한 기별을, 들려줄 수는 없었다. '이제는 병을 다 고쳤으니 잘 살리라' 하는 뜻으로 그에게 들려줄 때에, 한편으로 뼈가 녹도록 슬프면서도 '죽으면 병도 없이 잘 살 모양이라' 하는, 익살스러운 느낌이 엉클어진다. 자기는 희정을 속였다. 하는 수 없이 익살스럽게 속여버렸다.

한참이나 여러 가지의 설움과 걱정이, 서로 엉클어질 때에 언뜻 번개같이 닿지도 않은 생각이 다— 느껴진다. "만일 시방 누워 있는, 숨이 넘어가려 하

는, 희정의 몸이, 벌떡 일어나서 촉루髑髏가 다 된 그 앙상한 팔로, 자기의 목을 꼭 휘감아 껴안고, 목숨을 내라 몸부림하면…… 부르짖으면……. 죽지 않는다. 속인 죄로 '빼앗긴 목숨을 찾아내라' 하면서 꼬집어 뜯으면…… 울며 덤비면."

하다가, 아무 기운도 없이, 아무 느낌도 없이, 고이 속아서 조는 듯한, 안존安存한[16] 희정의 얼굴을, 볼 때에 더러운 죄악이 검게 썩는 듯한 자기의 마음이, 몹시 미안도 하고 또 두려웠다.

그는, 한 번 가슴이 무너지는 듯이 속 깊은 한숨을 쉬었다. 그리고 샘솟듯 하는 눈물을 막기 위하여 얼른 무딘 눈가죽을 굳세게 닫았다.

눈을 감아도, 흐르는 그 눈물에, 출렁거려 언뜻언뜻 알 듯 모를 듯 떠 보이는 것은, 희정의 일생이다. 아지랑이처럼 몽롱한 옛날에, 한마당의 스러지는 봄꿈과 같이, 가볍게 흩어지는 희정의 평생이 보인다. 스물한 해라는 짧은 삶을 모두 묶어서, 다시 두 번 돌아서지 못하는 막막한 저승길로, 쓸쓸히 외로이 옴짝거리는 희정의 신세가, 멀리멀리 아득하게 보인다. 느낌, 슬픔, 눈물, 한숨, 애처로움……. 희정은 계집이었다. 그만 살고 가는 희정의 일생은, 길 가는 계집아이 구슬피 부르는 노래곡조 한마디였다. 그 노랫가락에 세로 가로 얼크러진 것은, 사랑이요 또한 눈물이었을 뿐이다.

보이지 않는 사랑의 줄이, 명수와 희정의 젊은 두 몸을, 꼼짝할 수 없이 얽매어놓기는, 명수가 스무 살 먹던 해 봄이었다.

한 몸은 난봉을 치는 기생방 주인으로, 방을 빌려주었고, 한 몸은 만세꾼의 신세라 신변의 위험을 돌봐서, 일부러 오입쟁이 행세를 하며, 그 방에 들어 있게 되었다. 희정은 주인이요, 명수는 손이었다.

그 둘의 사귐은, 매우 의협적이었고, 또한 너무도 밀접하였다. 자기네들은, 이 세상의 모든 일을 구원하려고 나온 것이요, 또한 이 세상의 모든 거룩한 일은, 모두 자기네의 두 몸이 있는 까닭인 듯하게 생각되었다. 더구나 희정은 민첩하고 의협스러운 여성으로, 무엇이든지 명수의 일이라 하면 부지런하였고 또한 열성껏 하였다.

그런데 시방 희정이가, 이곳에서 명수의 앞에서, 힘없이 쓰러져 죽으려 한다.

사랑이 있는 곳이면, 정성이 가는 곳에는, 못할 것이 없으리라고 흰소릴 하면서, 그렇게 억세던 그이가, 지금은 죽음이란 몹쓸 운명에 부대껴, 지겨운 저승길을 정해놓고 있다. 힘없이 쓰러져 있다.

그러니 시방, 명수의 가슴을 뭐라 말해야 좋으랴.

희정은, 명수를 사랑하였다. 무슨 아니하면 안 될 의무가 있는 것처럼, 지나간 다섯 해 동안을 하루와 같이, 명수를 사랑하였다.

사랑한다는 그동안에, 사랑한다는 그만큼, 희정은 괴로웠을 것이다. 고생도 많았고[17], 눈물도 많았다. 가정의 풍파도 많았으며, 심지어 만세꾼인 명수를 숨겨두었다 하는 그 죄로, 경찰서 유치장 구경도 몇 번이었다. 또한 죽을 뻔한 곳에도 수없이 갔었다. 그러할 때마다, 명수는 너무도 감사에 견디다 못해 "너무 미안하다" 하면, "당신의 일이면은 죽어도 좋아요" 하며, 희정은 늘 기꺼운 웃음으로 모든 근심을 지워버렸다.

어느 때에는 다른 곳에서, 사건이 발각되어, 명수를 연루자로, 형사가 쫓아왔을 때에, 희정은 모든 사건을 자기가 안고 나서지 않으면 안 될 줄을 깨달은 듯이 "모두 제가 한 일이올시다" 하며, 유랑녀의 아름다운 멋을 모두 풀어서, 형사를 반가이 맞았다. 그래, 자기의 방으로 형사를 인도해 들인 지, 한 시간이 채 못 되어서, 노련한 마술사의 수단과 같이, 말 몇 마디 손짓 몇 번에, 형사를 주물러 쫓아버렸다.

어떻든 희정은, 그만큼 말솜씨도 있고 수단도 좋았다. 또한 명수가 무슨 낙망이 있을 때면, 희정은 정성껏 위로하고 가다듬어주었다. 명수를 칭찬해 준 이도 희정이었고, 놀이터에서 동무들을 만나서라도, 애써 일부러 명수가 한 모든 일을 자랑삼아서 혼자 입에 침이 마르도록, 이야기하던 이도 희정이었다.

시방, 명수의 답답하고 어두운 가슴은, 이러한 말을 속살거리고 있다.

'그는 얼마나, 자기를 사랑해주었음이랴. 그는 자기를 사랑하였다. 죽도록 사랑하였다.'

여러 가지 사정과 형편으로, 너무도 가엾이 사랑한다 하는 그 말은 한 마디도 해보지 못하고, 그저 남매의 우애로운 정처럼 그냥 그렇게…… 자기는 그를 누나라 불렀고, 그는 자기를 오빠라 불렀다.

그러나, 만세 난리 뒤에 다섯 해를 어떻게 살아왔었느냐. 무엇을 믿고, 서로 살아왔었느냐. 자기의 뜨거운 키스를, 거리낌 없이 남모르게 받아주던 이는, 지금 이 자리에서 죽으려 하는 누나라 하는 희정이가 아닌가.

붉던 그 입술이, 이제는 아마 썩어버릴 것이다. 흙 속에 파묻혀, 여지없이 썩어버릴 것이다.

아니지! 설마 그러할 리야 있으랴. 살고 죽는다 하는 그것이 도무지 허무하지, 멀쩡하게 산 사람이 죽을 리가 있으랴. 도무지 못 믿을 말이다, 거짓말이다, 믿을 수 없는 거짓말이다.

그러나 희정은 죽는다 한다. 의사의 말이 "열 시간 이상을 더 바랄 수 없다" 한다.

그러면 어찌하나……. 또한 자기는, 희정을 속였다. 희정이가 살겠느냐 물을 때에, 그렇다 대답하였다. 차마 죽으리라 하는 그 소리는 할 수가 없었다.

그러니 죽는다는 말을 해줄 수도 없는 그만큼, 희정이 죽게 됨을 깊이 믿었음이 아니냐!

희정은 다시 눈을 뜨더니, 명수를 찾는 듯하다. 명수는 왜 그러느냐 하는 듯이 마주 들여다본다.

"이제들 가세요……."

"왜……?" 명수의 목소리는, 힘없이 떨리면서도, 놀라워하는 빛이 어렸다.

"뭘 이제…… 그렇지 않아요. 네? 병이 낫는다 해도…… 속하더라도[18]…… 일주일은 갈 텐데……. 어떻게…… 그렇지 않아요 네?" '네' 하고 떨리는 소리는, 응석 비슷하게 억세면서도, 듣기에는 너무도 힘없고 처량스러웠다.

명수는 다만 '그리하마' 하는 듯이, 고개를 끄덕끄덕하였다. 할 때에, 하염없는 무더기 눈물이 염치없이 뚝뚝 떨어진다.

한 오 분쯤 지났다. 눈을 감은 채로 희정은, 무슨 말을 하려는 듯이, 얼굴을 조금씩 찌긋찌긋하고 입언저리를 실룩실룩하더니,

"그래도 가요!" 잠꼬대인지, 오장이 쏟아지는 듯하게 기운을 들여 지른다. 파리한 가슴은, 아직도 남아 있는 숨기운이 발딱발딱한다.

들여다보던 이들은, 모두 몹시 놀랐다. 희정의 동무 한 사람은 차마 견뎌다— 볼 수가 없는 듯이 한숨을 한 번 '휘—' 쉬고 고개를 돌이키면서

"참 죽기도 어려운 것이야, 저렇게 애를 쓰고……."

"시時를 찾느라고……." 또 한 동무가 한숨에 얼싸여, 고개를 돌이킨다.

미칠 듯한 명수의 머릿속은 몹시도 어지러웠다. 어지러운 중에도 한 가지의 의문은, "그래도 가요!" 한 그 헛소리이다. 명수 자기더러 가라고 한 말인지, 희정이 제가 스스로 가겠다는 말인지,

'저승? 아니다! 그럴 리가 없다.'

명수는 고개를 내두르며 큰 울음을 터뜨렸다[19].

**3**

유유창천은 호생지덕인데
북망산천아 말 물어보자
역대제왕과 영웅열사가
모두 다 네게로 가더란 말가[20]

—나는 간다…… 아니 갈 수 없이 가게 되었다.

정든 사람들아!, 너무 울지 말아라. 나는 하는 수 없이 이로써, 마지막의 인사를 드리나니, 호올로 애끓어 돌아가는 이 몸을, "희정아!" 부르짖어 부르지 말아라. 눈물로 적시어 보내지 말아라. 내일이면 모레면, 닥쳐오는 앞길에도, 설움이 넘쳐서 갈 수 없을 터이니…….

내가 그동안에 그렇게도 알뜰히 지긋지긋이도, 살아왔더니라. 물 깊은 못 속에 들어간 듯이, 온몸을 마음대로 놀릴 수가 없었다. 나의 몸을 나의 마음대로 놀리지 못하고, 스물 몇 해라는 그동안을, 사람에게 눌리고, 세상에게 눌리고, 야속한 인심에게 눌리고, 기구한 팔자에게 눌리고, 한숨에 불려 다니는 몸이, 눈물에 무저져[21]…… 나중에는 짓궂은 병까지 못살게 덤벼, 좁다란 병실로 마지막 세상을 삼으라고, 파리하고 약한 이 몸을, 여지없이 찌그려 누를 때에, 몇 번인지 모르게 죽을힘을 다해 소리도 질러보았다. 힘껏 뿌리치고 일어나려고도 하였다. 아우성을 쳐서라도, 부모와 형제를 부르고, 정 깊은 여러 동무들을 모아, 가는 목숨을 찌그려 누르고 있는 그 몹쓸 병을, 그 지긋지긋한 병을, 떼쳐[22] 버릴까 하였다.

그러나 도무지 허사더라. 못된 년의 운명은, 풀 수가 없구나. 공연히, 애쓰던 여러 사람들만, 헛된 수고로움에 애처롭게 허덕거렸을 뿐이다.

눈물은 흐른다, 시간은 간다……. 커다란 자물쇠로, 열리지 않도록 굳게 굳게 튼튼히 채워두었다던 그 죽음의 문도, 벌써 쉽게 열려졌다……. 산짐승의 모진 어금니보다도, 더 다시 무서운 솜씨를 가지고, 가는 목숨을 자위질[23]하는 키 큰 사자가, 무서운 여러 사자가, 성난 눈초리를 희번덕거리며 어두운 방 구석구석에서마다, 올가미를 걷고[24] 섰다 한다. 아무 말 없이 우두커니 서서, 잡아갈 때만 기다린다고 한다. 아— 어찌하랴. 누가 누가 어찌하랴. 어찌할 수가 있으랴.

나는 들었다. 반가운 소리를 들었다. 누구인지 귀에 익은 정다운 음성이, "일어나거라—" 하는 그 소리를 분명히 들었다.

눈을 떠보았다. 아직도 나의 뺨에는, 흐르던 눈물이 마르지 아니하였다. 그러나 씻으려고도 하지 않는다. 팔이 무거우니까, 온몸이 천근이나 되게 무거우니까, 아니! 마음까지 천만근의 무쇠덩이같이 무거우니까…….

"일어나거라!"

이상도 하다. 분명한 목소리를, 나는 또 한 번 역력히 들었다. 원, 알 수 없는 일이지! 고요히 잠자는 이 밤중에 나를 부르는 이가 그 누구인고.

나는, 왼쪽 옆으로 늘어진 한 팔을, 슬며시 이끌어보았다. 무겁던 그 팔은, 어렵지 않게 너무도 가벼이, 얼른 나의 마음보다도 더 빠르게 움직여진다. 참 너무도 희한한 일이다. 이제는 한번 바른 팔을 들어보자. 여전히 아무 무거움도 없이 쉽게 들어진다. 그래 온몸을, 모두 다 한 번씩 움직여보았다. 여전히 아무 거북함도 없다. 무엇이 그리 무거워서 애를 썼노, 무엇이 그리 어려워서 걱정을 하였노.

모든 일을 의심할 만큼, 지나간 나의 생각과, 정신없이 붙들려 왔던 이 세상의 습관을, 못 믿을 만큼, 나의 몸은, 움직이려 하는 그 마음보다도 더 빠르게, 움직여진다. 이제는, 땅의 힘도 모아 없어져버림과 같이, 나의 누워 있는 이 자리가, 아무 힘도 없이, 너무도 허전허전한 듯하다.

이제 어디 좀, 일어나보려고 하였다. 일어나려고 할 때에, 나의 몸은 벌써 일어나 앉았다. 기운으로 일어났다 하는 것보다도, 바람결에 일어났다 할 만치, 빠르게 가볍게 일어났다.

그러나, 나를 부르던 이는 누구인고. 어데로 갔노. 내가 꿈을 꾸었음인가? 그렇지 않으면…….

나릿내[25]가 끼치는 듯한 음습한 바람이, 온 방 안에 휘—돈다. 구슬프고도 침침한 이 속에, 무슨 풀 수 없는 수수께끼를 이야기하는 듯한 이상한 곳이다. 늙은 쥐는 게을리 졸고, 배 주린 귀신의 웅툿는 소리, 늙은이의 한탄, 젊은 과부의 울음, 설움 냄새, 눈물 냄새, 나릿한 곰팡내, 비릿한 피 냄새, 아—

내가 여태껏, 이런 곳에서 살아왔구나.

나는 으쓸한[26] 무서움을 느껴 진저리쳤다. 오뉴월 궂은비에 무너지다 만 듯한 서편 흙벽에는, 사람의 그림자 비슷한 검붉은 그림자가, 어른어른 비친다. 하다가, 그 그림자가 별안간 힘 있게 푸르르 떠는 듯하다. 정 없고 무지한 사나이가 긴 숨을 꿀덕꿀덕 삼키며 선 듯이, 진저리치게 무섭다. 퍽 보기 싫다. 아— 저것이 여태껏, 이 방 속의 모든 사정을 비밀스럽게 가리고 있었구나, 저것은 피다, 나의 피다, 나의 피로 나의 그림자를 가린 것이다.

또 한 번 머릿살[27]이 쭈뼛쭈뼛하여져서 온몸을 아르르 떨었다. 나는 얼른 일어섰다. 아무 끈기 없는 땅바닥이, 나를 박차고 떠다밀어버리는 듯하다. 그뿐 아니라, 터전 없이 밀쳐지는[28] 나의 마음을, 도무지 의지해 붙일 곳도 없이, 정에 엉클어져 매인 모든 보이지 않는 줄을, 모조리 끊어버리는 듯하다. 끝없는 굴속에 끝없는 설움이 모두 내몰려, 나를 휘몰아 밀쳐 쫓는 듯하다.

나는 외로움을 느꼈다. 슬픔을 깨달았다. 그러나, 울려 하여도 차마 울 수도 없을 만큼 속 깊이 서럽다. 그 대신, 참다못해 하는 수 없이, 두어 걸음 뜻 없이 걸었다. 그래서, 나의 가슴의 어지러운 설움을 그럭저럭 휘저어버리려고 하였다.

꿈나라같이 어렴풋한 달빛이 창밖에 끝없이 어리었다. 그 달빛은 넌지시 나를 부른다. 나를 부르는 듯하다. 나는 그 달을 따라가겠다. 달을 따라서 걸어가겠다.

달빛은 나를 안았다. 나는 달빛에게 안겼다. 그리고, 나의 가고 싶은 곳으로 간다.

지렁풀 우거진 외딴 산길로, 나는 소르르 가만히 간다. 살며시 부는 고운 바람이, 나의 치맛자락을 지긋지긋할 때에, 가냘픈 풀끝에 맺힌 이슬은, 나의 쪼그마한 발을 선듯선듯이 적신다. 한 발자국 또 한 발자국, 사뿟사뿟[29]이 옮겨놓는다. 이슬이 떨어지고, 눈물이 떨어지고…… 밤은 이 밤은, 참 거룩한 밤이다. 깨끗한 밤이다. 아름답고 착한 밤이다. 병든 아들을 위로하는 어머니의 마음과 같이, 보채는 아기를 달래시는 어머니의 자장노래와 같이, 어린 아기 젖 투정에 못 이겨서, 조상 때의 거룩한 옛일을 이야기 삼아 하시며, 이따금 떨어뜨리시는 알 수 없는 어머니의 그 눈물과 같이, 모든 거룩한 사랑과, 온갖 기쁜 정을, 가득 찬 듯하게 가진 이 밤이다. 큰 팔을 벌리고 부드러운 그 가슴에, 나를 안아주려는 듯이, 든든하고 탐탁한 이 밤이다.

이 밤에 나는 길을 간다.

하늘은 얕다. 아주 만족스럽고 아늑하게 얕아 보인다. 향수로 티 없이 씻고, 우유로 부드럽게 물들인 듯한, 포근포근하고도 따뜻해 보이는 보얀 하늘에, 정신 나는 듯하고 귀여운 뭇별들은, 여기저기 오묵오묵 박혀 깜박거리며, 은방울을 울리는 듯한 소리로, 고운 노래를 부르는 듯하다. 고요히 흐르는 은하수에, 가벼운 거울이 떠내려가는 듯한, 오리알 빛 둥그레한 달은, 나의 팔이 조금만 더 길었으면, 잡아당겨 따 가질 듯하게, 정답게 가까우면서도 곱다.

그러나 그 달빛은, 나의 눈에다 눈물을 어리어준다. 무슨 구슬픈 설움이 느껴져서, 그러한 것이 아니라 하여도, 눈물은 분명히 나의 눈에 보이는 것을 모두 안개 속처럼 몽롱하게 흐리어놓는다. 보이는 이 세상의 모든 것은, 고운 모기장을 쳐놓은 듯한 흐릿한 그 속에다 수수께끼를 푸는 장난감을, 되는대로 알 수 없이 내던져둔 것 같다.

여기에서 나는 길을 간다.

이 밤은 이 밤은, 무어라 말해야 좋을 밤이냐, 뜻 없이 우뚝 높은 산은 게을리 졸고, 철철 흘러가는 물은 가슴 아프게 운다. 신방에 들어가는 신부의 마음같이, 수줍으면서도 소리 없이 날뛰는 보얀 골안개[30]는 보금자리 잃은 어린 새의 꿈을, 까닭 없이 흐느적거린다. 나는 어미 잃은 그 새끼 새와 같이, 외로이 울며 이 길을 간다.

이 몸은 작다. 말할 수 없이 작다. 그리고 여지없이 더러워졌다. 광채를 자랑하는 뭇별은, 숨김없이 반짝이며 내려다보는데, 나의 가슴은 왜 이리도 몹시 어두워졌노. 들 가에 속살거리는 아지랑이보다도 사람은 더 다시 알 수 없구나. 허무하고 몽롱하게, 빛도 없고 정도 없고 사랑도 없고 또한 이름도 없이, 다만 쓸쓸한 황무지에서, 헤매고 구박만 받다 가는 것이, 내가 살아본 사람이라는 그것이로구나. 여태껏 그러한 곳에서만 살아왔으니, 또한 장차도 그러한 곳으로만 허우적거리고 갈 테겠지. 외따로 떠가는 달은, 어디까지나 가려느냐. 반짝거리는 저 샛별은, 어느 때까지나 속살거리려느냐. 어린 새야 너는, 언제까지나 우짖으려느냐.

세상은 나를, 이름도 없이 천한 목숨이라고만 부른다. 그런데 나는, 다른 사람과 같은 사람 행세도 못하여보았다. 봄을 파는 물건이라 하여, 돈만 있으면 사고팔 수 있는 물건이었다. 그래서 나의 몸은, 더러워져버렸고 허물어져버렸다. 그 흔한 사랑도 나에게는 허튼 주정!

그렇다. 나는 사랑에서 살아보는 사람이 되려 하였다. 돈으로 아니고 사랑으로 살려 하였다. 사람 노릇을 하려 하였다. 옳고 착한 일만을 해보려 하였다. 아니— 얼마쯤은 착한 일도 하고 옳은 일도 해보았다. 그러나 세상은 나를 모르더라. 모른 체하고 비웃어버리더라. 업수이 여기더라, 사람으로는 대접하지를 아니하더라. 천한 목숨이라고만 부르더라. 다만 짐승처럼 여기고, 짐승을 부리듯이 구박하고 학대만 하더라. 그래 꽃다운 꽃순은 다— 꺾여버렸다. 여지없이 무지르며[31], 모진 발꿈치에 짓밟혀버렸다. 그러고도 마음에 넉넉지 못하여, 또다시 끝끝내 천한 목숨이라고만 업신여겨 부른다. 대체 나는 누구의 까닭이냐. 누구로 말미암아 천한 몸이 되었으며, 또한 무슨 죄며, 누구의 죄이냐. 나는 다— 빼앗겨버렸다. 청춘이나, 행복이나, 모든 부럽고 하고 싶은 것이나, 꽃다운 꿈이나, 순실한 정성이나 다시 얻을 수 없는 귀여운 정조나, 나중에는 내가 가지고 있는 고깃덩이까지 목숨까지, 다— 빼앗겨버렸다. 나는 등신만 남은 허수아비다. 등신만 남아서 굴러다니는 빈털터리다.

아— 나의 것을, 모두 모조리 빼앗아 간 이는 누구냐. 그 강도질을 한 죄인은 누구이냐. 못살게 군 이는 누구냐, 하느님이냐, 사람이냐, 이 몸 스스로냐, 흔히[恒用] 말하는 팔자라는 그것이냐, 그렇지 않으면 광막한 벌판이냐, 우뚝 솟은 멧부리냐, 철철 흐르는 한강수냐. 유연히 뜻 없이 돌아가는 뜬구름이냐, 반짝거리는 별빛이냐, 안개 속에서 노곤히 조는 참새 새끼냐, 침침한 곳만 찾아서 기어드는 배 주린 귀신이냐, 정말 어떤 것이 범죄자며, 참말로 나의 똑바른 원수이냐.

내가, 세상에 나 세상에서 사는 동안에, 나를 보고 지껄이는 사람들을 보면, 미운 생각뿐이다. 우기고 벋서고[32] 싶은 마음뿐이다. 그러나 그것도 버릇이 되어버렸다. 다만 혼자만 고생이고 울음이고 가슴 아픈 일뿐이었다. 아무 효험 없이 아무 뜻 없이 아무 기운 없이, 긴 한숨은 죽음을 짓고, 쓴 눈물은 무덤을 파고, 쓸데없고 변변치 않은 모든 불쌍한 역사는 지겨운 죽음의 옷을, 한 벌씩 두 벌씩 한 갈피 두 갈피 차곡차곡 차례로 장만해왔을 뿐이다. 열이 나서 날뛰다가도 멈춰 서고, 의심을 해 돌아서다가도 꿈을 꾸며 다시 가고, 무서워서 머뭇거리다가도, 설마설마 하는 그 속에서 다시 속아, 그만 끝끝내 이렇게 병이 들어버렸구나. 낼모레 낼모레 하면서 미뤄오던, 미루체[33] 근심은, 나를 지레로 늙히어서, 이처럼 다시 고칠 수 없는 무서운 병을, 깊이 들여놓았구나.

병든 신세, 깊은 병에 얽매인 이 몸, 근심에 무저져, 생각에 게을러, 고달픈 푸른 꿈길, 꿈 없이 머나먼 길로, 여윈 달그림자를, 보이는 대로 따라서, 이렇게 소리 없이 울고 가노라. 울고 가노라.

이 산은 높기도 높다. 오르고 또 올라도, 그지없이 높은 산이다. 숨이 턱에 닿아서 헐떡거리며, 엉기어 올라간다. 산 아래는 물이요, 물 위에는 산이다. 굽은 길, 빠른 길, 지름길, 비탈길, 기어오르자, 낭떠러지, 건너뛰자 언덕배기, 힘없는 발꿈치는 돌부리에 걷어채이고, 고달픈 몸은 몇 번인지 고꾸라지며 나는 이 산 고개를 올라간다. 고개 고개 높은 고개, 아니 가지 못할 고개, 배고프다 보릿고개, 기막히다 설움 고개, 죽고 살고 목숨 고개, 닥쳐오는 한숨 고개, 나는 이 고개를 넘어가야 하겠다.

옳다. 나는 이제 고개에 올라섰다. 산잔등[34]에 높이 올라섰다. 눈물을 거두자, 바람을 마시자, 땀을 들이자[35], 온 세상 마음 놓고 내려다보자.

저쪽에는 출렁출렁하는 강물이 흐른다. 하얀 모래톱, 금잔디 훤한 벌판, 내가 저곳에서, 얼마나 많이 울면서 헤매어 왔노, 이제는 나는, 어데든지 가고 싶다. 어린 새와 같이 이리저리 마음대로 가고 싶다. 깁수건[36]같이 부드럽고 향기로운 안개 속에서, 곱고 매끄러운 무지개를 타고서, 무한을 찾아, 영원을 찾아, 구름을 지나 달을 지나, 별나라로 또 끝없이, 멀리 부르는 그 소리를 따라서, 귀에 익은 정다운 음성을 따라서, 가고 가고 한없이 가고 싶다.

저 아래에 강가로 휘둘려 있는 마을에서는, 채봉[37]같이 죽은 듯한 저 마을에서는, 반짝반짝하는 푸른 등불이 근심스레 조는 듯하다. 멍하니 문 열어 내버려둔, 저 외딴 오막살이 집은, 내가 살던 집이다. 이 몸이 크도록 자라고 애 졸이며 살던 그 집이다. 아마 어느 때까지든지, 내가 돌아갈 줄만 여겨, 기다리겠지. 그러나 나는, 다시는 안 가겠다. 안 간다. 다시 두 번 돌아서지 못할 마지막 이 길이다.

섭섭하다……. 몹시도 그립고 서운하다. 또 슬프다. 그러나 돌이켜 가지 못할 이 길이로구나. 그러면 어찌하노. 나는 한 번 또다시 고개를 돌이켰다. 옛 마을을 휘둘러보자. 그리운 우리 마을을 내가 보고 가자. 내가 살던 우리 마을을, 더 다시 한번 마지막으로 살펴보고 가자.

마을은 모두 불빛이다. 불이 붙는다. 이상한 불이 붙는다. 불난리가 났다. 조그마한 불이 무더기 불이 되고, 무더기 불이 큰불이 되어, 허공을 내저으며, 무섭게 붙는다. 큰 팔을 벌려, 온 대지를 껴안으려는 듯하다. 구름처럼 몰려 닿는 아득한 연기 속에서, 정신없이 맴돌며, 쓰러질 듯한 것은, 우리의 집이다. 아— 저 마을! 저 마을! 저 속에는 여태껏 불이 있었다. 불만이 가만히 살아왔다. 성盛하게 타왔었다. 모든 것을 태우려고…….

물 있는 달빛은, 침울한 병이 들어 헐떡거린다. 검붉은 하늘과 땅은, 어떠한 불안이 있는지, 잔뜩 찌푸렸다. 커다란 옛 대궐 문을, 일없이 짊어지고, 노상 엎드려만 있던, 저 말 없는 돌짐승이, 무슨 큰소리를 한 번 크게 지를 듯 지를 듯하다. 괴상한 불빛, 무더기 먼지, 온갖 것이 모두 부글거리며, 무슨 크낙한 일이나 장차 터져 나올 듯하다. 한때의 회오리바람이, 빛 거친 마을 한 귀퉁이에서 일어난다. 빛없이 섰는 열세 층 탑을, 휘둘러 소곤거리던, 한 떼의 희미한 무리가 물러서자마자, 한 마디의 무서운 폭향[38]이 일어난다. 하늘을 찌를 듯한, 한 자락의 성난 불길이, 확 하고 또다시 일어난다. 우르르하는 천둥지둥 어디에선지 모르게 터지는 울음, 날뛰는 부르짖음, 미친 듯한 한 떼의 무서운 폭풍이 내몰려 거리거리를 휩쓸어 덮어버린다. 날리는 기왓장, 뛰노는 불덩이, 골목골목이 이상한 불길에 얼리어진다[39]. 불이 뛰어다닌다. 귀신의 웃음이, 들린다. 사람의 울음소리가 난다. 서로 찾고 서로 부르짖는다. 거기에서 나의 이름도 부르는 이가 있다.

누구들인가. 나의 어머니신가. 나의 아버지신가. 그렇지 않으면 나의 동문들이냐. 정든 사람들이냐.

힘껏 안타깝게 부르는, 나의 사랑의 목소리도 들린다. 여러 목소리는 나를 부른다. 나를 찾는다. 그러나 나는 벌써 여기에 와 있다. 그렇지마는 나도 그 불은 가지고 왔다. 나도 불이 있다. 숯처럼 검은 이년의 가슴속에, 여태껏 타던 것도, 가만히 붙어 오르던 것도, 끌 수 없는 그 불이다. 몇 번인지 그 붙는 불을 끄려 하여 애꿎은 눈물만을 날마다 많이 흘렸다. 그래서 공연히 애처로이, 나의 전신을 빈틈없이 아로새겨논 것은 눈물의 흔적이다. 눈물의 수단으로 나의 몸은 이렇게 형용形容도 알 수 없이 낡고 또 스러져버릴 지경이다.

고개를 내려서서, 일없이 걸어갈 때, 발 앞에 연기같이 어린 물건이, 걸어간다. 다만 홀로 강가에서 헤매는 검은 물건이 보인다. 옳다 저것은 팔자라

하는 그것이다. 노상 나의 앞을 서서 간다 하던 그 팔자이다.

그 팔자도 나와 같이, 여편네의 모양을 차리었다. 나는 저 팔자와 함께 헤맨다. 팔자는 울고 있다. 나도 운다. 궂은비처럼 내리며, 모래밭을 적시는 눈물……. 옳다. 설움의 무거운 나의 몸은, 궂은 눈물로써 기구한 팔자와 서로 알게 되었다. 사귀어졌습니다. 다른 것은 아무것도 없다. 다만 느릿한 긴 세월과 함께, 한갓 강가의 물거품을 깨치는 끝없는 눈물밖에는, 아무것도 있지 않은 줄을 나는 알았다.

나는 눈을 한 번 감았다가 다시 떴다. 앞에 선 팔자는, 한 손을 번쩍 들어 끄덱끄덱하며, 나를 부른다. 사방은 고요하다. 내가 자세히 여겨볼 때에, 앞선 그 팔자는, 나의 아버지이다. 참 이상한 일이다. 나는 너무도 반가워서, '아버지' 하고 부르려 하였다. 그러나 도무지, 목소리가 나오지 않는다. 아버지는 '이곳은 그렇게 입으로 떠드는 곳이 아니다' 하는 듯이, 고개를 천천히 설설 내두른다.

어둠 나라 이쪽, 퍼—언하니[40] 넓은 벌판에, 쓸쓸히 흐르는 달빛은, 거칠게 우거진 잡풀은, 너무도 처량스럽다. 먼 들 저쪽 가에서, 노랫소리가 울리어온다. 물에 빠져 죽은 시악시 귀신의 처량한 울음소리같이, 구슬픈 노랫소리가, 명랑히 멀리서 떨리어온다. 나는 고개를 다소곳하고, 한참이나 서서 들었다. 그 노랫소리는, 가슴에 숨어드는 듯이, 뼛골에 녹아드는 듯이, 물에 숨어드는 듯이, 스르르 사라져버린다.

으스름 달빛이 조을고, 새벽안개가 서리인, 거친 풀들 이곳저곳에서, 슬그머니 수없는 사람들이 일어난다. 모두 무슨 소리인지 잠꼬대 비슷하게 꾸물꾸물하며, 우수수하고들 일어난다. 나는 머릿살이 쭈뼛하였다. 그러나 그리 몹시 놀라지는 않았다. 모두 일어나, 한 발씩 한 발씩 다가와서, 삥 둘리어 에워 선다.

그들의 얼굴을 하나씩 하나씩 자세히 여겨보니 모두 나의 아는 사람들이다. 모두 정든 사람들이다.

그들의 몸 매무새는 너무도 어지럽다. 허리를 드러내고, 젖가슴을 풀어헤친, 헐벗은 몸꼴도 몹시 볼 수도 없을 만큼 불쌍하다. 대개는 피 묻은 옷을 입고, 대개는 남루하다. 입언저리에 고운 피를 흘리며 오는 이도 있고, 혹은 울며, 혹은 고달파 졸며, 혹은 빛바랜 입술을 비죽비죽하고들 있다. 대개는 코 떨어진 병신이 아니면, 팔 병신, 다리병신, 문둥이, 반신불수, 온갖 병신들뿐이다.

나는 다— 잘 알았다. 그들의 저렇게 불쌍히 된 내력까지 다— 잘 안다. "밥을 주어요, 사랑을 주어요" 하는 소리가 이곳저곳에서 푸념하듯 한다.

저쪽에서도 수많은 군중이 몰려온다. 그들은 모두 사나이이다. 그러나 얼굴은 모두 볼 수도 없이 모두 커다란 삿갓을 우그려 썼다. 옳다, 저이들의 쓴 삿갓을, 모두 내가 옛날에 씌워준 삿갓이다.

저들은 나의 은인들이다. 재물을 갖다 주던 은인들이다. 저 삿갓 속에는 부자도 있고 귀골貴骨도 있다. 그러나 지금은 "돈을 달라 돈을 달라" 하고 모두 아귀다툼질뿐이다. 나더러 옛날의 준 돈을, 내라고 모두 조른다. 아— 어찌하면 좋으냐.

옳다, 저곳에 삿갓을 쓰지 않고 서서, 빙그레 웃고 보는 사나이가 있다. 저는 나의 사랑이다. 나의 사랑이다. 나는 저에게 구원을 청하는 수밖에 없다. 저를 따라서 가는 수밖에 없다.

높은 산 고개와 넓은 강물을, 수도 모를 만큼 넘고 건넜다. 그 고개는 이름을 지어 근심이라 하며, 그 물은 이름 지어 세월이라 한다. 아— 그 고개는 얼마나 높았으며, 그 물은 얼마나 넓었었나. 이제는 나도 늙었다, 근심으로 늙었다.

이제는 가을이다. 가을이 들었다. 한심스러운 사람의 살림에, 추절秋節이 들었다. 너무도 고달팠다. 괴롭다. 평안히 쉴 곳을 찾고 싶다. 오래 살 안식의 터를 구하고 싶다.

웅장하게 높이 둘린 가시성에 단풍이 들어서, 선지피가 떨어지는 듯하게 붉은 성이 가로막아 섰다.

우리들은 가시성을 끼고 돈다. 성벽에 엉클어진 가시덩굴 밑으로, 그림자만 남은 고목이 쓰러져 썩는 그 사이로…….

가시성을 한 굽이 돌아설 때에, 비린내가 끼치는 충충한 큰 못물이, 앞에 닥친다.

누런 구정물이 충충하게 썩는 웅덩이 속에, 여러 개의 손목 발목, 살, 염통, 머리칼, 해골바가지, 서로 부딪히고 서로 얽히며, 물에 둥둥 떠 북을 그린다.

그중에 따로이 떠서 돌아다니는, 두 개의 커다란 해골이 있다. 그것은, 나와 나의 사랑의 해골이라 한다. 그 해골은 서로 정다이 이야기하며 떠 있다.

―예전 그때에, 아직 이 세상의 청승스러운 일이 벌려 열리기 전 옛날에, 물가에서 어른거려 헤매는, 두 그림자가 있었다. 그들은 가장 거룩한 한 사랑이었다. 회색 구름이 떴다 사라졌다 하는 도깨비장난 같은 희미한 빛 속에서, 노드리듯[41] 하는 소낙비를, 다― 맞아가면서, 서로 탄식도 하며 울기도 하며 부르짖기도 하였다.―

나의 사랑은, 가장 정다운 온순한 말씨로, 모든 그윽한 말은 나에게만 말하였다. 아― 불쌍한 너와 나의 해골.

으스름 달빛은 조을고, 여우의 울음은 자지러진다. 좁고 넓은 평탄한 곳에, 집터인 듯한 거친 쑥대밭이 있다. 예전에는 이곳이 우리의 집터라 한다. 그러나 지금은, 집도 없고 주추[42]도 없고, 다만 우리의 해골을 묻을 무덤 자리라 한다.

갈 곳은 모르고, 갈 길은 많으니, 어디로 갈까, 어디로 갈까. 나의 사랑은 나를 부르고, 나는 나의 사랑을 따라간다. 갈 곳이 어디며, 가는 곳은 어디메냐. 이 길이 도무지 몇만 리나 되느냐. 너무도 그지없고 너무도 바이없구나.

옳다, 저기 저곳에 붉은 칠을 한 커다란 성문이 보인다. 나의 사랑은 여전히 "저곳은 갈 곳이 아니다" 울며 나를 만류한다. 그러나 나는 사랑의 말을 들을 수가 없다.

나는 분명히 성문을 본다. 또한 고달팠다. 사랑의 말을 너무 듣기에 고달팠다. 사랑이 나를 속일 리는 만무하지마는…… 그래도 나는, 그의 말을 믿어 들어오다가, 너무도 휘돌아온 듯싶다. 나는 나의 가고 싶은 대로만 가는 수밖에 없다. 사랑이 가리켜주는 길은, 너무도 희미하다. 갈래도 많다. 천 갈래 만 갈래 셀 수가 없어 가지 못하겠다.

나는 가고 싶은 대로 간다. 사랑의 말을 돌보지 않고 홀로 간다. 모든 일을 무릅쓰고 홀로 간다. 그런데, 사랑은 울고 섰다. 안타까운 사랑, 내 사랑은, 울고 서 있다. 어찌하노! 어찌하노!

나는 어지럽다. 어찔어찔해 쓰러질 지경이다. 설움의 실마리는 풀려져서, 넓은 벌판에 서리서리한다[43].

성문이 열린다. 나는 정신없이 엎드러졌다. 땅은 돈다. 이 몸을 실은 이 땅은, 굴러 움직인다. 어디로 어디로 흘러 움직인다. 성문은 덜컥 닫힌다.

나는 다시 기운을 다하여 일어섰다. 굳게 닫힌 무쇠 성문을 두들겨보았다. 그러나 문짝은 조금도 움직이지 않는다. 소리를 질러보았다. 그러나 문밖에서는, 아무 대답도 들리지 않는다. 다만 이 몸을 성안에 싣고, 성째 아울러 흘러가는, 땅의 흐르는 소리만 들릴 뿐이다. 실 같은 문틈으로, 바깥을 내다보니, 천지는 암암, 날빛은 검은데, 멀리서 멀리서 점점 멀리서, '가지 말아' 하는 듯이 서서 우는, 사랑의 얼굴이 잠깐 보인다.

죽은 듯한 이 성 안에 든 나의 설움을 누가 알랴. 맥 풀린 나의 눈, 곰팡 슨 내 목소리, 힘들여 힘들여 크게 질러서

"그래도 가요……."

(『백조白潮』 3호, 1923년 9월)

# 봉화가 켜질 때에[44]

1

"이 가시내 어이 가자 야—."

"내사 와 안 가기로."

굼트러진[45] 산길로, 귀영貴英이와 취정翠晶이는, 서로 이끌어 영성산瀛城山[46] 중턱에 올라섰다.

귀영이는, 요새 날마다 푸른빛이 짙은 푸나무 떨기 사이로 거닐 적마다, 한 가지의 느릿한 시름을 느낀다. 그것은, 봄이 그리워짐이다. 오는 웃음보다도 가는 눈물이 그리울새, 더구나 근심스러운 푸른 그늘보다는, 차라리 애타는 붉은 꽃숲이, 그리웠다.

그러나, 봄은 갔다. 꽃다운 봄은 가고 말았다. 온 땅의 모든 물건이, 애써 다투어 삶의 새 빛을 물들이느라고, 한창 버스럭거리며 속살거리던 그 얄궂은 봄은 가고 말았다. 사람마다 먼 데 계신 님 그리듯 하는 봄이건마는, 하루 저녁 애 졸이던 엳은 꿈은 소스라쳐 깰 때에, 그 봄은 슬그머니 가고 말았다. 봄아—. 이 야속하고 몹쓸 봄아—. 가려거든 너 혼자나 고이 가지, 일부러 꽃도 지우고 새까지 울리고, 그러고야 갈 것이 무엇이 있노.

높이 올라갈수록, 눈 아래 보이는 꽃이 점점 늘어간다. 영성산을 끼고, 동으로 부산진釜山鎭에서 서로 송도松島까지, 수만 호의 저잣거리는, 말굽 모양으로 활등을 지며, 휘둘려 있다. 평지에는, 일본식 서양풍의 딴 나라 사람의 집들이, 온 부산을 벌이어 있다.

조선 사람들의 집은, 모두 옛날부터 교통과 살기가 불편한 산꼭대기에로만, 점점 쫓겨 올라와서, 가파른 언덕 비탈에다, 게딱지 집들을 제비집 모양으로 매달아놓았다.

어느 때라던가, 조선을 처음으로 오는 어느 서양 사람이, 밤에 연락선을 타고 오다가, 절영도絶影島[47] 밖에서 부산을 건너다보고, 너무도 뜻밖에 놀라며 "조선에도 저렇게 굉장히 큰 여러 층의 집이 있구나" 하고 무한히 감탄하였다. 실상은 그것이, 여러 층의 큰 집이 아니라, 수천 호의 불 켜놓은 산비탈 오막살이를, 잘못 보고 놀란 것이었다—. 귀영이는, 그런 생각을 하며, 뜻없이 쓴웃음을 웃었다.

저러한 속에도, 즐거운 웃음이 있으려면 있고, 구슬픈 울음도 남 유달리 더 많이 있으며, 붉은 피에 날뛰는 청춘도 있고, 첫사랑에 애 졸이는 어여쁜 시악시도 있기는 있지마는, 통틀어 보자면, 아무러한 빛도 없고, 아무러한 생명도 없이, 다만 산송장들이 꿈틀거리는, 쓸쓸한 무덤 같아 보인다. '나도 저 속에서 났구나, 저런 속에서 나서 저런 속에서 자라고, 저런 속에서 이대로 시들었구나……' 하고, 귀영이는, 애처롭고도 쓸쓸한 시름을, 느꼈다.

귀영이의 얼굴은, 백골이 다 되다시피, 너무도 파리하고 해쓱하였다. 그런 얼굴에, 이상한 혈조血潮[48]가 떠올라, 무어라 말할 수 없이, 어여뻐 보인다는 것보다도 무서워 보인다.

귀영이는, 자지러질 듯이 쇠기침이 터져 나와서, 한참이나 어쩔 줄을 모르고 쩔쩔맨다. 그러다가 연붉은 선지피를, 두어 덩어리나 턱턱 뱉고, 꼬꾸라질 듯이 아찔해서, 팔을 버티고 앉았다.

눈 아래 제일 많이 보이는 것은, 바다이다. 바다와 섬뿐이다. 커다란 바다가 휘둘러쳐 아람[49]을 벌리고, 온— 부산을 덥석 껴안았다. 이 부산은, 아니 육지는, 바다의 품 안에서 산다.

—바다 바다, 오— 보라 저 바다를. 얼마나 크며, 얼마나 거룩하냐. 절영도 저 밖을 내어다 보라, 하늘이냐 바다냐, 알기 어려운 바다, 그윽한 바다.

그러나, 이곳의 사람들은, 바다를 모른다. 바다는 아는 체하건만, 사람들은 모르는 체한다. 바다가 주는 사랑을 받기는 하면서도, 바다가 성이 나 날뛸 때, 그를 위하여 울어줄 줄은 모른다. 바다가 부르는 자장노래를 듣고, 옅은 꿈자리에 졸 줄을 알아도, 성난 물결이 바위에 부딪히며, 굳세게 부르짖는 무서운 큰 울음을, 사람의 귀에 들려줄 때, 사람들은 아무러한 말이나 뜻으로라도 대답할 줄을 모른다. 그리하려는 용기조차, 보려 하나 볼 수 없다. 다만, 남녘 나라 사람의 부드럽고도 숫된[50] 마음으로, 미지근하고도 나른한 피가, 빛이 사이에, 게을리 흐를 뿐이다. 사람들아—, 왜 억세지 못하냐, 무섭고 굳센 힘이 없느냐. 그나마, 모질고 독한 성질조차 없느냐, 왜 끝을 모르고 뒤가 무르냐.

귀영이의 마음은, 여러 가지 생각이 너울져 엉클어질 때에, 한편으로 너무나 제 몸이 외롭고 쓸쓸함을 느꼈다. 온몸에 찬 땀이 흐르며, 이상하게 추운 기운이 스쳐 가, 한 번 오슬하고[51] 추웠다.

부두埠頭에 대었던 기선은 물러간다. 시원치도 못하게 '우—웅' 하는 소리를, 음충스럽고 늘어지게 지르면서, 천천히 부두를 떠나간다. 무슨 근심스런 큰 물건이, 원한을 머금고, 천천히 대지大地를 저주하면서, 물러가는 듯하다. 굵다란 굴뚝으로, 뭉게뭉게 쏟아져 떠오르는, 검푸른 연기는, 사방으로, 새삼스럽게 꿈쩍거리는 이 인간의 생활의 그 무엇을, 상징象徵하는 듯한 이상한 느낌을, 귀영이는 느꼈다.

—아— 부산! 몇 날 전에는, 자기가 이 땅을 벗어났다. 배를 타고 상해上海로 떠나갈 때는 "이제는 영별永別[52]이다. 다시는 이 땅에 발을 들여놓지 않으리라. 쓸쓸하나마 오랫동안 방탕 생활에, 물결치는 대로, 이 세상이 있는 데까지 떠돌아다니리라. 그러다가, 아무 데나 쓰러져 죽으면은, 그곳의 흙이 될 뿐이지. 죽은 뒤에라도 영혼이, 유랑해 떠돌아다니는 넋이 되리라, 지긋지긋한 이곳을 또다시 오지는 아니하리라" 그랬더니만, 아무리 하여도 잊지 못할 것은 고향이었다. 고국이었다. 흰옷을 입고 사는 우리나라가, 그리웠다,

늘어진 사투리에, 흥타령을 노래하는, 우리의 시골이, 그리웠다. 나중[53]에는 "우리나라에도 봄이 왔으리라. 우리 시골에도, 꽃이 피었으리라" 하고 시들픈 걸음을 되돌이켜, 이곳의 땅을 또다시 밟게 되었다. 사람이란 얼마나 우스운 것이냐, 얼마나 모순된 것이냐.

그렇다, 자기가 이곳을 떠날 때에는, 기선을 탔고, 이곳에 다시 돌아올 때는, 기차를 탔다—.

빛바래고 노린내 나는 옛날 추억이, 귀영이의 눈물을 끌어내렸다.

서울서 오는 급행차인가, 뱀처럼 기다란 차가, '삐—' 소리를 강하게 지르며, 부산진에서 초량역草梁驛으로 달려온다.

—저 차에는, 각처各處의 사람이 탔으리라. 서울 사람도 탔을 테지. 요사이 서울은 꽤 번창할걸. 종로鐘路에는, 야시夜市도 섰으리라. 젊은이들은, 가벼운 옷에 탄력이 무르녹은, 강근한 몸으로, 새로운 이상理想에 붉은 가슴을 날리며, 다니리라. 자기도, 한창 시절에는, 몸도 근강[54]하였고, 이상도 있었다. 사나이들이 반할 만큼 얼굴도 어여뻤고, '잘살자 일하자' 하며 떠들고 다녀도 보았다. 또 어느 때에는, 알뜰한 사랑에, 말 못 하는 애 졸임도 있어보았다. 그러나 이제는 무엇이냐, 병! 약한 자! 나도, 서울이나 또 갈까. 병도 고칠 겸, 서울로……. 김씨가 있는 서울에, 사랑하던 이가 살던 서울에……. 그러나 못 가느리라. 아니 갈란다. 결단코 다시는 가지 않으리라.

그렇다, 나는 나인 까닭에 산다. 남을 위해 사는 것은 아니다. 살아도 내가 사는 것이요, 죽어도 내가 죽는 것이다—. 귀영이의 가슴은, 날카롭게 날뛰었다.

그의 몸에는, 이상한 소름이 쭉 끼쳤다. 한 번 아르르 떨었다. 그리고 그 자리에 쓰러졌다. 조금 있다가, 그의 얼굴은, 따끈따끈히 내려 쪼이는 햇빛을, 깨달았다. 그의 손은, 손바닥에 보들보들 스치는 부드러운 김의 풀을, 한 움큼 움켜쥐었다. 그리고 손아귀에 억센 힘을 주어, 잡아 뽑았다. 풀은, 손의 힘을 다 받기도 전에, 봄물이 오른 하얀 뿌리째로, 아무 힘없이 약하고도 유순하게 뽑혔다.

귀영이는 열이 나는 듯이, 뽑힌 풀을 발끝에 내던졌다. 그리고 어찌할 줄을 모르는 듯이, 한참이나 뒹굴었다. 그러다가 그 심술이 멈춰질 때에는, 또 다시 말할 수 없는 이상한 시름이 떠올라, 나중에는 그것이, 그럭저럭 눈물이 되어버린다.

시름! 눈물! 머리 위에 마음 없이 떠돌아가는 뜬구름도, 시름은 시름이요, 섬 모퉁이로 하염없이 그림자를 감추는 배 돛대도, 눈물은 눈물이지마는, 그런 설움과 눈물 가운데에도 귀영이는 새삼스러이 다른 설움을, 느꼈다. 그는 그가 드러누워 있는 그 땅이, 구슬프게 정다웠다. 누워 있는 그 자리에서, 누근누근한[55] 김이 올라와, 그의 나른한 온몸을 휩쌀 때에, 아릿하고도 쌉쌀한 정다움을, 느꼈다. 그것이 곧 시름과 눈물이었다.

"아— 나는 땅으로 가야겠다. 흙으로 돌아가야겠다" 하고, 가늘고 힘없이 부르짖으며, 그만 큰 울음이 복받쳐서, 소리를 내어 운다.

꽃을 꺾는다고, 산잔등으로 휘돌아다니던 취정이는, 귀영이가 우는 바람에, 놀라, 뛰어왔다. 귀영의 허리를 껴안아 일으키며

"성이요. 울지 마소, 예? 울지 마소."

귀영이는, 얼마 만에 울음을 그쳤다. 취정이가 웃으며

"오늘은 또 와 울었는게요."

"내사 울기는 와?" 하고, 귀영이도 웃었다.

취정이는 다리를 뻗고, 귀영이와 마주 앉아서, 꺾어 가지고 온 들꽃 떨기를, 입맛을 '쩍쩍' 다시며 이윽히 들여다보더니

"에이 내뿌릴란다" 하고, 저의 등 너머로 내던진다. 그러는 꼴이, 매우 말괄량스럽기도 하고 익살스럽기도 하다. 취정이 저도, 제가 한 짓이 너무 우스운지, 힐끗 귀영이의 얼굴을, 건너다보며 '아하하' 하고, 너털지게 웃음을 터뜨린다. 귀영이도 따라서 힘없이 웃었다.

그리고 나서는 얼마 동안이나, 무슨 생각에 잠겨, 서로 아무 말도 없이 앉았다가, 취정이가

"성이요. 이제 그만 내려가십시다."

"와? 내사 안 갈란다."

취정이는, 물끄러미 귀영이를 건너다보며

"아이 얄궂어라. 그럼 예서 이리 울다가, 죽어뿌리는 게요."

"글쎄…… 죽을 텐가…… 살 텐가." …… 말소리가, 청승스레 떨리면서도, 힘없이 가라앉았다. 취정이는 더 무슨 말을 하려다가, 귀영이의 근심스러운 얼굴을, 힐끗 건너다보며, 저의 얼굴도 시르르 흐려져버렸다.

육자배기와 흥타령의 음울한 곡조는, 이 나라 사람들의 선천적으로 가진, 피 도는 소리다. 실없는 에누다리[56]에, 삼사월 기나긴 해도 다 넘어갔다.

귀영이와 취정이는, 울음과 웃음과 또한 미친 노래에, 저절로 지쳐서, 해가 저문 뒤에 산을 내려온다.

귀영이는, 취정이의 등에 업혔다. 피를 몹시 뱉었던 까닭인지, 얼굴은 백지같이 하얗게 질렸다.

취정이는, 영주동 뒤 비탈길을 넘어섰다. 언덕 밑 움집 앞을 지날 적에, 움집 할미가 좇아 나오며

"색시 — 어데 갔다 오는고, 업힌 이는 누고, 응 최백작 딸이가."

할미가 저 혼자 허튼수작을 말거나, 취정이는 못 들은 체하고 아무 대답도 없이, 다만 달음질쳐 귀영이의 집으로 들어갔다.

## 2

동래東萊 읍내에서 서남쪽으로 3마장[57]쯤 되는 곳에, 포실한[58] 한 마을이 있다. 바다 같은 무논이, 사면으로 둘린 그 가운데에, 외딴섬같이 여남은 채의 풀집이, 한 마을을 이루었다.

그 마을에는, 그 마을 사람만이 산다. 대대손손이 그 마을 사람만이, 서로

도와 살아왔다. 같은 고을에서도 딴 마을 사람이면은, 그 마을에서는 외방外方[59] 사람으로 보게 된다. 사람도 다 같고, 말도 한 나라 말이요, 옷도 다 같이 흰옷을 입건마는……. 그들이, 세상을 저버린 것이 아니라, 세상이, 그들을 돌린 것이다. 좇아서[60] 그 마을은, 이름도 없다. 구태여 사람들이, 대접해 부르자면, 그 마을은 백정촌白丁村이요 그 마을 사람들은 백정놈이다.

귀영이는, 스물일곱 해 전에 그 마을에서 났다. 귀영이의 아버지와 어머니도 그 마을 사람이다. 오랫동안 사람들이 만들어놓은 귀천이라는 귀신에게 쪼들리고, 계급이라는 도깨비에게, 구박을 받아, 때 없이 눈물 섞어, 부글거리는 그 피를, 귀영이는 받았다. 귀영이의 조상들도, 그런 피에서 나고 자라고 늙고 죽고 하였지마는, 귀영이도, 그런 피로 나고 자라고 하였다.

설움의 나라로 쫓겨 다니는 눈물 속에서도, 아버지와 어머니는, 다만 외딸인 귀영이를, 퍽 사랑하였다. 그중에도 어머니의 사랑이 더 많았다.

그랬더니만, 귀영이가 일곱 살 먹었을 적에, 어머니는 어데로 갔다. 어머니가 스스로, 어디로 간 것이 아니라, 건넛마을의 어느 양반이 잡아갔다. 한번 잡혀간 뒤로는, 도무지 소식이 없다. 아마 어느 곳에 종으로 팔아먹었던 게지.

그때에 어린 귀영이는, 때 없이 어머니가 그리워서 "어메 어메 어디 갔노" 하고 보채면은, 아버지는 너무도 억울하고 답답해서, 차마 사정을 다 못하고 "어메는 죽었단다" 하는 것이, 노상 버릇이었다. 그리고 힘줄 선 팔뚝으로, 굵은 눈물을 씻어버릴 뿐이다.

그런 것이 모두, 어린 귀영의 가슴에는, 죽어도 썩지 않을 모진 못이 되었다.

귀영이의 아버지는 무식하였다. 세상 사람들의 학문이라 일컫는 그것을, 배우지 못하였다. 그러나 배우지 못한 그만치, 진실하고 순박하였다. 좇아서

부지런하고 검소하므로, 돈도 많이 모았다. 그들이 사는 그 마을에서는, 제일 가는 부자였다.

그러나 그가 애써서 모은 돈까지도, 가질 임자를 가리는지, 많은 돈이라는 그것으로 하여, 도리어 그의 몸이 괴로웠다.

불한당 같은 양반들의 집 대뜰 아래에서, 까닭 없는 죄명으로, 모말꿇림[61]이나 마주걸이도, 한두 번이 아니었다. 소 외양간 한구석에서, 결박 지워진 채로 온밤을 새우기도, 몇몇 차례였다. 쓰지도 않은 빚물이[62]에, 머리가 빠질 지경이다가, 나중에는 같이 사는 아내까지 빼앗기고도, 아무 말도 할 수 없는 신세였다.

한번은, 이러한 일도 있었다.

아버지가 "백정놈도 어리석고 미욱하나마 사람이외다" 하고, 한마디의 부르짖음이, 양반에게 발악한 것이라 하여, 건넛마을 정생원의 집 사랑 마당에서 물볼기를 종일 맞게 되었다. 쫓아갔던 귀영이도, 억센 머슴 놈의 손에, 뺨 하나만 얻어맞고, 울며 도망해 왔다.

그날 밤에, 집에 돌아온 아버지는, 거의 송장이었다. 잘 움직이지도 못하도록 맞은 다리와 볼기에는, 검푸른 멍이 부풀어 올랐다.

마을 사람들은, 모두 무서움과 원망에, 입을 꽉 다물고, 정신없이 왔다 갔다만 할 뿐이요, 매 맞은 이를 간호하느라고 앉아 울기만 하는 이는 열 살 먹은 귀영이 하나뿐이다.

늦은 가을 기나긴 밤은 점점 깊어드는데, 아버지는 아무 말도 없이, 다만 꽉 감은 눈에서, 눈물만 쉼 없이 흐를 뿐이다. 귀영이는, 첫 번에는 답답하기도 하고 서럽기도 하였지마는, 나중에는 점점, 무서운 듯한 느낌도 떠돈다. 그리고 어머니도 간절히 보고 싶었다.

그러다가 들기름 등잔의 심지똥이 튀느라고, '툭' 하고 '푸지지' 하는 바람에, 눈을 번쩍 떠보니, 잠깐 졸았던 것이다. 아버지도, 눈을 뜨고 두리번두리번하다가 다시 감는다. 귀영이는, 점점 무서운 생각이 들어, 소름이 쪽쪽 끼칠 때에, 아버지는 다시 눈을 떴다. 그리고, 윗목을 가리키는 듯이 바라본다. 윗목에는 소주가 담긴 오지병[63] 하나가 놓여 있다. 귀영이는 그 병을, 아버지 앞에 갖다 놓았다.

아버지는, 한 사발이나 넘는 소주를, 다 마셨다. 그리고 그 술기운이, 온몸에 무르녹게 돌 때에, 팔을 짚고 다리를 부르르 떨며 일어난다. 귀영이도, 부축을 하느라고 일어섰다.

아버지는 비척거리며, 한 걸음 두 걸음 걸어, 윗목에 매인 시렁[64] 밑으로, 간다. 그 시렁가지[65]에는 헝겊으로 회회 감은 넓적하고도 길쭉한 물건이, 얹혔다.

그것은 칼이다. 소 잡던 칼이다. 하루아침에, 십여 마리의 소를, 수고로움 없이 잡아 내뜨리던, 그 칼이다. 아버지는, 칼을 내려 감긴 헝겊을 풀었다. 희미한 불빛에도, 칼날은 날카롭게 번쩍거린다. 그리 큰 장검은 아니어도, 사람 하나는 넉넉히 죽일 만한 비수이다. 아버지는, 푸른 칼날을 는적는적[66] 놀리어도 보고 겨누어도 본다. 다른 때는, 굼뜨고 떨리는 그 손이, 칼을 쥔 뒤에는, 몹시 날래고 민첩하였다. 아버지는 무슨 생각을 하였는지, 모질게 다물었던 입을, 빙그레 쓴웃음 짓는 듯하며, 고개를 두어 번 끄덕끄덕하더니, 누구를 죽이려는지, 지게문을 향하여 걷는다. 이상하게 번쩍거리는 그의 눈에는, 살기가 가득 찼다.

그 순간에, 귀영이는, 하도 놀라고 무서워서, 벌벌 떨다가 목이 갈라지게 "아배요" 한 마디 부르짖고, 정신없이 방바닥에 꼬꾸라졌다.

귀영이가, 다시 고개를 들어볼 때에는, 아버지는 돌아서서, 아무 말도 없이 마주 내려다만 본다. 눈에는 눈물이 어렸고, 입은, 응석 끝에 비죽거리는 어린애 입같이, 실룩실룩한다. 바른손에 늘어뜨려 쥐었던 칼을, 윗목 구석으로 슬쩍 던질 때에, 다듬잇돌에 부딪혀 '앵' 소리가 살기스럽게 나며, 두 동강에 부러진다. 독한 칼은 부러져버렸다.

아버지는, 그 자리에 푹 주저앉는다. 귀영이는 아버지의 무릎에, 엎어져 운다. 아버지의 굵은 눈물방울도, 귀영이의 다박머리[67]에 뚝뚝 떨어진다.

얼마 있다가, 아버지는 다시 일어나, 나무 말코지[68]에 걸린, 헌 무명 전대를 내려가지고, 윗목으로 간다. 귀영이는, 등잔걸이를 윗목으로 옮겨놓았다.

아버지는, 쌀 담았던 오지항아리를 기울이고, 움큼으로 쌀을 퍼낸다. 많아 보이던 쌀은, 얼마 아니 해 벌써 다 나왔다. 맨 나중으로 헌 베잠방이 쪽 하나를 끄집어내니, 항아리 밑창에는, 지전이 몇 뭉치가 있고, 또 번쩍번쩍하는 은전이, 반이나 넘어 차 있다. 아버지는 때 묻은 전대에다, 그것을 집어넣기 시작한다. 맨 처음에는 지전을 넣고, 나중에는 은전을 넣는다.

번쩍번쩍하고 소담스러운 반원半圓짜리 은전, 그것이, 어린 귀영이의 가슴에 잠깐 부드러운 물놀이를 쳐주었다. 속으로 '그것 하나 나 주었으면……' 하였다. 그러다가, 돈을 움켜 넣느라고 부르르 떠는, 아버지의 손을 들여다볼 때에, 새로이 무어라 말할 수 없는 다른 무서움을, 느꼈다.

첫닭이 울 때에, 귀영이와 아버지는, 나들이 새 옷을 갈아입고, 싸리문 밖에 나섰다. 아버지는, 돈 전대를 짊어지고, 머리에 삿갓을 썼다. 한 손에는 귀영이의 손을 쥐고, 한 손에는 지팡이 막대를 잡아, 아프고 결리는 몸을 의지하여 걷는다. 그들의 수작은, 아무것도 없이 다만 눈물뿐이었다.

마을 앞 길둑에서, 어두운 속에서도 길둑배미[69]의 욱욱이[70] 익는 벼를, 아버지는 한참이나 들여다보았다. 그리고 소매로 눈물을 씻으며 다시 걷는다.

새벽 기운 찬 바람은, 뼛속까지 스며드는데, 그들은 이를 갈며, 그 밤이 다 새도록 걸었다.

쫓긴 이의 설움, 도망하는 이의 외로움, 그들은 목숨과 재물을 평안케 하기 위하여, 또다시, 비 오고 바람 부는 어지러운 세상의 길을, 나섰다.

그들이, 부산항구 한구석에, 오막집을 얻어 들어가게 되기는, 동래를 떠난 지 두 해 뒤이다.

아버지는, 소고기 장사를 하고, 귀영이는, 학교에 다닌다. 그리고 그동안에, 귀영이는, 새어머니를 맞았다. 아버지도, 밤마다 국문을 배워서, 외상값 치부置簿[71]를, 손수 적는다.

귀영이가 서울로 공부하러 가기는, 열일곱 살 먹던 해 봄인데, 남들이 아니 보는 밤에, 처네[72]를 덮어쓰고 부산진으로 나와, 가만히 대구까지 가는 완행차를 탔다. 그것은 사람들이 보면은, '백정의 딸이라'고, 무슨 말을 할까 두려워함이다. 그는 떳떳하게 할 공부도, 그렇게 그늘 속에서 하게 되었다. 귀영이가 서울 간 지 삼 년 만에, 한 장의 편지가 그의 아버지께 왔다. "아버지 그만두소, 백정 노릇 마소" 하고, 몇 마디 눈물로 섞어 쓴 편지였다. 그것은, 귀영이가 고향 학생 친목회에서 '백정의 딸이라'고 쫓겨나던 날 쓴 것이었다.

그 뒤부터 그의 아버지는, 소고기 장사도 내던졌다.

기미년 만세 운동이 일어날 때에, 귀영이는 서울서 고등여학교를 졸업하였다.

고요함의 반동은 움직임이라, 수백 년 동안 학대에 지질려[73] 잠자코 있던 귀영이의 피는, 힘있게 억세게 끓어올렸다.

몸이 옥에 들어가, 일 년 반을 예심에 있다가, 일 년 중역을 삼 년 집행유예로, 세상에 다시 나왔다.

그때에 그가, 옥에서 나온 바로 뒤에는, 가장 즐거운 때였으니, 옥에도 같이 들어갔던 김씨라는 사나이 동지와, 사랑이 깊었음이다.

평생을 허락한 이성異性의 두 동지는, 전통을 부숴버리고, 형식을 없이 한다는 의미로서, 결혼 예식도 치워버리고, 그저 삼청동 어느 조그마한 집에서, 꿀 같은 사랑의 살림을 벌였다.

웃음과 즐거움 속에도, 세월은 흘렀다. 귀영이가, 살림 사는 지도 벌써 일

년이었다. 만족과 즐거움의 일 년, 그동안에도 귀영이의 가슴 깊은 속에는, 늘 한 가지의 가만한 번민이 있었다. 그것은 자기가 백정의 딸인 것을, 아직껏 남편이 모름이다.

그것을, 사실대로 남편에게 말하고자 하였으나 그리 기회도 없었고, 어떤 때에는 더러 말할 수도 있었지마는, 스스로 무슨 죄나 지은 듯이 가슴이 두근거려, 몇몇 차례를 벼르기만 하고 말았다. 그러나 그의 가슴은, 그럴수록 점점 어두웠다.

한번은, 남편이 "장가든 지 일 년이 되도록, 처가에를 못 가보았으니, 가보아야겠다"고, 서두르는 바람에 귀영이는 어찌할 줄을 모르다가, 잠깐 돌리는 거짓말로, 간신히 멈추었다. 그 거짓말은 "사오 일 안으로 저의 아버지가 온다는 소식이 왔으니, 아버지가 오거든 같이 가자" 함이다.

그리고 그날 밤에, 저의 아버지에게로 편지를 써 부쳤다. 아버지를 얼른 오라고……. '그러나 아버지는 백정이다, 무식하다' 하고, 상서롭지 못한 번민에, 혼자 머리를 앓았다.

귀영이가 편지한 지 나흘 만에 과연 '아버지로라'고 중늙은이나 되어 보이는, 협수룩한 시골 노인이, 찾아왔다. 그때 마침 남편은 없었으므로, 귀영이가 친히 맞아들이게 되었다. 그러나, 아버지로 온 그이는, 귀영이의 아버지는 아니었다.

불쌍한 이의 어리석음. 어리석은 이의 약한 꾀, 그것이 점점, 사람을 못살게 하는 것이다. 귀영이에게 아버지로 찾아온 그이는, 부산 바닥에서 학구질[74]로 돌아다니는, 신생원申生員이라는 늙은이라. 그는, 돈 이백 원에 팔려왔다. 까닭 없는 남의 아버지로……. 점잖은 아버지, 유식한 아버지, 양반 아버지로…….

아버지로 온 늙은이와, 귀영이와 남편, 세 사람이, 부산을 내려온 지 사흘 만에, 모든 일이 탄로 났다. 남편은 아무 말도 없이 서울로 도로 올라가

버렸다.

귀영이가, 울며불며 쫓아가, 빌고 부르짖고 하였으나, 모든 것이 다— 허사였다. 남편은, 도무지 용서하지 않았다. 귀영이가 나중에는 "밥을 먹기 위하여 일하는 그것이, 무엇이 잘못이오. 사람들에게 먹을 것을 드리는 직업이, 무엇이 천하오" 하고, 소리쳐 부르짖었으나 남편은 들은 체 안 하고 "더러운 년 백정의 딸년이……" 하고, 마구 내쫓았다.

한창 시절에는 "동포다, 형제와, 자매이다. 이 나라 사람들은, 눈물에서 산다. 약한 자여— 모여라. 한 서린 삶을 찾기 위하여……" 하며, 떠들던 남편도, 알뜰한 사람을 저버릴 때에는, 모든 것이 다 거짓말이었다. 허튼수작으로, 모든 사람들에게 아첨하고 발라맞추느라고, 쓰던 말이었다. 그도 또한, 남을 함부로 장난해 버려놓고, '가엾다' 하는 인사도 없이 걸어가버리는, 뻔뻔한 사나이였을 따름이다.

그 뒤에, 부산으로 돌아온 귀영이는, 아주 다른 사람이었다. 몇 번째 달라진 귀영이었다. 시들픈 사랑을, 허튼 주정같이 이 사람에게도 주고, 저 사람에게도 던져보며, 실없이 함부로 돌아다니는, 난봉이 되었다. 모든 사나이에게, 농락을 받는다는 것보다도, 차라리 농락을 해보려 하였다. 그러는 동안에, 그는 병이 들었다. 마음에나 몸이, 고치지 못할 깊은 병이 들었다.

그렇게 병까지 든 귀영이가, 곧 부산에서 유명한 최백작의 딸이다.

백작은 사람들이 백정을 백작으로 고쳐서, 조롱해 부르는 것이다.

귀영이가, 작년 여름부터는 어디로 갔는지, 얼마 동안 자취를 감추었더니, 한 달 전부터 별안간에, 지나복支那服[75]에 반양장半洋裝을 차린 귀영이가, 가끔 영주동 뒷산으로 어슬렁어슬렁, 돌아다닌다.

전에는 그의 동무가, 대개 앳되고 애젊은 사나이들이더니, 이제는 늑대의 별호가 있는, 말괄량이 유취정兪翠晶이가, 안존히 그의 뒤를 따라다닌다.

세상은, 그릇된 지 오랜지라. 비웃음과 사나움으로, 사람과 사람이 서로 싸운다. 처음에는 짐승과도 싸우다가, 거기에 고달픈 사람들은, 그 버릇을 힘약한 사람에게 쓴다.

그렇게 서로 싸우는 마당에서도, 귀영이는 조상 때부터 한겨레가, 특별히 짐승[76]의 대접을 받았다.

귀영이가, 처음에는 사람들을 무서워하였다. 무서움으로, 스스로 피하였다. 그러다가, 자기도 힘이 있는 사람임을 깨달을 때에, 세상 사람이 미워졌다. 사납다 하는 그이들과 싸워, 원수를 갚고 싶었다. 오히려 싸우는 것보다도, 맨 먼저 사나움에 지질려진 무리들을, 여러 사나운 이들보다도, 더 사나운 힘을, 갖게 하고 싶었다.

그러한, 한 실마리의 붉은 마음이, 그를 휘몰아, 고국을 떠나서 상해로 가게 하였다.

그가, 상해로 간 지 얼마 아니 되어서, 그의 고질인 폐병이, 날로 심하여졌다. 몸은 열사단烈士團이라는 단체에 매여 있으나, 몸에 병이 깊었으니, 마음대로 일도 볼 수 없고……. 하는 수 없이, 못 잊을 고국의 그 땅을, 다시 밟게 되었다.

그가 돌아올 때에 열사단에서 고국에 돌아가 할 일을 맡았다. 그러나 고국에라고 돌아와 보니, 사람이 없다. 참으로 마음을 비춰, 일할 만한 사람다운 사람을, 보기 어려웠다. 그만큼 쓸쓸한 곳이었다.

하기는, 요사이 남모르게 부부가 된, 전씨田氏도 있기는 있지마는, 그러나 그는, 같은 뜻으로 비밀한 일을 의논해 도모할 만한, 그러한 사이는, 되지 못했다. 전씨는 귀영이가 병을 고치러 다니는 병원의 의사였는데, 하도 고맙게 애를 써서, 병을 보아주는 것이, 너무 신세스럽기도 하고 민망한 듯도 해서, 그저 몸을 맡겨 내버려두었을 뿐이요, 또한 전씨는 귀영이가 백정의 딸이나마, 돈이 많으니까 사람보다도, 돈이 먼저[77] 넘겨다 보였다.

귀영이는, 두루두루 사람을 찾아본 지 며칠 만에, 취정이를 만나보고, 가장 동지로 손목을 잡았다.

취정이는, 얼굴도 밉지는 않지만, 매우 영리하고 초일한[78] 재주가 있다. 붉은 등 아래에서 겨를 없이 배운 것이나마, 한문도 많이 알고 글씨도 잘 쓰고, 일본글도 더러 볼 줄 안다. 또한 보통 세상에서 많이 안다고 떠드는 사람들보다도, 한 가지 더 아는 게 있나니…… 몸이, 기생이라는 이 세상 제도의 가장 아래층에 있어서, 여러 사람 여러 가지의 희롱과 유린을 받아서, 인생이라는 그것이 어떤 것인 줄을, 여러 가지의 모양으로, 보고 겪고 해서 알았음이다. 그리고, 영남 사람의 특징으로, 뜻이 멀고 속이 깊다. 거기에 마음과 행동은 말괄량이다. 그러나 그 말괄량이는, 세상의 풍파를 겪은 데에서 나온, 말괄량이다. 그럼으로 참뜻이 있는 곳에는, 죽을 때라도 몸을 아끼지 않는, 그런 용기가 있다. 그의 모든 것을 통틀어 말하자면은, 고요한 때는 가시덤불이 욱욱이 우거진 속에, 은은히 웃는 한 송이 술이 깊은 꽃이지마는, 미친 바람이 날 때에는, 이 산 저 산 거침없이 날아다니는 호랑나비이다.

그러므로, 고운 마음이 거칠어지고, 거칠어진 마음이 미치게 된, 귀영이에게, 얼른 알아보게 되었고, 취정이도, 귀영이를 얼른 알아보았다.

귀영이와 취정이가, 서로 만난 뒤로는, 날마다 영성산에 올라가는 것이, 일이다. 하고 싶은 이야기도 마음대로 하고, 마음 답답한 때는 바람도 쏘이며, 보기 싫은 곳에 침도 뱉고 욕도 함부로 한다.

**3**

밤은, 고요한 밤이다. 숨소리도 없이 죽은 듯한 커다란 땅은, 넋을 잃고 어둠 나라 밑에, 널브러져 있다. 다만 흐릿한 하늘에는, 금방 떨어질 듯한 별 하나가 깜박거릴 뿐.

창호지 한 겹 밖이, 캄캄한 죽음의 나라이건마는, 사람들은, 바작바작 타들어가는 기름 불빛에서, 죽는 이의 목숨이, 얼마나 남았는지 몰라서, 시각으로 그것을 재고 있다.

귀영이는, 혼수상태에 빠져, 도무지 정신을 차리지 못한다. 이따금 괴로운 듯이 신음하는 소리가, 가늘게 떨리는 듯하다가, 힘없이 끊어진다. 깔딱깔딱하는 목에는, 가래가 끓어올라 '가르랑가르랑' 하는 소리가, 가늘게 날 뿐이다.

아버지와 어머니와 취정이는, 아무 말 없이 근심스러이 앉아서, 귀영이와 귀영이의 남편 전씨의 얼굴만을 번갈아 본다. 전씨는, 가끔 귀영이의 체온도 보고 맥도 보며, 점점 낙망하는 듯한 빛이, 얼굴에 나타난다.

방 안에 움직이는 소리는, 다만 다섯 사람의 숨소리뿐인데, 그중에도 귀영이의 숨소리는, 들을 수도 없을 만큼 힘없고 약하게 떨리는 듯하다. 푸르게 흐르는 램프 불빛은, 마음 답답한 사람들을 게으르고 졸리게 하는 듯, 한 칸[79] 방 안에 나릿한 공기는, 괴롭게 무겁다.

귀영이를 들여다보고 있는 사람의 눈들은, 모두 쓰러질 듯이 몹시 고달팠다. 취정이는, 너무 답답하고 안타까운 듯이 "아이고 답답해라" 하며, 손으로 저의 눈을 부빈다. 그러자 어머니는, 무슨 군호軍號나 들은 듯이 입맛을 '쩍' 하고 다시며, 사기대접의 사탕물을 숟갈로 떠서, 타는 듯이 바싹 마른 귀영이의 입에다, 흘려 넣는다. 귀영이는, 벌려졌던 입을 다물며, 목에서는 시원치 못하게 '꼴각' 소리가 난다. 아마 물을 삼키는 모양인지. 그러나 그의 눈은, 뜨지 않는다. 아버지는, 아무 말도 없이 꾸부리고 앉아서, 게슴츠레한 눈에다 힘을 모아, 뚫어질 듯이 귀영이의 얼굴을, 들여다보고만 있다. 만일 누가 옆에서, 조금만 꼬드겨도, 금방 울음이 터질 듯이, 그의 얼굴은, 청승스럽게 찌푸렸다.

얼마 있다가 어머니는, '휘 ―' 하고 한숨을 한 번 속 깊이 쉬인다. 그리고 부시시 일어나 밖으로 나아가더니, 새빨간 적두赤豆 팥을, 한 움큼 쥐고 들어왔다.

귀영이의 머리맡에 가 무릎을 꿇고 앉아서, 두 손을 어울러 팥을 쥐고, 두어 번 쩔레쩔레 흔들더니, 눈을 시르르 감는다. 무엇을 속으로 푸념하는지, 입을 가만히 벙긋거리며, 한참이나 잠잠히 앉아 있었다. 그러다가 눈을 뜨고서, 손에 쥐었던 팥을 손바닥에 벌여놓고, 둘씩 둘씩 짝을 맞추어, 세기 시작한다. 그 팥빛은, 이상하게도 밝았다. 세던 팥은, 맨 나중에 한 개가 남았다. 어머니는 "잘못 세지나 않았나" 하고, 그 팥을 두 번 세 번 다시 세어보았다. 그러나 남는 것은, 틀림없이 한 알뿐이다. 어머니는 그것을 든 채로 물끄러미 귀영이의 얼굴을 들여다본다.

그것이 어머니에게는, 죽음이라는 것을 증험하는, 묘한 점이었다. 몇 알 안 되는 팥이나마, 그것이 어머니에게는, 죽음이라는 그윽이 알 수 없는 수를, 풀어보는 데에, 묘하고도 신비스러운 구슬이었다. 그 팥을 세어보아, 나중의 남는 것이, 짝이 맞으면 사는 것이요, 맞지 않으면 죽는 것이라 한다. 그런데 어머니의 손에는, 다만 한 개의 팥이 남아 있다. 그 팥은, 빛조차도 어머니의 눈에는, 붉다는 것보다도 형용할 수 없는, 이상한 죽음의 빛으로 보였다.

근심에도 근심을 더 거듭한 어머니의 얼굴은, 점점 어둠의 빛으로 흐리었다.

첫닭이 울었다. 귀영이는 눈을 떴다. 오래간만에 눈을 떠서 그런지, 기운없어 보이는 눈이, 부신 듯이 몇 번이나 감았다 떴다 한다. 그리고 고개를 들고 일어나려 하는 듯하다가 그만둔다.

피와 기름이 빠져서, 하얗게 여위어진 얼굴에, 가냘픈 살가죽이, 대중없이 움직인다. 검은 머리는, 베개 너머로 흐트러져 깔렸다.

귀영이는 가슴 위에 놓여 있는 손을 든다. 그 손은, 흰 거미발같이 가늘게 마르고 파리하였다. 여러 사람을 향하여, 그 손을 두어 번 내저으며, 고개도 흔드는 듯하다. 여러 사람들은 무슨 뜻인지 몰라서, 서로 쳐다보며 잠깐 주저하였다. 귀영이는, 또 손을 흔든다. 어머니가

"왜 그러노" 하고 물을 때에, 귀영이는, 손으로 지게문 쪽을 가리키며, 힘없이

"다들 나가소" 한다. 방 안 사람들은 무슨 일인지 몰라서, 잠깐 머뭇머뭇하다가 일어선다. 취정이도 일어서려 하니까, 귀영이가 손을 들어, 취정이의 치마 앞에 놓는다.

방 안에는, 귀영이와 취정이 두 사람뿐이다. 귀영이는, 이윽히 눈을 감고 있다가 다시 뜨며 횃대 끝에 매어 달린 손가방을 가리켰다. 취정이는, 얼른 그 가방을 내려다가, 귀영이의 가슴 위에 놓아주었다. 귀영이는, 그 가방을 열려고 하다가, 기운 없이 집어 취정이를 준다. 취정이는, 그것을 받으며

"이걸 열래요" 하고 물었다. 귀영이는, 그렇다 하는 듯이, 고개를 한 번 끄덕한다. 그 가방을 열어보니, 조그마한 책 하나를, 빨간 비단으로 싸 넣었다.

그 책은, 귀영이가 열사단에서 받은 수첩인데, 그 단의 강령과 비밀암호가 쓰여 있는 것이다. 그리고, 귀영이 자신에 관한 모든 비밀과 또한 장차 하려고 하던 일과 뜻이 기록되어 있다.

그 책을, 취정이가 잠깐 보려 할 때에, 귀영이는, '급히 어디다가 넣어가지라' 하는 듯이, 손으로 취정이의 무릎을 툭 치며 고개를 끄덕한다. 취정이는, 그 책을 얼른 치마춤에다 찌르고, 가방은 그전대로 갖다 걸었다. 너무도 이상한 곳에서, 이상한 물건을 이상하게 받은 까닭에, 취정이의 가슴은 어쩔 줄 모르게 잠깐 두근거렸다. 귀영이는 '이제 마음이 놓인다' 하는 듯이, 빙그레 웃는 듯하며 눈을 감는다.

취정이는, 밖에 나갔던 사람들을 불러들였다. '왜 그랬느냐' 하는 듯이, 모두 잠잠히 귀영이와 취정이의 얼굴을, 번갈아 본다. 귀영이는 다시 눈을 뜨며

"아배요—" 하고 불렀다. 힘없이 떨어지는 목소리를 다시 내어

"다시는 백정 노릇 마소" 하고, 눈에는 눈물이 어리었다. 아버지는, 술 취한 사람 모양으로 정신없이 고개를 한 번 끄덕하고, 들여다보기만 한다.

조금 있다가 귀영이는, 남편 전씨를 그윽이 아무 말 없이 쳐다보다가, 쓴 웃음을 짓는 듯하며, 눈을 시르르 감는다. 한 손을 슬며시 들어 아버지에게 주고, 또 한 손을 들어 취정이에게 준다. 여러 사람들은, 정신을 차려 귀영이의 얼굴을 들여다본다.

귀영이의 얼굴빛은, 별안간 붉어진다. 그러더니 또 하얘진다. 눈은 걷어 달리고, 코는 추해진다. 아버지와 취정이가 쥐고 있는 손에다, 힘을 들여 바르르 떨더니, 긴 숨을 모아 내쉰다. 하얗던 얼굴에 푸른빛이 돌 때에는, 숨소리가 점점 들을 수 없을 만큼 가늘어진다. 아마, 귀영이의 목숨도 그만인 것이다.

아버지는 '큭' 하고 흐느끼며, 귀영이의 몸으로 엎드러졌다. 어머니는, 울음 섞여 목멘 소리로 "나무아미타불, 극락세계!" 하며, 귀영이의 벌어진 입을, 다물어준다. 취정이는, 차마 볼 수 없는 듯이 고개를 외로 꼬고[80], 한편 다리를 내어 뻗으며, '흑흑' 흐느껴 운다. 전씨는, "이런 때에 주사注射를 하면 다시 살아난다"고, 주사침을 찾기에 쩔쩔매며, 한창 부산히 굴다가, 여러 사람들이 우는 바람에, 멋쩍은 듯이 털썩 주저앉는다. 그의 눈에도, 눈물이 그렁그렁하다. 어머니는, 울다가 눈물을 씻고 앉으며

"그만 살고 죽는 것을……" 하고, 한숨을 '휘―'

쉬인다. 그리고, 밥을 짓는다고 일어선다. 그 짓는 밥은, 사자밥이다.

"조선국 경상도 부산 영주동 이십칠 세 최귀영 복……" 하고, 눈물 섞어 외마디 소리로 외치는, 소리는 고요한 새벽하늘에, 처량히 떨린다.

사람이 죽는 데에도 '백정의 집이라'고, 딴 사람은 아무도 오는 이가 없었다. 귀영이의 혼을 부르는 데에도 사람이 없어서, 귀영이의 아버지가 울며 부르게 되었다.

밥 세 상, 짚신 세 켤레, 동전 세 닢, 그것은, 귀영이의 넋을 데리고 갈 저승사자를, 대접하는 것이었다.

혼을 부르던 귀영이의 아버지는, 사자 밥상 위로 정신없이 고꾸라졌다.

귀영이의 아버지는, 날마다 술만 마신다. 그리고 운다. 울고 나서는 미친 사람같이 넋을 잃고 온 동네로 쏘다닌다. 그러다가 저녁때가 되면, 울면서 다시 집으로 돌아와, 기다란 두루마리에다 편지를 쓴다.

편지는, 죽은 귀영에게 하는 것인데, 사연은 대개…… 누구는 이쁘고, 누구는 미우며, 누구는 고맙게 굴고, 누구는 몹시 하며, 온종일 동내에나 또는 저의 집에, 무슨 일이 있었으며…… 별별 소리를 다 쓰다가, 나중에는, 술 몇 잔 먹은 것까지 쓴다. 굵다랗고 서툰 글씨로, 사투리 섞어서 더러는 쓴 말도 되쓰고, 정히 할 말이 없을 때는, 그냥 아무렇게나 먹장난도 해버린다. 그러다가 그 쓴 것이, 한 서너 발 넘으면 '오늘 편지는 다 썼다' 하는 듯이, 종이를 끊어 접는다. 그리고 푸나무 한 단을 옆에 끼고 누가 볼까 봐서 연방 뒤를 살피며, 남몰래 영성산 꼭대기로 기어 올라간다.

밤마다 영성산 봉오리에서는, 이상한 불빛이 번쩍거린다.

그것을 보는 마을 사람들은, 떼로 모여 서서 서로 가리키며

"도깨비불이 보인다" 하고, 떠든다. 더구나 그중에도 똑똑하게 잘 아는 사람은

"높은 곳에는 도깨비가 없는 법이니, 저것은 반드시 산신령의 조화라……" 하고, 지껄인다.

그런데, 모든 사람이 지껄이고 있는 판에, 매번 가슴이 서늘하게 놀라는 것이 있나니, 그것은 별안간에, 말괄량이 취정이가 어디서 뛰어나와, 소리를 높이 쳐 부르짖음이다.

"불 질러버려라. 불 질러버려라. 모든 것을 불 질러버려라" 하고, 부르짖는다. 저 혼자 미친 듯이, 사납게 성도 내고, 허트러지게[81] 웃기도 하며, 늑대처럼 날뛰어 돌아다니기도 한다.

그것을 보는 사람들은, 또 쉽게 손가락질을 하며

"귀신이 들리어 불지랄을 한다"고, 욕과 비웃음에, 뒤섞어버린다.

약한 자의 부르짖음, 서러운 이의 목 놓는 울음! 평안치 않은 곳에는, 봉화를 든다. 고요하던 바다는, 물결쳐 부르짖는다. 오랫동안 길고 길게, 논개울 산돌채[82]로 꾸겨져 소리 없이 흐르던 물은, 큰 바다를 이루어, 바람이 일 때에, 바위에 부딪칠 때에, 소리쳐 큰 설움을 부르짖는다.

그 소리를, 온 땅의 사람과 귀신이, 다— 알아듣기 전에는, 이 봉오리는 저 봉오리 높은 곳마다, 서로 응하여 성히[83] 붙는 마음의 불꽃은, 길이길이 번쩍거려 꺼지지 아니하리라.

그것은, 곳곳마다 난리를 보도[84]하는 봉화烽火가, 켜질 때에.

(『개벽開闢』 61호, 1925년 7월)

# 귀향歸鄕[85]

아직도 십 리는 될걸. 아니다. 이제는 오 마장밖에는 아니 남았으리라.

오기도 퍽 많이 왔건마는, 나의 고향은 멀기도 너무 멀다.

가을의 소리인가, 가을의 바람인가. 솨— 하는 싸늘하고도 쓸쓸한 소리가, 아침 안개를 머금은, 밤동산 나무숲으로 휘돌아다닌다. 무슨 무서운 권세이냐. 이 나무 저 나무의 서리 물든 가랑잎을, 아무 힘도 없이 아무 앙살[86]도 없이, 한 잎 두 잎 느른히 떨어져 흩는구나. 상수리 주우러 다니는 어린 아가씨들의 맨발 부리가, 앙상한 가랑잎을 죄 없이 이리 뒤적 저리 뒤적뒤적거릴 제마다, 바시락 바시락. 애처로울손, 여기에도, 쓸쓸한 가을의 한 자락 구슬픈 그림자가, 가락가락이 서리어 있구나.

아무도 아니 보는 어두운 밤에, 이 길을 걸으려고 하였더니만, 팔자 사나운 천덕구니의 이 세상일이라, 그나마도 뜻과 같지 못하여, 아직껏 입시[87]도 못한 빈속으로, 행색이 초라하게, 아침 길을 이렇게 걷는다. 어렴풋이 지나간 옛적 일을, 을씨년스럽게 몇 차례인지 거슬러 회상하면서, 사람들이 잘 다니지 않는 논두렁 밭둑 고개마루터기 산비탈 길로, 큰길보다는 십 리나 거의 더 도는, 이 소로小路를 일부러 찾아서 온다.

여기가 어디이냐, 나의 고향으로 가는 길거리이다. 고향! 나의 고향은, 그동안에 얼마나 달라졌는가. 먼 곳에 있을 적에 소식만 들어보아도, 우리 시골 역시 시원치 못할 경상景狀[88]은, 보지 않아도 본 듯하지마는…….

어저께, 청량리 정거장에서 듣고 보고 하던 일이, 시방 다시금 눈에 밟힌다.

사람이 극경極境에 빠진 뒤에야, 고향인들 무엇 하며, 타관엔들 별수가 있으랴마는 정든 고토故土에서도 살 수가 없어서, 딴 나라 서북간도西北間島

로 유리流離해 가는 이들과, 한편에는, 간도에서도 살 수가 없어서, 변변치는 못할 살림이나마 다— 털어버리고, 고원故園을 다시 찾아 돌아오는 이들이, 정거장 대합실 안과 밖에 여러 백 명百名이었다. 어째서 그들이 그렇게 가느냐, 물어볼 것도 없거니와, 어째서 그렇게 오는 것인지, 일부러 알려고 할 까닭도 없었다. 물은들 무슨 대답이 있으며, 대답인들 무슨 그리 시원한 사설이 있으랴. 물어보지 아니하여도, 때묻은 흰옷에 걸머진 보퉁이는, 끝없는 설움이 어룽졌으니, 아무가 보더라도 떠돌아다니는 무리 그들이 분명하지 않으냐. 넋들이 푸념 대신에 눈물이 앞을 서며, 울음도 하염없어 그칠 줄이 없거든, 여윈 얼굴에 흘게늦은[89] 입술이, 아무 말 없는 그 가운데에도, 저절로 네나 내나 모두 한겨레의 청승스러운 하소연을, 서로서로 느긋이 주고받고 한다.

"간도間島도, 이제는 도무지 살 수가 없어요" 하는 말을, 간도서 못 살고 온다는 이가 할 때에,

"우리가 어디를 간들 별수가 있겠소마는, 그래도 그곳이 여기보담은 좀 살기가 낫다고 하기에" 함은, 여기에서는 살 수가 없어서 가는 이의 말이다.

그런데 거기에도, 한가락 더 한층의 속 깊은 설움이 서리어 있으니, 그들의 차디찬 웃음과 무딘 눈치는, 아무나 서로 만날 제마다, 제각각 미더운 일에도 의심을 품고, 정다운 일에도 고마운 줄도 모르는 듯하다. 그리해서, 아내는 남편을 의심하고, 아들은 아버지를 미워하는 동안에, 굳게 얼리었던 한겨레는, 그만 하염없이 풀리어 흩어져버렸던 것이다. 아! 옛날에 벌써, 사랑의 품에서 쫓기어난 그 백성들은 어리고 곱던 넋이 찬바람 모진 비를 모두 겪을 그적에, 참된 마음이나 싹싹한 느낌까지도, 그만 어디다가 다— 잃어버리고, 이제는 고치기도 어려운 무서운 병이 깊이 들어버렸느냐. 그러고서 인정도 모르는 불쌍한 무리들이, 또다시 어느 나라 인정도 없는 그 땅으로, 헤매러 가려 하느냐.

그러한 일 저러한 일을 모두 휘둘쳐 생각해보니, 시방 내가 가는 우리의

시골인들, 그동안에 무슨 그리 이렇다 할 만한, 시원한 일이나 마뜩한 꼴이, 있으랴.

마음 답답한 나무숲, 발 무거운 산길이다.

서낭당이 고개 비탈길을 내려와, 장승 모롱이에 나서니, 깊고 넓은 고라실[90]이다. 논두덩이 넘도록 우거져 된 벼포기는, 찬 이슬을 머금어 무거운 듯이, 황금의 이삭을 드리워 있다. 골짜기마다 다복다복한 초가집에서는, 아마도 아침밥을 짓는가, 고운 연기가 흰 깁나북같이[91], 여기저기에서 스르르 떠오른다. 어쩐 일인가, 닭의 소리도 없고, 개 소리도 들리지 아니한다. 그나마, 그 억세고 세차게 짖고 나서던, 네눈이 검둥이 누렁이 신 개 떼도, 요사이 흔한 야견박살野犬撲殺[92] 통에, 모두 떼어가 버리었는가. 아무튼 모든 것이, 잠들은 듯 조으는 듯한, 평화스러운 아침이다. 거친 소리도 들리지 않는, 고요한 아침이다.

저 오막살이들의 싸리짝 문을 열어젖뜨리면 얼마나 어지러운 풍파가 감추었으며, 불안하고도 비참한 생활이 드러날는지 모르겠으나, 잠잠한 마을을 겉으로 보아서는, 매우도 고요한 풍경이다. 아니다 고요하다는 것보다도, 끝없이 쓸쓸해 보인다. 도리어 시름스러운 적막寂寞이, 쇠퇴衰頹[93]해가는 농촌을 그대로 그려놓는다.

축동 오리나무 밑 길로, 물동이 인 아낙네가, 비루먹은 재강아지[94]를, 하나 앞세우고 나온다. 누구의 아내인가, 새로 시집온 새색시인지, 분홍치마에 행주치마, 흰 겹저고리 팔뚝을 걷어 접은 바른팔의 진동[95]에는, 잔살[96]의 고운 때가 가뭇가뭇이 묻었다. 오리알에 제 똥 묻었다는 격으로, 수수하고도 고운 새색시이다. 다행히 평화스러운 집안이면은, 새 시집의 첫 사랑살이도, 아마도 즐겁겠지. 부끄러운 듯 수줍어하는 눈, 불그레한 두 볼은, 아리따운 청춘의 끝없는 즐거움을, 느긋이 이야기하는 듯. 알지 못해라, 이렇게 늙은 나라 낡은 시골에도 푸른 봄 그것은, 잊지 않고 찾아와서, 뜨거운 가슴의 붉은 피를, 물결쳐주는가. 젊은이들의 뜨거운 입술은, 아직껏 꿀 같은 즐거움을, 그대로 마음껏 누릴 수 있는가. 그래도 든든할손, 웃음을 잃어버린 거친 들에도, 꽃피는 그 시절은, 가시지 아니하였구나.

나는 시장한 까닭인가, 목이 몹시도 마르다. 이편 지렁길[97]로 들어가면, 향나무 밑에 구기자拘杞子 덩굴 우거진 옹달우물이 있는 것을, 전일前日에 보아 알았다. 나는 아낙네의 뒤를 실실 따라, 우물길로 갔다. 아낙네는, 물동이를 내려놓으며, 곁눈으로 나를 힐끗 돌아다볼 때에, 나는, 무슨 말을 하여야 좋을는지 몰라서, 잠깐 주저주저하였다. 말도 없는 눈치 수작만이, 어느덧 서로 오고 가고 하는 동안에, 그는 깨끗한 물바가지로, 우물물을 한 바가지 헤쳐 떠서, 넌지시 우물뚝에 놓으며, 또한 아무 말도 없이 다만 한 걸음 뒤로 물러서, 고개만 반쯤 돌이킬 뿐이었다. 나는 시원한 냉수를, 한숨에 들이켰다. 그리고, 그의 은근하고도 친절한 은혜를, 입으로 일컫지는 못하였으나마, 다만 마음으로라도 감사를 드렸다.

그것이, 내가 고향의 흙을 밟으면서, 첫 번으로 받은 대접이었다. 아— 그는, 어찌하여서 그렇게도 나에게, 고마운 웃음을 끼쳐주었는가. 집을 등지고, 고향을 저버리고, 떠돌아다닌 지가 일곱 해 만에 아무러한 공도 없이, 아무러한 보람도 없이, 이렇게 멋없이 돌아오는 이 몸을, 거짓말쟁이를, 천덕구니를……. 나는 도리어, 고마움을 받을 때에, 괴로운 느낌이 가슴을 내려앉게 한다.

이름도 모를 풀버러지들의 소리는, 아직도, 길섶의 거친 풀이며 벼포기 밑에서, 가을의 소곡小曲을 읊조리고 있다. 저희들의 목숨이 얼마 안 있어서, 모진 눈보라에, 꺼질 것도 모르고, 흥이 겨워하고 즐거운 듯이, 아침 햇빛에 이슬에 무저진 조그마한 노래를, 제로라[98] 아름다이 읊조리고 있는, 그의 티 없이 깨끗한 마음에는, 애련의 느낌을, 느릿하게 느끼지 않을 수가 없다.

쟁기 지고, 누렁 황소 "어디여 듸여" 몰고 가는 농군은, 가을보리를 심으러 가는 일꾼인가. 길 위에는, 예전에 없던 새로 지은 집들이, 여기저기에 귀딱지[99] 모양으로, 어리어 있다. 그러나 그중에도, 어떤 집은, 짓기도 전에 허물어질 듯이, 반쯤은 찌그러졌고, 또 어떠한 집은, 부엌은 중방[100]만 들이고, 방은 욋가지[101]가 보이는 황토黃土 흙벽에, 검은 그을음이 그을었는데, 문짝도 없고 사람도 없이, 깨어진 질부둥거리 조각만, 빈 봉당에 흩어져 있으니, 집 임자는 살 수가 없어, 또 어디로 떠돌아 나가버렸는가. 울타리도 없이 상두막[102] 같은 담집 지붕에는, 댑싸리 나무가 어웅하게[103] 났다가, 그래도 말라버렸는데, 거적문 단 방 안에서는, 어린애들의 울음소리가, 한참 어지러이 볶아친다. 아마나 먹을 것은 없는 집안에, 자식들은 많이 낳아놓은 듯.

저 집들이 있는 터전은, 옛날에 우리 집에서, 원두[104] 놓고 원두막을 지었던 밭이다. 내가 어렸을 적에는, 그 원두막에 가서, 지렁풀잎[105]을 뜯어, 각시장난이나, 정업이[106]의 송낙[107]도, 많이 만들었고, 밭둑에서 글방 아이들하고, 말달리기는 얼마나 많이 하였던가. 그런데 시방은, 시방 나는, 얼마나 많이 이렇게 달라졌느냐. 시절이 바뀌고, 물건은 어떻게도 몹시 변혁되었느냐. 어렸을 그적에는, 아무것도 알지 못하는, 다만 행복이라는 그 그늘 속에서, 수수께끼같이 알 수 없는 큰 세계를, 꿈꾸고 있었더니만…….

저 자라뫼[山名] 미륵당彌勒堂이의 돌부처는, 여전히 평안하신가. 어렸을 적에는, 그 앞으로 지나다닐 제마다, 몇 번인지 모르게 소원을 빌고, 정성을 들이며, 미래의 꽃다운 희망도, 퍽 많이 하솟거렸고[108], 단단한 언약도 많이 하였건마는, 내가 어리석었음인가, 돌부처가 나를 속이었음인가. 글방에서 도강都講[109]할 때에는, 강講을 순통하게 해달라고 절을 열 번이나 하였고, 천자문을 갓 떼고 책씻이[110]할 때에는, 떡과 과율[111]을, 집안사람들 몰래 가지고 가서, 장래의 무엇을 혼자 빈 일도, 있었다. 동경과 선망과 기원에, 안타까운 좁은 그 가슴에다, 든든하게 채울 양으로, 기껍게 할 양으로, 많은 쾌락을, 그 보지도 못하고 알지도 못하는 장래에다, 그 장래를 실어놓은 한 세계에다, 차디차고 우둥퉁하고 딱딱한 그 돌부처에게다, 빌고 바라고 또 기다리기는, 얼마나 많이 하였던가. 그런데 나는, 시방 돌아온다. 요 모양이 되어서 돌아온다. 이렇게 다시, 그 넓은 세계에서 돌아오려고 한다. 너무도 많이 무너진 희망과, 여지없이 흐트러진 계획을 거두어가지고, 이렇게 다시 고향으로, 낯익은 고향으로, 돌아오는 길이다. 거짓말만 한 그 돌부처가, 여태껏 그대로 있는지 없는지. 만일에 내가 그동안에, 과연 그리 아무 잘못도 없을 것 같으면, 아마도 밉살스러운 그 돌부처는, 낯이 없어도 고개를 숙이고 돌아앉거나, 그렇지 않으면 어디로 도망이라도 갔으리라. 모든 것이 애끊는 설움을 품었다가, 돌아오는 이 몸을 맞이하자마자, 울리려고만 할 뿐이로구나.

내가 이 땅을 시방 다시 밟은 것은, 일곱 해 만이다. 일곱 해라는 긴— 세월은, 어느 곳에서 허비해버리고, 이제야 귀향이던고. 일곱 해를 별러서 오늘에야, 내 고향에 돌아온다. 정다운 매가妹家[II2]에를 찾아서 온다. 아니다, 나의 생가生家, 보고 싶은 우리 어머니를, 만나 뵈려고 오는 이 길이다. 어머니께서는, 아마도 퍽 많이 늙으셨겠지. 내가 처음에 집에서 떠날 때에는, "이 자식이 훌륭한 사람이 되기 전에는, 집에 돌아오지 않겠습니다. 그러나 반드시 어머니 생전에, 훌륭한 사람이 되어 올 터이니, 보십시오" 하고 어머니의 흘리시는 눈물을 더 내리게 하였더니만……. 그런데 내가 시방 정말로, 훌륭한 사람이 되어 오는 것인가, 그대로 어머니께서는, 아마 이제도 훌륭히 된 아들이 돌아오기를, 고대하고 계시겠지.

새로이 된 마을을 지나니, 길 아래는 커다란 방죽논[II3]이다. 물심 좋고 걸차고 버렁[II4] 넓은 저 논을, 해 먹는 사람들은, 참 행복한 이일 것이다. 자기의 소유를 잃어버리지 않고 지니고 잘 사는 이면은, 쇠잔해지는 시골에서는, 매우 복 많은 사람들이 아닌가. 이 고라실 논이 모두 열두 섬 열엿 마지기[II5]……, 몇 해 전까지도 모두가, 이 시골의 사람들이 임자였었건마는…….

저 은행나무 밑을 지나면, 매가妹家, 곧 나의 생가生家이다. 우리의 집이 있는 곳이다. 나는, 새로금 다시, 마음이 뭣하여서, 건던 걸음을 잠깐 머뭇거렸다.

나는, 이제 분명히 고향에 왔다. 꿈에만 그립게 오던 그 고향 아니라, 예전에 보던 청산녹수 그대로의, 낯익은 내 고향에, 이렇게 왔다. 이제는 집안 사람이나 동네의 사람들도, 곧 만나볼 테지. 그러나, 무슨 낯과 무슨 염치로, 그들을 만나보나, 무슨 공을 이루고 왔으며, 무슨 자랑거리를 지니고 왔다고…….

나의 허물만도 아니요, 남의 죄만도 아니며, 또, 시세時勢나 운명의 탓만도 아니건마는, 어찌어찌하다가 조선祖先의 유산으로 이 시골에서는 큰 부자라 하던 그 많은 재물을, 다— 없애버리매, 고향에 그대로 있기가, 낯도 없고 또 부끄러워서, 시집가 있는 누이를 불러서, 할머니와 어머니와 집안일을, 모두 부탁하고, 어지러운 세상 거친 물결에, 떠돌아다닌 지가, 그럭저럭 일곱 해가 되었다.

일곱 해 동안에 무엇을 하였느냐. 어떻게 살아왔느냐. 모군꾼[116], 전차 운전수, 석탄 광부. 그러나 그것도 모두, 뼛심[117]에 들여 죽도록 벌어야, 한 몸뚱아리의 먹고 입을 치다꺼리도, 마음대로 넉넉하게 잘되지 못하였다. 그나마 그것도, 간 곳마다 나중에는 번번이 모두, 주모자 또는 선동자라는, 창피스러운 지목을 받고, 쫓기어나게 되니, 그제는, 일을 하려고 하나 일할 곳도 없어서, 한 달 동안이나 벌이도 못 하고, 공연히 공밥만 치고 있었다. 그러는 동안에, 몇 푼 아니 되는 주머니의 돈도 다— 털어버리니, 이제는, 오고가도 못하는 딱한 신세가 되어버리었다.

아무튼, 그리운 고향에나 한번 가보아야 하겠다고, 며칠 전에, 어느 동무에게 신세를 끼쳐서, 간신히 원산서 기차를 타고, 그럭저럭 어제 아침에, 청량리역까지는 와서 내렸으나, 먹으며 굶으며 오는 길이니, 수중에는 노랑돈[118] 한 푼인들 있을 까닭이 없다. 그래, 거기에서 왕십리까지 걸어오다가, 길가에서 기장시루떡 파는 데를 보았다. 배는 몹시도 고픈 판에, 먹을 것을 보니까, 눈이 뒤집혀 내닫는 마음이, 걷잡을 수가 없을 만치도 되었지마는, 그래도 남의 것이라, 억지로 어떻게 할 수가 없었다. 그래 잠깐 마음을 돌리어 생각하는 동안에, 한마디의 거짓말을 생각해 꾸몄다. 그것은 청량리역에서 보아오던 광경을, 얼른 어렵지 않게, 거짓말로 둘러 꾸몄음이다. 거기에다가 또, 떡 파는 늙은이의 어련무련한[119] 눈치도 보아 이용하고, 그의 그럴듯한 심리도 언뜻 대강 짐작해 가미하였다.

"십 년 전에 나가신 우리 아버지를 찾아서, 서북간도를 휘돌아 오는 길인데, 중간에 그만 노자가 떨어져서, 아무것도 못 먹어 배가 몹시 고픕니다." 그러한 뜻으로, 죽는 시늉을 하며 갖은 표정을 다―해서 한마디 하였더니, 그것이 용하게 바로 들어맞았던지, 그 할머니가, 잠깐 무슨 생각을 하다가, "매우 장―한 사람이라"고, 칭찬을 연방 내놓으며,

"아이 딱해라, 배가 오죽이나 고플라고, 어머니도 계시우, 어머니가 그 말을 들으시면, 오죽 놀라시고 가엾어하실까, 너 나 할 것 없이 자식 둔 이들 마음에야……. 나도 당신과 같은 아들이 있어서 날마다 공장벌이로 먹고살더니, 그만 기계에다 발을 다쳐서, 벌써 두 달째나, 내가 이 노릇을 해서 간신히 입에다 풀칠을 해간다오." 그러한 말을 하는 동안에, 벌써 떡 한 덩이와 시래깃국 한 그릇을 주어서, 해롭지 않게 요기는 잘하였다. 만일에 그때 그가, 말이라도 첫마디가 빗나갔거나, 떡이라도 아니 주었더면, 나는 무슨 짓을 했을는지 모른다. 그때의 나는, 아주 아귀餓鬼였으니까……. 그래, 배가 든든해지니, 고맙기도 하였거니와, 그의 하던 말을 들어보니, 눈물이 나고 뼈가 아팠다. 더구나 그렇게 고마운 이를 거짓말로 속이기까지 하였음이랴. 아무튼 이제는, 몹쓸 시방 세상에서는, 거짓말만 잘하면 장한 사람도 될 수 있고, 장한 사람이 그렇게 훌륭히 되면, 남한테 동정도 많이 받고, 나의 배도 부르게 되는, 묘한 이치를, 알뜰히 깨달아 알았다.

왕십리에서 떠나, 육칠십 리나 거의 걸어오다가, 해는 떨어지고, 배는 또 고파서, 하는 수 없이 또 그러한 떡 얻어먹던 수단으로, 큰 사랑집에 들어가, 밥 한 그릇을 얻어먹고, 하룻밤을 드새는 둥 마는 둥 새벽부터 길을 떠나서 오는 것이, 시방 이 길이다. 그러니, 시방 이렇게, 오느라 오는 것이, 자랑보다

도 부끄러움뿐이며, 반가움보다도 마음 아픈 것이 앞서 느껴짐이랴.

단풍 든 앞뒷동산이, 찌그려 누를 듯이, 빼곡히 소담스럽게 영근 논과 밭을, 에둘러 휩쌌다. 예전에 김장 심던 텃밭에는, 새로이 집을 지었고, 예전에 집 있던 터전에는 고추를 심어 가꾸었다. 집집마다 지붕마루에는, 널어 말리는 붉은 고추가, 한창 가을빛을 시새워한다. 전에 있던 연자마研子磨간[120]은, 그대로 있는지 헐어버렸는지, 한 뙈기의 수수밭이 가려 알 수가 없다. 바르던 길은 외어졌으며[121], 무성하던 숲나무는 다— 베어 없어지고, 몇 나무 양버들의, 노랑물이 들어 엉성한 휘추리가 아침 볕살에 휘어적휘어적 할 뿐이다. 따라서, 동네 사람들의 파리한 얼굴도, 알아볼 수 없을 만치 달라졌다. 모르건대 그것은, 시골에만 세월이 빨리 달아난 까닭이냐. 근심 걱정이 그렇게 늙게 하였음인가. 배가 고파서 그렇게 여윈 것인가. 그 몹쓸 영양 부족이, 아마 그들을 그렇게 몹시, 어려운 병을 들이어놓은 것인가.

집 앞길로 들어서기 전에, 건너 동산의 아버지 산소를, 한번 건너다보았다. 그 많던 묘목은 누가 베어먹었는지 다— 베어 없어졌고, 군데군데 사태 날린 곳마다, 황토 북데기[122]가 벌겋게 드러났다. 나무를 깎아 발가벗은 산이, 모진 바람과 궂은비가 오락가락할 제마다, 얼마나 임자 못 만난 설움을, 구슬피 하소연하였을 것인고. 그런데 산기슭에, 보지 못하던 새 무덤이, 또 하나 생기었다. 누구인가, 누구의 무덤인가, 누가 또 죽어 없어졌는가. 이 동네의 누구가, 하염없이 저 무덤 속에 누워 있게 되었는고. 아무튼, 그동안에 다시는 볼 수 없이 머나먼 길을 떠나간 이도, 여러 사람이 되렷다.

뒷밭에서, 고물개[123]로 보리밭 고랑을 밀어 덮고 있는 일꾼은, 먼—발치로 보아도 매우 낯이 익다. 그렇다, 그의 원고 바지에 옷 입은 모양이나, 몸 쓰는 것이 한학자漢學者 그대로 게으른 것이나, 뒷갈기머리가 늘어진 채로 맨상투에다 갓 만들어 얹은 꼴이나, 모든 것이 갈데없는 매부이다. 또는 저 밭이, 우리집 판셈[124]할 적에, 간신히 돌리어 빼어놓았던 텃밭이니까, 아마도 나의 많은 발자취는, 아직도 저 밭, 어느 귀퉁이에든지, 더러 간직해 지니고 있을 테지. 매부—, 매부와 비슷한 일꾼—. 아무튼 그는, 그동안 일곱 해를 먹고 묵어왔어도, 아직껏, 옛 허물을 벗지 못한, 철 늦은 동물이다. 그것이 얼마나 딱하기도 하고, 불쌍도 한 것이랴. 그이는 어느 틈에 멍—하니 서서, 내가 오는 쪽을 바라다본다. 아무튼, 복색이 다른 외처 사람들의 출입이 적은 시골 마을이라, 보지 못하던 낯선 사람이, 별안간에 나타나니까 보는 사람의 이상한 눈초리를, 모아 끌 수밖에—. 그러나 나는, 사람들의 눈에 뜨이기가 싫었다. 남의 말을 잘하는 시골 사람들에게, 가뜩이나 잊어버리었던 옛일을, 시방 다시 깨우쳐주어서, 쓸데없이 미리 짐작으로, 군이야기 겸 잔소리가 나오는 것이, 실없는 말거리가 되어서, 뭇 입술에 오르내리게 되는 것이, 뼈가 아프도록 진저리치게 싫었다.

걸음을 빨리하여, 얼른 옛집을 찾아 들어가니, 대문간채에서는, 누가 살림을 하는가, 우뚝이 외따로 떨어져 딴 집이 되었고, 사랑 앞 긴— 담 아울러 큰 사랑채는 헐어버리어서, 두두룩이 빈터만 남았는데, 깊은 자락은 소 두엄구덩이를 만들어서, 전에 석창포石菖蒲 심었던 자리에는, 누렁 암소가 모로 드러누워, 게으르게 양을 삭이고 있다. 예전 중문이, 이제는 큰 대문 행세를 하게 되었나 보다. 어떤 아이들이 장난을 한 것인가. '한성주韓成柱'라 쓴 문패門牌에다, 쇠똥칠을 누렇게 해서, 거꾸로 돌려놓았다. 안마당에서는 까만 암캐가, 콩콩 짖으며 나닫는다. 제第 나는[125], 헛기침을 두어 번 크게 하고, 문지방 안에다 발을 들여놓으니, 서먹서먹하던 가슴이, 다시금 두근거리기 시작한다. 누이가, 부엌문 앞에서 어리둥절해, 우두커니 바라다만 보다가,

"에그머니, 네가 어쩐 일이냐" 하며, 와락 뛰어 내달아 맞으면서,

"어머니, 얘가 왔어요."

"얘가 오다니, 누가 와."

"경렬敬烈이가 왔어요."

"응 경렬이가—."

어머니가, 안방에서 마루로 뛰어나오신다. 나는 어머니의 가슴에, 엎어질

듯이 고개를 숙이고 안기었다. 울음 반 웃음 반으로……. 그리고, 어머니와 누이에게 휩싸여, 안방으로 들어갔다. 어머니께서는, 한참이나 물끄러미 들여다보시더니,

"그래 어떻게, 이렇게 왔니."

"어떻게도 옵니까, 그저 이렇게 왔지요."

"얼굴이 아주, 여위다 못해 늙었구나. 나는 너를 다시는 못 보고, 죽을 줄 알았구나. 어쩌면 그러냐, 그래 이 늙은 어미도 보고 싶지 않더냐."

어머니는, 눈물을 지으신다. 누이도, 눈이 그렁그렁해, 울 듯이 찌푸리고 있다. 나도, 가슴이 빠개지는 듯이 아프건마는, 아무 대답할 말도, 위로할 말도, 찾아낼 수가 없어서, 다만 잠잠히, 고개를 숙이고 앉았을 뿐이었다.

어머니께서는, 몰라볼 만치 아주 퍽 늙으셨다. 그렇게 풍부하던 살결이, 인제는 검푸른 주름살로만, 바꾸어졌다. 누이도, 나이로 보아서는 매우 바스러졌다. 아마, 가난한 살림에 너무 쪼들린 까닭인지. 그동안에 어린애는 둘을 낳아서, 하나는 홍역에 죽고, 나중 나온 사내애만이 살았다 한다. 아마 불행한 집안에는, 짓궂은 몹쓸 불행이, 몇 겹씩 더 잇대어 둘러싸오는 것인가. 그동안에, 할머니도 돌아가시고, 많은 식구가, 하나둘 차차 모두 흩어져버리었으니, 더욱이나 집안은, 쓸쓸하여졌을 뿐일 것이다. 방 안 모양은, 그리 달라진 것은 없으나, 세간도 없이 휑뎅그렁한 방에, 묵고 찢어진 벽도 배가, 그을음과 거미집으로 수를 놓은 것이, 속 깊이 묵고 큰 집의 쇠퇴와 빈궁을, 이야기한다. 두 살 먹었다는 누이의 아들은, 아랫목에서 누워 자다가, 눈을 떠 나를 물끄러미 보더니, '으아—' 하고 울며 일어나, 저의 어머니에게로 기어간다. 나는, 어린 아기에게 왜떡[126]도 조금 못 사다가 준 것이, 섭섭하기도 하고 또 한심스럽기도 하였다.

"낯이 설어서—, 너의 외삼촌 아저씨란다" 하며, 누이는, 귀여운 아들을 얼싸안는다. 암만 낯은 설더라도, 왜떡이나 좀 사다가 주었더면, 외삼촌 된 꼴에 얼마나 좋았을까—.

누이는, 웃으며

"아가는 날마다, 나하고 왜倭말만 하는데."

"왜말이라니요."

"한종일 밤새도록 지저거리고 나서 보면, 그것이 모두 무슨 말을 한 것이지, 한마디도 알 수 없는 말만 지껄이었지" 하며, 아기를 추석추석하고[127] 어른다.

"왜 아가가, 아직 말을 못해요."

"응 아직 '엄마, 젖 좀' 하는 소리밖에는, 모두 못 알아들을 왜倭말뿐이야, 그래 아가가 왜말을 하면, 나도 왜말만 하지."

못 알아들을 왜倭말이라는 말이, 퍽 우스웠다. 어머니도 웃으시며

"그래도 그놈이, 어떻게도 영악한지—."

밖에 나갔다는 매부가, 벌써 아까 알아보았다는 듯이, 빙글빙글 웃으며 들어온다. 벌써 앞니가 하나 빠져서, 청춘은 이제 다— 지나갔다는 듯이, 말소리도 가끔, 헛김이 섞인다. 내가

"그래 요새도 매형, 약주를 그렇게 잘 잡수셔요" 하고 물으니까, 누이가 얼른, 말끝을 채어

"그럼 먹구말구, 요새도 날마다 술타작이란다" 하며, 원망하는 듯이 놀리는 듯이, 또 호소하는 듯이, 한마디로 부르짖는다. "아직도, 일가권속이 배는 고프지 않은지, 어찌 술만 그리 많이 먹는다노." 매부는, 헛 입맛을 다시며,

"그래 그동안에, 재미가 어때, 아무래도 집에 있느니만은 못했을 테지" 하며 곰방대를 빼어, 순써리[128] 담배를 부비 질러 담는다.

그의 말이 반가운 인사인가, 비웃는 웃음인가. 어떻든 이 세상은, 도무지 더러움과 밉살스러움뿐이다. 내가 어찌하여서, 그동안에 집에 있지 못하였는가. 집에도 붙어 있지 못하고, 떠돌아다니는 신세가 되게, 누가 만들어놓았는가. 그러하면서도, 사람마다 겉으로만 좋은 말로 못된 이면치레[129]가 거짓으로 오락가락한다. 아— 몹쓸 자여—, 악한 세상이여—.

매부는, 나의 그동안 지낸 경력이며, 현재의 생활이며를, 반가운 듯이, 가장 차례로 묻는다. 그러나 나는, 스스로 나앉아서, 그의 물은 말을, 차근차근히 대답할 용기가 나지 않는다.

그렇다. 내가 전일前日에는, 일향一鄕의 일류 토호였었건마는, 오늘날은, 일개의 순수한 육체노동자가 되기까지에 겪은 경력을, 그래서 거기에서 우러나온 현재의 주의主義와 생활을, 어떻게 다— 이루 말할 수 있으랴. 다만 혼자만 태고의 태평 시절로, 망건을 도토리같이 쓰고 다니는 일민逸民[130]으로, 자기의 전답을 자기의 힘으로 잘— 평안스럽게 경작해 먹고살아왔던 행운의 귀동자[131]라, 우물 파 마시며 밭 갈아 먹는다는 옛글 구절을, 취흥에 섞어서 소리쳐 읽고 있는 천둥벌거숭이이니, 그것을 중심하여서 자기가 보는 꿈속의 조그마한 세계로, 넓은 세상 모든 것을, 마음껏 멋대로 쉽게 단정해버리는 단순한 생활자에게, 힘들이어 설명한들, 무슨 소용이 있으랴. 공연히 소귀에 경 읽는 격이 아니면, 도리어 모욕侮辱만 받을 뿐이지……. 그렇지 않아도, 나는, 모든 것이, 비웃는 듯이 놀리는 듯이만 보인다. 옛날의 소위 행복이라는 그것도, 얼마나 부랑자와 같이 믿을 수도 없고, 밉살머리스러운 것이었던가. 얼마나 불안하고, 위태스러운, 우연이라는 휘청거리는 외나무 사다리 위에다, 행복이라는 그 알 수 없는 보물을, 올리어놓았던 것이던가. 운명이라는 한 허깨비가, 한 번 발길로 그 사다리를 툭 차버리면, 평화와 행복을 한꺼번에 깨트려버리고 다만 목 놓아 울 뿐이니, 그때에 "그것이 무슨 창피스러운 짓이냐, 못생기게 허둥대지만 말아라, 너희들의 소위 행복이라는 그것이, 한바탕의 실없는 장난이었던 것을, 너희들은 모르느냐" 하는 비웃음을 받게 되는 것이다. 그렇다, 수수께끼같이 알 수 없는 행복을, 어둡게 바라는 것보다는, 내가 사는 힘이 있다. 힘이 있다. 나는 나의 힘을, 밝게 헤아리고 있다. 진리를 곧게 보고 있다.

"시장하겠다" 하며, 누이가 아침 밥상을 들여온다. 밥상에는, 꽁보리밥과 된장 한 그릇뿐.

"너도 그동안에, 이런 밥 더러 먹어보았니, 나는 일곱 해 동안을, 이 거친 꽁보리로, 살았다. 아마 뱃속도 껄끔껄끔할 거야, 거친 것만 많이 먹어서" 하며, 숟가락을 잡으신다. 어머니가, 늙기에 고생만 하시게 된 것이, 모두 나 때문이로구나 하고 생각하매, 가슴이 점점 무거워진다.

"그래도 굶는 것보다는 얼마야, 이거라도 많이만 있으면서야—. 아마 퍽 시장했겠다" 하시며, 자꾸 어머니의 진지를, 내 밥그릇에다 더 먹으라고 덜어놓으신다. 나는 아무 말도 할 말이 없었다. 다만 북받치는 느낌이 목을 메일 뿐.

아침밥을, 그럭저럭 눈물에 섞어서, 한 그릇 다 먹었다.

남이 보기에는, 죽일 놈이요 몹쓸 자식이라도, 어머니의 사랑 아래에는, 모진 것도 없고 거친 것도 없이, 다만 웃음이요 눈물뿐이었다. 눈물에 뒤섞인 옛이야기 중에도, 할머니께서 병환이 드셨을 때에, 나를 퍽 보고 싶으셔서, 나의 이름을 날마다 부르셨으며, 또 쌀밥이 잡수고 싶으셔서 "쌀밥 쌀밥" 하시며, 밤낮으로 쌀밥노래였었건마는, 가난이 원수가 되어서, 변변히 잡수어보지도 못하고, 이내 돌아가셨다는, 구슬픈 구절도, 한두 마디가 아니다. 어머니께서는, 한숨 섞어

"그것은, 불효가 아니냐. 남의 집 외아들이요, 또 장손이 되어서—. 너의 아버지까지는, 우리 집이 대대로 예문禮文과 범절이 놀라웠었건만……."

그리해서, 할머니께서 돌아가셨을 적에도, 별안간에 산지도 구할 도리가 없어서, 아버지 산소 옆에다 할머니의 산소를 모시었다는 말씀도 있다. 아까 올 적에 보던 그 새 무덤이, 할머니의 산소이었던 것을 이제 짐작해 알겠다.

이러한 말 저러한 말 많은 이야기 끝에, 미안도 하고 불쾌한 느낌도 있어서,

"무얼요, 그러한 예절은, 거룩한 예문가요 또 배포도 부드러웁고 속도 든든한, 매형이, 이렇게 있는데요, 뭘" 하고, 어리광 섞어서 한 번 웃었다.

"너희 집 일에, 매형은 무슨 죄며, 무슨 까닭이냐. 또 에미는, 이렇게 늙어 죽을 때까지, 장—, 매형만 바라고 사니, 이제는 죽을 날도 머—지 않았는지,

나날이 기운도 전만 아주 못하고……. 어떻든 너도 이제 장가나 어떻게 들어서, 좀 재미있게 살아나 보다 죽자꾸나. 나이가 스물다섯이나 된 것이, 애녀석처럼 그렇게만 있으면 어떻게 하니, 온 무슨 재미야."

"하기야, 그것도 무슨 재미로 그러겠습니까."

"그러면."

"아이 참 어머니도……. 그저 그렇게 좋은 형편이 되지 못했으니까, 그렇게 된 것이지요. 누가 일부러야 할 리가 있겠습니까. 또 어머니—, 왜 제가 그렇게 불효가 되고, 예절도 모르고, 가난도 해졌고, 어머니도 그렇게 고생만 하시게 된 것인지, 아십니까."

"그것은 모두, 네가 잘못한 탓이지."

"네— 옳습니다. 그것은 모두 제가 잘못한 탓입니다. 그러나, 왜 그렇게 잘못만 되었는지, 그 근본 이치는, 아마 자세히 모르시겠지요. 아무라도, 처음부터야 잘못만 할려고, 일부러 별러서 하지는, 않았겠지요. 다만, 나중에 지나간 일을 헤아려보니까, 다— 잘못되었다는 것이 아닙니까. 그러니, 애써 잘하려고만 하였건마는, 모두가 잘못만 된 것은, 무슨 일입니까. 그것은, 그 잘하려고 하는 그 근본 치를, 그만 헛되이 그릇 본 까닭이 아닙니까. 그러니, 쓸데없이 소소한 일에 걸리어, 잔소리만 하지 말고 하루라도 바삐 어느 날이든지, 그 그릇된 일의 근본 그릇 본 이치를 밝게 보고 바로잡아 사는 날이라야 그때가 정말, 우리들의 잘살아본다는 날이지요. 아무튼 이제는, 잘되었어요. 우리 집이 망한 것도 잘 망하여졌고, 가난한 것도 잘 가난해졌어요. 그래야, 배도 고파보고 추워도 보고, 힘도 들여보고 고생도 해보고, 남에게 괄시도 받아봐서, 쓴 것 단 것, 이 세상의 온갖 지독한 맛을, 다— 맛도 보고 겪어도 본 뒤에라야, 제가 살려고 하는 부지런도 생기고, 제가 시방 어떠한 형편에서 살고 있다는 것도, 깨달을 것이요, 또 어떻게만 하여야 잘살 수가 있다는 마련이나 생각도, 나서겠지요. 시방 앉아서, 그 냄새나는 예절은 다— 무엇이며, 되지못한 부자는 다— 무엇입니까. 그렇게, 잠꼬대같이 허튼수작이거든, 모두 얼른 깨트려버리고, 나날이 점점 배가 고파져서 눈깔이 뒤집힌, 이 백성들에게는, 한시바삐 먹고살 방법이나, 깨달아 알아야지요. 고목나무의 곰삭은 삭정이가, 불이 붙은들 무슨 힘이 있겠습니까. 나무가 병이 들어 속이 비었거든, 썩은 뿌리의 삭은 등걸이 되기 전에 얼른 죽여 불이라도 때면 불보나[132] 있겠지요. 어머니—, 썩은 등걸에서, 빛없고 힘없이 필락말락 하는 꽃보다는, 새 공기에서, 새로 접한 새 나무에서, 새로 열린 새 과실이, 새로이 귀엽겠지요."

나는 잠깐 흥분이 되었었다.

"너 지껄이는 것은, 무슨 개소린지, 나는 도무지 모르겠다. 그러면 어느 날이나 좀, 잘살아보누." "반드시, 잘살아볼 날이 오지요."

"어느 때 꿈에나, 내가 죽은 뒤에나, 아무튼 나 죽은 뒤에라도, 너희들이나 잘살기만 한다면서야—."

"왜요, 염려 마십시오. 어머니 생전에 잘살아볼 터이니—. 우선 급한 대로 무엇보담도, 누님은 길쌈을 하시오. 매형은 밭을 갈고, 어머니는 저 아가나 보아주시다가, 저 아가가 자라서 말이나 좀 할 줄 알거든, 나는 아가에게 글을 가르치지요. 그리고 나도, 무슨 일이든지 하겠습니다. 내가 일을, 어떻게 세차게 잘하는데요. 이 손을 좀 보십시오, 영악하지요."

"농산들, 무엇을 먹고 무엇으로, 짓니—. 또, 이제 이 지경이 되어서는, 풍년이라도 어려울 터인데 더구나, 해마다 흉년만 들지—. 또 하인배나 동네 사람의 인심들도, 이제 전과는 아주 딴판이다. 시속 인심時俗人心은 나날이 모두 달라지는데, 내 것이 있어서 양반도 좋지, 삼한갑족三韓甲族[133]이면 무엇 하니. 내 것이 없어진 다음에야, 모두가 아니꼬움과 업신여김뿐이지. 요새도 날마다, 전에 부리던 것들이나 땅 해 먹던 것들이 모두, 문이 미어지게 들어와서, "어쩌자고 저희가 하던 그 땅마저 팔아 잡수셨어요" 하고, 울며불며 야단이란다. 가을이 되니까, 농장도지農場賭只를 치러주고 나면은, 먹을 것은 한 톨도 아니 남는다나. 뼛심 들여 일 년 내 농사라고 지은 것이."

이런 사연 저런 사설로, 원망도 있고 사랑도 있어, 아무튼 즐거운 하루의 해를, 지웠다.

어찌하였든, 우리는 한시바삐, 모두 고향으로 돌아와야만 하겠다. 그리워서라도 가엾어서라도, 또 내어버리기가 원통해서라도—. 그리해서, 거기에서 그대로 살 방법도 생각하고 깨달아서, 빛바랜 묵은 시골을 붙들어, 우리가 살 새 시골을, 만들어야만 하겠다. 우리를 낳고 병든 시골을 모른 척할 수 있으랴.

점심때부터, 서남풍이 몹시 불더니, 나중에는, 비바람이 뿌리치는, 근심스러운 밤이 되었다.

어머니께서는, 드러누우셔서

"아마 우박이 오나 보지."

"아니요. 빗소리가, 바람에 섞이어, 그리 요란스러운가 봅니다."

"아마, 이 비가 온 뒤에는 추워질걸, 뒷밭에 목화를 못다 따서 또 비를 맞히는군. 또 지붕의 고추도 못 내렸지……."

그럭저럭, 어머니는 잠이 드신 모양이다. 오늘부터 내가, 이 집의 임자—. 매부와 누이와 어린애는 건넌방으로 건너가고, 나는 어머니를 뫼시고, 오래간만에 이 안방에서 자게 되었다.

딸이라도, 시집만 가면 남이니, 더구나 사위야, 더 말할 것이 무엇 있으랴. 어머니께서, 노래老來[134]에 남에게만 얹혀 고생만 하시게 된 것은, 아무튼 딱하여 견디어 뵐 수가 없다. 이제부터는 내가 모시고 살아야 할 터인데, 아마 어머니의 말씀처럼, 내가 장가를 들어야 할 터이지. 장가—, 장가—, 그러나 장가를 들려면은, 어떠한 색시를 고르나, 아까 오다가 보던 그러한 색시한테로—. 그러나, 그렇게 무던하고 고마운 색시를, 어데서 만날 수 있나—. 어머니께서는 "내가 죽더라도, 너만 잘된다면……" 하시는, 뼈가 아픈 말씀을 하실 때에도, 나는 어찌하여서, 무엇이라도 하든지, 얼른 대답을 할 수가 없었나—. 대답을 드릴 만한, 아무런 말도 갖지를 못한, 몹쓸 자식이 되었노—.

건넌방에서는, 매부의 술주정하는 소리인가,

"이게 다— 무어야, 마뜩잖게, 죽일 놈들—."

그 목소리는, 매우 거칠게 들린다.

옳다, 나는, 저의 술주정하는 그 속을, 대강은 짐작하겠다. 저것은, 술주정이 아니라 심술이다. 불평을 제 딴은 부르짖는, 어리석은 심술이다. 이제 이 집의 임자가 왔으니까, 이 집과 울 뒤의 텃밭을 아니, 하늘처럼 두텁게 바라던 든든한 행운을, 온통으로 털어내어 놓게 되니까, 제 딴은 영화스러운 행복이, 꿈결같이 단박에 무너져버리는, 이 마당이라, 그것을 서러워하는 못생긴 심술이, 술기운을 빌려서 일부러 하는 불쌍한 술주정이다.

어머니께서는, 저런 소리도 못 들으시고, 잠이 드셨나—. 방 안은 캄캄하다. 외로움과 쓸쓸한 느낌이 괴롭게도 어린 이 넋을 흐느적거린다. 비는, 한결같이 세차게도 퍼붓는다. 나는, 알 수 없는 설움에 잠기어, 어떻게나 하였으면 좋을는지 모를 만치, 애가 녹는 듯한 두 줄 눈물이, 하염없이 내리어, 열은 베개가 젖는다.

누이의 울음소리—. 매부의 거친 목소리가, 잠깐 끊이는 동안에, 누이의 훌쩍거리며 느끼는 소리가 구성지게 들린다. 지붕 처마의 낙숫물 소리, 낙엽 위에 떨어지는 빗방울 소리, 모든 소리가, 더 다시, 이 밤의 외롭고 구슬프고 청승스러운 이 넋을, 시들하게 하여 죽일 듯이, 엄습해 든다. 새로이 저쪽에서는, 어린애의 '으아—' 하고 자지러져 우는 소리가, 귓결에 들린다.

무식한 심술—, 욕심의 부르짖음—, 그것이, 남편과 아내의 싸움이요, 피와 고기의 서로 으드등대어 미워 물어뜯는 소리인가. 아— 철모르는 어린애—, 깨끗한 아가—. 그 아가의 눈에는, 그것이 얼마나 무서웠을까. 얼마나 고약해 보였고 변變만 스러워 보였을까. 아무 더러운 때도 없고 죄도 없는, 어린 아가는, 애처롭게도, 침침한 방 한편 구석에 끼어서, 발발 떨기만 하고 있을 모양이, 눈에 선—히 보인다.

나는 모르는 겨를에, 견딜 수 없는 느낌에 부딪혀서, 눈과 입을 꼭 다물고,

한번 부르르 떨었다.

'내가 집에 돌아온 까닭인가, 그러면 내가 떠나가자. 누이를 위하여, 매부를 위하여, 아니 그들이 믿어오던, 그 무식한 행운을, 조금 더 늘여주기 위하여, 내가 이 집을 또 떠나가자' 하는 생각이 불현듯이 나돈다. 나는, 어찌도 이리 간 곳마다 쓸쓸함과 외로움뿐인고, 고향의 보금자리에서나, 사랑하는 어머니의 품 안에서도, 애끊는 눈물이 아니면, 넓은 잠자리도 얼리어지지 아니하는구나. 그러나, 내가 또 이 집을 떠나가면, 늙으신 어머니께서는 어떻게나 되나, 또 남의 손에 구메밥[135]을 잡수실 터이지.

건넌방에서, 매부와 누이 둘의 목소리는, 점점 거칠어 높게 울리어 들린다. 성난 목소리와 처량한 울음소리가, 방을 울리고, 벽을 울리고, 가을밤마저 우는 빗소리까지, 한데 어우러져서, 청승스럽게도, 어둠 속의 온 집 안을, 휘돌아 퍼진다. 그러나 이 중에도, 가장 아프게 괴로운 설움은, 소리도 없이 가만히 우는 나의 울음일 것이다.

매부는 이제, 쓰러져 잠이 들었는가. 누이의 울음소리만이, 점점 더 느끼는 듯이 들린다. 저 방에서는 큰 울음으로, 이 방에서는 가만한 울음으로, 그렇게 서로 울음이 아니면, 풀어볼 길이 없는 어려운 일은, 과연 서로 무엇무엇이던가.

우리는 모두, 불쌍한 사람들이다. 더구나, 어머니와 누이는, 정말 죄 없이 불쌍한 이들이다. 그리고, 매부도 불쌍한 사람이다. 나도 퍽 불쌍한 사람이다. 나는 마음속으로 깊이, 누이와 매부에게 너무 미안해 못 견디겠다. 만일에 다른 까닭은 없이, 다만 내가 돌아온 그 때문뿐이라면, 나는 또다시 나가버리자, 멀리멀리 아주 끝없이 달아나버리자.

그런데, 내가 또 그렇게 되면, 우리 어머니는 어떻게 되시나—.

바람이 또 이는가—. 굵은 빗방울이, '후둑뚝' 하고 뒷문 창풍지窓風紙를 후려때린다. 나는, 눈물 젖은 베개를, 둘러 베었다.

오늘은, 또 폭풍우인가. 폭풍우—, 폭풍우—. 가만한 폭풍우—, 들레이는[136] 폭풍우—. 아— 고향에 온 이 몸이, 잠들기 전에, 이 밤의 불안도 잠들 수 있을까—.

(『불교佛教』 53호, 1928년 11월)

# 뺑덕이네[137]

**1**

“앞집 명녀明女는 도로 왔다지요.”

“저의 아버지가 함경도까지 찾아가서 데려오느라고 또 빚이 무척 졌다우.”

“원, 망할 계집애도…… 동백기름값도 못 벌 년이지, 그게 무슨 기생이야. 해마다 몇 차례씩 괜히 왔다 갔다 지랄발광만 하니…….”

“이번엔 그 데리고 갔던 절네 마누라가 너무 흉측스러워서 그랬답디다. 같이 간 점순이와 모두 대국놈[138]한테로 팔아먹을 작정이었더래.”

“저런…….”

“그래 명녀 아버지가 찾아가니까 벌써 점순이는 얻다가 팔아버리고 절네 마누라는 어디로 뺑소니를 쳤더라는데…….”

“저런, 세상에 몹쓸 년이 있나, 고 어린것을……. 그래 저이 아버지는 그 소릴 듣고도 가만히 앉아만 있나?”

“그럼 가만히 앉았지 어떡하우, 더구나 그 헤보가…….”

“하긴 멀쩡하게 마누라를 뺏기고도 말 한마디 못 하고 됩데[139] 그 집으로 어슬렁어슬렁 밥이나 얻어먹으러 다니는 위인이니까…….”

×

북악과 인왕산이 앞으로 치받쳐 그늘진 골짜기 돌각다리 메마른 산마을이라 사내 장정들은 대개가 첫새벽에 무거운 등짐을 지고 자하문턱을 넘어서 벌이를 하러 들어만 가면 온 동네가 날이 맞도록 한갓 한가한 오막살이 돌담집 속— 그 속에는 저절로 여편네들만의 오붓한 세상이 되어버린다. 남의 흉이나 제 사정이나 새벽동자 늦은 밤참도 수가 좋아야 제때에 두 끼를 끓이게 되는 시들픈 살림들……. 그러니, 심심하고 할 일 없이 이 집 저 집으로 서로 찾아다니며 게으른 하품에 뒤섞여서 한바탕 지껄이고 나니 그것이 저절로 모두 쓸데없는 이삭다니들뿐이다.

어떠한 이인異人이 있어서 그렇게 실없게 던지고 간 예언인지는 몰라도, "조석照石 고개가 뚫리면 동내가 패한다. 물문이 헐리면 음란한 일이 많아지리라—" 하는 무슨 수수께끼같이 야릇하고도 너무나 영절스럽고[140] 흉물스러운 구비 전설口碑傳說이, 아직도 몹시 어수룩하고 아늑한 이 산골짜기에 그윽이 서려 있다.

위아래 부침바위에다 나날이 새롭게 갈아놓은 흠집 자국은 그 어느 청춘들의 아프고 안타까운 가슴으로 모질게 긁어놓은 생채기인지? 뒷절 돌부처는 어두운 밤마다 아무 죄 없이 생코를 깎아버리는 참혹하고 가엾은 형벌을 수없이 치르건마는 억울한 하소연도 사뢰올 곳이 바이없어, 그대로 우두커니 감중련坎中連만 하고 서 있을 뿐이다.

예전에는 깡조밥이나 보리곱살미[141]가 아니면 주린 배를 채울 줄 모르던 이 마을 사람들인데, 요사이는 집집마다 잡곡 대신에 오이씨 같은 흰 이밥도 맛있는 반찬이 없으면 못 먹을 지경으로 입맛을 모두 드잡이[142]해놓은 모양이다. 그러나, 그 대신 몇 해 전까지 잡곡을 심던 산비탈 밭이랑까지도 어느 틈에 모조리 문안 낯선 사람들로 임자가 갈려져버렸다. 새벽 골안개를 마시며 벤또[143]를 끼고 공장에 다니는 처자들이 해마다 그 수효가 늘어만 가는데, 저녁이면 어두운 거리에서 주정꾼, 노름꾼, 쌈꾼, 온갖 흑책꾼[144]들의 거친 목소리가 세검정을 들레인다. 등이 곱은 늙은이들은 다 닳은 괭이자루를 둘러메고 조석고개로 기어 올라가서 땅이 꺼지도록 긴 한숨을 쉰다. 그러나, 젊은 아들딸들은 삼베로 단단히 동여매어놓기 전에는 열의 열 골물이 한

데로 합수쳐서 천방져 지방져[145] 돌더미를 굴리며 홍예虹霓[146] 물문을 북질러 터져만 가는 자연의 힘을 어떻게 막을 수 있으랴. 건넛마을 북실이는 초례 전날 밤에 반봇짐[147]을 싸가지고 어느 공장으로 달아나서 선치로 받았던 돈[148]을 도로 벌어서 갚겠노라고 애를 무진 쓴다 하더니 그만 어느 틈에 애비 모를 아기를 배어 오는 달이 산삭[149]이라고 포대기 걱정이 부산하게 되었다 한다. 뒷골 큰아기는 어느 술집으로 돈벌이를 하러 갈 터인데, 까다롭게도 호적 초본에 친권자 승낙서까지 들게 된다는 둥 요사이도 날마다 애처로운 소식만이 늘어갈 뿐이다. 그런데, 절네 마누라가 데려다 팔아먹었다는 점순點順이의 집의 내력은 더구나 한 가락 구슬픈 이야기였다.

**2**

점순이의 어머니는 가늘골[細谷洞] 어떤 과수의 외딸로서 텃밭 뙈기나마 홀어미의 손으로 부지런하고 알뜰하게 부쳐 먹고 사는 살림이라 어려서는 그리 굶주리거나 헐벗지 않고 고이 가꾸어 길렀었다. 아가씨 나이가 열다섯 살— 차차 색시꼴이 배자 점순이의 외할머니는 데릴사윗감을 삼 년이나 두고 고르는데, 앞뒷골 열두 동네 하고많은 총각 중에서 석용石用이라는 부모도 없고 붙일 곳도 없어 이 집 저 집 새경살이[150]로 떠돌아다니는 떠꺼머리 늙은 총각 선머슴꾼을 제일 잘난 사람으로 뽑아놓게 되었다.

석용이는 정말 착실한 신랑감이었다. 기골도 장대하거니와 심지도 무던하였다. 몸은 부지런하고 마음은 유순하였다. 온통을 들어 말하면 차라리 천치에 가깝게 착하고 무릉하고[151] 뼈가 없는 '헤—보'였다. 일상[152] 어느 때 누구에게든지 그저 '헤—' …… 좋은 일을 보나 나쁜 일을 보나 도대체 아무러한 말이 없었다. 그에게는 완급이 없고 세월도 없었다. 동살[153]이 훤하면 날이 새었나 보다, 미역국에 밥사발이 두둑하면 생일날인가 보다 그가 한번이나 성내는 것을 동네 사람들은 본 일이 없었다. 만일 그에게 어떻게 엉뚱한 희망이나 야심이라고 있었던들 잘되면 성현 못되어도 영웅은 갈데없이 되었을 것을……. 그러나, 그러한 기적도 나타나 보이지 않는 동안에는 그저 그를 '천황씨天皇氏'라고 동네 사람들이 별명을 지어 부를 뿐이다. 그러나, 그는 또한 그렇게 아주 천치 바보도 아닌 모양이었다. 가다가 뜻밖에 의사스러운[154] 돈지頓智[155]도 가끔 보인다. 한번은 섣달 대목에 등짐을 지고 밤늦게 넘어오다가 자하문턱에서 연말 경계하는 경관을 만나 성명을 잡히게 되었는데

"석용이요, 헤—."

"무슨 자 무슨 자야?"

"무슨 자요? 네— 그건, 저— 문 안 들어가서 찾아와야 하겠습니다."

"찾아오다니 그게 무슨 소리야, 정신 차려!"

언 귀를 어울러 따귀가 철썩—.

"헤— 암만 정신 차려보아도 밭문서 잡히느라고 도장圖章을 그만 문 안에 다 갖다 둔걸요, 무얼."

×

석용이가 데릴사위로 들어가서 얼마 동안은 천하태평의 봄이더니, 그야말로 고목나무에 꽃이 피었다. 제비는 물을 차고, 청개구리 신상투[156]할 제 너울너울 진달래……. 그러나 꿈결 같은 그 봄빛은 너무나 덧없이도 빨라버렸다. 강철이 닿은 곳은 가을도 봄이라 하더니 시월에도 상달 대동에서 산제山祭 모시던 날 저녁나절에 석용이의 장모가 별안간 바람을 맞아 쓰러지게 되었다. 이어 말도 못 하고 손발도 못 쓰는 전신불수로 오줌똥을 받아내는 불쌍한 산송장이 되어 누워 있게만 되었다. 그러다가, 그럭저럭 일곱 해째 되는 해 봄에 그만 시들픈 목숨이 끊어져버리고 말았다. "긴 병에 효자 없다고 하건마는……." 그동안에 병구완 약 시세로 집터까지 다 올라가버리었고, 열 냥 스무 냥 취해다가 쓴 장리돈[157]도 모두 모으니 여러 백 냥— 변지변 리

지리[158]의 손주 변리까지 받으려고 악장을 치는 세속 인심이라, 별안간에 장모의 초상을 당한 석용이는 머리를 기둥에 때린 듯이 고개를 돌이킬 겨를도 없이 되었다. 너무도 불쌍한 장모의 죽음이었건마는 하는 수 없이 거적송장으로 밤중에 석용이 혼자서 짊어져다 묻게 되었다.

가만한 눈물 속에서 점순이 외할머니의 육십 평생 마지막 길도 흐지부지 치르고 나니, 이제부터는 살아 있는 사람들의 그날그날마다 입을 메꾸어나갈 길도 아주 어둡게 캄캄하여졌다. "산 입에 설마하니 거미줄 끼라"고 하지마는 아내는 벌써 첫아들 점용點用이를 낳아 다섯 살이요, 다음 딸 점순이를 난 지도 겨우 몇 달이 되지 않았다. 그나마 산후부조섭産後不調攝[159]으로 누렇게 떠서 밤낮 드러만 누워 있는 몸이 되었고, 밥먹이 젖먹이 몇 어린것들은 죽어라 하고 아귀같이 보채기만 한다. 게다가 알뜰한 일가친척도 변변히 없는 고단한 신세……. 두 손길 마주 잡고 앉았던 석용이는 하는 수 없이 허구한 날 날품팔이로 나서게 되었다. 그러나, 그것도 버는 날은 돈냥간……, 죽이라도 끓여 끼니를 이어가게 되지마는 그나마도 일자리가 없는 날이거나, 날이 궂은 때는 며칠씩 그대로 솥 가시는 일도 없게 되었다.

**3**

이제 겨우 돌이 지난 점순이는 저녁이 되어도 자지를 않고 엄마 젖꼭지에서 매달려서 보채기만 한다. "오— 아가 자자, 자. 자꾸 보채기만 하면 어떡하니. 에미가 무얼 먹은 것이나 있어야 젖인들 나지 않니!"

점순이 엄마는 하는 수 없이 무거운 몸뚱이를 억지로 일으키며 떨리는 한숨을 쉰다. 벌써 며칠째나 끓일 것도 없어졌다. 이 집 저 집에서 얻어 온 청둥호박도 그럭저럭 다 삶아 먹었고…… 그나마도 어린것이 들이덤비어 죄다 퍼먹느라고 걸신을 하는 통에 엄마는 변변히 목구멍에 넘길 것도 없었다. 영양 부족— 거기다가 해산한 뒤에 소복할[160] 겨를도 없이 이내 노상 드러만 누워 있게 되었으니 몸을 마음대로 추스를 수도 없고, 더구나 젖은 누런 물밖에 날 까닭이 없었다.

"이제 아빠 들어오면 맘마 주지……. 그러나, 아버지는 어디로 돌아다니는지, 배가 오죽이나 고플라구……."

겨울철이 들어서면서부터는 품팔이할 곳도 길이 끊어져서 점순이 아버지는 며칠째 집에만 들어[161] 엎드려 있었는데, 거기다가 엎친 데 덮친 격으로 들어 있는 오두막살이까지 이제는 내쫓기게 되었다. 작년까지도 다섯 간 돌담집에 스무남은 주의 감나무 밭뙈기나마 그들의 살림으로는 오붓한 천 냥인 듯싶었건마는 그나마도 빚에 치어 남의 손으로 한번 넘어가놓으니 올봄부터는 매삭[162] 일 원씩의 사글세를 물고 있게 되었다. 그러나, 매삭 일 원 그것인들 또박또박 치를 돈이 어디 그리 쉬웠으랴. 상년 겨울에 집밭 문서를 이동쳐 갈 적에는 아주 형제골육이나 되는 것처럼 하도 몹시 정답게 구는 통에 그만 "설마……" 하고 모두 넘겨준 노릇인데, 시방 와서 보니 인정사정 도무지 모르는 도척이보다도 더 지겹고 야속하게 구는 흉악한 집주인이었다.

석용이는 벌이 자리도 찾아볼 겸 또 집 임자도 다시 한번 더 만나 군색한 사정도 하소연해볼 겸 오늘 아침 일찍이 맨입으로 문안에 들어갔다.

×

점순이 엄마는 우는 점순이를 헌 포대기 쪽에 싸서 두리쳐 업고 일어나 부르르 떨리는 다리를 비척거리며 바깥마당으로 나섰다. 방 안에는 점용이가 어린것이 그만 시진[163]해 늘어져 자니까…… 설움이 복받치는 어두운 가슴을 밖에 나와서 한번 소리쳐 마음대로 터놓고 싶었던 까닭이다.

어둠 속에 잠긴 외딴 산마을은 죽음같이 몹시도 쓸쓸하였다. 점순이 엄마는 어둠을 향하여 얼마를 실컷 울고 나니 속은 더 쓰려도 가슴은 다소 후련한 듯하였다. 점순이 아버지의 돌아오는 그림자는 아직도 보이지를 않는다. 소림사少林寺에는 불공이 들었는지 '꽝!' 하는 쾌징 소리와 '또드락 똑독……' 하는 목탁 소리가 이따금 멀리서 바람결에 들려온다. 점순이 엄마는 언 뺨의 눈물을 씻고 우두커니 서서 목탁 소리가 들리는 곳을 일없이 바라다본다. 점순이는 어느 틈엔지 그만 잠이 들었다. 아마 울다 보채다 그대로 지쳐버린 것이다. 첫겨울의 산바람은 뼈가 저리게 품속으로 스며든다.

점순이 엄마는 시르르 방으로 들어와서 점순이를 고이 내려 자리에 뉘었다. "엄마 밥 좀……" 하고 헛손질을 하며 일어나는 점용이를 다시 달래어 누이고 쓸쓸한 화로 옆에 가만히 웅숭그리고 앉았다.

멀리서 바람결에 아랫마을 개 짖는 소리……. 등잔걸이에 등잔불은 근심스럽게도 끄물끄물…… 맨재 화로[164]에 불씨를 불어가며 남편을 기다리는 아내의 마음……. 싸리문짝이 버썩하고 나서 저벅저벅하는 귀에 익은 발자취……. "옳지, 이제야 오는구나!"

석용이는 풀이 없이 들어와 앉으면서

"몹시 배고팠지? 어서 저거나 끓여 먹어."

"그게 무어유."

"술지게미[165]……"

눈물이 앞을 서는 듯 목이 메어 말을 못 하는 석용이…… 입은 옷은 갈기갈기 찢어가지고 들어왔다.

"그런데 어쩐 일이유. 누구하고 싸웠수?"

석용이는 아무 대답 없이 방바닥에 엎드려 느끼어 울 뿐…….

"그런데 어쩐 일이야, 속 시원하게 말이나 좀 하우."

점순이 엄마도 울음이 금방 터질 듯하였다. 얼마 뒤에 석용이는 일어나 앉아 주먹으로 눈물을 씻고 나서 띄엄띄엄 굼뜨게 옮기는 사연은 대강 이러하였다.

아침에 집주인을 가게(집주인은 모물전을 한다)로 찾아가서 갖은 사정을 다 해보았으나 동냥은 주지 않고 쪽박만 깨뜨린다는 셈으로 됩데 "날부랑당 같은 도적놈"이라고 길길이 뛰며 불호령 "금년 치 밀린 것 팔 원하고 명년 치

선세로 십이 원, 도합 이십 원을 당장에 가져오지 않으면 내일이라도 문짝을 떼고 방고래를 헐어놓겠다"라는 등 별안간에 산벼락이 내린 셈이었다. 그래도 석용이는 그대로 올 수가 없어서 속으로 '날 잡아잡수' 하며 지칫거리고 앉았노라니까 "왜 남의 영업터에 와서 떠드느냐"고 애매한 책망을 하더니, 그동안에 무슨 군호를 하였는지 거간꾼놈(모물[166] 거간인 동시에 일수받이 하러 다니는 사람)들이 하나둘 웅기중기 모여들어서 잡담 제하고 밟고 차고 뭇매를 주어 끌어내버린 것이었다.

"그래, 이것 좀 보아……." 석용이가 찢어진 저고리를 벗고 나니 먹구렁이가 감긴 듯이 울퉁불퉁 밭고랑이 져서 터져 부푼 몸뚱이……. 남편과 아내, 잠들었던 두 어린것까지 서로 어우러져 목을 놓고 울었다. 초상이나 난 집같이…….

석용이는 평생 처음 원한과 분노의 열에 들뜬 뜬눈으로 긴 밤을 새웠다. 창밖 감나무에서는 아침을 이르는 까막까치 소리……. "끓일 것도 없는 집에 아침은 일러 무엇 하노!"

"이제는 꼭 죽었지. 웅뎅이를 붙일 곳도……."

"목구멍은 무엇으로 넘기우."

"그야 움집이라도 있으면…… 벌어서 먹고살지."

"벌긴 무얼 벌어……."

"어저께 술지게미 얻어 온 금충교 바침술집[167]에서도 두 동이들이 술장군을 세검정까지만 져다 주면 십 전씩 주마는데……."

"그럼 하루에 몇 장군이나 지우."

"다섯 장군이야 넉넉히 지지."

조반이라고 돼지죽이나 다름이 없는 술지게미 죽을 허겁을 하며 퍼먹은 뒤에 점순이 엄마는 몇 달 만에 비로소 머리를 가리어 빗고 점순이를 업고 나들이를 나섰다. 날은 저물었다. 점순이 엄마는 아직도 아니 돌아왔다. 석용이는 점용이를 무릎에 뉘고 눈만 꺼먹꺼먹하고 앉았다. 등잔불은 기름이 잦아져서 잠깐 끄물끄물하다가 그대로 꺼져버렸다.

밤은 차차 이슥하여진다.

어두운 방 안에는 찬 바람이 휘돈다. 어디서인지 다듬이 소리가 은은히 들려온다. 가엾은 아내는 아직도 아니 돌아온다. 어쩐 일일까……. 이십 전도 어려운 이 판에 이십 원이 어디서 나……? 혹시 무슨 일이나 생긴 것이 아닌가? 어디서 이렇게 늦는담! 석용이의 어지러운 머리가 금방 거꾸러질 듯이 한참이나 꾸벅거리는 동안에 모진 잠도 근심인 양 기나긴 밤도 다 새었다. 그런데 점순 엄마는? 때맞춰 문살이 훤한 방문이 부시시 열리며 점순이 엄마는 고달픈 걸음으로 들어온다. 석용이는 비로소 입을 '헤—' 하고

"그 추운데 어디를 갔다가 이제 와……"

"옜수. 이만하면 됐지?"

방바닥에 널어진 십 원 지폐 석 장…….

"나는 오늘부터 점순이만 데리구 저 아래 절, 범허泛虛 스님이 시왕전의 행화[168] 불사를 하는 데 화주化主[169]로 가 있을 터이니, 이 돈 가지고 집세도 주고 양식도 팔구 또 술장군 나르는 벌이도 부지런히 잘해서 아무쪼록 점용이하고 배고프지 않게 지내우."

너무도 꿈속 같은 일이라 석용이는 어안이 벙벙해서 아무 말도 못하였다.

점순 엄마는 그 자리로 일어나서 되나가 버렸다.

그 뒤에 점순이와 엄마는[170] 다시 돌아오지 않았다.

범허와 점순이 엄마가 조석고개 밑에다 새로운 보금자리를 꾸미고 비공식에서 공식으로 사랑의 단꿈을 꾸게 된 지도 어느덧 벌써 열다섯 해이다. 그런데 점순이의 아버지인 석용이는 십 년을 하루같이 여전히 아무러한 말 없었다. 불평도 없었다. 오히려 불평은커녕…… 들어 있던 그 집도 그대로 배겨 살 길이 없어서, 몇 해 전에 아래 뜸새 마을로 거산을 해가지고 내려오게 되었다. 하늘에는 은하수를 가로놓고 베틀 할미와 짚신 할아버지가 서로 건너다만 보고 있다더니, 탕춘대蕩春臺[171]로 감돌아 내리는 돌시내 하나를

가운데 두고, 여남은 걸음 상거[172]에서 마주 건너다보는 두 오막살이……. 북쪽에는 점용이 부자가 사는 집이요, 남쪽에는 점순이 모녀가 깃들인 보금자리다. 앞 개울에는 오작교 대신에 징검다리를 새로 늘어놓고 굶주리는 점용이의 집식구들이 때 없이 오락가락하게 되었다. 나날이 변해가는 시속 인심이 그동안에 더 다시 그악스럽고 야속해진 탓인지 석용이는 술장군을 져 나르는 그 알뜰한 벌이 구멍도 자전거 배달 등쌀에 잃어버린 지가 오랬었는데, 다행히 가까운 몇 해 동안은 석용이 부자가 모두가 서서 문안 음식점의 돼지밥거리를 걷어[173] 모아 져다가 범허 화상 집에 바치고, 그 값으로 그럭저럭 입에 풀칠을 하게 되었다.

그들의 일이 처음 생겼을 적에는 무슨 큰 야단이나 난 것처럼 위아래 동네가 모두 들끓어 떠들었지마는 몇 달이 못 가서 흐지부지 그대로 잠잠하여졌다. 이제는 아주 "그렇게 이상한 천생연분도 더러 있는 것"이라고 슬쩍 돌려버리었고 "중 서방을 해 온 뒤에 배는 그리 굶주리지 않게 되었지마는 어린 점순이를 돈 백 원에 팔아먹게까지 되었으니 그런 가엾은 일이 어디 있수" 하고 그들의 험궂은 팔자를 무척 동정하게까지 되었다.

더구나, 이 일은 십여 년 전……. 물문도 아직 허물어지기 전에 일이었으니까 "애꿎은 물문의 탓은 아니라"고 마을 사람들은 그의 억울한 누명을 벗기어주기 위하여 발을 벗고 나서 애를 쓴다. 다만 옛날얘기 책에도 '산 남편을 두고 후살이를 간' 그러한 여편네가 더러 있었으니, 효녀 심청이의 옛일을 빌려다가 '점순이'를 '뺑덕이'로 '뺑덕 어머니'라 일컫게 되었을 뿐이다.

(『매일신보每日申報』, 1938년 12월 2일)

# 정총대町總代[174]

"그래…… 어째 날더러…… 밤낮 술만 먹구…… 주정만 한다구? 음 그래 그렇게 말해야 옳단 말야……? 천하에 고약한 놈 같으니……. 제가 그래 동네 구장 좀 되기로서니…… 무슨 세도야…… 세도? 흥…… 나는 그 자식 보기 싫더라……. 아직 새파랗게 젊은 애가 대가리는 허옇게 시어가지고……. 여보 주인 술 내우, 술 내여. 어째 이 모양이여……. 그런데…… 시방 내가 뭐—랬겠다……? 오. 옳지. 그 신대가리가 나는 도무지 보기 싫어……. 제가 구장이면 그래 십 년 세도야…… 백 년 세도야!

뭐? 날더러 밤낮 술만 먹고 주정만 한다구……? 원 꼴 같지 않아…… 뭐. 바—루 제가…… 응, 정총대선정 전형위원町總代選定詮衡委員이라구?"

"아니 그것은 어풍御風 형이 그렇게 곡해만 해서 들으실 것이 아니라……."

"이건 왜 이래…… 나두 똑바로 다— 짐작하고 있는데……. 그건 유兪도 잘 알지 못하는 수작이야……. 가만있자. 내 이놈들을 가서 끌구 와야……."

"누구를?"

"저……. 정鄭하고 황黃 말이야."

"시방이 새로 한 신데……."

"그까짓 시간…… 밤중이 아홉이면……."

"안주가 다— 끓었습니다. 잡숫구 가십쇼……."

"아니…… 내 친구 두어 분 더 끌고 올 테니…… 무엇 좀 더 썰어놓고 잘 끓여……" 하고 곱빼기로 따라놓은 소주 탕기를 들어서 몇 숨에 곱질러 꿀꺽 꿀꺽 마시더니 빈 잔을 술청에다 '텅' 하면서 내던지듯이 놓는다. 한 손으로 술청 귀퉁이를 짚고 서서 '께엑—께엑' 두어 번 건구역을 하더니 눈을 감고 끄덱끄덱 술청 기둥과 택견을 한다. 술청 주인이 얼른 달려들어서 겨드랑이를 붙들어주니

"왜 이래……" 하며 충혈된 눈을 쥐눈처럼 뜨고 붙든 사람을 이윽히 흘기어본다. 몸을 움칫하고 한 번 뻿세어[175] 붙든 것을 뿌리친 뒤에 손에 쥐었던 단장[176]으로 땅바닥을 한 번 멋없이 구르면서 "취해? 내가 취해……." 혀 꼬부라진 불호령, 그의 술버릇을 잘 아는 유선생과 술집 주인은 얼른 물러서 머쓱해 섰다.

×

시인 마어풍馬御風은 큰 주호酒豪이다. 나이가 삼십 이전에는 동이 술도 사양치 않았다지마는 요사이는 몇 잔을 안 마시어서 곧 취해버린다. 보통 술이 안 취해 있을 때에는 남하구 얘기하기도 싫어할 만큼 입이 무거우며 아주 선량 성실한 데릴사윗감이지마는 술이 만일 몇 잔만 들어가면 곧 천하에 드문 쾌한호걸快漢豪傑이 되고 또 말할 수 없는 개고기도 되어버린다. 금방 용수철을 풀어놓은 것처럼 자유와 확대 호방불기豪放不羈[177] — 그 전 어느 때에 점잖은 자리에서 자기가 근무하는 어느 회사 사장을 거침없이 둘러 메꽂았다는 한 기담奇談도 아마 그 걷잡을 수 없는 술기운이 시킨 호기였을 것이다. 그러나 근년의 그는 그리 큰 주객이 아니다. 다만 술을 몹시 사랑할 뿐이라구다. 매양[178] 술을 사랑해 마시고 마시면 문득 취하며 취하면 의례히 비분강개한 천재적 예술이 튀어나와 읊조린다. 한시로도 "백주하능소수환 황금용이병남아白酒何能消愁患 黃金容易病男兒"[179]나 또 백낙천白樂天의 "신후퇴금주북두 불여생전일배주身後堆金柱北斗 不如生前一杯酒"[180]라는 구절이나 "포도미주응광배 욕음비파마상최 취와사상군물소 고래정전기인귀葡萄美酒應光盃 欲飮琵琶馬上催 醉臥砂上君勿笑 古來征戰幾人歸"[181] 하는 정전가征戰

歌나 이백李白의 장진주將進酒[182]를 제가 지은 것처럼 즉흥으로 읊조리고 한다. 그러고 나서는 탈선이다. 탈선도 금방에 어떤 요술쟁이가 그의 본디 인격을 야바위 쳐놓은 것처럼 아주 발광에 가까운 기상천외의 천재적 탈선이 가끔 많다.

×

장마철의 하늘이라[183] 별 하나 없이 잔뜩 찌푸리었다. 문밖 산골의 밤길은 지옥과 같이 어둡다.

술 취한 어풍이의 발 앞에는 천병만마가 들끓어 오는 듯이 '와그르르…… 쏴르르' 하는 시냇물 소리가 가로막는다. 아마 장마 소나기에 산골물이 별안간에 몹시 불어서 돌시내가 뿌듯하게 불거져 흐르던 것이다.

어풍이는 어느 틈에 양복바지는 어디다 벗어버리고 속잠방이 바람으로 비틀비틀 두 팔을 벌리고 학두루미가 춤추듯이 한참 허우적거리다가 그만 돌부리에 걸려 엉덩방아를 찧고 주저앉았다. 두 다리를 쭉— 뻗더니 '후—' 하고 긴 한숨을 내쉬며 설레설레 고개를 몇 번인지 도리질을 한다. 그러다가 얼마 만에 어두운 앞 냇물을 건너다보며

"없어? 이놈이 정말 없어? 안 돼……. 고약한 놈 같으니……. 그래 내가 못 가?"

어풍이는 비틀거리고 다시 일어나 사방을 한 번 휘—둘러본 뒤에 냇물 소리가 아니 나는 쪽으로 다시 걷기 시작하였다. 안개가 자욱한 속으로 귀신불같이 껌벅거리는 희미한 불빛…… 어풍이는 십여 간 밖 산비탈의 불 켜놓은 집 쪽으로 걸어간다. 여전히 황새다리같이 비틀거리는 걸음으로…….

"이놈 없어? 안 일어날 테야? 그래 한잔 더 안 먹어?"

×

가막골 어풍이의 집에서는 젊은 부인이 어린 딸을 데리고 밤 들게까지 돌아오는 남편을 기다리고 있었다. 화로의 저녁 찌개 뚝배기는 여러 번 물을 다시 부어 들여놓았다[184]. 그러다가 새로 한 시를 친 뒤에는 화로의 찌개 그릇을 내어놓고 모깃불 약쑥을 피운 뒤에 입은 채로 그대로 드러누워 잠깐 눈을 붙이려 하였다. 매양 남편이 술이 취하면 어디서 밤을 새우고 들어오기도 하며 또 어느 때는 하루 이틀 나가서 안 들어오는 날도 있으니까. "아마 오늘도 어디서 밤을 새우시는 게로군" 하고서 기다리는 것을 그만 단념해버린 것이다. 그래 고생고생하다가 막 첫잠이 든 둥 만 둥 하였을 적인데

"아씨, 주무세요?" 하고 행랑어멈이 마루 끝에서 몇 번인지 부르는 성싶었다.

"응 왜 그래……?" 아직도 잠에 어린 목소리로 몸을 반쯤 일어 바깥을 내다보며 물었다.

"저…… 세검정서 어떤 사람이 올라왔는뎁쇼……."

"그래?" 하고 부인은 두근거리는 가슴을 부여안으면서 마루로 일어나왔다.

"저…… 선생님이 약주가 몹시 취하셔서 순금청에 가 계시다구요……."

"그게 어쩐 일이야……."

"모릅지요."

"그 온 사람보고 물어 좀 보지 자세한 얘기를……."

"벌서 내려갔는뎁쇼. 그 말 한마디만 이르구……."

"그럼 사랑의 삼룡이를 좀 깨우게."

때마침 방에서 누워 자던 어린 딸 영진이가 일어나 눈을 부비면서

"엄마 아버지 입때 안 들어오셨수?"

"들어오시기는커녕 저ㅡ 아래 파출소로 잡혀가셨단다."

"왜……?" 영진이는 입을 비죽비죽하면서 엄마를 쳐다본다.

"낸들 알 수 있니. 또 아마 어디서 주정을 하신 게지……. 온 아무 일이나 없었으면……." 부인은 걱정스러운 가슴을 혼자 하솟거리면서 일변 횃대의

치마 적삼을 내려 갈아입었다.

×

어풍이는 이층집 술집 뒤채를 빌려 들어 있는 친한 친구 황을 찾아가던 것이다. 황도 어풍과 같은 연배의 궁한 시인인데 어풍이가 술이 취하면 매양 옛 벗이 그리워 찾아가서 술도 같이 마시고 시도 읊고 주정도 하던 것이었다.

이층집의 켜놓은 불빛만 여기고 천방지방 비틀거리며 찾아간 노릇이 그 불 비치던 이층집은 이층집이 아니라 산비탈에다 드높게 새로 지어놓은 반양식의 조그마한 아담스러운 집이었다. 어풍이는 떠—ㄱ 버티고 서서 몽롱한 눈으로 문간을 쳐다보며

"흥. 어느 틈에 새집을 다— 지었어……. 이 사람 시인이 돈을 모아선 못 쓰네……. 흥 그렇지 그래도…… 우리 친구가 제법이야……. 이 사람 일어나 술 내게. 술 내……."

어풍이는 언덕으로 올라가서 현관의 유리문짝을 두들기며 연방 "이 사람 술 내라"고 고함을 지른다.

집 안에서는 사람들이 무어라고 두런거리는 소리가 나기는 하나 술에 잠긴 어풍이의 귀에는 아무러한 소리로도 분간해 들리지를 아니하였다. 또다시 문짝을 발길로 걷어차며 어풍이는 몇 번 불호령을 하였다.

얼마 만에 한 간호원 옷을 입은 젊은 여자가 나와서 문을 열고 내다본다.

"그래…… 새집을 이렇게 짓고서 술 한잔도 안 내……?"

"집 안에 산고産故가 있으니 떠들지 말고 조용히 말씀해주십시오." 젊은 여자는 공손하게 타이른다.

"부인께서 어느 틈에 애기를 또 뱄었던가? 황군도 이제 정말 행복한 시인이로군……. 새집 짓고 아들 낳고……." 어풍이도 역시 지껄이면서 다짜고짜

로 현관으로 들어선다.

젊은 여자가 너무도 놀라 외마디 소리로 비명을 지르며 붙잡건 말건 어풍이는 덮침하고 진창으로 헤매던 구두 바람 그대로 신은 채 다다미방으로 성큼 올라가버리었다.

"이건 아들만 나면 제일이야. 소식두 없이 새집 짓구……."

"대체 너는 어떠한 놈이냐." 젊은 남자의 성난 목소리…….

간 반쯤 되어 보이는 다음 칸 침실에서는 아기를 낳느라고 고통에 신음하는 젊은 아내와 아내를 붙들고서 간호하느라고 진땀을 빼는 남편. 남편 되는 이는 아닌 밤중에 별안간 달리어든 주정꾼을 눈앞에 두고서도 어찌할 줄을 몰라 신음하는 산모만 붙잡고 쩔쩔매는 안타까운 광경이다. "원 이게 어쩐 셈인가……" 하고 어풍이는 잠깐 망설이다가 이왕 내친걸음이라

"어떠한 놈? 그래 나를 몰라서 물어? 나는 이러한 술주정꾼이시다. 하하하."

집주인도 너무 어이가 없는지 '픽' 하고 웃으며

"그럼 술이 취했거든 어서 집으로 가 자거라."

"집으로 가서 자거라? 아니 대체 너는 어떠한 놈인데 남보고 가서 자거라 말어라 해……."

"술이 취했으니 이제 그만 집에 가 자는 것이 좋지 않은가."

"좋긴 무엇이 좋아. 술 안 먹구 가서 자는 것이 그래 좋아? 어서 술이나 한 잔 내……."

집주인은 붙들고 있는 아내를 조산부助産婦에게 내어 맡기고 일어나와 어풍이를 바깥쪽으로 내어끌으며

"한잔을 내었으면 나도 좋겠지마는 여기는 술집이 아니고 또 당신도 보다시피 아내는 저렇게 산기가 있어, 죽을 둥 살 둥 고통을 하고 있지 않소. 그러니 어서 댁에 돌아가 주무시오."

"안 돼, 나는 좀 못 가겠어……."

"어서 가—."

"안 가—."

"안 가면 어쩔 테냐."

"술 먹어야지……."

"술……? 이런 놈은 버릇을 좀 가르쳐야……." 손길이 언뜻하며 철썩하는 소리가 나자 어풍이의 몸뚱이는 한 번 곤두쳐 방바닥에 동그라진다. 문밖에는 동네 사람들이 웅깃중깃 몰리어서 구경을 한다.

"대체 이놈이 어디 사는 자식이오?" 어풍이를 문밖으로 끌고 나온 집주인은 동네 구경꾼들을 둘러보며 물었다. "이 자식이 사람을 막 쳤겠다……." 어풍이는 비척거리고 일어나며 뇌까린다.

"마어풍이라구 저— 가막굴 사는 이인데……. 평시엔 매우 얌전한 이가 술만 취하면 아주 개망나니예유." 늙수그레한 털보가 귓마리[185]를 붙들고 서서 탄식 겸 중얼거린다.

"응. 네가 술주정 잘한다는 마어풍이로구나. 그럼 버릇을 단단히 가르쳐 보내야지."

"버릇을 가르쳐? 너는 무엇 하는 놈이냐."

어풍이는 그 사나이한테로 덤벼들었다. 그는 굼뜬 팔짓으로 법고춤을 추듯 허공을 내어두른다. 알코올 중독인 까닭인지 그의 손은 부들부들 떨기만 할 뿐이다.

그러는 순간에 날아드는 사나이의 억센 주먹이 날쌔게도 어풍이의 볼따구니를 욱여대었다.

"옳지 잘 친다. 이놈. 네가 나를 때렸겠다. 고약한 놈." 어풍이는 허덕거리며 다시 덤비어든다.

이때에 주인의 머리에는 이러한 생각이 번개 치듯 들어갔다.

…… 그 언젠가 본동구장本洞區長한테서 "이 사내가 술버릇이 몹시 사납다"는 이야기를 들었었다. '옳지. 이런 때 한번 이 사람의 못된 버릇을 고쳐주

자…….' 자기가 일전에 이곳으로 이사해 오면서 "여기는 인심과 풍습이 유난히 좋지 못할뿐더러 노름꾼 싸움꾼 주정꾼들이 많다"는 소문을 들었었다. 그것이 정말 사실일는지는 모르지마는…… '아무튼 이런 기회에 한번 철저하게 응징을 하리라. 그러면 그 바람에 다른 청년들의 풍기도 저절로 고치어지겠지……' 하였다.

어풍이와 집주인 두 사람의 얼굴에는 영악한 흉포성이 점점 짙어간다. "이눔—, 이눔" 하며 서로 용을 쓰며 으르는 소리와 아울러 엎치락뒤치락……. 원래 어풍이보다는 체력도 세고 기술도 있고 열기가 빠른 주인으로서 술 취한 어풍이를 압제하기는 그리 어렵지 않았던 것이다. 단박에 어풍이를 꼼짝도 못 하게 엎어놓고 말처럼 타고 앉아서 이를 악물고 한참이나 두드려대었다.

일상 온순하고 부드럽던 이 집 주인으로서는 이번처럼 사람을 몹시 때려 보기는 아마 평생 처음이었을 것이다.

"이눔! 밤중에 남의 집을 침입했을 뿐 아니라 함부로 폭행까지 하고…… 어디 견디어 좀 보아라. 뜨거운 맛이 어떤가……."

"네가 사람을 막 쳤겠다……. 이놈 어디 보자……. 내 당장 파출소로 가서……." 어풍이는 꼼짝도 못 하고 늘어져서 이를 갈며 기만 쓴다.

"흥 파출소로 가면 무어 시원할 게 있을 줄 아니?"

"보아하니 너는 처음 보는 놈인데…… 모처럼 네 집에 찾아온 낯선 손님을 이렇게 꼼짝도 못 하게 막 두들겨놓고도 그래 무사할까?"

주인은 하도 어이가 없는지 '픽' 하고 웃으며 고개를 돌리었다. 어풍도 덩달아 '하하하' 하고 미친 듯이 허튼 웃음을 웃었다.

때마침 신대가리 구장이 달려와서 소집주인에게 수없이 꾸벅거리며 손이 발이 되도록 빌었다. 온갖 사정 갖은 하소연은 다— 한 끝에 겨우 묶어놓았던 것을 끄르게 되었다.

아무 말 없이 구부리어 끈을 끄르는 주인의 입술에는 붉은 피가 조금 흐른다. 아마 아까 어풍이의 머리에 받혀 터졌던 것이다.

사실 집주인은 술이 취한 것도 아니요, 원래 온유한 성격에다 잠깐 흥분이 되었던 것이 고대 진정이 되매 자기의 체면으로 창피도 스럽고 또 자기는 이삼일 안으로 다른 시골로 영전이 되어 갈 몸이라 될 수 있으면 모든 일을 말썽 없이 치르고 떠나려고 하였던 것이다. 또는 당장에 아기를 낳는 아내의 고통하는 정경도 몹시 궁금하였던지 묶어놓았던 끈을 끄르자마자 도망하듯이 부리나케 집 안으로 들어가버렸다. 주인의 바쁜 걸음이 집 안으로 사라지자 '으아' 하는 갓난아기의 첫 울음소리가 가냘프게 들려 나온다.

×

사흘 동안이나 머리를 싸고 누웠던 어풍이는 그 집 주인의 송별회를 차리는 날 아침에서야 비로소 일어나 봉투 비봉[186]을 두 장이나 썼다. 하나는 그에게 송별사 겸 사과의 편지가 든 봉투요, 또 한 장은 정총대사임서町總代辭任書가 든 봉투였다. 어풍이는 공교롭게도 주정하던 날 밤에 정총대로 피선이 되었던 것이다.

×

송별회를 치르고 나서 어두운 산길로 쓸쓸히 돌아가는 유씨와 황씨 두 사나이……. "그나마의 것이라도 어풍군이 그대로 눌러 있었다면 좋았을 것을…… 그만 사임을 해버리었어요!" 몹시 섭섭해하는 황의 탄식…….

"이번 어풍 선생의 술주정은 꼭 계획적이었던 것만 같아요. 그날 저녁에 전형위원들이 어풍 선생을 정총대 후보자로 추천하였던 소식을 미리 들어 알았는데도 불구하고 그런 짓을 일부러 저지른 것은……."

"글쎄요……. 옛날에 매월당梅月堂 같은 이는 원각사 팔관회의 법주法

主[187]로 끌려갔다가 일부러 뒷간에 가 거꾸로 떨어져서 똥뭉치가 되었더란 말도 있기는 하지만……. 어풍군이야 뭐 정말 그랬을라구요……? 다만 그는 술만 안 취하면 몹시 청렴공근[188]하고 얌전한 선비이니까 아마 술이 깨구 보니 너무도 열적구 부끄러워서 그래버렸는지두 모르지요."

두 청년은 어두운 가슴으로 술 아니 취한 어풍이의 해쓱한 얼굴을 그리어 보았다.

(『매일신보每日申報』, 1939년 2월 9일)

# 주

1 하나의 지면(『동아일보』)에 동일 제목으로 시와 소설이 실려 있는 글이다. 소설의 첫머리에 있는 제사(題辭) 형식의 시 작품을 분리해서 시부에 수록하고, 소설부에는 발표된 전문을 수록한다. 본 전집에서는 시 아래에 덧붙여진 이 글을 김학동의 지적에 따라 콩트 스타일의 '짧은 단편소설' 장르로 분류하고자 한다. 이 작품에 등장하는 가공의 인물명이 노작의 희곡 「향토심」에도 등장하는 점과 「육호잡기」에서 노작 스스로가 '소설' 장르의 시도에 대해 서술한 내용을 고려하였다.

2 마초자(磨硝子): 불투명 유리. 마초자에서 '초자'는 유리를 뜻한다.

3 수진방(壽進坊): 조선 시대 초기부터 있던 한성부 중부 8방 중의 하나. 현재 수송동, 청진동의 일부.

4 수색: 근심스러운 기색.

5 여북: 오죽.

6 심상히: 대수롭지 않고 예사롭게.

7 인연하다: 연유하다.

8 노작이 공식적인 매체에 발표한 첫 소설 작품으로 알려져 있으나, '「육호잡기」 3'에서 노작은 "「저승길」은 내가 소설에 붓을 잡은 지 두 번째의 시험"이라고 밝힌 바 있다.

9 흑의 사자: 저승사자.

10 함춘원의 일반적인 한자 표기는 '含春苑'이다.

11 열한 점(點): 열한 시.

12 마전하다: 포백(曝白)하다. 생피륙을 삶거나 빨아 볕에 바래다.

13 원발표면에는 '그만침'으로 표기되어 있다. 이하 '그만침'은 '그만큼'으로 통일한다.

14 군호(軍號): 서로 눈짓이나 말 따위로 몰래 연락함. 또는 그런 신호.

15 박정: 박정(薄情)하다는 의미로 추정된다.

16 안존(安存)하다: 성품이 얌전하고 조용하다.

17 원발표면에는 '핫만고'로 표기되어 있으나 '만핫고'의 오식인 것으로 보인다.

18 속(速)하다: 빠르다.

19 원발표면에는 '터쳤다'로 표기되어 있다. '터치다'는 '터뜨리다'의 방언.

20 평안도 민요 〈엮음수심가(愁心歌)〉의 일부. 서도민요를 대표하는 노래로서, 보통 〈수심가〉

와 〈엮음수심가〉가 짝이 되는 형태로 부른다. "유유창천(悠悠蒼天)은 호생지덕(好生之德)인데"라는 구절은 "한없이 멀고 푸른 하늘은 사형에 처할 죄인을 살려주는 제왕의 덕인데"라는 뜻이다.

21 무저지다: (물에) 젖다. 환경이나 상황이 몸에 배다.

22 떼치다: 붙잡는 것을 뿌리치다.

23 자위질: 먹고 싶어 군침을 삼키는 행동을 비유적으로 이르는 말.

24 겯다: 풀어지거나 자빠지지 않도록 서로 어긋매끼게 끼거나 걸치다.

25 나릿내: 나릿한 냄새. '나릿하다'는 '나른하다'의 방언.

26 으쓸하다: 두렵거나 춥거나 하여 몸이 움츠러들다.

27 머릿살: 머리 또는 머리의 속을 낮잡아 이르는 말.

28 원발표면에는 '미처지는'으로 표기되어 있으나 맥락을 고려해 수정하였다.

29 사뿟사뿟: 소리가 거의 나지 아니할 정도로 발걸음을 가볍게 자꾸 옮기는 소리. 또는 그 모양. '사붓사붓'보다 센 느낌을 준다.

30 골안개: 골짜기에 끼는 안개.

31 원발표면에는 '무질느며'로 표기되어 있다. '무지르다'에는 '잘라버리다'의 뜻이 있다.

32 번서다: 버티어 맞서서 겨루다.

33 미루체: 오래된 체증, 만성 위장병을 통틀어 이르는 말.

34 원발표면에는 '산장등'으로 표기되어 있다. '산잔등'은 산의 등줄기를 말한다. 이하 '산장등'은 '산잔등'으로 표기한다.

35 땀을 들이다: 흐르던 땀을 식히거나 그치게 하다.

36 깁수건: 비단수건.

37 원발표면에는 '체붕'이라 표기되어 있으나, 「그리움의 한 묶음」 등의 노작의 작품을 참고해볼 때 '채봉'을 의미하는 것으로 보인다. 채봉(彩鳳)은 '빛깔이 곱고 아름다운 봉황새'를 말한다.

38 폭향(爆響): 폭발하여 울리는 소리.

39 원발표면에는 '얼이어진다'로 표기되어 있다. 한 덩어리로 얽혀 한 판을 이루는 상황을 의미하는 듯하다.

40 펀하다: 끝이 아득할 정도로 넓다.

41 노드리다: 노끈을 드리운 듯 빗발이 굵고 뻗치며 죽죽 내리쏟아지다.

42 주추: 기둥 밑에 괴는 돌 따위의 물건.

43 서리서리하다: 구부러져 얽혀 있다.

44 『개벽』 61호(1925.7)의 목차에는 「烽火 가켜질때」라는 제목으로 소개되어 있고, 본문에는 「烽火 가켜질때에」라는 제목으로 표기되어 있다. 본 전집에서는 본문에 게시된 제목으로

소개한다.

45 굼트러지다: 구부러지고 비틀어지다.

46 원발표면 그대로 강조점을 표기하였다.

47 절영도(絶影島): 영도의 옛 이름.

48 혈조(血潮): 얼굴에 도는 핏기.

49 아람: 탐스러운 가을 햇살을 받아서 저절로 충분히 익어 벌어진 과실.

50 숫되다: 순진하고도 어리석다.

51 오슬하다: 으슬으슬하다는 의미의 방언.

52 영별(永別): 영원한 이별.

53 원발표면에는 '야종'으로 표기되어 있다. '야종'은 '나중'의 방언으로, 이후에는 모두 '나중'으로 바꾸어 표기한다.

54 근강: 건강의 방언.

55 원발표면에는 '눅읏눅읏한'으로 표기되어 있다. '누근누근하다'는 메마르지 않고 눅눅해서 매우 부드럽다는 의미이다.

56 에누다리: '넋두리'의 방언.

57 마장: 거리의 단위. '리' 대신 쓰인다.

58 포실하다: 살림이나 물건 따위가 넉넉하고 오붓하다. 감정이나 마음이 너그럽고 편안하다.

59 외방(外方): 자기가 사는 곳 밖의 다른 고장.

60 좇아서: 따라서.

61 모말꿇림: 모말의 아가리 위에서 무릎을 꿇려 무릎이 모말의 아가리에 끼이도록 하던 벌.

62 빚물이: 남의 빚을 대신 갚아주는 일.

63 오지병: 오짓물을 발라 만든 병.

64 시렁: 물건을 얹어놓기 위하여 방이나 마루 벽에 두 개의 긴 나무를 가로질러 선반처럼 만든 것.

65 원발표면에는 '시렁까지'로 표기되어 있다. '시렁가래(시렁을 매는 데 쓰는 긴 나무)'를 뜻하는 것으로 보인다.

66 는적는적: 물체가 힘없이 자꾸 축 처지거나 물러지는 모양.

67 다박머리: 어린아이의 다보록하게 난 머리털.

68 말코지: 물건을 걸기 위해 벽 따위에 달아두는 나무 갈고리.

69 길둑배미: 옆으로 길게 둑이 있는 논.

70 욱욱이: 세차게 한곳으로 잇따라 몰리는 모양.

71 치부(置簿): 금전이나 물건 따위가 들어오고 나감을 기록함. 또는 그런 장부.

72 원발표면에는 '천의'로 표기되어 있다. '천의'는 비구니가 입는 통치마, '처네'는 주로 시골

여자가 나들이를 할 때 머리에 쓰던 쓰개를 이르는 말이다.

73 지질리다: 억눌리다. 기운이나 의견이 꺾여 눌리다.

74 학구질: 훈장질.

75 지나복(支那服): 중국옷.

76 원발표면에는 '김승'으로 표기되어 있다. '김승'은 '짐승'의 방언.

77 원발표면에는 '먼저'의 방언인 '먼첨'으로 표기되어 있다. 이하 '먼저'로 통일한다.

78 초일(超逸)하다: 어떠한 한계나 표준을 뛰어넘다.

79 원발표면에는 '간반'으로 표기되어 있다.

80 외로 꼬고: 옆으로 돌리고.

81 허트러지다: '흐트러지다'의 방언.

82 돌채: '도랑'의 방언.

83 성히: 성하게.

84 보도(報道): 대중 전달 매체를 통하여 일반 사람들에게 새로운 소식을 알림.

85 『불교』 53호(1928.11)의 목차와 본문에는 이 작품을 '상화(想華)'라고 소개하고 있어 그간 상당수의 연구자가 「귀향」을 산문 장르로 분류해왔다. '상화'는 일정한 형식을 따르지 않고 인생이나 자연 또는 일상생활에서의 느낌이나 체험을 생각나는 대로 쓴 산문 형식의 글을 의미한다. 이 작품 외에도 노작은 「그리움의 한 묶음」(『백조』 3호 「육호잡기」)이란 산문을 '상화(想華)'라는 장르로 거론한 바 있다. 그러나 이 작품을 쓰던 시기는 노작이 다양한 장르의 경계를 넘나들며 글을 쓰던 시기였고, 작품에 등장하는 화자의 동선, 배경 등이 상당 부분 가공된 것으로 보인다. 물론 가산을 탕진하고 떠돌던 노작의 생애가 반영되어 있긴 하지만, 모군꾼, 전차 운전수, 석탄 광부 등 육체노동자로 전전하던 '경렬'이란 인물을 노작과 동일화하기에는 무리가 있으므로, 본 전집에서는 「귀향」을 자전적 내용이 반영된 '소설' 장르로 분류하였다.

86 앙살: 엄살을 부리며 버티고 겨루는 짓.

87 입시: 종이나 하인이 먹는 밥을 낮추어 부르는 말.

88 경상(景狀): 산이나 들, 강, 바다 따위의 자연이나 지역의 모습.

89 원발표면의 '헐개느진'을 '흘게늦은'으로 표기하였다. '흘게'는 '단단하게 조인 정도'를 이르는 말로서, '흘게늦다'는 흘게가 조금 풀려 느슨하다는 뜻.

90 고라실: '골짜기'의 방언.

91 원발표면에는 '흰 깁나북가티'로 표기되어 있다. '흰 비단 나부끼듯이'의 의미로 보인다.

92 야견박살(野犬撲殺): 조선총독부에서 수역예방령을 공포한 후 광견병에 걸린 수류를 도살하고 야견으로 분류된 개들을 대규모로 살처분한 조치.

93 원발표면에는 '퇴쇠(頹衰)'로 표기되어 있다.

94 재강아지: 털이 잿빛인 강아지.

95 진동: 어깨선에서 겨드랑이까지의 폭이나 넓이.

96 잔살: 잘게 잡힌 주름살.

97 지렁길: 질러가는 지름길. 샛길.

98 제로라: 내로라.

99 귀딱지: '귀지'의 방언.

100 중방(中枋): 벽의 중간 높이에 가로지르는 인방.

101 욋가지: 외(椳)를 엮는 데 쓰는 나뭇가지나 수숫대 따위를 이르는 말. '외'는 흙벽을 바르기 위하여 벽 속에 엮은 나뭇가지. 댓가지, 수수깡, 싸리 잡목 따위를 가로세로로 얽는 것.

102 상두막: 상여를 넣어놓는 집.

103 어웅하다: 가라앉다. 움푹 들어가다. 공허하다. 희미하다. 우묵하다.

104 원두(園頭): 밭에 심어 기르는 오이, 수박, 참외, 호박 따위를 통틀어 이르는 말.

105 지렁풀잎: 지렁이풀의 잎. '지렁이풀'은 비름을 이른다.

106 정업이: '정업(正業)'을 하는 보살을 이르는 말로 보인다.

107 송낙: 여승이 주로 쓰던 송라를 우산 모양으로 엮어 만든 모자.

108 하솟거리다: 참소하다. 어떤 사실을 윗사람에게 자꾸 고해 바치다.

109 도강(都講): 글방에서 여러 날 배운 글을 선생 앞에서 강(講)하는 일.

110 책씻이: 글방에서 학생이 책 한 권을 다 읽어 떼거나 베껴 쓰고 난 뒤에 선생과 동료들에게 한턱내는 일.

111 과율: 과일.

112 매가(妹家): 결혼한 누이가 사는 집.

113 '방죽'은 둑, 못, 웅덩이를 말하며, '방죽논'은 좀 깊은 논이라는 뜻이다.

114 버렁: 둘레. 범위. 면적.

115 '열두 섬 열엿 마지기'는 수확이 열두 섬 열여섯 말이 나오는 논이라는 뜻.

116 모군꾼: 공사판에서 삯을 받고 일하는 사람.

117 뺏심: 몹시 어려운 처지를 이겨나가려고 할 때 쓰는 안간힘.

118 노랑돈: 예전에 쓰던 노란 빛깔의 엽전. 몹시 아끼는 많지 않은 돈을 낮잡아 이르는 말.

119 어련무련하다: 어련하다.

120 연자마(研子磨)간: 연자방앗간. 원발표면의 '연자마(燕子磨)'를 '研子磨'로 수정하였다.

121 외지다: 틀어지거나 꼬이다.

122 북데기: 함부로 뒤섞여서 엉클어진 뭉텅이.

123 고물개: 곡식이나 재 따위를 펴거나 긁어모을 때 쓰는 농기구.

124 판셈: 빚진 사람이 돈을 빌려준 사람들에게 자기 재산의 전부를 내놓아 나누어 가지도록

하는 일.

125 원발표면에는 '나닷는다第나는'으로 표기되어 있다.

126 왜떡: 밀가루나 쌀가루를 반죽하여 얇게 늘여서 구운 일본식 과자.

127 추석추석하다: 업거나 지거나 한 것을 조금씩 자꾸 추켜올리거나 흔들다.

128 순써리: 담배의 순(筍)을 말려서 썬 것. 질이 낮은 담배.

129 이면치레: 체면이 서도록 일부러 어떤 행동을 함. 또는 그 행동.

130 일민(逸民): 학문과 덕행이 있으면서도 세상에 나서지 않고 민간에 파묻혀 지내는 사람.

131 귀동자: 특별히 귀염을 받는 사내아이.

132 원발표면에는 '불보이나'로 표기되어 있다. '불이 보이기나 한다는' 맥락으로 쓰였을 수도 있고, '불보(佛寶)나' 있다는 의미로 추정되기도 한다. 불보는 석가모니불과 모든 부처를 높여 이르는 말로, 오묘한 경지를 터득하여 그 도가 원각에 오름을 가리킨다.

133 삼한갑족(三韓甲族): 예로부터 대대로 문벌이 높은 집안.

134 노래(老來): '늘그막'을 점잖게 이르는 말.

135 구메밥: 옥에 갇힌 죄수에게 벽 구멍으로 몰래 들여보내던 밥.

136 들레이다: 어떤 감격과 흥분으로 가슴이 들썩거리고 고동치다.

137 『매일신보』(1938.12.2)에 '장편소설(掌篇小說)'이란 장르로 소개된 작품이다. 이 시기 『매일신보』의 「1일1인(一日一人)」 코너에 산문 장르를 게재할 때는 '홍사용'이라는 본명으로 발표해왔지만, 동일 시기 「뺑덕이네」와 「정총대」 같은 소설 장르를 게재할 때에는 '홍노작'이라는 필명을 사용하였다.

138 대국놈: '되놈'의 방언. 중국 사람을 낮잡아 이르는 말이다.

139 됩데: '도리어'의 방언.

140 영절스럽다: 아주 그럴듯하다.

141 원발표면의 '보리곱살이'를 꽁보리밥을 말하는 '보리곱살미'로 표기하였다.

142 드잡이: 서로 머리나 멱살을 잡고 싸우는 짓.

143 벤또: 도시락.

144 흑책꾼: 교활한 수단을 써서 남의 일을 방해하는 사람.

145 천방져 지방져: '천방지방(天方地方)'은 천방지축, 즉 방향을 잡지 못하고 함부로 날뛰는 것.

146 홍예(虹霓): 문의 윗부분을 무지개 모양으로 반쯤 둥글게 만든 문.

147 기전집본에서는 '밤봇짐'으로 표기하기도 하나, 원발표면('반보찜')에 따라 '반봇짐'으로 표기한다. '반봇짐'은 손에 들고 다닐 만한 정도의 자그마한 봇짐.

148 기전집본에서는 '이전에 진 빚'이란 의미로 '선채로 받았던 돈'으로 표기하고 있으나, 원발표면('선치로 바덧든돈')에 따라 '미리 받았던 돈'이라는 의미를 살린다.

149 산삭(産朔): 아기를 낳을 달.

150 새경살이: 머슴살이.

151 원발표면의 '무릉하고'를 기전집본에서는 '무능하고'로 표기하고 있으나, 성격이 '무르다'는 의미로 사용된 것으로 보인다. 원발표면의 표기를 살린다.

152 기전집본에서는 '일생'으로 표기하고 있으나, 원발표면에 따라 '일상'으로 수정하였다.

153 동살: 해돋이 전 동이 트면서 푸르스름하게 비치는 빛줄기.

154 의사스럽다: 제법 속생각이 깊고 쓸모 있는 생각을 곧잘 해내는 힘이 있다.

155 돈지(頓智): 때에 따라 선뜻 재빠르게 나오는 지혜. 민첩한 슬기나 재치.

156 신상투: 관례를 올리고 처음 상투를 튼 사람.

157 장리돈: 관혼상제 등의 목돈이 필요할 때 부자에게 장리(長利)로 빌려 썼다가 수확기에 갚는 돈. 연 5할로 채무에 대한 이자가 높다.

158 변지변 리지리: '변지변(邊之邊)'은 '변리를 기존의 본전에 합쳐 만든 새 본전에 덧붙인 변리(邊利)'를 말하며, '리지리(利之利)'는 '이자에 붙던 이자'를 일컫는다.

159 산후부조섭(産後不調攝): '산후조섭'은 산후조리를 일컫는 말로, '산후부조섭'은 산후조리가 잘못되었다는 뜻이다.

160 소복(蘇復)하다: 원기를 회복하다.

161 기전집본에는 '드러엎드려'로 표기되어 있으나, 원발표면에 따라 '들어 엎드려'로 수정하여 집에만 들어와 있다는 의미를 살렸다.

162 '삭'은 달을 세는 단위. 매달 음력 초하룻날을 '삭일(朔日)'이라 한다.

163 시진(澌盡): 기운이 빠져 없어짐.

164 '맨재'는 '매운 재'의 준말.

165 원발표면에서는 '술지검지'라는 방언으로 나와 있고, 기전집본에서는 '술찌끼'로 표기하고 있다. 원발표면 표기에 더 가까운 '술지게미'로 수정하였다.

166 원발표면에는 '모물거간인'으로 표기되어 있으나, 기전집본에는 '모두 거간인'으로 표기하고 있다. 모물(毛物)은 갖옷과 털로 만든 방한구 따위의 모물을 팔던 가게를 말한다. 앞서 서술된 '모물전(毛物廛)'이란 말을 참고하여 '모물 거간인'으로 바로잡는다.

167 바침술집: 술을 많이 만들어 술장수에게 파는 것을 직업으로 하는 집. 또는 그런 사람.

168 행화: 자기의 수행과 남의 교화를 한꺼번에 함.

169 화주(化主): 자비심으로 조건 없이 절이나 승려에게 물건을 베풀어주는 일. 또는 그런 일을 하는 사람.

170 기전집본에는 '점순이 엄마는'으로 표기되어 있다. 원발표면에 따라 '점순이와 엄마는'으로 바로잡는다.

171 탕춘대(蕩春臺): 연산군이 건축하여 연희를 즐기던 돈대로서 서울 종로구 세검정이 있는 동쪽에 위치하였다. 원발표면의 '蕩春坮' 표기를 여기서는 보편적으로 쓰이는 표기로 수

정하였다.

172 상거: 서로 떨어져 있음. 떨어져 있는 두 곳의 거리.

173 원발표면의 '거더'를 기전집본에는 '거둬'로 표기하고 있다. 여기서는 '걷어'로 수정하였다.

174 『매일신보』(1939.2.9)에 '장편소설(掌篇小說)'이란 장르로 소개된 작품이다. 여기서 '정총대(町總代)'는 경성부 고시에 설치된 마을의 동회, 즉 현재의 주민센터와 같은 조직을 말한다.

175 원발표면의 '벗세여'를 기전집본에서는 '뻗세어'와 '뻗대어' 등으로 표기하고 있다. 여기서는 '뻣뻣하고 억세다'는 의미를 살려 '뻣세어'로 표기하였다.

176 단장: 짧은 지팡이. 개화기에 사용되어, 개화장이라고도 불린다.

177 기전집본에는 '탕방불기(蕩放不羈)', '호방불기(濠放不羈)' 등이 혼용되고 있다. 원발표면에 따라 '호방불기(豪放不羈)'로 바로잡는다.

178 기전집본에는 '사랑할 뿐이라구다. 배만'으로 표기되어 있다. 원발표면을 참고하여 '사랑할 뿐이라구다. 매양'으로 수정하였다.

179 "흰 술이 어찌 시름과 근심을 사라지게 하랴, 황금은 남아를 병들게 하는 데에 용이하네"라는 뜻이다.

180 백낙천의 「권주(勸酒)」에 나오는 구절로, "죽은 뒤에 돈을 쌓아 북두성의 기둥이 되어도, 살아생전에 술 한잔만도 못하니라"라는 뜻이다.

181 당대의 시인 왕한(王翰)의 「양주사(涼州詞)」를 인용한 것으로 보인다. "포도로 담근 멋진 술을 야광 옥잔에 부어, 마시려 하니 비파를 타며 말 위에서 재촉하네. 취하여 사막에 쓰러져도 그대여 웃지 말라, 예부터 전쟁터에 갔다가 돌아온 이 몇이던가." 내용은 유사하나 원문과 노작이 인용한 한자가 상이하여 원문을 다음과 같이 밝힌다. "葡萄美酒夜光盃 欲飮琵琶馬上催 醉臥砂場君莫笑 古來征戰幾人回"

182 장진주(將進酒): 이백의 유명한 '권주가' 중 하나.

183 기전집본에 '이다'로 표기된 것을 원발표면에 따라 '이라'로 수정하였다.

184 기전집본에는 '데워놓았다'로 표기한 것을 원발표면('듸려노앗다')에 따라 '들여놓았다'로 수정하였다.

185 굇마리: 허리춤.

186 비봉: 남이 보지 못하게 단단히 봉함. 또는 그렇게 한 것.

187 법주(法主): 한 종파의 우두머리로, 설법을 주장하는 사람.

188 기전집본에서는 '청령공근', '청렴근검' 등으로 표기하고 있어, 원발표면에 따라 '청렴공근'으로 수정하였다. 청렴공근(淸廉恭勤, 청렴하고 공손하며 부지런하다)이나, 청렴공근(淸廉恭謹, 청렴하고 공손하며 조심성이 있다)의 의미로 보인다.

# 사신문

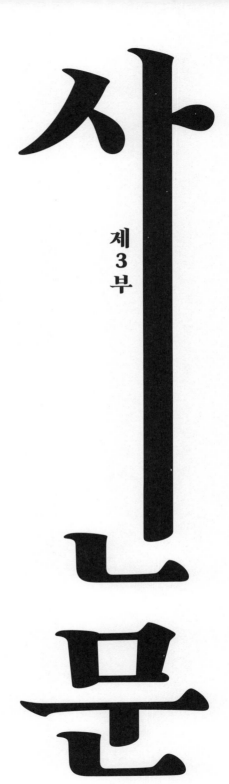

제3부

# 청산백운青山白雲[1]

## 머리말

학해學海에 동주인同舟人이 되어 기미己未 춘삼월春三月 풍랑風浪에 표류漂流를 당當하고 이리저리 떠다니다가 다시 한곳으로 모이니 곳은 화성양포華城良浦요 때는 동년同年 유월六月이라 주인主人은 소아笑啞요 과객過客은 묵소默笑러라.

그들은 항상 남모르는 웃음을 웃으며 무시無時로 청천靑天에 떠가는 백운白雲을 수연愁然히 바라본다.

촌사람들은 가리켜 불가사의인不可思議人이라고 조소嘲笑한다. 그 많은 사람에도 그 두 사람을 알아주는 사람은 그 두 사람밖에 없다. 그 두 사람은 해 저물어가는 강가에서 울고 섰는 백의인白衣人과 낙원樂園을 같이 건너가려고 손목을 마주 잡고 배 젓기에 바쁜 그들이다.

구름 같은 그들의 자취는 우연偶然히 만나고 우연偶然히 헤어지기를 정기定期가 없다. 현량개[2] 거리에 쇠비碑나 돌비碑를 세워 그 만난 곳을 기념記念한다 하여도 쇠인들 녹슬지 않으며 돌인들 풍화風化되지 않으랴.

어시於是에 몇 쪽 아니 되는 글월이나마 배경背景에 공통점共通點을 두어 두 마음을 연락聯絡하고 길이길이 되새기어 청초淸楚로운 기념記念을 짓고자 함에 당當하여 묵소객默笑客은 아래와 같이 다시 부르짖노라.

신神이여! 당신의 뿌리신 바 저 모래톱에 진주眞珠를 우리로 하여금 기어코 찾게 하여주소서 전심專心껏 전력專力껏 저 모래를 모조리 고르기를 그 구슬이 반짝거릴 때까지…….

—1919년 8월 1일 묵소默笑 지識

청산백운을 누가 알아? 다만 청산은 백운이 알고 백운은 청산이 알 뿐이지! 전피청구혜田彼青邱兮[3] 애써 갈고 써리는[4] 두 손의 심정 아는 이 없도다.

아는 이 없음이라. 구름 깊은 저곳에 곁두리[5] 점심 누가 갖다 먹이랴! 그래도 뜻있음이라 주린 배 움켜쥐고 씨알 뿌릴 제, 한 이는 '묵소默唉'를 짓고, 한 이는 '소아唉啞'로 자처하더라.[6]

그러나 저기에 무엇이 될까? 쟁기도 꼬늘[7] 줄 모르고, 소 멍에 메이며 소도 몰 줄 모르고, 써레질하며 두렁[8]도 지을 줄 모르면서 사리 찬 밭 넘보도다. 또한 그리고 씨앗 바구닐 어루만져! 저기에 무엇이 될까?

묵소 대호왈大呼曰 "암, 되지, 다언多言[9] 마소. 저 청산, 저 백운으로 뒷날에 증거합세—."

모르리로다. 청산백운을 누가 알아? 모를세라. 뒷일을 어이 알리! 마는 아무려나 작히[10] 좋으랴. 잘 되거라. 잘 나거라. 잘 크거라. 잘 되거라. 꽃봉오리 적에 잘 피거라. 화무십일홍花無十日紅 믿지 말고, 무궁 무궁 무궁화가 네 소원이거라.

—1919년 8월 1일 소아 씀

## 해 저문 현량개[賢良浦] 1

—묵소 편

저기 저 오렌지로 물들인 저 서천西天을 보라. 먼 산에 비끼어 스멀스멀하던 석양夕陽은 부글부글 끓는 채운彩雲에 싸이고 업히고 받히며 산 너머로 숨어버리고 엉기어 모여드는 담흑淡黑의 구름 뒤로 부챗살 같은 그의 햇발로 서광曙光을 쏘아 보낸다. 해를 보내고 무심無心히 떠오르는 구름 불그레

발그레 분홍기粉紅氣의 기봉奇峰 무리지어 솜보무라지같이 가벼이 떠가는 구름을 한 조각 두 조각 뭉쳤다 떼었다 한다.

나는 불어오는 바람에 대팻밥 모자帽子를 너풀너풀 날리면서 망망茫茫한 푸른 들 원두原頭에 홀로 섰다.

멀리로 묵화墨畵 같은 무봉산舞鳳山 일대一帶는 희미하게 윤곽만 보이고 가깝게 청계영천淸溪英川 일면一面은 채운彩雲의 반사를 받아 다시 더 환한 빛을 띠었다. 헤어져 가는 농부들의 또닥또닥 장단 맞춰 치는 호미 소리는 녹양綠楊 방축으로서 나오는 쓰르라미 소리와 아울러 조는 듯 종몽한 전야田野의 적막寂寞을 깨치고 유원幽遠하게 들린다. 방초芳草언덕으로서 소 끌고 들어오는 아이 뒤에는 누런 개가 어슬렁어슬렁 따르며 밭두렁에는 아직도 수건手巾 쓴 흰 바지가 꿈적거린다. 이 집 저 집으로서 솔솔 피어 올라오는 실오라기 같은 연기烟氣는 한데 엉기어 일직선으로 뻗쳤다.

늙은이 대머리 같은 도양산道陽山은 일말一抹의 청연靑烟으로 뛰을 뛰고 등잔燈盞 같은 주봉산朱鳳山에는 불빛 구름이 기웃이 넘겨다본다. 꼴 베어 지고 오는 아이는 마을로 들어오는데 싸리짝문 단 집에서는 촌녀村女가 물동이를 이고 나온다. 그리 지저귀던 참새들은 이미 소리를 그쳤건만 두셋씩 대여섯씩 드나드는 연자鷰子[II]들은 공중空中에서 채도 치고 원도 그리고 혹或 각角도 지으며 떴다 잦았다 하며 난다. 아아— 자연自然! 천태만상千態萬象으로 변환變幻이 자임自任한 저 자연自然 푸른 바탕에 색운色雲으로 수繡논 저 하늘을 보라. 저 해의 들어가는 것을 보라. 흔적痕迹도 없던 저 달의 나타나는 것을 보라. 저 만유萬有가 어둠 속에 싸여 들어가는 것을 보라. 저 자연自然과 자기自己가 신비적神秘的 불가사의不可思議의 무엇이 흔적 없이 상상想像같이 아주 미약微弱하나마 느낌이 있는 것을 깨달아 볼 수가 있지 않은가!

나는 우두커니 오묘奧妙 숙엄肅嚴 무궁無窮 원대遠大한 저 자연自然을 바라볼 제 마치 '자연화自然化'한 듯 저 자연自然의 가슴에 정신精神이 안긴 듯 자기自己의 존재를 인식지 못하였다. 나는 제 스스로 한참 동안 '얼빠진 사람' 같았음을 웃었다.

혼자 거닐고 혼자 섰고 혼자 웃는 동안에 어느덧 두세 개 별들은 나를 내려다보고 그의 광명光明을 파팍 쏘며 반짝거린다. '네가 무얼 아니' 하며 나를 조소嘲笑하는 듯.

불어오는 일진서풍一陣西風은 서늘한 기운을 끼얹어준다. 어데서 나는지 모르게 들려오는 노래는 분명치 않으나 모경暮景의 아취雅趣를 더욱 높인다. 서천西天에서 파형波形을 지어 흐르는 자금색紫金色 구름은 회색灰色이 돼야 재 너머로 떨어지고 멀리 묵실조편墨室條便으로 보이는 산상山上에 빗살 같은 송림간松林間에는 은색銀色의 초삼일初三日 달이 걸렸다.

나는 기다렸다. 해도 가고 달도 가고 구름도 가며 산도 가고 들도 가고 물도 가는데 그중에 깨어가는 '나'인 줄을 나는 알았다.

만유萬有가 간다! 만유萬有가 흐른다! 그 흘러가는 속에 수파水波 같은 인생은 따라 흐르며 울고 웃고 한다.

현량개는 주봉산朱鳳山을 기대고 도양산道陽山을 이룬다. 해 저문 현량개의 승경勝景[12]은 저기에 있다. 저 주봉산朱鳳山에 있다. 주봉朱鳳은 현량개를 품고 있다.

저걸 보라! 현량개는 어슬어슬한데 주봉朱鳳 묏부리에는 아직도 낙조落照가 걸려 있지 아니한가. 해가 저무니 현량개는 저 주봉산 밑으로 싸여 들어가지 않는가. 현량개가 어둠 속에 잠겨 있을 제 홀로 저 주봉朱鳳뫼만 검은 장막帳幕 속에서 은은隱隱히 고개를 들고 있지 않은가.

아 주봉산朱鳳山! 머리에 낙운落雲을 이고 허리에 연하烟霞를 두르고 일말一抹의 청계淸溪를 밟고서 현량개를 안고 있는 저 주봉산朱鳳山!

현량개는 그의 이름을 주봉산朱鳳山으로 버티어간다. 주봉朱鳳뫼는 하늘로서 떨어지는 감로甘露를 받고자 함인지 접시같이 바라졌다[13].

이내 과객過客의 몸으로 현량개에 해 저물어가는 것을 보고 얼마나 억회

憶懷를 자아내었으매 저 주봉朱鳳뫼를 대對하여 그의 회포를 사르기 알지 못해라. 무릇 몇 번이런가?

아! 자연自然을 읊조리는 사람아!

도양道陽 주봉朱鳳 두 골짜기에 청연靑烟 속에 어리어 있는 저 해 저문 현량개를 무심히 보지 마라.

— 1919년 7월 29일 도양산인선장道陽山人仙莊에서 묵소默笑는 쓰노라.

**끝말**

실샘에서 나는 소리 적다 이르지 마라! 그것도 기껏 지르는 소리……. 졸졸 졸졸 쉬지 않고 흐르고 흐르고 또 흘러……. 흐를수록 커지고 클수록 호호탕탕浩浩蕩蕩[14] 나중에 저 오대양五大洋…….

— 묵소

## 해 저문 현량개 2
## — 소아 편

묵군默君과 대팻밥 모자를 비겨 녹초처처綠草萋萋[15] 앞 벌을 거치고 콩 포기 우거진 세제일루細堤一縷 귀도歸道[16]에 올랐다.

해는 모운暮雲[17]에 어리어 떨어졌다. 띄엄띄엄 중방구름[18] 사이로 잔조殘照[19]는 억천조億千條[20].

대머리 달마옹達摩翁 큰재봉峰 어른은 찬란한 저녁 노을에 눈이 몹시 부시—던지 한 어깨를 추썩거리며 고개를 돌이키어 현량개 앞 벌을 내려다보는 그 그림자 밖으로 서너 주株 세류지細柳枝는 한 줌 연사烟紗에 엷은 선線을 드리웠다.

위대偉大한 저가 큰 무엇이 운명殞命할 때처럼 서산西山고개에서 마지막 눈을 껌벅껌벅할 때, 온 만유계萬有界는 우글우글하매 준비가 매우 바쁘다. 하늘도 바쁘고 땅도 바쁘고 뫼나 물이나 집이나 사람이나 또한 현량개나 모두 바쁘다.

황혼黃昏의 파도波濤는 석연夕烟이 비낀 주봉朱鳳뫼 골짜기로 실실 밀려 내려내려온다. 그 파도波濤에 홀로 아니 빠지랴 발돋움하여 허덕거리던 괘등형掛燈形 외딴 소나무, 애처롭다! 저야 운명運命의 석조汐潮를 면免할 수 있으랴. 하는 수 없이 그 파란波瀾에 풍덩실……. 아울러 출렁거린다. 아아! 어찌 저만 그러랴.

포플러 무성茂盛한 가지에선 쓰르라미 읊조리는 새 곡조曲調가 일어나자, 오리나무 숲 참새 떼, 저녁 굿놀이는 한창 넋이 올랐다.

서西녘 하늘 쇠잔한 볕살 살라지고, 일폭一幅의 석류石榴꽃빛 깁바탕[21]에 천만경千萬頃 출렁거리는 무수無數한 청산靑山은 일획一劃의 곡선曲線만 남아 검푸른 윤곽輪廓을 그리고, 위로 몇 점点 화운樺雲[22]은 유화油畫로 찍어낸 듯, 사위四圍[23]는 다— 유화색榴花色으로 반응한다. 산이나 나무나, 사람도 붉은 사람이요, 짐승도 붉은 짐승이라, 밭둑길로 어슬렁어슬렁 걸어오는 이웃집 늙은이는 볕에 그을린 얼굴이 주귀朱鬼같이 붉다. 홍화紅火가 이는 듯, 나는 내 대팻밥 모자帽子를 만져보았다.

서풍西風은 솔솔 불어온다. 먹실골서 내려오는 농부가農夫歌는 바람결에 한 번 무더기로 들이자, 버드나무 숲 우거진 이쪽저쪽 풀집에서 밥 짓는 저녁 연기煙氣가 소로로 떠오른다.

저것이 시골의 경景이다. 더구나 저를 좀 보라. 평화롭고, 깨끗하고, 사람답고, 또 태고太古맘인 저 연기煙氣.

순후純厚[24]한 촌부인村婦人 사랑하는 어머니 같다. 나는 저를 안고 싶다. 안기고 싶다.

젖 투정하던 어린 아기 어머니 품에 안겨 한 젖꼭진 입에 물고 한 젖꼭진 어루만지며 어머닐 쳐다볼 때 사랑하는 어머니 마음이랴.

나의 영靈은 저와 조화調和하여 몽기몽기 떠올라 가끔, 바람에 불려 이리 휘뚝 저리 휘뚝. 그러다 영영永永히 먼 곳으로 떠나가면 그만이지! 그러나 현량개 사람들아, 행여나 자모慈母 같은 저 사랑 품을 벗어나지 마라. 이 세상世上 악풍조惡風潮를 어찌 느끼랴. 도도한 탁파濁波가 뫼를 밀고 언덕을 넘어 덮어 민다. 조심하라. 음탕淫蕩, 사치奢侈, 유방遊放, 나태懶怠, 방만傲慢, 완고頑固 이 거친 물결을…….

저의 사랑이 옯거든, 너른 품으로 훔쳐 싸주는 주봉朱鳳뫼의 사랑을 받으라. 그래도 부족하거든, 영원한 저곳, 저 하늘을 우러러보라. 주봉朱鳳뫼는 그 사랑 품에 모로 안기며, 풀집연기煙氣는 저기를 쳐다보며 뭉기뭉기 오른다.

풋밤송이 같은 꼴짐[25]은 깝죽깝죽하매 건넛마을로 들어가매, 저 뒤로 쇠코잠방이[26] 아래 젓가락 같은 두 다리로 땅을 버팅기며 코센 거먹 암소 고삐를 당기며 애쓰는 꼴이야. 저것이 사람인 생명生命이랴. 그래도 그것이 영물靈物이라 끝끝내 영악한 저를 정복征服한다.

뉘 집 흰 강아지인지 너무 고되다. 아이 꽁무니 따르기에. 아이는 밭매는 젊은 계집더러, "뉘— 밥 먹으라여—" 무교육無敎育한 비향토어鄙鄕土語나 아무리 들어도 어련무던한 시골 말솜씨다. 아이가 돌아서 뛰어가자 강아지는 또 쫄랑쫄랑…….

제비는 공중에서 치뜨고 나리뜨고, 밭 가운데 어린 아기들은 "잠자리 동동 파리 동동" 또 "자—즈 자—즈" 이것도 다— 의미 있는 소리라.

뒤에서 발맞춰 오던 묵군默君은 밭매는 전부田夫더러 "시원해 좋지 나도 좀 해볼까" 별러서 건네는 수작酬酌이야 가뜩이나 바쁜 현량개 또 한 거리가 되더라.

나는 홀로 밭둑길 지렁포기를 헤치며 집으로 들어온다.

정시박모천正是薄暮天[27]이라. 돌아가는 구름은 너무나 피로罷勞[28]한 듯이 머뭇머뭇하며 날 저문 멧부리를 힘없이 돌아든다. 활터거리 콩밭에선 "오늘 해는 다— 갔는지 골골마다 연기煙氣 나네."

칡사리[29] 해 지고 돌아오는 머슴아이 배고픈 엄살 줄뽕나무 밑에서부터 터진다.

나의 게으른 보조步調는 사랑마당에 들어섰다.

메밀밭 가는 우령牛鈴 소리는 뎅그렝뎅그렝, 버드나무숲 컴컴한 속에서 우렁차게 나는 황소 영각[30]. 아울러 어둠을 재촉한다.

잰[31] 며느리야 보는 이 저녁달은 벌써 바리목골 고개에 한 입을 베물었다. 어둠의 막幕은 겹겹이 쳐서 온다.

무인어無人語 무물음無物音한데, 성하星河는 일천一天, 우주宇宙는 묵연墨然한 데 뜻이 있는 것이다.

물物이 있느냐, 없느냐, 유중有重의 경境에 들어간 나는 즐거운지 슬픈지…….

애를 써 느끼지 마라. 그믐 같은 너의 속, 얼음 같은 너의 속, 검고 찬 너의 속, 답답하고 쓰린 너의 속, 누가 어루만져 녹여주랴.

건넛말 뒤 집 등잔불 일점一點 새삼스럽게 반짝반짝. 허공虛空에 휘적거리는 포플러 일주一株 새로이 석풍夕風을 띄웠다[32].

— 1919년 7월 29일 양포良浦에서 소아咲啞

## 끝말

쉬운 거라 이르지 마소. 문군연하태유생問君緣何太瘐生고, 총위종전작시고總爲從前作詩苦[33]라. 묵군黙君 왈曰, 이것이 삼 년 동안 밥 먹고 지은 거라고…….

누가 밥 안 먹으랴마는 밥 먹었다 하는 참 소리가 어려운 것이다. 이것이 비록 보잘것없으나, 학생모學生帽 가죽챙 밑에서부터 참 삼 년 동안 밥 먹어

삭인 것이다. 비노니 뭇사람아, 쉬운 거라 말고 어떻든 무궁화無窮花라고 너 털웃음 섞어나 주게나.

— 소아

(『청산백운靑山白雲』 육필원고, 1919년 8월)

# 그리움의 한 묶음

이별…… 그러고는 그리움이다.

'나'와 이별…… 나는 청년이다. 아직도 앞길이 구만리같이 창창한 나로서, 무슨 그렇게 지독한 이별을 당하고서야, 어떻게 살 수 있을 것이냐…… 마는 그래도 끝없는 그리움은 때 없이 나를 덮어 누르고 있다.

팔자 사나운 그 그리움이, 나와 무슨 업원業冤[34]이 있었음인지 무슨 인연因緣이 깊었음인지, 원수냐 사랑이냐 그것은 도무지 몰라도, 이 세상에서 나를 가장 잘 알아준다 하는 이도 그리움 그이요, 내가 노상 사귀어 잘 안다 하는 이도 그리움 그이다.

나는, 모든 그리움 그 속에서 이만큼 자라났다. 그리고 또 그 그리움 속에서 이만치 파리해졌다. 자다가 잠꼬대도 그리움 까닭이요, 앓다가 헛소리도 그리움 타령이다.

그리움! 그리움! 그는 얼마나 억세기에 나를 이렇게도 울려놓는고. 내가 울도록 보고 들은 것도 그리움 그것이요, 겪고 느낀 것도 그리움 그것뿐이다.

내 나이 스물네 살…… 그렇다. 내 나이를 이르자면, 분명히 스물네 살일 것이다. 그러나 그 나이는 내가 먹지는 아니하였다. 먹은 죄인은 따로 있다. 이름 좋은 한울타리로, 스물네 살이라는 그곳에, 나의 이름을 잠깐 빌려주었을 뿐이다. 그 나이는 그리움이라는 그이가, 정말로 먹고 있는 것이다. 내 아람치의 내 나이도, 그리움이라는 그이가, 다— 가로채어 맡아가 버렸다.

그러니 세상 사람들의 항용 떠드는 "나는 나이를 먹었다. 내 나이는 늙었다" 하는 그 나이들도, 아마도 그리움이라는 그이에게, 모두 횡령을 당하고도, 공연히 지껄이는 헛소리나 아닐지.

그리움! 그리움! 나는 여러 번이나 여러 사람의 입으로 부르는, 그리움의 애끊는 노래를 들었다.

저 지나간 세상에서, 그리움으로 속 태우던 이가 누구누구이냐. 지긋지긋할손 오랑캐의 난리가 5~6년이라, 낙양성洛陽城을 뒤로 두고 나그네의 걸음은 그럭저럭 사천 리 밖에서 "사가보월청소립思家步月淸宵立이요 억제간운백일면憶弟看雲白日眠이라."[35] 그러나 어찌 그것뿐이랴. 낙수落水 다리의 낯익은 사람은 다시 두 번 볼 수가 없구나. 외로이 후줄근하여 강포江浦로 돌아가면서 "마상馬上에 봉한식逢寒食하니 도중途中에 속모춘屬暮春이라."[36] 뒤숭숭한 꿈자리만 공연히 구름 밖에 번거로울 제 "마상상봉무지필馬上相逢無紙筆하니 빙군전어보평안憑君傳語報平安이라."[37] 객사客舍 뜰의 봄 만난 버들잎은 얼마나 그리운 근심을 새로이 돋았던고. "권군갱진일배주勸君更進一杯酒는 서출양관무고인西出陽關無故人이라."[38] 추야장秋夜長 으스름 달빛 아래 다듬이 장단도 님이 아니 계시니 시들프구나. "학관鶴關에 음신단音信斷이요 용문龍門에 도로장道路長이라 군재천일방君在天一方하니 한의도자향寒衣徒自香이라."[39] 수자리[40] 사는 이의 두고 간 지어미, 날구장천 애마르는 한탄 "타기황앵아打起黃鶯兒하여 막교지상제莫教枝上啼하라 제시啼時에 경첩몽驚妾夢이면 부득도요서不得到遼西를."[41]

무엇무엇 할 것 없이, 하고많은 시인들은 수없이 그리움을 읊조렸다. 알지 못할 게라, 어떻게 생긴 시인이 차마 정말로 그리움을 읊조리지 않을 수가 있을 것이랴. 촌항村巷[42]의 어리석은 지어미까지 "몹쓸 놈의 님이로구나. 약속한 님이 가신 이후로 약수삼천리弱水三千里 사이에 소식이 돈절頓絶[43]이구나" 하는 그 소리도 그리움이 아니면, 그렇게도 뼈가 녹게 슬플 까닭은 없다. 황릉묘리黃陵廟裏에 자고새 울고[44] 오강풍림吳江楓林에 잔나비가 휘파람 불기로 그리움이 아니면 무엇이 그리도 구슬플 거며 우수경칩에 대동강물이 푸르든 말든 그리움이 아니면 그리도 애끊기게[45] 울 일이 무엇이 있나. 점잖다 하는 시조나, 날탕패의 잡소리나, 교남嶠南[46]의 육자배기나 관서

關西의 수심가愁心歌나 천안삼거리나, 노들강변이나, 모두 다 그리움의 타령이다. 춘향이 타령도 그리움의 타령이요, 심청이의 노래도 그리움의 노래다. 그뿐이랴. '혼자 우는 어두운 밤'이란 그것도 그리 특별히 맡아둔 임자가 없나니 혹은 집에서, 혹은 거리에서, 혹은 쇠창살 안에서, 혹은 회색 세계 외로운 달빛 아래서, 그리움이 있어서 슬픈 노래를 부른다.

그러니 어찌하랴.

나도 그립다. 모든 것이 그리워 못 견디겠다.

◇

동생이 그립다. 정신병이 들었다 하는 사촌 동생이 보고 싶다.

어제저녁의 불던 바람 풍랑도 많았거니, 어두운 밤 거친 물결에, 부서진 배 조각은 어디로 어디로 떠돌아 갔느냐, 뒤숭숭한 꿈마다 소스라쳐 깰 때에, 문득문득 깨우쳐지나니, 병든 동생의 소식이 알 수 없음이로구나. 그는 얼마나 몹시 앓기에, 나의 꿈자리를 그렇게도 어지러이 굴었는고. 요사이는 병세가 어찌나 되었는지, 또한 시방은 무엇을 하고 있는지. 약을 마시고 있느냐, 신음을 하고 있느냐, 누워서 있느냐, 잠이 들어 있느냐, 그렇지 아니하면 여전히 그렇게 떠들고 있느냐, 무슨 생각에 잠겨서 앉았느냐. 어웅한 얼굴이 내 눈에 선하다. 노상 중얼거리던 그 소리가 귀에 들리는 듯하다.

가슴이 답답한 일이나마, 지나간 옛날 꿈타령을 다시 좇아서 한번 되풀이 해보자.

우리 할머니께서 살아 계실 때에, 가장 귀여워하시던 손자는, 지금 병들어 있는 그 사촌과 나와 둘뿐이었더니라. 사촌은 형도 없고 아우도 없이 아버지의 얼굴은 한 번 보지도 못한 다만 외아들 유복遺腹이었고, 나는 백부에게로 양자로 출계出繼[47]한 생양가生養家[48]에 무매독자無妹獨子 귀한 아들이라, 금싸라기같이 귀하다 하여 집안이 모두 얼싸안아줄 때에, 그중에서도 가장 많이 받기는 할머니의 사랑이었구나.

할머니께서 우리들의 이름을 지어주실 때에, 사촌은 음전하다[49] 무사의 자격이 있다 하여 독행천리獨行千里[50]하는 '갑기甲騎'라는 이름을 지어 부르셨고, 나는 안존하다 날렵한 재주가 있다 하여 장차 용문龍門에 올라 입신양명할 자격이니까 주역의 첫 꼭대기를 그대로 갖다가 써서 '원룡元龍'이라고 지어 부르셨다. 아무렇든 시대를 어둡게 모르는 칠십 노부인의 일이었지만, 그때의 할머니의 생각에는 꼭 믿고 기다리셨을 터이다. 갑기는 무과를 하여 만군을 호령할 대장이 되고 원룡이는 문과를 하여 백성을 다스리는 정승이 될 터라고……. 그래 그때에 그 둘은, 새벽 아침의 맑은 정신을 서로 시새워가며 글을 읽을 때에, 갑기는 장차 장수가 꼭 될 작정이니까 『육도六韜』와 『삼략三略』[51]을 부지런히 외웠고, 원룡이는 정승이 될 양으로 『서전書傳』과 『춘추』를 몇 번인지 독파하였구나.

어떻든 하마터면 될 뻔하던 대장과 정승은 정도 깊고 의초[52]도 좋은 종형제였다. 그러나 그 둘의 성격은 아주 정반대로 말도 할 수 없을 만치 달랐었다.

그때가 어느 때이냐. 아마 내 나이가 일고여덟 살 적인가 보다. 동생과 뒷동산에 올라가서 숯가마 장난을 하여보았다. 동생은 원래 성미가 활발스러워서 잠시도 땅에 붙어 있기를 싫어하는 터라 숯감을 쩍 끌어당기는 걸 맡아서 떡갈나무 우거진 곳으로 뛰어다니고, 나는 앉아서 꼼꼼스럽게 돌을 주워 모아 싸서 숯가마를 짓게 되었다. 그때에 안산 골짜기에서 뻐꾹새가 하도 구슬피 울기에 나는 하던 장난도 시름없이 멈추고 우두커니 서서 "그 소리야 몹시도 처량하다" 하니까, 동생은 뛰어와 가는 팔뚝을 걷어 뽐내면서 "형아야— (그는 나를 형아라고 불렀다) 내 저것을 잡아올까" 하고 흰소리 삼아 좋아 뛰놀았다. 건넛산 모롱이 비탈길로 구름장을 펄럭거리며 처량히 돌아가는 상두꾼의 노랫소리를 듣고 내가 앉아 울 때에 동생은 "총대 메고 바랑 지고 고개고개 넘어갈 때 부모 형제 생각 말아" 하는 그 노래를 소리 질러 불렀다. 시내 강변 흰 모래밭에서, 뜨거운 뙤약볕에 알장둥이[53]를 다— 데어가면서 두 벌거숭이가 모래를 끌어모아 모래성을 서로 시새워 쌓을 제 세력을 서로 연장하느라고 가끔 국경을 침범하는 일이 있었다. 그러할 때마다 동생은 대장의 지위로 나는 정승의 태도로 각각 자기의 성을 위하여 다툰다. 하다가 대장은 제 분에 못 이겨서 "에라 형아 맘대로 하려무나" 한 마디 해 붙이고 모래성을 내버리고 성 밖 너른 벌판에서 혼자 말달리기나 한다고 달음박질로 뛰어가는 일도 있었고 어떤 때는 대장이 뻗서고[54] 우기다 못하여 슬며시 웃으며 "참, 행아하고는 말할 수가 없어" 하며 모래성을 전부 기울여 정승政丞의 성으로 귀화하는 일도 있었다. 수숫대 말을 타고 아주까릿대 총을 메고 앞개울 뒷개울을 진陳터로 잡아 동내洞內의 동자군童子軍들이 전쟁놀이를 할 때에도 노상 의례히 선봉대장으로 자원 출마하는 이는 내 동생 대장이었고 운주運籌[55] 결승하는 참모의 직책을 맡은 이는 대장의 형 정승 나였다.

그러나 세상일은 매양 같지 아니하니 어찌할 수 있으랴.

나이 많으신 할머니께서는 몇 해 전에 저세상으로 돌아가셨다. 귀엽고 잘될 손자 우리를 두고서 어떻게 차마 돌아가셨는지! 할머니께서 돌아가시자마자 쫓아서 그 깊이 믿었던 사촌의 대장 지위도 어디론지 스러지는 무지개발처럼 사라져 없어졌고 나도 벌써 정승은 아니다. 그것이 도무지 꿈이었던지. 아마 이 세상에서 일컫는 수수께끼라는 그것이었던지.

할머니 산소 모시는 날에 하염없는 궂은비는 눈물겹게도 내리는데 사촌은 그지없이 섧게 울더라.

그때부터 그의 마음은 참으로 아팠던 것이다. 뿌리 깊은 모진 병이 남모르게 들었던 것이다. 그 뒤에 사촌은 어쩐 일인지, 무언無言이가 되었다. 얼빠진 사람같이 되어버렸다.

아— 그것이 병이었더냐. 무언無言이란 그것이 병이었더냐. 우울! 우울! 그는 우울이란 그곳에서 남도 모르게 그만 병이 깊이 들었음이로구나.

전일前日에는 그렇게도 억세던 대장아, 어찌한 일이냐 네가 병이라 하니……. 약을 주려 하나 약이 없고 위안을 주려 하였으나 도무지 효험이 없구나. 인력으론 못 할 이 일이니 어찌하면 좋으냐. 생각해보아라. 구름 너머 별 저쪽 달빛 건너 알지 못하는 나라에서 우리를 그리워 애쓰시는 할머니께서 얼마나 많이 근심을 하고 계실까를…… 얼른 하루바삐 그 병이 나아졌다는 소식을 들었으면 좋겠다.

그러나 그것이 과연 병이냐.

할머니께서 돌아가신 뒤에 그는 아무 말도 하지 아니하였다. 아무 말도 없이 다만 명상에만 깊었다. 이 세상에서 사는 모든 사람의 무슨 비밀을 알려고 함이었던지!

그래 알아서는 안 될 그 무슨 비밀을 억지로 알려고 한 까닭에 그 죄로 그는 벌을 받게 되었다. 사색의 쇠사슬은 그의 사지를 결박하고 명상의 큰 칼은 그의 목을 눌렀다. 그래서 죽음과 같이 미치는 독약은 그의 신경을 흥분시켰다. 착란시켰다. 그러니 대장…… 그것은 얼토당토아니한 헛꿈이었다. 그러니 자기가 가질 분수보다도 범위보다도 더 크고 더 억센 헛꿈을 가지고 있던 것이 불행이었던가, 자기가 소유하지 못할 것을 몽상하였던 그것이 재화災禍였었던가.

묘장墓場에서 지껄이는 귀추鬼啾[56]가 듣기 싫어서 귀를 막고, 거리에서 어른거리는 홍진紅塵[57]이 보기 싫어서 눈을 감았다. 그리고 다못[58] 마음에 경경耿耿한[59] 일념은 어떻게 하면 인생에게 인생을 구원할 만한 사상을 찾아낼 수 있을까. 어떻게 하면 그것을 전달할 만한 말과 글을 찾아낼 수가 있을까. 그는 자기의 마음에 물어보았다. "너는 어떻게 하려느냐. 사람이 생긴 뒤에 몇만 년 동안에 인생이란 그것이 안심과 위자慰藉[60]를 맛보았던 일이 있느냐." 사실 인생은 항상 안심과 위자慰藉를 요구한다. 희망한다. 안심과 위자慰藉를 맛보는 그동안이 행복이라는 까닭에……. 그러나 이때껏 그것을 한 마디라도 일러 맛보여준 이는 한 사람도 없다. 다만 그것을 만든 이는 '신'이라고 핑계해버렸을 뿐이었다. 그러니 '신'이란 그것은 과연 무엇이냐, '신'

은 어느 곳에 있으며 어느 곳에서 무엇을 하고 있느냐.

그는 '신'을 비인非認하였다. 인생이 불행한데도 '신'은 모른 체하고 구원하지를 아니한다. 구원할 만한 능력이 '신'에게 없는 그만큼, '신'의 허무함을 깨달았다. 그래 '신'의 존재를 비인非認하였다.

보라! 사람이 어떻게 살아왔느냐, 시방은 어떻게 살고 있느냐. 한길로 지나가는 여러 무리의 사람을 좀 보라. 여러 사람들은 여러 가지의 모양으로 여러 가지의 얼굴로 여러 가지의 눈초리로, 서로 노리며 서로 흘기어보지 않는가. 해 저문 언덕 밑 옹달우물에 음충스러이 비친 고목나무 그림자를 보고서 낼모레에 시집갈 시악시는 마음을 졸이어 절을 하고 있다. 손으로 빌며 축원을 한다. 산모퉁이 서낭나무 가지에는 수도 모를 시악시의 붉은 단기가 걸려 있다. 머리 위에는 한낱 큰 별이 반짝이고 발아래에는 커다란 대지가 돌고 있으며 지평선은 자기가 발 디딘 곳으로부터 어디론지 영원하게 사라져버리는데, 번쩍이는 광명과 침침한 암영暗影은 자기가 서 있는 주위에 다 무한한 권계圈界를 어리치고[61] 있다. 이십 년 전에 자기의 아버지는 열병으로 참혹히 돌아가셨으니, 으스름달 아래에서 느끼어 우시는 이팔청상二八靑孀 어머니의 구슬픈 눈물을 자기의 어린 뺨은 얼마나 많이 받아왔던고. 자기는 유복자遺腹子다. 그리고 대장大將이었었다. 그러나 대장이라고 부르시던 할머니께서 돌아가셨다. 그리고 자기는 벌써 대장이 아니다. 사람마다 살아 있다 하는 그동안은 아마 저의 손으로 저의 무덤을 파고 있는 것 같다. 저승길을 가고 있는 것 같다. 해마다 해마다 한 개 두 개의 낡아가는 해골을 시름없이 시세고 있을 뿐인 것 같다. 그러나 그것이 도무지 어쩐 일이냐.

팔자, 운명, 사랑, 행복, 그것은 도무지 모를 일이다. 이 세상에는 도무지 행복이라는 것이 길이 있지 않은 것 같다. 더구나 행복과 사랑을 가져다준다 하는 그 신통한 '신'은 없다. 과거 몇만 년 동안에도 없었고 현재에 사는 이 사이에도 없다. 그러니 장차 오는 미래에도 물론 없을 것이다. 그러면 어쩌면 좋으냐. 그것을 문제 삼아서라도 온통 해결해놓고 간 사람은 이 세상에는 없다. 야소耶蘇[62]는 기도하다가 하느님에게 미루어버리고 십자가로 붙들려 가버리고 석가는 염불만 하다가 부처님에게 맡기고 해탈해버렸고 공자는 오직 하늘이라고만 떠들다가 "오호노의嗚呼老矣라 오몽불부견주공吾夢不復見周公"[63]이라고 한 마디 해버리고 자빠져버렸다. 그러니 누가 그것을 하랴.

그는 스스로 깨달았던 것이다. 이제는 자기가 꼭 맡아 해결할 차례라고 깨달았던 것이다.

그래 그는 일종의 죽음보다도 더 아찔한 그 정서를 넘어서, 사람마다 떠드는 그 평화라는 그곳을 벗어나, 인생이라는 그것까지 내어버리고, 인간성을 떠나서 그 밖에 다른 곳으로 외따로 서서, 충실한 자기의 진리를 찾아보려 하였다.

그는 눈을 감고 생각에 잠기어 있었다. 그러다가 그가 눈을 뜰 때에 불빛같이 충혈되어 붉은 눈방울이 번쩍거리며, 입으로 "해결이다" 한 마디를 소리쳐 질렀다. 어떻게 해결을 하였는지 그것은 몰라도, 어떻게 무조건으로 해결은 한 것이다. 그래서 사람들이 그를 보고 미쳤나 하는 것이 그에게는 해결을 한 것이다.

그는 어느 날 웃는 낯으로 나를 쳐다보면서 "언니— 나는 모든 것을 해결하였소. 나는 이제 참 장한 사람이지요? 나는 첫째에 언니부터 해결하였소. 전일에는 언니가 퍽 무서워 보입디다. 그래서 언니의 앞에서는 감히 입을 열지 못하였소. 제법 얼굴을 들지 못하였었소. 그러나 지금은 이렇게 씩씩하게 자유롭게 말도 잘하고 행동도 잘하오. 이것은 내가 언니라는 그 사람을 잘 해결한 까닭이오. 참 훌륭한 일이지요? 아마 언니도 감복하지 않을 수 없으리다. 여보시오 내 말을 좀 자세히 들어보아요. 얼마나 진리 있는 말인가……. 나는 어두운 굴속으로 더듬더듬 걸어가다가 별안간 무엇엔지 이마빡이를 딱 하고 부딪쳤소. 너무도 몹시 소스라쳐 놀라 그 자리에 털썩 주저앉아서 자세히 보았소. 보니까 그것은 짚으로 만든, 허수아비입디다. 나는 그때부터 아무 무서움도 없이 안심하고 있었소. 그것은 무섭던 그것이 허수아비인 줄 해결한 까닭이오. 전일前日에는 까닭 없이 언니가 퍽 무서운 이인 줄 만 알았었소. 그러나 언니를 해결해보고 나니까 언니도 역시 보통 사람과 같은 그냥의 사람입디다. 그래 인제는 죽음도 무섭지 아니하오."

한번은 날이 시퍼런 식칼을 들고 나에게 와서 "나는 언니를 죽이러 왔소. 내가 이 세상의 모든 사람들을 볼 때에 나에게 가장 친한 사람일수록 가장 악하고 가장 간사해 보입디다. 시방 언니도 물론 나의 가장 사랑하는 언니요, 가장 믿고 가장 친한 언니요, 언니는 아마 착한 사람이지요. 그러나 착한 그것을 내가 많이 볼수록 악한 그것도 많이 보고, 그래 나는 악한 그것을 이 칼로 선뜻 베어버리려 왔소. 아마 악한 그것을 죽이는 날이면 착한 그것도 사라져버릴 테지. 그러나 언니는 나의 가장 사랑하는 언니이니까 내가 그 악한 것을 차마 두고 견뎌 볼 수는 없소. 자— 그 악을 버려버립시다. 악을 죽여 없앱시다" 하며 울며 덤빈 일도 있었다.

어떻든 그는 성했을 때보담 힘도 세고 말도 잘하고 성격과 행동이 성하게 타는 불길과 같이 불굴적, 용진적勇進的, 개방적, 열정적이었다. 그리고 또 한 가지 보통 사람보다는 아주 헤아릴 수 없는 달관達觀이 있는 듯하다. 만일 그것이 병이 아니고 참말로 그런 사람이 되었으면 아주 좋겠다.

그러니 그것은 병이라 한다. 그의 병이 요새는 좀 어떠한지? 일전日前에 전하는 소식을 들으니 삼방약수三防藥水[64]에서 병을 고치려고 온종일 그 약물을 정성껏 떠 마시고 있더라고 한다. 병을 고치려고 애를 쓴다는 그 소식을 들으니 더구나 불쌍하구나.

벌써 부엌 창살에 귀뚜라미는 새 정신이 나서 밤을 새워 우는 때가 되었다. 선뜻선뜻한 가을바람이 불어온다. 뜰 앞에 색色비름은 나날이 붉은빛이 새로워지니, 동생아— 너의 정신과 너의 몸도 얼른 하루바삐 성하여지거라.

아무렇거나 내가 한번 가마, 한번 가서 보마. 물을 건너고 산을 넘어 그리운 너를 한번 찾아가 보마.

◇

서울은 왜 이러하냐. 왜 이리도 답답하고 괴롭고 쓸쓸하고 더럽고 망측스러우냐.

북악산北岳山은 뒤꼭지를 누르고, 목멱산木覓山[65]은 턱을 치받히고, 인왕산仁王山 낙타산駱駝山은 좌우 옆에서 주장질[66]을 한다. 이 가운데에서 그리도 번화하다 떠들던 만호장안萬戶長安[67]은 지금에야 누가 보기에 생명이 없는 검은 채봉이 힘없이 조는 듯하다 하지 않을 이가 있으랴. 이름만 그저 좋아서 살기 좋은 한양 산천인지, 광천廣川 청계산淸溪山[68]에는 더러운 구정물이 검게검게 썩는다. 지린내 구린내, 모기 빈대, 아아 서울이 다— 망한다 하더라도 서울의 빈대는 다 없어지지 아니하려는지. 병에는 전염병, 나날이 새로운 병명만 늘어가는 곳은 서울이니, 수구문水口門은 저절로 제멋대로 변하여 호거문戶去門이 되어버렸다.

아— 서울은 무섭다. 서울은 지겹다. 나의 길이길이 살 영주永住의 낙토는 어느 곳에 있느냐. 나의 그리운 그 고향은 어느 쪽으로부터 서 있느냐.

서울성 중에는 어느 동내 누구의 집엔지는 몰라도 가장 지악至惡한[69] 독약을 감추어둔 것이다. 그래 그 약의 독기毒氣는 안개같이 몽롱하게 품겨 골목골목 집집마다 한 군데도 빼어놓지 않고 샅샅이 찾아다닌다. 그리하여서 그 독기에 걸린 사람이면은 아무든지 모조리 고치지 못할 깊은 병이 든다. 순박한 농민도 서울에 오면은 날탕패가 되어버리고 순결한 처녀도 서울에 오면은 유랑녀가 되어버리고, 팔팔하게 날뛰던 청년도 서울에 오면 불탄 강아지가 되어버린다. 뻗서던 이는 씨그러져버리고[70] 부지런하던 이는 게을러버리고 정성이 있던 이는 맥이 풀려버리고 웃음을 웃던 이는 눈물을 짓게 되고 단단한 결심을 가지고 온 이는 봄눈 스러지듯이 슬며시 풀리어버리게 되는 곳이 지긋지긋한 서울이다.

겨울의 폐도廢道. 나이 많아 녹슨 쇠북이 다시 한번 크게 울 듯하다고 뒤

떠들던 거년去年[71] 12월 24일 오후였다. 장발 단발 할 것 없이 붓대 잡는 이들은 대강 한참 바빴으니, 집회 장소는 불교청년회, 회비는 50전, 이름은 문인회, 참 좋은 이름이었다. 쓸쓸한 문단에 격의 없는 모임, 참 누가 좋아하지 않을 이가 있었을 것이랴. 정말이지 나도 한참은 아주 좋았다. 아주 좋아서 뛰놀 뻔하였다. 하나…… 시방은 낙심천만, 문인회가 창기創起한 지 우금반재于今半載[72]에 그의 소식은 도무지 함흥차사咸興差使로구나.

나는 서울에 와서도 그렇게 쉽게 마음을 변치 않는 조선 사람의 일꾼이 그립다. 누가 나아가다가 퇴보하지 않으며, 누가 억세다가 제멋에 풀이 죽어버리지 않는가. 나의 사랑하는 친구의 한 사람도 일을 하겠다고 서울에 오더니만, 한 달이 못 되어서 아니 보름이 못 되어서 저절로 서울이란 곳에 자연도태가 되어 부질없이 불우不遇의 탄歎만 부르짖으며 비 맞은 용대기같이[73] 흘부드레해 돌아다닌다. 어떻게 하면 서울이라는 이곳에서 그 몹쓸 독약에 휘곯아 쓰러지지 아니하겠느냐.

그리고 조선의 천재가 그립다. 지금의 조선은 얼마나 천재에 주렸느냐. 나타난 천재, 숨은 천재, 늙은 천재, 젊은 천재, 모두 그립다. 천재는 어떻게 생겼으며 어느 곳에 있으며 어느 곳에서 무엇을 하고 엎드려 나오지를 아니하느냐. 엊그제 들으니, 조선에는 삼천재三天才가 있어 한참 이름을 드날린다 하더니, 지금은 어디로 갔느냐. 어디로 도망을 해 가버렸느냐. 죽었느냐. 살았느냐. 잠을 자느냐. 꿈을 꾸느냐. 모처럼 부리던 재주에 지진두[74]가 되어서 넘어져버렸느냐. 그렇지 않으면 천재는 아니었던 것을 헛이름만 떠들었던 것이냐. 정말 천재는 천재였는데 그마저 서울의 떠도는 독기에 걸려 어즐뜨려 쓰러졌느냐. 어찌해 천재의 소리를 들을 수가 없느냐. 천재의 소식을 들을 수가 없느냐. 천재야 천재야 얼마나 내가 그리워하는 천재이냐. 조선이 그리워하는 천재이냐. 얼른 하루바삐 너의 힘껏 지르는 우렁찬 소리를 내 귀에다 들리어다고.

일꾼도 없고 천재도 볼 수 없는 이 나라에서, 무슨 새삼스럽게 알뜰하게 예술이란 그것을 바랄 수가 있으랴마는, 나는 다시금 조선의 예술이 그립다. 우리 조상들의 내려준 그 예술이 그리워 못 견디겠다. 예술로 불린 우리의 역사는 얼마나 찬란하였으며, 우리의 가승家乘[75]은 얼마나 혁혁赫赫하였느냐. 시방은 물론 볼 수도 없고 들을 수도 없다. 모두 없어져버렸다. 모두 어느 시절에 어느 곳에든지 사라져버렸다. 그러나 우리가 있지 아니하냐. 우리가 살아 있지 아니하냐. 조상에게서 예술적 천성을 유전해 받은 특별한 우리의 조선 사람이 살아 있지 아니하냐. 신공神功을 다하여 아로새긴 원각사圓覺社의 돌중방[76]이 지금은 광천교 다리 밑에 고임돌이 되어 있다. 우리가 광화문 앞에 큰 돌을 깎아 세운 해태를 볼 때에 얼마나 여린 가슴은 울렁거려지느냐. 그러나 그것도 장차 오는 어느 때에 어떤 다리를 건설할 때에 보태임 돌로 들어가버릴는지. 우리는 모든 일을 보고 있다. 모든 애처로운 일을 견뎌 보고 있다. 살아 있는 동안에 해마다 해마다 모든 쇠퇴와 폐괴廢壞[77]를 모질게 보고 있을 것이다. 그러나 우리가 어떻게 앉아서 차마 견뎌 보고만 있을 것이냐. 옛것이 헐었거든 새것을 세우자. 헐어지는 옛것은 무너지는 대로 내어버리고 그보담 더 나은 더 거룩한 새것을 이룩하자. 이루어보자. 헐고 못쓸 것은 부서뜨리고 광천교 다리 밑돌은 말고 뒷간의 주춧돌을 만들지라도 훌륭한 새것만 세워놓았으면 무슨 아까움이 있으랴. 나는 새것을 이룩할 조선의 새로운 예술가가 그립다. 예술이 그립다.

비파琵琶의 가장 가는 줄을 오곡五曲의 간장이 끊어져라 하고 안타깝게 울리는 듯한 조선 사람의 정조는 얼마나 많이 울었는고. 유사 오천 년 이래의 길고 긴 가는 줄은 끝없이 끝없이 끊어질 듯 말 듯 하게 떨리어왔구나. 울어왔구나. 우리의 성정은 가장 가늘고 부드럽고 구슬픔만 가졌건마는 남들은 우리를 보고서 무무하고[78] 뚝뚝하고 천치라고 한다. 우리가 참말로 그러함이냐. 우리의 가슴에서는 성한 불길이 무섭게 붙어 오르건마는 남들은 우리를 보고서 뱃심 좋고 게으르다 한다. 우리가 참말로 그러함이냐. 나의 눈에는 순박하고 결백한 하얀 옷이 보인다. 가는 선이 곱게 얽힌 고려자기가 생각난다. 가는 멜로디가 보드랍게 떨리는 김매는 소리가 들린다.

아— 청솔밭 밑 황토발가 실버드나무 우거진 속의 한 채의 초가 우리 집이 그립다. 보리 마당질 터에서 도리깨를 엇메는[79] 농군의 얼굴이 그립다. 물동이를 이고 가는 숫시악시의 사랑이 그립다. 나는 모든 것이 그리워 못 견디겠다.

그리움! 그리움! 나는 얼마나 수 모를 그리움에서 울어왔는고.

(『백조白潮』 3호, 1923년 9월)

# 서문[80] [나도향 소설집 『진정眞情』]

별을 찾아서 달을 찾아서 어두운 시골길에 길신발을 차리기 무릇 몇 번이었던가요.

별을 따르니 달이요. 달을 따르니 별이요. 별이요, 달이요, 달이요, 또 별이더이라.

나는 시방 당신을 보고 있소. 눈으로 아니고 마음으로 당신의 얼굴을 보고 있소. 그 굴곡屈曲 많은 얼굴을 보고 있소.

재빠른 새 며느리가 바지런하여서 초初사흘달을 잽싸게 보았다 한들 무엇이 그리 큰 자랑거리야 되겠소?마는 저녁 설거지에 물 묻은 손을 행자초마[81]에다 고이 씻습디다. 정성껏 씻습디다. 그리고 또 웃고 있더이다.

그의 웃는 뜻을 나는 알았소. 아마 그가 당신의 얼굴을 보았던 겝디다.

또 나는 당신의 늘— 좋아한다던 그 별을, 보았소. 매우 영리怜悧하고 찬란합디다. 어여쁘고 씻은 듯합디다.

너른너른한 밀물이 연붉은 애가 타고 말 못 하는 가슴이 뛰고 젊은 나그네의 근심이 모두 살아 움즈럭거리고 어둠의 물결이 부글부글 끓는 모래톱가로 낮익은 언덕 너머로 넘성—이 넘기어다볼 때에 당신은 무어라 노래하였소? 창포菖蒲밭에 조는 파랑새의 꿈을 꼬드겨서 빨래하는 처녀處女의 먼 산 보는 시름을 "자세히 일러다오" 하였지?

그것 보오! 당신의 좋아하는 그 별도 말없이 물 위에 떠 흐르며 웃고 울고 어찌할 줄을 모르나 봅디다그려.

내일來日 낮에면 아—니 오늘 아침에도 썰물이 나릴 때에 당신이 좋아하는 그 별이 흐르고 놀던 그 터에서 꿈꿀 때에 노래할 때에 근심할 때에 수줍어 낯 숙일 때에 모든 이야기가 숨어 있는 조그마한 발자욱을 보았을 터이면…… 꺼리지 말고 일러주시오. 이 세상世上 사람이 모두 듣도록.

어떻든 당신은 참으로 귀동자貴童子요. 당신을 아는 모든 사람들은 혼자 지껄이는 당신의 입에다 모두 귀를 기울이고 있을 것이오. 진실한 감사와 축복을 길이길이 기없이[82] 드릴 것이오.

귀여운 도향 군!

안아줄까 업어줄까 그렇지 않으면 입이나 맞추어줄까.

—1923. 1. 9. 노작

(『진정眞情, 1923년 9월)

# 고열한화苦熱閑話[83] [일일일인 一日一人]

빈궁도 복인 양하여 이 몸을 이끌어 산중객山中客을 만든 지 그럭저럭 삼 년째이다.

사위四圍가 산빛인데 그중에 일간초옥一間草屋…… 동창東窓 밖은 이끼 슨 옛 바위요, 바위 위에는 늙은 신나무 한 그루가 넌지시 굽어보고 섰다. 백석실白石室 앞을 감돌아내리는 세검정의 물소리여 "계성변시장광설 산색기비청정신溪聲便是長廣舌 山色豈非淸淨身"[84]이라던 옛글도 이러한 경景을 이름이었던가. 세우細雨 소리 없이 나릴 제 연산연로連山煙露에 잠긴 이 몸이야 저절로 일폭남화중인물一幅南畵中人物[85]인 듯 낮이면 뻐꾸기 밤이면 소쩍새 쑥국새도 울음 울고 솔새 새끼도 지저귄다. 아침 저녁으론 소림사의 예불종 소리에 맞추어 동정動靜을 차리니 실없이 한낮 선가禪家의 청운淸韻을 맛보는 듯도 하다.

그런데 창 앞의 돗나물 꽃도 여위었으니 늙은 꾀꼬리 목이 쉬도록 기다리는 내 마음…… 시절도 한여름이라 불같은 볕살은 앞뒤 벽을 달구어내고 때마침 등화관제燈火管制[86]에 방장房帳[87]까지 새로 장만하게 되었으니 철 만난 모기, 빈대, 벼룩, 온갖 등쌀이 육탄폭습肉彈暴襲을 하는 통에 화굴한해火窟汗海[88]의 수라정경修羅情景[89]에 도무지 더운 숨이 턱에 차인다.

어떤 고덕古德이 "세계 이마열伊麽熱하니 향심마처向甚麽處하여 회피廻避잇고"[90] 하고 물으매 대답하는 이는 한술을 더 떠서 "향확건탕노탄변向鑊鍵湯爐炭邊[91]하여 회피하라" 하였다 한다. 참 기가 막힌 애찰挨拶[92]들이다. 그러면 그렇게 하면 정말 피서避暑가 될 것인가.

그것도 작부爵富한 사람이면 "대하생미량大廈生微凉"[93]이니 "평두노자요

대선 오월불열의청추平頭拏子搖大扇 五月不熱疑淸秋"[94]란 격으로 고루거각高樓巨閣에서 경삼세군輕衫細裙[95]도 무어 위라고 부채질해주는 건노健奴까지 곁들일는지도 모르지마는 시방 이때 이 처지로는 도무지 꿈도 꾸어볼 필요도 없는 한 커다란 현실이다.

그러면 어떻게 했으면 좋을까?

벽암록碧巖錄 제십일강第十一講 '동산한서洞山寒暑'에 "거 승문동산 한서도래여하회피擧 僧問洞山 寒暑到來如何迴避"[96] 하고 물었다.

요사이같이 고열苦熱의 경계에서 쉴손 서늘한 삼방三防이나 금강산金剛山 같은 데로 가보라 했으면 좋겠지마는 그것은 천만의 말씀…… 상신실명喪身失命[97], 당장에 목이 달아날 수작일 것이다. 얼음 한 덩이로 살아갈 수도 없고 틈도 없는 그 마당…… 아니 단지 한서寒暑를 해결하는가가 아니라 이때에 어떻게 회피하겠느냐고 물었다면 혹은 희비도래지시喜悲到來之時, 인과도래지질因果到來之秩에 여하히 회피하겠느냐고 물었다면 그 무슨 말로 그리 평범하게 답할 수 있을 것인가.

"산운 하불향무한서처거山云 何不向無寒暑處去."[98]

이렇게 답을 하였다. 답으로는 매우 담박한 답이지마는 그러나 그 답에 집착이 되어서는 못쓸 것이다. 까딱하면 도리어 지긋지긋한 번뇌에 진땀을 더 뺄지도 모르니까.

"승운 여하시무한서처僧云 如何是無寒暑處"[99] 하고 대자對者의 턱을 치받쳐 보았다.

"산운 한시한살사리 열시열살사리山云 寒時寒殺闍黎 熱時熱殺闍黎"[100]라고 다시 말하면 찰 때는 네 몸이 차게 되고 더울 때는 네 몸이 더위가 되어버리면 그만이란 말이다.

하기는 그렇다. 우리는 매양 더울 때면 서늘한 걸 그리워하고 찰 때는 더운 것을 그리워하는 까닭에 한서 모두 알뜰한 괴로움이 되는 듯싶다. 그러니 아무리 지독한 고苦라도 애당초에 하는 수 없는 일이라고 각오해버리고 백척간두에서 한 걸음 더 나아가 자기의 몸뚱이를 그냥 한서 가운데에 집어넣어버리면 그만일 것이다. 그것이 곧 한서 없는 곳이라고 동산에 아마 대답한 듯싶다.

삼복三伏을 바라보는 요사이의 더위만을 이를 것이 아니라 시대도 몹시 무덥다. 유구한안悠久閑安한 향토를 버리고 잡답雜踏한 도회로만 집중하는 근대의 문명, 바람도 통할 수 없는 철근 '콘크리—트'의 총림叢林 속… 살풍경의 기계문명은 거침없이 시끄러운 소음을 일으키며 자아만을 뽐낸다. 이기적 개인주의는 물욕에만 달리어 인간의 정미情味를 없애버리고 '스피—드' 시대라고 눈코 뜰 새 없는 변전變轉, 허덕지덕 그날그날의 생활전선이라 비지땀을 흘리며 제 고집만 세우는 온갖 생활상… 이것을 일러 시대의 고열苦熱이라고나 할까! 아무려나 동산식의 피서법을 한번 닦아다가 이 고열을 깨트리어볼까. 옛날 두순학杜筍鶴의 시나 한 수 읊조리어보자.

"삼복폐문피일납 겸무송죽엄방랑 안선불필수산수 멸각심두화역량三伏閉門被一衲 兼無松竹掩房廊 安禪不必須山水 滅却心頭火亦凉."[101]

때는 밤 열 점點! 멀리서 등화관제 해제 '사이렌' 소리가 은은히 들려온다.

(『매일신보每日新報』, 1938년 7월 5일)

# 산거山居의 달 [일일일인 一日一人]

"독향첨하면獨向檐下眠이더니 교래반상월覺來半牀月"[102]이라. 시냇물 소리 베개 삼아 동창 아래 누웠노라니 수줍은 아가씨처럼 갸웃— 구름 사이를 휘돌아 넌지시 들여다보는 어여쁜 달빛……. "화간일호주 독작무상친 거배요명월 대영성삼인花間一壺酒 獨酌無相親 擧盃邀明月 對影成三人"[103]이란 듯이 한잔 있었으면 하는 호젓한 느낌도 없지 아니하다.

아무래도 자연은 자연의 것이다. 아름다운 달빛에 자연의 경운景韻이 있으니 자연 그대가 그 임자일지라도 조금치라도 인공적 가미가 있다 하면은 그것은 도무지 몰풍치沒風致요 죄악일 것이다. 값없이 거저 쓰는 강상江上의 청풍과 산간의 명월을 그 누가 있어 더러운 짓을 할 것이랴. 그저 그대로 두고 쓰며 보며 들을 것이니라. 철근 '콘크리—트' 다층 건물에서 육취肉臭에 취하고 기름때에 싸여 보는 달을 멋이 있다고 이르겠느냐.

세상은 시시각각으로 속야俗野하게만 변화가 되어 밝은 달의 광휘도 잔칼질을 해서 내어버릴 모양이다. 시방쯤은 도문都門의 청춘들이 총동원을 하여 열광적 재즈에 엉덩춤을 추고 비지땀을 흘리겠지마는 저 달을 보고 품은 감흥은 과연 어떠한 것일는지. '네온사인'이 눈이 부신 거리에서 '글래스컵'을 덜컥거리는 멋은 더러 있을는지 몰라도 청소보월淸宵步月[104]에 만고를 읊조리는 그윽한 풍치는 아마 애달피도 찾아볼 길이 없으리라.

물질문명의 정교한 기술을 배워보려고 서둘기만 하다가 다망多忙 초조 생활 불안의 시커먼 연막이 그만 동양인 천부의 고아한 풍운風韻까지도 뒤덮어놓았으며 명상하고 정관해서 스스로 격앙하던 훈련도 잊어버리고 말았다. 자기 생활의 행복의 기초를 어느 곳에 두며 안심의 경지를 어디메쯤 가서 찾을 것인가 하는 인간 필생의 큰 문제도 사고해볼 만한 기백조차 아주 잃어버리고 말았다.

불행한 도시 도취자들이여. 이 산거山居로 오라. 옹달샘 맑은 물에 머리를 씻고 일진불염一塵不染 만법개공萬法皆空[105]의 청정심을 가져 거울같이 맑은 고령高嶺의 저 달을 바라보라. 제아무리 정이 무디고 영혼에 곰이 된[106] 사람이라도 무엇인지 모르게 인생의 하염없는 고적의 상相을 저절로 아니 느낄 수 없으리라.

성자聖者의 진용眞容같이 뚜렷한 천심天心의 명월을 바라보면 가리어졌던 모든 현실 모든 비밀까지도 쓸쓸한 감정 느긋한 참회로 저절로 아련히 이루어지리라. 달은 무언無言의 성자이다. 그 청징淸澄[107]하면서 원만하고 엄숙하면서 자비스러운 성자聖姿는 범부凡夫인 우리의 마음에까지도 무엇인지 모르게 커다란 암시를 드리우나니 일체를 포장包藏하고 일체를 조파照破[108]하매 일체를 조시調示하는 존엄하고도 신비스럽고 비장한 기운이 거기에 저절로 느끼어지리라.

달은 보는 이의 마음에 따라 애수도 있고 환희도 있어 그야말로 "편월영분천간수片月影分千磵水"[109]로 다를는지도 모르지마는 아무튼 우리 역시 사색과 감상과 영혼의 세계에서 정숙히 저 달을 바라보아야 할 것이다. 저 달의 거룩한 신운神韻이야말로 얼마나 청고淸高하고 장엄한 것이냐.

"상전명월광 의시지상상 거두망명월 저두사고향牀前明月光 疑是地上霜 擧頭望明月 低頭思故鄕"[110]

상전牀前의 명월이 무엇을 말하나, 인생 본연의 고향 소식을 과연 어찌 내리었는지, 뒷짐 짚고 거닐던 걸음 주춤 멈추어 우두커니 팔짱 끼고 고개를 숙인다.

(『매일신보每日新報, 1938년 7월 20일)

# 우송牛頌 [일일일인 一日一人]

개울물이 얼마나 불었을까. 밤을 새워 훌쩍이는 낙수落水, 하 그리 처량도 스럽더니…….

해 돋기 전 이른 아침에 보슬비 맞으면서 나는 개울섶으로 거닌다.

연기인지 안개인지 아마도 뒷재에서 쉬어 가는 뜬구름인지 건너마을에서 게사니[111] 우는 소리는 요란스럽게 들리어도 사람의 자취는 도무지 보이지 않는다. 산울타리 호박넝쿨 반쯤 연 싸리문짝—. 그런 것도 꿈속같이 어렴풋 건너다보일 뿐.

소나무잎에 이슬지는 물방울 소리 '뚝 뚝 뚝' 허울 좋게 널브러진 토련土蓮잎에는 수은水銀 같은 물방울이 구슬을 굴린다. 진주! 진주眞珠보담도 더 묘한 보주寶珠가 백광白光을 이루며 융통무애融通無碍[112]의 법상法相을 굴린다.

아침 공기에 깨끗이 씻어놓은 청청한 정취는 애오라지 가을날 선량鮮凉한 아침이나 아닌가 의심할 듯.

'뎅그렁' 우령牛鈴 소리가 들린다. 비는 멎었다. 안개도 걷힌다. 아마 이제 해가 돋으려는지 동령東嶺에 발돋움한 중방구름에는 붉은 놀이 선다. 그러고 나서 얼마 안 있다가 부챗살 같은 방광放光[113]이다.

성자의 거룩하고도 우람한 상호相好[114]와 보서寶瑞를 갖추느라고 하늘과 땅을 한창 바쁘게 차릴 제 그 밑으로 푸른 풀 우거진 언덕머리에 흰 소 한 마리가 저두묵념低頭默念, 고요히 양을 삭이고 섰다. 푸른 잎 토련 밭둑에 흰 소 한 마리가…….

"진희편원 구획백우지거 견문수희 진수청련지기 일사일상 무비묘법 일

찬일양 개시묘심嗔喜偏圓 俱獲白牛之車 見聞隨喜 盡授青蓮之記 一事一相 無非妙法 一讚一揚 皆是妙心"[115]

나는 소 앞으로 걸어갔다. 가장 경건한 걸음으로…… 하늘과 땅 사이에 흰 소 한 마리! 거암巨岩처럼 억세고 태산같이 무거우매 유柔한 듯 강剛한 듯 성이 난 듯 조는 듯 만상지중萬象之中에 독로獨露[116]한 저 몸!

나는 본디 흰 소를 몹시 좋아한다. 그래서 십여 년 전에는 내 당호堂號를 '백우서당白牛書堂'이라고 지었던 일도 있었다. 사람도 저 소의 기상氣象과 같이 천상천하에 독로신獨露身이었으면……. 행주좌와行住坐臥[117]에 독로신, 어묵동정語默動靜[118]에 독로신, 그때와 그곳을 따라 독로신이 되었으면…… 어느 적 우주에나 나 한 몸으로 일체의 기반羈絆[119]을 훌쩍 잊어버린 독로신의 심경을 갖게 되었으면……. 그러나 인간이란 이 생애의 모든 현실상이 좀처럼 그 독로신도 허락을 않으려 드니 진실로 안타깝고 구슬픈 일이 아니냐.

소는 금강부동金剛不動[120]의 자세로 음전하게도 서서 느린 호흡에 고요히 양을 삭인다. 아직 아침 외양喂養[121]도 먹지 않았는지 풀은 뜯어 먹은 자리도 보이지를 않는다.

탐진치지독貪瞋癡之毒[122]에서 벗어나 온 경계라 "아시끽반권래면, 지차수행현갱현, 설여세인혼불배, 극종신외멱신선餓時喫飯倦來眠, 只此修行玄更玄, 說與世人渾不倍, 卻從身外覓神仙"[123]이라는 셈으로 시장하면 밥 먹고 고달프거든 잠자면 그만 태평일 것이다. 그런 것을 사람들은 공연히 허둥지둥 헤매며 갈팡질팡 아귀다툼을 하고 싸질러 다니는 것이 아닌가.

오늘 아침에 먹으려다 먹을 것이 없으면 내일 아침에 그나마 내일 아침도 거리가 없으면 모레 아침 혹은 글피, 그 글피 아침……. 만사 평안이지 무슨 걱정이 있으랴. 찬송가에도 "내일 근심 내일 하라. 오늘 근심 묘하다"나 "들에 피는 백합꽃도 솔로몬의 영화보담 더 고이 꾸미어 주었다"는 뜻이나 그보다 "일일시호일日日是好日"[124]의 청정한 심경을 이름이 아니랴.

"천군天君이 태연하면 백체百體가 종령從令"이라고 하거니와 심경이 거룩하면 가미로운 복도 저절로 있는 것이로세. 이 푸른 풀 언덕을 보라. 밤마다 내리는 기름진 비에 부드러운 잎이 얼마나 소담스럽게 우거지는가를……. 만 년을 먹어도 먹고 남을 양식이라 "야화소부진 춘풍취우생野火燒不盡 春風吹又生"[125]이라 하거니 먹어서 없애고 불에 타 사라지더라도 다하지 않는 것은 자연의 힘이리라. 대자연계의 생명이리라.

어허 거룩한 소! 시원스러운 심경! 어제까지 고역에 당하고 무거운 짐을 운반할 제 억센 채찍 밑에 신음하던 괴로움도 '언제 그랬더냐' 다— 잊어버린 듯 유순하고도 정완靜緩한 성자聖姿……. 나는 저 덕용德容을 송찬頌讚하기를 마지않노라. 간밤에 드리우던 기름진 보슬비여! 성자聖者의 양식을 아무쪼록 소담스럽게 해드리자는 그윽한 뜻이었건마는 새망[126] 궂은 첨하낙수簷下落水 부질없는 청승을 떨었도다.

(『매일신보每日新報』, 1938년 8월 7일)

## 진여眞如 [일일일인 一日一人]

진여[127]의 두렷한 달은 어디메쯤에나 떠 있느냐.

삼계三界가 오직 일편一片의 마음뿐이라 마음밖에는 아무러한 법도 없다 이르거니 천심일륜天心一輪 마음의 달 참된 눈앞에는 대우주의 삼라森羅[128]한 실상도 미迷나 오悟가 모두 일여一如라. 다하지 않는 묘미와 말할 수 없는 묘취妙趣가 여기에 있으리로다.

이에 이제 천지와 인생 온갖 상을 여실如實 그대로 지견知見해보자.

일체의 유정有情 그것이 다— 본각本覺[129]이요, 진심眞心[130]이라. 저 무시無始[131]로부터 이래로 항상 주住해 청정하여 소소昭昭[132]히 어둡지 않고 요료了了[133]히 상지常知[134]한다고…….[135] 이렇듯이 들었거니와 마음의 원저圓低[136] 자기 본래의 면목은 불佛이나 서로 다를 것이 없는 모양이다.

"인성人性의 근본은 청정한 것이나 그 몹쓸 망념으로 말미암아서 진여를 어둡게 덮어두었나니 다만 그 망상만 없애버리면 본성은 저절로 청정해지리라"[137]고 육조대사六祖大師[138]는 말씀하였고 "심즉시불 불반시심 심불여여 긍고긍금心卽是佛 佛半是心 心佛如如 亘古亘今"[139]이라 말한 이도 있겠지마는 미욱한 중생은 이 마음을 체득하지 못한지라, 사람마다 스스로 고뇌하기를 마지않는 바이로다. 중생의 마음의 샘물이 맑기만 하면 선제善提[140]의 그림자가 그 가운데에 저절로 나투을[141] 것이매 내 눈앞에 세상은 모두가 이 내 마음의 한 영자影子[142]일 것이리라.

그러니 우리는 그 나의 그림자가 구부러진 것을 혐의嫌疑하여 감추려고 애쓰는 이보담은 애당초 그 그림자를 바로잡아놓았으면 좋을 것이 아닌가. 한갓 외계의 미추美醜만을 꼬집어 탓하지 말고 안경알의 구듭[143]진 때를 얼른 깨끗이 씻어버리면 좋을 것이다. 실없는 마음 하나로써 고락부침苦樂浮沈의 모진 매듭을 맺게 되거늘 한 발자욱 안으로 걸음을 돌이키어 자기 마음을 내성內省해보지는 않고 부질없이 갈팡질팡 헤매다가 단안절애斷岸絶崖 낭떠러지에 투신 자멸을 해버리게 된다면 그 얼마나 안타깝고 가엾은 일이랴. 현대인인 우리의 행동은 대개가 모두 그러하였었느니라. 부질없이 부운浮雲을 꿈꾸고 표박漂泊 유랑, 타향살이 수십 년에 자빠져도 코만 깨졌으니 다시 한번 일국암루一掬暗淚[144]로 가엾은 일이 아니랴.

사조도신四祖道信이 삼조승찬三祖僧璨에게 "원컨대 화상의 자비로써 해탈의 법문을 열어주소서" 하니까 승찬이 이르기를 "누가 너를 결박해놓았더냐." "별로히 누가 결박을 지어준 것은 아닙니다." "그러면 그리 새삼스레 해탈을 구할 필요도 없지 않느냐." 이 말 한 마디에 도신道信은 즉각으로 깨달아버렸다는 이야기도 있다.[145]

아닌 게 아니라 사람마다 제 손으로 올가미를 만들어 결박을 지어놓고 애달피도 끝없이 번민하고 오뇌懊惱하는 것이 아닌가. 정말이지 그것이 우리가 일상으로 되풀이하는 생활의 형태일 것이다. 손으로 지어놓은 결박을 남더러만 해결해달라고 안타깝게 보채고 조르고 비지발락 천의만뢰千依萬籟를 한다 했자 무슨 소용이 있으며 그 무슨 신통한 도리인들 있을쏘냐. 무단중도사공왕無端中途事空王[146]이라 원래가 아무러한 오랏줄도 없는 것이건마는 제 손으로 애써 그것을 만들어가지고 스스로 결박을 꼭꼭 옭아지어 애달피 우는 가엾이 우는 중생…… 미욱한 우리!

왕양명王陽明이 "인인자유완반침 만화근저총재심 각소종전원도견 지지엽엽외두심人人自有完盤針 萬化根底總在心 却笑從前願倒見 枝枝葉葉外頭尋"[147]이라고 읊조리었다. 사람마다 그 마음속 근원에 깊이 뿌리박고 있는 그것을 공연히 전도하여 외두外頭에서 분주히 지엽을 헤쳐 찾아내려고 허둥대는 꼴이 얼마나 안타까운 일이냐. "평상심시도平常心是道"[148]라는 말도 있고 또 "도재류이각구저원道在遛而却求諸遠"[149]이라고 탄식한 이도 있다.

"진일심춘불견춘 망혜답편롱두운 귀래소연매화후 춘재지두이십분盡日尋春不見春 芒鞋踏遍隴頭雲 歸來笑然梅花嗅 春在枝頭已十分"[150]

"가련궁자객타향 분주천애세월장 일입왕성심아부 방지주석실랑당可憐窮子客他鄕 奔走天涯歲月長 一入王城尋我父 方知疇昔實郎當"[151]

또 왕양명 시에 "무성무취독지심 차시건곤만유기 포기자가무진장 연문지발효분아無聲無臭獨知心 此是乾坤萬有基 抛棄自家無盡藏 沿門持鉢傚盆兒"[152]

임제臨濟는 말하기를 "수처위주隨處爲主며 입소개진立所皆眞"[153]이라고 하였거니와 여기에 이르러 비로소 무변광대無邊廣大한 광명과 공덕이 나타나나니 이곳의 오인吾人 생활의 큰 의의가 한 번 뚜렷이 변성變成하리로다. 새로운 생명이 번쩍거리고 진실의 의의가 구족具足할지라. "일일호시일日日好是日"로 여실지견如實知見[154]하리라.

(『매일신보每日新報』, 1938년 8월 19일)

# 궂은비 [일일일인 一日一人]

궂은비를 맞으며 홍제원弘濟院으로 왔다. 친구의 어머님 영靈을 모시고서이다.

팔십여 세 장구한 연월을 실어 담아 망자의 생애가 마지막으로 반시간다半時間茶에 그만 자취도 없이 사라져버리었다. 나는 요사이 가끔 꿈을 꾼다. 꿈같은 인생. 꿈을 꾸고 나서 악연愕然[155]히 일어 앉아서 죽음이라는 것을 시름겹게 생각해본다. 이렇게도 생각해보고 저렇게도 생각해보다가 끝끝내 아무 투철한 해결도 지어보지 못하고 그저 공포와 불안과 도피감에 싸여 어렴풋하게 흐리마리해버리고 다시 쓰러져 눕는다.

그러나 이러다가 결국 그 죽음이란 것에 정말 봉착할 때에는 무슨 의식이 있을는지 없을는지, 설혹 있다손 치더라도 아마 의외로 그 죽음에 대한 공포를 그다지 지긋지긋이 느끼지 않을는지도 모르리라. 그것은 마치 사형수들이 죽음에 대하여 무한히 번민도 하고 오뇌도 하다가 정말 사형집행장에 이르러서는 모든 잡념을 깨끗이 끊어버리고 고분고분히 형을 받게 된다는 것과 같이, 나도 칠십을 살는지 팔십을 살는지 살아 있는 그동안에 모든 것을 훌륭히 단념해버리고 될 수 있으면 평안하게 허둥지둥 추태를 피우지 말고 임종을 하게 되었으면 한다. 하나 그것도 또한 누가 알아 꼭 기필期必[156]할 수 있으랴.

인생이란 시방은 이렇게 건강하다고 믿었지마는 본래가 무상한지라 어느 날 어디서 어떻게 무슨 일이 있을는지 누가 알 수 있는 것이랴. 아무라도 면할 수 없는 무상, 더구나 우리와 같이 하잘것없는 범부로서랴. 이렇게 생각해보니 너무나 허무상虛無想을 느끼는 한낱 불안이 없지도 않다. 모처럼 어렵게 받아가진 이 몸인데 그 자기의 생명을 잃어버리게 된다는 그것은 아무래도 크나큰 손실이니까 그것처럼 서운하고 섭섭하고 안타깝고 구슬픈 일이 다시는 없을 것이다.

그러나 하는 수 없는 일이다. 암만 딱해도 어쩔 수 없는 무상無常이고 아무라도 기어코 면할 수 없는 현실이니까.

그렇다면 그 무상을 어떻게 하면 뉘우침이 없이 고이 받을 수 있을까.

생각이 여기에 이르니 그 죽음이라는 화두보다도 우리가 어떻게 살아야 할 것인가 하는 그것이 도리어 먼저[157] 끽긴喫緊[158]한 일대 문제인 듯싶다.

하기는 그렇다. 어떻게 하면 잘 죽을 수 있을까 하는 그 말이 필경은 어떻게 하면 잘 살 수 있느냐 하는 그 반면反面을 건드려본 데서 지나지 않은 것이다. 세상에 죽음을 제도濟渡하는 종교가 있다면 그것은 곧 삶을 인도하는 종교가 될 것이다. 그런데 인생이라는 그것은 원래가 공이었던 것이다. 오대五大[159]가 단합段合하여서 '아我'라고 하는 한 형태를 구현하였던 것이니까. 이 몸뚱어리도 본래는 '공空'이었던 것이 틀리지 않는다. '공'에서 생겨 나왔다가 '공'으로 다시 돌아가버리는 것이 이 인생이라. 죽음이란 본디 떠나온 것으로 다시 찾아 돌아간다는 말이다. 본래가 밑천 없는 장사라서 아무러한 손損도 없거니와 또한 득得도 없는 것이 "생야일편부운기 사야일편부운멸生也一片浮雲起 死也一片浮雲滅"[160]로 그저 아무것도 아닌 그대로의 한 '공'이다.

이렇게 생각해보니 우리는 매우 명랑한 심경을 얻을 수 있다. 이 심경이 이른바 '극락'이란 경지인지도 모른다. 하나 이르기를 '공空'이라고 하여도 아주 그렇게 아무것도 없이 텅 비인 진공眞空의 '공空'은 아닐 것이다. 그 '공空' 가운데에는 공空에서도 묘유妙有라 '인생'의 꽃이라 하는 한 떨기 꽃이 그윽이 되어 있다. 그래서 그 꽃에는 미도 있고 멋도 있어 그 꽃을 읊조리고 그 꽃을 즐기는 것이 이곳 이른바 인생풍류, 곧 풍아의 심경이라는 것일 것이다. 불교에서 말하는 "색즉시공 공즉시색色卽是空 空卽是色"[161]이라는 것이 곧 이것을 이름인지도 모른다. 어떻든 이 의취意趣를 다시 한번 달리 바꾸어 말해본다면 일체의 현상을 모두 환영이라고 관觀해 보며 그리고 그 환영을 환영으로만 돌려 그대로 내어버릴 것이 아니라 그 환영의 재미를 맛보며 그 환영의 품속에 탐탐하게 안기어보자는 것이 곧 인생 본래의 이상이다.

그러나 그렇게 생각한 이 몸으로서도 또다시 악연愕然히 자기 생활의 무의미한 것을 새삼스러이 뉘우치고 부끄러워하지 않을 수 없다. 이것도 이르자면 한 가락의 무상일 것이다.

궂은비나마 실컷 맞아 좀 보자. 낡은 베 두루마기가 다— 무젖도록[162] 하염없는 인생을 조상하는 눈물로 삼아서—.

(『매일신보每日新報』, 1938년 9월 4일)

# 추감秋感 [일일일인 一日一人]

산마을에 가을이 드니 당나라 시인 마대馬戴가 누상추거漏上秋居를 읊조린 고언율시古言律詩가 저절로 머리에 떠오른다.

파원풍우정 만견안행빈 낙엽타향수 한등독야인 공원백로적 고벽야승린 기와교비구 하년치차신灞原風雨定 晩見鴈行頻 落葉他鄕樹 寒燈獨夜人 空園白露適 孤壁野僧鄰 寄臥郊扉久 何年致此身.[163]

가을은 모든 것을 새삼스러이 깨우쳐 느끼는 시절이다. 동산의 솔방울 떨어지는 소리나 싸리짝에 우짖는 귀뚜리 소리나 모두가 가을의 감상만이 짙어 들린다. 유현幽玄[164]히 높은 하늘빛, 청명淸明하게 개인 대기, 어느 것 하나나 애처로운 가을빛을 쓸쓸하게 지니지 않은 것이 있으랴.

감상은 가을 자연의 호흡이며 쓸쓸한 가을이 하솟거리는 시의 마음이다. 오동잎에 밤비가 우짖을 때…… 무심한 잎사귀에 무심히 듣는 빗방울이건마는 그것도 봄과 가을을 가리어 그 정취가 전연 서로 다르다. 생성 번영의 봄과 여름의 천지가 수행하는 계제라고 일컬을 수 있다면 가을과 겨울철은 아마 인생의 진의眞義와 실상에 투철한 보리菩提일 것이다.

가을은 스스로 가을 자체의 모양을 고요히 응시하여 명상하고 사색해보는 때이다.

아무튼 가을은 쓸쓸하고 조락凋落[165]하고 구슬픈 시절이다. 애상의 눈물겨운 가을이다. 소리도 없이 실컷 울고 싶은 가을이다. 소림사少林寺에서 곡哭소리가 난다. 절에는 오늘 누구의 49일 영산재靈山齋[166]가 들었다 하더니 마지막 회향廻向[167]으로 순당巡堂[168] 도는 "나무아미타불……" 구슬픈 범패梵唄에 따라 망자亡者를 극락으로 마지막 보내는 효자 효손들의 추원감시追遠感時 고지호천叩地號天[169] 애통망극한 울음이다.

그 망자는 어떠한 사람이었든지…… 어떻든 사람으로 태어났으면 한 번 죽음은 도무지 면할 수 없는 일이요 더구나 사바오탁娑婆五濁[170]의 진세塵世[171]를 훑어버리고 서방정토 구품연대九品蓮臺[172]에 영불퇴전永不退轉[173]으로 왕생할 것이매 대체로만 생각하면 가는 이나 보내는 이가 그리 슬퍼할 것도 없으련마는 그러나 저절로 슬퍼만 지는 것이 안타까운 우리 인생이다.

초로인생[174]이라고 예로부터 일러 내려오던 말이지마는 정말 풀 끝에 맺힌 이슬 같은 것이 우리 인간의 목숨이며 가을바람에 지는 잎같이 하염없는 것이 사바[175] 중생의 죽음이다. 꿈결 같은 한세상…… 부싯불이나 번개보다도 더 덧없고 빠른 것이 인간의 수명인 것을 우리는 번연히 느끼며 알고 있거니……. 그러나 그렇게 잘 알고 있으면서도 알고 있을수록 그 '알고 있거니' 하는 것이 도리어 끊으려 끊을 수 없는 한 가닥 굵다란 기반羈絆이 되며 집착이 되어서 허덕거리며 슬퍼하는 것이 우리 범부의 인생이다.

수명이 얼마나 짧건, 모태에서 벗어나오는 길로 잠시 집자리에서 스러져 버리는 핏덩이도 있고 강보襁褓에 싸여 벙긋거리다가 덧없이 가버리는 말할 수 없이 안타깝게도 짧은 목숨도 있건마는 길게 잡아 오십을 사나 백 살을 사나 오래 살면 오래 살수록 더욱 섭섭하고 구슬픈 것이 인정이며 욕심이다.

'이것이 모두 허망한 욕심이니까……' 하고 모든 것을 각오하며 단념해버리려 하여도 여전히 섭섭한 슬픔만은 남아 있나니 또다시

'이 사바娑婆는 도무지 단념도 되지 못하는 것이라'고 쳐서 버리려 하여도 그것마저 끊어 버려지지 않고 도리어 꼬리에 꼬리를 달아 나타나는 새로운 번뇌와 고민. '이렇게 해서는 정말 못쓸 터인데……' 하며 혼자 걱정을 하면서도 끝끝내 어찌할 수 없는 것이 우리 범부들의 가엾은 정경이다. 그러면 그렇다고 사람이 턱없이 오래만 살고 싶으냐. 끝없이 오래만 산다 해도 그리

시원한 꼴은 물론 없겠지마는 하나 그래도 죽기는 도무지 싫다. 차라리 고생을 몹시 좀 하더라도 살아 있고만 싶지 편안하다는 죽음은 그리 원하지 않는다. 죽은 정승 부럽지 않고 살아 있는 개목숨이라고.

그러면 어떻게 할 터이냐. 서릿바람에 나뭇잎 지는 소리를 들으면서도 이 겨울만 지나가면 묵은 등걸에도 새싹이 눈틀 새 봄맞이를 어두움 속에서 꿈같이 그리어본다.

소림사에 떼울음소리도 이제 그만 그쳐버리었다. 만뢰萬籟[176]는 죽은 듯이 고요하다.

존자存子[177]들이여! 왜 목을 놓고 더 좀 울지 않느뇨……. 가을 동산에 지는 잎같이 쓸쓸히 돌아간 어버이를 부르며 속이 후련하도록 더 좀 실컷 울지 않더뇨. 가을밤에 쓸쓸히 들리는 깨어진 쇠북소리같이.

(『매일신보每日新報』, 1938년 10월 16일)

# 처마의 인정人情 [일일일인 一日一人]

찢어진 들창에 비가 들이친다. 흙벽이 젖는다. 지붕이 샌다. 밤을 새워 우짖는 비바람에…….

걸레를 들이어라. 빈 그릇을 가져오너라. 오막살이 단칸방 안에다 뚝배기 항아리 무엇무엇 할 것 없이 너저분하게 별안간 악기전樂器廛을 벌여놓았다.

곰삭은 추녀에 산山달이 들었을 때에는 제법 멋있는 풍치風致였더니 이런 때는 두툼하게 새로 이은 지붕 처마가 몹시 그리워진다. 하기야 옛날에 원정猿亭[178] 같은 풍류인은 지붕과 방고래가 허물어진 집에서 "여보 마누라 우리 방고래에는 달이 다— 드는구려!" 하면서 장마 고래에 잠긴 달을 몹시 사랑하였다지만 나도 달빛을 띠고 추녀 아래서 누워 자본 적은 더러 있으나 아무튼 시방 이 방 안의 광경은 너무도 몰풍치沒風致만 스럽다.

지붕 추녀! 추녀 아래서 비를 피하면서 온밤을 드새우던 옛날 사람— 오다가다 소낙비라도 만나면 지붕 처마 밑처럼 고마운 신세는 아마 없을 것이다. 그런데 그 고맙던 온늑한 추녀 기슭도 요사이 와서는 모두 이른바 선자추녀[179]로 드높고 짧아만 졌고 더구나 호화스러운 양옥집에는 그나마의 짧은 추녀도 아주 흔적도 없이 없애어버리었다.

"지붕 추녀 밑에서 하룻밤 드새어 가겠소" 하던 그 인정미를 인제서야 어느 곳에 가 찾아볼 순들 있을 것이랴.

바윗돌에 담장이 잎이 얼크러져 붉거나 울타리 밖에서 심지 않은 들국화가 저절로 웃고 섰는 것은 그대로 동양적 자연의 정취이다. 날로 야박스러워만 지는 시속 정태時俗情態는 동양적 그대로의 자연의 정취까지도 좀먹어버리었다. 옛날에 장단長湍 화장사華藏寺는 처마 기슭으로만 돌자 해도 삼천 리나 되었다는 전설이 있다. 그러나 요새 세상에서는 사원도 그렇게 수천 간 늘이어 지을 필요가 없어진 모양인지 몇 층 집 단채집[180]을 좁은 터에다 세워놓고 가다가 어쩌다 단월가檀越家[181]의 불공종佛供鐘이나 올리곤 한다.

종소리도 문종소聞鐘笑라는 화두話頭 비슷한 문자를 혼객渾客들끼리는 공부 삼아 문답을 한다. 산중으로 수행 순례하는 행자들이 저녁나절이 되면 걸망을 지고 부지런히 큰 절을 찾아 달음박질하다가 산문 근처에 간신히 이르렀을 적에 '데—ㅇ' 하는 종소리가 느닷없이 들린다. 그 종소리는 큰 절에서 대중이 저녁 공양을 마치고서 바리[182]를 걷는 신호이다. 그러니 저녁장을 잔뜩 대이고서 달려갔던 걸음……. 그 행자行者가 어떻게 하면 좋겠느냐는 것이 이 공안公案[183]인데 흔히는 '문종소聞鐘笑'라고 허허 웃어버리는 것이 가장 나았다고도 이르나 그것도 역시 누漏가 없는 답안은 물론 아니라 한다. 그런데 그까짓 답안은 누漏가 있건 없건 요사이의 세태 같아서는 지나가는 나그네에게 저녁술이나 대접시켜 지붕 추녀 밑에서나마 재워 보내는 인심이 그저 남아 있는지 모르겠다.

조선은 인정의 나라라는 이언俚諺[184]도 근자에는 들어본 적이 없다. 상부상조라든가 공존공영이라는 감정이 이 지붕 추녀의 운명과 함께 소장消長[185] 하는 듯싶으니 추녀가 없이 외외당당巍巍堂堂[186]하게 늘어세운 건축물이 즐비한 소위 현대의 문명도시의 거리에서 별안간 풍우를 만났을 적의 정경을 한번 생각해보자. 어느 곳 들어설 데도 없어, 갈데없이 물에 빠진 생쥐 모양으로 쪼르르 물에 젖어 헤맬 뿐이다. 그래도 몸이 물에 젖어 덜덜 떨려 허둥거리지마는 집 안에 들어 있는 사람들은 유리창으로 내려다보면서도 도무지 매정하게 몰교섭沒交涉이다. 어허— 맹랑하고도 야속한 세정 인심!

의식도 세 가지만도 인심에 미치는 영향이 매우 큰 것 같다. 조상 적부터 전해 지니고 사는 묵은 집 속의 인심과 한 달에도 몇 번씩 모퉁이를 끌러가지고 이 집 저 집 남의 집 셋방 구석으로만 돌아다니는 안타까운 살림의 인심이 아마 몹시 다를 것이다.

시방 악기전樂器廛을 벌여놓고 있는 이 방도 만일 사글셋방이 아니고 내 소유의 영주하던 집인 것 같으면 벌써 작년부터 비가 새던 지붕이니 하다못해 거적때기 하나라도 집어 얹어놓았을 것이다.

섬거적 한 겹보다도 더 얇은 인심, 세貰집, 지붕 추녀를 싸고도는 인심, 한 항아리 잔뜩 괸 구정물은 낙수落水를 따라 더러운 수포水泡를 수없이 이루었다 꺼져버린다.

(『매일신보每日新報』, 1938년 10월 27일)

# 향상向上[187] [일일일인 一日一人]

태산이 높다 해도
　하늘 아래 뫼이로다
오르고 또 오르면
　못 오를 리 없건마는
사람이 제 아니 오르고서
　뫼만 높다 하더라[188]

"하늘 밑에 인버러지[189]가 무엇?" "사람이다" 하는 수작은 내가 어려서 처음 배운 수수께끼였지마는 "미욱한 인간이라도 저 스스로 만물에 영장이라고 제법 뽐내고 있으니 무엇이 그렇게 다른 동물보다 훌륭하게 나을 것인가" 하고 물을손 "그것은 머리의 발달이 다른 까닭이겠지 인간에게는 지혜라고 하는 것이 엄청나게 진취하고 있으므로 아마 모든 동물을 저절로 정복하게 된 것이 아닐까" 하고 대답해 내린다.

비탈길 밭뚝에
　삽살이 졸고
바람이 얄궂어
　시악시 마음은
…… ……
　…… ……

버들가지를
  찢어 내려라
꺾지는 말아요
  비틀어 다고
시들픈 나물은
  뜯거나 말거나
늬나늬 늬나나
  나나늬 나늬나[190]

먼 산에 아지랑이 끼고 노고지리[191] 쉬인 길 뜨고 불타는 잔디 속잎 날 제 젊은이의 가슴에는 번뇌의 꽃이 피며 "장부는 비추悲秋라" 영락零落의 가을이 짙어지면 터럭 끝에 서릿발을 흩날리는 사나이가 하염없는 눈물을 짓게 된다. 이것을 일러 한 허무한 무상이라고 탄식하는 이도 있고 "면할 수 없는 자연의 상도常道라"고 아주 각오해버리는 이도 있기는 하지마는 아무튼 우리 인간이 다른 동식물의 유생물有生物과 다른 점은 자기의 의지로 말미암아 그 무상한 자연이라는 것을 좌우도 하며 제어도 하는 것일 것이리라. 하기야 자연을 수순隨順한다는 것이 좋은 것이겠지마는 자기의 의지로써 그 자연에 수순하며 제어해 나아가는 것이 아마 더 한층 훌륭한 것일 것이다. 다시 말하면 자연을 억압해 죽이는 것이 아니라 자연 이상으로 향상向上하고 성장하려는 그 초자연적 의지의 활동이 훌륭한 것이며 거룩하다는 것이다. 어느 문명비평가가 말하기를 "이 세상에서 동물이라고 일컫는 것은 온갖 것이 모두 땅에 엎드려 기고만 있는데 유독 인간만은 뻣뻣이 서서 걸어다니며 머리를 하늘로 향해 두고 있다. 다시 말하면 인간이라는 것은 어떻게 하든지 하늘로만 올라가려는 향상의 의지를 가지고 있는 것이라"고 재미있는 수작을 하였다. 인간만이 머리를 하늘로 두고 두 발로 걸어다니게 되었다. 아마도 그런 것이 정말 다른 동물을 정복하게 된 절대의 원인이나 아닐는지도 모르겠다. 과연 어떠한 동물이든지 두 발만 가지고서 완전 용이하게 '마라손'[192]을 할 수 있는 것은 하나도 없으니까. 다만 원숭이[猿猩]가 다소 가능은 해 보이지마는 그래도 사람처럼 자유스럽게 그렇게 두 발만 의뢰依賴할 수는 아마 없을 것이다. 그런데 인간은 또한 그와 반대로 만일 네 발로만 기어 다니려면 도리어 매우 불편을 느끼나니 그래서 천생天生으로 하는 수 없이 저절로 일어서 두 발로 걷고 두 팔은 완전히 해방을 얻어 온갖 사물에 유리하게 사용을 할 수 있게 되었다.

그러니 그 손 달린 두 팔을 아무쪼록 유효有效 백 '퍼—센트'로 활용하려고 노력하는 두뇌, 그 두뇌에는 연연불식淵淵不息[193]의 향상하려는 지혜의 원천을 가득히 지니고 있다. 무기의 발달이나 예술의 발달이나 산업의 발달이나 기타 온갖 학문의 발달이 모두 그 향상한 두뇌와 해방된 두 손의 공덕을 힘입지 않은 것이 없다. 그래서 결국은 동물로도 바다를 뒤놓는[194] 고래나 산야에 군림하는 사자나 호랑이나 힘이 세고 몸집 큰 코끼리까지 제아무리 영악獰惡하다는 주수비금走獸飛禽일지라도 사람 앞에는 생명生命을 못 찾게끔 되어버렸다.

말하자면 경천위지經天緯地[195]라 자연 그대로만 살려는 것은 엎드리어 땅으로 기게 되고 의지를 활동시키어 살려는 것은 하늘을 향하여 뛰어오르라는 기세를 보이고 서 있게 되었다. 아무튼 인간에게는 땅을 딛고 서게 된 것만을 발이라고 일컫게 되어 그 발로 산이나 물이나 모두 돌파하는 동시에 머리는 항상 하늘을 바라고 모두 굴러 뛰려고만 서둔다. 속담에 "하늘을 쓰고 도리질을 하는 놈이라"[196]는 말은 아마 매우 영특한 인간을 이르는 찬사인 듯한데 "용비어천龍飛御天"이니 "비룡재연 이견대인飛龍在淵 利見大人"[197]이니 하는 온갖 생경된 문자도 모두 이 득의得意와 향상을 일컬음일 것이다.

향상이라는 숙어熟語가 불경에서 읊어 나온 것이라 하면 "백척간두진일보百尺竿頭進一步"[198]라는 타어打語도 아마도 이 향상을 이르는 뜻이나 아닌지 모르겠다.

(『매일신보每日新報』, 1938년 11월 15일)

## 궁窮과 달達 [일일일인 一日一人]

"유마有馬 유금有金 겸유주兼有酒할 제 소비친척素非親戚이 강위强爲터니 일조一朝에 마사馬死 황금진黃金盡하니 친척도 수위遂爲 노상지인路上之人이로다. 세상에 인사人事 변하니 그를 슬퍼하노라."[199]

전국戰國 적에 소진蘇秦이가 진왕秦王을 유세하려 열 번이나 글월을 들였었건마는 그의 포부가 마침내 행하게 되지 못하매 객지에 유랑한 지 오랬었는지라 입었던 흑초黑貂[200] 감옷[201]이 다— 해어지고 황금 백 근의 많던 노자도 다— 써 없어져버리었다. 그래 하염없이 진나라를 떠나서 자기의 고향인 낙양洛陽으로 멋없이 돌아올 제 헌털뱅이[202] 발감개에 해어진 짚신짝 묵은 문서는 괴나리봇짐으로 꾸리어 어깨에 메었으니 형체나 용모가 고초枯憔하고[203] 건조하여 누렇게 뜬 면목은 표묵杓墨하게 파리하였으니 말하자면 갈데없는 거지라. 부끄러움을 무릅쓰고 집에라고 들어서니 아내는 하도 오래간만에 만났건마는 반가이 맞아주는 일도 없이 그냥 그대로 본체만체 베만 짜고 앉았고 "용불위취 부모불여언嫆不爲炊 父母不與言"[204]으로 기가 막히었을 것이다.

그래 소진蘇秦이가 위연喟然히[205] 탄식하여 가로되 "처불이아위부 용불이아위숙 시개 진지죄야妻不以我爲夫 嫆不以我爲叔 是皆 秦之罪也"[206]라고 하였다. 그러나 그것을 소진 자기의 죄라고만 그렇게 부질없이 자책해버릴 것도 아니라 기실은 마음대로 "현달顯達을 주지 않는 밉살스러운 운명이 한 번 실없이 작희作戲한" 죄이었을 것이다. 그 뒤에 소진이가 득의하여 다시 낙양으로 지날 적에는 "부모문지 청궁제도 장악설음 교영삼십리 처측목이시 측이이청 용사행포복 사배자궤이사 소진왈 용하 전거이후비야 용왈 이계자위

존이다금 소진왈 차호 빈궁즉부모부자 부귀즉친척외구 인생세상 세위부후 개가이홀호재父母聞之 淸宮除道 張樂設飮 郊迎三十里 妻側目而視 側耳而聽 嫆蛇行匍伏 四拜自跪而謝 蘇秦曰 嫆何 前倨而後卑也 嫆曰 以季子位尊而多金 蘇秦曰 嗟乎 貧窮則父母不子 富貴則親戚畏懼 人生世上 勢位富厚 蓋可以忽乎哉"[207] 하고 탄식하게 되었던 것이 아마 이 세상의 시속時俗 인심일 것이다. 맹자가 양혜왕梁惠王이 묻는 말에 "왕은 하필왈리何必曰利닛고 역유인의亦有仁義"[208]라고 몰박을 주었지마는 "맹자견양혜왕孟子見梁惠王"이라는 그것부터가 "틀린 수작"이라고 매월당梅月堂이 꾸짖은 일[209]도 있었다.

"칠년지한七年之旱과 구년지수九年之水에도 인심이 순후淳厚터니 시리세풍時利歲豊하고 국태민안國泰民安하되 인정을 험섭천층랑險涉千層浪이요 세사世事는 위등일척간危登一尺竿이로다. 고금에 인심부동人心不同을 못내 슬펴하노라"[210] 하고 눈물 지은 이도 부질없이 있기는 하지만 그러나 이利끝을 쫓아서 파리처럼 달리는 인심이야 어찌 고금을 가리어 다를쏘냐.

본래 무일물無一物[211]로 공수래공수거空手來空手去하는 것이 우리 인생이건마는 그래도 이 세상에 머물러 있는 동안에는 돈처럼 좋은 것이 다시는 아마 없는 모양이다. "황금이 불다不多면 교불심交不深이라"[212]고 황금의 다과多寡로써 교의交誼의 심천深淺[213]을 측정하게끔 된 세정世情이니 "번수성운복수우 분분경박하수수 군불견관포빈시교 차도령인기여토飜手成雲覆手雨 紛紛輕薄何須數 君不見管鮑貧時交 此道令人棄如土"[214]라고 시인 두공부杜工部는 벌써 천여 년 전에 야박한 세정을 한숨 섞어 읊조리었다. 관중과 포숙이가 빈곤할 적에 사귀었던 정의情誼를 현달顯達하여서도 한결같이 변함이 없었음은 만고에 사무쳐 흠앙欽仰하고 부러운 일이건마는 두공부 이후에 천년인 오늘날에는 더구나 "오시곤시 상여포숙고 분재리다여자 포숙불이아위빈 지아빈야吾始困時 嘗與鮑叔賈 分財利多與自 鮑叔不以我爲貧 知我貧也"[215] 하던 따위의 어수룩한 말은 들어보려고 하나 들어볼 겨를도 없거니와 도리어 형제골육 간에도 어머니의 시체가 채 더운 기운이 가시기도 전에 유산 분배로 아귀다툼에 법정에까지 나가서 으르렁대는 딱하고 한심스러운 시속 세정時俗世情이다. 그러나 그런들 어찌하랴. 서철西哲의 격언에 "부귀거나 영화거나 아무쪼록 오만하지 말고 그것을 조심스러이 맡아 가지고 있어야 할 것이다. 그래서 만일 그것을 도로 내어놓게 될 적에는 아무 거리낌 없이 손쉽게 내어놓도록 늘 주의하고 있어야 할 것이다"라고 한 말도 있거니와 문왕자文王子 무왕자武王子로 부귀富貴 쌍전雙全하신 주공周公도 악발토포握髮吐哺[216]하사 애하경근愛下敬勤[217]하셨거든 어찌라 후세불초後世不肖는 교사자존驕奢自尊[218]하는고![219]

정말이지 궁달窮達을 따라 야릇하게 달라지는 인심, 애당초에 자기 것이 아니었고 다만 잠깐 빌려 가진 영화이건마는 그것을 가지고 애를 써 거드름을 피우는 것은 그 무슨 얄궂은 심정이랴. 또한 달達하던 이가 하루아침에 영락해진다고 그리 구태여 짜부라질 것도 없건마는 별안간에 새삼스러운 교언영색巧言令色으로 "훼예포폄비소의毁譽褒貶非所意[220]니 개관백년평시정蓋棺百年評始定이라"[221]고나 할까. 아무려나 산 밑에 살자 하니 두견이도 부끄럽다.

내 집을 굽어보며 솥 적다 우는구나. 저 새야. 세상사 보다간 그도 큰가 하노라.[222]

(『매일신보每日新報』, 1938년 10월 27일)

## 두부만필豆腐漫筆 [일일일인 一日一人]

간밤에 봉창을 두드리던 빗소리는 봄을 재촉하는 소리려니, 아침에 외치는 장사치의 소리에도 어느덧 봄빛이 짙었다.

"엊저녁 남은 밥이 있어서 오늘 아침은 그대로 먹겠는데 온 더운 반찬이라곤 아무것도 없으니 어떡하나" 하는 빈처貧妻의 을씨년스러운 탄식에

"무어 걱정할 것 있소. 오 전五錢이 있으면 두부를 사고 일 전만 있거든 비지나 사구려." 멋없는 남편의 배포 유柔한 소리이다.

"그나마 돈인들 어디 있어야지요."

"아따 그럼 외상으로 얻지."

"그럼 두부나 한 채 받을까?"

"외상이면 소두 잡아먹는다구……. 이왕이면 두부나 비지나 다— 사구려."

어떤 선납禪納은 두부를 '보살'로까지 봉찬奉讚하기도 하였다. '보살'이라는 것은 범어로 "보리살타菩提薩埵"라고 이르는 것을 약칭한 것인데 '보리菩提'는 '각覺' '살타薩埵'는 '유정有情'으로 역譯하게 된다. 말하자면 대도심인大道心人으로서 원願과 행行이 확대해야만 바야흐로 이 칭호를 받게 되는 것인데 각유정覺有情[223] 삼자三字에도 삼의三義의 해석을 붙인다 한다. 즉 "일약자리一約自利는 발심수행發心修行하여 단혹증진斷惑證眞이라 수이분증불각雖已分證佛覺이나 상유식정尙有識情이 미진고未盡故요, 이약이타二約利他는 현신설법現身說法하며 수기이도隨機利導하여 각오법계覺悟法界의 무량유정고無量有情故요, 삼약양리三約兩利는 광수육도廣修六度하며 번흥만행繁興萬行하여서 상구불각上求佛覺하며 하도유정고下度有情故"라고 말한 이

가 있다.[224]

두부는 값이 염廉하면서도 영양 가치로는 아주 중보重寶라고 이르니 아무라도 쉽사리 사귈 수 있는 매우 훌륭한 대의적大義的 보물이다.

원래가 일종의 가공품이건마는 그래도 메마른 건물乾物과는 성질이 아주 달라서 생선의 산뜻한 미취味趣를 넌지시 맛볼 수도 있으며, 그러나 그것이 물론 생물은 아닌 것이 더욱 묘한 것이다. 더구나 아무라도 그 진미를 한번 맛 들여본 이면 아마 그처럼 이상적이고 아름다운 것은 매우 드물 것이다.

그러나 그러면서도 본디 밥과 같이 담미淡味인지라 일상 섭취하건마는 그리 물리는 법도 없다.

두부 자신이 비상非常히 청정담백하여 일점一點의 진기塵氣도 없건마는 또 두부처럼 도처춘풍到處春風으로 상대를 까다롭게 가리거나 싫어 않는 것은 아마 드물 것이다. 어류를 만나면 어류와 조화하고 육종肉種과 만나면 또한 육종과도 협조를 잘 보전한다. 수처隨處[225]에 수순隨順[226]하건마는 그렇다고 대상을 따라서 오염해버리는 것도 물론 아니다. 다만 남을 여기거나 자기만을 내세우라고 들지 않는 것이 그의 본성이어서 매우 너그럽게도 자기라는 것을 텡 하니 비워놓았을 뿐이다. 그래서 결국은 자기를 죽이지 않으면서도 용하게 남을 살리는 동시에 자기도 살게 된다.

다시 말하면 욕심이 없다고 할는지 소아小我를 버린 것이라고 이를는지 아무튼 무쟁삼매無諍三昧[227]를 얻은 이욕아라한離欲阿羅漢[228]의 경계를 어렴풋이 엿볼 수가 있다. 물속에 사각사면四角四面의 멋없는 자태가 돌처럼 무겁게 잠기어 있건마는 그렇다고 정말로 방정方正맞거나 딱딱한 것이 아니라 천광운영天光雲影[229]이 임거래任去來하는 유유한 도인道人의 심경이다. 그러나 일단 일이 있어 몸을 미진微塵[230]으로 부수어버리더라도 본래의 면목은 조금이라도 잃어버리지 않는 그러한 독특한 본색도 지니고 있다.

그처럼 자재自在하고 그처럼 무가애無罣礙[231]한 정신을 가지고 있는 두부는 그 얼마나 훌륭한 것이랴. 아무리 주물러 부스러뜨려놓더라도 본 면목을 잃지 않고 철저한 '아我'를 가지고 있다. 그러나 그러면서도 그 '아'라는 것에 아무러한 집착도 갖지 않는 동시에 또한 저절로 아무러한 규구規矩[232]도 세워두지 않는다. 그저 시절과 인연을 따라서 그 '아'를 자재하게 놀릴 뿐이다. 그래서 '소아小我'를 버리고 '대아大我'를 잘 살리면서 대경對境에는 붙들리게 않겠냐마는 그 경境과 그 경을 따라 순응해서 자기를 활동시키는 "응무소신이생기심應無所信而生其心"[233]의 보살행을 체득한 듯싶다.

설혹 두부가 아직 보살위菩薩位에 오를 만한 불과佛果를 얻지 못하였다 하더라도 변환무궁變幻無窮, 통달무소通達無所, 원융무애圓融無碍한 대덕大德의 면영面影은 분명히 엿볼 수 있을 것이다. 항상 활달자재하게 자기를 살리어가는 그 정신은 뚜렷이 대오철저大悟徹底한 쾌남자의 심경이 아니랴! 더구나 본래는 각지에 쌓였던 콩의 몸으로 거친 마磨들을 들어 나오느라고 분골쇄신…… 화진火盡을 거치며 고즙苦汁[234]도 맛보고 또다시 억센 포대布袋에 싸여 압착壓搾을 받던 고행? 청한자淸寒子, 설잠雪岑[梅月堂]이 「상불경보살품常不輕菩薩品」[235]을 찬讚한 끝에 이러한 송頌을 드리었다.

불경석년선정지 편기군생무물아 능인매욕광겁수 질득보제성도과不輕昔年善精持 遍記群生無物我 能忍罵辱曠劫修 疾得菩提成道果.[236]

(『매일신보每日新報』, 1939년 4월 25일)

# 주

1 홍사용과 정백(鄭栢, 鄭志鉉)이 함께 쓴 합동산문집. 머리말과 끝말 안에 「해 저문 현량개」라는 동일 제목을 가진 두 편의 산문을 묵소(默笑, 정백)와 소아(笑啞, 홍사용)가 각각 자필 형태로 수록한 소산문집이다. 공식적인 책의 형태로 출간한 것은 아니나, 기미 독립운동에 참가한 이후 낙향한 시기에 쓴 글이라, 노작의 초기 작품 세계를 고구할 때 중요한 참고자료가 된다. 유족이 보관해온 초간본 원고가 1969년 7월, 『현대시학』에 발표된 바 있다. 본 전집에서는 『청산백운』 산문집의 전체 맥락을 소개하기 위해 공동 집필자인 정백의 글을 함께 수록하고, 동일 제목 옆에 숫자와 아호를 부기하여 필자를 구분하였다.

2 현량개[賢良浦]: 석우천 지류 냇가인 현량포 개천.

3 전피청구혜(田彼靑邱兮): 저 푸른 언덕에 밭을 갈자.

4 원문에는 '쓸이는'으로 표기되어 있다. '전피청구혜'나 뒤에 나오는 '쓸에질'이란 말과 연결하여 '써리는'으로 수정하였다. '써리다'는 '써레로 논바닥을 고르거나 흙덩이를 잘게 부수다'라는 뜻.

5 곁두리: 농사꾼이나 일꾼들이 끼니 외에 참참이 먹는 음식.

6 '소아(笑啞)'와 '묵소(默笑)'라는 아호는 이 글에서 '咲啞'와 '黙咲'라는 표기와 혼용되어 쓰인다. '咲'는 '웃을 소(笑)' 자와 같은 뜻을 가진 한자다.

7 꼬느다: 힘 있게 쥐다.

8 두럭: 논이나 밭두렁.

9 다언(多言): 여러 말.

10 작히: 얼마나.

11 연자(鷰子): 제비.

12 승경(勝景): 뛰어나게 좋은 경치.

13 바라지다: 그릇 따위가 속은 얕고 위가 넓어서 바드름하다.

14 호호탕탕(浩浩蕩蕩): 물이 한없이 넓게 흐르는 모양.

15 녹초처처(綠草萋萋): 푸른 풀이 무성하다.

16 귀도(歸道): 돌아오는 길.

17 모운(暮雲): 저무는 구름.

18 중방구름: 산에 중인방 모양으로 걸려 있는 구름.

19 잔조(殘照): 석양.

20 억천조(億千條): 억천 가지.

21 깁바탕: 그림을 그리거나 글씨를 쓰거나 수 따위를 놓는 바탕이 되는 깁.

22 화운(樺雲): 자작나무 빛 구름. '화운(樺雲)'의 '화'가 '근(槿)'이나 '봉(檭)' 자로도 보이지만, 여기서는 김학동본을 따른다.

23 사위(四圍): 사방의 둘레.

24 순후(純厚): 순하고 인정이 많음.

25 꼴짐: 소나 말이 먹을 꼴을 싣거나 꾸려놓은 짐.

26 쇠코잠방이: 여름에 농부가 일할 때에 입는 잠방이.

27 정시박모천(正是薄暮天): 바로 해 지기 직전.

28 피로(罷勞): 피로(疲勞)와 같은 뜻.

29 칡사리: 칡다발. '사리'는 동그랗게 포개어 감은 뭉치 혹은 뭉치를 세는 단위.

30 영각: 소가 길게 우는 소리.

31 재다: 부지런하다.

32 원발표면에는 '띄엿다'로 표기되어 있다.

33 "군은 무슨 까닭에 크게 수척했는고, 모두가 전부터 애써 시를 지은 탓이라네"라는 뜻. 이 구절은 이백(李白)의 『이태백집(李太白集)』 권25, 「희증두보(戲贈杜甫)」에서 "반과산 꼭대기에서 두보를 만났는데, 머리엔 대삿갓 썼고 해는 마침 정오이네. 묻노니 작별한 뒤로 어찌 그리 수척해졌나, 모두가 전부터 애써 시 읊조린 탓이라네[飯顆山頭逢杜甫 頭戴笠子日卓午 借問別來太瘦生 總爲從前作詩苦]"의 전구와 결구를 원용한 것으로 보인다.

34 업원(業冤): 전생에서 지은 죄로 말미암아 이승에서 받는 괴로움. 업보.

35 "집 그리며 달빛 밟으며 맑은 밤에 서성이다가, 아우를 떠올리며 구름을 보다가 대낮에 졸기도 하네"라는 뜻. 두보의 시 「한별(恨別)」의 일부분이다. 원문은 다음과 같다. "洛城一別四千里(낙양성을 이별하고 사천 리를 떠나), 胡騎長驅五六年(오랑캐 기병이 쳐들어온 지 오륙 년). 草木變衰行劍外(초목이 시들 때는 검각성 밖을 거닐었고), 兵戈阻絶老江邊(전쟁으로 길이 막힐 때는 강변에서 늙었소). 思家步月淸宵立(집 그리며 달빛 밟으며 맑은 밤에 서성이다가). 憶弟看雲白日眠(아우를 떠올리며 구름을 보다가 대낮에 졸기도 하네). (…)"

36 "말 위에서 한식을 맞았는데, 가는 중에 때마침 늦봄이 되었네"라는 뜻. 송지문(宋之問)의 「도중한식(途中寒食)」에서 따온 구절로, 원문은 다음과 같다. "馬上逢寒食(말 위에서 한식을 맞았는데), 途中屬暮春(가는 중에 때마침 늦봄이 되었네). 可憐江浦望(가련하게 강 포구에서 바라보노라니), 不見洛橋人(낙교에 사람들이 보이지 않네)."

37 "말 위에서 서로 만나니 종이와 붓이 없으매, 그대에게 전하나니 그저 잘 있다고만 해주게나"라는 뜻. 잠삼(岑參)의 「봉입경사(逢入京使, 서울 가는 사신을 만나고)」의 한 구절로, 원문

은 다음과 같다. "故園東望路漫漫(고향이 있는 동쪽을 바라보니 길은 아득하여 끝이 없고), 雙袖龍鐘淚不乾(양 소매가 영락하여 눈물이 마를 날이 없구나). 馬上相逢無紙筆(말 위에서 서로 만나니 종이와 붓이 없으매), 憑君傳語報平安(그대에게 전하나니 그저 잘 있다고만 해주게나)."

38 "그대에게 다시 한 잔의 술 권하나니, 서쪽으로 양관을 나서면 벗이 없으리"라는 뜻. 왕유의 「위성곡(渭城曲)」이라는 시로, '송원이사안서(送元二使安西, 원씨 집안 둘째 아들이 안서에 사신으로 가는 것을 전송함)'라는 제목으로 유명하다. 원문은 다음과 같다. "渭城朝雨浥輕塵(위성의 아침 비가 날리던 흙먼지 적시니), 客舍青青柳色新(객사의 버들잎은 푸른빛 새로워라). 勸君更盡一杯酒(그대에게 다시 한 잔의 술 권하나니), 西出陽關無故人(서쪽으로 양관을 나서면 벗이 없으리)."

39 "학관에 소식이 끊어지고, 용문에 길이 기네. 그대는 하늘 한끝에 있으니, 차가운 옷에서 다만 절로 향기가 나네"라는 뜻. 경기민요 〈방아타령〉에는 "용문학관음신단(龍門鶴關音信斷)하니 북방소식 뉘 전하리"라는 구절이 있다.

40 수자리: 다른 지방의 병사가 변경의 국경지대에 파견되어 방위 임무를 맡은 일. 또는 그런 병사.

41 당나라 시인 김창서(金昌緖)의 「춘원(春怨, 봄날의 원망)」이라는 시로, 원문은 다음과 같다. "打起黃鶯兒(저 꾀꼬리 쫓아버려서), 莫敎枝上啼(나무 위에서 울지 못하게 해다오). 啼時驚妾夢(너 울 때마다 내 놀라서 꿈 깨면), 不得到遼西(임 계신 요서로 가보지 못한단다)."

42 촌항(村巷): 시골의 후미지고 으슥한 길거리.

43 돈절(頓絶): 편지나 소식 따위가 딱 끊어짐.

44 황릉의 묘에서 자고(鷓鴣)새가 우는 모티프는 「자고」를 노래한 정곡(鄭谷)의 한시("花落黃陵墓裏啼")나 김효일의 한시("莫向黃陵廟裏啼")에서 연상한 것으로 보인다.

45 원발표면에는 '애끈히게'로 표기되어 있다.

46 교남(嶠南): 영남의 별칭. 그러나 육자배기는 전라도를 중심으로 한 남도민요다.

47 출계(出繼): 양자로 들어가서 그 집의 대를 잇는 일.

48 생양가(生養家): 생가와 양가를 아울러 이르는 말.

49 음전하다: 말이나 행동이 얌전하고 점잖다.

50 독행천리(獨行千里): 혼자서 천 리 길을 여행함.

51 원발표면에는 부호가 표기되어 있지 않으나, 중국의 병서와 성리학 서적을 구분하고자 부호를 넣었다.

52 의초: 동기간의 우애.

53 알장둥이: 맨 등. '장둥이'는 '등'의 방언.

54 뻗서다: 버티어 맞서서 겨루다.

55 운주(運籌): 주판을 놓듯이 이리저리 궁리하고 계획함.

56 귀추(鬼啾): 귀신 소리.

57 홍진(紅塵): 붉게 일어나는 먼지라는 뜻. 번거롭고 속된 세상을 비유적으로 이르는 말.

58 다못: '다만'의 방언.

59 경경(耿耿)하다: 빛이 약하게 환하거나 불빛이 깜박거리다. 마음에서 사라지지 않고 염려가 되다.

60 위자(慰藉): 위로하고 도와줌.

61 어리치다: 독한 냄새나 밝은 빛 따위의 심한 자극으로 정신이 흐릿해지다.

62 야소(耶蘇): '예수'의 음역(音譯).

63 공자가 『논어(論語)』「술이(述而)」에서 "내가 꿈에 주공을 다시 보지 못한 지 오래되었으니, 내가 너무도 쇠해졌나 보다[甚矣 吾衰也 久矣 吾不復夢見周公]"라고 탄식한 것을 가리킨다.

64 삼방약수(三防藥水): 함경남도 안변군에 있는 약수.

65 목멱산(木覓山): 남산의 옛 이름.

66 주장질: 주로 책임지고 맡아보거나 실행하는 일.

67 만호장안(萬戶長安): 집이 많고 수많은 사람이 사는 서울.

68 원발표면에는 '청계산'으로 표기되어 있으나, 맥락상 청계천(淸溪川)으로 보인다.

69 지악(至惡)하다: 몹시 모질고 지독하다.

70 씨그러지다: '쓰러지다'의 전남 방언.

71 거년(去年): 작년.

72 우금반재(于今半載): 지금 반년에.

73 "비 맞은 용대기 같다"는 속담은 "장대하고 화사한 용(龍)이 그려진 깃발[旗]이 비를 맞아 늘어진 모양을 하고 있는 것과 같다"는 뜻. 득의양양하던 사람이 갑자기 맥없이 풀이 죽음을 비유적으로 이르는 말.

74 지진두(地盡頭): 여지가 없이 절박하게 된 상태.

75 가승(家乘): 한 집안의 계보. 한 집안의 역사적 기록. 족보.

76 돌중방: 골목 어귀에 문지방처럼 가로질러 놓은 돌.

77 폐괴(廢壞): 부서지고 무너짐.

78 무무하다: 교양이 없어 말과 행동이 서투르고 무식하다.

79 엇메다: 이쪽 어깨에서 저쪽 겨드랑이 밑으로 걸어서 메다.

80 나도향의 첫 소설집 『진정』(영창서관, 1923)에 노작이 쓴 서문이다. 기전집본에는 수록되지 않은 산문으로서, 해당 책에는 특별한 제목 없이 본문만 실려 있으나 여기서는 편의상 '서문'이라는 이름하에 수록하였다. 저자인 도향은 이 책에서 "『백조』, 『개벽』, 『동명』, 『배재』에 실었던 것을 쓸어모아" "나의 일생에 처음 여는 매듭"이라 밝히고 있다. 당대 문단에서

의 노작의 위치와 교우 관계를 짐작할 수 있는 글이다.

81 행자초마: '행주치마'의 방언.

82 기없이: 한정없이.

83 본 산문 원고는 기전집본에는 수록되지 않은 작품으로서 본 전집에 최초로 수록되었다. 1938년에서 1939년에 이르기까지 노작은 『매일신보』의 '일일일인(一日一人)' 칼럼 코너에 간헐적으로 산문을 발표하였다. 비슷한 시기 같은 지면에 풍자적 성격의 장편소설(掌篇小說)을 발표하기도 하였으나, 창작 여건이 악화되던 1939년 4월 이후에는 더 이상 『매일신보』에서 노작의 글이 발견되지 않는다.

84 소동파의 「오도송(悟道頌)」에 나오는 구절로, "시냇물 소리가 바로 부처님 말씀이요, 산빛은 어찌 부처님의 청정 법신이 아니리오"라는 뜻. 원발표면에는 "산색무비청정신(山色無非清淨身)"으로 인용되어 있다.

85 일폭남화중인물(一幅南畵中人物): '한 폭의 남화 속 인물', 곧 '한 폭 그림 속 인물'이라는 뜻.

86 등화관제(燈火管制): 야간에 적의 공습 따위에 대비하여 일정한 구역에서 등불을 줄이거나 가리거나 끄게 하는 일.

87 방장(房帳): 겨울에 외풍을 막고자 방 안에 치는 휘장. 창문이나 방문에 치는 휘장. 모기장.

88 화굴한해(火窟汗海): '불난 굴 속에서 땀이 바다처럼 흐른다'는 뜻. 몹시 더워 땀이 많이 나는 것.

89 수라정경(修羅情景): 싸우기를 좋아하는 귀신의 세계가 풍경으로 펼쳐진 것. 사람이 마음속에 시기·질투·교만이 가득 차거나, 분명한 주관 없이 남의 말에 잘 끌려다니거나, 방랑·유랑·주색낭유(酒色浪遊)의 생활을 하거나, 번뇌 망상에 사로잡혀 마음의 평화와 안정을 얻지 못하면 이는 모두 수라의 세계이다.

90 "세계가 이렇게 뜨거우니 어느 곳을 향하여 피할 수 있겠는가"라는 뜻.

91 『벽암록』에는 "확탕노탄리회피(鑊湯爐炭裏迴避)", 곧 "확탕 지옥과 노탄 지옥 속에서 더위를 피하라"라는 문구가 있다. '확탕 지옥'은 끓는 솥에서 고통받는 지옥이고, '노탄 지옥'은 뜨거운 화로 속에서 고통받는 지옥을 가리킨다. 문장 가운데 '건(鍵)'은 잘못 들어간 글자인 듯하다.

92 애찰(挨拶): 문하(門下)의 중을 이리저리 문답하여, 오도(悟道)의 깊이를 시험하는 것.

93 "큰 집에 작은 서늘함이 생긴다, 지위가 있거나 부유한 사람 같으면 큰 집에 살기 때문에 시원한 기운이 있을 것이다"라는 뜻. 소동파의 "薰風自南來(훈풍이 남쪽에서 불어오니), 殿閣生微凉(전각에는 시원한 기운 일어나네)"라는 시구 중 뒷구절을 조금 바꾼 듯하다.

94 "평두건을 쓴 노복이 큰 부채로 부쳐주니, 오월인데도 덥지 않아 가을날 같네"라는 뜻. 표기는 다소 다르지만 이백의 시 「양원음(梁園吟)」의 "平頭奴子搖大扇, 五月不熱疑淸秋"를 인용한 것이다.

95 경삼세군(輕衫細裙): 얇은 적삼을 입은 남자.

96 『벽암록』에 나온 내용이다. 『벽암록』은 중국 송대의 원오극근 선사가 편찬한 선종의 공안(公案)을 모은 서적으로, 총 100칙(則)의 공안과 그에 대한 여러 선사들의 평가들이 함께 제시되어 있다. 인용 내용은 원래 『벽암록』 제34칙에 해당하지만, 홍사용이 본 책에는 제11강에 위치한 것으로 보인다. 인용문의 거(擧)는 원오 선사가 자신의 이전에 있었던 일화를 거론하는 것을 뜻한다. 즉 이는 '어떤 승려가 동산 양개 화상에게 추위와 더위가 도래하면 어떻게 피합니까, 라고 물었던 일화'를 원오 선사가 거론하여 이후 논의의 실마리로 삼은 것이다.

97 상신실명(喪身失命): 몸과 목숨을 잃음.

98 "동산 스님이 이르기를, 추위와 더위가 없는 곳으로 가면 되지 않겠느냐"라는 뜻.

99 "스님이 말하기를, 도대체 추위와 더위가 없는 곳이 어디입니까"라는 뜻.

100 "동산 스님이 대답하기를, 추울 때는 그대를 얼려 죽이고, 더울 때는 그대를 쪄 죽여라"라는 뜻. 여기서 '사리(闍黎)'는 '그대'라는 뜻이다.

101 당대(唐代)의 수행자 두순학의 시로서, 두순학은 삼복더위에도 문을 닫고서 누더기를 걸치고 정진한 것으로 알려져 있다. "삼복더위 문을 닫고 누더기를 걸치고서, 아울러 방랑을 가릴 송죽 숲도 없다네. 어찌 참선을 반드시 산수에서 닦을 필요가 있으랴? 마음 번뇌 사라지면 불이라도 서늘하리"의 뜻이다. 원래 두순학이 쓴 「안인게(安忍偈)」는 "滅得心頭火自涼"이란 구절로 알려져 있다. 홍사용이 인용한 "滅却心頭火亦涼"이란 구절과 게송으로서의 의미는 크게 다르지 않다.

102 백낙천의 「조추독야(早秋獨夜)」라는 시의 일부이다. "홀로 처마 밑에서 자다가, 깨어보니 침상 절반이 달빛이로세"라는 뜻이다. 노작이 '簷'과 '檐'을 혼용하고 있어, 원발표면에 준해 표기하였다.

103 이백의 시 「월하독작(月下獨酌)」의 일부로, 시의 원문은 다음과 같다. "花間一壺酒(꽃 사이에서 한 동이 술을), 獨酌無相親(친구 없이 홀로 마신다). 擧盃邀明月(잔을 들어 밝은 달을 맞아), 對影成三人(그림자 마주하니 셋이 친구 되었구나)." 원발표면에서 노작은 "擧盃邀明月 對影成三人"으로 인용하고 있으며, 기전집본에서는 이를 "擧盃邀明月 無關成三人"으로 수정하고 있다. 본 전집에서는 원발표면에서 노작이 용사한 표기를 따랐다.

104 청소보월(淸宵步月): 맑게 갠 밤 달빛을 보며 걷는 것. 굴원의 시 「사가청소립(思家淸宵立)」의 "思家步月淸宵立(고향집이 그리워 맑고 고요한 밤에 달빛 밟으며 거닐다가)"에서 나온 구절로 보인다.

105 일진불염(一塵不染) 만법개공(萬法皆空): 티끌만큼도 물욕에 물들어 더럽혀져 있지 않으며, 모든 것이 다 공(空)이라는 뜻.

106 곰이 되다: 곰팡이가 들다.

107 원발표면에는 '청증(淸證)'으로 표기되어 있다. 오식으로 보아 맑고 깨끗하다는 의미의 '청징(淸澄)'으로 수정하였다.

108 조파(照破): 석가모니가 지혜의 빛으로 범부의 무명(無明)을 비추어 깨침.

109 "조각달 그림자 일천 맑은 강에 빛나고"라는 뜻. 구한말 의병활동을 하다가 출가한 경봉스님의 시.

110 이백의 「정야사(靜夜思)」라는 시로, 원문은 다음과 같다. "床前明月光(침상 앞의 밝은 달빛), 疑是地上霜(땅 위에 내린 서리인가 했네). 擧頭望明月(고개 들어 밝은 달 보고), 低頭思故鄕(머리 숙여 고향 그리네)."

111 게사니: 거위.

112 융통무애(融通無碍): 거침없이 통하여 막히지 않음. 사고나 행동이 자유롭고 활달함을 이르는 말.

113 방광(放光): 광명을 냄.

114 상호(相好): 부처의 몸에 갖추어진 훌륭한 용모와 형상.

115 이는 김시습의 『연경별찬(蓮經別讚)』에 나오는 내용이다. "성내고 기뻐하고 치우치고 원만한 것이 모두 흰 소가 끄는 수레를 얻고, 보고 듣고 따라서 기뻐하는 것이 모두 청련의 수기를 주네. 하나의 사(事)와 하나의 상(相)도 묘한 법 아님이 없고, 한 번 찬탄하고 한 번 찬양하는 것이 모두 묘한 마음이네"라는 뜻이다. 『연경』은 『법화경』을 가리킨다. 『법화경』 「방편품」에는 여러 수레가 나오는데, 그 가운데 흰 소가 끄는 수레가 가장 훌륭한 것으로 제시된다.

116 독로(獨露): 홀로 있는 그대로를 드러냄.

117 행주좌와(行住坐臥): 가고 머물고 앉고 눕는 일상적인 네 가지 동작. 불교에서는 이 네 가지를 사위의(四威儀)라고 이르며, 이 네 동작으로 대표되는 인간의 일상 행위를 통하여 불도(佛道)를 수행하는 사람은 모든 규칙에 어긋남이 없이 마음과 형식이 조화를 이루는 기거(起居) 행동을 해야 한다고 이야기한다.

118 어묵동정(語默動靜): 말하거나 침묵하거나 움직이거나 가만히 있을 때를 말한다. 어떤 상황에서도 참선해야 한다는 것을 의미할 때 쓰는 표현이다.

119 기반(羈絆): 말을 고삐로 나무에 묶어놓는 것. 굴레를 씌우듯 자유를 얽매는 일.

120 금강부동(金剛不動): 어떤 경계에도 흔들리지 않는 상태.

121 기전집본에는 '喂○'으로 표기되어 있다. 원발표면의 두 번째 한자가 정확히 식별되지 않지만, 맥락상 먹여서 기른다는 의미의 '외양(喂養)'이라는 단어로 추정된다.

122 탐진치지독(貪瞋癡之毒): '탐진치'는 탐욕(貪欲)과 진에(瞋恚)와 우치(愚癡), 곧 탐내어 그칠 줄 모르는 욕심과 노여움과 어리석음의 마음을 말한다. 이 세 가지 번뇌는 지혜를 어둡게 하고 열반에 이르는 데 장애가 되므로 삼독(三毒)으로 불린다.

123 원발표면에는 "餓時喫飯倦來眠, 只此修行玄更玄, 脫與世人渾不倍, 郤從身外覓神仙"으로 표기되어 있다. 이는 왕양명이 도를 묻는 사람에게 대답한 다음의 시구절을 노작이 본 의미를 살려 거론한 것으로 보인다. "饑來喫飯倦來眠(배고프면 먹고 피곤하면 자니), 只此修行玄更玄(이러한 수행 공부가 깊고도 현묘하네). 說與世人渾不信(세상 사람들에게는 이 도리를 말해주어도 믿지 않고), 却從身外覓神仙(도리어 제 몸 밖에서 신선을 찾아 헤매는구나)." "기래끽반권래면(饑來喫飯倦來眠)"은 일상의 생활 그대로인 평상심(平常心)을 강조한 선어(禪語)이며, 선불교에서는 이 시에서의 '신선'을 '부처'로 설법하기도 한다. 본 전집에서는 노작이 인용한 표현 그대로 본문에 게재하되, '脫'이란 한자가 '說'의 오식이라 판단되어 해당 부분만 바로잡았다.

124 "일일시호일(日日是好日)"은 『벽암록』 제6칙에 나오는 내용이다. 운문 선사가 대중들에게 "15일 이전은 그대들에게 묻지 않겠지만, 15일 이후에는 한마디 해보아라"라고 하고서, 자신이 대신 "날마다 좋은 날이다"라고 말한 바 있다.

125 백낙천의 「부득고원초송별(賦得古原草送別)」이라는 시의 일부이다. "들불을 놓아도 다 타지 않고, 봄바람이 불면 다시 돋아난다"는 뜻이다.

126 새망: 경솔하고 얄밉게 구는 것.

127 진여(眞如): 불교에 있어 세상의 진리를 뜻하는 용어. 진여가 일종의 진리의 객관적 측면을 의미한다면, 이를 있는 그대로 보는 주관적 측면이 바로 여실지견(如實知見)이다.

128 삼라(森羅): 숲의 나무처럼 무척 많이 벌여 서 있음.

129 본각(本覺): 본래부터 깨달아 있음. 이는 『대승기신론』에 나오는 개념으로, 일체의 유정이 본래부터 깨달아 있음을 가리킨다. 이러한 본각의 상태를 불각(不覺)이 가리고 있으므로, 진실을 보지 못한다고 설한다.

130 진심(眞心): 참된 마음. 이는 불교의 여러 이론 가운데 일체 만물의 근본을 인간의 근원적이고 참된 마음에서 찾고자 하는 이론 체계에서 나온 개념이다.

131 무시(無始): 무시이래(無始以來)의 줄임말. 불교에서는 우주의 시작되는 시점을 한정 지을 수 없다는 점에서 '시작도 없는 때로부터'라는 표현으로 사용한다.

132 소소(昭昭): 사리(事理)가 환하고 뚜렷함. 밝은 모양.

133 요료(了了): 똑똑하고 분명한 모양.

134 상지(常知): 인간의 근본인 본각과 진심이 '항상 아는 능력을 갖추고 있다'는 뜻.

135 이는 종밀의 『원인론(原人論)』에 나오는 내용으로 보인다. "一切有情, 皆有本覺眞心, 無始以來常住清淨, 昭昭不昧, 了了常知." 이 책은 인간의 근원을 밝히는 것을 주제로 삼는데, 이 부분에서는 본각진심을 중심으로 인간과 세계를 설명하고 있다.

136 원저(圓低): 근원. 노작이 한자를 '原底'로 표기하고 있어, 본문에서 바로잡았다.

137 『육조단경』에서 "人性本淨 由妄念故 蓋覆真如 但無妄想 性自清淨"이라고 한 것을 홍

사용이 그대로 번역한 것으로 보인다.

138 육조대사(六祖大師): 중국 선종의 제6조인 혜능을 가리킨다. 중국 선종은 보리달마를 초조, 곧 제1조로 삼고, 제2조 혜가, 제3조 승찬, 제4조 도신, 제5조 홍인, 그리고 제6조 혜능에 이른 뒤 그 가르침이 중국 전역에 전파되었다.

139 "마음이 곧 부처고 부처와 이 마음에 차별이 없다. 마음과 부처는 예부터 지금까지 있는 그대로 진실하다"라는 뜻. "佛𠀋是心"은 "佛卽是心"의 오기인 듯하다.

140 선제(善提)는 '보제(菩提)', 곧 '보리(菩提)'의 오기로 보인다. 보리는 깨달음을 가리킨다.

141 나투다: 나타나다. 현현(顯現)하다. 주로 신이 정신적인 모습을 나타낼 때 사용하는 표현이다.

142 영자(影子): 그림자.

143 구듭: 귀찮고 힘든 남의 뒤치다꺼리.

144 일국암루(一掬暗淚): 한 움큼의 소리 없이 흘리는 눈물.

145 이 내용은 『경덕전등록』 중 승찬대사(僧璨大師)에 대한 부분에서 나온다.

146 부휴당 대사가 선백에게 주었던[贈一禪伯] 시구절 일부를 노작이 거론한 것으로 추측된다. "勿於中路事空王 策杖須尋達本鄕"이라는 구절은 "중로에 공왕(空王)을 섬기려고만 하지 말고, 지팡이 짚고 본래 고향 찾아가야 하리"라는 뜻이다.

147 왕양명의 「영양지사수시제생(詠良知四首示諸生)」이란 시의 일부. "人人自有定盤針 萬化根源本在心 却笑從前顚倒見 枝枝葉葉外頭尋"을 노작은 "人人自有完盤針 萬化根底總在心 却笑從前願倒見 枝枝葉葉外頭尋"으로 인용하였다. "어떤 사람에게나 타고난 나침반이 있으니, 수만 가지로 변화하는 근원이 본래 마음에 있도다. 지금까지의 잘못된 견해들을 생각하니 웃음만 나오네, 가지며 잎잎이 자잘한 것만 더듬으며 바깥으로만 찾아 헤맸도다"라는 뜻이다.

148 당의 선사인 마조도일(馬祖道一)의 가르침으로, 진리가 일상의 마음을 떠나 있지 않고 바로 일상의 마음속에서 구현됨을 뜻한다.

149 『맹자』의 「이루장구(離婁章句)」에 나오는 "道在爾而求諸遠 事在易而求諸難"을 일컫는 말로 보인다. "도는 가까운 곳에 있는데 먼 곳에서 구하려 하고, 일은 쉬운 곳에 있는데 어려운 것에서 구하려 한다"는 뜻이다.

150 나대경(羅大經)의 『학림옥로(鶴林玉露)』에 나오는 송나라 때 비구니의 오도송이다. "盡日尋春不見春 芒鞋踏遍壟頭雲 歸來笑然梅花嗅 春在枝頭已十分"을 노작은 "盡日尋春不見春 芒鞋踏遍隴頭雲 歸來笑然梅花嗅 春在枝頭已十分"으로 인용하였다. "종일토록 봄을 찾아 헤맸건만 봄은 보지 못하고, 짚신이 닳도록 산 위의 구름만 밟고 다녔네. 지쳐서 돌아와 뜰 안에서 웃고 있는 매화 향기 맡으니, 봄은 여기 매화 가지 위에 이미 와 있는 것을"이란 뜻이다. 기전집본에서는 '已'를 '己'로 표기하고 있어 바로잡는다.

151 김시습의 『연경별찬』의 내용이다. "가련하구나, 거지 아들이여. 타향을 떠돌았네. 세상 끝 분주히 다닌 세월 얼마나 길었던가. 한번 왕성에 들어가 나의 아버지를 찾았으니, 비로소 지난날이 고단함을 알게 되었네." 이는 『법화경』에 나온 '장자궁자유(長者窮子喩)'의 내용이다. 어떤 장자(長者)가 있었는데, 어릴 적에 아들을 잃어버리고 찾지 못했다. 궁자, 곧 거지 아들은 오랜 세월 떠돌다가 아버지가 살던 성에 도착했지만, 아버지를 알아보지 못했다. 이에 아버지는 여러 방법을 동원해 아들에게 일을 시켰고, 자신이 세상을 떠날 때 거지 아들이 바로 자신이 잃어버렸던 자식임을 선포하고서 모든 재산을 물려주었다. 거지 아들은 본래 장자의 아들이었지만 스스로 알지 못한 것처럼, 중생 역시 본래 부처이지만 스스로 깨닫지 못하고 있음을 말해주는 내용이다.

152 왕양명(王陽明)의 「영양지사수시제생」이란 시의 일부. "無聲無臭獨知時 此是乾坤萬有基 拋却自家無盡藏 沿門持鉢效貧兒"를 노작은 "無聲無臭獨知心 此是乾坤萬有基 拋棄自家無盡藏 沿門持鉢傚盆兒"로 인용하였다. "소리도 없고 냄새도 없지만 홀로 아느니, 이것이 바로 천지만물의 바탕이네. 자기 속의 무진장은 던져버리고, 문전마다 밥을 비는 가난뱅이여"라는 뜻이다.

153 『임제록』에는 "爾且隨處作主 立處皆眞"이라는 구절이 나온다. "어떤 곳에서도 경우에 좌우되지 않고 주인이 된다면, 서 있는 곳마다 그대로가 모두 참된 것이 된다"는 뜻이다.

154 여실지견(如實知見): 실상을 있는 그대로 알고, 있는 그대로 바라본다.

155 악연(愕然): 몹시 놀라는 모양.

156 기필(期必): 꼭 이루기를 기약함.

157 원발표면에는 '먼첨'으로 표기되어 있다. 이하 '먼저'로 통일한다.

158 끽긴(喫緊): 아주 긴요(緊要)함.

159 오대(五大): 만물을 이루는 지(地), 수(水), 화(火), 풍(風), 공(空)의 다섯 가지 요소.

160 무상게송 중 일부. "삶이란 한 조각 뜬구름이 일어나는 것이요, 죽음이란 한 조각 뜬구름이 사라지는 것이다"라는 뜻이다.

161 『반야심경』에 나오는 문구로서, "색이 바로 공이고, 공이 바로 색이다"라는 뜻이다. 여기서 색은 우리의 몸을 가리킨다. 우리의 몸은 여러 가지 조건에 의해 화합하여 생기는 것이므로 실체가 없다는 뜻에서 '공'이지만, 일정 기간 지속되는 것이므로 '유(有)', 묘유(妙有)라고도 할 수 있다.

162 무젖다: 물에 젖다.

163 마대(馬戴)의 「파상추거(灞上秋居)」라는 시 내용을 인용한 부분이다. 기전집본에서는 "濡原風雨定, 晩見應行頻, 落葉他鄕樹, 幾燈獨夜人, 空園白露適, 孤壁野僧隣, 寄臥郊扉久, 何年致此身"으로 오기되어 있다. 노작이 인용한 원발표면에 따라 바로잡는다. "파수 언덕에 비바람 멈추고, 저물녘 기러기 행렬이 자주 보이네. 떨어지는 잎은 타향에서 보는

나무요, 찬 등불에 홀로 밤을 지키는 사람이네. 텅 빈 정원에서 흰 이슬이 떨어지고, 외로운 벽에는 시골 승려가 이웃하고 있네. 교외의 시골집에 얹혀산 지 오래되었는데, 어느 해에 이 몸을 바칠 수 있겠는가?"라는 뜻이다.

164 유현(幽玄): 사물의 이치 또는 아취(雅趣)가 헤아리기 어려울 만큼 깊음.

165 조락(凋落): 시들어 떨어짐. 어떤 형상이나 또는 경제적인 형편이 차차 쇠하여 보잘것없이 됨.

166 영산재(靈山齋): 불교에서 영혼 천도를 위하여 행하는 종교의례.

167 회향(廻向): 회전취향(廻轉趣向)의 준말. 자신이 쌓은 공덕을 다른 이에게 돌려 이익을 주려 하거나 그 공덕을 깨달음으로 향하게 함. 자신이 지은 공덕을 다른 중생에게 베풀어 그 중생과 함께 정토에 태어나기를 원함.

168 순당(巡堂): 사원에서 주지스님이 대중의 행의를 살피기 위해 승당을 순회하는 수행의식.

169 추원감시 고지호천(追遠感時 叩地號天): 제문에서 쓰는 말로, '세월이 흐를수록 더욱 생각이 나고, 땅을 치고 하늘을 우러러'라는 뜻이다.

170 사바오탁(娑婆五濁): 오탁으로 가득 찬 사바세계. 먼저 사바세계란 중생이 갖가지 고통을 참고 견뎌야 하는 이 세계를 가리킨다. 오탁이란, 특히 말세에 나타나는 5종의 혼탁으로서, 겁탁, 견탁, 번뇌탁, 중생탁, 명탁을 말한다.

171 진세(塵世): 속세·번뇌망상·사심잡념·삼독오욕에 사로잡힌 사람이 사는 티끌 많은 세상.

172 구품연대(九品蓮臺): 불교의 일파인 정토교(淨土教)에서 나눈 9등의 계위(階位). 이승의 선행에 따라 극락에 왕생하는 사람이 태어난 정토도 9계로 구분되는데, 이것을 9품연대, 9품정토라 한다.

173 영불퇴전(永不退轉): 영원토록 물러남이 없음.

174 초로인생(草露人生): 풀 위에 맺힌 이슬과 같은 인생. 허무하고 덧없는 인생을 비유한다.

175 사바(娑婆): 괴로움이 많은 인간 세계.

176 만뢰(萬籟): 자연계(自然界)에서 일어나는 여러 가지 소리.

177 존자(存子): 남은 자식들. 소림사에서 천도재를 지내면서 울던 자식들을 의미한다.

178 원정(猿亭): 조선 시대의 학자 최수성(崔壽城)의 호.

179 선자추녀: 서까래를 부챗살 모양으로 댄 추녀. 서까래의 안목들을 점점 가늘게 다듬어서 끝은 벌어지고 안쪽은 한데 붙어 부챗살 모양을 이룬다.

180 단채집: 한 가지 빛깔로 색칠한 집.

181 단월가(檀越家): 절이나 승려에게 재물을 나누어 시주하는 집. 불교를 믿고 공양하는 집.

182 바리: 발우(鉢盂), 곧 승려들이 식사할 때 사용하는 그릇.

183 공안(公案): 깨달음을 구하기 위해 참선하는 수행자에게 해결해야 할 과제로 제기되는 부처나 조사의 파격적인 문답 또는 언행.

184 이언(俚諺): 항간에 퍼져 있는 속담 가운데 주로 사물의 형용과 비유에 쓰이는 형상적인 말.

185 소장(消長): 쇠하여 사라짐과 성하여 자라감.

186 외외당당(巍巍堂堂): 산처럼 높고 우뚝하여 웅대한 모양.

187 기전집본에 수록되지 않았던 산문이다.

188 조선 중기에 활동한 양사언(楊士彦)의 시조이다.

189 인버러지: 원발표면에는 '인벌러지'로 표기되어 있다. '사람 인(人)' 자와 '벌레'를 합친 단어로 보인다.

190 『백조』 2호(1922.5)에 발표된 노작의 「시악시 마음은」을 인용한 부분이나, 분연 방식과 후렴구는 다소 상이하다.

191 노고지리: 종달새의 옛말.

192 마라손: 마라톤.

193 연연불식(淵淵不息): 깊으면서 그치지 않는 것.

194 뒤놉다: 뒤놀다. 여기저기 돌아다니다.

195 경천위지(經天緯地): 하늘을 날줄로 삼고 땅을 씨줄로 삼음. 온 천하를 조직적으로 잘 계획하여 다스림.

196 세력이 등등하여 그 세력을 믿고 두려운 것이 없는 듯이 행세하는 사람을 이르는 말.

197 『주역』에 나오는 "飛龍在天 利見大人"을 활용한 말로 보인다. "나는 용이 연못에 있으니 대인을 보는 것이 이롭다"라는 뜻이다.

198 백척간두진일보(百尺竿頭進一步): 백 척의 높은 장대 위에서 한 걸음 더 나아감. 중국의 어떤 선사가 제자들에게 "백 척의 높은 장대 위에서 어떻게 걸을 수 있는가?"라고 묻자, 제자들이 대답하지 못했다. 이에 선사가 말하기를 "백 척의 높은 장대 위에 앉아 있는 사람은 비록 진리를 알았다고 해도 아직은 완전하지 못하다. 백 척의 높은 장대 위에서 한 걸음 나아가야 온 세계에 자기의 몸을 드러낼 수 있을 것이다"라고 하였다.

199 이상은(李相殷)의 시조를 인용한 것으로 보인다. 원문은 『고금(古今)』과 『원국(源國)』에 상이한 형태로 실려 있으며, 이 두 개의 판본이 구전되면서 병합된 형태로 보인다. 『원국』에 수록된 내용이 노작이 인용한 시조와 더 유사한 형태라 여기에 밝혀둔다. "有馬有金 兼有酒할 제 素非親戚 强爲親이러니 / 一朝에 馬死黃金盡하니 親戚이 環爲路上之人이로다 / 世上에 人事 이러하니 그를 슬퍼하노라"라는 시조이며, 그 의미는 다음과 같다. "말이 있고 금이 있으며 술을 겸할 제 적지 않은 친척이 끈끈하게 지냈으나 / 어느 날 아침 말이 죽고 재물이 사라지니 친척도 노상지인에 둘러싸였다 / 세상의 인사가 이러하니 그를 슬퍼하노라."

200 흑초(黑貂): 검은담비.

201 원발표면의 '감옷'은 검은담비 소재의 옷감을 말하는 것으로 보인다. 짐승의 털가죽으로 만든 '갖옷'의 오기로도 보인다.

202 헌털뱅이: '헌것'을 속되게 이르는 말.

203 고초(枯憔)하다: 시들어 있다.

204 『전국책』「진책」 편에 나온 "妻不下紝 嫂不爲炊 父母不與言"이란 구절을 인용한 것으로 보인다. 『사기』의 「소진열전」과 『전국책』에는, 전국시대 각국을 찾아다니다가 벼슬에 실패하고 낙향한 소진을 보고, 아내는 베틀에서 내려오지도 않고, 형수는 밥도 지어주지 않았으며, 부모조차도 말을 하려 들지 않았다고 기록하고 있다.

205 위연(喟然)히: 한숨을 쉬는 모양이 서글프게.

206 『전국책』「진책」 편에는 "妻不以我爲夫, 嫂不以我爲叔, 父母不以我爲子, 是皆秦之罪也"로 표기되어 있다. 원문의 '嫂(형수)'라는 한자를 노작은 '嫆'으로 통일하여, 소진의 일화를 소개하고 있다. "처는 나를 남편으로 여기지 않고, 형수는 나를 시동생으로 여기지 아니하며, 부모는 나를 자식으로 여기지 않으니, 이 모든 게 나 소진의 죄로다"라는 뜻이다.

207 기전집본과 원발표면에 오기가 있어 본문 내용을 수정하고 『전국책』의 원문을 여기에 밝혀둔다. "父母聞之 清宮除道 張樂設飮 郊迎三十里 妻側目而視 側耳而聽 嫂蛇行匍伏 四拜自跪而謝 蘇秦曰 嫂何前倨而後卑也 嫂曰 以季子之位尊而多金 蘇秦曰 嗟乎 貧窮則父母不子 富貴則親戚畏懼 人生世上 勢位富厚 蓋可忽乎哉." "부모는 이 소문을 듣고 집 안팎을 말끔히 청소하고 길까지 쓸었다. 이어 풍악을 준비하고 음식을 장만해 30리나 되는 교외까지 마중을 나갔다. 그의 아내는 그를 똑바로 바라보지 못하고 귀만 기울여 그의 말을 들었다. 형수는 뱀처럼 구불구불 기어 네 번이나 공손하게 절을 하며 꿇어앉아 과거의 무례를 사죄했다. 소진이 말하였다. 형수는 지난번에는 거만하더니 이제는 어찌 이리 겸손하십니까? 형수가 말하되, 시숙께서 지위가 높고 부자가 되셨기 때문입니다. 소진이 말하기를, 아, 빈궁할 때는 부모조차 자식이라 여기지 않더니 부귀해지자 먼 친척까지 다 두려워하는구나. 그러니 사람이 세상에 나서 권세와 부귀를 가벼이 볼 수 있겠는가"라는 뜻이다.

208 『맹자』「양혜왕 상」 편에 있는 "王 何必曰利 亦曰仁義而已矣"라는 구절을 활용한 것으로 보인다. 전국시대 왕도정치를 주장한 맹자는 "왕은 어쩨서 이익에 대해서만 말씀하십니까. 역시 인의(仁義)가 있어야 할 따름입니다"라고 문답한 바 있다. 원발표면 자체와 기전집본에 오식이 있어 바로잡았다.

209 이이(李珥)의 「김시습전」에 다음과 같은 내용이 나온다. "김수온이 지성균관사(知成均館事)로서, '맹자가 양(梁)나라 혜왕(惠王)을 뵙다[孟子見梁惠王]'라는 논제로 태학의 유생들을 시험하였다. 상사생(上舍生) 한 사람이 삼각산(三角山)에 있는 시습을 찾아가서, '괴애[乖崖, 김수온의 별호(別號)]가 장난을 좋아합니다. '맹자가 양나라 혜왕을 뵙다'란 것이 어

찌 논제가 될 수 있단 말입니까?' 하였다. 시습이 웃으며, '이 늙은이가 아니면 이 논제를 내지 못할 것이리라' 하더니, 붓을 들어 깜짝할 사이에 글을 지어서 주며, '자네가 지은 것이라 하고, 이 늙은이를 속여보라' 하여, 상사생이 그 말대로 하였으나, 수온이 끝까지 다 읽기도 전에 문득, '열경(悅卿)이 지금 서울 어느 산사(山寺)에 머물고 있는가?' 하였다. 상사생은 할 수 없이 사실대로 고백하였으니 이와 같이 알려져 있었다. 그 논지(論旨)의 대략은, '양나라 혜왕은 왕을 참칭하였으니 맹자가 만나서는 안 된다'는 내용이었는데 지금은 그 글이 없어져 수집하지 못하였다."

210 김수장(金壽長)의 『해동가요』에 수록된 시조를 언급한 것으로 보인다. 원문은 다음과 같다. "칠년지한(七年之旱)과 구년지수(九年之水)에도 인심이 순후(淳厚)커든 / 국태민안(國泰民安)하고 시화세풍(時和歲豊)하되 인정은 험척층랑(險陟層浪)이요 세사(世事)는 위등일척간(危登一尺竿)이로다 / 엇덧타 고금이 다른 줄을 못내 슬퍼하노라" "칠 년 동안 계속되는 가뭄과 구 년 동안 계속된 홍수가 있어도 [요임금, 우임금, 탕임금 시에는] 인심이 양순하고 두터웠지만 / [오늘날은] 국태민안하고 시화세풍하되 인정은 층층 파도같이 험하게 다가오고 세상일은 대나무 가지 꼭대기에 서 있는 듯 위태롭도다 / 어떻다 고금의 인정이 다른 것을 못내 슬퍼하노라"라는 뜻이다.

211 '본래무일물(本來無一物)'은 『육조단경』에 나오는 혜능의 게송의 내용이다. 혜능은 신수의 게송을 들은 다음 자신 역시 한 수의 게송을 지었으니, "보리는 본래 나무가 아니고, 마음 역시 받침대가 있지 않네. 본래 일물(一物)도 없으니, 어찌 먼지를 털어내리오[菩提本非樹 心鏡亦非臺 本來無一物 何假拂塵埃]"라고 하였다. 여기서 일물도 없다는 것은 몸이나 마음, 그리고 번뇌가 모두 공(空)하여 실체가 없음을 뜻한다.

212 당나라 시인 장위(張謂)의 시에 "세상 사람들 교분 맺음에 황금을 쓰니, 황금이 많지 않으면 교분도 깊지 않구나[世人結交須黃金 黃金不多交不深]"가 있다. 『하악영령집(河嶽英靈集)』 권상(卷上), 「제장안주인벽(題長安主人壁)」에 수록되어 있다.

213 심천(深淺): 깊음과 얕음.

214 두보의 시 「빈교행(貧交行)」에 나오는 구절이다. "손바닥 뒤집으면 구름 되고 손바닥 엎으면 비가 되니, 어지럽고 경박한 세상 어찌 꼭 헤아려야 하나. 그대는 보지 못하였는가 관중과 포숙 가난할 때의 사귐을, 이 도를 요즘 사람들 흙처럼 내버리네[翻手作雲覆手雨 紛紛輕薄何須數 君不見管鮑貧時交 此道今人棄如土]"라는 뜻이다.

215 『사기』의 「관안열전(管晏列傳)」에서 관중과 포숙아의 우애를 서술한 내용의 일부다. 한자 어순의 차이만 있을 뿐 인용한 원문 내용은 거의 일치하며, 그 뜻은 다음과 같다. "내가 일찍이 어렵던 시절, 포숙과 더불어 장사를 한 적이 있었는데, 재물과 이익을 나눌 때 내가 더 많이 스스로에게 주었음에도 포숙아는 내가 탐욕스럽다 여기지 않았다. 내가 가난하다는 것을 알았기 때문이다."

216 악발토포(握髮吐哺): 머리털을 움켜쥐고 먹던 것을 뱉음. 간절하게 인재를 구하는 모습을 가리키는 말.

217 애하경근(愛下敬勤): 아랫사람을 공손하게 존중하고 사랑함.

218 교사자존(驕奢自尊): 교만하고 사치하여 스스로 높임.

219 박효관(朴孝寬)의 『가곡원류』에 나온 시조 내용을 인용한 것으로 보인다. 원문은 거의 유사하다. "문왕자 무왕제로 부귀 쌍전하신 주공 / 악발 토포하사 애하경근하셨거든 / 어찌타 후세불초는 교사자존(驕奢自尊)하는고."

220 훼예포폄비소의(毁譽褒貶非所意): 남을 헐뜯음과 칭찬하는 것은 뜻이 아니다.

221 두보의 시 「군불견간소계(君不見簡蘇溪)」의 내용을 인용한 것으로 보인다. "나무는 백 년을 살고 죽어야 그 나무로 거문고가 만들어지며, 장부는 관 뚜껑을 덮어봐야 그 사람을 말할 수 있다[百年死樹中琴瑟 丈夫蓋棺事始定]"는 뜻이다. 사람은 죽은 다음에나 올바르고 정당하게 평가할 수 있다는 의미이다.

222 『고금(古今)』에 실린 작자 미상의 고시조를 인용한 것으로 보인다. "산 밑에 사자 하니 두견이도 부끄럽다 / 내 집을 굽어보고 솥 적다 우는구나 / 저 새야, 세간사보다는 그도 큰가 하노라"

223 '각유정(覺有情)'은 앞서 나온 범어의 음역어인 '보리살타'를 한자로 표현한 것이다. 이는 대승불교를 대표하는 보살 수행자의 수행 목표 두 가지를 요약해서 말한 것이다. 즉 보살 수행자는 "위로는 보리, 곧 깨달음을 구하고, 아래로는 유정을 구제한다[上求菩提, 下化衆生]"라는 목표를 갖는데, 여기서 목표가 되는 '각'과 '유정'을 합쳐서 '각유정'이라고 부른다.

224 이는 '각유정'이라는 단어를 '자기를 이롭게 함[自利]', '남을 이롭게 함[利他]', '자기와 남을 모두 이롭게 함[兩利]'이라는 세 가지 측면에서 다시 설명해준 것이다. "첫째는 자기를 이롭게 하는 것에 의거하는 것이다. 발심수행하여 미혹을 끊고 참됨을 증진하는 것이니, 비록 부분적으로 부처님의 깨달음을 증득했지만 여전히 식정(識情)이 남아 다 사라지지 않았기 때문이다. 둘째는 남을 이롭게 하는 것에 의거하는 것이다. 현신설법하여 중생의 근기를 따라 이롭게 인도하여 법계의 한량없는 유정을 깨닫게 하기 때문이다. 셋째는 자기와 남을 모두 이롭게 하는 두 가지 이익에 의거하는 것이다. 육바라밀을 널리 닦아 만행을 다양하게 일으켜 위로는 부처님의 깨달음을 구하고 아래로는 유정을 제도하기 때문이다."

225 수처(隨處): 여기저기.

226 수순(隨順): 온순하게 따름.

227 무쟁삼매(無諍三昧): 공한 이치에 편안히 머물러 다른 이와 다투지 않는 삼매.

228 기전집본에는 '조욕하라한(雕欲河羅漢)'으로 표기되어 있다. 원발표면과 맥락을 참고하여 '이욕아라한(離欲阿羅漢)'으로 수정하였다. 이는 곧 '욕심을 여읜 아라한'을 가리키는 것으

로 보인다. 『금강경』에 "세존이시여, 부처님께서 저를 일러서 무쟁삼매(無諍三昧)를 얻은 사람 중에 제일이라 하셨으니, 이는 욕심을 여읜 아라한이기 때문입니다[世尊, 佛說我得無諍三昧, 人中最爲第一, 是第一離欲阿羅漢]"라고 하였다.

229 천광운영(天光雲影): 하늘빛과 구름 그림자. 각각 체(體)와 용(用)을 비유하는 말이다. "반 이랑 네모진 못의 거울 하나가 열렸나니, 하늘빛과 구름 그림자가 다 함께 배회하네[半畝方塘一鑑開 天光雲影共徘徊]"라는 주희(朱熹)의 시에서 발췌한 것이다. 『주자대전』 권1, 시 「관서유감(觀書有感)」.

230 미진(微塵): 아주 작은 티끌이나 먼지. 아주 작고 변변치 못한 물건.

231 『반야심경』에서 '무가애(無罣礙)'는 마음의 장애와 두려움이 없는 상태를 말한다.

232 규구(規矩): 지름이나 선의 거리(距離)를 재는 도구.

233 "應無所住 而生其心"이라는 혜능선사의 말을 참고한 것으로 보인다. 혜능의 말은 "응당 머무는 바 없이 그 마음을 낼지어다"라는 뜻이며, 노작이 용사하여 '信'이란 표현으로 재서술한 구절은 "순응하되 신념이나 고정관념, 집착에 머무는 바 없이 그 마음을 내어주는 태도"를 일컫는 것으로 보인다.

234 고즙(苦汁): 간수. 두부 응고제.

235 기전집본에는 '「당불경보살품(當不輕菩薩品)」'으로 표기되어 있으나, 원발표면에 따라 바로잡았다. 「상불경보살품」은 대승경전인 『법화경』의 한 품을 가리킨다. 상불경보살은 만나는 사람마다 먼저 인사하면서 "나는 그대들을 가벼이 생각하지 않으니, 그대들은 다 성불할 것이기 때문이다"라고 하였다. '청한자', '설잠'은 모두 김시습의 호이다.

236 이는 김시습이 지은 『연경별찬(蓮經別讚)』에 나오는 게송이다. '연경'은 『법화경』을 가리키며, '별찬'이란 『법화경』의 품마다 별도의 찬을 지은 것을 말한다. 뜻은 다음과 같다. "상불경보살은 과거에 『법화경』을 잘 간직하였고, 여러 중생에게 두루 수기(授記) 주며 나와 남을 구분하지 않았네. 다른 사람이 욕하는 것을 잘 참으며 오랜 세월 수행하여, 보리를 빨리 얻어 도과를 이루었네."

# 희곡

제4부

# 할미꽃[1]

## 전全 1막

### 인물

장대식張大植: 의사, 근 30세, 미남, 침착한 동작.

정영명丁鈴鳴: 간호부, 34~5세, 독신자, 곰보.

도은옥都隱玉: 간호부, 18~9세, 근대형 미인.

노옹老翁: 병자, 60세, 이상 기독교 독신자篤信者.

노동자 등.

### 시일

현대, 2월 상순경, 눈 많이 온 일요일 아침.

### 장경場景

서울 어느 병원 진찰실, 우편은 출입구, 좌편은 일광을 받는 창, 창밖은 설경, 창 위는 시계, 정면은 벽, 벽에는 예수의 초상화, 위생통계표 내과병계도內科病系圖 등, 그 밑에 침대, 중앙에는 의자 3, 4각脚, 침대 좌편은 의학용 기구, 우편은 스팀.

(도은옥은 실내 기구를 정돈하는 듯 창 옆에 섰고 장대식은 의자에 앉아 신문을 보고 정은 그 옆에 섰다. 장은 흑색 양복, 도와 정은 백색 간호부복)

**정** 어떡하면 좋아요. 다른 과에서는 벌써 다들 됐나 보던데.

**장** 글쎄요.

**정** 선생님께서 아무거나 얼른 하나 맨들어내셔요. 그저 익살스러운 희극이면 고만이지 뭘.

**장** 익살스러운 것은 아마 영명 씨가 잘 알걸요.

**정** 저야 사람만 이렇게 익살스럽게 생겼지 어디 그런 거야 무식해 됩니까. 그저 선생님께서 하나만 맨들어주셔요. 그러시면 익살스러운 것은 제가 맡아 하지요. 또 곱고 보드런 것은 저 은옥 씨더러 하라고…… 어서 하나 맨드셔요.

**장** 글쎄 원 어떻게 했으면 좋을는지. 그런 건 소양도 없고 또 별안간 연극이 될 만한 거리도 없으니…… 또 웃음거리란 것과 희극이란 것은 뜻이 다르다는데 그래도 아무 뜻도 없이 값싼 웃음만 괜히 웃기는 그런 소극笑劇은 싫고…….

**정** 아따 소국小國이나 대국大國이나 그건 선생님 맘대로 아무렇게나 얼른 하나만 맨들어내세요. 2월 스무날이 벌써 지났으니 이제 기념회는 며칠이나 남았습니까. 그동안에 또 연습이라도 좀 해보아야죠. 이번에 잘만 하면 상으로 은銀컵을 준다는데 그 은컵을 다른 과에 뺏기면 원 분해서…….

**장** 하긴 이번 기념이 이 병원 설립 이래 처음 큰 것이고 또 연극도 이번이 처음이라니까 아마 잘만 하면 상도 많겠지.

**정** 그러게 말이에요. 원 이걸 어떡하나 안타까워서.

**도** 참 기념 축하에는 비극은 아마 못 쓸걸.

**장** 글쎄요. 무엇이든지 일부러 거꾸로나 삐뚜로만 보려는 것이 사람의 호기심이니까요. 그러나 연극이란 것이 인생의 한 사실을 예술화한 거라고 볼 것 같으면 그리 또려지게 희극이고 비극이고 기쁘나 슬프나 그것은 다만 극을 보는 그 사람이 그저 자기의 흥미가 예술적 향락을 느낄 뿐이니까. 시방 종로 네거리에서 벌거벗은 한 거지가 춤을 춘다 하면 그것을 보고 웃는 이도 있고 우는 이도 있겠죠. 사람은 그저 그대로가 근본이 우습기도 하고 슬프기도 한 것을 애를 써 기쁜 일만 본다면 그야말로 눈물로 세수하고 콧물로 분 바르는 격이죠.

**정** 그렇지. 무엇이든지 제멋의 진국으로 그대로 그대로 노는 게 좋지. 그럼 아따 선생님께서 아무거라도 얼른 맨드셔요.

**장** 참 외과에서는 오늘 무대 연습을 한대.

**정** 저것 봐요. 그럼 내 거기 좀 가볼까.

**장** 거기는 또 무엇 하러 가.

**정** 아따 거기서 잘만 해봐요. 내 한바탕 헤살[2]을 놀걸. (퇴장)

**도** 아이 수선도…… 어저께도 자다가 아주 야단이었답니다.

**장** 왜요.

**도** 연극 연습을 한다나요. 자다가 일어나 "장대식 씨—" 하며.

**장** 왜 내 이름을 불러.

**도** 그건 남자 이름을 아는 게 그뿐이라나요.

**장** 오—라 만만한 내 이름이.

**도** 그래 쉴손[3] 장대식 씨를 부르며 연방 "나는 당신을 사랑합니다. 내가 당신을 생각하는 것처럼 당신도 나를 생각해주십니까" 하며 아양을 부리고 야단이었답니다.

**장** 망할 거, 그 왈패가 그건 또 무슨 짓이야. 속 모르는 이가 그걸 들으면 괜히 수상쩍게 알겠지.

(일동 웃는다)

**도** (창밖을 내다보고) 아이, 눈도…… 아직 봄은 이른 봄이지만 무슨 눈이 저리 많이 왔어. 조선도 이제 눈나라가 되려나 쓸쓸한 눈나라……. (방긋

웃는 듯)

**장** 끝없이 눈 덮인 하얀 벌판으로 이따금 이따금 쓸쓸하게 걸어가는 흰옷 입은 무리들, 그것을 마음 있어 여겨보는 이의 눈에서는 눈물이 언다고 그것이 조선을 읊조린 남모르는 설움이 아니오. 그러나 시골서 농사짓는 이들은 아마 이런 때 눈물겨운 기쁨도 있을 거야.

**도** (의자에 앉으며) 기쁨이 있다니.

**장** 눈이 많이 오는 해는 보리 풍년이 든다고.

**도** 무얼요. 그것도 다— 제철이 있죠. 파릇파릇 움 돋는 어린 싹이 찬 눈에 싸이면 어째요.

**장** 그렇지만 아직도 기계 문명의 은덕보다는 거룩한 신화나 어렴풋한 전설이 그들에겐 굳은 신앙이고 든든한 기쁨이니까. 그러기에 요새도 입춘날 입춘시에 보리 뿌리 하나를 캐어 보고서 그해의 풍흉豊凶을 미리 점占쳤다고 기뻐들 하지요.

**도** 참 입춘만 지나면 봄철이 된다지요.

**장** 네, 그것도 아마 그들의 전설 속에 그렇다 하지요.

**도** 참 분해서.

**장** 무엇이 그리.

**도** 정초라고 윷도 한번 못 놀고……. 이번 주말엔 꼭 선생님을 뫼시고 들로 바람이라도 쐬러 갈랬더니…….

**장** 나하고요. 왜 해열산解熱散[4] 신세나 실컷 지게.

**도** 왜 해열산은.

**장** 바람을 쏘이면 감기가 들지.

(일동 웃는다)

**장** 바람이야 정 쏘이고 싶으면 십 전에 셋씩 주는 값싼 부채도 있고 그것도 아주 개평을 댈려면 전기치료실에 들어가서 선풍기를 좀 틀어놓든지 무어 그렇게 낙망할 것도 없이.

(일동 웃는다)

**도** 그러면 바람은 취소.

**장** 또 감기 잘 드는 그 바람보다는 눈 온 데 설경이 어때. 거기는 해열산도 들지 않구…….

**도** 아이, 선생님도 (소간小間) 참…… 설경은 싫어요. 눈에서 눈물이 얼게.

**장** 오—라. 참 은옥 씨는 눈물이 많은 시인이시니까.

(일동 웃는다)

**도** 정말 눈은 너무도 쓸쓸해.

**장** 암, 그럴 테지. 예술가의 보드러운 느낌에. (웃는다)

**도** 아이, 참, 선생님도……. 그러면 난 다시 말 안 할 테야.

**장** 그것도 좋지. 말마다 금방울 소리 같은 당신의 그 고운 마음이 금방 얼음처럼 얼어붙는다.

**도** 마음이 얼면 죽게요.

**장** 천만에……. 마음이 근본 뜨거운 것만도 아니니까. 얼음에 채워둔 붉은 과실이 썩는 법도 있습디까. 더구나 당신같이 아직 이 세상 수학으론 풀어볼 수 없는 미지의 나라에서 붉은 그림자가 어른거리는 당신의 목숨을 시방도 지배하고 있을 그 법칙은 우리는 알 수가 없으니까.

**도** 그러면 그게 무얼까. 아마 죽음이나 무덤 속보다도 더 깊고 먼 곳으로 떨어져 간 게지.

**장** 아니 그렇지도 않어. 차고 잠잠하던 그 넋이 금방 도둑고양이같이 우리의 가슴속으로 속 깊이 숨어 들어와서 고요히 졸고 있던 마음의 거문고 줄을 징당동당 흐늘거려 울리니까.

**도** 아이고 고양이가 거문고를 어떻게 타.

(소간)

**장** 그야 무얼. 얼음 속에서 우는 할미꽃이 있을라고. (빙긋 웃는다)

**도** 선생님. 참 할미꽃도 시방쯤은 아마 꽃봉오리가 졌을걸.

**장** 그렇지. 늙기도 전에 꼬부라졌다는 할미꽃.

**도** 피기도 전에 스러졌을 테죠. 그만 찬 얼음 속에서.

**장** 그래도 무얼 봄은 봄이니까.

**도** 할미꽃도 꽃은 꽃이죠. 그러나 그 꽃도 눈물은 눈물야.

**장** 왜 나물 캐는 아가씨들의 메나리 가락이 슬퍼서.

**도** 네— 철없는 에누다리[5]도 목이 메어요. 이른 봄에 맨 먼저 설움을 가지고 오니…….

**장** 할미꽃이 눈물짓는 봄철이라. 그렇지. 벌써 이달도 거진 다— 갔군. 하는 것 없이 세월만…….

**도** 참 선생님 논문을 쓰신댔지요. 그것은 다— 마치셨어요. 의사회에 제출하신다는 것.

**장** 웬걸 아직도 생각이 점점 어려워만 지니까.

**도** 어째서요.

**장** 처음에는 혈통과 유전병의 관계를 연구해보려고 했었는데 요새 흔한 얼[6]과학자들은 좀 어렴풋한 곳에는 의례히 생활력 생활력 하며 멘델 법칙이니 무엇이니도 다— 소용없고 그저 생활력이라는 그거로만 밀어버리니 그렇게 말하면 어디 학술에 새로운 연구라는 것이 있을 필요가 있겠소. 그래 우선 생활력이라는 그것부터 톡톡히 좀 연구를 해 그 썩은 냄새가 나는 묵은 학자들의 머리를 좀 깨트려주려고 시방 논문을 다시 기초 중이나 아직 시일 관계로 연구도 부족하고 증명할 만한 재료도 변변치 못해서.

**도** 하긴 종교 생활하는 이들은 과학은 아직 불완전한 것이라고 그런대요.

**장** 흥, 불완전도 하지요. 그러나 오늘날 소위 종교란 그것도 과학적이 아니면 역시 불완전한 것이니까요. 종교를 신앙한다는 것보다도 자기를 해석하느냐 묻고 싶어요. 나는 불행히 과학자라서 그런지 모든 해석이 과학적이 아니면 양심으로 허락지 않으니까 예수가 십자가에 못 박혀 피를 흘린 뒤 물을 찾은 것을 종교가들은 아주 이상하고도 거룩한 말로 길다랗게 늘어놓지만 의학자는 다만 그것을 빈혈貧血이 되면 목이 마른 거라고 한 마디로 단정을 하지요.

**도** 그렇지만 선생님께서도 예수를 믿으시죠.

**장** 네— 그렇죠. 그러나 아니죠. 예수를 믿는다는 것은 예수라는 한 훌륭한 인격자로 '나'라는 한 자기에다 확충하는 것이요 천국이라는 한 원대한 세계에까지 자기의 세계를 확장하려는 데 지나지 않으니까. 그렇기에 제 눈으로 자기도 보지 못하는 사람이면 보이지 않는 하나님을 어떻게 믿겠소. 더구나 신이라는 그것을 고안考案해놓은 사람으로서 사람의 생명력을 이해하지도 못하고 자기의 전 존재를 긍정하지도 못하는 것들이 도리어 신을 의뢰依賴하고 구원을 청한다고요. 그거야말로 참 우스운 미신이야. 그것들이 믿기는 무엇을 믿었겠소. 도리어 미신 속에다 자기라는 한 실재까지 잃어버린 게지요.

**도** 그렇지만 예수교敎가 어디 미신입니까. 죄 많은 우리 인생이니 하나님께 구원을 청할 수밖에…….

**장** 그렇죠. 그러나 그것이 잘못 생각입니다. 무서운 사자獅子의 한 마디 영악한 울음소리가 법왕의 깊은 꿈을 깨트리고 수많은 면죄부를 불살라버리니 그것을 평범한 머리를 가진 역사가들은 루터 선생으로 말미암아 종교가 갱생된 줄로 알지만 실상은 그때부터 종교를 태워버리려는 무서운 불이 붙기 시작한 것이죠. 그때부터 미신하던 신과는 이별하고 자기를 확충하려는 곳으로 새 길을 떠난 것이 아닙니까. 그러니 쓸데없이 딴 것은 의뢰하지 마시오. 그보다는 우리의 인생관을 고칩시다. 가치의 유전, 생명의 현재, 개성의 생동, 모든 것이 영혼의 본성임을 긍정하는 그때는 구원을 청한다는 그것은 벌써 아무러한 필요도 없는 군소리가 될 것이 아닙니까. 나라고 하는 한 인생이 아무리 변변치 못한 것이라 하더라도 변변치 못한 그대로 완전한 존재니까 그밖에 또 무엇을 구해요.

**도** 그러면 자기의 생활력이란 그것만을 믿는단 말씀입니까.

**장** 그렇죠. 그러나 생활력 그것만 가지고도 될 수 없죠. 생활력이라는 그것도 한 허무니까. 우주의 생활력의 일부를 우연히 얻었다고 기뻐만 하면 우리의 생명이라는 그것은 정말 아무것도 아니지요. 그 생활을 자기가 의지해 곧 뜻해서 새로운 것으로 뜯어고쳐야, 마음의 움직이는 것이 곧 뜻이니까. 의지라는 것은 동적動的의 생명이죠. 건설이나 파괴나 실현이나 희망이나 모두가 내 뜻으로만 되는 것이 아닙니까. 내가 세균검사실에서 현미경으로 수많은 세균을 봤지만 우리의 몸뚱어리도 마치 조그마한 그 세균과 같은 거예요. 이 커다란 우주를 봐서는 가장 하잘것없는 작은 물건이야 세상에 있어서 그 세균이 좋은 건지 나쁜 건지 쓸 것인지 못 쓸 것인지 그것은 다— 아무렇든지 다만 자기가 몇 해쯤은 살다가 죽겠다고 뜻하게 된다면 그것은 얘기가 잠깐 다르지만 거기는 새로이 시간이란 걸 의미하니까. 그러나 다만 종족이 그 세균의 종족이 말이야. 그냥 몇백 대든지 서로 이어 사는 거라면 그것은 시간이란 것도 없이 다만 우주의 한 타성일 뿐이죠. 자기가 의지라는 것을 비롯하는 그때부터 시간도 있는 것이니까요. 여보시오. 우리가 이 세상에서 극락이니 천당이니 하는 것이 다— 무엇이오. 인생의 가장 높은 한 의지가 정해놓은 가장 먼— 시간이 아닙니까. 참 몇 시나 되었을까. 예배시간이 너무 늦지나 않았는지. (자기

팔뚝을 본다. 시계도 없으면서)

**도** (벽시계를 보고) 무얼 아직 열 시 반인데요.

**장** 그러면 아직도 30분은 남았군요. 그것 보오. 이렇게 얘기에 취할 때는 시간도 없지.

**도** 그래도 사람 기다리는 덴 시간이 있대요. 사랑하는 사람을 기다리는 시간은 퍽 더디 간다는데.

**장** 그것은 또 그렇죠. 기다린다는 그것이 벌써 사랑이라는 한 사실에 시간을 놓고 의지하는 것이니까. 사랑이 뜨거운 만치 의지하는 도수度數도 높을 것이요 의지하는 도수가 높을수록 기다리는 것도 못 견딜 만치 되겠지요. 그러나 의지는 움직이는 것이고 또 변화가 많은 것이니까 그렇게 애써 기다리는 것도 서로 만나면 고만이지요. 또 어느 때에 누구를 다시 사랑할는지 내일 일이 어떻게 될지.

**도** 참 사랑이라는 그것은 생각할수록 퍽 재미도 있고 이상도 한 거야. 천 사람 만 사람 모인 가운데 하필 그 사람은 따로 있고 또 몇억만 인류의 누구에게든지 다— 같이 가진 한 조그마한 그 사랑. 옛날 신화에는 남자와 여자가 천상에서는 한 몸뚱이던 것이 반쪽씩 갈라져서 이 세상에 태어난 것이라죠. 그래 이 세상에서 그 반쪽 몸뚱이가 서로 그 반쪽을 찾는 것이란데요. 내 애인은 그 반쪽 몸뚱이는 시방 어느 곳에서 무엇을 하고 있는가 하고요.

**장** 그러나 그것도 사람의 의지의 작용일 바에는 한 사람만 상대해서 어느 때까지든지 움직일 수 없는 관계로 얽어매어놓은 것은 인생의 본능이던 것도 아니야. 그것은 다만 사회의 질서를 보전하기 위해서 억지로 만들어 놓은 후천적 작위作爲인 듯싶어요.

**도** 그런데 참 선생님께서는 왜 이때까지 결혼을 안 하셔요.

**장** 어쩐 일인지 아직 결혼하고 싶지 않아요.

**도** 왜요. 여자의 마음은 변하기가 쉽다니까 또는 결혼하신 뒤에 더 훌륭한 여자를 만나시면 그 전에 결혼하신 것이 후회되실까 봐서요.

**장** 아뇨. 무어 그런 것도 아니지만.

(정영명 등장)

**정** 아주 한창 야단들야.

**도** 그래 외과에선 연습들을 잘해요.

**정** 응. 그러나 거기도 틀렸어.

**장** 왜, 연극 이름은 무언데.

**정** 무슨 아가씨 꽃이라나요.

**도** 할미꽃도 피기 전에 아가씨꽃은 또 왜.

**장** 아가씨꽃, 그것도 좋긴 좋군. 매우 어여쁘고 고운 이름인데.

**정** 곱다마다요. 박 선생이 애인이고 영춘 씨가 아가씨라나.

**도** 영춘이가 누구요.

**장** 영춘이라고 있지, 접때 들어온 간호부. 그래서.

**정** 그래 한창 연애하는 장면인데 애인이라는 이가 오— 어여쁜 님이여 하고 아가씨의 입을 그만.

(도의 입을 맞춘다)

**도** (피하느라고 입을 막고 고함치는 소리) 으—음.

**정** 이렇게 쪽 맞추겠지.

**도** (입을 씻으며) 이런 더러운 입을 씻지도 않고.

**정** 이런 연애에 미칠 지경인데 입 씻을 새가 어디 있어 정말 참 경험 없는 아가씨로군.

**도** 이런 늙은이가 숭칙스럽게. 훅 하면 연애 연애 하고. 그래도 무슨 독신

생활을 해.

**정** 아따 독신생활하는 이면 몸으론 연애를 안 하지만 입으로도 못 해.

**도** 아따 말은 좋지 성경 말씀에 마음으로 벌써 간음한 것이란 것이 뭣인데. 밤마다 잘 때면 남을 막…….

(정은 장이 듣는다는 듯이 주먹질)

**도** 괜—히 아주 못살게 굴며.

**정** 내가 언제.

(장, 빙그레 웃는다)

**정** 동생처럼 귀여우니까 그렇지.

**도** 귀여우면 왜 그런가 아주…….

**정** 아이 추워. 스팀이 병이 났나. (딴전을 피우는 어조)

**도** 왜 스팀이 식었어요. (잠깐 놀라는 듯이)

**정** 그럼요. 어쩐 일인지 어저께부터 차디찬데.

**장** 저런 그런 걸 나는…… 사람의 의지란 것이 참 이상한 것이로군. 나는 그래도 뜨겁거니 하니까 등이 후끈후끈해서.

**도** 아이 참 변變스러워라.

(일동 웃는다)

**정** 어디 기관실엘 좀 가봐야 정말 병이 나 그런가. (퇴장)

**장** 생활력과 의지 암만해도 내 이번 연구가…….

**도** 아무쪼록 이번 연구에는 선생님께서 꼭 성공하십시오. 저는 마음속으로 간절히 빕니다.

**장** 고맙습니다. 글쎄 원 이번에는 될는지……. 물론 꼭 되겠지요. 은옥 씨의 성의로만 해서도.

**도** 무얼 저는 선생님을 친오빠같이 여기는데요. 그러나 영명 씨는 그것을 질투한답니다.

**장** 질투라니요.

**도** 영명 씨는 장— 저를 연애한다고 그래요.

**장** 연애 무어. 그야말로 동성연애인가요.

**도** 네— 독신생활을 하면 사람이 퍽 이상해지나 봐요. 영명 씨는 저희들같이 젊은 동무를 보게 되면 아주 좋아서 죽겠대요. 그렇다가도 또 날 궂은 밤 저녁 같은 때는 아주 마음이 쓸쓸해 못해 그래서 저를 연애한대요. 그리고 또 사랑이란 것은 누구를 사랑하든지 그를 가장 사랑한다고 한다나요. 다른 경우에는 가장이라는 그 최고급의 말을 다만 한 군데에만 한限해 쓰게 되지만 사랑에는 더구나 여자는 누구에게든지 동시에 나는 가장 당신을 사랑합니다라고 한대요. 일상 여자의 맘이 사랑에는 그렇게 어수룩한 것을 깨달은 까닭에 그는 저를 질투하는 것이라나.

**장** 그러나 그 질투는 매우 쑥스러운 질투로군.

**도** 그러게 말이죠. 괜히 성가시러 죽겠어.

(정, 등장)

**정** 병난 게 아니라 오늘은 주일主日이라 불을 안 핀대.

**도** 아따, 이제 조금 있으면 예배 보러 갈걸 뭐.

**장** 아무튼 사람에게는 성욕이라는 것도 큰 문제야. 대개 세상에서 가장 불행한 일은 모두 그 까닭이니까. (신문을 들며) 신문기사에도 날마다 오르내리는 무서운 범죄 참혹한 사건이 모두.

**정** 그러게 금욕주의가 좋죠. 나처럼 독신생활이.

**장** 그렇지만 금욕주의가 종교생활상 어느 시대에 있어서는 더러 필요했을는지도 모르지만 그것도 정신적 미화로 봐선 연애만 훨씬 못할 것이니까.

**도** 그렇지만 그것 까닭에 죄를 짓는데.

**장** 천만에……. 옛날 어느 시인의 말도 있지 않습니까. 삭지 않는 향내를 가진 한 송이 어여쁜 꽃과 같이 한 송이의 어여쁜 죄악은 수줍은 아가씨의 일평생을 축복하기에 넉넉하다. 남자는 맨 나중 키스도 벌써 잊어버리었건만 여자는 아직도 맨 첨의 키스까지 기억하고 있다고요.

(노동자 등 등장)

**노1** 의, 의사 양반 계십니까.

**도** 왜 그러셔요.

**노1** 남포질[7]에 산이 무너졌는데 원 저를 어째요.

**정** 여보, 산 무너졌는데 의사가 어떡한단 말요.

**노1** 아니 그만 사람이 치여 다리가 부러졌어요.

**도** 다리 부러진 건 외과로 가 말하쇼. 여긴 내과니까.

**노1** 아니, 저 아래층에서 여기만 의사가 있다던데.

**정** 안 돼요. 주일날은 의사 선생님이 한 분 당직만 하시지 병은 안 봐요.

**노1** 아니, 사람이 거진 죽게 됐는데.

(이하 일, 이, 삼이 동시에 부르짖음)

**노1** 그래 인간처人間處에서 사람을 그냥 죽게 내버려둔단 말요.

**노2** 병원은 뭣 하러 지어놨어. 병자 구하잔 병원이지.

**노3** 경칠 놈의 자식이 신호도 없이 터뜨려서 사람을 생으로 죽게 만드니…….

**장** 아니 이럴 것들 없어. 하나님은 안식일에도 일을 하시니까. 그래 환자는 어디 있소.

**노2** 환장은 무슨 빌어먹다 죽은 환장換腸이야. 이건 의원이 별안간 환장이 됐나.

**장** 아니 무슨 환장이 됐다는 것이 아니라 그 다리 부러졌다는 사람이 어디 있느냐 말이오.

**노1** 네— 시방 여기 데리고 왔습니다.

**장** 그럼 시방 그 떠들던 이요.

**노1** 아뇨. 그이는 입때 까물쳐 정신도 없습니다.

**장** 그럼 얼른 이리 들여오시오. 내 까운.

(도, 장에게 수술복을 입혀준다)

**노2** (환자를 들것에 메고 들어오며) 원 어찌 달려왔던지 숨이 차서 '휘—' 여기다 올려 뉠까요.

**장** 네— 저렇게 몸을 돌려서.

**노2** 이렇게요. 아차.

(노2의 궁둥이가 정의 응치에 부딪는다. 정 짜증을 내는 듯 응치를 만진다. 환자를 침대에 올려 뉘었다)

**정** 아이구 응치야. 여보, 조용 조용히 좀 하우. 응치를 함부로 둘러대니…….

**장** 아따 좀 부딪혔기루…… 그래 언제 그랬어요.

**노1** 막— 한 시간쯤 됐습니다. 지나가던 사람으로 그만…….

**장** (침대 앞을 막으로 가리고 들어서서) 응 출혈이 너무 됐는걸.

**노1** 아주 죽지는 않겠습니까.

(도, 수술기구를 가지고 막 뒤로 간다)

**장** 글쎄요, 아무튼 응급수술은 해보지만.

**도** 핀센트[8] 요? 가제는 여기 있습니다.

**노2** 어느 늙은인지 식전 아침에 재수 없이.

**노3** 그럼 우린 가세. 오정午正 안에 가야 점심 막걸리 값이나 더 벌지.

**노2** 그럼 가지.

**도** 여보셔요. 환자의 성명이 누구십니까.

**노1** 모르죠. 그냥 지나가던 노인으로 그렇게 됐으니까요.

**도** 아이 가엾은 일도…….

(노동자 등 퇴장. 이하 실내와 실외에서 동시에)

**장** (실내에서) 주사.

**도** 무슨.

**장** …….

**도** 몇 그람.

**장** …….

**노1** (실외에서) 하나는 꽤 똑똑하지.

**노2** 응.

**노1** 나하군 얘기를 다 했어. "여보셔요. 환자 성명이 누구십니까" 하하하.

**노3** 하나는 곰보던걸. 어쩌면 그리 염충교에서 수수젬병 파는 쇠똥어머니 같이 생겼나.

**노1** 이건 자네가 가지고 가세. 이젠 빈 들것이라 가볍겠지.

**노2** 응. (가면서) 망할 거, 나는 재수 없이 그것하고 엉덩이를 부딪혔어.

(차차 멀리서 일동의 웃음소리)

**정** 망할 친구들, 컴먼 센스가 없어서.

**장** 여보 커먼 셔츤지 하얀 자켓인지 조용히 좀.

(붕대 찢는 소리)

**장** 이리로 잡아당겨.

**도** 이렇게요.

**장** 옳지.

(막을 걷는다. 일동은 손을 씻는다)

**장** 그럼 나는 예배를 보고 올 테니 아무쪼록 조용히들…… 늙은 몸에 또 출혈이 너무 돼서 암만해도 어려운데. 아무튼 안정하게 조금도 정신의 동요를 시키지 않는 것이 저이의 목숨을 잠깐이라도 붙들어주는 것이니까. (퇴장)

(멀리서 종소리, 찬송가, 노인 일어나 사방을 여겨본다. 간호부들 놀란다)

**노인** 오— 천당 천당. (예수 초상을 바라보며 기도하는 듯) 하나님 우편에 계신 예수 그리스도 (침대를 만져보며) 하나님의 보좌 (옷을 만져보고 절뚝절뚝 걸어 나서며) 흰옷 입은 천사들 (간호부를 여겨보더니) 천사……

아니 마누라, 마누라도 천당엘 다— 왔구려.

**정** 이거 어떡하나. 얼른 선생님 좀.

**노인** 옳—지. 내 귀여운 딸도, 너도 어떻게 천당에를…….

(도, 퇴장)

**노인** 그렇지. 그때 걔는 아무 죄 없는 어린 아기였으니까. 아마 천당에는 쉽게 왔겠지. 벌써 그렇게 자랐나. 이제는 바로 어른같이 커—다라서 천상의 복색을 다— 입고, 그때는 걔가 다섯 살이었지. 아니 네 살이었군. 조고만 발가숭이가 "엄마 젖 좀 밥 좀" 하며 배가 고파 애도 쓰더니 그래 나는 어린것이 똥오줌만 싼다고 구박을 했지. 그래 그 죄로 또 가난한 죄로 어린 처자 못 먹이고 못 입혀 죽게 한 죄로 30여 년 동안이나 인간에게 홀아비 몸뚱이로 갖은 고생을 다 겪으며 살다가 이제서야 왔지. 천당에는 사람이 늙지도 않는구려. 마누라는 여태껏 그대로 한 모양이니. 벌써 인간에는 몇 해나 됐는지. 그것이 어떤 땐가. 주일날 아침에 나는 예배를 보러 30리 길을 걸어갈 제 어디선지 하늘이 그만 땅— 하고 갈라지며 성신聖神이 비둘기같이 날았었던가. 그 뒤는 나는 몰라. 그저 이렇게 천당에를 왔지.

**정** 노인께서는 저, 다리를 다치셨어요.

**노인** 아니 다치기는 무얼 늙으면 그저 다리도 무겁지. 천국이 가까웠으리라 하셨지마는 정말 오느라 오니 멀기도 합니다. 그 머나먼 길을 오느라고 벌써 20여 년 동안이나 다리도 아프고 또 제일 무릎이 시려서 시방까지도 이렇게 시려. 여보 마누라 나 다리 좀 녹여주. 뽕나무 장작 열 바리를 지펴서 녹지 않는 무릎도 마누라가 녹이면 따뜻하게 녹는다지. 어서 내 무릎 좀 녹여줘…….

**정** 아이 망측스러워라. 나는 당신의 마누라가 아니라 간호부예요. 늙은이가 숭칙스럽게 그게 무슨 짓이야.

**노인** 뭬—요.

**정** 당신은 다리가 부러져 병원에 온 것이에요. 여긴 병원이에요.

**노인** 아이쿠, (쓰러져) 아이구 다리야. (고통 신음)

(장, 도, 등장)

**장** 당신은 나의 아까 부탁을 듣지 않았구려.

**정** 네—.

**장** 어째서.

**정** 그렇지만 저이가 미쳤는지 날 보고 사뭇 마누라라고 자꾸 덤비니까 어떡해요.

**장** 환자보다도 간호부로서는 당신이 정말 미쳤구려.

**정** (울 듯이) 미친 게 아니라 이때껏 독신생활하던 몸이 다— 죽은 늙은이에게 그런 소릴 들으니 차라리 안 들으니만도…….

**장** 여보쇼. 노인 일어나십쇼.

**노인** 나는 다리가 부러져 꼼짝도 못 하오. 아이고 다리야…….

**장** 천만에— 노인이 다리가 부러지셨으면 천당에를 와요.

**노인** 그러게 천당이 아니라 병원이래……. 아이구 다리야.

**장** 온 노인도, 그것이 천당에 오려면 한 시험이야. 그러면 노인께서는 그 시험에 드셨구려.

**노인** 아니오.

**장** 그러면 분명히 천당에 오셨죠. 무얼.

**노인** 천당…… 그러면 아까 그것들은 마귀들인가.

**장** 네— 그것들이 마귀도 되고 당신의 사랑하는 아내와 딸도 되고요.

**정** 아이 선생님도 어쩌실라구.

**장** 자— 그럼 일어나시죠.

(장, 도가 노인을 부축해 일으킨다)

**노인** (일어나며) 천당이라 다리가 어째 이리 서먹서먹할까. (해 비친 창을 보며) 아, 햇빛보다 더 밝은 천당…… 천당에도 눈이 많이 왔군.

**장** 그게 눈이 아니라 옥이외다. 천상백옥경天上白玉京. 자— 이 위에(침대에 노인을 누이며) 노인께서는 먼 길을 오시느라고 퍽 고단하실 테니 잠깐 누워 쉬셔요. 하나님 품 안에서 고이.

**노인** 오— 복 주시는 주 여호와시여. (잠이 드는 듯)

**장** 저이는 믿음이 굳은 사람이오. 억센 정신은 스스로 모든 것을 의지하니까 다리가 부러졌건만 아픈 줄도 모르고 걸음을 걷지. 몸은 거진 다— 죽어가면서도 자기가 의지하던 천당을 눈앞에 보고 기꺼워하지요. 그것 보시오. 천당이 아니고 병원이라니까 금방 고통을 느끼며 신음하는 것을 왜 당신은 애를 써 천당이 아니라고 무서운 고통을 깨우쳐줬소. 또 그가 의지하던 그때의 그 천당이 정말 천당이 아니라는 것을 당신은 무엇으로 그리 역력히 증명할 테요. 당신이 그의 아내라면 무엇이 어떻겠소. 보아하니 저이는 필시 가난한 시골 농군인 듯싶은데 아마 이렇게 큰 병원에는 못 와봤겠죠. 그래 모든 것이 화려하고 이상하니까 몽롱한 정신에 자기가 항상 뜻하던 천당인가 여기어 천사도 보고 또 자기의 가장 낯익은 아내와 딸을 본 것이 아니오. 나는 의원 된 의무로서 그렇게 고통이 있는 이에겐 그의 가장 뜻하던 바로 곧 행복을 느끼게 해주는 것이 건강하게 해준다는 것보다도 나을 줄 아오. 비록 잠깐이나마 그것이 고통을 치료하는 성약聖藥이니까.

**도** 그렇지만 건강이 곧 행복이죠.

**장** 그렇지. 보통 사람에 있어서는…… 그러나 시방 내가 말하는 경우는 다른 것이니까. 저이의 육체는 여지없이 흐너졌지만[9] 다만 피투성이한 의지가 아직 천당을 보고 있는 것이니까. 만일에 그 의지마저를 깨트려버리면 곧 그의 목숨은 꺼지는 때지요. 아까 당신의 그의 아내가 아니라는 뼈아픈 소리 한마디가 저이에게는 무서운 독약이었소. 이제부터는 될 수 있는 대로 그의 뜻을 어기어주지 맙시다. 무슨 말을 하든지 모두 옳다고만…… 아무거라도 의지할 그때만은 모두가 참된 것이니까. 저 사람의 무감각한 정신이 차차 짙어갈수록 저 아직 남은 목숨은 행복할 거요.

**정** 이제부터는 아무쪼록 잘하겠습니다.

**노인** (잠꼬대처럼) 닭 울기 전에 나를 세 번 모른다 하리라고 어여쁜 마귀가 날 보고 아내가 아니라고.

**장** 저것 좀 보오. 이때까지도.

**노인** 이스카레트의 유다[10]는 지옥에 가서도 모반을 하다 쫓기어났대지.

**정** (노인에게로 가서) 아니올시다. 안심하십쇼. 저는 당신의 아내올시다. 분명히 하나님께 맹세를 드린 아내올시다. 오— 주여 이 어리석은 딸에게도 귀여운 아드님을 보내주셨으니 감사합니다. 여보셔요. 이제 저를 사랑하는 아내라고 불러주셔요. 저는 이 병원에서 독신생활 십여 년에 사랑에 미쳐 우는 가엾은 젊은이를 일곱 번이나 보았습니다. 여덟 번째 불쌍한 이는 제 차렌 것을 이제는 다행히 면했나 봐요. 저는 죽도록 당신을 사랑하는 아내올시다.

**도** 저건 또 무슨 짓이야.

**장** 아뇨. 가만두시오. 그것도 좋지……. 나는 시방 이 자리에서 무한한 기쁨을 느끼오. 생활력과 의지에 관한 재료를, 그것을 증명할 좋은 재료를 넉넉히 얻었으니까. 내가 쓰려던 그 논문은 이제 훌륭히 완성되었소.

**도** 선생님 그것은 참 감사합니다.

**장** 그러나 그것은 뜻밖에 의학이 아니라 철학이었어요. 그리고 또 우리가 이때껏 애써 찾던 그 연극도 이제 이 자리에서 훌륭한 극본을 얻었소.

**도** 어쩌면 그렇게…….

**정** 어떻게요. (도와 동시에)

**장** 무어 시방은 극본 얻은 것만 기쁠 뿐이 아니라 상도 우리가 타 올 테니까 좋지요. 영광스러운 그 은컵을…….

**정** 아이 좋아라.

(동시에)

**도** 작히나 좋아.

**장** 그러니 그 은컵을 타 오거든 그것은 그 연극을 맨드느라고 애를 제일 많이 쓴 영명 씨에게 드립시다. 상품으로 또 기념품으로 경사로운 일에.

**정** 무얼 저야…… 선생님께서 모두 맨드느라고 애만 쓰셔서.

**장** 아니오. 나는 잠깐 연출만 했을 뿐이지 처음부터 힘써 출연을 잘한 공功은 영명 씨에게 있으니까.

**도** 그런데 선생님 저는 어떡합니까. 섭섭해서.

**장** 염려 마시오.

**도** 한 가지 일도 한 것이 없는데요.

**장** 은옥 씨는 아까 나와 같이 들로 바람을 쐬러 가자고 그랬지. 이제 갑시다. 기쁨에 부닺는 뜨거운 가슴으로 찬 바람을 쏘이러 흰 눈 덮인 벌판에서 눈물을 얼리려고…….

(노인, 운명하느라고 숨을 모은다)

**장** 저 소리가 들리시오. 이름도 모르고 나이도 모르고 그저 늙은 할미꽃 힘없이 내부는 입김이나마 굳은 얼음을 녹이어 뚝뚝뚝 이 나라에도 봄이 온다는 소리. 그럼 은옥 씨 어서 가봅시다. 영명 씨 이 가운이나 받아 거슈.

**도** 네— 그럼 내 가운도. (피복을 벗어 정을 주며) 그럼 영명 씨는 여기 계쇼.

**정** 왜 나도 갈걸.

**도** 가다니 저이는 어떡하고.

**정** 그럼 저이도 같이 가자지.

**도** 그렇게 어떻게.

**장** 아따 그것도 좋죠. 영명 씨는 자기의 출연을 그예[11] 끝까지 마치려고……. 하하하.

(정이 노인을 잡아 일으킨다. 그러나 노인은 시체)

**정** (놀라 물러서며) 어메나, 죽었네.

**장** 그렇게 놀랄 것도 없지요. 벌써 아까부터 그렇게 된 것을. 무어 다만 섭섭하니 우리의 입으로 아직 송장이라고 부르기 전에 우리의 연극이 끝날 때까지 우리의 의지는 사람으로 보고 있습시다.

**정** 그렇게 하지요.

(동시에)

**도** 좋습니다.

(좌左는 노인, 우右는 정, 노인의 옆에는 장, 정의 옆에는 도, 노인, 정은 백복白服, 장, 도는 흑복黑服, 서로 팔을 결어 선다)

**정** 참 선생님 연극 이름은.

**장** 글쎄…… 할미꽃이라고나 할까.

**도** 외과에서는 아가씨꽃, 내과에서는 할미꽃.

(한 발자욱 걸으며)

**장** 흰옷 입은 할미꽃.

(한 발자욱 걸으며)

**도** 피기도 전에 스러진 할미꽃.

(한 발자욱 걸으며)

**정** 늙기도 전에 꼬부라진 할미꽃.

(걸음을 걷는 대로 시체의 머리는 근뎅근뎅)

…… (대단원) ……

* 별도로 연출 대장이 있으므로 시간, 동작, 표정, 배치, 광光, 기타 무대 효과는 적어놓지 않았다. 혹 상연할 때에 노련한 연출자면 몰라도 그렇지 않으면 한번 작자에게 문의해봄이 좋을 듯.

(『여시如是』 1호, 1928년 6월)

# 흰 젖[12]

일념보관무량겁一念普觀無量劫
무거무래역무왕無去無來亦無往
여시료지삼세사如是了知三世事
초제방편성십력超諸方便成十力[13]

**인물**

법흥대왕法興大王: 신라 23대 왕, 원종原宗, 50여 세.
왕비王妃 보도부인保刀夫人: 법흥왕비, 40여 세.
성국공주成國公主: 법흥왕의 계녀季女, 18~9세.
이차돈異次頓: 내사사인內史舍人, 한사韓舍, 26세.
철부哲夫: 위화부령位和府令, 이찬伊飡, 50여 세.
이사부異斯夫: 조부령調府令, 소판蘇判, 40여 세.
실죽實竹: 병부령이兵部令伊, 벌찬伐飡, 60여 세.
공목工目: 이방부령理方府令, 급찬級飡, 50여 세.
알공謁恭: 사정부령司正府令, 대아찬大阿飡, 40여 세.
노선老仙: 남무男巫 혹운或云 박사博士, 근 100세.
아도阿道: 비구比丘, 70여 세.
모례毛禮: 신사信士, 30여 세.
사시史侍: 모례매毛禮妹, 21~2세.
모례모毛禮母: 60여 세.
거칠부居漆夫: 내사사인內史舍人, 24~5세.

예작부령例作府令.

집사성조주執事省祖主.

내인內人 10여 인.

치성稚省 6인.

상인도전上引道典 4인.

흑개감黑鎧監 4인.

시위대감侍衛大監 2인.

대두隊頭 수인數人.

영領 수인.

옥졸獄卒 10여 인.

행자行者 수인.

촌부 3인.

시민 다수.

### 처소處所

신라국 수도.

### 시대

자금自今[14] 1403년 전 신라 제23대 왕 법흥대왕 14년으로부터 15년 8월 초5일까지.

### 전희前戲

영산회상곡靈山會上曲[15]

　미타찬彌陀讚

　본사찬本師讚

　관음찬觀音讚

〈제1막〉

첫 여름 이른 아침.

영지靈地 남산南山 우지암亐知巖.

오른쪽은 바위로 된 언덕, 언덕 너머는 일면의 울창한 수림, 언덕 위로 엇비슷이 험준한 암벽이 있고 벽 앞은 넓고 편편한 반석이 깔리었다. 반석대 위에는 사람이 타고 걸터앉을 만한 소암小巖이 두어 개 늘어 있다. 왼쪽은 비탈로 되었는데 일대가 모두 성긋한 대수풀, 대숲 너머 저쪽으로는 신라 서울의 성곽과 시가가 멀찍이 보인다. 더 그 밖으로는 먼 산의 참치參差[16]한 연봉, 하원河原, 기봉奇峯을 이룬 백운白雲이 감아 아득히 보인다.

(반석대 위에 어룡성御龍省 치성[17]들, 모두 스무 살 안팎 준수한 미남자. 치성 갑은 서서 거닐고 치성 을은 다리 뻗고 모로 반쯤 드러눕고 병은 쪼그리고 앉았고 정은 바위에 걸터앉았다)

**치성 갑** 어째 입때들 아니 오시노.

**치성 을** 아직도 푸서리길[18]에 이슬이 많은 터이니까.

**치성 병** (하품을 하고 비스듬히 드러누우며) 벌써 우리가 이게 며칠째야. 짧은 밤에 단잠도 다— 못 자고 새벽부터…….

**치성 정** (기지개를 켜며) 그럼 우리의 구슬이 노상 이렇지 별수 있나.

**치성 을** 이 사람 내려앉게. 거기는 이따 상감마마께옵서 앉으실 자리인데.

**치성 정** 아따 제기랄 자식, 나 상감님 자리에 앉았으나 저 상감님 앞에 드러누웠으나.

(일동 웃는다)

**치성 갑** 옛적부터 거룩하다는 이 우지亏知 바위도 이제는 영검이 없어졌단 말인가. 무슨 놈의 의논을 벌써 며칠째 해야 밤낮 제턱[19] 날마다 그 시늉이니 (앉으며) 일이 끝장이 나야 한다는 말이지. 이건 생으로 사람을 기름만 내리는 것이지 뭐야.

**치성 병** 하긴 이번 일이 처치하기가 어렵기는 퍽 어려울 게야. 죄 없이 사람의 피를 여간 많이 흘렸어야지. 중들도 하늘 밑에 인버러지일 터인데.

**치성 정** (일어나 앉으며) 그러기에 말일세. 중놈이라면 아비 죽인 원수보다 더한지 눈에 언뜻 뜨이기만 하면 이를 갈고 덤비어 미친개 때려잡듯하니.

**치성 을** 오늘도 천경림天鏡林[20] 근처에서 하나를 붙잡아 불에다 태워 죽인다던가.

**치성 정** (일어 앉으며) 나도 요전에 귀정문歸正門 밖에서 날화장시키는 것을 한번 보았지마는 참 보기에도 너무 몸서리가 나고 지긋지긋하데. 그래도 죽는 사람은 연방 염불을 하느라고 그랬는지 죽을 때까지 눈은 딱 감고 입을 쫑긋쫑긋하며 무엇을 중얼거리는 듯하데그려. 흥. 염불 그 경칠 놈의 염불 좀 고만두고 그렇게 참혹하게 죽지나 말지. (다시 눕는다)

**치성 갑** 아닐세. 그 사람의 중얼거리더라는 것은 염불이 아니라 반드시 이 나라 사람들을 독하고 모진 소리로 원망하며 푸념을 하던 것이던가 보네.

**치성 병** 그러나 그것도 참 이상한 노릇이야. 그렇게 몹시 붙잡는 대로 구박을 하고 죽이어 없애건마는 그래도 연방 어느 틈에 이 구석 저 구석에서 꾸역꾸역 쏟아져 나와 죽으러만 가니…….

**치성 을** 요사이는 성골聖骨의 겨레 귀한 집 자손들도 많이 그거로 몰리어 죽나 보데.

**치성 갑** 아무튼 이제는 하늘이 무심치 않을 것일세. 생사람을 그렇게 많이 죽이고서야 큰일이 안 나! 이번 길에 모진 죽음을 한 원악한 귀신들이 모두 떼를 지어 몰리어다니며 무서운 소리로 부르짖고 푸른 불길을 내뿜어 이 땅을 맨 잿더미가 되도록 태워 집어놓거나 무슨 짓이라도 하든지 하지 가만히 있지는 않을 것일세. 어—허, 생각 뒤만 하여도 가슴이 선뜩하고 머릿살이 쭈뼛거리어서.

**치성 병** 하기는 이제 그렇게 극성을 피우며 사람을 못살게 굴던 이들이 꼬리를 샅에 끼고 쥐구멍을 찾을 날도 머지않을 게야. 더구나 요새는 인심도 달리 도는 모양이니까.

**치성 정** 우리의 이 구슬도 목숨이 아까워서 시키는 대로 하기는 하지만…… 아무튼 여러 해 묵은 이 체증을 얼른 쏟아버릴 무슨 용한 약이든지 한때 바삐 있기는 있어야 하겠는데…….

**치성 갑** 될 수 있으면 요사스러운 꽃은 꺾어 없애고 거세고 독한 풀은 뿌리째 뽑아버려 어서 길을 떠나야 하겠다. 행군취타行軍吹打[21]를 해야겠다. (일어나 더벅더벅 두어 걸음 걷는다)

**치성 정** (일어서며) 그래도 될성부른 떡잎은 고이 잘 가꾸어주어야지.

(고요한 풍류 소리와 함께 상인도전上引道典의 '쉬—' 하는 전도前導[22] 소리가 들린다. 치성들은 놀라 곤두박질을 해서 몰리어 얕은 자락으로 가서 무릎을 꿇고 엎드린다. 상인도전 네 사람이 앞을 서고 법흥대왕, 웅위雄偉한 몸에 무사의 복색을 차린 시위대감侍衛大監이 나란히 2인, 내사사인內史舍人 이차돈[23], 노선老仙, 철부哲夫[24], 실죽實竹[25], 이사부異斯夫[26], 공목工目[27], 알공謁恭[28], 차례로 등장. 흑개감黑鎧監[29] 4인은 대왕을 옹위해 서서 걷는다. 그러나 허리를 펴고 걷는 이는 대왕 한 사람뿐.

대왕은 바위에 걸터앉고 시위대감은 왕 뒤에 갈라서고 노선과 이차돈은 왕 앞에 마주 꿇어앉고 철부, 실죽, 이사부, 공목, 알공은 왕의 앞으로 멀찍이 벌려 앉고 흑개감은 네 모퉁이에 갈라서고 상인도전은 왕의 앞 멀찍이 양쪽으로 갈라섰다. 왕이 앉기를 기다려 치성들은 그 자리에 일어선다. 위의威儀는 있어도 모두 숭엄하고 신비로운 기운이 돈다)

**왕** (흩날리는 백발을 쓰다듬으며) 덕 없는 이 몸이 겨 속에 깊이 들어 있어 밤이나 낮이나 매양 놓이지 않는 마음은 '어찌하면 이 나라를 거룩하고 가미로웁게 할까. 어찌해야 우리 백성이 평안하고 넉넉할꼬' 하는 애타는 걱정이 그지없으매 이리 여러 날을 두고 너희에게 간절히 묻노니 너희들은 아무쪼록 나라를 위하여 충성된 뜻과 말을 아끼지 말고 숨기지도 말고 모두 나에게 들릴지어라.

**철부** (두 팔로 땅을 짚고 허리를 굽히었다가 다시 일어나 앉으며) 아뢰옵기 젓사오나 사람의 가장 높은 덕은 나라를 다스리시는 임금께서 계실 줄로 믿사오며 그 덕을 쓰실 이도 임금님밖에는 아니 계실 줄로 아옵거니와 이 서벌西伐 나라의 기리는 이름을 빛나옵게 드날리시오매 위로는 조상을 거룩하게 하옵시며 아래로 머리 검은 짐승들을 다사롭게 다스리옵시사 백성마다에게 두굿기고 그리워하며 찾고 바라는 것을 고루고루 나누어주옵시려 하옵시니 그 거룩하옵고 크낙하옵신 덕을 어찌 무슨 입입으로 적다 이르겠사오릿고.

**왕** 착한 사나이여. 너의 갸륵한 말은 아름다이 들었노라. 그러나 어찌하여야 내게 그러한 거룩하고 굳센 힘이 있을꼬. 그것을 한번 가르쳐보라.

**실죽** 거룩하옵신 상감님께옵서 높은 자리에 계옵시와 넓게 보살피시오며 밝게 다스리시오니 젓사옵건대 작고 무딘 입으로 구태여 무슨 말씀을 사뢰오릿가마는 이 나라가 이룩하오면서부터 남달리 어려운 땅에 있사오매 북으로는 억센 고구려가 부쩍부쩍 내리누르고 게염[30]을 피며 덤비오니 변방에 수자리 사는 병마가 평안할 날이 없었사오며 서으로 앙센[31] 백제는 날마다 투정과 앙다툼으로 또한 좋은 사이가 아니었사오며 또 동남쪽 살피[32]로 에둘린 바다 위에는 해적의 등쌀에 성가시러운 걱정이 나날이 차차 늘어만 가올 적에 그 속에 싸여 부대끼는 설움과 괴로움이 정말 어떠만 하였겠사오릿가. 다행히 하늘이 도우사 폐하께옵서 이 나라에 임하옵시매 너그러우시고 두터우시고 다사로우사 두루두루 미욱한 백성을 사랑하옵시며 영검하옵시고 거룩하오사 널리 이 나라 땅을 빛내고 미쁘게 하옵시니 보배로운 자리에 오르신 지 벌써 열이요 또 네 해째이오되 그만히 벌떼 일어나듯 하던 변방의 도적은 꼬리를 감추어 이제는 군사들이 병장기 쓰기를 잊을 지경이오며 비가 순하고 바람이 고르오매 사람마다 모두 배를 두드리며 거룩한 태평 시절을 거리마다 기려 노래하오니 하늘의 덕이 이미 지극히 높으옵시매 뼈에 사무치는 사망[33]이 위에는 더 바라올 나위도 없을까 하옵나이다.

**왕** 아니로다. 그것은 아니로다. 옛날 눌지마립간訥祇麻立干[34] 할아버지께옵서 일찍이 고구려에 볼모가 되옵시어 가서 계옵실 적에 갖은 설움을 촉촉히 받으시옵는 중에도 날뛰는 가슴을 누르시옵고 무섭게도 아리고 쓰린 고생을 다― 참으시오며 기어이 뒷날 국운을 새롭게 하시사 든든하고 억센 나라를 이루시려고 여러 번 다스려 벼르옵시고 굳게 맺히옵신 마음은 및 고국에도 돌아오옵셔서 높은 자리에 오르옵시며부터 이 나라에도 새 빛이 돌고 큰 숨을 쉬게 되었으니 얼마나 갸륵하옵시고 즐거운 일인고. 땅을 늘리옵시려 땅비[35]를 이르옵실새 뚝을 쌓으며 동을 모으게 하옵시고 소수레[36]를 만들어서 백성에게 쓰도록 하시옵시며 가뭄과 장마에는 구호와 진휼賑恤[37]을 아끼지 아니하옵시고 늙은이를 먹이시옵고 어린이를 기르시오며 놀고먹는 이를 모두 부르사 일을 하도록 시키셨구나. 어허 하늘에 닿으신 거룩하고 높으신 덕 그 큰 뜻을 어찌나 해야 이 몸이 조금이나마 이룰 길이 있을꼬. 못생긴 이 몸이 몸 받은 그 큰일을 조금이라도 마깝게[38] 하지 못할까 보아 그것을 밤낮 저어하기를 마지않노라.

**철부** 이 나라 땅에 부접해 사는 백성은 새로 어느 푸나무나 무슨 짐승들인들 든든하고 우람스럽고 거룩한 덕화德化를 입지 않은 게 있사오릿고.

다스리시온 지 셋째 되는 해 봄 정월의 나을신궁奈乙神宮에 거동하옵실 적에는 양산楊山 우물에서 용이 나타나 춤을 추는 듯 상서를 드리옵고 4년 여름 4월에는 비로소 병부를 두옵시며 7년에는 율법을 지으사 펴셨사오며 또 백관百官의 차례와 옷을 마련하시었사오며 어진 신하를 얻으려 하오실 제 귀하옵신 몸이 구중九重에 깊이 들어 계옵서 대궐 밖 일을 알 길이 없으시매 여러 준걸俊傑을 모아 마음대로 놀리고 멋대로 가닥질하게[39] 하는 곳에서 그들의 행금이 옳고 그른 것을 가리어 보옵신 연후에 어진 이를 뽑으시옵고 착한 이를 들어 쓰고자 하옵심이라. 그래서 귀한 집안 자제들 가운데에 모양과 거동이 엄전하고 바른 이를 가리어 부르기를 풍월주風月主라 하옵고 착한 선비와 훌륭한 스승을 구하여 두레를 짜고 패를 지어 효제孝悌를 장려하옵시고 충신을 힘쓰도록 하옵시며 또 어여쁜 처자들을 뽑아 가꾸어 원화原花[40]를 삼으옵시니 도중徒衆이 구름 모이듯 날마다 서로 도의道義로써 사귀고 돕고 사랑하오며 또는 노래와 풍류를 이끌고 산수 좋은 곳마다 즐겁게 돌아다니며 놀아서 먼 데나 가까운 곳에나 어디든지 좋은 땅이면 마음대로 놀고 싶은 데로 발자취가 아니 닿는 데가 없도록 하시어주셨사오니 그네가 배운 것이 무엇이겠사오릿고. 충신과 열사烈士도 그리로 좇아 빼날 것이오며 그네가 뜻한 것이 무엇이겠사오릿고. 양장良將과 맹졸猛卒도 거기로 말미암아 뛰어나올 것이 아니오릿고. 오히려 소신의 이 늙고 미욱한 마음이오나 밤과 낮으로 비옵는 것은 다만 뜻하지 않고 행하는 일에 있어서라도 저절로 거룩한 행실이 나타나며 못된 일은 하지 말고 착한 일만 하여지이다 고 할 뿐이로소이다.

**실죽** 그러하올시다. 철부哲夫 이찬伊飡[41]의 사뢰옵는 말씀을 듣사오며 끝없는 감격이 가슴에 넘치오며 옛날 황창랑黃昌郎의 칼춤처럼 부닺는 마음이 번개 치듯 새로금 깨우쳐 느끼어지노이다. 어허. 그런 일을 생각하오면 뜨거운 눈물이 쏟아져 앞을 가리옵고 붉은 피가 용솟음치지 않고서 어찌하오릿고. 어린 이의 몸으로 백제왕의 억센 목을 널름 벤 황랑黃郞의 의협스러운 춤이나 치술령신 사당鵄述嶺神 祠堂 치술신鵄述神[42] 어미의 남편이시던 제상 어른의 굳센 넋이여. 어허. 뜨거웁게 붉은 피와 뼈가 아프게 맺힌 마음은 억새밭 억세인 떨기마다 마디마디 방울방울마다 가시지 않는 피 흔적을 지니고 있지 않사오릿고. 아무리 독한 형벌 무서운 칼날 아래에도 굽히지 아니하였으며 알랑거리여 달래임에나 간사스러이 꾀수임에도 빠지지 아니하옵고 기어이 끝끝내 씩씩하고 매운 절개를 발보였사오니 그것이 얼마나 거룩한 일이오닛고.

**왕** 그렇다. 그것이 우리의 넋이요, 착한 백성 풍월주風月主네들의 기질이다. 아무리 열흘 붉은 꽃이 없이 피었다 곧 지는 꽃송일망정 잇대어 피고 지고 피는 영원무궁한 끈덕진 꽃이 계림鷄林 남아男兒의 기개며 체면이며 우리의 얼이며 힘이니라. 우리가 이 세상에 온 것을 일하러 왔으니깐 잠깐 빌어 있는 이 세상을 깨끗하게 살고 영화스럽게만 하면 고만이지 그때는 죽더라도 아무 섭섭함도 없을 것이니라. 아니 그때는 아마 이 땅을 곧 떠나 평안히 쉴 만한 어머니의 옛 나라로 곧 돌아가게 될는지도 몰라 그동안의 애를 퍽 많이 썼으니깐 저 한밝산의 굳은 웅자雄姿가 우리의 기상이며 정신이요, 시바랄의 넓은 회포가 우리의 마음이니라. 어허 그러나 슬프도다. 이 나라는 동방의 햇빛을 받는 밝은 땅이언마는 이때껏 어둠 속에서 잠꼬대만 하였고 해와 달을 어버이로 모신 우리 백성들 거룩한 검님에 보내신 두굿기는 자손이언마는 어쩌다가 무서운 구박에 그대 지울꼬. 주림과 쪼들림에 그대도록 파리해졌는고. 어—허— 이제는 밝은 빛 검나라에서도 내어버린 자식으로 돌보지 않으십니까. 기별도 없고 소식도 끊겼으니 찾아가 뵈올 길조차 바이없구나. 그러니 우리는 깨우쳐야 하겠다. 남달리 부지런해야 살 것이로세. 배우기에 힘들을 쓰라. 굳세인 뜻과 가미로운 힘을 내이기에 게을리 말라. 서로서로 엉기어 무너지거나 헤어지거나 또 물러서거나 하지 않는 얼과 넋으로 새로이 길하고 이로운 운명의 성문을 흠뻑 두드리어 열어 터놓자꾸나. 우리의 시방 운명은 망하는 것이 아니면 흥하는 것뿐일세. 마음을 어우르고 힘을 묶어서 굳은 데는 꿰뚫고 억센 데는 헤쳐 나아가보라. 나라 지경地境 밖으로 뛰어 넘어가라. 바다로도 떠나가 보아라. 어—허 아진阿珍께 앞바다에 어기여차 복 실러 가는 배…….

**실죽** 옳도소이다. 백성을 윤택하게 하옵고 국운國運을 왕성케 하옵는 데는 아무러한 짓이라도 사양치 않겠삽나이다.

**이사부** 옛적에는 우리나라가 고구려와 백제 이웃 나라와 겨뤄보려 하오면 지식과 문물이 매양 뒤졌으므로 어찌나 모든 일마다 이롭지 못하옴을 겪고 느끼었사온지요. 우리나라를 새롭게 일으키려 하오면 한때라도 바쁜 것이 미욱함을 깨치는 일밖에 더 없을까 하옵나이다. 남의 나라에서는 옛적부터 벌써 이웃의 모든 나라와 서로 널리 교통해 문물을 바꾸며 복스러운 일을 실어 들이기에 바빴건마는 가여웁게도 우리나라만은 남의 나라 틈에 옴츠러져서 끼어 있어서 조그마한 몸이 부닻기고 지질리기에도 차마 견디기가 어렵사온데 더구나 지식과 문물이 놀라옵고 먼저 깨었다 하옵는 양梁나라 같은 나라와 길을 트고 뜻을 서로 통해보고자 하오나 북으로는 고구려와 서로는 백제가 가로막아 화살을 놓으니 어찌하면 좋사오릿고. 그나마 들어오는 복도 발길로 차버리는 셈으로 이웃 나라에서 부처의 도를 가지고 백성을 일깨워주며 가르쳐주려고 들어오는 이는 덮어놓고 모두 무찔러 죽이기로만 하오니 무엇으로써 남의 나라 풍정風情이나 형편이 어찌 된 것이나마를 알아볼 길이 있사오릿고. 어—허— 이 나라 운수가 장차 어찌나 되올는지 미욱한 백성 가운데에는 마음과 목숨이 편안치 못한 이가 어찌 없다 이르겠사오릿고. 실없는 일에도 사람의 죽음이 가볍기가 모닥불 위에 하루살이 목숨, 복을 찾아 푸념하는 이의 입에는 메밀 범벅으로 들어처막고 도道를 깨달아 깨끗이 깎은 머리에는 대 테를 단단히 매어놓으니 이렇래서야 시방 어느 곳이 그리 조용하고 편안할 땅이오며 사람 살 고장이라 이르겠사오릿고. 어— 허— 미욱하고 완악한 소견에 배우지 못함이여. 어두운 탓이여. 어찌하면 좋사오릿고.

**실죽**[43] 아니올시다. 이사부異斯夫 소판蘇判의 말이 그르도소이다. 이 나라에는 옛날부터 거룩히 밝은 도가 있어 대대로 여러 어지신 임금님께옵서 그거로써 이 나라를 다스리었사옵거늘 어찌 이제 대가리 깎고 헌 누더기 입은 중놈의 괴이한 수작을 새로이 옳은 도라고 그릇 참견할 것이오며 또 본디 내게 있는 것을 내어버리고 남의 것만을 받아들이어 좋다 이르겠사오릿고. 오히려 소신의 좁은 소견이지요. 아직껏도 마땅치 못하게 여기옵는 것은 옛적부터 우리나라 임금님의 높고 거룩하옵신 이름을 마립간麻立干으로 일컫삽던 것을 별안간 남의 나라 글로 왕이라 고쳐 쓰옵시며 깨끗하고 좋던 옛 옷을 벗기시고 이 몸에 설고 눈에 들지 않는 이 옷을 입히어주옵시매 도무지 마음에 거북하고 마뜩지 않기 짝이 없사오니 스스로 깊이 딱하고 답답만 할 뿐이로소이다.

**왕**[44] 너의 말이 너의 뜻 것은 가장 옳을는지도 모르리라. 그러나 널리 알고 깊이 생각지 못하였음이 매양 큰 탈이로고나. 나의 눈이 남은 보아도 내 몸은 보지 못하매 남의 눈이 아니면 어찌 내 얼굴을 볼 수 있으며 남의 긴 것도 보지 못하고 어찌 나에게 짧은 것을 가릴 수 있으랴. 나의 뜻도 아직 넓지는 못하나마 될 수만 있으면 조상의 거룩하옵신 뜻과 이 나라의 밝은 도를 온 땅에 끝닿은 데 없이 널리널리 펴보고지고. 그러나 보아라. 우리 조상의 깊은 뜻을……. 헌 것은 모두 불살라버리고 온갖 것을 새롭게만 하시려고 애쓰시던 것이 아직껏 이 눈에 선—히 밟히지 않느냐. 임금을 이름 지어 일컬으심에도 때를 따라 여러 가지로 같지 않게 하셨으니 거서간居西干이라 이르옵시기를 한 번이요, 차차웅次次雄[45]이라 이르옵시기를 한 번이요, 이사금尼師今[46]이라 이르옵시기를 열여섯 번이요, 마립간이라 이르옵시기를 네 번이었으매 나도 새로이 이름을 고치어 왕이라 일컬어 부른들 그리 무슨 허물이 있을꼬. 오히려 나는 더 훌륭한 도와 갸륵한 이름이 어서 이 세상에 또 있기만 기다리기를 마지않노라.

**이사부** 시방 이 나라의 운수는 정히 국경을 깨트리고 테 밖으로 더 벌려 나가기만 좋을 뿐이오매 그런 일에 많이 유의하옴이 곧 이 나라를 다스리는 급한 도리일까 하노이다. 연전年前에도 백제에 흉년이 들어 주림에 우는 백성들이 900여 호나 빌어먹어 우리나라 땅 폐하의 어지신 그늘로 돌아왔으며 가야국왕은 사신을 보내 혼인을 청하오매 비조부非助夫 이찬伊湌의 누이를 보내시었사옵고 또 백제는 사신을 보내어 화의和誼를 청하였사오며 또 저번에 폐하께옵서 남녘 살피에 거동하시와 너른 땅을 개척하옵실 적에도 가야국왕이 일부러 예로써 달려와 수종을 드렸사오며 이제도 양梁나라에서 사신이 이르러 다섯 가지 향과 경상經像[47]을 드리었사오니 이만만 하여도 폐하께옵서 거룩하옵신 덕화德化가 바야흐로 널리 빛나옵심이 아니고 무엇이닛고. 그러나 다만 답답하온 것은 양梁나라에서 온 사신이 중 원표元表[48]라 하옵거늘 이 나라에는 그를 남부끄럽지 않게 변변히 접대할 만한 사람도 없사오매 도리어 나의 더럽고 미욱하고 무식함만 드러낼 지경이오니 어찌하면 좋사오릿고.

(치성 1인 등장)

**치성** (숨이 차서) 큰일 났습니다. 사뢰옵기 황송하오나 성국공주께옵서 환후患候가 매우 위독하옵십니다. (비죽비죽 울며) 약을 드리어도 효험이 없으시옵고 당굴이 푸리[49]를 하와도 영검이 보이지 않사옵고…….

**왕** 그것이 어쩐 일인고. (용안龍顔에 근심하는 빛이 깊이 어린다) 누구든지 그것을 고쳐줄 이가 없겠느냐. (초조하고도 근심 깊은 눈으로 여러 신하를 둘러보며)[50] 여기에 누구든지 용하고 좋은 수를 가르쳐 낼 이가 없어 (모든 신하는 말없이 두려움에 떨고 있을 뿐 왕의 낙망의 빛이 깊어서) 이제는 하는 수 없이 그것을 죽게 그대로 내버려두는 게로군……. 그러나 그대로 죽는 꼴을 어찌 편안히 앉아 보고 있을 수야 있을꼬. (눈물을 짓는다) 누구든지 없느냐. 아무든지 좋다. 그의 목숨을 붙들어주는 이면 아무든지 좋다. 높은 몸이나 낮은 몸이나 사릴 것 없이 내 딸을 데려가도 좋다. 내 딸의 몸뚱이는 목숨을 살리어준 은인에게로 (소간小間) 어째 이리 잠잠만 할꼬. (이차돈을 보고) 보아하니 네가 무슨 실기가 좀 있음 직하니 어디 너의 좋은 뜻을 한번 일러보라. (소간小間) 왜 말이 없을꼬.

**이차돈** 미욱하옵고 나이 어린 소신이 입을 열어 감히 무슨 말씀을 사뢰오릿고.

**왕** 아니다. 무슨 말이든지 좋으니 어서 일러보아라.

**이차돈** 신의 어리석은 소견에는 폐하께옵서 밝으옵신 덕에 그릇되오심이 없이 더 밝히오시면 젓사옵건대 아무러한 재앙이라고 저절로 사라질 줄로 사뢰옵나이다.

**왕** 그러면 어찌해야 옳을꼬.

**이차돈** 상감님께옵서는 거룩하옵시고 높으신 권세와 위덕이 계옵시니 마음에 드옵시는 그대로 바르게 다스리시오면 아무 탈도 없을까 하옵니다.

**왕** 그러나 이 몸은 덕이 얕고 눈이 어두워 밝혀 볼 길이 없구나. 모든 것이 다— 나의 맞갖지 못한 허물이겠으나 저 공주의 위태로운 병을 어찌해야 빨리 건지어줄꼬. 약과 만신도 이제는 모두 신기한 보람이 없다는구나.

**이차돈** 소신이 밖에서 듣사오니 지난해 봄에 일선一善 고을 우속于續마을 모례毛禮[51]의 집에 한 아도阿道[52] 중이 왔삽는데 천지가 진동하옵고 하늘로서 보배로운 꽃이 비 내리듯 하였다 하오며 왼손에는 금환석장金環錫杖[53]을 짚고 오른손으로는 옥발응기玉鉢應器[54]를 들었으며 몸에는 하납霞衲[55]을 입고 입으로는 화전花詮[56] 부르더라 하였삽는데 이 나라 사람들이 중이면 모두 붙잡아 때려죽이므로 모례가 남에게 들킬까 저어하여 저의 집 울안에 굴집을 짓고 모셔두었다 하오니 옛날 미추이질금未鄒尼叱今[57] 님 적 일을 휘둘쳐 보옵건대 아마 이제도 그러한 이를 또 불러다 물어보오면 더러 무슨 보람이라도 있을까 하노이다.

**알공** 그 말은 옳지 않소이다. 중을 불러다 푸리를 하면 이 나라의 밝은 도를 깨트려 더럽히는 것이 아니고 무엇이릿고. 그런 입을 함부로 놀리는 이는 이 마당에서 빨리 물리쳐 뜨거운 불에라도 집어넣어 태워버리고지고. 이 나라의 한 가지 거룩한 내력은 옛날부터 위로는 밝은 하늘을 받들읍시고 아래로 미욱한 인간을 다스리시는 영검스러운 검님께옵서 높은 자리에 계옵시지 않았사오닛고. 그 거룩한 검님께옵서는 아무러한 모진 비바람에라도 나아가 다스리심을 게을리 아니하시었사오매 그 은덕을 갚기로써 이 나라 땅과 백성을 지니고 계옵시게 하심이어늘 미욱한 머리 검은 짐승들 사이에는 까닭 없이 뻗서고 그르치는 일이 많사오니 뜻하옵건대 그것이 모두 뜬것이나 허깨비가 아니고 무엇이오릿가. 한때라도 바삐 그러한 부질없고 지저분한 무리는 얼른 물리쳐버리시옵소서.

**이차돈** 알공대사여. 그대의 갸륵히 떠드는 말은 모두 잘 알아들었노라. 그러나 부질없이 지껄이는 소리가 너무 안타까울손 한 치 앞도 못 내다보는 눈먼 소경이 도리어 흰 것을 검다 이르니 그것이 애달프고야 시방으로라도 한 발자욱 밖이나마 환한 곳을 얼른 좀 보이고 싶소.

**왕** 너희들은 시방이 그렇게 쓸데없이 말다툼만 할 때가 아니니라. 어떻게 하든지 얼른 내 딸의 병을 고칠 길이나 물어보자.

**알공** 이차돈의 눈에 궂것이 씌었사옵거늘 그것을 먼저 다스리지 않고서 도리어 무슨 영검한 일을 기다리겠사오릿고.

**왕** 어—허. 듣기 싫다. 이를 어찌할꼬. (노선老仙을 보고) 밝수[58]야, 네나 얼른 무슨 영검한 일을 설설 내리어보라.

(치성 1인 달리어 등장)

**치성** 공주께옵서 숨을 모으시옵고 거의 돌아가옵시게 된 줄로 아뢰옵나이다.

(일동 모두 놀라고 초조하는 빛이 보인다)

**왕** 얼른 들리어다오. 무슨 말이든지 한 마디만 용한 소리를.

(노선이 일어서서 햇빛을 바라보고 한참이나 무엇을 중얼거리는 듯하더니 안색이 차차 창백해지며 입술이 떨리고 눈물이 어른거리며 침묵. 일동 일어서서 불안에 싸여 주시注視. 노선 허리를 굽히고 비슬비슬 걸어 좌편으로 내려가려 한다. 철부 그 옷소매를 잡아 막는다)

**철부** 여보, 거룩하고 영검스러운 밝수님 어떡하시겠소. 그 무서운 병환에서 공주 아가씨를 얼른 건져낼 수가 없을까요. 네, 왜 말씀이 없으시오. 그러면 밝수님 당신은 무엇을 그리 슬퍼하십니까. 네, 한 마디만이라도 영검스러웁고 좋은 말씀을 들려주옵소서. 상감님께옵서와 궁중의 안팎 이 나라 백성들이 모두 좋아 춤을 추도록.

**이차돈** (성난 눈으로 한참이나 노선을 주시하다가 참다못해) 여보아라. 네가 가기는 어디로 갈꼬. 가는 곳이 어디메이며 여기가 어떠한 곳이기로 그렇게 버릇없이 걸어나가는고. 너는 대궐 안에 받들어 모신 몸으로 이 나라 땅에서는 가장 이름이 높고 거룩하고 영검스럽다 이르는 밝수로서 그렇게 버릇없는 짓을 어전지척御前咫尺에서 이렇게 함부로 할 수 있을까. 더구나 시방은 대궐 안에 근심스러운 일이 계옵시어 나라의 위아래 안팎이 모두 애를 졸이며 좋은 기별만 기다리는 이때이거늘 하물며 너는 한 나라의 신직神職을 맡은 중대한 몸으로서 요사스러운 눈초리에 눈물을 찔금찔금 묻히어 볼수록 사위스러운 짓만 할까 보냐. 자— 얼른 일러라. 무슨 말이든지 좋든 그르든 상감님께옵서 간절히 들으시려 하옵시는 이때이니 속이지 말고 다— 사뢰고 가고 싶거든 가거라. 만일 그래도 굳이 입을 다물고 끝끝내 버릇없는 짓만 함부로 할 것 같으면 (허리에 찬 칼자루를 잡으며) 이 이차돈의 허리에 찬 이 칼이 그리 날래지는 못할망정 너의 가는 모가지를 도리기에 그다지 무디지도 않을 것이다. 자— 얼른 내 칼을 받겠느냐 안 받겠느냐.

(이차돈 칼을 빼니 여러 사람들이 붙들어 말린다)

**왕** 아서라. (철부를 보고) 그 움켜쥔 사매를 놓아 보내라. (이차돈을 보고) 너는 무슨 거친 소리를 그리 함부로 하느냐. 여기는 일국의 대사를 의논하는 거룩한 영지靈地라. 그런 칼을 함부로 빼는 데가 아니다. 그리고 밝수야, 너는 아무 말도 하지 말고 그대로 가거라. 아무 소리도 아니한 것이 차라리 좋지. 너의 허옇게 센 그 터럭 속 빛바랜 입술에서 떨려 나올 좋지 못한 소리를 나는 듣고 싶지 않다. 차라리 안 듣는 것이 나을 터이지. 가거라. 가. 가고 싶거든 마음대로 얼른 물러가거라. 아무 소리도 듣기 싫어. 어—허 그 흉한 소리를……. 시방쯤은 벌써 내 딸의 목숨을 그만 아마 저 먼 나라로 돌아가는 길을 떠났을 것이야. 저 허공 중천虛空中天에 허위허위 높이 떠가며 시방 우리들의 이 짓을 웃음으로 내려다볼는지도 몰라.

(하늘이 흐릿한 듯 돌아가는 떼구름장에서 빗발이 후두둑. 일동 하늘을 우러러본다)

**왕** 그렇다. 이것을 보아라. 이것이 이것이 우리 아가의 웃으며 흩뿌리는 눈물방울이고녀. (목이 메어 옷소매로 눈물을 짓는다)

(일동 모두 민망함과 초조함과 슬픔에 싸여 무언無言)

**노선** (정신을 차리어 눈물에 섞인 너른너른한 웃음으로) 아니올시다 상감님. 그런 것이 아니올시다. 철부 이찬伊飡, 이차돈 한사韓舍 마음을 진정하십시오. 내가 너무도 버릇없었음을 접어주시옵소서. 모든 말씀을 다— 사뢰옵지요. 흰 터럭에 뒤휩쓸리어 먹은 나이 거의 백 살이나 되어 실낱같은 이 목숨이 무엇이 섭섭하고 알뜰한 것이 있어 숨기고 감출 일이 있사오릿고.

**왕** (낙심과 설움의 반동으로) 그래 무슨 말이냐. 내 딸이 죽겠느냐. 그 병을 고칠 수가 있느냐 없느냐. 그 탈을 풀어낼 수가 있느냐 없느냐. 또는 이 나라에 무슨 좋지 못한 일이나 있겠느냐. 그 계집애로 해서 이 나라 백성들에게 무슨 탈이 있느냐. 만일 그렇다 하면 나는 그 자식을 끊어버려도 관계치 않어. 이 나라를 위한 일이면 내 딸을 죽이고 또 내 목숨까지 바치더래도 아까울 것이 없어. 내 딸을 죽이고 살리는 권력은 다— 내 손아귀 하나에 매였으니깐 그까짓 것을 없애버리기로 무엇이 그리 어려울 것일꼬. 여러 사람을 살리는 데에는 한낱의 두굿기는 내 자식이지만 선선히 내어버리는 것이 이 서벌西伐 나라 밝은 겨레의 거룩한 넋이지. 밝수야 어디 한 마디만 얼른 일러보아라.

**노선** 아니올시다. 공주 아가씨께옵서는 곧 회춘回春하실 것이올시다. 아무리 까무러쳐 숨이 떨어지셨삽더래도 곧 다시 깨어나실 것이올시다. 아무 근심도 마시옵소서. 고요히 마음 놓고 들으시옵소서. 고이고이 들으시옵소서. (신이 내린 듯 차차 무아경無我境에 들어간다. 푸념으로 하늘을 우러러보고 땅도 가리키며 혼잣소리로)

어허. 좋을씨고. 온 땅을 밝게 비추시며 다사로웁게 쪼여주실 검님께옵서 황금덩을 타옵시고 새배[59] 저쪽 본곁에서 거둥[60]해나옵신다. (사방을 둘러보며) 깨끗하게 마전해 널은 이른 아침 고요한 휘장 밖으로 뻗어나가려 하는 온갖 새로운 목숨의 힘을 탐탐스러웁게도 손잡아 이끌어주시는구나. (도성 쪽을 내리 굽어살피며)

골골마다 무더기 무더기로 새것을 이룩하는 거룩한 목숨이 치밀어 오르는 듯 오랫동안 어둠 속에서 쪼들리고 헤매이던 사람들은 새로이 밝은 빛을 힘입어 새벽 종다리처럼 재바르게 오락가락하누나. (가슴을 벌리고 하늘을 우러러)

빛이여 빛이여. 어허 밝고 맑은 저 햇빛이여. 거룩하고도 환한 눈의 광채가 이 계림鷄林땅 보배로운 흙의 영원하고도 속 깊은 신비를 모두 거두어 우리에게 지녀주시랴 물려주시랴 대대손손이 가슴속에 가득 쌓아 끼쳐주시랴고 넌지시 눈짓하시고 뒷손질해주시는 것이언마는 그러나 우리가 미욱하구나. 그 사랑 깊은 뜻을 받기는 새로 그 영검스러운 얼음짱조차 알아들을 길이 바이없구나. (목이 멘다)

(다시 기운을 돌리어) 우리의 부리가 어떠한 부리신가. 온누리 모든 것이 모두 다 저 거룩한 동방으로부터 비롯함일세라. 하늘님이 아끼시던 씨앗으로 착한 것이 마음이 되고 흰빛이 몸이 되어 온—누리를 비추어지라. 온—땅을 걸차고 가미로웁게 하여지라. 온—갖 것을 싱싱하고 씩씩하게 하여지라고 이 나라에 보내신 거룩하고도 기림있는 해님의 겨레언마는 흙내를 맡은 뒤부터 영검이 없어지고 미욱한데 무저져서 저절로 이르기를 불쌍한 인간들이로세.

모든 것이 서로 어울리지 않고 더럽게 게으름만 피워 닥치는 곳마다 슬픈 소리 고르지 못한 가락만이 들리어 일어나도다. 저마다 떨어져 달아나며 만나면 서로 으르렁거리는 이 몹쓸 세상 어허 어찌나 해야 좋을꼬.

(손을 비비어 비는 듯) 어머니 살려주옵소서. 씨알 사나운 마음과 몸의 무서운 아귀다툼을 눌러주시옵소서. 불같이 괴로운 시새움의 화살을 뽑아주시며 방여의 칼날을 막아주시옵소서. 이제껏 맞는 온갖 궂은일일랑 거두어 불살라주시옵고 옹친 것은 풀어주시오며 맺힌 것은 녹이어주시오며 굳은 것은 늦춰주소서. 허룩해진 이 누리를 드잡이해주시옵소서.

(고개를 내저으며) 그러나 그러나 어허, 어머니께옵서 손수 해 입히신 고

운 옷을 시막스러운 우리의 심술로 가리가리 쥐어 찢어 넝마 헌 누더기를 만들어놓았으니 이제야 그것을 다시 깁고 꼬매어 입히고 거드쳐주시기를 바랄 수 있으랴. 어허 이제는 여기저기 소담스럽던 귀불주머니도 손때에 절어 끊어 떨어졌고 꽃도 놓고 새도 놓은 타리개 버선은 진창만 함부로 밟어 걸레가 되었고 오목조목 잣누비옷도 오줌똥을 못 가리어 너절해졌구나. 어미 젖에 함함히 살찐 타락송아지가 이제는 개밥에 도토리처럼 뒤돌리어 눈총만 맞는 불탄 강아지가 되었으니 어찌하면 좋으료. 이를 어찌하면 좋으료.

궂은비 흩뿌리고 바람은 지동치듯 부는 밤길언마는 허둥지둥 갈팡질팡 헤매는 걸음을 "그리 가면 진굴창이다 저리 가면 낭[61]이니라" 일깨워 근심해주실 이도 없고녀. 부루퉁한 젖꼭지는 내가 빨아먹을 것만 여기어 긴 치마자락을 휘어잡고 매어달렸더니 어머니께서 일부러 발길로 박차버리었음이 아니라. 그것은 눈물에 무저져 누진 꿈자리에서 구성진 잠꼬대만 하였음이었도다. (눈물을 씻으며 느낀다)

어머니께서 피땀을 흘리시어 만드신 손 그릇 이 나라를 저희에게 내어주실 제 이르신 말씀 가라사대 "이것을 맡아 지닐 제 내 얼굴을 더럽히지 마라" 가라사대 "고이 잘 지내고 어미 품으로 다시 돌아오라" 가라사대 "지내는 동안 어미 얼굴이 그리웁거든 떠날 적의 목메이던 부탁을 휘둘쳐 보아라" 하셨건마는 그러나 이제 보니 저희는 이대로 돌아가 어머니를 바로 쳐다 뵈올 낯바닥이 없소이다. 저희가 걸어오던 길섶에 고이 가꾸어놓으셨던 수줍은 꽃숲도 이 몹쓸 심술이 뭉긋고 망가질러 없애었으니까요.

옛 꿈터에서 흘러내리는 고요한 물결이 낡은 넋을 아프게 흐느적거리노라. 이것은 이것은 그 어느 거룩한 이의 뉘우쳐라 깨우쳐라 일부러 마음있이 지워주시는 뼈아픈 눈물이나 아닌지. (목이 멘다)

바람이 분다. 아지랑이도 스러지노라. 끊일락 말락 젊은이의 애를 부질없이 시들리던 호들기 소리여. 어허 나의 넋은 마디마디 가락가락 느끼어

떤다. 눈물도 하염없어 그칠 줄이 없구나. (눈물을 씻는다) 애졸이던 마음 날뛰던 가슴을 서로서로 얼싸안고 푸른 밤 동산에 긴 밤을 새우며 안개 서린 잔디밭에 줄달음 주어 뛰어놀던 그리운 벗 정다운 동무는 다— 어디로 헤어져 갔느냐. 해 저문 개펄에서 시름없이 부르던 그윽한 메나리 보드라운 노래 골짜구니가 쩌르렁 울리던 우렁찬 소리도 이제는 목이 쉬어 가슴만 앓는 벙어리뿐이로다.

(한숨을 쉬고) 뻗쳐 흐르는 영혼의 샘물이 끊이지 않고 새롭게 새롭게 용솟음치던 샘터는 무엇에 이 눈이 어두워 찾을 바도 없는고. 안개가 잦아진 골에 피어 흐드러진 온갖 꽃송이를 춤추던 손으로 곱게 꺾어 님에게 드릴 꽃다발을 겯던 솜씨로 옛적에는 많았었더니라. 호박벌이 멋없이 달아날 적에 말없이 흐리어지던 이슬 머금은 눈썹은……. (한숨을 쉰다)

아— 그러나 시방은 이게 어쩜이뇨. 마음과 몸이 너무도 무디고 거칠어진 탓인가. 하나 두어라. 그 적에 실없는 일은 모두 그대로 내던져두잤구나. 옛무덤을 찾는 에누다리가 슬프기도 하다마는 지나가는 나그네의 허튼 잔사설이 멋쩍기도 하올세라. (빙긋 웃는다)

거룩하신 검님이 주신 고운 철 그리운 옛날은 궂은일에 속고 덧없는 마음에 얽매여 어디론지 사라져버리었지마는 이제라도 우리의 넋과 우리의 피를 들이부어 고운 마디와 훌륭한 가락으로 이 나라를 어울리게 하는 것이 사람의 힘이며 검님의 뜻일세라. (호령하듯 한다)

어둡던 땅에 먼동을 터주시고 환한 햇볕이 이리 내려 쪼이심은 아직도 두굿기시는 사랑이 남으사 어둠의 홑이불을 걷어치우고 안가슴을 버리어 싸안아주고자 하심이니 거룩히 흘려주시는 흰 젖을 받아서 겨레의 씨앗이 던져 넌출 뻗는 곳마다 햇빛이 비치는 나라 땅마다 고로고로 축이어 길고 오랠 목숨을 북돋아 기르려 함일세. 모름지기 여기에서 힘쓰고 부지런하면 얼마나 거룩하고도 붉은 넋과 깨끗하고도 보얀 피가 깊게 깊게 제기어 디디고 간 곱고 어여쁜 발자욱마다 철철 넘게 고여 있어 어마

어마하고도 영검스러운 보람과 자취가 뒷누리까지 길이길이 끼쳐 남아 있어 사라지지 아니하리라. 없어지지 아니하리라. (푸념을 하고 살그머니 쓰러져서 게거품을 입으로 흘리며 부르르 떨다가 여러 치성稚省들이 덤비어 주물러준 뒤 한참 만에 정신이 돌아온 듯 일어나 입맛을 다시고 한숨을 쉬며)

폐하께옵서는 아무 근심도 마옵소서. 이번에 공주께옵서 환후가 쾌차하옵실 뿐만 아니오라 그로 말미암아 이 나라에 거룩한 새빛이 새로이 새로이 들이비쳐 올 것이로소이다. 서방西方에 금선金仙[62]이 계시와 유정인간有情人間을 구제하기 위하옵서 거룩하옵신 일생을 바치시었사오며 다섯 가지 욕심의 펼쳐진 넓은 들판에 부적부적 타들어가는 탐욕의 큰 불길을 대자대비[63]의 떼구름장에서 주루룩 쏟아지는 무상정법無上正法[64]의 소낙비로써 앉은 자리에서 꺼 없애시오며 미욱의 뇌옥牢獄에 얽매여 있는 중생을 위하사 금강의 지혜로운 칼로써 번뇌의 쇠문을 두드려 부셔주셨사오며 청정 미묘의 바다에 에둘린 해탈정각解脫正覺[65]의 꽃동산에서 즐거웁게 살도록 하여주신 이의 거룩하옵신 도가 이 나라에 널리 뒤덮일 것이로소이다.

옛날 미추이질금味鄒尼叱今님 적에 고구려 사람 아도阿道의 어머니 고도녕高道寧이라는 이가 이르기를 지금부터 3천여 월 뒤에는 이 나라에 그 도가 퍼질 것이라고 하였다 하옵더니 아마 그 말이 이제 와서 맞는가 보오이다. 어—허 이 몸은 이 늙은 몸은 불행히 거룩한 도와 인연이 얇음인지 실낱같은 목숨이 아침저녁을 재촉해 기다리는 애달픈 몸이오니 얼마나 복이 얇고 덕이 적은 탓이오릿고. 그렇게 거룩하올 세월을 노신老臣의 이 눈은 뵈옵지 못하올 것을 생각하오매 메마른 가슴의 낡은 피가 찢어질 듯이 막히어 철없는 눈물이 앞을 가리옵고 저절로 버릇없는 짓만 많았사오이다. 어—허 얼마나 섭섭한 일이오릿고. 이다지 애졸이는 슬픔이 또다시 없삽나이다. 상감님 이 늙은이의 철없는 눈물을 두굿겨주옵소서. 이제부터는 노신이 맡아보던 이 밝수의 영검스러운 자리도 있을 까닭이 없을 터이올시다. 그러나 너무 근심하지는 마시옵소서. 좋은 일에나 나쁜 일에나 노상 한결같이 밝으신 덕으로만 계옵시면 길이길이 큰 복을 누리옵시리다.

**왕** (무엇을 깨달아 알았다는 듯이 고개를 끄덕끄덕 잠깐 잠잠히 무엇을 생각하다) 따로 풀이할 것은 없을까.

**노선** 아무것도 없삽나이다. 그저 다만 상감님께옵서 밝으신 뜻대로만 하옵시면 시방 모든 어려운 일은 실꾸리 풀리듯이 저절로 솰솰 풀리오리다. 이제는 노신의 맡은 일이 다 끝이 났사오니 아—니 이 나라의 어려운 일은 거진 다 보살폈사오매 고달프고 늙은 몸이라 물러가 편히 쉬올까 하노이다.

(노선 정신없이 허둥지둥 걷다가 몇 번이고 엎드러져 넘어지매 치성 두 사람이 부축해 퇴장)

**왕** (일어서며) 어찌해야 그렇게 거룩한 일을…… 영검스러운 일을…….

〈제2막〉

**1장**

왕궁 경내의 비원秘園 일구一區 정면과 우편은 몇 나무 수양垂楊이 성긋한 속으로 은은히 들여다보이는 이끼 서린 궁장宮墻. 우편 담 끝에는 본궁으로 통하는 일각대문. 담 너머 저쪽에는 그리 멀지 않게 전각殿閣의 용마루와 추녀가 드러나 보인다. 중앙에는 조그마한 연못과 석가산石假山, 홍예虹霓를 튼 조그마한 석교. 못에서 좌측은 그리 높지 않은 언덕, 언덕 위에는 두어 나무 무궁화가 방긋이 웃고 섰는데 그중에 한 나무 쓰러질 듯 노고老苦한 등걸이 반나마 허리가 구부러져서 못 속에 저 그림자를 고요히 들여다보는 듯 좌편 가로 다가서 무궁화나무 그늘에는 조그마한 정자 한 채. 길은 언덕 너머에서부터 정자를 앞으로 끼고 돌아 석교를 건너 연蓮못 둑으로 구불거리어 일각문으로 나간다.

유두 전일流頭前日[66] 저녁나절.

(알공謁恭, 정자에 홀로 앉아 무슨 생각에 잠기었는 듯 일어나 뒷짐을 지고 고개를 숙인 채로 두어 걸음 왔다 갔다 하다가 다시금 우뚝 서서 무엇에 주린 듯 무엇을 찾는 듯 사방을 휘휘 둘러보다가 실망에 넘치는 듯한 한숨을 한 번 깊이 쉬고 다시 정자에 힘없이 주저앉는다.

좌편 언덕 너머 길로 공주가 아기 내인內人 하나를 데리고 등장.

알공은 허둥지둥 정자 옆 무궁화 그늘에 몸을 숨긴다.

공주 소박한 편복便服에 간단하고도 품고品高한 분장. 한 손에는 태극선, 한 손에는 무궁화 한 가지를 넌지시 꺾어 들고 고요한 발자국을 게을리 옮기어놓는다)

**공주** (꽃을 코에 대어 향내를 맡으며) 내가 앓아누웠던 그동안에 이 꽃이 이렇게 활짝 어여쁘게도 피었구나.

**내인** 그러믄요. 아기씨께옵서는 편치 않아 계옵신데 그 꽃만 홀로 먼저 그렇게 피었으니 그동안에 보아주실 임자를 그리워하는 시름은 얼마나 많이 멋없고 실없는 동풍을 탓하고 원망하였겠습니까. (소리를 내어 웃는다)

**공주** (소리 없이 방긋 웃고서) 아이 가엾어라. 철 적은 봄꽃에게 내가 너무도 많이 못할 짓을 하였군. 그러나 어찌하노. 뜻밖에 저절로 지어진 그 허물을……. 이 꽃잎이 이렇게 애처로웁게도 으스러졌으니 아마도 어느 적에 데퉁적은[67] 소낙빗발이 아프게 후려때리고 가버린 까닭이나 아닌가. 시름 속에 어여삐 핀 꽃이 눈물 속에 넌짓 웃다가 소낙비에 그만 으스러져 죽는다. 아으, 가엾이도…….

**내인** 아기씨, 그래도 봄바람이 건뜻 불 제 향내 맡은 범나비는 지는 꽃이 싫든 말든 제멋만 좋아라고 너울너울 춤을 추겠지요.

**공주** 흥 그까짓 미친 나비의 짓이야 말할 것이 무엇이니.

(알공 고개를 갸웃이 내밀고 숨어 서서 보며 빙긋빙긋 웃다가 공주의 말에 놀라운 듯 얼른 고개를 끌어들이고 서서 낙심천만인 듯 고개를 한 번 젓고 긴 한숨을 땅이 꺼질 듯 쉰다)

**내인** 아기씨, 저런 나비 말이지요. (조약돌 하나를 들어 알공의 숨어 있는 무궁화나무 그늘을 향해 던지고 웃는다)

(알공, 몸을 사리며 돌을 피하는 듯)

**공주** 얘, 이 동산은 너무도 고요하구나. (버들숲에서 새로이 우는 매미 소리를 듣고서) 저 매미는 무엇이 그리 맵기에 매암매암하고 늘어진 가락을 꺾어 우노.

**내인** 내일이면 벌써 유월 유두니 서늘한 가을도 이제 얼마 아니 남았으니까요.

**공주** 유두날 밖에서들은 즐겁게 놀이를 한다지.

**내인** 그러믄요. 백성들이 성 밖 동으로 흐르는 물가에 모여서 머리도 감고 놀음놀이도 차리어 즐겁게들 노닌답니다.

**공주** 밖에서는 그렇게 들썽거리건마는 여기는 이렇게 쓸쓸만 하구나. (석교石橋에 올라서서 못을 들여다보며) 물도 맑기도 해라.

**내인** 장마가 지나갔으니까요.

**공주** (무궁화 한 송이를 입으로 담싹 물어 따서 물에 떨어뜨리며) 참 가엾은 일도…… 꽃을 먹이로 알고 쫓아오는 물고기여! (물을 이윽히 들여다보다가) 이 동산지기의 심청도 너무나 밉살머리스러울손 왜 다만 한 마리의 물고기를 이 작은 못에다 저리 외짝으로 가두어놓았을까.

**내인** 그런 게 아니랍니다. 전에는 금잉어 두 마리가 짝을 지어 굼실굼실 잘도 놀던 것을 그만 한 마리는 아기씨께옵서 편치 않옵실 적에 약으로 잡아서 쓰셨더랍니다.

**공주** 아으, 애처로웁게도 나에게 어째 그것을 잡아먹이었을까. (눈물을 짓는 듯) 더구나 어디에 물고기가 없어서 하필 저것을…….

**내인** 그래도 밝수의 말이 아기씨 병환에는 그것을 잡수어야…….

**공주** 아이 얄궂어라. 늙은 밝수의 능청맞은 수작…… 가엾이도 내가 그것을 먹고서 병이 나았다니! 저렇게 어여쁜 것을 어찌 차마 잡아먹어…… (물을 들여다보며) 이 모진 목숨은 네 짝을 잡아먹고 살았다는구나. 너는 저렇게 쓸쓸스러웁게 내던져두고 아마 나를 원수로 여겨보겠지. (쓸쓸한 웃음을 웃으며 내인을 보고) 그것이야 아무 마음도 없어서 그런가, 꼬리를 치며 굼실굼실 조아리고 혼자 잘도 노누나.

**내인** (한참이나 열적어[68] 섰다가 비로소 때를 얻었다는 듯이) 그래도 아기씨께옵서 병환이 나으셨으니까 고만이지요.

**공주** (슬슬 걸어가며) 무얼 그것을 먹어서 나았을라고. 이차돈 한사의 은덕으로 아도阿道 중의 법력으로 내가 살았지.

**내인** 참 그 거룩한 아도 중이 이제는 이 서울 안 천경림天鏡林에다 집을 올리고 있게 되었대요.

(공주와 내인 일각문으로 퇴장. 알공 살며시 일어 나온다)

**알공** (일각문을 바라고 두어 걸음 걷다가 서서) 어허 이 나라에서는 가장 높고 귀하옵신 몸이여. 상감마마께옵서는 아드님이 없으시니 대왕 폐하의 거룩한 용상도 저 아기씨 차지. (낙심하는 듯이) 아— 그러나 저이는 임자가 있구나. 원수의 이차돈이가…….

**2장**

초가을 달 없는 밤 초저녁.
모례毛禮의 집마당.

(광술[69] 불빛에서 어머니는 삼을 째고, 사시史侍[70]는 삼을 잇고 있다)

**사시** 벗어라 벗어라 네가 벗어라
네가 벗지 아니하면 내가 벗겠다

속아라 속아라 네가 속아라
네가 속지 아니하면 내가 속겠다

어머니 이 삼이 왜 이렇게 얼크러졌을까 이것 좀 보아.

**모** 글쎄다. 어쩌면 그렇게 얼크러졌을꼬.

**사시** 이러다가는 이번 팔월 한가위에 우리가 아마 회소會蘇[71] 가락을 부르게 되나 보오.

**모** 글쎄다. 이렇게 애써서 하는 길쌈을 남한테 뒤떨어지지는 말아야 할 터인데……. 그러나 여섯 주비에 길쌈 잘하는 솜씨가 퍽 많으니깐.

**사시** (엉클어진 삼을 들고) 어매나. 이것 좀 보아. 참 얄궂어라. 어쩌면 이리도 몹시 얼크러졌을꼬.

**모** (혀를 낄낄 차며) 어쩌면 그렇게……. 하긴 그게 삼이 얼킨 것이 아니라 아마 네 마음이 무엇에 무척 얼크러진 모양이다.

**사시** (부끄러워 웃는 듯) 어머니도 그런 말씀은……. 내가 무엇에 그리 마음이 어지러워졌을꼬.

**모** 무얼 요사이 밤마다 네 잠꼬대하는 소리만 들어보아도…….

**사시** 이렇게 커다란 것이 어린애처럼 무슨 잠꼬대를 다 할꼬.

**모** 그럼.

**사시** 아이 얄궂어라. (웃음을 멈추고 무엇을 잠깐 생각하는 듯) 하기는 요새 내 몸이 퍽 이상해지기는 했어. 밤마다 까닭 없이 무엇이 그리워서…….

**모** 무엇이 그리워.

**사시** 글쎄……. 무엇인지 썩 잘 아는 듯도 하면서 또 무슨 일인지 몰라요. 그래 그럴 적마다 꼭 이차돈 한사님의 얼굴만 뵙고 싶어서 못 견디겠어……. 어머니 그러다가도 어쩌다 한 번 만나 뵈면 아무 할 말도 없고 또 이야기도 싱겁고 쑥스러워서 괜히 쓸데없는 소리만 몇 마디 지껄일 뿐이라오. 참 얌전하고도 참한 도령님 그런 이가 이 세상에 둘이나 다시 있을까.

**모** 그것은 나도 벌써부터 짐작했어. 그래 어떻겠단 말이냐.

**사시** 어떻긴 무에 어때. 접때 아도 스님 모시러 오셔서 뵈온 뒤로부터 저절로 마음이……. (부끄러운 듯 자지러지게 아양을 떨며) 아이고. 어머니. 나는 무어라 말할 수도 없어.

**모** 그럼 네가 그이에게 반했단 말이지.

**사시** 반하기야 무얼. 그러나 아마 무엇이 어떠하기에 저절로 끌리고 그리운 생각이 나지요. 어머니 나는 그 뒤에 그이의 얼굴을 두 번밖에 못 보았다오. 보고 싶어서 어떻게 해.

**모** 아이. 망측스러워라. 계집애가 철없이.

**사시** 그러나 나는 그이를 볼 적마다 수줍고 부끄러워 못 견디겠어……. 그이는 참 훌륭한 사나이지.

**모** 훌륭하면 뭘 해. 그러한 이가 너 같은 것이야 이제 다시 한번 눈꽁댕이로나 더 거들떠볼 줄 아니. 또 사나이 속을 누가 아니. 더구나 열 길 물속은 알아도 한 길 사람의 속은 모른다는데.

**사시** 그까짓 속은……. 그까짓 것이야 아나 모르나. (한숨을 쉬며) 내가 다만 궁금한 것은 그이도 나를 그리워하시는지 나는 그런 말을 그이에게 물어볼 수도 없어.

**모** 그렇기에 수줍은 색시가 괜히 외기러기 짝사랑으로 헛물만 켜는 셈이면 어떻게 하니. 더구나 저렇게 나이 찬 계집애가…….

**사시** 그러면 어머니는 왜 접때 그이가 왔을 적에 아무 말 없이 그냥 내버려두었소. 나는 가슴이 이렇게 답답해죽는데.

**모** 그것은 귀중하신 손님이 이런 집엘 다 찾아오셨으니깐 좋은 낯으로 그저 잘 대접해서 보내자는 것이니까 그랬지.

**사시** 그래도 어머니는 그이가 세 번째 말을 타고 우리 집을 뒤로 돌아내리었을 적에 내가 울구멍으로 내다보아도 어머니는 빙긋 웃고 아무 말씀도 날더런 안 하시고서 뭘 그래. 그때 어머니는 아주 눈웃음을 치며 그이를 맞아들이지 않으셨소. 그때에 그이가 나를 보고 넌짓한 웃음으로 인사를 하고 고개를 숙이실 때에 어머니의 마음도 과히 그리 싫지는 않으셨겠지요. 그렇게 귀중하기만 하신 몸과 또 이 딸년의 일을 생각하여서도.

**모** (계면쩍은 듯이) 망할 것. 이제 별소리를 다해 지껄이고 있네.

**사시** 그래 그때 그이가 사흘을 우리 집에서 묵고 계셨지요. 그이의 돌아가시던 발길이 더디더디 머뭇거림은 모두 나 때문인 줄 알 제 어머니의 마음은 얼마나 든든하고 기꺼우셨겠소. 그이의 타신 흰 말이 먼 산모롱이로 돌아가는 것을 나는 싸리문간에서 시름없이 쳐다볼 때에 어머니는 무엇이라 나를 달래주셨소.

**모** 그렇지마는 그때 내 생각은 네가 오늘 이렇게 될 줄은 몰랐었구나.

**사시** 그렇지만 뒤울 안 굴집 앞에서 그이와 나만이 서로 쳐다보고 있을 때에 거만한 걸음으로 우리를 놀래어주신 이가 누구요. 나는 분명히 부엌 모퉁이로 돌아가신 어머니의 그림자를 보았었는데.

**모** 그렇지만 그렇게 약고 똑똑하던 네가 금방 그렇게 마음이 쏠릴 줄은 몰랐구나. (한숨을 쉬며) 모든 것은 도무지 내가 잘 보살피지 않은 허물이 크겠지마는.

**사시** (힘없이) 허물이야 무슨 허물.

**모** 이러다가 만일에 그이가 훌쩍 너를 떼쳐버리고 돌보지 않는다거나 데려가지 않는다면 어찌나 되겠니. 그것이 걱정이란 말이지.

**사시** 참 얄궂어라. 그이가 나를 왜 돌보아주어야만 될까요. 왜 데려가야만 될 일일까…….

**모** 너는 그에게 바친 몸이고 그는 너를 맡은 사람이니깐 그렇지.

**사시** 그런 짓을 왜 누가 했던가요. 그런 일은 없어……요. 우리는 그렇게 바치고 맡은 일은 없었으니깐.

**모** 그러면 한때의 무슨 눈보임 사랑뿐이었단 말이냐.

**사시** 그것부터 모르지요. 글쎄 그이도 나를 그리워하는지 누가 그걸 아느냐 말이지요.

**모** 참 너는 철없는 계집애다. 만일 그런 일을 네 오라비가 알아만 보아라. 어떠하겠나.

**사시** 왜 내가 그이를 그리워하는 걸 시새워 할 일이 있을까. 아니지요. 오빠도 이 말만을 들으면 퍽 좋아하겠지요. 더구나 그 거룩한 한사님을 깨끗한 풍월님을 누가 구태여 헐고 미워할 리가 있을까.

**모** 그야 그이를 보면 아무라도 탐탐히 하지 않고야 어떻게 하겠니. 누구에게든지 두굿김을 받는 엄전하고 씩씩한 풍채이지마는.

**사시** (놀라는 웃음으로) 저것 보아. 어머니도 그에게 무척 반했구려.

**모** 계집애도. 내가 그이에게 반해 무엇 하게.

**사시** 왜 무엇 할라고만 꼭 반하오. 아무튼 거룩한 우리 도령님이야. 그리고 어머니, 내사內舍 한사韓舍까지 지내신 귀중하신 성골의 겨레로서 더럽다 하지 않고 이런 집까지 찾아와주었으니 얼마나 고마운 일일까. 그렇게 상감님의 가까운 일가이시언마는 조금치나 교만한 빛도 보이지 않으시고 그냥 이런 사람처럼 아무 흉허물 없이 그대로 놀으시겠지. 그리고 우리 집안일도 퍽 두굿기어 걱정해주시나 봅디다. 예전에 삼 년 굴산 두산성을 쌓을 적에 우리 아버지가 많으신 공로가 있었다는 말을 들으시고 퍽 많이 갸륵하다고 칭찬해주십디다. 아무튼 그이는 퍽 좋은 어른이야. 아주 정든 동무 같애. 점잖고 엄전하면서도 상가롭고 탐탐한 것이.

**모** 하기는 요사이쯤은 그이가 오심 즉도 하다마는.

**사시** 어머니는 내가 하루에도 몇 번씩 싸리문 밖에 나가 먼 산을 바라보는 걸 눈여겨보셨소. 울 밖에서 개 소리만 컹컹 나고 신발 소리만 잣잣해도 나는 벌써 가슴이 두근두근 울렁거리어 귀를 기울이는 것을……. 어떻든 나라에 일이 있어 아도 스님을 모시러 오는 길이 아니면 오실 수 없는 줄도 번연히 알면서 나는 아침에 일어나 잠들 때까지 또 꿈속에도 날구장천 이때나 오실까 저때나 오실까 애졸여 기다린다오. 나도 만일 사나이로 태어났더면 그 어른의 타신 말구종[72]이라도 되어 말고삐나 잡고 온 서울로 대궐 안으로 어디든지 그 어른 가시는 데까지 따라나 다녔으면 좋겠어. 만일 전장 같은 데라도 나아가서 그이의 몸 대신으로 내가 칼을 맞아 죽더라도.

**모** 너는 원체 그런 말괄량이 계집애니깐 변덕 도섭[73]이 하루에도 몇 번씩……. (허를 차며) 미쳐 날뛰는구나 하면 또 금방 무슨 시름에 겨워서 눈깔이 퉁퉁 붓는 짓을 하고 아무튼 이제는 좀 색시꼴이 박히도록 안존해 버릇을 좀 해보아라.

**사시** 내가 왜 도섭스럽고 변덕스러워졌을까요. 이 가슴에 아무것도 솟쳐 느껴지는 것만 없으면 이년도 저절로 얌전하고 안존해진답니다. 어젯밤에도 까닭 없이 밤새도록 울었지. (부끄러운 듯 방긋 웃으며) 선머슴꾼들의 메나리 가락이 슬퍼서…… 다른 사람들도 어떻게 상감님과 이차돈 한사님의 훌륭하고 좋은 이인 줄 아나 봅디다. 나는 실없는 노래가락에도 이차돈 하고 기리는 높은 마디를 여러 번 들었어. "이차돈 이차돈" 부르기 좋은 이름! 그밖에는 나는 또 무슨 소린지 아무것도 모르지. 무슨 소리를 들어도 나는 귀가 어두워서 도무지 몰라요. 아으 만일 이 좁은 가슴이 그렇게 울렁거리지만 않을 것 같으면 마음대로 한번 그이의 이름을 소리쳐 실컷 불러나 볼 테야.

**모** 망할 계집애. 툭하면 그게 무슨 소리야. 어저께도 아도 스님 앞에서 이차돈 한사님 하고 소리를 버럭 지르니 그게 온 무슨 꼴이란 말이냐.

**사시** 무얼 그때 이차돈 한사님이 오셔서 아도 스님을 모셔다 공주 아기씨의 병환을 고쳐드린 까닭에 상감님께서 주신 많은 보물을 스님께서 받아다 우리에게 모두 주셨으니깐 그렇지. 이 좋은 귀걸이도……. 이것이 얼마나 좋은 보물이오. 이 넓은 서울서도 나밖에는 가진 이가 없을 터인데…….

**모** 대궐 안에도 없어. 아무튼 너는 아직 철딱서니 없는 계집애다.

**사시** 그래, 스님 앞에서도 그 생각이 별안간 나서 이차돈 한사 도령님 하고 부른 것이지 무어요.

**모** 오냐, 그래 잘했다.

(모는 앉아 졸고 사시는 콧노래를 부르며 쓸쓸하고 외롭게 엉킨 삼을 풀

어 잇고 있다)

## 3장

천경림天鏡林.

우편으로 다그어[74] 아도화상의 주처住處인 초암草庵이 노삼창울老衫蒼鬱한 심림深林, 그윽한 속에 있다. 그리 높지 않은 토계土階에 형극荊棘[75]과 잡초가 어웅하게 엉키었다. 거암과 괴석이 산재散在, 좌편에는 덤부사리를 껴 희미한 산경山徑이 통한다. 멀리 보이는 듯 연봉連峯에는 흰 구름이 뭉게뭉게.

(초암草庵에는 아도와 모례와 행자 몇 사람이 앉아 있다)

**모례** 인연이라는 것은 참말로 이상한 것입니다.

**아도** 그렇지. 지난봄에 나의 지나는 발길이 너의 집에 머물러 하룻밤 드새인 신세를 지지 않았던들 오늘날 이렇게 한솥에 밥을 같이 먹으며 지내는 즐거움이 없었을 것이다.

**모례** 그만 해도 지난봄 일이 벌써 옛날 일같이 생각할수록 아득한 그림자만 어렴풋이 느껴질 뿐이올시다. 저의 집이 있던 일선一善골 우속于續마을은 고구려와 백제를 넘어가는 큰길 나들이가 되어서 나라에서 지킴을 굳게 하시고 곳곳마다 산성을 쌓아 가만히 들어오는 도적을 막으실 세 부처님의 도를 이 나라에서는 엄금하는 법이 되어서 스님께서 그때 저의 집에 오시기 바로 그 전에도 고구려 중 정방正方이란 이가 지경地境을 넘어서자마자 붙들리어 죽고 또 고대 멸구자滅垢疵라는 이가 들어왔다가 산

채로 불에 태워버린 그러한 참혹하고도 무시무시한 때에 마침 스님께서 찾아들어 오셔서…… 그때는 어찌도 겁만 나던지요. 더구나 스님께서는 몹시 파리하셨고……. 그렇더니만 오늘은 이렇게 마음 놓고 편한 땅을 얻어 있게 되었으니 모든 것이 생각하면 부처님의 도우심이 아니고 무엇이오릿가.

**아도** 그야 내가 들어와 다행히 죽지는 않았다 하더라도 그러나 이때껏 부처님의 큰 뜻을 보암직하게 널리 펴지도 못하였으니 그것이 매우 부끄럽기 그지없으며 답답한 일이로다. 그러나 나는 이 나라에 깊은 인연이 있는 몸인 줄로 스스로 믿나니 내가 있을 때 마침 양나라에서 사신으로 원표화상元表和尙이 오지 않았던들 어쩔 뻔하였으며 또 공주께옵서 병환이 계시다 곧 나으심도 진실로 부처님의 대자대비하옵신 덕이시며 이 나라의 큰 복이었도다. 이제부터는 차차 더 좋은 인연도 많이 있겠지.

**모례** 거기에도 또 나이는 아직 젊으시나마 이차돈 한사님이 아니시면 누가 있어 상감님의 거룩하신 뜻을 잘 받자와 이만한 일이나마 이룩할 수 있겠습니까.

**아도** 참, 이차돈 한사님이 아까 오셨나 보더니 어디로 가셨느냐.

**모례** 아마 저— 숲속에서 풍월님네들을 만나고 놀고 계신가 봅니다.

**아도** 그러신가. 아무튼 이 나라에 부처님 도를 거룩하게 이룰 이는 그 어른 한 분뿐야.

**모례** 그렇지 않아도 아까의 말씀이 머리를 깎고 방포方袍[76]를 입고 싶으시다고 그러시던데요.

**아도** (한참을 무엇을 생각하다가) 그것도 저절로 그러한 때가 돌아올는지도 몰라.

(이차돈 등장)

**아도** 어디를 가셨다 오시오.

**이차돈** 저기서 젊은이들과 놀았습니다. 풍월주 젊은이를 만나보면은 그 굳세인 뜻과 씩씩한 거동이 저절로 마음에 가득 차 가슴이 든든해져요.

**아도** 그렇습니까. 나는 예전부터 아무러한 것을 보아도 모두 쓸쓸하고 을씨년스럽기만 하던데…….

**이차돈** 하기는 더러 그런 적도 있겠지요. 우리같이 아직 나이 젊은 몸으로도 답답한 일에 나 닥칠 때나 어려운 일을 다스릴 때에는 저절로 뜨거운 눈물이 복받칠 때도 있으니까요.

**아도** 그렇지……. 더구나 당신같이 그만 시절에는 든든한 일도 많고 쓸쓸한 일도 적지 않은 것이니까. (먼 산을 한참이나 건너다보다가) 그런데 저쪽 산기슭에 부옇고 불그스레한 아지랑이가 낀 듯한 저것은 무엇인고. 내 눈에는 무엇인지 그리 똑똑히 보이지도 않는데.

**이차돈** 그것이 아마 신나무인가 봅니다. 서리에 물들으신 나무요.

**아도** 응. 신나무. 벌써 가을도 퍽 깊은 게로군. (소간) 하늘과 땅에 깊이 들은 가을빛을 우리처럼 구슬퍼할 이도 아마 없을 것이야. 한사님 당신도 이런 것을 더러 느끼시는지.

**이차돈** 글쎄요. 사나이는 본디부터, 가을을 쓸쓸히 본다 하니까.

**아도** 신나무의 붉은빛도 이제 잠깐이겠지. (소간) 나는 그동안 퍽 많이 여러 해 해마다 해마다 봄꽃이 피었다 지며 가을 신나무가 붉었다 떨어지는 것을 보았어.

**이차돈** 스님께서 이러한 산으로 도를 닦으러 다니신 지는 몇 해나 되었습니까.

**아도** 글쎄요……. (눈을 감고 있다가 다시 뜨면서) 아마 퍽 오랜 예전부터이겠지요.

**이차돈** 그럼 젊으셔서부터 이러한 쓸쓸한 살림살이를……. (소간) 그동안에는 어느 산에 오래 많이 계셨습니까.

**아도** 그것도 이제는 다— 이루 헤아릴 수도 없지요. 고구려 백제 또는 이런 서울로 떠돌아다니기를 대중없이 하였으니까 또 개골산皆骨山이나 삼일포三日浦 같은 데도 휘돌아다니며 날마다 춤도 추고 노래도 부르면서 퍽 오랜 시절을 보내었으니까.

**이차돈** 그러면 스님께서 처음에는 무슨 느낌이 계셔서 이렇게 불법佛法을 닦는 중이 되셨습니까.

**아도** 그것을 저도 자세히는 말할 수 없어요. 그러나 이 세상 살림살이의 어리석은 꿈자리가 아마 나에게도 퍽 시달림을 주었던 것이지요. 시방은 오히려 아주 그 사막스럽던 꿈자리와 어깨겯기 동무가 되어서 날마다 재미있게 놀고 있는 셈이지. 무척 익어져서……. 예전에는 피가 쭐쭐 흐르는 듯한 현실에만 다 닥쳐 부닺기며 쪼들려 지냈는데.

**이차돈** 우리가 그리 많지 못한 이 세상을 살아가는 데에 더러 재미있는 이야기가 있으면 좀 더 자세히 들려주실 수 없습니까.

**아도** (침묵해 앉았다가) 아니 그 옛날 일을 시방 다시 휘둘쳐 끄집어내어 말하기도 너무 계면쩍구려.

**이차돈** 그렇지만 저는 그 말씀을 좀 자꾸 자세히 듣고만 싶은데요.

**아도** (이차돈의 얼굴을 잠깐 넌지시 건너다보다가) 왜 그 지겨운 꿈자리가 또 당신에게로……. (잠깐 가만히 무슨 생각을 하는 듯하다가 고개를 힘없이 내저으면서) 아니지요. 그것을 시방 당신에게 들리어드리는 것은 당신의 몸으로 보아서도 매우 좋지 않으니까. 실없고 변변치 못한 나의 지나간 이야기는 그대로 듣지 말고 무덤 속 깊이 파묻어 내버려두지요. 다만 살려고만 바득바득 애를 쓰던 무겁에 쌓인 세상을 벗어버리고 이렇게 그저 쓸쓸한 반생을 부처님께 바치고 지낼 뿐이지요.

**이차돈** 스님 저도 일생을 부처님께 바쳐버릴 생각이 있는데요. 오늘이라도 머리를 깎고…….

**아도** (무엇을 생각하다가 가여운 듯이) 아니오. 아니오. 당신의 몸은 그렇게 가볍게 쉽사리 바쳐버릴 몸이 아니오. 이제 더 거룩한 일에 거룩하게 바칠 때가 있을 터이니까. 그때는 이 몸도 아—니 온 나라 모든 사람들이 길이길이 당신의 공덕을 기리며 거룩한 스님으로 섬기어 모실 것이오.

**이차돈** 이 더럽고 미욱한 인간에게 어떻게 그러한 일이 있을 수가 있습니까.

**아도** 아니 그것을 시방 말할 수는 없소. 다만 그것은 부처님이 점지하시고 하늘이 맡기어주시는 일이니까.

**이차돈** 그것이 참말씀이십니까.

**아도** 아무렴, 참말이고말고. 그러나 그런 이야기를 너무 많이 하지는 말읍시다. 그로 말미암아 도리어 다른 번뇌가 생길는지도 모르니까. (빙긋 웃으며) 이제 이 세상 다른 지나가는 이야기나 해보지요. 그래 요사이는.

**이차돈** 별로 재미스러운 일도 못 보았습니다. 그저 철을 따라 바뀌는 마음과 새로운 느낌이…….

**아도** 그렇지요. 더구나 당신의 저만 시절에는……. 나도 스물 남짓해서 좋은 산수로 휘돌아다닐 적에…… (한숨을 쉰다) 그때는 시방처럼 풍월님네들도 없었지만 깊은 산에는 도 닦는 선인이 많이 있었더니다. 시방도 아무튼 그때의 일이 잊히지 않고 이따금 휘둘쳐 느껴져요. 펄펄 뛰는 젊은이의 몸으로 들뜬 마음 부닻기는 가슴 즐거운 일도 많았고 애졸이는 일도 많았으니깐 고요한 숲속에서 밤을 새워 몸별을 쳐다보며 먼— 장래를 꿈꾸어볼 일도 있었소. 티끌 밖 구름 속에 죽지 않는 약을 찾아 헤매었음은 무릇 몇 차례였던가. 높은 산마루에 올라서서 눈 아래의 온 땅을 내리굽어 깔보기도 하였어요. 괴로움 많은 이 누리를 어찌하면 건져볼까 근심한 적도 한두 번이 아니었소.

**이차돈** 그렇지만 스님께서도 젊어서는 우리와 같이 밝수의 도를 닦으셨습니까.

**아도** 그런 일도 있었지요. 젊었을 적에는 부질없는 마음을 가라앉힐 수 없어 박이다 박이다 못하여 그 답답한 넋을 혼자 거두어 뭉치며 이 가슴속에 깊이 파묻어버리었소. 식은 피가 빛없이 흐르는 무덤을 삼아서……. 그러고 보니 나는 이 세상을 혼자 외롭게 지내는 것밖에 다른 수가 없을 듯하여 나는 그 땅에서 그곳에서 외롭게 지내는 법을 찾아낸 셈이오. 쓸쓸함을 얻은 셈이오. 나 혼자만 느끼는 쓸쓸함을 가지고 있으니깐……. 인생의 그리운 것과 쓸쓸하다는 것을 한데 묶어서 지니고 있기에 혼자 몹시 괴로웠던 것이지요.

**이차돈** 스님, 나도 요사이에 가끔 가슴에 사무쳐 뻗치는 무엇을 느끼는데 그것이 아마나 스님께서 겪으셨다는 그 쓸쓸할 것이나 아니던지요. 어떤 때는 무엇이 씌운 듯 무엇에 붙들린 듯 얼이 빠져 우두커니 앉았기도 하고 그러다가 또 하염없는 눈물이 주르르 흘러 두 볼을 적시기도 합니다.

**아도** 그렇기도 할 터이지요. 더구나 당신은 피가 많고 느낌이 빠르실 터이니깐.

**이차돈** 그러나 젊은이로서는 너무 그러는 것이 사위스러운 일이 아니오릿가.

**아도** 무얼요. 이 세상은 근본이 쓸쓸한 것이니깐. 쓸쓸한 땅에 쓸쓸함이 오는 것은 막을 수 없는 일이니까요. 그러나 당신의 그 시름은 때를 따라서 더러 나올 수 있는 시름이니까 그리 슬퍼할 것도 없지마는 나처럼 이렇게 이 세상에서는 고쳐볼 수 없는 이 시름은 사람의 하는 수 없는 운명으로서 가지고 온 시름이니까 당신도 일생이라는 것을 다 겪어본 뒤가 아니면 아마 그것을 모를 것이야. 무덤으로 가는 길섶에서 죽음과 삶의 지름길을 못 찾아 헤매이며 그러한 시름을 겪어보지 않으면…….

**이차돈** 스님께서는 죽음이라는 그것을 겪어보신 일이 있으십니까.

**아도** 그것은 나도 아직 모르지요. 그러나 곧 알 수도 있어……. 이 나라 지경을 들어오면서부터도 죽음의 고개를 네다섯 번이나 넘어왔고 또 본디 죽음이라는 그것을 짊어지고 여기를 들어왔으니깐. 시방도 아마 내가 저승길의 어느 한 굽이를 넘어가는 것이나 아닌지도 모르지요.

**이차돈** 만일 죽음이 닥쳐온다면 그것을 어떻게 하여야 하겠습니까.

**아도** 죽음은 죽음 그대로 깨달아버리는 일이 옳은 일이죠. 죽음이 반드시 한번은 꼭 어느 모퉁이에서든지 우리를 기다리고 있을 터이니깐……. 다만 그 자리에서도 괴로워하지 말고 두려워하지 말고 또 허덕거리거나 겁할 것도 없이 한탄하는 마음을 놓아버리고 거기에서 남을 원망하거나 또 자기의 몸을 속이지도 말고 크고도 거룩한 소원대로 충실히 붙좇아 가기만 하면 아무러한 허물도 없을 것이오. 그것이 아마 부처님께옵서 가르치시옵신 큰 뜻도 되오리다.

**이차돈** 스님의 말씀이 무슨 뜻인지 잘 알아듣지는 못하오나 무엇인지 뜨거웁게 이 가슴을 찌르는 듯한 힘을 느끼겠습니다.

**아도** 네— 당신의 마음에는 한 줄기에 굵고도 엉긴 핏줄이 있소이다. 나는 벌써부터 그것을 보고 있었어요. 아무쪼록 그것을 헐지 말며 잘— 간직해 두시오. 그리고 운명이라는 큰길을 곧게 가도록 힘을 쓰시오. 사람의 지혜란 곧 운명이 만들어내는 것이니깐…….

**이차돈** 이르신 말씀은 가슴속에 깊이 삭여두어 잊어버리지 않겠습니다.

(저녁 쇠북이 운다)

(사시 향연香烟을 들고 천천히 등장. 정례頂禮[77])

설옹금교동불개 계림춘색미전회雪擁金橋凍不開 鷄林春色未全廻
가령청제다재사 선착모랑택리매可怜青帝多才思 先着毛郎宅裡梅[78]

〈제3막〉

**1장**

궁중 후원 신단 앞.
달밤.

(공주는 노구메[79]를 드리는 듯 날아갈 듯이 절을 하고 시녀 두 사람은 조금 멀찍이 서서 등롱燈籠[80]을 들고 공주를 뫼셔 있다)

**공주** 미욱한 인간에 답답한 일이 하도 많아서 거룩하옵신 토함산신 어머님께 이 정성을 드리옵나이다. 어찌하면 좋사오리까. 어머니 어머니께옵서 거룩하신 영검을 설설 내리어주옵소서. 사랑이 깊으신 너른너른한 당신의 얼굴을 굽어 보이사 이 좁은 가슴의 애마르는 시름을 거두어주옵소서. 어머니께옵서는 어찌 차마 이 어린 딸을 애달픔과 괴로운 설움에 그대로 시들어 죽도록 내버리어두시겠삽나이까. 어찌 차마 이 딸의 죽는 얼굴을 견디어 보시겠삽나이까.

하늘을 우러러 목메이는 시름을 하소연할 길 없사오며 가슴에 넘치는 출렁거리는 설움은 무어라 이름을 지을 수조차 없삽나이다. 이 좁고 여린 가슴은 무엇을 그리워하며 무엇을 슬퍼하며 무엇을 바라다가 두려움에 주저앉아 그대로 우는지요. 그것을 내리 굽어살피사 시원히 풀어주실 이는 어머니 한 분뿐이올시다. 그것을 알아주실 이는 어머니 한 어른뿐이올시다. 자나 깨나 무엇을 하든지 어디를 가든지 둘 곳 없는 마음을 찢어질 듯 찢어질 듯 이제는 아마도 소리도 없이 그만 찢어버리었나 보외다.

깊은 곁 속에 외로운 몸이 그윽이 잠겨 있사오매 아무에게도 사뢸 길 없는 궂은 시름을 눈물에 무저져 설움에 무저져…… 이제는 썩다 썩다 못하여

곰이 피었소이다. 이 정성을 드리려고 수풀 속의 샘물을 길어 올 적에 손끝에 닿는 가을물이 뼈가 시리게 차건마는 철없는 눈물이 먼저 앞을 가리어 세 번이나 뜬 물을 다시 엎질렀소이다. 샘터 푸서리에 물에 젖어 씻긴 조약돌도 샘물에 씻기어 동글고 희어진 단단한 조약돌도 눈물 어리인 이 눈으로 보면은 모두 다 경성드뭇한 설움의 덩어리일 뿐이더이다.

어머니께서 아침마다 오셔서 어설픈 창틈으로 저의 잠자리를 뒤슬러 보실 때에 저의 고달픈 얼굴에는 얼마나 보기 싫은 눈물 흔적이 어룽졌겠사오리까. 그때마다 새로금 수줍은 시름이 솟구쳐서 아침 분세수도 눈물에 무저져 치러버리나이다.

어—허, 거룩하옵신 어머니 좋은 일일랑 도와주시고 괴로운 궂은일일랑 한 때 바삐 풀어주시옵소서. 깨끗하게 건져주시옵소서. 남이 알까 두려운 계집애의 설움을 누구에게나 하소연하겠사오리까. 거룩하고 영검하신 손을 들으시와 이 어린 딸을 붙들어주옵소서.

(내인 등장)

**내인** 아기씨 어디 계시냐.

**시녀1** (얼른 한 걸음 나서서 손짓을 하며 가만한 소리로) 얘[81], 조용히.

**내인** (무료한 듯이) 전殿마마께옵서 여쭈시는데…… 아가씨 방에 들어봅시고 밤이 늦었는데 어디 가셨느냐고.

**시녀1** 얘, 그래도 가만히 좀 있거라. 시방 아가씨께서 정성으로 노구메를 드리옵시는데……. 잠깐만 계시면 이리 내려오시겠지.

**내인** 노구메는 왜 드리실까.

**시녀1** 우리도 몰라. 벌써 이레째나 되는데 이제 오늘이 마지막이시래.

**내인** 그럼 나는 들어간다. 너희들이 잘 모시고 들어오너라.

(내인 퇴장)

**공주** (걸음을 고이 옮기어 단에서 내려오며) 얘, 시방 누가 왔었니. 목소리를 언뜻 듣건대 이차돈 한사님이 오신 듯하던데 아마.

**시녀2** 아니랍니다. 시방 전마마께옵서 아기씨를 여쭈신다고 중전 내인이 왔다 갔어요.

**공주** 전마마께옵서 어째.

**시녀1** 아기씨 방에 듭셨더라나요. 그래 밤이 늦었다고…….

**공주** 그것은 너무나 황송하게 되었구나. 그럼 어서 들어가지.

(왕비王妃 보도부인保刀夫人[82] 내인 둘을 앞을 세우고 등장)

**공주** (마저 나서며) 어머님께옵서 제 방에를 듭시었더라는데.

**왕비** (사랑이 넘치는 듯한 목소리로) 너는 여기서 무엇을 하고 있니.

**공주** 노구메를 드리고 있었습니다.

**왕비** 노구메를 드리었어? 접때도 네가 노구메를 드리고 있다는 말을 들었더니.

**공주** …….

**왕비** (사방을 한 번 눈여겨 둘러보고 넌짓한 웃음으로) 어—허. 갸륵하고 신통한 우리 딸이 이 나라가 잘되라는 너의 노구메 정성이로구나. (잠깐 무엇을 생각하는 듯) 그러나 이제는 네가 이 어미 품에서 벗어 나아가기도 얼마 아니 되겠지.

**공주** (놀라운 듯) 왜요. (고개를 숙이며) 어떻게 설마 그런 일이 있겠습니까.

**왕비** (슬픈 듯) 그래도 너는 이제 차차 나에게서 떨어져 갈 때가 되었으니까…….

**공주** 어머니, 저는 어느 때까지든지 이 궁 속에서만 지내고 싶어요. 아침저녁 거룩한 검님께 노구메나 드리며 사랑이 깊으신 어머니 품에 싸여 지내는 것이 얼마나 행복된 일이겠습니까.

**왕비** (고개를 저으며) 아니다. 너는 이제 시집을 가서 살아야 할 것이다.

**공주** (애원하는 듯) 어머니 저는 그런 거는 싫어요. 낯선 시집을 가서 사느니보다는 이 궁 속에서 어머니 품에 안기어 이대로 살고 싶어요.

**왕비** 아직 곱고 수줍은 너의 마음을 네가 모르는 바는 아니다. 그러나 너는 어느 때까지든지 이 궁 속에만 있을 몸은 아니야. 이제는 때가 닥쳐왔으니까.

**공주** 어머니 넓으신 사랑으로 아무쪼록 저를 이 궁 안에 두어주세요. 토함산신 어머니께서 이 궁으로 점지해주신 제 몸이라면서 저는 어느 때까지든지 저 신단 앞을 떠나지 않겠습니다. 저는 이대로 살다가 여기서 죽어 저 신단 곁 숲속에 어느 곳에서든지 길이길이 파묻히고 싶어요.

**왕비** 아니, 이 궁중살이는 그만치 했으면 그만이지. 너에게는 별다른 운명과 복록이 기다리고 있을 것이니까. 아무튼 너는 얼른 저 신단 앞도 떠나가지 않으면 못쓸 것이다.

**공주** (의아한 듯이) 어째서요.

**왕비** 너는 벌써 나이 찬 색시가 된 까닭이지. 이제부터는 영검스러운 신사에 몸을 바치기에는 좀 깨끗하지 못해졌어.

**공주** 네—?

**왕비** 너도 이제 철모른 아기만이 아닌 줄을 내가 벌써부터 알았다. 접때 네가 자리에 누워 정신없이 몹시 앓을 때 나는 언뜻 그것을 보았다. 너의 속옷 자락이 더러워진 것을.

**공주** (얼굴이 빨개서 고개를 숙인다)

**왕비** 너에게도 이제는 봄이 온 것이다. 온갖 생물이 ○○○ 저절로 오는 그 봄철이.

**공주** …….

**왕비** 그리 놀라울 것도 없어. 그러나 이 어미 품에서는 저절로 벗어날 때가 되었으니까 그것이 좀 섭섭하다는 말이지. (눈물을 짓는다)

**공주** 어머니 비옵건대 아무쪼록 제 몸을 어머니 곁에 두어주십시오. 이 궁 속에서 저 신단 앞에서 어머니 품 안에서 저는 정말로 행복되게 살고 있는 몸이올시다. 저의 조그마한 목숨이 부쳐 살기에는 여기밖에 더 좋은 곳이 어디에 다시 또 있겠습니까.

**왕비** 아직까지는 그리하였을 터이지. 그러나 이제부터는 여기보다도 더 행복된 곳으로…….

**공주** 제 마음에는 아무 곳이라도 여기보다는 더 좋은 곳을 찾을 수는 없을 것만 같아요.

**왕비** 아니 이제 너의 임자는 너의 깃들이어 살 따뜻한 보금자리는 다른 곳에 따로이 있어서 안가슴을 버리고 너 오기만 고대고대 기다릴 것이다. 이 궁으로 네 몸이 태어나서 저만치 소담스럽게도 자랐구나. 이 어미젖을 빨아먹고 자란 너의 몸은 저만치 미끗하고[83] 깨끗하고 헌칠해졌구나. 네가 이것을 떠나기 전까지는 거룩한 신어머니께서 너의 착한 정성을 숫색시의 숫된 마음으로 드리는 그 정성을 잘 받으사 매양 돌보아 지켜주시고 보살펴주실 것이다. 아니 이다음에라도 너에게 많은 복록은 그이의 돌보아주시는 거룩한 은덕이겠지. 그런데 철은 벌써 익어왔구나. 모든 준비는 다— 차려져 너 나오기만을 기다리고 있어……. 너는 이제 궁 밖 세상으로 인생의 길을 떠나 걷지 않으면 안 될 것이다.

**공주** 그렇지만 저는…….

**왕비** 아니……. (목이 멘다)

**공주** 왜 꼭 그래야만. (눈물에 어린다)

**왕비** 응, 너는 이제 시집갈 나이가 찼으니까 올 10월 상달쯤은 너의 목숨의 은인에게로…….

**공주** (고개를 다소곳이 숙인다)

**왕비** 그러나 너무 그리 걱정하지는 말어라. 무어 그리 섭섭할 것도 없지. 사람마다 크면은 다— 저절로 어버이의 품을 떠나게 되는 것이니까……. (소간) 아직 몸도 그리 성치 않다면서……. 밤이 너무 들기 전에 일찍 자거라.

(왕비 퇴장)

**공주** (왕비를 따라 두어 걸음 걷다가 발을 머물러 잠깐 시름에 싸이는 듯하다가) 이 몸이 어찌 될 것인고. 그것은 어쩐 일인가. 나는 도무지 알 수가 없어. 그러나 요사이 뒤숭숭한 꿈자리는 퍽 어지러웠다. 몸이 몹시 고달픈 까닭인가. 이 몸이 깨끗지 못해지다니……. 아— 무서워. 그런 알 수 없는 일이 별안간 있다니. (얼굴이 붉어진다) 그만 그 남부끄러운 꼴을 어머님께 들키었나 보지. 그렇게 조심을 하였건마는……. 나에게도 봄철이 왔다고 시집갈 철이 되었다고, 아으, 무서웁고 남부끄러워서 어찌하노. 어머니께서는 그것을 모두 아마 짐작으로 눈치를 채어 아신 것인지도 모르지. (한숨을 쉰다) 그래도 나는 여기서 살고 싶어. 이 궁에서만 살 몸이야. (무엇을 꿈꾸는 듯한 표정) 저 소리는 저 부엉이 소리 풀벌레 소리 바람 소리 물소리는, (사방을 휘둘러본다) 아. 그러나 모두 쓸쓸하고 고요한 밤뿐이다. (신단 앞에 꿇어앉는다)

(이차돈 지나간다)

(공주 얼른 일어나 울음을 숨기려는 듯하다가 이차돈과 마주쳐 고개를 넌짓 숙인다)

**공주** (비슬비슬 두어 걸음 뒤로 물러서며) 내가 내가 이게 미친 짓이나 아닌가. 미친 것이나 아니야. 어째 이럴까. 어째 이럴까. 도무지 말할 수도 없어. 알어줄 이도 없어……. 그러나 아니로다. 신神어머니께서는 알아보신 게로다. (무릎을 꿇어앉으며) 어찌하면 좋사오리까. 저는 저는 좋은 꿈자리를 보았습니다. 어머니 앞에서 이상한 사람을 만나보오매 까닭 없이 이 가슴이 두근거리어집니다.

(시녀들은 어리둥절해 섰다)

## 2장

편전의 일실一室.

첫 가을밤 화려하고도 장엄하게 꾸민 실내. 사방에는 모두 고운 발을 드리웠고 정면에는 내정來庭의 화초가 달빛에 어렴풋이 보인다. 방房가로 네 개의 용龍틀임한 등롱에는 옥등잔의 향유가 밝고도 고요하게 불이 붙는다. 중앙에는 대왕의 침상이 놓여 있고 그 앞에 조그마한 향로에서는 향연이 소르르 떠올라 꿈나라를 이루는 듯.

(침상에는 대왕과 왕비가 앉았고 발 밖에는 내인 두어 사람이 뫼시고 있다)

**왕** 나는 근심하는 일이 한두 가지가 아님에 될 수 있으면 그리 변변치 않은 걱정거리는 이르지도 마시오.

**왕비** 그렇지만 아기의 일로 해서 허튼 걱정이 모진 잠들기 전에는 도무지 사라지지 않습니다그려. (한숨을 쉬며) 그 애의 매양 시름에 싸인 얼굴을 여겨보면 아직도 앓던 몸이 그리 성하지도 못한 모양이에요. 어떤 때는 아무 풀기 없이 그저 넋을 잃고 앉아서 가슴이 답답한 듯이 가벼운 한숨도 쉬이며 두 볼에는 눈물 흐른 흔적이 가끔 보이니 그것이 어떤 까닭인지…….

**왕** …….

**왕비** 아마 모진 병에 너무도 시달리어서 파리해 그러한지요. 또 그리고 그 애가 본디부터 천품이 고요하고 안존하여서 몸이 고달플수록 그것을 너무 아마 혼자만 속에 넣고 근심을 하여서 그러한지요.

**왕** 글쎄요. (혼자 무슨 생각에 잠긴다)

**왕비** 그러니 시방 한창 꽃봉오리처럼 되어 오를 고비에 그만 모진 병에 쪼들리어서……. (한숨을 쉰다) 그 애가 벌써 열여덟 살이니 그만한 나이면 마음이나 몸이 오죽이나 고웁게 불어 오를 때예요. 그렇건마는……. 고운 얼굴을 다스리지도 않고 흐트러진 머리를 거두칠 줄도 모르고 다만 이 어미 말에 못 이겨서 되는대로 그 옷매무새나마 억지로 억지로 차리고 있나 보아요. 그러니 그 가는 허리는 가벼웁고 엷은 깁치마 하나 걸치기에도 너무나 무거워서 견디기가 어려운 듯 참으로 애처로워 못 보겠어요. (소간) 그러니 그것이 필연 몸에 탈이 난 것이 아니면 곧 마음속에 깊은 병이 들은 모양인데……. 몸의 병을 고치느라고 마음속에다 큰 병을 들리어주었다면…….

**왕** (이상한 눈으로 왕비를 언뜻 노려보고 다시 고개를 숙이어 잠잠하다)

**왕비** 그래서 이 어리석은 소견에는 무엇으로든지 그 애의 마음을 좀 즐겁게 해줄 것이나 없을까 하고……. 곰곰이 생각다 못하여서 저그번에 약고 헌출한[84] 아기 내인들을 모아 패를 지어서 즐거운 이야기도 하며 재미스럽게 놀아보라고 그리했더니만 그러나 그것도 그 애의 시름겨운 마음을 풀어주는 데에는 아무 소용도 없던가 보아요.

**왕** (한숨을 쉬며) 그러니 흔적도 없고 자취[85]도 없어 보이지도 않고 들을 수도 없는 마음속에 든 병을 사람의 힘으로 어찌하겠소.

**왕비** 그렇지만 제 생각 같아서는 아기의 몸이 조금만 더 소복이 되거든 하루바삐 훌륭한 사위를 맞아 비둘기같이 쌍으로 알뜰하게, 지내는 꼴을 보고 싶어요. 그래서 우리도 늦게 금두꺼비 같은 외손자나 하나 얼른 보았으면 얼마나 좋겠습니까. (웃던 얼굴에 무슨 생각을 했는지 얼른 다시 한숨을 쉬며) 이 몸이 허물이 많은 탓인지 하늘이 주신 씨앗이 다만 딸 형제에 그중에도 그 애기는 토함산에 빌어 얻은 막내동이로 마음은 아들만 못지않아 두긋기는 그것이건만…….

**왕** 훌륭한 사나이 그것은 또 얻어 만나기가 어디 그리 쉬운 일인가.

**왕비** 왜 저번에 벌써 이차돈 한사로 간택을 해두옵셨다면서……. 더구나 그 사람은 내물마립간님의 후손이요, 습보갈문왕習寶葛文王의 증손이니 겨레도 가까운 성골로 우리 아기의 남편이 되기에도 가장 마땅하오며 또 상감마마께옵서도 깊이 믿고 사랑하옵시는 신하라면서…….

**왕** 그야 좋기야 좋지. 그러나 시방은 나라에 일이 가장 많은 때임에 이차돈은 아직 좀 더 훌륭한 일을 한 뒤에라도 그리 늦지는 않을 것이오.

**왕비** 그렇지만 아기의 몸을 보아서…….

**왕** 묻건대 이차돈이가 아직 나이는 어려도 그 그릇이 우리 아기의 몸 하나만을 건져주기에는 너무도 크니까.

**왕비** 그렇지만 아기는 우리의 혈육이 아닙니까.

**왕** 아니오. 그런 말은 마시오. 이 나라에는 우리 아기보다도 더 애처로운 신세에서 울고 있는 우리의 아들과 딸이 퍽 많이 있소. 나는 항상 그것들이 눈에 밟히어서.

**왕비** 더구나 알공인가 하는 사람은 아기의 일로 말미암아 이차돈 한사를 몹시 시새워하고 미워한다는데요.

**왕** 나도 그런 일은 벌써부터 짐작해 알았소.

**왕비** 그러면 시방이라도 곧 사정부령司正府令[86]에게 분부를 하셔서 알공을 잡아 죄를 주도록 하시지요.

**왕** 아니오. 그런 일은 할 수 없지요. 더구나 이 나라의 법은 그렇게 함부로 쓰는 것이 아니니까 도리어 나는 밝은 아침만 되면 알공으로 사정부령을 시키겠소.

**왕비** (놀라서) 그것은 어째서.

**왕** 거기에서 내가 훌륭한 사람을 밝혀볼라고요.

**왕비** (어안이 벙벙해 앉았다가) 그래도 만일 상감마마 천추만세千秋萬歲[87] 뒤에는 이 나라를 이차돈 한사에게 내려주실 것이 아닙니까.

**왕** 그야 그보담 더한 것이라도 줄 수만 있으면 주고말고.

(내인 우편으로 퇴장)

**왕** 내가 아까 이차돈이를 조용히 부른 일이 있는데…….

(왕비 좌편으로 퇴장. 이차돈 우편으로 등장해 침상 앞에 부복俯伏)

**왕** 일어나 편히 앉으라. 이 늙은이의 잠 아니 오는 근심스러운 밤이 너무도 외로워서 이야기 동무로 너를 오늘 부른 것이다.

(이차돈 공손히 일어나 무릎을 꿇고 앉는다)

**왕** 요사이 밖에는 별일이나 없는지.

**이차돈** 별로 큰일은 없는가 하옵나이다.

**왕** 아도화상이 천경림에 그저 잘 있는지……. 너는 더러 만나보았느냐.

**이차돈** 자주 만나보나이다.

**왕** 이 나라의 백성들이 이제는 불법佛法으로 돌아가려 하는 이가 더러 있는지.

**이차돈** 아뢰옵기 황송하오나 미욱하고 완악한 사람이 많사와 아직도 깨달은 이가 적은 듯하오며 더구나 이 나라의 율법이 깨달은 이를 못 견디게 구오매 그로 말미암아 뜻있는 이 가운데에는 더러 눈살을 찌푸리어 걱정하기를 마지않는 이가 있나 보오이다.

**왕** 그것도 모두 나의 밝지 못한 허물이로구나.

**이차돈** 아니로소이다. 폐하께옵서는 지극히 거룩하옵시건마는 아래에 있는 저희들이 성지를 도무지 받들어 받을 힘이 없사오니 그 큰 죄가 작은 몸을 둘 땅이 없삽나이다.

**왕** 어허, 이 몸도 이제 반나마 늙었으니 얼마 아니 있어 내가 죽은 뒤에 이 나라를 맡아 다스릴 만한 이가 누구일꼬. 슬하에는 쓸 만한……. (눈물을 짓는다)

**이차돈** 동궁은 아직 비어 계옵시지마는 입종立宗 같으신 가장 친근하옵신 성골께옵서 계옵신데요.

**왕** 아니 그 사람은 내 아우이지마는 그칙하지 못하니까 이 나라를 다스리기에는……. (잠깐 말을 멈추었다가) 네가 나이는 아직 어리나 나는 너 한 사람만을 깊이 믿고 또 마음에 든든히 여기고 있다. 그래서 너를 오늘로…….

**이차돈** (물러앉아 자리에 엎드리며) 소신은 그저 어리석은 지아비일 뿐이로소이다. 한 나라의 크낙한 그릇을 어찌 바꿀 길이 있사오릿고.

**왕** 아니다. 그리하지 말고 일어 앉아서 내 맘을 자세히 들어보라.

(이차돈 일어 앉는다)

**왕** 그러나 이 나라 백성들의 마음은 아직 너에게로는 돌아가지 않고 도리어 알공 같은 사람에게로 쏠리는 모양이지. (한숨을 쉬며) 그러기에 여러 사람들이 모두 알공의 말과 일에만 두둔을 하지 너의 옳은 말에는 모두 헐며 뻗서기만 하고…….

**이차돈** 그것은 진실로 소신이 잘나지 못한 탓이겠삽지요. 소신도 알공은 뜻있고 훌륭한 사나이인 줄로 아옵나이다.

**왕** 그러기에 말이다. 나도 처음부터 그렇게 뜻한 것은 아니나……. (이차돈의 눈치를 자세히 살피며) 저그 번에 공주의 병을 고치어준 공도 너에게 큰 줄을 번연히 알건마는 여러 사람의 우김에 어려워서 그만…….

(멀리서 내인들의 이차돈을 찬송하는 노랫소리가 들린다)

**왕** 너 저 소리를 들어 알겠느냐.

**이차돈** 자세히는 모르겠습니다.

**왕** 저 소리는 아마 알공을 기리는 공주와 내인들의 노랫소리일 것이다.

**이차돈** (놀랍고 불안하고 또 의아한 듯이) 알공을……. (다시 불안한 빛에 싸인 얼굴을 숙인다)

**왕** (빙긋 웃으며) 왜 너도 저 소리가 듣기 싫으냐. 나만 그런 줄로 알았더니.

**이차돈** 네— (얼른 힘없이) 그러나 아니올시다. 소신도 알공을 깊이 믿고 사랑하오며 또 두렵게 기리고 있삽나이다.

**왕** 그러면 너는 어떻게 할 터이냐. 너의 공로를 남에게 빼앗기었어도…….

**이차돈** 이 나라를 다스리는 공변된 일에 만일 크게 언짢거나 또는 좋은 일이 있다 하오면 소신의 가슴에는 다만 죽음과 충의만이 있고자 할 따름이로소이다.

**왕** (고개를 끄덕끄덕하며) 너에게 그러한 훌륭한 기개가 있는 것은 나도 익히 잘 아는 바이다. 그러나 그러한 충성도 무엇에 쓸데가 있어야 하지……. (한숨을 쉬며) 시방 우리나라의 형편을 자세히 살피어보아라. 남들은 모두 하늘 아래의 온 땅이 좁다고 한창 날뛰는 이 판에 우리는 그들의 가랑이 아래로 기어들고 헛발질에 뒤채어 소리도 못 지르고 엎드려만 있으니……. 가엾이도 제 몸을 파묻을 무덤 구덩이만을 후비적거리기에 가장 바쁜 셈이지. 우리가 이렇게 못난 짓만 하는 것이 그 허물이 남에게 있느냐. 우리가 매여 있다는 저— 높은 하늘 위의 몸별에 있는 줄 아느냐. 아니로다. 그런 것이 아닌 줄은 나는 벌써부터 깨달아 알았노라. 그것은 그것은 그 몹쓸 어둠의 덩굴이 우리의 마음속에 깊이깊이 뿌리를 박아 서리고 있는 까닭이 아니냐. 흥, 알공과 이차돈, 신라와 고구려, 백제 그것은 다— 무엇이냐. 사람으로서 무엇이 다를 것이 있으며 나라로서 또 무엇이 다를 것이 있으랴. 어허, 시세時勢여. 너는 동친 막대가 되어 있구나. 어허, 계림이여, 너에게는 영매英邁[88] 과감한 위인의 핏줄이 이제 그만 끊어져 버렸느냐.

**이차돈** 상감마마. (무슨 감격에 가슴이 북받쳐 막히는 듯 눈물을 지으며) 폐하께옵서 소신을 이다지 믿고 사랑하옵심을 어찌 감히 모를 길이 있사오릿고. 폐하께옵서 감추어두옵신 큰 뜻을 이로 듣지 않사온들 어찌 모르리잇고. 죽사와도 폐하의 거룩하옵신 그 뜻을 어김이 없겠나이다.

**왕** 고맙다. (눈물에 어린 기꺼운 얼굴로) 너는 참으로 착한 신하이다. 다만 한 사람뿐인 나의 신하이다. (소간) 그런데 이 나라를 잘 다스리자 하면 어찌하여야 좋을꼬. 나의 생각 같아서는 하루바삐 부처님의 거룩한 도를 모시어 들이고 싶은데…….

**이차돈** (다시 자리를 잡아 앉으며) 그러하올시다. 이웃의 먼저 깨어 억세인 나라와 사귀려 하여도 그것이라야 하겠삽고 미욱한 백성들을 일깨워 주려 하옴에도 그것이라야 하겠삽고 마음을 밝게 깨우쳐 사람을 어질도록 가르침에나 모든 것을 가미롭게 하고자 하옴에는 모두가 시방에 있어서는 첫째로 그 거룩한 것이 아니면 아니 될 것 같사옵나이다.

**왕** 그리고 또 아도화상의 영검스러운 일이나 고마운 신세나 간절한 소원으로 보아서도 내가 몸소 나아가 그 거룩한 일을 이룩해야 하겠다마는 내 앞에는 완악한 신하들이 많아서 모두 나의 뜻을 못 알아주고 제 욕심껏 제 고집껏 제 심술껏 뻗서고 헤살만 놓으니 어찌하면 좋을꼬.

**이차돈** 소신이 때로 근심 빛에 어린 용안을 쳐다뵈옵고 또 이 나라의 가로잡을 수 없이 어지러워진 정사를 그윽이 생각하옴에 저절로 북받치는 핏줄이 좁은 가슴을 막사오며 내닫는 주먹이 둘 곳이 없사와 하염없이 솟구치는 뜨거운 눈물에 앞일이 캄캄해 보인 적도 한두 번이 아니로소이다. 그러하오나 이 철없고 미욱하온 소견에도 보고 깨우친 것이 있사오매 다못한 옆으로 든든하옵고 반가운 느낌이 가득하와 스스로 웅친 마음이 풀리옵고 넌지시 조바심하던 가슴이 늦추어지옵는 것은 황송하오나 크게 거룩하옵시고 지극히 거룩하옵신 상감마마께옵서 높은 자리에 계옵시니 "계림에 성군이 나옵셔서 크게 불교를 이룩하리라" 하옵던 고도녕의 이른 말이 이제 와 바로 맞는 줄로 깊이 믿사옵고 또 간절히 바라옵나이다.

**왕** 그러나 뜻은 있으면서도 이르지 못하는 일이 너무도 답답하고 안타까웁지 아니하냐.

**이차돈** 옳소이다. 그러하옵기에 소신의 어리고 못난 소견에도 매양 저어하옵는 바는 황송하오나 폐하의 마음 두심이 너무나 인자하옵신 데에만 흐르심이 아닐까 하옵나이다. 너무도 아끼시는 게 많으시와 작은 것을 아끼시옵다가 크게 아끼시옵는 것까지 잃기 쉬웁사오며 너무도 사랑하심이 지나치시와 적은 일을 사랑하옵시는 동안에 많은 일을 그르치시올까 두려워하옵나이다. 손싸개 부싯불 치듯이 하셔야 하옵실 일에 인정에 끌리시와 내어놓은 걸음을 도로 물리어 머뭇거리옵시니 크옵신 뜻과 거룩하옵신 마련은 비록 난하옵시나 그것이 이룩할 만한 억세인 힘과 모자라옵신 마음이 적으옵심을 그윽이 슬퍼하옵나이다.

**왕** 그러면 어찌하여야 좋을꼬.

**이차돈** 첫째로 이룩해야만 할 일에는 하루바삐 이룩하옵시고 끊어내 버려야만 될 마디에는 얼른 쉽사리 끊어버리시옵소서. 이 나라 백성들의 암치뇌옥闇癡牢獄 얽매인 쇠사슬을 풀어주옵시려거든 먼저 폐하의 애련愛憐에서 헤매이시옵는 번뇌의 철성부터 무너버리시옵소서. 사랑하옵시는 공주 아기씨에게라도 못 끊을 정 끊을 것이옵거든 얼른 끊어버리시옵고 깊이 미워하시는 알공도 긴히 불러 쓰실 일이옵거든 고대 불러 쓰시옵고 이 나라에서는 그리 영검하옵다는 밝수의 무리들도 이제는 쓸데없어 흩어버릴 것이면은 곧 흩어버리시옵소서. 모든 것을 굳세이게 끊어 맺으시옵는 본보기로 소신의 이 모가지라도 베어버리시어야만 되올 일이옵거든 시방이라도 냉큼 잘라주시옵소서. (열에 뜬 눈물을 씻으며) 그리고 밝는 아침이라도 폐하의 거룩하옵신 뜻대로 천경수풀을 치고서 큰절을 이룩하시옵소서. 폐하의 뜻대로 고도녕의 말대로 백성의 마음대로 검님의 알음장[89]대로…….

**왕** (잠잠히 생각하는 듯) 그러나 신하들이 또 벌떼 일어나듯 하여 어근목을 쓰며 잔소리들을 하면 어찌하노.

**이차돈** 폐하께옵서 옳게 보옵신 일이오면 못 하올 것이 어디 있사오릿고. 만일 누가 무어라 지껄이오면 그때는 소신이 목숨을 놓고 싸우더라도 반드시 옳고 바른말로 겨루고 대답하여 위로는 폐하의 거룩하옵신 뜻을 이루도록 하오며 아래로는 일만 사람이 다— 돌아와 항복降伏하도록 하겠삽나이다.

**왕** 아니다. 더구나 네 몸은 시방 그러한 짓을 할 때가 아니니다. 그들은 본디가 완악하고 미욱한 짐승들이거든 너를 도리어 죽이어 없애일지언정 어찌 그리 쉬이 감화될 리가 있겠느냐.

**이차돈** 폐하께옵서 두굿기시옵는 거룩하옵신 사랑으로 소신에게 큰 믿음을 주옵시며 끝까지 굳세인 힘을 주옵시며 바르고 착한 실기를 주옵시면 모르옵건대 소신의 이 몸과 목숨은 나라 일에 바친 지 이미 오래임에 반드시 삶이 있지 아니하면 죽음이 남아 있어 기다릴 따름이로소이다.

**왕** 그러나 까딱 잘못하면 너의 목숨만 공연히 잃어버리는 일이니 (소간) 안 될 말이지. 더구나 나의 뜻은 본디 여러 사람에게 이익하게 하고자 함이어늘 도리어 어찌 아무 허물 없는 너만을 죽이는 일을 일부러 할까 보냐. 더러는 네가 비록 큰 공덕을 이룬다 하더라도 그것이 모름지기 죽음을 피하느니만 같지 못하니라.

**이차돈** 이 세상에서 가장 마음대로 버리기 어려운 것이 이른바 목과 목숨이라 하옵지요. 그러하오나 시방 소신의 몸이 저녁의 죽음으로써 거룩한 도가 이튿날 아침에 행한다 하오면 얼마나 좋은 일이겠사오리까. 그때는 밝은 빛이 온 나라 땅에 뻗칠 것이오며 폐하께옵서도 길이길이 만복을 누리시올 일이 아니겠사오릿고. 그 적이 비록 소신이 죽은 날이라 이르오나 도리어 영생으로 다시 살아나는 때이라고 반기겠삽나이다.

**왕** (침묵에 싸였다가 별안간 감격과 환열에 띠여 상에 내려 이차돈의 손을 잡으며) 어허 갸륵한 넋이여. 나는 너와 같이 어진 신하를 얻었으니 이제 죽더라도 유한遺恨[90]이 없겠다.

(왕과 이차돈 기쁨과 눈물 속에 어른어른 침침하던 등잔불은 새로이 밝게 붙는다)

**3장**

황혼 수풀 곁 영천靈泉.

우물 두던[91]에는 깨끗한 돌무더기가 쌓여 있다.

(사시와 촌부 둘은 물을 긷고 있고 늙은 과부 한 사람은 돌무더기를 향하여 절을 하고 있다)

**과부** (손을 비비며) 정성이 지극하면 죽었던 낭군도 다시 살아온다 하옵기로……. (일어나 절을 한 번 하고 공손히 돌 하나를 집어 돌무더기 위에 올려놓고 퇴장)

**촌부1** 아이, 망측스러워라. 늙은이가 그게 무슨 짓이야.

**촌부2** 몸은 늙었어도 마음은 사철 젊어서…….

(일동 웃는다)

**촌부3** 그래도 젊은 가시내가 한창 놀아나 너털웃음에 엉덩이짓만 하고 다니느니보다는 퍽 낫지요, 뭘…….

**촌부1** (웃음 띤 눈으로 사시를 여기어보며) 참 저 색시 얼굴은 퍽도 어여뻐 좀 더 곱게 다스려 몸꼴만 냈으면 나라님께서 원화原花 아가씨로 모셔가겠어.

**사시** 에그, 그 지겨운 원화 나는 싫어요. 그 극성인 풍월님네들 등쌀에 어떻게 빼기게요.

**촌부2** 참, 우리 집 골목 안 막다른 집 색시의 이야기 더러 들어보았소.

**촌부3** (고개를 저으며) 못 들었어…….

**촌부1** 왜 어느 풍월님을 따라서 고을 살러 갔다면서요.

**촌부2** 글쎄 말이오. 그 풍월님이 몹쓸 사람이던 게야. 아마 그이에게 속아서 갔다나 보던가. 처음에는 너무도 곱다고 칭찬하고 추어주는 바람에 색시가 그만 반해 따라간 것이……. 풍월님은 그만 중이 된 까닭에 고을 사람들한테 맞아 죽었대요. 그리고 그 색시는 중놈하고 산 계집이라고 얼굴에다 똥칠을 해 이 고을 저 고을로 끌고 다니었다던가. 그만 아침 이슬에 피었던 꽃이 하룻밤 된서리를 맞아 스러진 셈이지.

**사시** 아이 가엾어라.

**촌부3** 가엾어요? 가엾기는 무엇이 가여워. 도리어 재미있게 고소하지. 한창은 너무도 미쳐서 저녁마다 삼을 잇다가도 저의 어머니의 조는 틈을 타서 울을 넘어 도망질을 해 가고……. 그럴수록 저의 어머니는 더 기강을 부리며 딸을 붙들어 가두느라고 애를 쓰겠지. 그 계집애는 건달에게 넘어져서 죽을 둥 살 둥 모르고 허덕지덕 야단인데 그래 울안에 갇혀 있으면서도 그를 만나게 해달라고 뒤꼍 업주거리에다 날마다 손이 발이 되도록 빌며 노구메 정성을 들이더라나. 아이 참, 우스워서……. 그러더니만 그—예 중놈 서방을 해간 셈이야. 그나마라도 끝이나 좋았더면.

**사시** 왜 중이 그렇게 나쁜 것인가요. 이 서울에는 나라에서도 절을 다— 짓도록 마련을 하신다는데요.

**촌부1** 여기는 그래도 서울이니까 그렇지요. 시골서는 아직도 그런 것을 보면은 이를 갈고 길 짐 싸가지고 쫓아다니며 못살게 군답디다.

**사시** 아이 밉살머리스러운 사람들도 다— 많지. 그게 원 무슨 짓이야.

**촌부2** 저 아기는 중놈한테로나 시집을 보내야 하겠군.

**사시** (부끄러운 듯 얼른 고개를 숙인다)

**촌부3** (촌부2에게 얼른 눈짓을 하며) 그러기에 세상이 낭이라 이르지요.

(촌부들은 물동이를 이고 퇴장)

**사시** (한숨을 가볍게 한 번 쉬며) 몹쓸 사람들도……. 남의 궂은일에 그리 고소할 것이 무엇인고. (돌무더기 앞으로 가서 사방을 한 번 휘휘 둘러본 뒤에 돌 하나를 집어 돌무더기 위에 올리어놓고 공손히 절을 하고 엎드려 빈다) 그이의 몸에 온갖 궂은일일랑 물리쳐주시옵고 시방이라도 한 번만 만나보게 하여주시옵소서.

(이차돈 수풀 뒤의 길로 등장)

**사시** 한 번이라도 좋사오니 다만 꿈길에라도.

**이차돈** (돌무더기 뒤에 가만히 서서 보다가 빙긋 웃으며) 그래라 너를 만나보게 하여주마.

**사시** (깜짝 놀라 일어나며) 어메나.

**이차돈** (웃고 나서며) 누구를 그렇게 만나고 싶어서 애를 쓰노.

(사시 부끄러운 듯 반가운 듯 가슴에 손을 대고 고개를 숙인다)

**이차돈** 그래 여기에서 무얼 하누. 외따르고 후미진 이런 곳에서 (물동이를 보고) 물을 긷나.

**사시** (아무 말 없이 고개만 끄덱끄덱하며 치마끈을 입에다 문다)

**이차돈** 너를 이런 데서 만날 줄은 몰랐구나.

**사시** 저는 퍽 그리웠어요.

**이차돈** 벌써 닷새 전부터 대궐 안에 바쁜 일이 있어서 나와보지도 못하고 이제서야 아도스님을 뵈오려 가는 길이야. 저 달이 반달 적에 너와 헤어졌더니 벌써 그동안에 온달이 되도록 둥그렇구나.

**사시** 그러믄요. 벌써 가을이 들었는데요. 요사이는 밤새도록 뜰 앞에 귀뚜라미 소리가 사람마다의 얕은 꿈자리를 지키고 있답니다.

**이차돈** 나도 그동안 얼마나 많이 나오고 싶은 마음이 간절하였던고. 그러나 나라에 바친 몸임에 바쁜 일에 싸여 밤낮 눈코 뜰 새도 없었으니.

**사시** 저도 뵈옵기는 싶으면서도 그런 줄을 알고 공연히 기다리다 기다리다 이제는 기다리지도 않는답니다. 아무쪼록 나라 다스리시는 데 거룩한 일을 많이 하셔요.

**이차돈** 너의 부탁은 고맙다마는 나에겐 그만한 힘이 이루 미치지 못할까 보아 두려웁구나.

**사시** 저는 요사이 아무 생각도 아니 하고 지낸답니다. 이따금 바람결의 쓰르라미 소리를 쫓아서 버들 숲속 길로 멋없이 돌아다니어보기도 하고 축동 저쪽에 흰 달그림자가 눈에 번뜩 뜨일 때마다 저는 한사님인가만 여기어 몇 번이나 가슴이 울렁거리었는지요.

**이차돈** 그것은 너무나 고마웁고도 가엽구나. 그러면 이제 들어가지. 또 스님도 뵈어야 하겠으니깐.

**사시** 그러면 어떻게 하게 또 오랫동안 못 뵈올 것을.

**이차돈** (잠깐 머뭇거리다가 돌무더기 앞에 앉으며) 그럼 여기서 잠깐 놀다나 갈까.

**사시** 지나가는 사람이 보지나 않을까요.

**이차돈** 뭐 없겠지. 또 누가 본들 어떠할라고.

**사시** 달도 참 밝기도 하지. 나는 그동안에 얼마나 그리워하였을까. (앉는다)

**이차돈** 어—, 바람도 시원코나. 거친 겨울 벌판과 같이 쓸쓸하였던 가슴에 금방 거룩한 샘물이 들이붓는 듯하구나.

**사시** 어—허—, 무엇이라 말을 하면 좋아요. (저의 가슴을 껴안는다)

**이차돈** (혼잣말처럼) 아무 소리나 되는대로 지껄이어도 다— 좋지. 거칠어빠진 돌무더기 언덕에도 한줄기에 거룩하고 좋은 샘물이 있어 목마른 목을 축이어주니 아무러한 소리라도 가슴이 터져 나오도록 마음껏 질러보아도 좋지. (다리를 뻗고 앉는다)

**사시** 여보세요. 거기 그렇게 앉지는 마세요. 그 고운 옷에 흙물이 들면 어찌합니까.

**이차돈** 아무려면 어때. 너와 이렇게 앉아 즐겁게 이야기하는 동안에 더러더럽히는 옷이라면……. 또 더러워졌으면……. 만일 이 옷이 더러워 못 입게 되걸랑 네가 저 샘물을 떠 깨끗하게 빨아나 주렴.

**사시** 빨아드리기는 어렵지 않으나 그 옷이 해지면 어떻게 하게요.

**이차돈** 그것까지야 걱정할 것은 없다. 나는 도리어 너의 그 어여쁘고 고운 손이 해어지지 않을까 저어할 뿐이다. (사시의 얼굴을 건너다보며 빙긋 웃는다)

**사시** 왜 그렇게 저의 얼굴을 물끄러미 들여다보세요. (아양을 부리어 손짓을 하며) 그렇게 보지 마세요. 저는 오늘 머리도 빗지 않았는데요. 그 귀고리도 시방은 물 길으러 나오느라고 집에 떼어두었는데…….

**이차돈** 그래도 너는 어여쁜 각시다. 이 나라에서는 제일 곱다고 이르는 원화들보다도 더 고운 선녀이다. 골안개에 피어난 무궁화 너는 우리의 꽃이다. 우리나라에서 고이 가꾸어준 어여쁜 꽃이다. 아가씨야. 왜 이렇게 고개를 넌지시 숙이기만 하니. (사시의 머리를 쓰다듬는다)

**사시** 점잖은 한사님께서도 이렇게 손잡손[92]을 다 하시나요.

**이차돈** 손잡손이 아니라 삼단 같은 너의 머리가 퍽 소담스럽구나. 이 귀밑머리까지 내 손으로 다 풀어줄까.

**사시** (몸을 모로 피하는 듯) 아스서요. 아스서요. 그것은 아스서요. 귀밑머리는 풀지 마세요.

**이차돈** (얼쩍은 듯이 머쓱해 앉으며) 왜 내가 너의 그 머리를 풀어줄 만한 임자가 못 될까 보아 그러니. 시방이라도 너의 집에 가 너의 어머니와 오라버니께 말씀을 여쭈면 그들도 아마 나의 말을 뻗서지는 않으실 터이지. 그래 네가 이 한사 이차돈의 아내가 된다 하기로 무엇이 그리 언짢을 것이 있을까, 설사 너의 집에서는 말을 듣지 아니한다 하더라도…….

**사시** …….

**이차돈** 왜 아무 말도 아니 하니. 나의 지껄이는 소리가 듣기 싫으냐.

**사시** 아니요. 당신의 말씀이 고맙기는 하지만.

**이차돈** 그래. 어떻단 말이냐.

**사시** 저는 어느 때까지 이대로 있고 싶어요.

**이차돈** 어째서 나는 그래도 네가 나의 이 뜻을 들으면 무척 반가워할 줄만 알았었구나.

**사시** 반갑기야 너무도 반갑지요마는……. 그러나 저는 어느 때까지든지 허락지 않은 시악시의 몸 이대로 그냥 있고 싶어요.

**이차돈** 그것은 너무나 꽃다웁다 못해 안타까운 일인데.

**사시** …….

**이차돈** 네가 만약 좋다고만 하면 저 달재에 대궐터를 빌려 비둘기장같이 새집을 짓고 서른 새[93]의 고운 깁으로 너를 입히고 좋은 구실 좋은 노리개를 모두 장만해주마. 온갖 좋은 보물을 얻어 너를 차려주고 너를 꾸며주마. 뒤곁에는 업죽가리 하나 만들고 그 앞에는 꽃도 심고 그 꽃이 필 적에는 네가 노상 잘 부르는 그 길쌈노래도 불러보자꾸나. 네가 즐기는 것이면 무엇이든지 만들어주지. 그리고 누구에게든지 신세도 끼치지 말고 참견을 받지도 말고 홀가분하게 우리 단둘이만 즐겁게 지내자꾸나.

**사시** 저 같은 것을 그렇게 생각해주셔서.

**이차돈** 그러면 나하고 시방 같이 가면 어떨꼬. 이 나라에서는 처음 될 만한 크낙하고도 훌륭한 혼인 잔치를 차리고서 너를 맞이해 가지. 정월 대보름달 달맞이처럼 삼월 삼절날 꽃맞이처럼 어—허—, 그때 너는 얼마나 어여쁜 새색시가 될꼬. 나는 그것이 보고 싶구나. 너의 집이 그 무명옷이 싫거든 이 나라에서 제일 호사하는 원화의 옷을 입혀주마.

**사시** 그처럼 저를 생각해주시는 것은 도무지 어떻다 말할 수 없이 고맙고 기쁘지마는…….

**이차돈** 그거는 또 무슨 소리야.

**사시** 아니에요. 저도 한사님을 모시고 그런 살림살이를 하고 싶기는 퍽 하지마는 그렇지만 저는 어떻든 이대로 그냥 이 천경수풀 속에서 살다가 스러질 목숨인 줄만 여기어요.

**이차돈** 어째서.

**사시** 글쎄, 어째 그럴까……. (고개를 숙이며) 그것은 저도 모르겠어요.

**이차돈** (답답한 듯이) 얘, 그것은 네가 나를 골리려 그만하는 소리로구나.

**사시** 제가 어떻게 그런 훌륭한 살림살이를 할 수 있는 몸이겠어요. 시방 말씀은 모르건대 실없는 기롱[94]으로 저를 놀려보고자 하시는 게지요.

**이차돈** 허—허, 이것은 또 무슨 소리야.

**사시** 뭘 그렇지요. 이리저리 속이시다가 저를 모르는 결에 떠다밀어 진창에 빠져 우는 것을 보고 웃으시려구.

**이차돈** (무의식無意識하게) 그럴 리야 있나.

**사시** 뭘 요사이 풍월님네들이 거진 다— 그렇다는데요. 귀여워하고 추어만 주니깐 계집애들은 금방 반해 덤비지요. 그러다가 그러다가 그만 모르는 결에……. (한숨을 쉰다)

**이차돈** 아무튼 너는 똑똑한 시악시이다. 그러나 어느 몹쓸 풍월님이 그리 거짓말 잘하는 실없는 사나이였던고.

**사시** 귀밑머리가 다— 이렇게 풀어졌으니 어떻게 해요. 어머니가 보시면 또 꾸지람하시겠네. (방긋 웃는다)

**이차돈** 그것은 참 매우 안되었구나.

**사시** 괜찮아요. 도섭스럽게 원 별말씀을.

**이차돈** 가뜩이나 믿지 못하는 사나이가 그런 짓을 해놓아서.

**사시** (이차돈의 침울한 마음을 농쳐주려는 듯이 아양성 있는 웃음의 얼굴로) 그렇지만 안 뵈올 동안에는 그리웁고 믿음직한 어른은 한사님뿐이에요. 노상 너그럽고 탐탐하신 우리 한사님. 한사님은 아마 나 밖에도 더 좋은 동무가 퍽 많으시지요. 나보다는 무척 재미도 있고 또 어여쁜 가시내들이.

**이차돈** 그런 말은 또 어째 별안간……. 까닭 없는 시샘 그것이 너로 하여금 이 세상에 약은 아가씨를 만드는 것이로구나.

**사시** (어린애처럼) 그럼 그런 말은 묻지 않는 것입니까.

**이차돈** 아니 그런 것도 아니지만……. (소간) 아무튼 묻고 싶으면 묻는 것이지. 어떻든 그따위 이야기는 재미없으니 이제 그만두자. (딴말을 하려고 일부러) 그래 내가 먼발치로 올 때에 네가 먼저 나를 알았을까 내가 먼저 너를 보았을까.

**사시** (한숨을 쉬며 힘없이) 그것은 자세히 모르지만 저는 말 타고 다니는 이만 보면 모두 한사님만 여기어 가끔 속으니까요.

**이차돈** 아까는.

**사시** 저는 모르게 오시고도……. (원망하는 듯 부끄러운 듯 고개를 숙인다)

**이차돈** 그렇게 그리워하는 너에게 내가 여러 날 보이지 아니해서 너무 안되었다. 더구나 접때 내가 갈 때에도 아무 말도 없이 섭섭히 고만 달아나 버려서.

**사시** 무얼요. 그때도 한사님 가시는 것을 일부러 숨어 지켜보았답니다. 다— 가셔서 안 보이시도록……. (김의 풀을 뜯어 치맛자락에 감아쥐고 입안의 소리로 무슨 푸념을 하는 듯)

**이차돈** 그것은 무엇을 그러니.

**사시** 아니에요. 손잡손이지요.

**이차돈** 손잡손.

**사시** 아니에요, 보시지 마세요. 또 놀리며 웃으시려고.

**이차돈** 무엇을 그리 입으로 중얼거리니 무슨 푸념이야.

**사시** 여보세요. 제가 정말 이뻐요. 미워요.

**이차돈** 이쁘고말고. 이슬 머금은 무궁화 송이같이 이쁘다박에.

**사시** (혼자 푸념으로) 이뻐, 미워, 이뻐, 미워, (이차돈을 웃으면서 돌아보고) 저, 나도 당신이 퍽 이뻐요.

**이차돈** 그렇지. 그 영검스러운 김의 풀을 빌려 나는 네가 그립고 너는 내가 그리운 것을 하소연한다. 우리 둘의 목숨을 그 가느다란 한 오리 김의 풀에다 매어달고.

**사시** (가슴에 손을 대고 힘없는 소리로) 저는 별안간 가슴이 두근거려져요.

**이차돈** (놀라운 듯) 왜 그럴까. 괜히 쓸데없는 말을 오래 해서 아마 그러한가.

**사시** (고개를 가볍게 저으며) 아니에요. (잠잠하다가 고개를 넌짓 들며) 한사님, 저를 꼭 이뻐하시지요.

**이차돈** 그렇고말고.

**사시** 한사님께서는 중을 어떻게 생각하세요.

**이차돈** 얘, 그까짓 말은 이제 그만두자꾸나. 내가 너를 그리워한다는 밖에 더 무엇 있니.

**사시** 그렇지만.

**이차돈** 네가 나를 그리워하고 내가 너를 그리워하니 우리들의 것은 무엇이든지 벌써 예전에 거룩한 이의 뜻대로 다— 바쳐버린 것이지 뭐야. (우는 사시의 어깨를 잡아 흔들며) 왜 우니. 울지 말어. 울기는 왜 울어.

**사시** 그냥 놓아주세요. 얼른 저 달이 넘어가버리었으면 저는 손발이 서늘하게 질리어 저절로 떨려집니다. 이 좁은 가슴은 이렇게 기쁨에 울렁거리는 것인데 이것도 이때뿐이나 아마 아닐지.

**이차돈** 어— 가엾은지고. 가시내 마음이 이다지도 여린 것인가. 이 철없는 아가씨야. 사시 아가씨야. 이제 그런 쓸데없는 이삭 다니는 그만두자꾸나.

**사시** (무엇을 동경하는 듯 얼없이[95] 혼잣소리처럼) 어—, 저— 사시 아가씨야. 부르시는 그 음성이 맨 처음 제 가슴에 그리움의 화살을 박던 활시위의 소리였어요. 한사님께서는 아마 잊으셨겠지요. 벌써 그때 저 지난달에 사시 아가씨야 부르시면 당신의 음성이 나의 가슴을 얼마나 뛰놀게 하였던지요. 아무도 그처럼 고운 목소리로 제 가슴이 찌르릉하고 무너지도록 불러주는 이는 다시도 없을 것이에요. 그 목청에는 영검스러운 그 무엇이 가득 차 있었으니까……. 저는 시방도 맨 처음 뵙던 날은 잊지 않고 있습니다. 당신이 제 이름을 처음 부르던 그날부터 저의 마음에는 수줍음이 생겼으니까요.

**이차돈** 수줍음이.

**사시** 당신은 아마 잊으신 것이지요. 그때 우속于續마을 집에 있을 적에 당신이 흰 말을 타시고 늦은 벗을 띄워 우리 집을 찾아오셨지요. 그리고 그 담에는 울안 굴집 앞에서 물끄러미 서로 건너다보다가 우리 어머니에 들키었지요. 또 저에게 처음 말씀을 건네어주실 때를 생각하세요. 당신은 아마 그때에는 모르셨겠지만 무엇 당신을 처음 뵐 때부터 제 마음은 엉클어져 당신의 얼굴만 그리기에 이 어떤 삼실도 쓰지 못하게 엉클어버려서 어머니에게 꾸중을 퍽 많이 들었답니다. 그리고 그 뒤에도 당신은 우리 집에 오실 때마다 나를 여기어 찾으시는 당신의 눈치를 나는 살피어 잘 압니다. 접때 아도 스님하고 무슨 말씀을 하실 때에도 저는 향불을 가지고 올라가다가 당신이 언뜻 눈에 띄기에 나무 그늘에 서서 당신의 얼굴만 올려다보느라고 얼이 빠졌습니다. 나는 당신만 보이면 다른 것은 아무것도 보이는 것이 없어요. 내가 당신을 넋을 잃고 서서 쳐다볼 때에 당신께서도 말씀을 하시다 모를 결에 힐끗 나를 보고는 다시 큰 눈을 떠 나를 쏘아 내려다보셨지요. 당신의 눈과 제 눈이 서로 마주칠 때에 어찌도 남부끄럽던지 낯이 붉어 얼른 고개를 숙였었지요. 그래 제가 하는 수 없이 향을 들고 가려다 보니까 그만 향로는 땅에 떨어졌고 제 치마 앞이 커다랗게 구멍이 나도록 탔겠지요. 아마 그것을 당신은 못 보셨을 게야. 그때서 부끄럽기도 하고 남이 볼까 보아서…….

**이차돈** 참 재미있고도 우스운 일이었었구나.

**사시** 참, 나 보게. 이야기에 팔리어 달이 높도록 있어서 앉았으니.

**이차돈** 그럼 이제 들어가지.

**사시** 한사님 곁에 있을 때에는 어떻게 철 가는 줄도 모르겠어요. 그럼 제가 먼저 들어갈 테니 조금 나중에 들어오세요.

**이차돈** 그러지.

**사시** 그리고 이따 가실 적에 휘파람을 한번 부세요. 그러면 제가…….

(사시 퇴장)

**이차돈** 어—, 저 달은 밝기도 하구나. 뜨거운 마음을 꿰뚫어보는 듯 답답한 가슴을 식혀주는 듯.

〈제4막〉

**1장**

초추初秋[96] 어느 날.
이차돈의 거처.
정면에서 좌편까지는 사랑 대청 누마루. 뒤에는 동산. 우편은 화단. 화단을 꿰뚫어 통로.

(누마루 위에는 이차돈과 거칠부[97]가 앉아 있다)

**이차돈** 중전마마께옵서 하찮은 이 몸을 그처럼 하념下念[98]하옵신다 하니 도리어 황송하옵기 그지없네. 그러나 이 몸은 불행히 그렇게 편안한 자리에서 복스러웁고 즐거운 살림살이를 하고 있지는 못할 것일세. 나는 시방 위태스러운 외나무다리를 건너가는 것일세. 자칫하면 떨어져 죽는 외나무다리를 일부러 건너고 있어……. 다리 건너 저쪽에는 불쌍한 동무들이 부르짖고 있으니까 나는 내 힘과 희망과 용맹이 닿는 데까지는 부지런히 또 바삐 그 다리를 건너가야만 되겠지.

**거칠부** 그렇지만 나랏일을 자네 혼자만은 못 할 것이고 반드시 여러 사람의 힘을 모아야 될 것인데 보아하니 여러 사람의 마음은 자네에게 그리

붙좇지 않는 것 같고 더구나 상감마마께옵서는 천성이 연약하셔서 과단하지 못하시고 주저하시는 일이 하도 많은데 자네 혼자 그렇게 날뛰기만 하면 뭘 하나.

**이차돈** 그럼 이 나라의 어려운 일을 맡은 이 몸으로서 이 몸이 나아가 일하지 않으면 누가 해주나.

**거칠부** 아닐세. 시방이 어떠한 때인가. 더구나 자네를 미워하고 시기하고 자네의 일이면 모두 좇아다니며 희살을 놓으려 드는 이가 있지 아니한가. 그럼 또 자네는 자네의 손으로 무덤 구덩이를 파고 있는 짓만 하니……. 그래서 중전마마께옵서도 그것을 염려하심이 아닌가. 자네의 몸을 위하여 또 당신 따님의 장래를 위하여…….

**이차돈** 그러나 우리의 목숨은 결단코 우리의 것만이 아니니까 수많은 여러 사람을 위하여서는 이 몸을 버리는 것이라도 좋지. 제가 스스로 깨달아 아는 길은 서슴지 않고 더벅더벅 걸어 나아갈 것이 아닌가.

**거칠부** 하지만 사람으로서 번연히 죽는 곳인 줄도 알면서 잠깐만 피하면 살 수 있는 것을 일부러 그곳으로 엉금엉금 기어들어간다 하면 그것을 그리 현명하고 용감스러운 짓이라고는 이를 수도 없겠지.

**이차돈** 그야 그것을 누가 현명한 짓이라고야 이르겠냐마는 나는 나의 눈앞에 오도 가도 못하는 낭떠러지를 보고 있네. 그리고 그 낭떠러지 밑에서는 수많은 생령이 손을 들어 부르짖으며 내가 얼른 내려가서 붙들어 올리기만 기다리고……. 더구나 상감마마의 망극하옵신 성은이 무거웁게 뒷덜미를 내리누름이겠나.

**거칠부** 자네는 그렇게 성은을 일컬어 말씀하지마는 나는 첫째로 황송한 말씀이지마는 상감마마께옵서 요사이 처분하시는 일이 모두 무슨 뜻으로 어찌하심인지 의심하기를 마지않네.

**이차돈** 천만에……. 우리의 입으로 그러한 소리를 어찌 함부로 하겠나. 자네나 나나 다— 같이 신자臣子의 몸으로 더구나 우리 임금님께옵서…….

**거칠부** 그야 아무 나라 임금이라도 언짢은 짓을 일부러 하려 들지는 아니 하겠지. 그러나 임금님으로서 착한 신하들을 애써 어려운 곳에만 몰아넣어둔다면.

**이차돈** 나는 용기만 있으면 죽을 땅이라도 가기를 그리 사양치 않겠네.

**거칠부** 자네는 내가 하는 말에 골이 났나.

**이차돈** 골나고 말고도 없네. 나는 나의 일을 나의 뜻대로만 행할 뿐이니까.

**거칠부** 내 마음 같아서는 제발 이번 일은 자네의 뜻대로만 하지 말았으면 좋겠네. 아무튼 모든 일을 돌봐서도 자네의 몸을 고이 갖도록 하게. (일어서며) 그러면 나는 이대로 들어가 본 대로 들은 대로 중전마마께 여쭙겠네. 아마 매우 자네의 일을 근심하시며 기다리실 터이니까……. 따로이 여쭐 말씀은 없나.

**이차돈** (고개를 저으며 힘없이) 아무 말씀도 없네. 다만 이 이차돈이는 상감마마의 거룩하옵신 분부를 받자와 여러 사람을 위해 몸을 바치기로 마음을 결단하였다고 그 한 말씀만 잘 여쭈어주게.

**거칠부** (이차돈의 손을 힘 있게 잡으며) 그래 자네는 나의 충고를 아니 중전마마의 간절하옵신 분부를 참으로 들어줄 수 없나.

**이차돈** 이 사람 자네는 왜 이리 눈물은?

**거칠부** (목이 메어서) 내가 친구로서 자네에게 이 안타까운 충고도 아마 오늘이 마지막이나 아닐까 하는…….

**이차돈** (일부러 웃으며) 원 별일로 다—.

**거칠부** 자네 요사이 알공의 마음이 어찌 된 줄을 아나?

**이차돈** 그따위 일은 일부러 알고 싶지도 아니하이.

**거칠부** (아무튼) 이따 저녁에라도 또 만나세.

(거칠부 퇴장)

**이차돈** (홀로 우두커니 섰다가) 이상한 일이다. 그의 말이 야릇하게도 마디마디…… 나의 가슴을 찌르르하게 찌르는 듯하구나. (오뇌懊惱가 심한 듯) 이래야 좋을까 저래야 좋을까. 한사람에게 붙들리어 있는 호화스러운 죄수가 될까—. 여러 사람을 건네어주는 귀찮은 뱃사공이 될까. (동안을 떼어 고개를 힘없이 내저으며) 아니 그럴 수가 있나. 그러한 일이 있을 리가 있나. 어찌하여서 나는 내 뜻대로 행하기를 그리 주저하게 되나. 내 마음속에 거짓이었던가. 내가 똑똑히 보았던 그 진리가 봄아지랑이처럼 헛되이 어린 다만 한마당의 너른 꿈자리뿐이었던가. 아니다. 그리할 리도 없다. 나는 분명히 한 훌륭한 영체靈體를 붙잡아보았다. 그러면 이따금 마음의 성안으로 번개같이 튀어 나닫는 그 황금빛의 번쩍거리는 꼭두각시는 어쩐 일인고. 삶이냐 죽음이냐. 어허 자비하옵신 검의 힘이여. 이 어려운 길을 가리어주옵소서. 나의 갈 만한 길을 터놓아주옵소서. (잠깐 무슨 생각에 고개를 숙였다가 다시 들며) 그게 다— 무엇이냐. 그따위의 것으로 나를 놀려. 흥 내가 그렇게 못난 천치인가. (주먹을 힘 있게 쥐며) 그냥 하여버리자. 그따위의 것은 내가 돌아볼 겨를도 없어. (무슨 공포에 싸이는 듯) 그 마음을 알 수가 없다고……. 사랑하는 딸을 위하여 허물없는 여러 목숨을 무찌르려 든다고……. 한나라 따위 독한 안개를 뿜어놓으려고……. (잠깐 동안을 띄어 목멘 어조로) 아니다. 그것은 몹쓸 거짓말이다. 거짓말이 아니고 어찌하랴. 그런 일은 그런 일은 있을 리가 없다. 있을 리가 없다. 상감마마께옵서는 나를 지극히 사랑하옵셨고 또 나도 여러 사람을 사랑하는 까닭이다. 삶이 아니면 죽음이 있을 뿐인 그밖에 다른 말이 왜 있으랴. (결심한 듯이) 하자. 그대로 하자. 중전마마의 아끼어주시는 마음보다도 상감마마의 일부러 떼치시려는 그 깊고 크고 거룩한 뜻을 받들어드리자. (뒷짐을 지고 몇 걸음 왔다 갔다 한다)

## 2장

8월 초하룻날 저녁때.

관아, 사정부령의 처소.

전면이 대청大廳, 대청 앞은 뜰, 뜰아래 좌우편은 행랑이 있을 듯, 숙엄肅嚴한 관가官家.

(청 위에는 위화부령[99] 철부와 사정부령 알공이 마주 앉았다. 뜰에는 부리府吏 몇 사람이 시립, 뜰아래 ○○○마당에는 부리府吏 한두 사람이 바쁘게 왔다 갔다 한다. 무슨 큰일이 있는 듯)

**철부** 자네의 벼슬이 이제 사정부령으로 올렸으니 위가 높을수록 몸과 마음을 조심하여 상감마마의 거룩하옵신 은덕을 저버림이 없도록 하여야 할 것일세.

**알공** (근심에 싸인 얼굴로) 벼슬이 높아 기쁜 것보다도 이 몸이 법을 맡은 관원이 되옴에 어지러웁고 처리하기 어려운 이 나라 모든 일을 생각하오면 조바심하듯 하는 마음이 가라앉을 겨를이 없소이다. 이내 마음을 가다듬어주는 이는 한 사람도 없사오매 눈앞에 떠오르는 것은 모두 사철 그 시늉이 시름이 올뿐더러 더구나 외국에서 돌아오는 중놈들은 날마다 버릇없는 짓만 점점 늘어서 이 나라의 거룩한 신단을 무너버리려 도우며 아무것도 모르는 백성들의 어리석은 마음을 꼬드기어 그것을 속이고 놀아나게 합니다그려. 멋도 모르는 백성들은 공연히 미친 듯이 손에 손목을 서로 이끌고 떼로 몰려다니면서 서낭당을 부수고 검줄을 끊어버리고 짐대[100]를 쓰러트리고 거룩한 망단望壇에다는 똥오줌을 함부로 갈기려 들거늘 도리어 이 나라에서는 그것을 마저 들이려고만 합니다그려. 어허, 이 몸은 그것을 생각만 하여도 몸서리가 쳐서. (일부러 몸서리를 친다)

**철부** 그러나 그대가 그렇게 자꾸 불법을 순을 치고 망가질러 없애려고만 드는 것은 또 무슨 일인가. 불법은 거룩하고 또 새로운 도라고 이르니 한 때 바삐 반가이 맞아들여 절도 지어주고 백성들 마음대로 믿음을 터놓아 주면은 백성들은 울근불근 원망하여 일어나지도 않을 것이요, 도리어 든든한 마음에 온건만 해질 것이 아닌가. 질래[101] 그렇게 자네의 심술과 고집 그대로만 하다가는 백성을 들레이고[102] 나라를 어지러이 하는 것뿐일 것일세.

**알공** 그렇지마는 사도에 빠져서 미쳐 날뛰는 이 나라 사람들의 지친 마음을 두드려 누르지 않고 어찌하오리까.

**철부** 그러나 태평한 성대를 이루려 하다가 도리어 인심人心을 소동시키며 이 나라 땅 방방곡곡이 어디든지 이르는 곳마다 불법이 있는 곳이면 함부로 병화兵火를 번뜩이어 병장기의 힘으로써 사람의 마음을 짓누르려 드는가. 시방 벌써 이 나라의 백성들은 말할 것도 없고 상감마마께옵서나 대궐 안팎까지도 모두 그리로 마음이 돌아 쏠리옵신 모양이던데 쓸데없이 자네만 그리 완악한 고집만 세우다가는 그것이 무엇이 될꼬. (하늘을 우러러) 어— 거룩한 님이여. 철없는 젊은이들의 마음을 돌리도록 해주옵소서. 저희끼리 서로 뻗서고 시새우고 엇갈리느니보다 차라리 맑게 나라를 다스리는 명관名官이 되도록 해주옵소서.

**알공** (철부를 붙들어 만류하며) 너무 이렇게 저만을 꾸짖지 말아주십시오. 저도 사람이올시다.

**철부** (울 듯이 목이 메어서) 내가 자네를 일부러 무어 헐어 말하려는 것은 아닐세.

**알공** 그야 저도 이찬 어른의 갸륵하신 마음을 모르는 것은 아니올시다. 당신의 나라에 충의로운 정성도 잘 압니다. 그러나 그러한 정성과 마음을 가진 현명한 사나이도 시방 이 나라의 백성을 다스리는 데에는 제일 좋은 방침을 모두 부서트리려고만 드니까……. 그것을 칭찬해주는 이가 있을는지도 모르지요마는 이 몸으로서는 단속을 해주지 않으면 못 살겠으니까요. 요사이도 이차돈 한사의 조심 없는 일을 보오면 너무도 섭섭만 해 보입디다. 일상과 같이 어제도 대궐 안에서 함께 나올 적에 백성들이 모두 그를 보고 염불을 하며 날뛰겠지요. 그 광경을 보는 나는 기가 막히다 못해 눈물이 다 쏟아졌어요. 그래 한사를 보면서 그대가 공주의 병환에 중을 불러들인 까닭으로 이런 일이 자꾸 일어나니 어찌하면 좋으냐고 물으니까 그이의 대답을 좀 보세요. 아주 귀찮게 쓸데없는 소리를 지껄인다는 듯이 눈살을 찌푸리며 이제는 저 백성들은 아무쪼록 부처님의 거룩한 법으로 인도를 해야 되리라고 한마디 퉁명스럽게 해버리겠지요.

**철부** (손으로 무릎을 치며) 오—라. 참 그러려니 옳은 말이야. 그것이 정말 착하고 실기 있는 이의 솔직한 말이 아니고 무엇인가. 정말로 그것이 옳은 말이지. 나라의 태평을 도모하고 백성의 넋을 건져주기에 힘을 쓰지는 않고 다만 물욕과 권세에만 눈이 어두워서 저의 사복私腹[103]만 채우려고 애를 쓰는 그러한 배짱에서야 그렇게 훌륭한 말이 한마디나 나올 리가 있겠나. (알공의 참괴慚愧[104] 고민苦悶하는 눈치를 슬금슬금 보며) 시방 이 나라의 묵은 도인들 이른바 밝수들은 더운 옷에 배불리 먹고 호강만 하기에 얼이 빠져 무슨 그리 백성을 근심하는 정성이 조금인들 있겠나. 다만 부른 배때기에 기름만 쪄서 유들스럽기만[105] 하지. 그래도 시방 이 나라를 건져내려 애를 쓰고 다니는 이들은 딴 나라에서 새로이 들어온 중들뿐이야.

**알공** 그러면 이찬 어른께서도 중놈들을 두둔하십니다그려.

**철부** 아니지. 그런 것은 아니야. 다만 내가 옳다고 느끼는 것을 말할 뿐일세.

**알공** 이찬 어른께서마저 그렇게 말씀을 하신다면 이 몸은 시방으로라도 쓰지 못하는 법관의 직분을 내어버리는 수밖에 없지요. 더구나 이차돈 같은 이는 가까운 성골로 또 장래에는 공주 아가씨의 남편이 되실 이요. 국민의 신망이 시방 한창 그 일신一身에만 들이쏘아 누구나 다— 존경하지 않는 이가 없는 모양이니까…….

**철부** (엄연한 어조로) 눈으로 보아서 시방 조정에 서 있는 신하들 중에 그처럼 충성되고 의기義氣 있는 사나이는 그 한 사람밖에 없을 줄로 아네.

**알공** 그야 상감마마께옵서 아끼며 사랑하옵시는 근관近官으로 대궐 안의 은복恩福을 저 몸에만 받아 휘감고 있으니까 무엇으로 보든지 그러할 만도 하지요. 그러나 그 대신 자기 몸에는 아무러한 소득도 없는 것만을 일부러 자꾸 하니 그것이 큰 탈이 아닙니까.

**철부** 그것이 그의 칭찬할 만한 충의스러운 기질이란 말이지 무엇인가.

**알공** 뭐 그렇기만 하면 오히려 좋게요. 시방도 말씀한 바와 같이 우리에게도 이롭지 못하고 자기에게도 또한 이롭지 못한 짓만 하고 있다는 말이지요. 그리고 또 우리에게 이롭고 실다운 큰일에도 모두 기롱짓거리 웃음소리로 만들어버리니 우리는 그렇게 실없는 이하고는 한자리에 앉았기도 싫으니까.

**철부** 나 보기에는 그의 하는 모든 일이 다— 자기의 참 마음으로 말하는 것 같던데.

**알공** 옳지요. 그 참 마음이라고 떠드는 그것이 곧 녹두밭에 정업이처럼 사람의 눈에는 잘 띄일 만한 훌륭한 깃발을 가지고 있단 말이지요. 그래서 남의 눈에는 훌륭한 사람으로……. 그러나 그의 태도는 너무나 사람들을 모두 깔보는 것 같지 않습니까. 시방 우리도 정다웁게 지내는 듯하기는 하지마는 그것이 어떻게 하든지 우리를 이 조정에서 잡아 내리어 내쫓으려고 드는 음흉한 수단이나 아닐는지 누가 압니까.

**철부** 하느님 맙소사. 여보게. 그런 몹쓸 소리는 아— 예 입에도 올리지도 말게. 어허, 그 사람에게 어찌 그런 말이 될 법이나 한 소리인가. 도리어 자네의 그 모진 소리야말로 정말 자네에게도 또 그 사람에게도 조금도 이롭지 못할 것일세.

**알공** 그러나 이 몸이 일부러 그를 모함하거나 방자하는 것은 아닙니다. 아무튼 얼마 아니 있어서 곧 하는 수 없이 그러한 몹쓸 일이 생길 줄도 있으니까요. 이 몸은 그의 어떠한 인물임을 잘 알고 있습니다. 상감님의 근시近侍하는 신하이니까 요사이도 무슨 일을 또 꼬드기고 여쭈어 무슨 짓을 끄집어 일으킬는지 누가 압니까. 여보시오. 잘 생각해보십시오. 요사이로 중놈들이 부쩍 기세를 부리는 것도 모두 그의 허물이 아니고 무엇입니까. 접때 아도 중을 불러 도리어 공주의 병을 고친 까닭이 아니오니까. 이 몸이 까닭 없이 남의 일을 헐어 말하는 것은 아니올시다마는……. 아무튼지 제가 지나 내가 지나 저도 가다가 가다가 막 마침으로 어느 뭐 막다른 곳에서 내 손에 경을 점쳐볼 때도 있을 터이지요.

**철부** (벌떡 일어서며 손을 내젓고) 어허 무서운 소리. 어허 독한 내를 풍기는 무서운 소리. 그러한 소리를 나는 더 듣지 않겠네. (허둥지둥 퇴장)

(부리 일인, 급한 걸음으로 등장)

**알공** 잘 사실査實해보았느냐.

**부리** (굽실하며) 네—. 자세자세 염탐하였사옵니다. 오늘부터 천경림에다 큰절을 이룩하옵시는데 동독董督[106]은 이차돈 한사께옵서 하옵시며 상감마마께옵서 시키시와 나라의 천량을 대어 짓는다 하옵더이다.

**알공** (한참 무엇을 생각하다가) 그럼 너는 시방으로 곧 이방부령을 잠깐 여쭈어 오너라. 조용히 의논할 말이 있으니…….

**부리** (굽실하며) 이방부의 공목工目 급찬級飡 말씀입니까.

**알공** 그래.

**부리** (머리를 긁적거리며) 이방부 거기는 어찌도 무섭사온지요. 문간에 걸어놓은 시뻘건 오랏줄만 보아도…….

**알공** 어— 고약한지고. 무슨 주둥이를 그리 놀리고 섰노.

(부리 비슬비슬 퇴장)

**알공** (한참이나 무엇을 생각하다가) 암만해도 없애버려야 할 것이다. (일어나며) 그렇다. 이제는 없애버릴 수가 있는 때가 돌아왔다. 상감마마께서는 그 천성이 이번에도 또 모든 일을 이차돈에게만 미루어버리실 터이니까……. 어허, 이것이야말로 정말 하늘이 시키시는 일이로군. (매우 유쾌한 듯이 한번 소리쳐 웃는다)

**3장**

전면이 장엄광대한 전각.

(정면 중앙 용상에는 법흥대왕이 앉았고 문무백관이 위의 있게 왕을 시위[107]해 있다)

**알공** 폐하께옵서는 도무지 모르옵시는 일이오면 이차돈 홀로 어명을 거짓 꾸미어 난신적자亂臣賊子[108]의 짓을 함부로 저질러놓았사오니 저를 어찌하면 좋사오릿고.

**예작부령** 근자에는 풍년도 그리 들지 못하였사오매 하늘만 쳐다보옵고 살던 백성들이 모두 유리걸식流離乞食[109]할 지경이오며 더구나 이웃 나라 군사가 지경 안을 침범해 노략질하옴에 군사들이 병장개 쓰기에도 쉬일 겨를이 없사옵거늘 무슨 일로 애매하고 파리한 백성들을 부리어 쓸데없는 절집을 일부러 수고로이 짓겠사오릿고.

**조부령** 국고에는 천량이 떨어져 다—하였사오니 무엇으로 절을 짓겠사오릿고.

**공목** 이차돈은 모군능상侮君凌上[110]하옵고 어명을 위조한 대역 죄인이오니 시방으로 곧 금부에 내려 죄대로 다스리겠나이다.

**왕** (번뇌에 싸여 침묵)

**알공** 만일 이차돈의 죄를 밝혀 다스리지 못하오면 소신이 먼저 법관의 직책을 다― 하지 못한 죄로 목을 베어 바치겠나이다.

**공목** 황송하오나 이차돈에게는 폐하의 은총이 너무도 크셨사와 이러한 변고가 일어난가 하옵나이다.

**왕** (침통한 어조로) 이번 일은 모―두 나의 허물이다.

**알공** 그러하오면 이차돈에게는 아무러한 허물도 없다 이르시나이까.

**왕** 그만한 허물은 아무에게라도 다― 있는 것이지.

**알공** 아니로소이다. 이 나라의 밝은 도를 무너트리려 드옵고 또한 어명을 거짓 꾸미어 도량방자한 짓을 함부로 한 그 대역범죄가 어찌 아무에게나 다― 있는 것이라 이르겠사오릿고. 만일에 소신의 사뢰온 말씀이 망령된 게 있사오면 시방으로라도 이 혀를 빼어버리는 형벌이라도 달게 받겠나이다.

**왕** (고민만 할 뿐 침묵)

**공목** 그러하오면 저 알공을 망령된 말을 한 죄로 곧 다스리오리까.

**왕** (천천한 어조로) 아니다. 알공은 저 맡은 직분에 충실한 사람인 줄로 내가 안다.

**공목** 그러하오면 이차돈의 죄는 곧 다스리어도 좋겠사오리까.

**알공** 그거야 의례히…….

**왕** 안 된다. 이차돈에게도 죄를 줄 수는 없다.

(중신은 어이가 없는 듯 어안이 벙벙해 왕의 얼굴만 쳐다본다. 왕은 몹시 고민. 갑사[111]의 복장을 한 이방부리 4인은 이차돈을 죄인으로 오라를 지어가지고 등장. 왕과 이차돈 무언히 눈물 어린 근심스러운 얼굴로 서로

한참이나 건너다보다가 서로 묵연히 고개를 숙인다. 서로 몹시 고민에 싸인 듯. 이방부리 이차돈을 뜰아래에 꿇리어놓는다)

**알공** 너는 폐하의 은총을 가장 두터웁게 입은 근신의 몸으로 무엇이 부족하여 감히 어명까지 위조하는 대역의 죄를 범하였는가.

**이차돈** (놀라운 듯 고개를 들어 대왕의 얼굴을 한번 이윽히 보다가 다시 고개를 힘없이 숙인다)

**공목** 너는 죽을죄를 지은 줄 아느냐.

**알공** 어째 말이 없는고. 들으니 천경림에다 큰절을 이룩한다고 하더니 그동안에 벌써 성불成佛을 하였느냐.

**이방부리들** (거친 목소리로) 빨리 아뢰어라.

**알공** 너무도 어마어마하게 크낙한 죄를 지어서 아무 말도 할 수가 없느냐.

**이차돈** (무겁고 천천한 어조로) 너희들이 그따위 소리를 하려고 일부러 나를 여기에까지 잡아들여 이렇게 지겨웁고도 황송한 꼴을 상감마마 앞에 보여드리려 하느냐. (다시 고개를 숙이고 침묵)

**알공** 그밖에 다른 말은 또 없느냐.

**이차돈** 없다. 이것도 상감마마께옵서 시키옵시는 일이라 하면 내 직분은 그것을 다— 받들어 행할 뿐이니 이제는 내 발 앞에 죽음만 있어 기다릴 뿐이다.

**공목** (이방부리들을 보고) 그러면 곧 금부로 내려 가두라.

(이방부리 이차돈을 이끌고 천천히 걷는다. 대왕은 몹시 고민. 전각 내외가 모두 침울한 빛)

## 〈제5막〉

### 1장

편전.
경은 제3막 2장과 같으나 모두가 근심스러운 빛.

(대왕 홀로 앉아 근심하는 빛이 깊이 쌓여 있다)

**왕** 어찌하면 좋을꼬. (한숨을 쉰다)

(왕비 눈물을 지으며)

**왕비** 이차돈을 정말 죽이시렵니까.
**왕** (귀찮은 듯이 눈살을 찌푸릴 뿐)
**왕비** 어찌 죄 없는 사람을 그렇게 죽일 수 있습니까.
**왕** 그런 것은 여편네들의 알 바가 아니오.
**왕비** (원망하는 듯) 그렇겠지요. 제 속으로 낳은 딸자식의 일이지마는 어미 된 이는 걱정할 까닭도 없겠지요.
**왕** …….
**왕비** 그렇지만 (훌쩍이어 울면서) 딸자식이 불쌍하지 않습니까.
**왕** (탄식 섞어 혼잣소리로) 어허 이제 나는 모든 것을 다— 잃어버릴 지경이로구나.
**왕비** 무얼 상감마마께옵서 일부러 만드신 일이면서…….
**왕** (말없이 왕비를 힐끗 보고 다시 고개를 숙인다)
**왕비** 이차돈 한사를 살려주세요. 네. 상감마마. 제발 덕분 비옵나니…….

(느끼어 운다)

**왕** (한숨을 쉬고 천천히 힘없는 말로) 그러나 나에게는 그러한 힘이 없구려. 그전에는 모든 일을 억세인 이차돈이가 옆에 있어서 하였더니 이제는 그만……. (목이 메고 눈물을 지으며) 그 애가 약한 남은 잘 붙들어주었어도 억세인 제 몸은 붙들어 건져내지를 못하는 모양이야. 시방이라도 이차돈이가 내 곁에만 있으면 내가 그를 넉넉히 건져 내렸지마는……. 그러나 나의 팔이요, 나의 다리이던 이차돈이는 내가 건져주어야 할 사람으로 내 힘이 미치지 못하는 깊은 구렁에 떨어져 있구려. 그러니 그를 건질 이가 누구야. 그를 건져줄 이가 누구야. (눈물을 흘린다)

**왕비** 상감마마입지요. 상감마마뿐입지요.

**왕** (능력이 있고 없음을 염려하는 듯이 자기의 손을 들어 이리저리 뒤슬러 보다가 낙심하는 듯이 풀이 죽어 한숨을 쉬며 고개를 흔든다) 없어. 없어. 나에게는 그만한 힘도 없는 모양이야.

**왕비** 그러면 이차돈은 꼭 죽고야 맙니까.

**왕** (한참이나 민연憫然히[112] 앉았다가 다시 용기를 내는 듯) 염려 마시오. 시방으로 곧 나에게 큰 용기를 줄 사람이 올 터이니까.

**왕비** 오기는 누가 와요.

**왕** 아도화상……. 아도화상을 아까 불렀으니까 이제 곧 들어올 것이오. (답답한 듯) 그러니 그러니 부인은 아무 걱정도 말고 저리 딴 데로 가서 계시오. 나는 시방 이 어려운 일을 풀어놓을 방법을 조용히 생각하고 있는 터이니까……. 어서 좀 조용히…….

**왕비** 아무튼 우리 아기를 불쌍히 보셔서도 꼭 이차돈 한사를 살리어놓으셔야지요. (몸을 일어 천천히 퇴장)

**왕** 어허, 거룩하고 억세인 힘이여. 이 늙은 몸을 붙들어다오. 이차돈을 건져내일 만한 큰 힘을 나의 몸에 들이부어다오. 내 몸을 내 딸을 내 착한 신하를 건져낼 만한…….

(치성의 인도를 받아 아도 고요히 등장, 정례頂禮)

**왕** (일어나 반겨 맞으며) 부질없는 일로 늙은 몸을 이렇게 수고로웁게 해서 대단히 미안하오.

**아도** (차수정례叉手頂禮[113]를 하며) 아미타불阿彌陀佛[114].

**왕** (자리에 앉으며) 오늘 저녁은 너무도 쓸쓸하고 구슬픈 밤이로구려.

**아도** (앉으며) 네— 매우 마음 맑은 가을밤이로소이다.

**왕** 모든 일은 벌써 다— 들어 알았겠지마는 이차돈이가 죽게 되었으니 저를 어찌하면 좋겠소. 대사가 나를 위하여 좋은 법을 한번 들려주오.

**아도** (잠깐 무언無言히 앉았다가) 폐하께옵서 이 늙은 걸식사문乞食沙門[115]을 더럽다 아니 하시옵고 이렇게 구중지밀九重至密[116]에까지 불러들이시오니 행자의 몸으로는 너무도 지나치는 영광이옴에 황송하옵고 감사하온 말씀을 무어라 사뢰올 길이 있사오릿고. 더구나 부처님의 거룩하옵신 도를 위하여 사랑하옵시던 근신 이차돈을 몸째로 공양을 하옵시니 너무도 감격하옴이 그지없삽나이다. (정례) 상감마마 폐하께옵서는 자세히 살피어보시옵소서. 먼저 오욕五慾[117]의 환락 속에다 위태로이 몸을 던져버리는 이 세상의 가엾은 참상을 두루 살피어보옵소서. 그들은 탐애貪愛[118]의 횃불을 잡고 번뇌의 어두운 길에서 헤매일 적에 뜨거운 불은 부적부적 손까지 타들어가건마는 그것도 깨닫지를 못하는 무리들이로소이다. 한번 오욕의 구렁에 빠진 뒤에는 초열지옥[119]의 무서운 참고慘苦[120]를 받지 않으면 아니 되겠습지요. 그러니 어찌나 하면 그 오욕 탐애의 구렁에서 벗어나올 수가 있사오리까. 사람들은 생로병사의 사고를 제 눈으로 보건마는 보지도 못하고 제 귀로 듣건마는 듣지도 못하옵니다그려. 전변무상轉變無常[121]의 핍박이 들이 씌워짐에 어디메에 노소귀천의 다를 것이 있사오릿고. 보옵소서. 높은 왕자의 권세나 만승의 부귀라도 늙고 병들고 죽으며 사랑하는 님도 이별하고 미운 원수도 외나무다리에서 만나며 언고 싶은 것도 얻지 못하고 눌러도 누를 수 없는 것은 물욕物欲……. 극격劇激한[I22] 사고팔난四苦八難[I23]의 협박 아래에는 누구나 다— 같이 한 사람이나마 눈물을 흘리며 부르짖지 않는 이가 있겠사오릿고. 아무리 자부慈父와 효자의 사이나 현군과 충신의 사이나 애부愛夫나 연처戀妻의 사이라도 한번 늙음이 오고 병이 들고 장차 죽음이 앞에 다 닥쳐올 때에 누가 그것을 대신할 이가 있사오릿고. 일가권속이 서로 모여 하늘을 부르짖고 땅을 두드리며 울더라도 그 하소연을 받아줄 이가 없어옵거늘 탐애의 그물에 걸린 중생들은 어찌 까닭도 모르고 저절로 영영 자자營營孜孜[I24]히 제 손으로 그 그물코를 조르느라고 애쓸 뿐이옵지요. 악착한 진세塵世의 거리에서는 약한 놈은 억세인 놈의 밥이 되옵고 미욱한 놈은 약은 놈의 고랑 때를 만나 선지피를 비리게 흘리는 악전고투의 참혹한 굿이 한창 어우러져 있지 않사오닛고. 여기에서 어찌하오면 모든 사람들의 게으른 꿈을 깨워주며 고통줄거리를 뿌리째 뽑아버리려는 대광명을 얻을까 하는 일념一念 자민慈愍[I25]의 큰 원력이 이차돈의 한목숨으로써 거룩하고도 깨끗한 공양供養을 드림이오니 폐하께옵서도 모든 탐애를 끊어버리시옵소서. 모든 번뇌를 불살라버리시옵소서. 진리를 위하여 성자의 사명을 다—하기 위하여 인신 공양으로 바치는 이차돈을 위하여……. 아미타불.
(차수정례를 한다)

(대왕의 얼굴에는 감사의 눈물이 흐른다)

## 2장

내전 공주의 거처.
좌편은 방과 누마루, 그 앞과 뒤는 정원, 우편은 드나드는 길이 있다.

(공주는 누마루 뒤에 앉았고, 시녀 2인은 공주를 뫼셔 있다)

내전 일실一室.

**공주** (얼없이 혼자 청승스러운 소리로) 나는 그 부끄러운 그 말을 어머니에게 여쭈어보았다. 또 그 하소연을 무섭고 거룩한 아버님에게도 슬피 부르짖어보았다. 그러나 아버님께옵서도 눈물을 흘리시면서도 될 수 없다고만 하시는구나. 한 나라의 임금의 힘으로도 그를 살리어낼 수가 없다고 하시는구나. 아— 무서운 일도 도무지 밉살머리스러운 것은 사람의 마음이다. 몹쓸 마음이다. 그렇게 엄전하고 거룩한 이를 백죄[126] 어명을 거짓 꾸민 역적이라고 어—얼마나 무서운 기별일꼬. 그이를 시새워 죽이려 드는 이들이 도리어 모두 불한당들이다. 별안간 잡아 역적으로 몰아 죽인다고 그런 참혹하고 지독하고 몹쓸 일이 어디 있느냐. 그러나 그러나 그것이 정말이라고 한다. 아버님께서도 눈물을 흘리시며 그이가 그런 짓을 하였다고 하시더라. 오. 이차돈 한사님. 나는 그것을 믿지 않아요. 내 마음은 이 몸을 살피시는 토함산 신어머니는 그이가 깨끗한 이인 줄로 깊이 믿도록 가르쳐주셨다. 애매하고도 가엾은 줄을 그럴 리가 있나. 그럴 리가 있나. 밝으신 하느님 내리굽어 살피소사 착한 한사 이차돈이가 죽는다 하옵니다. 이차돈 한사님. 당신은 이 몸의 아픈 가슴을 알아주십니까. 당신은 모르셔. 이 몸은 당신께 바친 몸이올시다. 그런데 나는 시방 무엇을 합니까. 당신을 잡아 죽이는 이에게 구슬픈 하소연을 몇만 번 하여보아도 쓸데가 없습니다그려. 당신의 목숨을 살려내지는 못하면서도 이 몸은 이렇게 평안하게 있습니다. 아무 성가심 없이 내 방에 사람을 들이거나 내쫓거나 모두 내 마음대로 합니다. 그러나 그것이 당신에게는 아무 소용도 없습니다그려. 아무쪼록 이 몸도 거친 오랏줄로 굳게 묶어 당신 계신 그 옥 속에 가두어주십시오. 나도 눈물에 무저진 진흙벽에 대가리를 부뒷쳐 실컷 울어나 보게요. 마음대로 부르짖어나 보게요. 어찌하면 당신을 살리어낼까. 꿈이라도 꾸어보지. 그러나 이 방 가운데에서는 나에게는 아무 힘도 없구려. 한 나라의 가장 높다는 임금의 딸이라면서도 그이를 끌어내려면 살려내려면 이 몸에는 아무 힘도 없구나. 가엾어라. 어찌하면 좋을까. 거기 누가 오나. 누가 나를 찾아오나. 밖에 가만가만한 발자취 소리…….

(시녀 등장)

**공주** 오— 너냐, 너는 바깥소문을 들었겠구나. 그래 이차돈 한사님이 어디 계시냐. 어떻게 되시겠다디. 그래. 정말 역적에 몰려 옥 속에 들어 계시다더냐.

**시녀** 밖에서 모두 그렇다고 합니다.

**공주** 그러면 아직까지 살아 계시기는 하시겠지.

**시녀** 그럼요. 아직 목숨은 붙어 계시겠지요.

**공주** 그렇지만 누가 또 아니. 그 몹쓸 사람들이 오늘 밤 안으로 그이를 죽여 없애려 하지나 않을는지. 아—, 그이의 피는 나도 보지 못하는 곳에서 흘러가버리겠지. 시방쯤 아무 뜻 없는 세상 사람들은 그런 줄도 모르고 미욱한 잠만 쿨쿨 자고 있겠지. 어떤 이는 밀어 건져내려고 애도 쓰고 가엽다 불쌍하다 눈물에 젖은 꿈자리에 누워 있는 이도 있겠지. 그동안에 그이의 넋은 우리들에게 이 나라 사람에게 뼈아픈 한을 남겨두고 저— 먼 나라로 먼 나라로 돌아가기에 길 신발 꾸미기가 바쁠 것이다. 어—, 우리 거룩한 님아. 벌써 이 세상에 계시지는 않구나. 제발 나를 저버리지는 말아주세요. 애졸이는 이 뜻을 보아서.

**시녀** 아니올시다. 아직 돌아가시지는 않았을 것이외다.

(왕비 등장)

**왕비** 아기야. 너는 이때껏 그리 울고만 있느냐. 어린 넋이 가엽게도……. 그러나 그리 너무 애태우지는 말아라. 하늘이 무너져도 솟아날 구멍 있다고.

**공주** 어머니. 살려주세요. 그러나 쓸데없구려. 추녀 밖만 나가도 하늘에 가득한 별이 내리 굽어보건마는 그러나 어쩌다 시새움하는 눈초리로 이 몸을 비꼬아 보기만 하는구려.

**왕비** 아니다. 그는 아직 살아 있단다. 아니 장차도 길이길이 살아 있을 것이지. 너에게 거룩한 복이 닥쳐온 것을 기뻐하여라. 그리고 그 옷을 시방으로 벗고 사나이 옷 한 벌을 갈아입어라. 이것은 거룩하옵신 상감님께옵서 너의 아버지께옵서 눈물에 싸서 넌지시 나에게 주신 것이다. 너에게 갖다 주라고. (종이에 싼 기다란 것을 내어놓는다)

**공주** 그것이 무엇이에요.

**왕비** 아버지가 너에게 주시는 마지막 선물이다. 너의 복을 열어놓을 거룩한 열쇠란다. 너의 그리운 님을 살려낼 옥문 열쇠다.

**공주** 아이고 어머니 이것이 어쩐 일입니까. 하늘이 도우셨나. 토함산 신어머니가 돌보아주셨나. (좋아서 춤을 추는 듯)

**왕비** (사랑스러운 웃음을 웃으며) 얘, 너무 그리 기쁨에 날뛰지만 말고 설움에 보채던 대신 얼른 그를 건져내 올 채비나 차리어라. 때도 아마 밤중이 기울었으니 그대로 두면 그의 목숨이 끊일 때가 얼마나 남았겠니. 시방으로 가 그이를 건져내 오면 모든 근심이 있을 게 있으랴. 그동안의 슬프던 온갖 시름도 양달쪽 따신 볕에 봄눈이 스러지듯 너희들도……. (시녀에게) 두 사람만 사내 옷을 갈아입고 아기씨를 모시고 갔다 오너라. 밝기 전에 갔다 와야 또다시 먼 길을 떠나가지.

(실내에는 기쁜 것이 가득하여 한참 부산하다)

## 3장

밤, 모례의 집.

질소質素한[127] 방 담박澹泊한 가구, 방에는 쌍창을 열어놓았는데 희미한 등잔불이 근심스러이 꺼물거린다.

(모는 누워 자고 사시 홀로 일어 앉아 시름에 싸인 듯)

**사시** 아직도 밝을랑은 멀었나 보지. 을씨년스러운 밤이 길기도 퍽은 길어……. 어쩐 일인가 잠이 세상 와야지. 이 생각 저 생각 고생고생하기만 하니……. (창밖 하늘을 기웃이 내어다보며) 하늘에는 별만 총총 (하늘에는 큰 별똥이 하나 떨어져 가로 지나간다) 얼싸, 퍽도 큰 별이 떨어지네. (무슨 생각을 하고 앉았다가 귀를 기울여 무슨 소리를 듣는 듯) 도둑 각시? 오— 참 밤잠 아니 자는 귀뚜라미가 저리 청승스러이……. (잠잠히 앉았다가 고개를 들며) 그래도 아닌데……. 두두곽쥐? (소리를 질러서) 두— 두—.

**모** (놀라 잠이 깨인 듯 부스스 반쯤 일어나며) 무얼 그러니. 왜 입때 잠도 안 자고…….

**사시** (부끄러운 듯 열적은 듯 어리광 비슷이) 어머니 저는 잠이 당최 아니 와서…….

**모** 왜.

**사시** 모르겠어요. 어쩐 일인지 무서운 생각만 자꾸 나고…….

**모** (사시를 이윽히 보다가) 왜 그럴까. (하품을 한 번 하며) 하기는 나도 어째 꿈자리가 몹시 뒤숭숭해서……. 송장 다— 된 늙은이가 무슨 청승으로 잠귀만 점점 밝아지고……. 그런데 네 오라범은 입때 안 들어왔니.

**사시** 글쎄 어째 안 들어왔어요. 아까 무슨 신발 소리가 나는 듯하기도 했어도 입때 들어오지는 않았어요.

**모** 누가 아마 왔다 갔남.

**사시** 글쎄요. (무엇을 생각하는 듯) 그래도 그이가 오셨으면 반드시 들어오셨을 터인데.

**모** 아마 네가 자는 줄 알고 그대로 가신 게지.

**사시** 그래도 아니에요. 그이가 오셨으면 반드시 울 밖에서 휘파람을 부실 터인데……. 오는 듯 오는 듯 너무나 마음만 졸여서……. 사람이 아주 죽겠어.

**모** (눈이 휘둥그레지며) 절 짓다 사람이 죽었어? 언제.

**사시** (고소苦笑를 하며) 어머니는 자? 저게 병이야 툭하면 딴것을……. 왜 누가 죽었댔어요. 제가 마음이 졸여 죽을 지경이라는 말이지.

**모** 응, 그래. (쓸쓸한 웃음을 웃는 듯) 원수의 귀가 먹어서……. (하품을 하며) 그럼 이제 그만 누워 자자. (누우며) 그 등잔걸이도 저— 윗목으로 올려놓고…….

**사시** (일어서며) 잠을 그만 덜 들어놓아서……. (등잔걸이를 윗목으로 옮겨놓고 불을 꺼버린다) 어머니는 편안히 누워 주무세요. 저는 눈물에 누지인 그 베개를 또 베고 눕기는 참으로 싫은데요. 안타까운 가슴으로 혼자 실컷 울기나 하다가 이 기나긴 밤을 새워나 볼까……. (흑흑 느끼는 소리가 어둠 속에서 일어난다)

(무대 암전, 안개 속 달밤, 뽀얀 꿈나라, 조금 높은 듯한 언덕, 나란히 서 있는 선돌, 그 앞이 고임돌 기타 쓸쓸하고 고요한 경이다. 이차돈 홀로 고임돌에 걸어앉아서 허리를 구부리고 몹시 고민하는 모양이다)

**이차돈** (허리를 펴고 일어 앉으며) 이 바위는 상사바위 그리움에 병든 이가 치성을 드리면 영검이 있다고 이르건마는……. (게을리 일어서서 사면을 둘러보며) 우리 아기는 어째 입때 아니 오노. (한숨을 쉰다)

(사시 힘없이 게을리 걸어 등장. 이차돈 팔을 들어 안가슴을 벌리고 무언히 두어 걸음 걸어 맞는다. 인물의 동작은 모두 현실보다는 매우 느리다)

**사시** (한숨을 쉬고 고개를 숙인 채 무언히 서 있다)
**이차돈** (한숨을 쉬고 무언히 사시의 어깨를 한 팔로 껴안는다)
**사시** (고개를 숙인 채로 외로 꼰다)

(소간)

**이차돈** 사시 아가씨야.
**사시** …….
**이차돈** (떨리는 목소리로) 사시 아가씨야.
**사시** (고개를 들어 이차돈의 얼굴을 한번 넌지시 보고 한숨을 쉬며 다시 수그린다)
**이차돈** 나는 네가 얼마나 그리웠을까. 여기에 앉아서 너를 얼마나 애졸이어 기다렸을까.
**사시** 그럼 이제 그만 댁으로 돌아가세요. (목이 메는 듯)
**이차돈** 너를 버리고 어떻게…….
**사시** …….
**이차돈** 아직도 이 밤이 새일랑은 멀었다.
**사시** 여기를 무엇 하러 오셨어요.
**이차돈** 나는 너를 만나러 아무도 몰래 도망을 해서…….

**사시** (꾸짖는 듯이) 그런 일이…….

**이차돈** 이 밤이 새기 전에 다만 한마디만……. 너는 정말 나를 사랑하느냐.

**사시** (훌쩍여 운다)

**이차돈** 그동안 벌써 두 해 동안이나 네가 나를 참 마음으로 믿고 그리워했다면…….

**사시** 저는…… 저는 어느 때까지든지 오라버니로 뫼시고 싶어요.

**이차돈** …….

**사시** 네, 한사님께서도 저를 그렇게만 보아주세요. 어린 누이동생으로…….

**이차돈** (떨리는 소리로) 어째서?

**사시** …….

**이차돈** 너에게는 아마 살매[128]가 들리었지?

**사시** 저의 마음을 접어 보아주세요. 모—두 제가 그른 짓만을 하였습니다. 저로서는 바라도 바라도 될 수 없는 일을 꿈꾸고 있었어요. 어—, 무서웁습니다. 저는 생각만 하여도 무서워죽겠습니다. (울며) 저는 공주 아기씨에게 차마 못 할 노릇을 끼치어드릴 뻔하였습니다.

**이차돈** (정열적으로) 아니다. 그것은 목숨을 쌓아놓은 한바탕 싸움이다. 그 싸움으로 우리들의 목숨의 불꽃을 후후 불어 일으킬 것이다.

**사시** 아닙니다. 못 할 노릇입니다. 생초목에 불을 지르는 차마 못 할 노릇입니다.

**이차돈** …….

**사시** 되지못할 욕심일랑 끊어버리지요. 그리고 우리 두 몸의 사이를 고웁고 깨끗하게 하십시다. 우리가 그 될 수 없는 소원을 기다리는 동안에 얼마나 많이 이 나라 또 당신의 몸에 궂은일만이 생기었습니까. 그동안의 미움과 시새움으로써 괴로웁던 것을 자비와 극락으로 마음을 갈아 넣도록 하십시오. (올빼미의 울음이 처량히 들린다) 아으, 그동안에는 얼마나 남 못 할 짓만 꿈꾸었던고.

**이차돈** 너의 마음은 너무도 여리어졌구나. 그까짓 공주의 일이 우리에게 아랑곳이 무엇이기로…….

**사시** 아니요. 저는 그렇게 지겨웁고 궂은일에서 벗어나와 깨끗하고 거룩한 길을 찾아놓았습니다.

**이차돈** 그러나 어떻게 우리들의 맺힌 그 마음을 굳은 그 뜻을 죽이어 없앨 수야…….

**사시** 아니요. 우리의 그것이 참으로 깨끗하고 굳은 뜻이었으면은 그것을 죽이는 것은 아닙니다. 오히려 그것을 평생토록 길이길이 살리어놓는 것이지요. 우리들의 소원도 고이고이 더럽히지도 말고 남의 목숨도 구치지[129] 않고 곱고 성하게 치러 나아갈 길을 깨달았습니다. 우리들의 사랑을 가장 높고 거룩하고 깨끗하게 하도록 하십시다. 우리 몸에 더러운 때가 묻지 않도록……. 이 세상에서 뒤떠들어 불던 사랑이라는 그 이름만으로는 너무도 뜻이 좁고 값이 싸서 도무지 이름 지어 부를 수 없는……. 세상 사람들의 더럽고 무딘 입으로는 감히 형용해 불러보기도 어려운……. 관세음보살과 같이……. 그렇게 거룩한 것으로…….

**이차돈** (무슨 힘에 느끼어 부딪힌 듯 잠깐 잠잠히 고개를 숙이고 있다가 한숨을 쉬며) 우리 사시 아가씨야. 나를 좀 가엾이 여기어주렴.

**사시** (눈물 어린 눈으로 이차돈의 얼굴을 넌지시 본다)

**이차돈** 나는 너의 사랑에…… 내 넋은 구정물처럼 풀어져버렸다. 나를 좀 건져다오. 나를 좀 살려다오.

**사시** (가슴을 부여안고 괴로운 듯이) 우리의 손으로 우리의 넋을 망가질러 버릴 수는 없습니다. 저를 누이동생으로 불러주세요. 그리고 시방으로 곧 얼른 댁으로 돌아가주세요.

**이차돈** 그러나 그러나 시방은…….

**사시** (부르르 떤다)

**이차돈** 우리가 이렇게 어려운 일을 이기고 나아가지 못하면 무엇으로 사랑의 힘이 억세이다고 이르겠니. 우리 아가씨야. 어서 마음을…….

**사시** (마음의 괴로움을 가라앉히려는 듯이 합장 묵례)

**이차돈** 네가 나를 알뜰히 사랑하는 줄을 내가 안다. 아무쪼록 나로 말미암아 아무리 궂은일이라도 둘이 함께 치러 나아가자.

**사시** (몹시 고뇌하다가 쓰러질 듯이) 아으, 우리 한사님.

**이차돈** (사시를 껴안을 듯이) 아무러한 무간지옥[130]에라도 우리 둘이 같이…….

**사시** 저는…… 저는 저세상까지 갈지라도…….

**이차돈** (사시를 껴안는다)

**사시** (몸을 떼쳐 달아나며) 저를 누이동생으로 보아주세요. (퇴장)

**이차돈** (정신없이 쫓아가다가 돌부리에 걸려 엎드러진다)

(무대 암전, 침침한 옥 속, 높다란 창으로 하늘이 조금 보일 뿐, 옥 바닥에는 이차돈 칼을 쓴 채로 엎드러져서 중얼거린다)

**이차돈** (꿈을 깨어 일어나는 듯) 어—허, 그것이 꿈이었던가. 꿈! 꿈! 나에게 이상한 그림자를 어른거리어 보여주었다. 그러나 천병만마가 이끌고 뇌정벽력을 하는 곳에서도 꼼짝도 아니 하던 나의 마음인데……. 그것을 하잘것없게 흔들어놓는 것이 무엇이냐. 나의 굳은 충의의 굳은 마음을 흔들어보고 가는 것이 무엇이냐. 어허 성가시러운 시름이여—. 너는 함부로 사람을 건드려보느냐. 그러나 이 이차돈이는 억세이고도 의로운 다만 한 사람뿐이다. 다만 외로운 한 몸뚱이가 어지러운 이 세상에 쓸쓸히 왔다가 아무 섭섭함도 없이 그저 돌아갈 뿐이다. 나의 마음을 겹겹이 에둘러 싸는 온갖 괴악한 굿이여. 너희는 빨리 바삐 물러가라. 시방이라도 저— 높은 하늘에서 산 동아줄이 스르르 내려와 이 몸을 붙들어 올 때에 너희들은 또 무슨 얄궂은 눈초리로 나를 흘겨보겠느냐. 시새워보겠느냐. 보기 싫다. 성가시럽다. 너희들은 얼른 바삐 나에게서 떠나가다오. (몸부림하듯 엎드러진다)

(창밖에 어두운 하늘에서는 몇 개의 푸른 별이 깜박깜박)

**4장**

옥에서 멀지 아니한 성문 밖, 좌편에 다가서 큰 성문이 굳게 닫혀 있다. 성문의 우편으로부터 조금 앞으로 내어민 곱성城.
8월 초닷샛날. 여명黎明. 성 뒤의 샛별이 반짝인다.

(무대는 잠깐만 비었다가 법흥대왕이 철부를 데리고 천천히 등장)

**왕** (사방을 휘휘 돌아보며) 아직 사람들은 다니는 기척이 없지.

**철부** 네. 없습니다. 아직 새벽 샛별이 그리 높지 않았으니까요.

**왕** 내가 이렇게 차리고 여기에 와서 이차돈이를 마지막 보내었다는 것을 다른 신하들이 알면 또 아마 무슨 듣기 싫은 소리로 나에게 싸우려 들이 덤벼들 터이지.

**철부** 하기는 공목이나 알공 같은 이는 상감님께옵서 이차돈이를 어젯밤 안으로 죽이지 못한 것만 탓하고 있을 터이니까요.

**왕** (한숨을 쉬며) 그 착한 것이 무엇으로 그리 그들에게 뼈에 맺히는 원수가 되었던고. 아직 자식 같은 그 어린것을.

**철부** 아마 그들은 자식도 없고 눈물도 없는가 보외다.

**왕** 한 사람의 목숨을 아끼느니보다도 한때의 심술과 고집이 그들에게는 더 모질고 억세인 모양이니까.

**철부** 큰 의로 말미암아 은혜를 끊고 사랑하시는 어진 신하를 일부러 저승으로 쫓아 보내옵시는 상감마마의 아프옵실 마음을 헤아리옴에 너무도 황송하옵기 둘 데가 없삽나이다.

**왕** (한숨을 쉬며 하늘을 쳐다보고) 저 샛별이여 이상도 하구나. 저 별이 시방 이차돈이의 목숨과 같이 차차 푸른빛이 사라져가는구나.

**철부** 아마 이차돈이도 시방쯤은 저 별을 쳐다보고 제 몸만 여기어 울고 있을는지도 모르옵지요.

**왕** 아니 억세인 그의 마음이 그렇지도 않을 거야. 어젯밤에도 공주가 옥으로 찾아가본 이야기를 들어도…….

**철부** (말없이 근심스러운 눈으로 대왕을 쳐다만 본다)

**왕** 그런 말을 들을수록 점점 더 아깝고 애처로운 생각만 간절해서 어젯밤도 고스란히 뜬눈으로 새우고. (눈물을 짓는다)

**철부** 참 가엽고도 딱한 일이로소이다. 그러하오나 상감마마께옵서는 옥체를 돌보옵시어도…….

**왕** 그러나 이제는 그리 한탄만 할 때도 아니야. 이차돈이는 나라를 위하고 임금을 위하여 이렇게 목숨을 바치는 이때이니깐 살아 있는 이들도 이제는 정신을 차리어 오늘이라도 거룩한 일을 이룩해놓지 않으면 못쓸 것이다.

**철부** 그러나 이제는 한 나라의 가장 보배로운 사람을 잃어버림과 함께 상감마마 얼굴에 기꺼운 빛은 길이길이 잃어버리셨사오니.

**왕** 얘, 누가 아마 오나 보다. 사람의 눈에 뜨이면 못써. 얼른 몸을 어디로 숨기지.

**철부** 벌써 동살이 훤—합니다. 아마 이차돈이의 저승길을 떠남도 이때이겠지요.

(왕과 철부 몸을 사리어 급히 퇴장)

(사시와 시민들이 몰려온다)

**모** 너는 어쩔라고 이러느냐.

**사시** 어머니는 시방 이 나라 백성들의 마음이 어떻게 악에 오른지를 모르시우. 우리들은 무슨 짓을 하든지 이차돈 한사님을 살려내고야 말 테니깐 누구든지 그이의 거룩한 목숨을 건져내려고 벼르고 있지 않겠소. 자— 이리들 오세요.

**모** 이 철모르는 것아. 너는 나라님의 억세인 힘이 어떠한 것인지도 모르니.

**사시** 그까짓 힘이야 아무리 억세기로 우리가 그까짓 것한테 질 까닭이 있소. 어머니는 멋없이 쓸데없는 소리만 하지 말아요. (여러 사람을 보며) 자— 이리들 오시오. 이리 와 힘을 모으고 마음을 한데 묶어 기달려 섰다가 그이가 오시거든 빼내어 갑시다. 어—허, 참 기막힌 일도 다 많지. 이차돈 한사님을 역적으로 몰아 죽이려 들다니 여러분은 왜 이리 풀 죽고 넋이 풀려 이러슈. 시방 이때가 정말 살판인데 얼른 손을 나눠 이 나라의 힘꼴이나 쓰는 이는 모두 불러서 이때 한바탕 해봅시다. 나는 우리 집에 가서 낫이나 도끼나 온갖 연장을 있는 대로 죄 가지고 올 테니 여기서 한꺼번에 숨을 모아 우쩍 덤비어서 에둘러 싸고 그이를 날래게 빼내어 우리가 휘몰아 달아나지.

**시민1** 이 색시는 어째 이럴까.

**사시** 우리 이차돈 한사님을 죽으러 가는 목숨을 이때 우리가 들어 덤비어 빼내자는 말이지 무엇이오.

**시민2** 쉬— 그런 소리를 함부로.

**사시** 왜 그런 소릴 함부로 못 해. 죽으러 가는 이가 죄 없이 애매히 죽으러 가는데 우리의 알뜰한 이차돈 한사님한테 어째 못 쓸까. 어째 그런 소릴 함부로 못 해. 그거 참 기가 콱 막혀. 그래 당신들은 그이가 죽어야 옳겠소. 마음에 시원하겠소.

**시민3** 이거 이러다는 큰일 저지르겠군.

**사시** 큰일은 난 지가 벌써 예전인데 무슨 잔소리야. (성문이 열린다) 아이고, 벌써 이차돈 한사가 나오시네. 에그, 어쩌면 좋아요. 자— 이리들 모입시다. (혼자만 서둘다가) 이런 몹쓸 인심들 어째 이 모양들이야.

**모** 얘, 너무 이리 서둘지 말고 저승길을 떠나시는 그이에게 마지막 인사나 고이 드리고 가자.

(군중이 문 앞으로 모여 엉길 제 문안으로 무장한 군사가 나아와 군중을 헤쳐 길을 터놓는다. 군중은 이리 돌리고 저리 돌리고 하며 문안을 들여다보려고 애를 쓴다)

**사시** 우리 한사님을 뵈오려고.

**시민1** 지나가는 사람을 서서 좀 보기로서니.

**군중** 안 된다. 애매한 사람을 죽여서는.

**사시** 애매한 우리 님을 살려냅시다.

(군중은 이리 몰리고 저리 몰리고 하는 통에 사시는 어머니의 손을 붙들고 미치어질 듯 쫓기어 뛰다가 모母가 엎드러진다)

**모** 이년아. 애미 좀 보아라.

**사시** (모는 엎드러진 채 내버려두고 돌아서 가슴을 벌리고 군사에게로 덤비며) 자— 나부텀 죽여라. 그 창으로 내 가슴부텀 얼른 찔러 죽여.

(사시와 군중은 군사에게 쫓기고 밀리고 꺼들리어 좌우편으로 퇴장. 잠깐

고요한 뒤에 다— 꺼진 횃불이 앞을 서고 이차돈은 죄인의 결박을 지고 십여 명 군사에게 이끌리어 천천한 걸음으로 등장. 거칠부 좌편에서 달음박질로 등장)

**거칠부** (급한 목소리로) 거기 잠깐 기달려라.

(군사 일동 돌아보며 걷는다)

**거칠부** 어명을 받자 왔다. 잠깐 머물러라.

(일행, 걸음을 멈춘다)

**거칠부** 자네의 이 길을 나는 차라리 안 와보려고 하였었네마는 중전마마의 전갈을 모시어서 하는 수 없이 이렇게 나와 만나보네. 자네의 마지막 얼굴을……. (목이 멘다)

**이차돈** (가슴이 아픈 듯한 깊은 한숨을 쉬며) 너무나 고마우이.

**거칠부** 중전마마께옵서 자네에게 마지막으로 무슨 소원이나 아무 부탁도 없느냐고…….

**이차돈** (무엇을 잠잠히 생각하다가 침착하게) 아무 말도 할 것이 없네.

**거칠부** 그래도 다만 한 마디나마…….

**이차돈** 사람이란 없음으로부터 나서 없음에서 살다가 그대로 없음으로 돌아가버리는 것임을 깨닫고 보니 아득한 이 세상일에 무슨 소원이 남아 있겠나마는 다만 한 가지 궁금한 것은 내가 죽은 뒤에면 천경림에 닦아놓은 절터가 어찌나 될는지…….

**거칠부** 그것은 엊그제 벌써 모두 허물어버렸으니까.

**이차돈** 사람의 몹쓸 심술들도……. 애쓰고 힘들어 닦아놓은 터를 일부러 허물어버릴 까닭이야 무엇 있을까. 그러면 거기서 일하던 일꾼들은?

**거칠부** 그것도 모두…….

**이차돈** 그러면 모가비[31]로 있던 모례라는 이도 죽였겠군.

**거칠부** (말없이 고개만 끄덕끄덕)

**이차돈** 그 사람도 가엾이 되었군. 애매한 목숨들이 모두 나 까닭에……. (고개를 숙이고 이윽히 있다가 다시 들면서) 그러면 모례의 누이동생은?

**거칠부** 계집애들은 죽이지 않았으니까. 그의 누이동생이면 아마 성히 살아 있겠네.

**이차돈** 그것은 정말 다행한 일일세. 그 시악시는 나와 매우 그리워하던 사람인데……. 그러면 자네가 한번 그 시악시를 찾아서 돌보아주게나. 그이도 나 까닭에 오라비도 죽고 부칠 데 없는 불쌍한 몸이니 이렇게 나처럼 여린 가슴을 태워주는 일만은 하지 말고……. 내가 던지고 가는 시름을 자네가 즐거운 웃음으로 바꾸어주게나. 죽으러 가는 이 몸이 다른 부탁이 더 있겠나. 다만 한 가지 그것을 자네에게만 든든히 믿고 맡기어 가벼운 마음으로 저승길을 떠나가겠네. 그러면 이제 영결일세. (걸음을 움직이려 한다)

**거칠부** (무슨 말을 하려고 하다가 설움이 북받쳐서 쩔쩔매다가 그대로 휙 돌아서 퇴장)

**이차돈** (무언히 고개를 숙인다)

(사시, 좌편에서 미친 사람처럼 비슬비슬 걸어 등장. 군사가 쫓으려고 창을 들다가 멈추어버린다. 이차돈과 사시는 한참이나 서로 아무 말도 없이 건너다만 볼 뿐)

**사시** (힘없이) 한사님 어디를 가시렵니까. 시방 가시는 길이 무슨 길입니까.

**이차돈** 사시 아가씨야. 무엇 하러 여기까지 다 나와 섰니. 아무쪼록 마음을 진정하고.

**사시** 당신이 정말 돌아가시면 저는 어떻게 살게요. 저는 무엇 하러 살아요. 저도 시방 같이 가 죽지.

**군사1** 이건 옛날만 여겨 순장을 지내려나, 따라 죽기는 왜. (사시를 떠다밀며) 이제 그만 저리 가거라.

**이차돈** (애처로워하는 눈으로 군사와 사시를 이윽히 보다가) 하기는 나는 이제 이 저승길이 그리 바빠서 그리운 너를 마지막 만나볼 겨를도 없었구나. 더구나 너의 오라버니는……. (목이 메어 고개를 숙인다)

**사시** 그까짓 말씀은 저도 어저께 그 지겨운 꼴을 보고……. 밤새도록 얼마나 많이 울었을까. 눈물도 나중엔 피뿐이에요. 그래 암만해도 살길이 없어 오늘도 한사님을 따라 죽기로 마음을 먹었는데 아무튼 한사님은 이 길을 가시지는 못하세요. (이차돈에게로 들이덤비며) 저리로 우리들이 달아라도 납시다.

**모** (사시를 붙잡으며) 이게 무슨 짓이냐.

**이차돈** 어여쁜 아가씨야. 나는 이 길을 떠나지 아니하면 아니 될 몸이란다.

**사시** 아니요. 그게 무슨 사위스런 말씀이에요. 이 길을 가셔서는 아니 됩니다. 돌아가시려거든 나하고 같이 가시지요. 한사님. 이 가엾은 몸도 돌보아 생각해주세요. (이차돈의 팔에 매어달린다)

**이차돈** 사시 아가씨야. 너의 그 꽃답고 가엾은 마음을 애처롭고 안타까운 가슴을 이 몸이 모르는 것은 아니다. 네가 얼마나 나를 두조기어주고 그리워하던가를 생각하면 뜨거운 눈물이 가슴에 막혀 너는 나에게 맨 처음으로 사랑이라는 씨앗을 던져준 어여쁜 임자이니깐 나도 너와 같고 너도 나와 같고 미어지는 가슴을 이제야 더 할 말 있겠느냐. 너의 오라버니와 나는 한 거룩하고 참된 이치 속에서 너를 위하여 우리의 모든 사람을 위하여 이 모진 죽음을 같이하는 것이다. 오— 어여쁜 아가씨 너와 내가 시방 이렇게 이승과 저승의 갈림길에서 서로 떠나는 것도 모두 그 사랑 까닭이다. 나는 그 사랑의 가장 거룩하고 훌륭한 심부름을 몸 받아 맡아가지고 길을 떠나가는 것이다. 이승이나 저승이나 너와 나와 떨어져 있기가 싫은 까닭에 아직 여기서 손을 잘린다. 다음날 이별 없는 저 나라에서 다시 만나보자. 거기서 마음껏 사랑의 보금자리에서 이별 없이 지내자꾸나. 이제 내 팔을 그만 놓아다오.

**사시** 그렇지만 저는 싫어요. 다만 한때나마 어떻게 떨어져 살아요. 더구나 알뜰한 님 당신을 이승 사람이 아니라 저승 사람을 어떻게 만들라구요. 이 어린년의 썩는 간장을 애써 당신 무덤 제물로 바쳐야 옳사오리까. 못 하겠어요. 못 하겠어요. 아— 저는 못 하겠어요.

**이차돈** 아가씨야. 아무쪼록 얼마 남지 않은 목숨이나마 이리 너무 흔들어 못 견디게 말아다우.

**사시** (한참이나 느끼어 울다가 힘없이 고개를 들며) 저는 당신의 마지막 길을 이렇게 울며불며 보내드리지만 이렇게 한번 돌아가신 당신이야 이 목숨의 끊어질 때에는 무슨 느낌인들 있겠사오리까. 아무도 한마디 가엾다 이를 사람도 없는 시들픈 목숨을 그러나 이 목숨이 마지막 끊일 때까지 입술이 떠올려 떨리는 것은 당신의 이름뿐일 것이야요. 이차돈 한사님.

**이차돈** 시방이 너무도 바쁜 때이니 너무 그리 서러워 울지는 마라. 그리고 내가 일부러 가는 이 큰길을 애써 막으려 들지 마라.

**사시** 어— 나는 어쩌면 좋아. (땅에 엎드러진다)

**이차돈** …….

("이차돈 한사님 가지 마시오" 하는 군중 애타는 소리)

**이차돈** (군사에게 끌리며 걸음을 옮기어놓으며) 그럼 나는 간다. 사시 아가씨야 부디 잘 지내다가 오너라. 네가 살아 있는 동안 그리운 생각이 정히 간절하거든 그 모든 설움을 한데 묶어서 나를 위해 염불이나 정성되이 불러다오. (사방을 둘러보며) 여러 동포들이여. 아무쪼록 태평한 성대에 만복을 누리시오. (사방에서 울음소리 터져 일어난다)

**사시** (일어나며) 나무아미타불.

**이차돈** 관세음보살. 이 어린 넋을 고이고이 도와주소서. (눈물에 무저져 게으른 걸음은 머뭇머뭇 여러 번 휘돌쳐 선다) (사시 비슬비슬 쫓아가다가 땅에 엎드러져 운다)

순의경생기족경徇義輕生已足驚 천화백유경다정天花白乳更多情
아연일검신망후俄然一釰身亡後 원원종성동제경院院鍾聲動帝京[132]

## 5장

경景은 2장과 같다. 촉燭불이 너무도 고요하고 구슬픈 빛이 떠돌 뿐, 8월 초5일 밤.

(공주는 깨끗한 소복에 머리를 풀고 침석寢席에 누워 있다. 이따금 가만히 신음하는 소리가 들린다. 시녀 갑은 약을 달이고 있다)

(시녀 을 등장)

**시녀 을** 이제 좀 어떠하시냐.

**시녀 갑** (근심스러운 어조로) 글쎄……. 아마 또 큰일이 나나 보아.

**시녀 을** 그럼 어떻게 하나. (무엇을 생각하는 듯)

**시녀 갑** 암만해도 중전마마를 곧 모셔 와야 할까 봐. 아까 그렇게 몹시 까무러치셨으니…….

(시녀 을 근심스러이 섰다가 퇴장)

**공주** 거기 누구 있니.

**시녀 갑** 소인네올시다.

**공주** 무엇 하노.

**시녀 갑** 약을 달이고 있습니다.

**공주** (잠꼬대처럼) 약을 누가 먹기에……. (혼몽에 잠기는 듯)

(소간)

(대왕과 왕비와 시녀 을과 내인內人 두 사람 등장)

**왕비** (공주의 몸을 만지며) 아가, 이제 좀 어떠냐.

**공주** (가만한 신음뿐)

**왕** 아가!

**공주** …….

**왕비** (조급해서) 그러면 아도화상을 또 좀 불러오지요.

**왕** (한숨을 쉬며 침울한 어조로) 아도도 죽었답디다.

**왕비** (놀라며) 언제요.

**왕** (눈물을 지으며) 그전에 벌—써 무덤을 하나 지어두었다가 오늘 낮에 그만 스스로……. (목이 멘다)

**왕비** 저런……. 그러면 이를 어찌해야 좋습니까.

**왕** (대답 없이 앉아 공주의 귀에 가까이) 아가…….

**공주** (눈을 떠서 왕의 얼굴을 이윽히 보다가 감는다)

**왕** (떨리는 소리로) 아가…….

**공주** (눈을 뜨며 정신이 든 듯) 아버지…….

**왕비** (눈물을 지으며) 아가. 이제 정신이 들었니. 내가 누구……?

**공주** (눈을 크게 뜨며) 어머니…….

**왕** 네가 어째 이렇게 죽으려느냐.

**공주** 상감마마.

**왕비** 그래도 우리 아기가 살아나야지 죽어서야 어떻게 하게.

**공주** 아니요. 저는 이제 죽어요. 저의 혼은 벌써 아까 그이를 따라갔어요.

**왕비** 죽기는 왜…….

**왕** 죽지 말아라. 제발 너 하나만이라도 살아 있어다오. 너마저 죽으면……. (목이 멘다)

**공주** 암만해도 제 목숨이 살아 있을 수는…….

**왕** 아니다. 너 하나는 꼭 살아 있어야…….

**공주** 저는 죽어서…….

**왕** 처음에 너 하나를 살려내자고 이차돈이가 애를 쓰던 노릇이 그만…….

**공주** 그러니까 저는 꼭 죽어야만.

**왕** …….

**공주** 아버지 어머니 이 자식은 이제 길이길이 잊어주세요.

(일동 눈물에 잠긴다)

**왕** 아무쪼록 살아다오.

**공주** …….

**왕비** 죽어서는 안 된다. 네가 죽으면 내가 어찌 살게.

**공주** 저는 죽지 않으면 아니 됩니다. 이 몸이 얼른 죽어서 살아 있는 사람이나 또 죽은 이들에게 신세를 갚지…….

**왕** 그러지 말고 아무쪼록 살아만 다오. 그러면 너의 소원대로 무엇이든지 내가 다— 해주지.

**공주** 그런 것도 살아 있으면 모두 남에게 신세뿐이니까.

**왕** …….

**왕비** 그러면 네 어미 가슴에다 이렇게 모진 못을 박고 가야…….

**공주** 아—ㄴ 니……. (차차 숨이 잦아지는 듯)

**왕비** (어쩔 줄을 몰라서 조급하게) 아가. 아가.

**왕** (왕비를 보며 울음 섞인 어조로) 가만히 놓아두오. 이제 죽나 본데……. 숨이나 편안히 편안히 모으도록……. (손을 들어 얼굴을 가리고 가슴에서 북받치는 소리 없는 울음을 운다)

**왕비** 죽어서 어떡하게. 죽어서 어쩌게. (가슴을 두드린다)

**왕** (공주를 들여다보며) 아가. 편안히 잘— 가거라.

**공주** (눈을 크게 뜨고 고개를 억지로 끄덕거리어 대답하는 듯)

**왕비** 아가. 무슨 말이든지 소원을 다— 말해보……. (목이 멘다)

**공주** …….

**왕** (들여다보다 못해서) 이제 숨이 지는 게로군. 이런 참. (소리 없는 울음)

**공주** (눈을 크게 뜨며) 어머니. 어디…….

**왕비** 여기 있다.

**공주** 아버지.

**왕** 오냐.

**공주** 나 물 좀.

(시녀 약그릇을 드린다)

**공주** (한 모금을 받아 마시다가 다시 게우며) 아이 비려— 그것은 또 누구의 피인고.

(침묵 속에도 긴장)

**공주** 그동안에 신세를 많이 끼치고 갑니다.

(일동 설움이 넘친다)

**공주** 이제 저승으로 그이를 따라서……. (웃는 듯) 보입니다. 그이가 저기 저—기 부처님 앞에…….

**왕** 오냐. 평안히 돌아가거라. 아무 거리낌 없이 이차돈에게로 부처님에게로……. 그것이 너의 소원이거든……. 이차돈을 만나거든 내 말도 반가이 전해나 주렴. 그의 죽음은 나에게 끝없는 심령의 굳세인 힘을 들이부어주어서 영원한 청춘이 다시 돌아와 거룩한 이의 뜻대로 모든 일을 이룩하겠노라고……. 그리고 너의 이 죽음도 하잘것없는 헛된 죽음이 아니도록 내가 거룩한 일을 하여주마. 다시 돌려보내주며 사라지지 않는 힘의 샘물을 들어부어주노나. 아무쪼록 내가 살아 있는 동안은 없어지지 않을 거룩한 사업을 많이 이루어 너희들의 신세를 갚으마. 꽃다운 넋을 위로해주마. 우리 아가 편안히 편안히 잘— 가거라.

**공주** (넌짓한 웃음으로 대답하는 듯 숨이 끊어진다)

(왕비 이하 울음소리가 일어난다)

**왕** (눈물을 씻고 일어서며) 가시성을 높게 쌓아도 못다 막는 저승길을……. 아니다. 가만히 두어라. 너희들의 요란스러운 그 울음으로 편안히 돌아가는 우리 아기의 고운 넋을 부질없이 붙들고 멈추어 성가시렵게나 말아라. 섭섭하게나 말아라.

(여러 사람의 울음은 소리 없는 울음으로 차차 설움이 피어난다)

=막=

〈제6막〉

궁중 후원, 정면에는 혼전魂殿, 넘어가는 갈무리달은 달무리 가는 듯, 노목老木 삭정이에 걸리어 담담한 빛을 드리울 뿐. 혼전 뜰 앞에는 좌우로 내인 두 사람이 침침한 횃불을 들고 지키고 섰고, 혼전에는 푸른 잔불이 근심스럽게 졸고 있는 듯, 소장素帳[133] 밖 향탁香卓[134]에는 한 쌍 향로에 향연이 서리어 있다. 그 앞의 흰옷 입은 왕비 엎드려 소리 없이 느끼어 우는 듯.

**내인 갑** 저 흐릿하게 무리 선 달을 좀 보아.

**내인 을** 글쎄 아이 얄궂어라. 무슨 달빛이 저래.

**내인 갑** 어슴푸레한 것이 똑 무슨 시름에 싸인 거나 같지.

**내인 을** 아마 아까 한사 이차돈 도령님이 돌아가신 까닭에 너무 슬퍼서 그런감. 옛날부터 성인이 돌아가시면 반드시 이상한 일이 있다 하더니.

**내인 갑** 그러게 말이야. 아까 그 이야기 왜 못 들었소. 이차돈 도령님의 목을 베자마자 베어진 목에서 흰 젖이 댓줄기처럼 뻗치어 두어 길이나 솟치고 또 머리는 뛰어가 금강산 마루터기에 떨어졌더라고. 아마 그때가 이제 한나절에 하늘이 별안간 캄캄해지며 쨍쨍히 볕 나던 대낮이 그믐밤처럼 되고 지동을 하며 뇌성벽력을 하고 소낙비가 쇠우쳐 쏟아지던 땐가 봐.

**내인 을** 해와 달이 다— 빛이 없고 산천초목이 다 서러워하는 듯 맑은 샘물이 별안간 뒤집혀 마르며 어별魚鼈[135]이 어지러이 뛰놀며 대부동나무가 먼저 꺾어지며 원노猿猱[136]가 떼로 우짖으니 거룩하신 상감님께옵서 못내 슬퍼하사 피눈물이 용포 앞섶자락을 적시우시며 문무백관이 모두 시름에 싸여 진땀이 선면蟬冕[137]에 내솟아 배이며 춘궁에 어깨 겯고 놀던 동무가 모두 피눈물에 어리었으며 월정月庭에 고름 맺은 벗이 함께 애를 쪼이는 듯 슬퍼하니 관을 모시는 상두꾼의 구슬픈 소리가 들리자마자 거리거리 백성들이 어미 아비를 잃은 듯이들 슬퍼하더라니 그 매운 절개와 장렬한 혼백을 누가 기리며 부러워하지 않을까. 더구나 우리 아기씨께서는 그렇게 그만…….

**내인 갑** 야. 저기 상감마마께서 나옵시나 보다.

(법흥왕이 문무백관과 상인도병上引道兵 2인, 흑종감黑鐘監 2인, 치성 6인과 함께 등장)

**왕** 너희들은 내 말을 자세히 들으라. 거룩한 이차돈의 넋은 벌써 하늘에 돌아가 어머니 품에 그윽이 안기어 시방 우리를 굽어보고 있을 것이다. 아까 흘린 그 흰 피는 어머니의 거룩한 젖을 가져다 이 나라 사람에게 먹이려고 고루고루 끼얹은 것이다. 이제는 이차돈이가 우리 모든 사람의 위에 계신 거룩한 어머니가 되셨다. 이제도 너희들은 그다지 깨우치지 못하겠느냐.

(“옳습니다. 그는 저의 어머니올시다” “그윽한 신神어머니올시다” 하는 여러 사람의 떨리는 대답 이어 난다)

**왕** 그러면 우리는 돌아간 그이를 위하여 먼저 슬퍼하고 거기에 흐르는 눈물로 우리의 깨끗지 못한 온갖 허물을 말끔하게 씻어버리자.

(모든 이의 울음이 한데 부딪겨 일어난다)

**공목** 이차돈 스승이여. 당신은 우리의 미욱함으로 말미암아 돌아가셨습니다그려. 당신은 죽음으로써 우리의 목숨을 살려주시고 우리의 미욱함을 깨우쳐주셨으니 당신과의 이 세상 인연은 얇았지마는 당신은 어느 때까지든지 하늘에 높이 계셔서 길이길이 이 나라를 돌보아주시고 모든 허물을 깨우쳐주소서.

**알공** (엎드려 빌며) 오— 우리 이차돈 한사여, 잘못하였습니다. 공주 아기씨여. 이놈이 죽을죄를 지었습니다. (눈물을 씻으며) 어허. 우리의 스승이여. 당신은 죽음으로써 우리의 눈에 참말로 영검스러운 세계를 보여주셨습니다. 당신은 너무도 아름답고 너무도 일찍이 이 세상을 떠나셨습니다. 아마 당신의 그 거룩하신 몸이 아마 더러운 이 땅 위에는 반갑지 않으셨던 게지요. 그렇지 하늘에 계신 거룩한 선관仙官[138]이 잠깐 이 나라에 나타나 미욱한 우리를 건져주셨습니다.

**왕비** 이것이 어쩐 일이냐. 너희들의 혼수로 마련해두었던 고운 옷감이 일곱 매 지친 벼에 뒤섞어 송중 요로 쓰일 줄을 누가 알았겠느냐. 꽃덩을 꾸밀 철에 상두소리가 웬일인고. (한참이나 느끼어 울고 일어나며) 상감마마. 이 몸은 이제 왕비가 아니옵니다. 번화스러운 옷은 모두 벗어버리고 칡벼 장삼에 염주를 세는 중이나 되어 가엾이 죽은 우리 애들의 명복이나 빌겠어요. (목이 멘다) 이 몸을 불쌍히 여기시거든 그 뜻을 허락해주시옵고 어디든지 좋은 땅에 조그마한 초막이라도 하나 지어주시옵소서.

**왕** 나도 이제 머리를 깎고 중이나 되어 이 영화스럽다는 자리를 모두 헌 신같이 내어버리고 이차돈을 위해 복이나 빌겠다.

하느님. 이 나라 땅 위에 거룩하고 거룩한 복을 내리어주시옵소서. 이차돈이의 흰 피는 별이 서천西天[139]의 법우法雨[140]를 끼얹어 뿌려주심과 같이……. 오— 이차돈아. 나의 사랑하던 아들아. 두굿기던 딸아. 나는 너희들을 잃어버리고 얼마나 구슬프며 쓸쓸한지 모르겠다. 그러나 어찌 이때에 다만 실없는 탄식만 하고 있을 것이랴. 이제부터 뒷날의 나의 늙은 여생은 돌아간 너희들을 사모하기에 더 한층 쓸쓸하고 끝없이 고요할 뿐일 것이다. 너희들의, 너의 충의를 기록한 무덤은 길이길이 이 나라 뒷동산에 간직해두어 주마. 길이길이 뒷세상 어느 때까지든지 너희들의 꽃다웁고 놀라운 그 이름이 사라지지는 않겠지……. (눈물을 짓는다) (향로에 불이 별안간 성하게 붙어 오른다)

성지종래만세모聖智從來萬世謨 구구여의만추호區區輿議謾秋毫
법륜해축금륜전法輪解逐金輪轉 순일방장불일고舜日方將佛日高[141]

(『불교』 50~51호 합호, 1928년 9월)

# 제석除夕[142]

**인물**

김정수金正秀: 순후고풍淳厚古風, 60여 세.

인식仁植: 정수의 아들, 침착 성실, 27~8세.

이씨李氏: 정수의 며느리, 28~9세.

가애可愛: 정수의 손녀, 7~8세.

최태영崔台永: 정수의 집주인, 40여 세.

여인: 바느질 맡긴 집의 행랑어멈, 30여 세.

**시대**

현대.

**시간**

섣달그믐날 오후 6시경으로부터 동同 12시까지 그동안에 일어난 일.

**장경場景**

그리 깨끗하지 못한 조선 실내. 정면은 밖으로 통하는 미닫이, 좌편은 아랫목, 우편은 장지, 장지 밖은 윗방이다. 방 안에는 종이로 바른 헌 농짝, 헌 반짇고리, 쪽 떨어진 화로, 아무튼 모두 변변치 못한 세간이다. 그러나 그것도 아직 자리 잡히지 못해 보이는 살림살이다. 창밖에서는 바람이 몹시 분다. 아랫목에는 할아버지와 가애가 앉았고 윗목에서는 이씨가 바느질을 하고 있다.

**이씨** (무슨 답답하고 슬픈 정조에 싸였다가 새로금 화제를 돌리려는 듯) 날도 퍽 쌀쌀해. 떡국 추월 하시려나.

**가애** (어리광으로) 할아버지 나 돈 한 푼만…….

**이씨** (인두로 화로의 불을 돋우며) 그래도 그러거든, 금세 밥 잔뜩 먹고 뭘 또.

**가애** (잠깐 몸부림을 하며) 싫어, 나 돈 한 푼만 줘.

**이씨** 참 망해 못 보겠네. 전에는 그러지 않더니 할아버님이 오시니까 버르장머리가 점점……. (눈을 흘긴다)

**정수** (귀여운 듯이 가애의 등을 어루만지며) 아따, 가만둬. 그럼 어린것이 그렇지. 이 할아비나 있으니까……. (주머니 끈을 끄르며) 가만있자. 내 주머니에도 더러 귀 떨어진 동전이 한 닢 있는지.

**가애** (엉덩방아를 찧으며) 옳지. 수숫돈. 난 쌀돈은 싫어. 커다란 수숫돈이 나는 좋아.

**이씨** (정수를 힐끗 보며) 그만두시지 뭘…… (웃는 눈으로 가애를 보며) 망할 거, 그예 할아버님을.

**정수** 뭘 그래도.

**가애** 아이 좋아. 나는 수숫돈.

**정수** (귀여운 듯 가애의 등을 툭툭 두들기며) 허허, 고거 참.

**이씨** (웃으며) 걔는 은전이나 백동白銅 돈은 싫고 일 전짜리 동전만 그렇게 커다래서 좋은 건 줄 안답니다.

**가애** 그럼 수숫돈이 안 좋구. (돈을 가지고 손잡손을 하며) 이런 빨—간 수숫돈 큰 것이.

**정수** 암, 그렇지. 아무거라도 크면은 좋지. (이씨를 보며) 그러나 뭐 그것이 욕심이 많아서 그러는 것은 아니겠지. (가애를 보며) 그럼 그것으로 너 무엇을 살래. 왜떡을 살까 팔뚝팔뚝 뛰어넘는 오뚝이를 살까.

**가애** 나 눈깔사탕 사.

**정수** 아따 사탕도 좋지. 그럼 시방 사 먹나.

**가애** 응, 할아버지 나 업고 가.

**이씨** (정수는 모르게 얼른 입을 악물었다가) 아이 어린애 염치도, 금세 할아버님께 돈까지 줍시사 해갖고 또 뭐 업고 가자고, 이제 응석이 아주 막…….

**정수** 아따 아무려나 그것도 괜찮어. (가애를 업고 일어나려 하다가) 그러나 바깥이 너무 추워서 아가가 감기 안 들까.

**가애** 괜찮어.

**정수** 아따 그럼 아무려나 그렇게 하지. (일어서며) 그런데 얘 애비는 어째 입때 안 들어오누.

**이씨** 오늘이 그믐이고 또 무엇을 좀 얻어야 들어온다고 했으니까 아마 늦는 게지요.

**정수** 저녁도 안 먹고 배는 고픈데 어디로 떨고 다니노. 무엇을 얻나니, 돈? 아따 장천 그놈의 돈! 그럼 네 애비가 이걸 보면 또 사설한다. 애비 들어오기 전에 얼른 다녀오지. 그러나 가게가 그리 멀지나 않는가. (방문을 열고 나가려 하다가) 옳지. 그 휘양[43]을 좀 쓰고 가야지. 머리가 시려서.

**이씨** 어린애도 그— 에 할아버님께……. (웃는 얼굴로 일어선다)

(정수, 가애 퇴장)

**이씨** (앉으며 손끝을 모아 입에다 대고) 호—. 손끝이 시리구나. 아주 이제 어둡네. 바느질 한 가지로 오늘 해도 그만 지웠지.

(성냥을 그어 석유등잔에 불을 켠다)

**이씨** 심지가 나쁜가. 석유가 다 닳았나. 어째 그리 침침해. (심지를 돋우고 다시 바느질을 하며) 어째 이때껏 안 찾으러 오나. 그렇게 급하다고 재촉을 하더니…….

**창밖에서,** 아씨 계셔요.

**이씨** 누구요. (미닫이를 열고) 응 참 잘 왔소. 그렇지 않아도 지금 막—.

**여인** 다 하셨어요.

**이씨** 네. 지금 막 시치미를 뜨며…… 그렇지 않아도 "찾으러 올 때가 됐는데 어째 안 오나" 하고 지금 막 혼잣말을 하던 차야. (바느질을 떼고 인두판을 찾으며) 추운데 잠깐 들어와요. 이제 인두질만 치면 고만이니 그동안 좀…….

**여인** (방으로 들어오며) 저녁을 벌써 다— 해 잡수셨어요? (앉으며 방바닥을 짚어보고) 방도 퍽 써늘해.

**이씨** 단출한 식구 옹솥[144] 골에만 불을 조금씩 지피니까……. (인두를 화롯전에 '툭' 부딪쳐 떨어 입으로 '훅' 분다)

**여인** (이씨의 인두질 치는 걸 들여다보며) 아이, 바느질도 퍽은 얌전하셔라. 어쩌면 깃달이[145]도 이렇게 예뻐요. (웃는 듯) 우리 아씨가 이번 옷을 입으시면 퍽 좋아하시겠군.

**이씨** 뭘 급하게 하느라고…… 또 손끝이 곱아서[146]. (손끝을 얼른 입에다 댄다)

**여인** 그래도 원체 솜씨가 퍽 얌전하시니까…… 우리 아씨 옷 성미가 매우 까다로우시지만 아마 이번 옷은 꼭 맘에 드실 거야.

**이씨** 그렇게 옷을 취택取擇해 입는 이에게 만일 이 옷이 성미에 맞지 않으면 어떡하우.

**여인** 뭘요. 이만하면 상관없어요. 하기는 요새의 옷본새[147]는 날마다 달라진다니까…… 무슨 붕어배래[148]도 요새는 좁아지고 저고리 길이도 짧게 입는대. 그 기생들 입은 옷 모양을 좀 보세요.

**이씨** 기생? 나같이 이런 구석에만 꾸어박혀[149] 사는 신세가 그런 기생을 어떻게 보았겠소. 그런데 참 당신 아씨라는 그이는 무엇 하는 이요.

**여인** 보아하니 아마 그도 전에는 기생이었나 봐요. 지금은 남의 소실이지.

**이씨** 소실? 그럼 아마 퍽 호강으론 지낼걸. 이런 바느질도 안 하고…….

**여인** 흥, 호강이요? 그렇지. 호강은 호강이지. (한 손을 들어 제 가슴을 얼른 가리키며) 이런 년들처럼 옷 밥 걱정도 그리 안 하고…… 남편 되는 나리만 한번 와 주무시고 가면 아주 담박 심평[150]이 피어 야단이랍니다.

**이씨** 왜?

**여인** 글쎄 말씀을 좀 들어보셔요. 접때 처음 그 집 행랑에 들었을 적에는 어찌도 모든 것이 변만 스럽고 우습던지요……. 엇저녁에도 주인 나리가 주무시고 간 덕분에 나도 세찬[151]이라고 광목 열 자 고무신 한 켤레가 생겼답니다. 그래 아씨가 흥만 풀리면 좋은 수가 가끔 많지요. 이런 드난꾼[152]에게도……. 그런데 오늘 저녁에는 나리가 체꿀[153] 작은 첩한테 가 주무시리라나 그래 지금쯤은 아씨가 한창 통통증이 나 야단이지요. 참 우스워죽겠어. 그래 잘 먹고 잘 입고 호강은 하는 대신 장—그 짓으로 세월을 보내…….

**이씨** 아이 참, 변스러워라. 먹고 입을 것만 있으면 잘 살고 고만이지. 그밖에 또 무슨 걱정이야. 이렇게 바느질 품팔이를 해가며 먹고사는 팔자도 있는데.

**여인** 왜요. 더러 군색한 때는 있겠지만 그래도 내 손으로 지어 입고 먹고 살 수 있는 것이 오히려 편하고 상팔자지요. 그렇게 잡스런 생각만 하고 있을 까닭도 없고…… 더구나 바느질 솜씨도 저렇게 얌전하시겠다, 아씨 같은 이야 뭘.

**이씨** 그까짓 것 바느질도 남의 옷만 밤낮 지어주는데 암만 잘한들 뭘 하오. 내 발등 가릴 것이 있어야지. 오늘이 섣달그믐, 내일이 명일名日[154]이라도 빨래 하나 못 해 입고 솥에도 그리 변변히 끓일 것도 없으니…… 또 별안간 이사는 갓 해놓아서…….

**여인** (방을 휘 둘러보며) 윗방도 한 칸인가요. 참 저 위의 그 전 사시던 댁보다는 방이 두 칸이나 되고 넓어서 퍽 좋으시겠어요.

**이씨** 방만 넓으면 뭘 하오. 그나마 저 윗칸 냉돌 찬 곳이 내 차지라오.

**여인** 참 아까 아기 업고 나가시던 영감님은 누구셔요.

**이씨** 우리 시아버님이시라오.

**여인** 시골 계시다 오셨어요.

**이씨** 예—. 시골 일가 집에 계시다 오셨어요. 전에는 우리 집도 남부럽지 않게 꽤 괜찮게 살던 집이더니 그만 작은 시동생이 난봉을 피워서 왜채倭債[155]에 다 털어 바치고 벌써 3년째나 아—니 이 설만 쇠면 4년째나 되지요. 온 집안이 모두 거산擧産[156]을 해 이 지경이 되어서 이렇게 성명도 없이 셋방 구석으로만 뒹굴러 다닌다오. 그래 시아버님께서는 시골 일가 집에 가 아이들 글 가르쳐주시고 계시다가 그저께 바로 이 집으로 이사 오던 날 우리 바깥양반이 맏아드님이니까 그래도 맏아드님을 찾아서 명일이라고 쇠러 오신 게지요.

**여인** 바깥양반께서는 무슨 생화生貨[157]를 하시는데요.

**이씨** 집안이 별안간 그렇게 되니까 별로 신통한 벌이도 없지요. 그저 세상 모르고 고이 길러 글공부나 하던 책상물림이니 어디 별안간 만만한 벌인들 어디 얻어 만나기가 그리 쉽소. 그래 하는 수 없이 날마다 하루하루 그날그날 벌어서 먹고살지요. 어떤 때는 그나마 벌이도 없어서 버는 날은 먹고 못 버는 날은 굶고……. 굶는 것도 원체 많이 굶으니까 이제는 아주 시들하다[158] 못해 진저리가 나.

**여인** 아이 딱해라. 더구나 어린 아기하고……. 그래도 바깥양반이 학교 공불 하셨으면 월급이라도 좀 타 먹지.

**이씨** 흥. 학교도 일본까지 다 갔다 왔기는 왔지만 그것도 내 것이 있을 때 말이지. 지금은 아마 그리 월급자리도 만만치 못한가 봅디다. 또 가—끔 돈 많이 줄 테니 오라고 하는 데도 더러 있기는 있나 봅니다마는 아마 그런 데는 또 뜻이 아닌 게야. 그러기에 그런 때마다 "내가 아무리 죽게 되었기로" 하며 연방 눈살을 찌푸리고 어떤 때는 시골 같은 곳으로 몸을 피해 가기도 하지요.

**여인** 참 사내 맘들은 이상도 해. 왜들 그런지……. 집에 아범도 가끔 그런답니다. 그냥 모내기꾼 서는 거나 막벌이보담은 굴 뚫는 데 남포질꾼이 돈을 퍽 많이 몇 갑절씩 번대요. 그런데 그런 것은 해보래도 일부러 아니 합니다그려. 그것은 까딱 잘못하면 목숨이 가는 일이라나. 천한 목숨이 죽기는 그리 원통한지……. 원 남도 죽을 일이면 일부러 시킬라고요. 죽긴 왜 죽어. 괜히들 하기 싫으니까 그런 핑계지……. 그래 그럴 때마다 이 어멈은 아범하고 노상 싸움이랍니다. 이 댁 바깥양반께도 아마 그런 남포질 판에서 오시란 게로군요. 무얼 그렇지.

**이씨** 글쎄 그런지…….

**정수** (멀리서) 아가 손이 시리냐. 그럼 얼른 들어가 엄마더러 호— 해달래지.

**여인** 아이 참, 가야지. 너무 오래 있어서 또 통통대겠다.

**이씨** 뭘, 얼마 있었다고 고 동안을.

(정수, 가애 등장)

**가애** 엄마, 난 솜사탕 사 먹었어. (팔을 벌리며) 이만큼 많이.

**이씨** 참 잘 사 먹었다. 그 추운데 할아버님을 모시고 가서…….

**가애** 아녀, 나만 안 먹었어.

**정수** 참 희한한 세상이야. 여전 솜뭉치 같은 그것이 사탕이겠지. 그래 동전 한 푼을 주고 샀더니 날더러도 그걸 좀 먹으래. 그 커다란 뭉치를 큰 길거리에서 이 늙은 할애비더러 백주에[159] 자꾸 먹어보라거든. (가애의 얼굴을 기웃이 들여다보며) 원 고거 참 신통하기라니 하하하.

**가애** 그래 "이런 걸 엄마가 알면 흉볼 테니 집에 가선 아무 말도 말자"고 할 아버지가 그랬지?

**정수** 원 고거 참, 그런 말까지 어찌 다— 하하하.

(이씨는 바느질 인두를 다 치워서 개어 보에 싼다)

**여인** 모두 얼마예요.

**이씨** 저고리 하나에 열 냥씩만 내구려. 거기는 처음이고 또 바느질도 좀 서툴렀으니.

**여인** 그럼 둘에 스무 냥?

**이씨** 그렇지.

**여인** 그럼 이걸 어떡하나……. (괴춤[160]에서 돈을 꺼내며) 가지고 온 것은 스물닷 냥거린데.

**이씨** 글쎄, 바꿀 돈이 없는데요.

**여인** 그럼 아무튼 이걸 받아나 두슈.

**이씨** (돈을 받으면) 받아나 두면?

**여인** 아따, 그럼 내 이따가라도 아범 바짓감을 하나 가지고 올 테니 그거나 좀 꿰매주시구려. 댓 냥은 너무 싸지만 좀 생색 좀 보셔서.

**이씨** 아따, 아무러면 대수요. 그렇게 하지요.

**여인** (옷보퉁이를 들고) 그럼 갑니다. (미닫이를 열며) 이제 벌써 낼이면 새해니 새해에 세배나 옵지요. 그럼 새해엔 부자 될 꿈이나 꾸십시오. 묵은해의 모든 근심 걱정일랑 액막이 연 띄우듯 다 떠나보내시고…….

**이씨** 왜 이따라도 또 올 테라면서…….

**여인** (웃으며) 참, 이따가 또 옵지요.

**이씨** 어둔데 조심하오.

**여인** 네. (퇴장)

**이씨** (미닫이를 닫고 앉으며) 여편네가 퍽 수다도 스럽다.

**정수** 행랑것들도 이제는 시속時俗이 달라져서 전에는 사부집 하인들이 상전의 전갈하는 말씨라니 참 제법이었는데……. 양반이면 남의 집에 가 "이리 오너라" 하고 찾고 구실아치[161]는 "별감 별감" 상놈은 "하님 하님" 하던 것들, 이제는 너 나 할 것 없이 "합쇼" 공대를 또박또박 해야 한다. 참 고약한 세상도…….

**이씨** 시방이야 어디 양반 상하上下가 있는 세상입니까.

**정수** 하긴 그도 그렇지. 그런데 그 해 가는 것은 설빔 옷인 게지?

**이씨** 아마 그런 게지요.

**정수** 하긴 우리 집만 이렇게 쓸쓸하지. 밖에는 그래도 설이라고 야단들이더라. 세찬 김이 오락가락 집집마다 떡 치는 소리는 철썩철썩.

**이씨** 아마 이 동네는 요전 살던 데보다는 퍽 부촌인가 봐요. 겉으로 보아도 모두 풍성풍성한 것이…….

**정수** (담배를 담아 피우며) 그렇지, 북장동 여기가 옛날부터 부명富名[162] 하는 이가 많이 살던 곳이지. 그러나 우리네가 이런 부촌에서 사는 것은 좀 덜 좋아. 남부끄럽게 내 흉만 잡힐 뿐이지. 남들은 모두 드난꾼을 두고 매우 홍청거리고 사는데 나는 내 손으로 물 긷고 밥 짓고 해야지 또 거기다 봉지쌀 푼거리 장작 툭하면 열 냥 스무 냥짜리 전당질 외상값 등쌀, 더구나 모질고 그악한 집주인이나 잘못 만나면 온 동네가 떠달아나도록 거친 목소리로 눈깔을 부라리고 집세 내라고 재촉 조련질[163], 에— 창피해. 아무튼 우리네같이 어려운 사람들은 어려운 사람만 많이 모여 사는 곳이 좋아.

**이씨** 하긴 그래요. 남의 일 보고 내 꼴 보면 없던 심정만 저절로 나고……. 저런 어린것을 기르는데도 남의 집 자식들은 호사스럽게 고운 옷을 입히고 잘 먹여 잘 가꾸는데 내 자식은 이런 명일名日 때도 일 년의 한 번인 설이건마는 잘 먹이지도 못하고 입히지도 못하니…….

**정수** 그러니 어쩔 수 있나.

**가애** 엄마 나 설에 꼬까옷 해줘. 때때댕기하고.

**이씨** 저것 보십시오. 어린것이라도 무슨 말이든지 듣기가 무섭게 장— 저런답니다.

**정수** 그러니 그런 걸 해주고는 싶지만 뭐 돈이 어디 있나.

**가애** 그래도 난 몰라…… 때때댕기…… 목화댕기.

**정수** 목화댕기는 또 뭐야. 왜 제비추리에다 면화棉花 송이를 다나.

**이씨** (웃으며) 시체[164] 비단에 목하부다이란 게 있는데 그걸 걔는 목화란답니다. 아따, 가만있거라. 내 이따 때때댕기 하나 사줄게. 아까 바느질삯 받은 거 스물닷 냥 있으니 번쩍번쩍하고 좋은 널따란 금박댕기 내 사다 주마.

**가애** 아이 좋아. 때때댕기 나는 좋아.

**정수** 원 그렇게 좋담. 고거 참, 하하하.

**가애** 엄마 그럼 지금 사다 줘. 때때댕기.

**이씨** 원 아이도 참 글쎄, 지금이 뭐야 내 이따가 설거지나 다 하고 나서 나가 사다 줄게.

**가애** 그럼 할아버지 이딴 꼭 사다 주?

**정수** 암—, 사다 주고말고.

**가애** 아이 좋아. 그럼 엄마 이따 얼른 사다 줘—.

**이씨** 그래, 꼭 사다 줄게. 걱정 말고 거기 조신히 좀 앉았어. 할아버님 고단하신데 좀 누우시게. (일어선다) 내일 아침은 또 뭘 끓이누.

**가애** 왜 할아버지 눈썹 세시게.

**이씨** (윗방으로 내려가며 웃는다)

**정수** 눈썹이 시다니 그건 또 무슨 소리야.

**이씨** (윗방에서) 걔가 아까 오늘 밤에 잠을 자면 눈썹이 세는 법이라고 그랬더니 그 말을 할아버님께다 옮겼습니다그려.

**정수** 옳—아, 참 그도 그러렷다.

**가애** 그럼 어른들은 자도 눈썹이 안 세우.

**정수** 그렇지. 그런 법도 있지. (목침을 베고 눕는다)

**가애** 뭘 할아버지 눈썹이 저렇게 세었는데 할아버지도 잠은 퍽 많이 잤구려.

**정수** 그렇단다. 할아버지는 잠만 자다 늙어서 이렇게 허옇게 세었단다.

**가애** 왜 늙으면 털이 세우.

**정수** 암—, 그렇지.

**가애** 그럼 할아버지 이제 자지 말어. 저 눈썹이 더 세면 보기 싫어 어떡해.

**정수** 벌써 잠자다 다— 세인 눈썹을 이제서 잠만 안 자면 뭘 하나.

**가애** 그래도 보기 싫어. 자지 말고 일어나 얘기나 해……. (정수를 끌어 일으킨다)

**정수** (억지로 일어나며) 원 고거 참, 얘기는 별안간 또 무슨 얘긴고.

**가애** 왜 옛날얘기. 동아줄 타고 하늘에 올라가 해 되고 달 되고 그런 얘기.

**정수** 그런 걸 내가 어떻게 아나.

**가애** 왜 아까도 썩 좋은 옛날얘기 해주마고 그랬지.

**정수** 내가 언제 그랬던가…….

**가애** 그럼 안 그랬어?

**정수** 원 그거 참. 그럼 가만있자. 원 무슨 얘기를 하노.

**가애** 아무거라도 얼른.

**이씨** 원 얘기는 또 무슨 얘기야. 할아버님 편히 좀 누워 계시게 조신히 좀 앉아 있으라니까.

**정수** 아따 아무려면 대수…… 가만있자. 그래 옛날에 한 사람이 있구나.

**가애** 할아버지 왜 옛날에는 똑 한 사람만 살우.

**정수** 응. 글쎄, 얘길 들어야지, 무슨 얘기든지 옛날엔 첫 번에 다— 한 사람이란다. 그래 옛날에 한 사람이 있는데 그는 임금님이야. 임금님이란 너

무엇인지 아니?

**가애** 몰라.

**정수** 임금님이란 이 세상에서 가장 높은 사람이야.

**가애** 높은 사람? (한 팔을 높이 들며) 저— 하늘 꼭대기의?

**정수** 아니 하늘 위가 아니라 하늘 아래에서는 제일 높은 사람이야.

**가애** (저 혼자 무엇이 신기하였는지 신이 나서) 할아버지 저—기 뒷산에 솔개미[165]가 날라가다 앉은 맨 꼭대기 산에서 벌써 그때— 그때— 어떤 사람이 총을 '탕' 하고 놓겠지.

**정수** 원 고거. 그런 게 아냐.

**가애** 아마 그 사람이 솔개미를 잡으려던 게지 할아버지.

**정수** 글쎄…….

**가애** 그 사람이 솔개미를 잡았을까 못 잡았을까.

**정수** 몰라—.

**가애** 할아버지도 그건 모르우.

**정수** 몰라—. 나는 그걸 어떻게 아나.

**가애** 그럼 할아버지도 총 놔봤수.

**정수** 아니 나는 총도 놀 줄 모른단다.

**가애** 이런, 총도 놀 줄 모르고.

**이씨** 그거 참 버르장머리 없이 할아버님께 막…….

**정수** 글쎄, 이제 내 옛날얘기나 들어야지.

**가애** 그래.

**정수** 그런데 그 임금님은 여왕이야. 너와 같이 계집애 임금.

**가애** 할아버지 나도 임금님이우?

**정수** 그렇단다. 너도 임금님이란다. 그래 그 임금님은 아주 착하고 영리하고 또 퍽 어여쁜 임금님인데 그 임금님은 늙은 할아버지도 있고 임금님을 귀여워해줄 아버지와 어머니도 있었단다. 신하도 많고 백성도 많고 갑옷

투구 한 군사도 많고 나쁜 놈 잘 잡아가는 순검巡檢[166]도 많고, 또 그리고 이 세상에서 가장 얻기도 어려운 온갖 좋은 보물도 그는 퍽 많이 가졌었더란다.

**가애** 때때댕기도 가졌나.

**정수** 암—, 그까짓 거야 얼마든지 많이 가졌지.

**가애** 나는 이따가 하나만 살 텐데…….

**정수** 그런데 그 임금님은 한 가지를 갖지 못했어.

**가애** 무엇 꼬까옷?

**정수** 아니 꼬까옷이 아니라 무엇이더라……. (무엇을 생각하는 듯) 옳—아, 참 그는 거짓말을 갖지 못했어. 거짓말을 들을 줄 몰랐단다.

**가애** 나도 몰라.

**정수** 그래 그 거짓말이 날마다 임금님에게로 도적질을 하러 가는데 그것이 무엇 같을꼬. 옳지 참, 그것이 가만히 똑 바람처럼 아주 저렇게 부는 바람이 되어서…… 그래 솨— 하는 그 얄궂은 바람이 한 번 임금님 대궐에 스르르 불 때마다 무엇이든지 영락없이 없어져버리는구나. 솨— 하는 바람이 맨 첫 번 불 때에는 늙은 할아버지가 죽고 두 번째 솨— 하고 불 때에는 귀여워해주던 아버지가 죽고 세 번째 솨— 하고 불 때에는 (창밖에서 멀리 "여보시오" 부르는 소리) 무척 사랑하던 어머니가 죽고.

**창밖에서,** (남자 목소리) 여보 주인 계시오.

**가애** 할아버지 누가 찾아요.

**정수** 뭐 누가 왔어?

**가애** 응.

**정수** 거기 누가 왔소?

**창밖에서,** (차차 가까이) 네—. 주인 좀 봅시다.

**정수** 원 그놈의 바람 소리 때문에 세상 무슨 소리가 들려야지. 귀는 어둡고.

**가애** 아마 그 바람이 뭘 또 도적질하러 왔남.

**정수** (가만히) 원 고거 아냐. 그런 것은 얘기에나 그렇지. (창을 열며) 누구를 찾으시오.

**창밖에서,** 댁이 이 방에 주인이시오.

**정수** 네—, 그렇소.

**창밖에서,** 누구 댁이시오.

**정수** 나는 김정수란 사람이오.

**창밖에서,** 어떻게 쓰시오.

**정수** (좀 거북하게) 바를 정 자 빼어날 수 자요.

**창밖에서,** 예—. 김정수 씨. 그럼 당신이 분명 이 방의 주인이시죠.

**정수** 그렇소. 그런데 당신이 그건 왜 물으시오.

**창밖에서,** 아따 물을 만하니까 묻는 것이지요. 당신은 내가 누군지 모르시나 보구려.

**정수** 내가 알 수 있소. 당신도 아마 나를 모르는가 보기에 그렇게 이 늙은 이를 별안간 어린애 성명 묻듯 한 것이 아니오.

**창밖에서,** 모르긴 왜 몰라. 그래 당신이 이 방에 든 주인이라면서…… 그러면 당신이 이 방에 왜 들었소?

**정수** 그게 무슨 말이오. 이 방에 왜 들다니. 왜 드는 것도 있소.

**창밖에서,** 아따 이런 답답한 말 보았나. 이 방에는 어떻게 와 들었느냐 말이오.

**정수** 세 들었소.

**창밖에서,** 세요? 누구한테.

**정수** 이 집 임자한테서요.

**창밖에서,** 이 집 임자? 이 집 임자가 누구란 말이오.

**정수** 그건 모르지요.

**창밖에서,** 그건 모르다니. 여보 그게 말이오, 절이오. 그래 이 집에 와 살면서 이 집 임자가 누구인지도 몰랐단 말이오. 터럭이 허—연 노인네가 어째 그렇소.

**정수** 글쎄 터럭만 센 것이 죄일는지는 몰라도 그저 저절로 센 이 터럭을 어찌하오. 이 집에서 이사를 왔으면서 미처 주인도 찾아보지 못한 것이 내 실수일는지는 모르나 늙은 몸뚱이가 이로 찾아다니며 "이렇게 왔습니다" 하고 인사 여쭐 수도 없고 또 이 집을 내가 얻어 온 것이 아니라 내 아들놈이 저희들 친구 발련으로 어떻게 얻어 온 것이니까…….

**창밖에서,** 여보. 보아하니 그래도 그렇지 않은 노인네가 어째 그렇소. 당신은 남의 정신에 살우. "아들이니 손자니" 점잖지 못하게 남에게 의거릴 하고 앉았으니. 아들 둔 이들 매우 팔자 좋구려. 툭하면 밀어버리기에. "나는 몰루. 아들이 알리" 하며…….

**정수** 그럼 당신은 남의 애비 자식 사이도 믿지 않는단 말이오.

**창밖에서,** 당신네 민적등본을 내어가지고 오지 않는 바에야 당신의 부자간 어찌 된 사정을 내가 어떻게 알 까닭이 있소. 그따위 덜된 수작은 다— 고만두고 내가 이 집 주인 최태영이니 바로 내가 이 집의 주인이야. 그러니 어서 셋돈이나 내시오.

**정수** 이런 제—기 이를 어쩐담.

**이씨** (장지를 방싯 열며) 여보세요. 바깥양반들 말씀하시는데 이런 여인이 참견하는 것은 매우 안됐습니다마는…… 이사移徙 와서 이때껏 셋돈을 내지 못한 것은 퍽 안되었습니다. 그러나 처음 이 집으로 이사 오기는 사랑에서 친구들 발련으로 알아 한 일인데 지금 마침 사랑에서…….

**창밖에서,** 여보시오. 저분이 노인의 부인이십니까.

**정수** 아니오. 내 며느리요.

**가애** 우리 할아버지야.

**창밖에서,** (온순하게) 그래 정말 너의 할아버지야.

**가애** 응.

**창밖에서,** 그럼 다소간 노인께 실례가 되었습니다.

**정수** 천만에…….

**창밖에서,** 그래 너 몇 살이냐.

**가애** 여덟 살.

**창밖에서,** (가애를 보고) 응…… 그래. (정수를 보고) 여봅시오. 그럼 어서 셋돈을 주십시오. 몸도 떨리고 발도 몹시 시려서 이렇게 오래 서서 얘기하기가 좀 어렵습니다.

**이씨** 글쎄 그러니 사정을 좀 봐주셔야 하겠습니다. 지금 마침 사랑에선 어디 출입하고 없으니까 들어올 동안까지만 댁에 가셔서 기다려주시면 이따는 기별해드리겠습니다.

**창밖에서,** 그것은 될 수 없습니다. 이따는 이따 사정이고 시방은 시방 경우입니다.

**이씨** 그렇지만 잠깐만 기다려주셨으면…….

**창밖에서,** 안 됩니다. 그렇게 기다릴 수는 없습니다. 아무튼 발도 시리고 얘기도 좀 길어질 모양 같으니까 잠깐 들어가 앉겠습니다.

(최태영은 방에 들어와 앉는다)

**정수** 잠깐만 기다려주우.

**최태영** 글쎄 그것은 못 되겠습니다.

**정수** 그러나 지금은 돈이 없으니 어떡허우.

**최태영** 천만에 왜 그런 말씀을 하십니까. 설마 돈 없이야 세 드셨을라구…… 또 벌써 며칠째 드셨으니 지금 셋돈을 내신대야 그리 선금도 아닙니다마는…… 그것도 몇 달째 들어오던 끝이면 더러 몰라도 이렇게 처음부터는 선금이 아니면 도—저히 할 수 없습니다.

**정수** 그렇지만 세상일이란 매양 사정이라는 것도 있지 않소. 더구나 이렇게 공교히 된 형편에는…….

**최태영** 아니올시다. 사글세 선금 받는 데 사정이 무슨 사정입니까. 그저 한결같이 뻔―한 것인데요. 더구나 법률이 낮같이 밝은 이 시대에 이런 경우는 아마 경찰서에 가 물어봐도 그리 나를 그르다고는 안 할 것입니다.

**정수** 아따, 그야 옳거나 그르거나…… 아무리 경찰서 법이라 한들 이런 어려운 사람의 사정을 좀 봐주지 말라는 법은 또 어디 있겠소.

**최태영** 그러나 이것이 또 무슨 그런 경찰서 법률도 아닙니다. 그저 복덕방 규칙이지요.

**정수** 글쎄 나는 늙은 사람이 되어서 그런지 시체時體에 툭하면 "무슨 규칙 무슨 규칙" 하는 그런 훌륭한 규칙도 잘 모르오마는……. 그리고 또 이것이 어디 복덕방 가쾌家儈[167]에게 부탁해 얻은 것이오?

**최태영** 허―, 이런 딱한 말씀 보았나. 그것이 노인장이 점점 오해의 말씀이지요. 가쾌家儈고 집주릅[168]이고 간에 이 세상에 선돈[169]을 안 받고 집 세놓는 사람은 어디 있으며 또 복덕방 소개가 아니란 말씀을 하니 말이지마는 이 집이 비어 있기는 이 겨울 접어들며 벌써 석 달째나 거저 비어 있기는 있었소. 그래 사글세나 또 놓아볼려고 벼르던 차에 일전에 누가 나 없는 동안에 이 집 까닭으로 몇 번인지 찾아오기는 찾아왔더랍디다. 그러나 나에겐 이때껏 직접 대해 아무 말도 없었으니 댁에선 혹 그와 아무러한 사정이 있었다 하더라도 내 말 없이 집부터 들려논 그가 물론 큰 잘못이고…… 또 그가 나를 찾아왔다가 나는 만나보지도 않고 그런 짓을 해놓았을 때는 아직 누군지는 모르나 필시 나와 매―우 친하기도 하던 사람일는지도 모르겠소. 그러나 제아무리 친한 친구이기로 쇠뿔도 각각이고 염주念珠도 몫몫이라고…… 나도 그리 과히 빽빽한 벽창호는 아니올시다마는…….

**이씨** (애교 있게) 참, 퍽 너그러웁고 착한 양반이셔.

**최태영** (간사한 어조로) 아―니 내가 뭐 그리 썩 착한 사람도 되지는 못합니다마는 그저 이런 집이라고 몇 채 있으니까 그거나 가지고 선돈만 내는 자리면 어렵고 구차한 사람들에게 더러 빌려줄 뿐이오. 이때껏 그리 자선 사업을 한 일은 없으나 돈만 얼른 내면 그리 더 길게 차리고 앉아서 지긋지긋이 조르는 그런 못된 성미를 가진 놈은 아니올시다.

**정수** (일부러 꾸미는 어조로) 아무튼 이 세상에서는 더 볼 수 없는 갸—륵한 친구요.

**최태영** 네—. 뭘 그리 너무 칭찬만 해주실 것도 아닙니다. 어떻든 지금 셋돈은 내셔야 하니까요.

**정수** 글쎄, 지금은 돈이 없는 것을 어떻게 하오.

**최태영** (목소리가 거칠어져서) 아—니 그럼 여보, 왜 셋돈도 없이 염치 좋게 남의 집에 와 들었습니까. 이건 누구에게 흑작질[170]로 떼쓰러 다니우. 늙은이가.

**정수** 글쎄 이 집을 내가 어디 얻어 들은 거요?

**최태영** 이이가 정신이 있나 없나. 그럼 시방 이 집에 누가 들어 있단 말이오.

**정수** 글쎄 내 아들이 친구 발련으로…….

**최태영** 여보 그런 쓸데없는 소린 말아요. 세상에 이런 흑작꾼의 일이 한두 가지가 아니니까 당신 말은 믿을 수도 없고 기다릴 수도 없소. 또…… 당신을 이사시켜줬다는 그 사람이 여태껏 나도 안 만나볼 때는…… 그만하면 다— 알조지 뭐요. 원 이 세상에 믿을 놈이 어디 어디 있어? 당신도 그만 나이나 잡쉈으니 세상 풍정도 다— 겪어 알 만하겠구려. 여태껏 조선 사람들은 남만 믿고 의뢰依賴하다 망했다는데 당신도 터럭이 저렇게 허—연 노인이 아직껏 누구를 좀 의뢰해가지고 더 살아보려 드우?

**정수** (한숨을 쉬며) 나는 이때껏 아무 죄도 없이 늙은 사람이오. 또 누구에게 믿고 의뢰하는 것도 그리해본 일은 없겠지만 그만 작은 자식 하나 잘못 둔 탓으로 그놈이 난봉을 피워서 이 지경이 되었소.

**최태영** (정수의 앞으로 바싹 다가앉으며) 아—니 이건 또 자기의 잘못을 마저 작은아들에게다 의뢰를 하려 드우.

**정수** (떨리고 슬픈 어조로 가만히) 아가 너는 저 엄마한테로 가…….

**가애** 싫어.

**이씨** 그래라. 이리 내려온.

**가애** (몸짓을 하며) 싫어. 나는 할아버지한테 얘기 들을걸.

**정수** 얘기가 무슨 얘기야.

**가애** 왜 옛날얘기.

**정수** 옛날얘기도 그렇게 하나.

**가애** 그럼.

**정수** 이제 이따 아가가 잘 적에 할아버지가 천— 천— 히 생각해가며 하지.

**가애** 싫어. 이따가 안 잘걸. 눈썹 센다며…….

**정수** 원 이걸 어떻게 하노.

**이씨** 그래도 그러거든 이리 내려오라니까.

**가애** 나는 좀 싫어……. 그래 할아버지 그 임금님 어머니마저 죽었는데?

**이씨** (힘없이) 어린애도 참…….

**정수** 아따, 가만둬—. (잠깐 있다가 떨리는 어조로) 그래서 그 임금님의 어머니가 죽은 뒤에도 그 몹쓸 거짓말 바람이 자꾸자꾸 쇄— 하고 불 적마다 모든 보물도 죄—다 없어지고 나중에는 커—다란 대궐집마저 없어져서 집도 없이 거지가 된 임금님이 길거리로 이리—저리— 떠돌아다니게 되었단……다……. (힘없이 가슴에 무엇이 복받치는 듯)

**가애** (입에 침이 없이) 아이 참—.

**정수** 그래서.

**최태영** (분노한 음성으로 크게) 여보.

**가애** (소스라쳐 놀라서) 엄마—, 응……. (정수의 무릎으로 엎드러질 듯 덤빈다)

**정수** 왜 그래, 응? 아가 놀랬니?

**이씨** 그러기에 내가 진작 이리 내려오라고 그랬지.

**최태영** (잠깐 자기의 태도가 좀 무색함을 느끼면서) 아—니 여보. 오늘이 섣달그믐이고 나도 바쁜 사람이오. 그래 남은 셋돈 달라고 옆에 앉았는데 당신은 어린애 재롱 보고 앉았소. 배포 유有하게.

**정수** 아니 무슨 내가 배포가 유有한 것이 아니라 셋돈 졸리는데 이 어린것이야 무슨 죄란 말이오. 이 지긋지긋한 꼴을 이 철모르는 어린것의 눈에는 보여주고 싶지 않구려.

**최태영** 그러니 어여 셋돈을 내요.

**이씨** 여보세요.

**정수** (기운 없이) 글쎄 없는 돈을 어떻게 냅니까.

**최태영** (추근추근하게) 그럼 왜 멀쩡하게 남의 집을 들었어요.

**정수** 원 이를 어쩐담. 잠깐만 기다려주오.

**최태영** (얼른) 안 돼요.

**정수** 안 되면 어떻게 합니까.

**최태영** 돈을 내시우.

**정수** 원 이걸 어째. 목을 베면 피가 나지 마른 나물 꺾으면 무슨 수야…….

**최태영** (어근목을 써서) 아—니 그래, 당신 아들을 정말 기다리면 또 무슨 수요.

**정수** (힘없이) 돈을 가지고 올 터이니까…….

**최태영** (비꼬는 어조로) 흥, 돈! 돈을 가지고 와요? 그럼 왜 입때 아니 들어오오—. 아직도 시간이 못 돼 그러우? 지금은 밤이라 은행문도 닫혔어요. (혼잣말로) 담구녁을 뚫으러 다니나, 무슨 돈을 밤에 구하러 갔담. 이거 정말 흑작질 판이로군.

**정수** (애걸하는 어조로) 아니 잠깐만 더 기다려주구려. 이제 곧 들어올 것이니까…….

**최태영** (고개를 돌리며) 안 돼요. 돌아가신 우리 아버지가 다시 와서 말하더라도 할 수 없소. 어여 내슈.

**이씨** 여보세요.

**최태영** (새삼스럽게 딴전을 피우는 듯한 간사한 어조로) 네—. 무슨 말씀 계셔요.

**이씨** 네— 사랑에서 들어올 동안까지만 잠깐 더 기다려주셔요.

**최태영** 댁에서 무슨 사랑 쓰셔요. 이 곁방살이가…….

**이씨** (엄숙하고도 흥분된 어조로) 아—니 여보셔요. 살인 죄수도 죽을 때에는 소원도 묻고 말미도 준다는데 그래 다— 같이 인정 쓰고 서로 사는 이 인간에서 그만 사정이야. 더구나 잠깐만 기다리면 돈을 곧 드린다는 걸. 그거야 아무리 도척이 같은 이 세상인심이기로 못 듣겠다는 법이 어디 있습니까.

**최태영** 법이요? 내가 무슨 법률로 잘못한 것이 있어요?

**이씨** (열에 떠) 내가 법이랬소. 법률이랬지. (용기가 차借하여) 아니 참, 법이랬지.

**최태영** (픽 웃으며) 여보, 법이 법률이지 뭐요. (거칠고 크게) 그래 내가 무슨 법률 저촉된 일이 있습디까. 무엇을 잘못했기에…… 강도질을 했소, 사기 취재取財를 했소, 응. 내가 법률 저촉된 것이 무엇이야.

**이씨** (독기 있는 어조로) 이건 너무 심하구려. 괜히 생트집을 해가지고.

**최태영** (크게) 내가 무슨 트집을 했소.

**이씨** (분노에 떤 거친 음성) 여보 여편네에게 이렇게 하는 법이 어디 있소.

**최태영** (마저 크게) 왜 아낙네가 사내들 얘기하는데 참견은 무슨 참견이야.

**이씨** (더 크게) 내 집안일이니까 그렇지.

**정수** (허둥지둥) 얘— 아따, 너는 가만히 좀 있거라. 여편네가 이런 데 참견하는 것이 아니야. 온 이게 무슨 모양……. (최태영의 손을 잡으며) 여보 우리 사내끼리는…… 이런 늙은이하고 얘기하는 것이 좋지.

**최태영** 참 나중엔 별 도깨비 같은 꼴을 다— 보겠네. (정수를 보고) 당신은 어떡할 테요.

**정수** (어리둥절해) 어떡하다니 무엇을 말이오.

**최태영** 무엇을? 돈 말이오 셋돈.

**정수** 글쎄 잠깐만…….

**최태영** 안 돼요. 지금으로 셋돈을 내고 이 방도 내놓아요. 인제 이따위 꼴은 더 보기도 싫고……. (한 팔을 걷어 올린다. 무슨 시비나 하는 것처럼)

**정수** 또 방을 내놓아라?

**최태영** 네—. 지금으로 얼른 내놓아요. 그리고…… 당신네가 이 집엘 온 지 며칠 됐소.

**정수** 아마 오늘까지 사흘째지.

**최태영** 사흘째. 그러면 셋돈은 얼마로 정하고 왔소.

**정수** 그건 모르지…….

**최태영** 여보, 그건 모르다니. 정말 당신은 바지저고리로만 사는구려. 그래 자기가 세 든 집의 셋돈이 얼만 줄도 몰라?

**정수** 글쎄 그것은 그렇게 된 것이라니까…….

**최태영** (어이가 없는 듯이) 그렇게 된 것이라니? 아무튼 당신하고 밤새도록 떠들어야 그 소리가 그 소리고 또 나도 덩달아 미친놈만 되는 셈이니까. 이제 그까짓 수작은 고만둡시다.

**정수** 네—. 그러게 잠깐만 더 기다려주오.

**최태영** 아무튼 이 집을 전에 한 달에 오 원씩 세를 놓았으니까. 가만있자…… 한 달 30일을 하고 오륙 삼십이라. 엿새 동안에 일 원씩이니까 일 원을 반을 때리면 50전. 그러면 50전이 그동안 사흘 치 세전貰錢이오. 뭐 이런 때라고 내가 무슨 흑심을 써서 한 푼인들 에누리해 없는 사람에게 더 받는 것은 아니오. 노랑돈 한 푼 더 붙이지 않고 내가 꼭 받을 돈만 또박또박 받는 것이니까 어서 50전만 내고 나가시오. 그동안 일은 당신네가 좀 잘못됐지만 아무튼 50전만 내고……. 또 아무리 없기로서니 설마 그거야 없겠소.

**정수** 그러나 아직은 그것도 없구려.•

**최태영** (큰 목소리로) 무엇, 그것도 없어. 아—니 그래, 돈 한 푼도 없이 정말 도적놈의 배짱 먹고 여기 왔구려.

**정수** 여보, 무슨 말을 그렇게 하오. 도적놈의 배짱이라니. 돈만 주면 고만이지.

**최태영** 그럼 돈을 어서 내요.

**정수** 글쎄, 이따가 줘요.

**최태영** 뭐 이따가 줘요? 여보 그런 말이 어디 있소. 이따가 줘? 뭘 이따가 줘.

**정수** 돈을 이따가 줘요.

**최태영** 돈을 이따가 줘? 왜 지금은 못 주고 이따가 줘. 참 괴상한 배짱이로군. 뻔뻔스럽게 이따가 준다.

**정수** 글쎄 내가 그까짓 것을 떼먹을 사람은 아니오. 이따가 줄 터인데 뭘…… 이 늙은 놈이 설마 거짓말하겠소.

**최태영** 흥, 말은 좋지. 아무리 속 검은 놈이라도 말로야 아니 낸다는 수가 있나.

**정수** 사람을 너무 괄시를 마시오. 우리가 몹시 빈한貧寒은 하오마는 근본이 그리 상스러운 사람도 아니고 또 하다못해 덮고 자는 이부자리를.

**최태영** (영리하게) 아—니 내가 뭐 그런 것을 집세로 처마 터 갈 사람도 아니오.

**정수** 글쎄, 무엇으로든지 고까진 50전쯤이야 설마 못 되겠소.

**최태영** 그럼 어서 돈을 내요. 고까진 50전이니.

**정수** 글쎄, 조금만 있으면 돼요.

**최태영** 흥, 조금만 있으면 돼? 그러면 돈은 아무 때 되더라도 좋으니…… 이따든지 내일이든지 생기거든 갚고 또 정—히 못 생기거든 영영 고만두더라도 지금으로 이 집이나 내놓으시오. 그것도 못 하시겠소?

**정수** …….

**최태영** 왜 대답이 없으시우. 집세 놓아먹는 영업자로서는 이 집 까닭에 대관계大關係가 있으니까. 나도 당신네의 돈 없는 사정을 봐주는 것이니 당신네도 나의 사정을 좀 봐줘야지요. 안 그렇소? 이것은 내가 한 몫 늦구어 드리는 너그럽고 넉넉한 경우요. 안 그렇소.

**정수** …….

**최태영** 어서 좀 그 경우를 대답하시오. 그렇게 하면 내가 뭐 그르게 하는 것도 아니지요. 또 아무더러 물어보더라도 내가 섭섭지 않게 한 것이라 할 것이고…….

**정수** 글쎄 당신의 그 관대하고 고마운 처분은 감사하오마는 그러나 나도 또 당신의 돈을 떼어먹고 가려는 사람은 아니니까 만일에 나가더라도 당신의 그 돈 50전은 갚고야 나가겠소.

**최태영** (펄쩍 뛸 듯) 그건 또 무슨 어림없는 경우야. 왜 나는 당신네에게 자선 사업만 해주는 사람인줄 아오? 돈도 안 내고 집도 안 내놓는다. 여보 그런 뱃심이 어디 있소. 돈은 그만두더라도 집이나 어서 내어놓으라니까 그것마저…….

**이씨** (공손하게) 여보세요, 그럼 지금이라도 돈을 드리면 받기는 받으시겠어요.

**최태영** (간사하게) 암—, 그야 주시기만 하면.

**이씨** 그럼 얼마나 드려야 할까요.

**최태영** 아따 우선 한 달 치 5원만 주십시오그려. 워낙은 두 달씩 선세先貰를 받는 것이지마는…….

**이씨** 아니 시방 급한 형편으로 말씀하면.

**최태영** 아따 그럼 일 원만 주십시오그려. 아주 엿새 치로 잘라서…….

**이씨** 아니지요. 지금 서로 다투던 얘기는 50전 까닭이 아닙니까.

**최태영** 네—. 그럼 50전이라도 주시면…….

**이씨** 네—. 그럼 있습니다. (50전 은화를 방바닥에 밀어놓는다)

**최태영** (돈을 얼른 집으며) 네—. 고맙습니다. 그럼 이제 이 자리의 경우는 이만하면 끝이 났습니다. 괜—히 서로 얼굴만 붉혀서……. (일어나다가 방바닥을 만져보며) 방에 불이나 잘 들어오는지요. 이리 더운 데로 내려 앉으십시오. 그럼 갑니다. 이렇게 돈만 받으면 싹싹하게 가는 성미이니까요. (미닫이를 연다)

**이씨** 이제는 곧 나가지 않아도 괜찮습니까.

**최태영** 아무렴 별말씀을 다—. 안녕히 계십시오. (미닫이를 닫고 간다)

**정수** 원 어째 다 우리가 이 지경이 되었나…….

**최태영** (미닫이를 열고) 잠깐 실례하겠습니다. 원 정신머리가…… 수대手袋[171]를 거기 놓고 나왔어요. 좀 이리 집어주십시오. 장— 집에서 하던 버릇으로…… (수대를 받아 옆에 끼며) 또 그리고 아무튼 올해는 이 집에서 보내셨습니다. 오늘이 섣달그믐, 자정까지는 오늘이니까 조금 이따 자정까지 집에 가 기다리겠습니다. 다시 기별해주십시오.

**정수** 네—. 편히 가시오.

(최 퇴장. 이씨 아랫방으로 내려와 앉으며 길게 한숨을 쉰다)

**정수** 이런 제—기, 전에는 그믐날이면 묵은 세배꾼들이 득시글득시글 들이밀었더니 이제는 외상 사글세방에서 빚쟁이 치르기에 늙은 뼈다귀가 다— 녹아. 에—이그, 되지못한 부자 놈들 보기 싫어 보기 싫어.

**가애** 할아버지, 부자가 나쁜 사람? 바람?

**정수** 아마 그렇지. 할아버지도 필연必然 나쁜 사람이던 게지.

**가애** 그럼 순사가 잡아가게 나쁜 사람은.

**정수** 응, 그러나 아니지. 할아버지는 순사가 잡아가는 것이 아니라 아마 얼마 안 있으면 염라국 사자가 와서 잡아가거나 그 몹쓸 거짓말 바람이 솨— 하고 와서 무섭게 잡아가거나 할 터이지.

**가애** 할아버지 아까 그 옛날얘기 마저 해.

**이씨** (무엇을 귀 여겨 들으며) 가만있거라. 발자취 소리가 나는구나. 누가 또 아마 오나 보다. 이제는 밖에서 무슨 소리가 자칫만 해도 가슴이 덜렁해서.

(김인식 등장)

**이씨** 어디 가 있다 이제 오우? 밤중까지.

**인식** 밤중은 무슨 밤중. 아직 일곱 시 치고 네 시간밖에 안 됐는데.

**이씨** 여태껏 그렇게만 됐을까? 나는 그래도 열 점은 지났을 줄 알았지. 그 지겹게 조련질당하던 동안에 한 시가 십 년만 같아서……. 조금만 좀 더 일찍 오지요.

**인식** 왜.

**이씨** 왜가 다— 무엇이오. 그 집주인인가 하는 것이 와서 어찌 야료惹鬧[172]를 하고 갔는지.

**인식** 옳지 참. 오늘 그 사람을 만났는데 집주인을 일곱 번이나 그동안 찾아갔다가도 못 만났다나. 주인이 없어서 원 일도 공교롭게만 되니까…… 아마 그동안에 왔던 게로군. 그래 어떻게 됐어.

**이씨** 그동안 봉변만 당한 얘기는 이루 다— 말할 수도 없고…… 간신히 그동안 사흘 치로 50전을 변통해주었으니까 아마 오늘 밤 자정까지는 이대로 사는 셈이지. 그래 저의 집에 가서 자정까지만 더 기다릴 테니 다시 기별을 해달라고 참 기가 막혀…… (애교 있게 호소하는 듯이) 나하고 다 쌈을 했다우.

**인식** (빙긋 웃으며) 흥 여편네가 쌈은—. (일어서며) 그럼 내가 지금 곧 그 사람을 다시 좀 가봐야겠군. 그 사람도 이때까지 나 돈 1원 얻어주느라고 같이 돌아다니다가 지금 막— 저녁 먹으러 집으로 갔는데.

**이씨** 저녁은 안 잡수?

**인식** 아따, 저녁은……. (일어선다) 시간이 너무 늦어서는 안 되니까 그 사람하고 얼른 집주인한테 다녀와서 먹지. 그럼 그동안에 (손에 쥐었던 돈을 보이며) 이 돈 1원 가지고 나가서 흰떡 50전어치만 하고 고기 50전어치만 사다 놓우. 그래도 그렇지 않어. 노인 계신데. (돈을 이씨에게 준다)

**정수** 애—, 나 그 떡국 싫다.

**인식** 그래도 섭섭하니까 그렇지요.

**이씨** 그런데 낼 아침 땔나무도 한 알갱이 없이 똑 떨어졌으니 어떡하면 좋소. 그럼 고기는 30전어치만 사고 나무를 20전어칠 살까.

**인식** 아따, 그것은 좋도록 하구려.

**창밖에 멀리서,** 여보—, 김인식 씨, 김인식 씨.

**이씨** 저를 어쩌우. 벌써 자정이 되었나.

**창밖에 멀리서,** 김인식 씨—.

**이씨** 저게 아까 그 집주인의 목소리야.

**창밖에서 멀리,** 김인식 씨 계시오.

**인식** (크게) 네—. 나가오. (이씨를 보고) 응 저게 집주인이면 우선 봉변은 톡톡히 당했는데…….

**이씨** 아이 또 그 지긋지긋한 소릴……. 차라리 까마귀 소릴 듣는 것이 낫지……. 아무거나 우선 이거라도 줘 보냅시다. 응.

**인식** 떡 사 올 것은 어떻게 하고.

**정수** 애—, 나 그 떡국 싫다. 떡국이 아니라 욕국이지. 원수의 나이만 더럭더럭 먹는 것.

**인식** 그럼 이렇게 하지. 아까 50전은 줬다니까 지금 나가 아주 1원 머리로 50전만 더 주고 50전은 거슬러서 흰떡 30전어치, 고기 10전어치, 나무 10

전어치 그렇게만 삽시다.

**이씨** 아무려나 좋도록 합시다그려.

**인식** (나가면서 크게) 50전 거스를 돈 있소.

**창밖에서 멀리,** 있소.

(인식 퇴장)

**정수** 하루 두 끼 밥도 얻어먹기가 어려운 사람이 꼴에 또 이면裏面치레[173]를 한다.

**이씨** 그러믄요. 아무튼 이런 곳에 살면은 내가 굶으면서도 저절로 배부른 척해야 됩니다그려.

(인식 등장)

**인식** (입맛을 다시며) 응. 그거 참, 1원 한 장을 온통으로 그만 올려버렸지.

**이씨** (놀라며) 뭐요.

**인식** (고소苦笑를 하며) 참 그나마 부지扶持를 못 할라니까 별일이 다— 많아…… 아이고 집주인 놈인 줄만 알고 나갔더니 가게쟁이야 저 위 그 전에 살던 데의.

**이씨** 저런.

**인식** 그래 외상값이 꼭 4원 50전인데 아마 5원짜릴 가지고 거스를 돈을 물은 줄 알았다나. 그러니 돈 뵈고 아니 줄 수 있어야지. 원 그거 참 집주인 놈에게 실컷 분풀이나 하고 50전쯤 내던져줄려고 나간 노릇이 그만……. 음.

**이씨** 저런……. 그가 주인 같으면 아직 안 갚아도 괜찮은걸……. 접때 이사 오던 날 내가 사정 말을 했더니 아무튼 그럼 세歲안으로[174] 집이나 알려 한번 가마고 그랬던 걸 그랬지.

**인식** 그래 "그것을 주어서 매우 고맙다"고 그러며 얼른 가던걸.

**정수** 흥. 사람이 서로 그 돈이라는 쇠끝을 개도 안 먹는 그 돈을 주고받고 하는데 우스운 일 슬픈 일이 쏟아져 나온다. 참 괴이한 세상이야. 아무튼 내가 그 지겨운 욕국을 안 먹게 된 것은 참 다행한 일이로군. 그러나 어떻게 이런 어려운 사람은 암만 무슨 분한 일에 알아도 돈을 가지고 어떻게 그 분풀이를 좀 해보려고 한대야 그건들 그리 만만하게 마음대로 썩 잘되는 것도 아닌 게야.

**인식** 그러기에 가난한 사람은 가난한 사람의 딴 힘을 깨달아야 되겠습니다. 부자가 든든한 복이 있는 건너편에는 가난한 사람의 앙세인 힘도 있으니까. 한 놈은 덤비고 한 놈은 뻗설 때에 뚱뚱한 놈이 질는지 말라꽁이가 질는지 아무튼 부자가 가장 싫어하고 무서워하는 이도 가난뱅이들이니까요.

**정수** 아무튼 가난한 사람은 가난한 사람끼리만 모여 사는 것이 좋—지. (눈물을 짓는다)

**가애** 할아버지 울우.

**정수** 아—니.

**가애** 그럼 왜 저렇게 눈물이 나우.

**정수** (눈물을 씻으며 떨리는 목소리로 구슬프게) 응 이런 것은 이 할아비는 늙은이가 되어서 날만 조금 추워도 그저 눈물이 나지. 아니 그 거짓말 바람이 솨— 하고 불 때마다 이 늙은이의 눈물마저 빼앗아 가려고…….

**가애** 할아버지 참 그 옛날얘기 마저 해.

**정수** (한숨을 쉬고 가애의 머리를 쓰다듬으며) 응, 하지. 하고 말고. 이제 다— 해주지. 우리 아가를 신통한 아가를……. (우는 듯이 목이 멘다)

(잠깐 고요하다)

**이씨** 참 대문이나 잘 걸지요.

**인식** (고개를 끄덕이며 힘없이) 응, 걸기는 단단히 걸어놓았어…….

**가애** 그런데 그 얘기를 무엇이라고 하다가 말았지.

**정수** 옳지 참. 그런 말까지 했지……. 그래서 아가, 그 모진 바람이 또 한 번 쇄— 하고 불 때에 그만 그 임금님마저 귀여운 임금님마저 잃어버렸단다.

**가애** 저런 그럼 그 고운 때때댕기는?

**정수** 그것도 마저 하는 수 없이…… 그만—. (목이 멘다)

**가애** 참, 엄마 이제 나가 때때댕기 사 와.

**정수** 아니 아니 그것도 마저 우리 아가 때때댕기도 그만 그 몹쓸 바람이 지겹게 지겹게 잡어먹어버렸단다. (운다)

**가애** (몸부림을 하며) 안 돼. 난 몰라 난 몰라. 어서 가 찾아와…….

**인식** (큰소리로) 가만있어. (이씨를 보고) 그럼 어떡하나 밤도 늦었는데…….

**이씨** (무슨 말인지 몰라 어리둥절하다가 힘없이) 글쎄요…….

**인식** (정수에게 절하고 나서) 아버님 새해는…….

**정수** 글쎄 새해에는 어서 죽을 꿈이나 꾸었으면.

**이씨** 가애야. 너도 이제 이런 것 해버릇해야지. 어서 일어나 절해라. 묵은세배로 할아버님께.

**정수** (손을 저으며) 아니 아서라. 그따위의 짓은 지각없는 어른들이나 하는 것이지. 우리 착한 아가야. 그까짓 쓸데없는 짓을 뭣 하러…….

(밖에서 멀리 최태영의 "이리 오너라" 하는 소리)

**이씨** (놀라며) 저게 정말 집주인이야. 벌써 자정이 됐는 게지?

**인식** (가만한 목소리로 또 급히) 가, 가, 가만히 있어…….

(인식과 이씨는 허둥지둥 부산히 서로 눈짓 손짓으로 반짇그릇 화로 기타 방에 늘어놓인 기구를 되는대로 윗방으로 옮기어놓는다. 무슨 폭풍우를 상징하는 듯한 광경, 정수와 가애는 물끄러미 그것을 볼 뿐, 인식은 방안을 휘휘 둘러보고 등잔불을 입으로 끈다. 무대 암흑 밖에서는 어지러운 바람 소리에 섞여 거칠게 부르는 집주인의 목소리는 매우 분노에 떤 듯 발 구르는 소리 문 두드리는 소리가 한참이나 나다가 그친다)

**정수** (어둡고 고요한 속에서) 이것이 우리 집의 섣달그믐이다…….

(방 안에서는 여러 사람의 웃음소리가 한꺼번에 우렁차게 또 무섭게 일어난다)

(『불교佛教』 56호, 1929년 2월)

# 출가出家[175]

## 인물

실달태자悉達太子: 가비라성迦毘羅城의 왕자.

정반왕淨飯王: 부왕.

파사파제부인波闍波提夫人: 태자의 이모이며 유모.

야수다라비耶輸陀羅妃: 태자비.

차익車匿: 마부.

기사고—다미: 노래 잘하는 소녀.

행자行者.

병노인病老人.

병걸인病乞人, 걸남녀乞男女, 고행자苦行者, 궁녀宮女, 전도前導, 시종, 시위갑사侍衛甲士, 갑사甲士, 가희歌姬, 무희舞姬, 나팔수喇叭手, 요발수鐃鈸手, 소고小鼓잡이, 어릿광대, 여악사, 기타 궁속宮屬 등 다수.

## 장소

인도 가비라.

## 시대

상고上古(거금[176] 2945년 전 혹 2483년 전).

〈서분序分〉

**1**

**장場**: 가비라성 북문 외.

**시時**: 늦은 봄 정오.

**경景**: 시원스럽게 열어놓은 성문 안으로 왕궁과 민가, 다보탑, 기타 건축물이 즐비하게 들여다보인다. 성문 밖 우편에는 화말花末과 노방석路傍石이 있고 좌편에는 야자와 종려수가 서 있다. 성문 서측에는 갑옷으로 무장갑사武裝甲士[177]가 사납고 철우鐵偶[178]와 같이 양인兩人[179]이 대립하여 수위守衛하고 걸인 남녀와 소아 등 7, 8인은 성벽과 노방석路傍石을 등지고 앉아서 죽은 듯 조는 듯 모두가 무상無常한 생의 권태를 저절로 느껴 보이는 정경이다. 음울하고도 고요하고 소조蕭條[180]한 배광配光[181]과 음악.

(행자行者 1인이 몸에는 취빛의 큰 옷을 입고 손에는 바리때[182]를 들고 우편에서 유유히 등장하여 졸고 있는 걸인들을 유심히 한 번 둘러보더니 무엇을 느낀 듯, 무엇을 애상하는 듯 그윽이 섰다가 다시 고요히 점두點頭[183]하면서 종려나무 그늘로 종용從容히 들어선다)

**걸인 갑** (걸인 을을 툭 치며) 이 사람 왜 이리 졸고만 앉았나. 또 부지런히 돌아다니며 동냥이라도 해야지 모진 목숨이 그래도 얻어먹고 살지 않나.

**걸인 을** (졸음을 게을리 깨는 듯) 흥. 그 사람 걱정도 성화야. 그래 우리 같은 거러지들이야 무슨 생애가 그리 바빠서 경을 치게 글쎄 그놈의 부지런을 피워……. 때마침 봄철이라 사지四肢는 노작지근하고…… (기지개를 켜며 하품) 어, 참. 몹시도 곤한걸. (다시 졸기 시작)

**걸인 병**　그야 암, 그렇지. 그렇구말고. 하루 한때 제대로 끼니나 어떻게 얻어먹으면 우리네 살림살이가 차라리 낫지. 안 할 말로 이 나라 상감님은 아무 걱정도 없으신 줄 아나. 아무튼 이 세상이란 천석꾼이 부자는 천석千石만 한 걱정도 있고 만석꾼이 장자[184]라도 만석만 한 근심이 있겠지마는 우리 같은 인생이야 그야말로 만사가 천하태평이지 뭘.

**걸인 갑**　(보따리를 들고 벌떡 일어서며) 망할 날도적盜賊 녀석들. 뱃심이 땅두께야. 그래 남의 집 개밥 구유에다 밥줄을 걸어놓고 덤비는 자식들이 겨우 만사가 무슨 천하태평이야?

**맹노인**盲老人　아무튼 먹지 않으면 죽는 인생! 그야말로 목구녕이 원수다. 굶고야 살 수 있나. 그나마도 내 천량[185] 없으니 남의 손에 맡겨놓은 목숨! 집집마다 문전에 개만 짖고 구박에 천대로 죽도 살도 못하는 괴로운 팔자…… 오늘 저녁도 다행히 일수日數[186]나 좋아야 손쉽게 어느 거룩한 댁 대문간에서 얻은 누룽지에 접시굽이라도 하게 될는지! 오라는 데는 없어도 갈 데는 많은 이 신세…….

**여걸인 갑**　하기는 이런 때 마침 가락으로 어느 거룩하고 선심 있는 부자나 한 분 지나갔으면, 아픈 다리품이나 좀 덜 팔게.

**걸인 병**　흥. 그런 입에 맞는 떡이 때맞춰 있으면야 그야말로 허리띠 끌러놓고 누워 먹을 팔자이게.

**여걸인 을**　(무심히 왼쪽을 바라보다가) 응 정말 저기 누가 오는데요. 정말 훌륭한 옷을 입고…….

**걸인 병**　참! 얘 이게 어쩐 호박이냐. 정말 됐다 됐어. 저이가 이 가비라성에서는 제일가는 장자長者래.

**걸인 갑**　흥. 이 자식아. 괜히 서둘지 마라. 되긴 무슨 얼어 죽는 게 돼? 저게 누군 줄 알고 그래. 노랑이야. 돼지 꿀돼지. 더구나 행자行者 옷을 차려입고 사냥 다니는 바라문婆羅門[187]이야.

**맹노인**　왜 행자 옷을 입고 사냥을 다닐까.

**걸인 갑** 아따 수도행자들은 자비스러운 계행戒行[188]을 지키느라고 도무지 살생을 하지 않으니까 모든 짐승들이 행자를 보고는 달아나지 않거든요.

**맹노인** 오라 그러렷다. 달아나지 않는 그놈을 모두 때려잡자는 말이지. 딴은 꾀가 됐어.

**걸인 갑** 그래 모두 그따위 수단으로 남의 재물을 함부로 빼앗다시피 해서 긁어모은 구두쇠야 구두쇠.

**걸인 을** 그러나 제가 한번 이리만 오면야 그야말로 기어든 업이요 입에 든 떡인데. 왜 애써 놓쳐 보낼 까닭이 있나. 아무튼 모두 들이덤벼서 한바탕 졸혀보세나그려.

**일동** 그렇지. 좋다 좋아.

**걸인 갑** 쉬—. 온다. 와.

(일동은 모두 기갈飢渴이 더욱 적심籍甚[189]할 형용形容을 꾸미고 있다. 한 장자長者가 종복從僕 2인을 데리고 왼편에서 등장. 그 뒤에 남녀 병신 거지 6, 7인이 쫓아오며 조르고 떼를 쓴다)

**병걸인 갑** 그저 한 푼만 적선하십쇼.

**장자**長者 허 이거 너무도 성가시럽군. (사내종을 돌아보며) 여봐라. 이놈들을 모두 휘몰아 쫓아버려라.

**병걸인 을** 뭐 휘몰아 쫓아버려라? 이건 사람을 사뭇…….

**병걸인 병** 아니 그래 당신 눈에는 사람이 모두 개나 돼지 새끼로만 보이오. 함부로 휘몰아 쫓게.

**사내종 갑, 을** 이놈들아 저리 가. 저리 비켜.

**병걸인 갑** (장자의 앞을 막아서며) 우리는 좀 못 가겠소. 하루에 죽 한 모금도 채 못 얻어먹은 병신 거지들이어요.

**병걸인 여** 그저 할 수 없는 병신 불쌍한 거지들이올시다. 제발 덕분德分[190]

한 푼만 적선하십쇼.

**일동** 그저 한 푼만 적선하십쇼.

**장자** 한 푼만 적선? 단 한 푼! 아따 그래라. 어 참 지독한 아귀餓鬼[191]들…… 어찌도 지긋지긋이 쫓아다니며 조르는지. (돈 한 푼을 꺼내 던지며) 옜다. 이만하면 적선이겠지.

**병걸인 갑** (땅에 떨어진 돈을 얼른 주워 갖고 다시 손을 내밀며) 모두 이것뿐입니까.

**장자** 그럼 한 푼 주었는데 또 무슨 적선…… 이제 그저 저리들 물러가거라.

**병걸인 갑** 아니올시다. 여러 주린 목숨들이 그래도 거룩하신 덕분德分에 죽 한 모금씩이라도 얻어 넘기게 돼야 쓰지 않겠습니까. 이걸 가지고야 어떻게 무엇으로 입에 한 번 풀칠인들 할 수 있겠습니까. 이 단 한 푼을 가지고는…… 그저 제발 덕분 모두 한 푼씩만 돌려 적선하십쇼.

**일동** 그저 한 푼만 적선하십쇼.

**장자** 허, 이거 오늘 실없이 나섰다 정말 봉변이로군.

**병걸인 갑** 그저 한 푼씩만 던져주시면 적선이십죠. 봉변이란 말씀이 무슨 말씀이십니까.

**장자** 이놈들아. 그래 원 적선이란 것도 분수가 있지.

**병걸인 갑** 장자님께서 그까짓 몇 푼 적선하시는데 무슨 분수가 있사오리까. 그저 거룩하신 선심으로 몇 푼만 더 아끼지 마시면 되실 것을…….

**장자** 안 돼 안 돼. 난 몰라. 이놈들 사뭇 도적놈들이지……. 그래 원 참. (사내종을 보며) 얘들아 어서 가자 가. 이놈들을 가리다가는 큰일 나겠다.

**일동** 그저 몇 푼만 적선하십쇼.

(장자가 앞을 서고 사내종들은 쫓아오는 병걸인病乞人들을 막으며 가까스로 무대 중앙까지 이르렀을 때에 아까부터 기대고 앉았던 걸인들이 모두 일어나 장자의 앞길을 막아 죽죽 늘어선다)

**걸인 갑** 부자님, 장자님. 쌀이나 돈이나, 돈이나 쌀이나 그저 무엇이든 되는 대로 던져주십쇼. 어제 오늘 밥 한 술, 죽 한 모금 못 얻어먹고 모두 거리에 쓰러져 있는 불쌍한 거지들이올시다.

**장자** 뭐 밥도 죽도 먹지 않았어? 그럼 어서들 떡을 먹어라. 무릇한[192] 떡을.

**여걸인 갑** 그저 거룩하신 덕분德分으로 주려 죽는 목숨들을 정말 좀 살려 줍소사.

**걸인 을** 그저 적선하십쇼.

**일동** 한 푼만 적선하십쇼.

**장자** 흥. 뭐 여기서도 또 한 푼! 아니 그래 앞에도 거지떼 뒤에도 거지패. 이거 원 참 점잖은 사람은 못 나다닐 세상이로군. 골목길로 숨어 다니나 큰길로 나서 다니나 수많은 깍쟁이떼가 궁둥이를 주울주울 쫓아다니며 "그저 돈 한 푼만 적선하십쇼" 하며 까닭 없이 적선만 하다가 성가시렵게 졸라만 대니…… 이거 원 이놈들 등쌀에 빚 걷이 한 푼 할 수가 있나. 밥 한 술 편히 앉아 먹을 틈이 있나. 이러다가는 그예 생사람이 그만 사뭇 말라 죽겠는걸. (종복들을 돌아보며) 얘들아, 바짝 다가서, 빨리 가자.

(종복 갑은 장자 뒤의 거지들을 팔로 막아 물리치고 사내종 을은 장자 앞에 서서 길을 헤쳐 튼다)

**사내종 갑, 을** 이놈들아. 물러서. 물러서래도…… 비켜 물렀거라.

**일동** (기세를 합하여 부르짖으며 지껄인다) 부자님, 장자님. 적선합쇼. 배고픈 거지 적선 좀 합쇼.

**장자** (어찌할 수가 없는 듯) 얘들아, 너희들은 참으로 딱하고도 미욱한 놈들이로다. 내가 아까 그렇게 한 푼을 적선까지 하였는데 종시終是 찰거머리 모양으로 떨어지지 않고 이렇게 다니고 조르기만 하니…… 아무튼 지금은 도무지 적선할 돈이 없고…… 또 갈 길이 몹시 바쁘니 제발 덕분에 물러서 좀 다오. 정말 진정으로 너희들에게 사정이다 애걸이다.

**일동** 흥. 사정! 애걸! 정말 한 푼만 적선하고 어서 가십쇼.

**장자** 원 이거 어떡하노.

**맹노인** (한 손으로는 어린 소녀의 손을 이끌고 한 손으로는 지팡이를 잡아 더듬어 짚고 장자 앞으로 나아가 장자의 옷소매를 잡고) 지금 장자님께옵서 "사정이다 애걸이다" 하시며 자꾸 사정의 말씀만 하시니……. 그러나 정말 그 진정으로 사정하올 말씀은 이 늙고 앞 못 보는 거지놈에게서 들어 좀 보옵소서. 보시다시피 이놈은 앞 못 보는 늙은 병신, 슬하에 다만 한낱 자식이 있다가 연전年前[193] 구살라拘薩羅[194] 전쟁에 나가 화살에 맞아 죽어 없어지고 이제는 의지가지없는 몸. 어느 곳 부칠 데 없어 떠돌아다니는 할아버지와 손주! 외롭고 굶주리며 죽지 못해 헤매는 불쌍한 두 목숨! 제발 덕분德分 몇 푼만 적선하십쇼.

(장자는 얼굴을 찌푸리고 아무 말 없이 팔을 들어 휘뿌리니 노인과 소아小兒는 땅에 엎드려 소아는 노인을 껴안고 운다. 일동은 격분하여 뒤떠든다[195])

**일동** 저런 나쁜 놈…… 무지한 놈…… 사람을 막 때린다…… 병신 노인을 막 친다…… 그 자식 짓몰아라[196]…… 때려죽이자……. (장자에게로 들이 덤빈다)

**전도 갑, 을** (일동의 야료惹鬧함을 보고 급히 덤벼 떼어 헤치며) 왜 이래…… 이게 무슨 짓들이야.

**여걸인 갑** 저 무지한 이가 앞 못 보는 노인을 막 쳐요.

**걸인 갑** 동냥은 안 주고 쪽박만 깨트린다고…… 나 원 참 별꼴 다 보겠네.

**일동** 그래, 부자놈은 인정도 없나.

**전도 갑** (일동을 제지하며) 쉬—. 떠들지 말어. (장자의 위아래를 훑어보며) 보아하니 점잖은 체통에 이게 원 무슨 꼴이오. 어서 있는 대로 몇 푼씩 보시布施하고 가시오.

**장자** (얼굴을 찌푸리고 입맛을 다시며) 흥. 세상 시속時俗 인심이 그만 나날이 달라져서…… 도적놈들…… 원 언뜻하면 이런 봉변이야. (돈을 한 움큼 꺼내어 흩뿌린다)

**일동** 으아—. (소리를 치며 줍는다)

(장자 종복을 데리고 쫓기듯이 우편으로 바삐 퇴장)

**걸인 갑** 모두들 몇 푼씩이나 주웠나?

**병걸인 갑** (손바닥의 돈을 세며) 잘해야 한 사람 앞에 너더댓 닢 꼴이니…….

**걸인 병** (장자가 달아나던 곳을 바라보며) 그놈의 자식이 돈 유세만 하고 함부로 버르장머리를 피우고 다니는 모양인데…… 기왕이면 흠빽 더 짜줄 걸 그랬지.

**일동** 하하하. 그것도 그래…… 그것 좋지…… 그럴 걸 그랬지…… 그럼 시방이라도 쫓아가서…… 아주 요절을 내세…….

**전도 갑** 쉬—. 떠들지 말고 이제 그만 저리 딴 데로들 가거라. 오늘은 우리 동궁마마께옵서 4대문 밖으로 유산행차遊散行次를 나옵시는 날이니 너희들은 이제 그만 조용조용히 물러가거라. 상감마마께옵서 특별 분부도 계옵셨고 또 이렇게 모처럼 나옵시는 행차역략行次歷略에 혹시나 이런 거지 병신들이 길을 범하면 못쓸 테니까…… 어서어서. (걸인들의 행구行具[197]를 모두 집어준다)

**걸인 갑** (놀라면서도 또 기쁜 듯이) 네—? 동궁마마께옵서요! 그러면 저희들도 거동 구경이나 좀 합지요. 저리 한옆에 가만히 숨어 서서…….

**전도 을** (일동을 향하여 고개를 험하게 내저으며) 안 돼 안 돼. (걸인을 발로 툭툭 차며) 어서어서 빨리빨리.

**걸인 병** (일동을 돌아보며) 이 사람들 가세 가. (전도前導 갑과 을을 노려보며) 가라면 가지요. 그래 우리같이 천한 놈들은 거동 구경도 못 하라는 법이 어디 있나요. (그러면서도 두려운 듯이 뒤를 슬금슬금 돌아보며 우편으로 퇴장)

**전도 갑** 옳지, 어서들 가거라.

(걸인 일동 우편으로 퇴장)

**전도 갑** (걸인들이 퇴장하는 것을 보고 사방을 다시 휘둘러 살피며) 이제는 더러운 것들을 거의 다 치워놓은 셈이지.

**전도 을** 그럼 이제 아마 행차가 이리로 납실 때도 거의 되었으니 그만 저리로 또 가보세.

(전도 갑과 을은 우편으로 퇴장. 행자가 조용히 종려수 그늘에서 나온다)

**행자** (탄식이 섞인 웃음) 허허허. 이것이 이른바 수라도修羅道[198]며 축생도畜生道[199]며 아귀餓鬼며 지옥의 현출現出이로다. 생업에 쪼들리며 아무 여념이 없는 인간도人間道! 탐욕과 진에瞋恚와 우치愚癡! 삼독三毒[200]의 그 뿌리가 이미 짙었거니 백팔의 그 번뇌를 어찌나 다— 사를꼬. (우편으로 천천히 퇴장하면서) 삼계열뇌 유여화택 기인엄류 감수장고 욕면윤회 막약구불三界熱惱 猶如火宅 其忍淹留 甘受長苦 欲免輪廻 莫若求佛.[201] (구求 읊조리는 소리가 차차로 벌어진다)

— 조명이 점점 어두워지며 천천히 막幕 —

## 2

막간 1분 후 막이 열린다. 그동안 객석 조명은 어두운 채 고요한 음악에 싸여 범패梵唄[202] 소리가 멀리서 은은히 들릴 뿐. 배광配光이 점차 밝아지는데 신비스럽고도 황홀한 정경, 무대는 잠깐 공허.

(걸인 갑 우편右便에서 가만히 등장)

**걸인 갑** (중얼거리며 좌편左便으로 가서 두리번두리번 기웃거리다가 도로 중앙에 가 서며) 그래 거지는 거둥 구경도 못 하라는 법이 어디 있담. 흥. 저희들이 암만 그렇게 못 보게 해도 난 그예 좀 보고야 말걸. (우편을 향하여 어서 오라는 듯이 손짓)

(걸인 을과 병 조심스레 우편에서 등장)

**걸인 을** 그런데 태자님께서 어떻게 잘나셨기에 그렇게 거룩하시고 놀라우실까.

**걸인 병** 하기는 소문에도 열여덟 해 전엔가 사월 팔일에 태자께서 탄생하셨을 적에 관상相 잘 보기로 유명한 아사타阿私陀 선인[203]이 태자님의 관상을 보고 무슨 윤성왕輪聖王[204]이라던가 하는 어른의 상호相好를 갖추었으니 석가왕실과 우리 가비라 나라를 위하여 크게 경사로운 일이라고 무수히 치하致賀를 하더라는데.

**걸인 갑** 그래 아사타 선인이 너무 기뻐서 눈물을 다 흘리더라고 하지 않던가.

**걸인 병** 글쎄, 그러니 우리들은 비록 팔자가 기박奇薄하여 이렇게 거지꼴로 이 세상에 태어났으나마 그래도 그렇게 훌륭하시다는 태자님의 얼굴을 눈결이라도 한번 뵙기나 해야 그래 그야말로 세상에 났더란 보람도 있고…… 또 죽어서 저승에 가서라도 한마디 자랑삼아 얘기해볼 것이나 있지. 아무튼 시방 요행僥倖으로 뵈올 수 있으면 좋고 또 정— 그렇지도 못하다면 이 자리에서 금방 맞아 죽기밖에 더 할라고.

**걸인 갑** (주먹을 쥐고) 암만해봐라. 내 그예 좀 보고야 말걸.

**걸인 을** (걸인 갑과 동시에 주먹을 쥐고) 아무렴, 그렇고말고. 그렇다 뿐인가.

(우편에서 사람들이 오는 자취)

**걸인 병** (우편을 쳐다보다가) 에크. 그 자식들이 또 오네. 제기자[205]. 제겨. 괜히 거둥 구경은 하지도 못하고 생목숨만 구치면 무얼 하나. 어서 제기세. 제겨. (허둥지둥 좌편으로 퇴장)

(걸인 갑과 을은 어리둥절해서 걸인 병을 따라 퇴장. 전도 갑과 을, 우편에서 등장하여 사방을 둘러보고 아무 이상도 없다는 듯이 안심하는 표정으로 성문 안으로 퇴장. 병노인이 좌편에서 등장. 그의 용태容態는 너무도 늙음에 압박이 되어 극도로 쇠약하였다. 팔다리는 병고에 시달려 참새 다리같이 시꺼멓게 몹시도 파리해 말랐는데 허리는 굽어 땅에 닿을 듯 지팡이에 의지하여 걸음 배우는 아이처럼 한 걸음 또 한 걸음 발자국을 어렵게 떼어놓되 죽을힘을 다 쓰는 듯 걸음마다 헐떡거리고 한숨을 쉬다가 힘없이 쓰러진다. 머리털은 모자라서 재몽당비[206] 같고 얼굴은 주름살이 잡혀 우굴쭈굴하고 가는 모가지 힘없이 뼈만 남은 가슴에 숙여져 있다. 전도 갑과 을이 성문 안에서 황급히 등장)

**전도 갑** 이건 뭐야.

**전도 을** 어디를 가?

**노인** (멍하니 좌편을 바라보며 그리로 가려는 듯)

**전도 갑** (노인을 잡아 일으키며) 어디로 가요.

**전도 을** 어서 가요. 어서 가. 여기가 어딘 줄 알고…… 시방 존엄하옵신 행차가 이리로 납시니 어서 빨리 저리로 가요.

**노인** (간신히 일어나 한 걸음 걷다가 힘없이 쓰러진다)

**전도 갑, 을** (몹시 조급한 듯) 이거 원 큰일 났군.

**전도 갑** 행계行啓[207]하옵시는 통로에 수상한 잡인은 얼씬대지도 못하도록 엄중히 신칙申勅하랍시는 대전大殿랍 분부가 계셨는데…….

(태자가 종자從者들에게 시위侍衛되어 성 중앙 정문으로 등장)

**시종 갑, 을** (엄숙한 경필警蹕[208] 소리) 쉬—.

(전도 갑과 을은 움찔하여 몸으로 노인을 가리려 애쓰며 국궁鞠躬[209]한다)

**태자** (노인을 주시한다. 너무도 유심하게)

(전도 갑과 을은 몹시 전율한다)

**노인** (지팡이를 짚고 간신히 일어나 국궁하는 듯 무엇을 애원하는 듯 손을 들어 합장한 채로 우편을 가리키며 입은 움직여도 말은 들리지 않고 고갯짓만 억지로 하고 있다)

**태자** 이것이 어찌 된 일인고. 무슨 뜻인지 빨리 이르렷다.

**시종 중** 빨리 아뢰어라.

(노인은 여전히 그 모양뿐 전도 갑과 을은 황공惶恐 초조하다 못하여 복지돈수伏地頓首[210] 한다)

**전도 갑** 네. 그저 황공하옵나이다. 저희들이 그만 그저 죽을 때라 잘못되었소이다. 저희들이 미욱하고 불회不會[211]하와 이렇게 늙고 더러운 것으로 행계行啓하옵시는 통로에 범예犯穢[212]케 되었사오니 그저 저희들을 죽여주옵소서. (무수돈수無數頓首[213])

**시종 갑** 고얀지고. 옥가玉駕[214]가 지척에 계옵신데 누추한 저것이 무슨 꼴인고.

**시종 을** (무서운 눈초리로 전도前導를 노려보며) 저 더러운 것을 빨리 물리치렷다.

**태자** 아니 아서라. 그런데 저 사람은 어째서 저렇게……. (매우 의아한 듯)

**전도 갑, 을** (노인을 끌어내며) 이놈의 늙은이, 어서어서 가…….

**태자** (손을 들어 만류하며) 아니 아서라. 그대로 두라. (노인의 앞으로 걸음을 옮기며 측은한 듯이 한참이나 유심히 보다가) 너는 어찌하여 이와 같이 되었는고.

**노인** (가슴을 진정하는 듯 침묵, 잠깐 고요히 신음하는 소리로) 네. 그저 이 늙은 놈도 옛날 젊었을 때에는……. (가엾은 한숨)

**태자** (넌지시 점두點頭) 너도 나와 같이 젊었을 때가 있었던가.

**노인** 네—. 아뢰옵기 황송하오나 이놈도 옛날에는 든든하고도 향기로운 청춘이…… 꽃답게 산다는 기쁨이…… 있었더랍니다. (괴로운 한숨)

**태자** 그런데.

**노인** 그렇더니만 이제는 그만 그 모든 것이 꿈과 같이 다 사라지고……. (헐떡거리며 다리가 떨려 넘어지려 한다)

**태자** (동정에 넘치는 듯 노인의 팔을 얼른 잡아준다)

(전도 갑과 을이 황급히 노인을 부축해준다. 시종 일동도 모두 황급한 동작)

**노인** (근근이 다시 정신을 차려서) 그러나 그러나 지금은 그만 늙고 병들어서…… 죽……죽어가는 인생이올시다. (잠깐 신음하다가) 응……응…… 그런데 당신께옵서는 어느 댁 존귀하신 서방님이시온지……요.

**시종 갑** 황공하옵게도 여기 계옵신 이 어른은 우리 가비라국의 동궁마마이신 줄로 알라.

**노인** 네—? (너무도 감격해하는 음성으로) 오— 우리 태자님…… 태자님……. (운다)

**태자** 어— 너무도 가련참혹可憐慘酷[215]한 정상情相[216]이로다. 여보라. 그러면 나의 힘으로써도 너의 저렇게 늙고 병들고 죽어가는 그것을 구해낼 수가 없을까? 혼돈이 조화된 아름다운 생활을 다시 할 수가 없을까? (구슬 목도리를 끌러주며) 이것을 받으라.

**노인** 태자님…… (손을 흔들어 주는 것을 도로 사양하며) 아니올시다. 황공하오나 늙고 병들어 죽어가는 이 백골에게 그렇게 좋은 보물인들 무슨 소용이 있사오리까. 그저…… 감격하옵신 은택恩澤으로…… 한마디 말씀을…… 죽어가는 이 늙은 놈의 마지막 사뢰는 한마디 말씀이나 들어주옵소서. (합장하고 애원하는 듯)

**태자** 무슨 말인지 자세히 들을 터이니 아무쪼록 다 이르라.

**노인** (정신을 가다듬는 듯) 다른 말씀이 아니오라…… 사람이란 것은 제 비록 아무러한 생활을 할지라도 결국에는 늙음이 찾아오고야 마는 것이올시다.

**태자** 그러면 나도 그대처럼 저렇게 늙을 것인가.

**노인** (점점 숨찬 호흡) 아무렴…… 누구든지 이 세상으로…… 육체의 몸을 받아 난 이는 존비와 귀천이 없이 모두 늙음의 고통을 면할 수 없삽나이다. 건전한 자에게나…… 병들은 자에게나…… 다 같이 한 시각이 지나갈 때마다 늙음의 나라로 한 걸음씩 한 걸음씩 차차 올가미 지워가는 것이올시다. 그것이 이른바 사람의 말로末路올시다…… 주야晝夜를 가리지 않고 누워 잘 때나 깨었을 때나 행복할 때나 또 불행할 때나 시시각각으로 간단間斷없이[217] 늙음의 짐은 더욱더욱 무거워만 가는 것이올시다. (괴로운 호흡)

**태자** 늙으면 저렇게 괴로운가.

**노인** (점두點頭) 네— 그저…… 병들기 전에 또 죽음에 붙들려 가는 목숨을 빼앗기기 전에는 제아무리 어떤 사람일지라도 늙음의 괴로운 비애를 맛보지 않을 수 없삽나이다. 만일 이 세상에서 오래 산다면 오래 살수록 그 사람은 오래 산 그 벌로 말미암아서 허리가 땅으로 차차 가까이 구부러져 필경畢竟에 땅 위에 꾸물거리는 버러지와 같이 되고 마는 것이올시다. 그리고…… 그 늙음 뒤에는 병이…… 병 뒤에는 죽음이 그만 닥쳐와서…… 으응…… (기절하다가 다시 살아나서) 응…… 인간의 육체는…… 그만 더럽게도 썩어서 흙으로 돌아가고 마는 것이올시다. (비실거리며 떨고 섰다가 힘없이 쓰러져 가벼운 경련痙攣을 일으키며 게거품을 흘린다)

**태자** 이는 또 어쩐 일인고.

**시종 갑** 아마 병으로 저리 괴로워하는가 합니다.

**태자** 병으로도? 그럼 나도 필경畢竟에는 저와 같이 병이 들고 말 것이냐.

**시종 갑** 아뢰옵기 황공하오나 지수화풍地水火風 사대四大[218]가 화합하였던 인연을 한번 잃게 되오면 어떤 사람이든지 병고에 걸려 아픈 신음을 많이 하지 못할 줄로 아뢰옵나이다.

(노인이 죽는다. 일동은 놀라는 듯 시선을 모두 시체 위에 집중한다)

**태자** (회의적 우울과 경이에 싸여 긴장한 표정으로 시체를 응시하고 있다

가) 또 이것은?

**시종 갑** 젓사오나 이것이 이른바 죽음이로소이다.

**태자** 죽음! 죽음! (외면을 하고 한참이나 먼 산을 바라보다가 다시 고개를 돌려 시체를 주시한다)

(장면의 공기는 점차로 엄숙하게 긴장)

**태자** (애련해하는 표정으로 노인의 우수右手[219]를 만져보며) 이것이 정말 아무러한 사람이라도 면할 수 없는 것일까.

**시종 갑** 아뢰옵기 황공하오나 이 세상에 목숨을 받아 태어난 자는 우리 사람뿐만이 아니오라 일체 생물은 모두 났다가 늙고 병들어 죽어버리는 것이오매 남자나 여자나 제아무리 지혜롭고 존귀하고 감미롭고 아름다운 이일지라도 짧으나마 꽃답다는 그 청춘이 한번 지나만 가면 반드시 기력은 쇠약해지고 육체는 무되게 늙어 병이 드는 것이 이치라 하오며 온 세계에서 제일 최상의 큰 힘을 가지고도 여기에는 항거할 수 없사와 필경에는 무서운 죽음에게 생명이란 그것을 받치지 아니치 못하나이다.

**태자** 죽음! 그럼 죽는 인간은 어찌 되는 것인고.

**시종 갑** 사람의 몸뚱이가 한번 죽어 쓰러지오면 흙과 재로 변하여버린다 하옵니다. 이 세상에 살아 있다는 모든 생물은 하나도 빠지지 못하고 모두 죽음의 나라로 들어가버리오며 또 전하께옵서 시방 친히 보옵시는 이 천지간의 모든 만물은 모두 멸해버리고 마는 것이올시다. 천하만고에 신神 잘하고도 장엄하다는 저기 저 히말라야 설산雪山까지라도요……. (객석 쪽에 설산이 있는 곳을 손으로 가리킨다) 이것이 세상에 정해진 어찌할 수 없는 운명이로소이다.

**태자** (고민 장태식長太息[220]) 아— 너무도 슬프구나. 안타까운 청춘! 애욕과 환락 뒤에 너무 빨리 오는 비애와 죽음! 어허 이 세상은 공허로다. 단지

공허에 불과하도다. 이 몸 한번 죽어지면 재가 되고 흙이 된다. 이 세상에 누가 있어 그 한 무더기의 재나 흙을 가리켜 나라고 이를꼬. 오 어드메뇨. 죽음은 어드메며 삶은 또 어드메뇨. 하마나[221] 죽음 뒤에도 목숨이 다시 있어 꽃다운 청춘만을 매양 누리는 그 세계는 어드메쯤이나 있느뇨. 참말로 참말로 아, 참말로 한 줌 흙만 남겨버리고 밑도 끝도 없이 사멸해버린다면! 어허, 서러운지고. 너무도 얄궂어라. 대체 이 '나'라는 것은 무엇이며 또 '나'라는 '나'는 무엇이 어찌하여야 좋을 것인고. (암흑을 직면한 듯한 우울과 고민, 한참이나 얼빠진 사람 모양으로 우두커니 서 있다)

(행자行者의 게송偈頌[222] 소리가 우편 멀리서 은은히 들려온다)

**태자** 저 노래는?

**시종 을** 젓사오나 출가 수도出家 修道하는 행자가 부르는 게송 소리오리다.

**태자** 출가 수도? 그러면 그 어른을 이리로 모셔 오게 하여라.

**시종** 네—이. (우편으로 퇴장하면서) 여보 행자, 저기 가는 대행자[223].

**태자** 출가 수도! 게송! 행자! (시종 갑을 보며) 너도 저렇게 출가 수도하는 행자가 부르는 게송 소리를 전일前日에 더러 들어본 적이 있는지.

**시종 갑** 여쭙기 황공하오나 소신도 오늘 이 자리에서 처음 들었소이다.

**태자** 응. 출가 수도! 행자! 게송!

(게송 소리가 점차 가깝게 들리며 시종 을이 행자를 데리고 우편에서 등장)

**태자** (행자에게 정례頂禮) 듣사오매 출가 수도하신다 하오니 출가 수도를 하오면 생, 노, 병, 사의 무서운 고해를 벗어날 수가 있사오리까.

**행자** 네. 있습니다. 될 수 있습니다. 한번 출가하여 수도만 하오면 나도 죽고 병드는 그 무서운 고통을 떨쳐버리고 해탈解脫의 자유를 얻어 오며 이 세간世間의 염애染愛[224]로부터 벗어나서 출생간의 정법正法에 의하여 무상無常의 대도大道를 뚜렷이 깨우친 뒤에는 대자대비大慈大悲로써 고해苦海에 헤매는 일체 중생을 제도濟度[225]할 수가 있나이다.

**태자** (점두點頭) 그렇습니다. 그런데 아까 부르신 그 노래는?

**행자** 네— 그 게송은 "제행諸行이 무상無常하오니 시생멸법是生滅法이로다."[226] 모든 행이 떳떳함이 없으니 이것이 생하고 멸하는 법이로다. "생멸이 멸망하면 적멸이 위락爲樂이리라."[227] 생하고 멸하는 것이 하마 멸해버리면 적적료료寂寂寥寥한 것이 낙이 되리라는 게침偈針이로소이다.

**태자** (환희점두歡喜點頭) 그렇습니까. 너무나 거룩하신 말씀을 많이 들려주셔서 대단히 감사합니다. 그런데 아무러한 사람이라도 출가 수도를 할 수는 있사오리까.

**행자** 그렇습니다. 아무라도 할 수 있삽나이다.

**태자** 정말입니까.

**행자** 행자는 거짓 없는 것이 한 계행戒行이로소이다.

**태자** 정말! 출가 수도! 오 그러나 이 인간의 무슨 일이 출가행보다 더 나은 것이 있으랴. 출가 수도의 그 길이 정말 나의 찾아갈 유일한 생명의 길이로다. 삶의 길이다. 삶의 길! 이제는 출가다 출가!

**시종 갑, 을** (기급氣急하며) 마마 동궁마마.

**시종 갑** 출가 수도 그것이 원 무슨 말씀이시오니까. 만승천자萬乘天子의 존엄하옵신 보위를 이으옵실 마마께옵서 출가하시다니 천부당만부당 원 천만뜻밖에 그런 분부가 어디 있사오리까.

**태자** 아니다. 아니로다. 내 오래전부터 혼자 외로이 고민도 하며 번뇌도 하였더니라. 그렇더니만 이제 이 자리에서 나의 살아갈 밝은 길을 확실히 발견하였도다. 이 무상無常한 사바娑婆 인생에서야 어찌 영생과 진락眞樂[228]을 구할 수 있을 것이랴. 내 만일 이대로 살다가 그만 한번 죽어지면 일개 범부凡夫 무명 태자로서 북망산 거친 땅에 한 줌 흙만 보탤 뿐이니 이것을 어찌 인생의 참된 길이라 이를 수 있으랴. 무서운 생로병사는 인생에게 그림자같이 알뜰히 따르고 있는 것을 나는 시방 깨달았노라. 나는 그동안 모든 것을 해탈할 길을 찾노라고 애써 헤매었거니 불행히 지금 찾은 뒤에는 일체 중생을 구제하기 위하여 나의 갈 길을 갈 뿐이니라. (행자를 보고) 행자시여. 대단히 고맙습니다. (정례頂禮)

**행자** 태자 전하, 아무쪼록 영생의 길을 찾아가시도록 하시옵소서. (게송을 부르며 천천히 걸음을 옮긴다) 범소유상 개시허망 약견제상비상 즉견여래凡所有相 皆是虛妄 若見諸相非相 卽見如來.[229] (좌편으로 퇴장)

**태자** (발을 멈추고 행자의 뒤를 바라보며 기꺼운 듯 게송 소리가 사라질 때까지 열심히 듣고 서서 합장 정례)

(시위 일동은 매우 불안해하는 동작. 시종 1인이 성문 내에서 급보急步 등장)

**시종** (태자를 향하여 최대 경례敬禮) 지급至急[230] 한 전갈을 아뢰나이다. 금방 야수다라耶輸陀羅[231] 마마께옵서 아들 아기를 탄생하옵신 줄로 상달하옵나이다.

(일동 경희驚喜[232] 의 동작)

**태자** 내가 큰 뜻을 결정한 이때에 야수다라는 라후라[233]를 낳았구나. 라후라! 라후라! 이제 또 하나 풀기 어려운 계박繫縛! 단단한 결박이 이 몸에 지워지는도다. (시위侍衛 일동을 돌아보며) 그럼 아무튼 어서 바삐 궁으로 들어가자.

(일동이 성문을 향하여 걸음을 옮길 제 기사고—다미 좌편에서 물항아리를 들고 노래를 부르며 등장)

**기사고—다미** 기쁘시오리 아버님께옵서
즐거우시오리 어머님께옵서
그런 아드님을 두옵신
우리 상감마마께옵서는
행복스럽기도 하시오리
기쁘시오리 동궁마마시여
즐거우시오리 공주마마시여
그런 태자님을 뫼시는
우리 야수다라 공주마마
행복스럽기도 하시오리

(태자를 향하여 무릎을 꿇고 정례頂禮)

**태자** (걸음을 멈추고 기사고—다미를 유심히 보다간) 너의 이름이 무엇이라 부르느니.

**기사고—다미** '기사고—다미'라 하옵니다.

**태자** 기사고—다미! 매는 곱고 아름다운 이름이로다. 너의 집은 어디며 시방은 어디로 가는 길인고.

**기사고—다미** 사옵기는 빛나고 영화로운 가비라성 중中[234]이오며 지금 가옵는 길은 인간의 신음하는 네 가지 큰 괴로움을 구제하기 위하여 생사를 여읜 나라[235] 그윽한 고행림 거룩한 히말라야 영산靈山으로 감로수甘露水[236]를 길으러 가옵는 길이로소이다.

**태자** 착하고 기특하도다. 너의 뜻이여! 든든하고 반갑도다. 너의 노래여!

"기쁘시오리 즐거우시오리 행복스럽기도 하시오리" 하는 너의 그 노래는 영안영락永安永樂[237]을 의미하는 열반涅槃이라는 말과 흡사하도다. 아마 태자의 출가! 일후日後[238]의 행복을 미리 헤아리고 그것을 기리며 노래했음이 아니냐. 너의 가상嘉尙한 뜻을 (영락瓔珞[239]을 끌러주며) 변변치 못한 이것으로써 감사하노라.

**기사고—다미** (부끄러운 듯 공손히 영락을 받으며) 너무나 감격하도소이다.

(일동 거룩하고도 환희적 정경)

**시종 갑** 이것을 보십시오. 가비라성의 상하신민上下臣民[240] 아니 아동주졸兒童走卒…… 이렇게 철모르는 계집아이들까지라도 모두 거룩하옵신 전하…… 이 세상에 전륜성왕轉輪聖王[241]으로서 군림하옵실 전하의 성덕을 만만수萬萬壽로 송축하고 있지 않삽나이까. 그러하옵는데 전하께옵서 나라나 왕위도 버리시옵고 출가 수도하옵시겠다는 아까의 그 분부는 황공하오나 천만부당하옵신 처분이신 줄로 아뢰나이다.

**태자** 흥. 내가 설령 일후日後에 전륜성왕이 되어서 이 오천축五天竺[242]을 모두 정복하여 차지해버린다고 한들 그것을 또 얼마나 그리 영구히 존속되어 누릴 수 있는 것일까. 아마도 머지않은 장래에 쇠멸해버릴 날도 반드시 있겠거니…… 났다가는 사라지고 만났다가도 헤어지며 우람한 부귀도 패망해버릴 날이 있고 소담스러운 영화도 사라져 없어질 때가 있나니. 내가 이 세상에 온 지 한 이레 만에 어마마마 마야부인摩耶夫人[243]의 거룩하고도 따뜻한 품을 여의고…… (목이 잠깐 메다가) 그래도 지금은 무슨 전륜성왕 같은 헛된 영화를 꿈꾸고 있게 되었으니…… 이것이 이른바 이 세상의 무상無常이 아니고 무엇이랴.

**시종 갑** 그러하오나 황공하옵게도 전하께서는 그리 출가하옵심만 고집하옵시면 만일 후일 비상한 때에 불행히 외방外邦이 이 가비라성을 침노侵擄하여 석가성족釋迦聖族[244]까지 멸망해버리는 지경이 있을지라도 관계치 않다고 생각하십니까.

**태자** 한 나라가 망하거나 흥하거나 쇠하거나 망하거나 흥망성쇠 그것은 모두가 한 가지 번뇌에 지나지 않나니 번뇌에 허튼 한 마당 꿈자리…… 만일에 그 번뇌의 뿌리를 온통으로 뽑아버리지 못한다면 우리 일체 중생은 영원토록 이 괴로운 고해苦海에서 벗어 나갈 길이 없으리라. 내가 이미 열두 살 때에 부왕마마의 거가車駕[245]를 따라서 춘경제春耕祭[246]를 구경하러 나아갔다가 밭이랑의 장기밥[247]이 넘어갈 적에 두둑으로 뒤처지는 땅버러지들은 까막까치들의 밥거리로 목숨과 몸을 바쳐버리고 또 기승을 피우며 배불리 쪼아 먹던 그 까막까치도 금방에 또다시 성난 독수리에게 채여 가 하염없이 독수리 밥이 되어버리는 것을 내가 역력히 서서 보았노라. 약한 고기는 기 센 놈의 밥일세라. 가만한 쥐새끼는 날랜 고양이에게 갈퀴여 죽고 하룻강아지는 억센 범에게 물려 가나니…… 이것이 이 세상의 상태이며 운명이었도다.

그러나 만약 여기에서 일체 중생을 구해내며 사해의 인류를 영겁永劫으로 제도濟度를 하려면 그것은 예리한 병장기兵仗器의 힘도 아니요, 억세고 참담한 전쟁의 공도 아닐지라. 다만 오직 거룩한 법력을 빌어 의지하는 수밖에는 달리 아무러한 도리도 없을지니…… 나는 그 법의 힘과 가르침을 널리 끝끝내 펴고 행하고자 함이 지금 출가의 발원이로다. 전쟁하지 않고도 온 천하를 감복할 수 있는 것은 오직 법의 힘 하나뿐이매 이 태자는 그 법의 왕 불타가 되어 모든 중생을 제도하고 싶노라. 그러니 그 법의 가르침을 구해 얻자면 하루바삐 출가하여 도를 닦는 이외에 달리 아무러한 길도 없는지라. 내 이제 어머니를 여의고 나라도 버리며 사랑스러운 아내도 떼어두고 수도의 길을 떠나려 함도 모두 대자대비大慈大悲의 큰 마음에서 우러나옴인 줄 알으라. (일신一身이 점차로 신성한 풍속으로 변

하여 기이하고 성스러운 광채를 발하는 듯 무대 중앙으로 걸어가 서서)
내 이 세상에 처음 났을 적부터 원지圓智[248]가 맑고 밝은 칠학七學의 상호相好를 나투었으며 일곱 걸음을 걸어가서 두 손으로 하늘과 땅을 가리켜 사자의 부르짖음으로 억세게 외쳐 부르짖은 줄로 깨우쳐지노니 곧 하늘 위와 하늘 아래에 오직 나만 호올로 높을손![249] 무량無量한 생사도 이제 여기에 다하였도다.

(일동은 이상한 감격에 부딪혀 저절로 땅에 엎드린다. 태자는 전신이 모두 방광放光한다. 시위 일동의 몸은 점차로 희미해 보인다. 숭고하고도 순純 종교적 음악이 한창 고조高調해진다)

— 천천히 막 —

〈제1막〉

**1**

**장**: 가비라성 동궁.

**시**: 여름 오전.

**경**: 순純 고대 인도식印度式 장엄한 건축, 실달태자悉達太子[250]가 편거便居[251]하는 신新궁전의 일부이다. 조각한 청홍색 대리석 원주圓柱가 무대 전면 좌우편에 액연額緣[252]을 조성하여 서 있다. 무대 중앙에는 7, 8단의 대리석 층계인데 광廣[253]은 3간이나 거의 넘을 듯, 층계 좌우 양단兩端에는 커다란 대리석을 3중 조각으로 가선線을 한 홍예虹霓가 틀어져 있는데 심옥색深玉色, 금색, 연분홍빛이 고귀하게 서로 조화되어 아청鴉青[254]

하늘빛 배경에 좋은 대조로 보인다. 홍예 밖에는 만화색리萬花色裡에 종려와 염부수閻浮樹[255], 홍예 양측에는 열어젖혀놓은 황금 조입彫入[256]한 청아색 고동비古銅扉[257]이다. 무대 좌편에는 삼단 층계 위에 옥좌玉座를 설치하였고 청靑과 퇴색退色의 후장後帳 무거운 금수면막錦繡面幕은 양측과 상부에 술이 달린 금색 굵은 줄로 걸어 매여 있다. 옥좌 좌편에는 침실로 통하는 조그마한 출입구, 옥좌 우편에는 아치형의 커다란 지게문인데 궁전 현관으로 통하는 출입구이다. 무대 우편에는 조금 깊숙이 들어간 각도로 휴게실, 그 양측에는 청색장靑色帳이 반쯤 드리워 있다. 휴게실 우편은 다른 방으로 통하는 출입구이다. 갸름하고도 높은 금색 테이블과 나지막하고도 넓은 대리석 테이블, 조각한 의자 향로 등이 삼삼오오로 여기저기 배치되어 벽화와 석층계石層階와 황내皇內 바닥에 깔린 융전絨氈[258]과 모두 화려장미華麗壯美한[259] 조화를 보인다.
향로의 향연香烟은 몇 줄기 소르르 떠오르는데 정면 홍예 양쪽에 금창金槍을 들고 철상鐵像[260]처럼 서 있는 두 갑사甲士밖에는 무대가 텅 비었다. 멀리서 고조하던 음악 소리가 점차 줄어지면서 군중의 환호 만세 하는 소리, 박수하는 소리, 노랫소리, 웃음소리 등이 정원 쪽에서 성고盛高히[261] 일어난다. 아마도 태자의 마음을 위안시키기 위하여 성대한 원유회園遊會[262]를 차린 듯.

(정중한 경필警蹕 소리가 나면서 칠십이 가까운 정반왕淨飯王[263]은 근 백여 세의 마하남摩訶男[264] 대신과 기타 2, 3인 중신에게 옹위擁衛되어 옥좌 우편 출입구에 천천히 등장)

**정반왕** (수심이 만연한 태도로 대리석 층계 옆에 가 서서 옥좌 좌편을 유심히 바라보다가 긴 한숨을 쉬며) 원 이 일을 어찌하면 좋단 말인고. 태자의 출가할 마음을 어떻게 해야만 돌릴 수 있을는지…… 아사타 선인의 말이 과연 맞으려는가. 마하남 그때 아사타 선인이 무엇이라고 말했는지 경은 자세히 기억하는가.

**마하남** 젓사오나 대강 기억하옵니다.

**정반왕** 그러면 그때 광경을 세세히 한번 일러오라. 혹시 무슨 방편이 생각되더라도.

**마하남** 그때 동궁전하께옵서 탄생하셨을 적에 한 가지 기이하온 일은 하늘에게서 제석천帝釋天이 천녀天女를 데리고 내려와서 흰 비단 자리를 깔고 왕자를 바라보셨으며 땅에서는 아홉 마리 용이 솟아올라서 입으로 물을 뿜어 태자의 몸을 깨끗이 씻어드렸사오며 또 네 송이 연화蓮花가 피어올라 태자께옵서 걸음을 걸으시는 대로 발을 받들어드렸사오며⋯⋯ 그리하옵고 그때 태자께옵서는 바람 위에 계옵신 듯 사방으로 일곱 걸음씩 걸으시되 한 손으로는 하늘을 가리키시고 또 한 손으로 땅을 가리키시며 외치어 부르시되 "천상천하 유아독존天上天下 唯我獨尊"[265]이라고요.

**정반왕** 천상천하 유아독존!

**마하남** 그래 그 소리가 끝나자마자 천화天花[266]가 우수수 떨어지고 공중에서는 풍악 소리가 진동하였습니다. 그때의 그 광경을 어찌 이루 다 말씀으로 사뢰올지도. (추감追感이 몹시 새로운 듯)

**정반왕** 마하남 그리고 그 아사타 선인의 말은?

**마하남** 네. 네. 옳지. 참. 아사타 선인의 말씀이 상법相法[267]에 삼십이상三十二相[268]만 갖추어도 전륜성왕이 되어서 나라를 잘 다스리고 성군의 이름을 만고에 끼친다 하옵는데 팔십 종호種好[269]까지 마저 갖춘 이는 그 전륜성왕의 실위室位도 초개草芥같이 여길뿐더러 나라나 처자도 헌신짝같이 내어버리고 입산수도하여서 구의究意[270]의 대각[271]을 이루고 인천삼계人天三界[272]의 대도사가 되어 삼계 중생을 제도濟度하고 대우주의 큰 빛이 된다고 하였삽는데⋯⋯ 그러하옵는데 (한숨) 우리 태자께옵서도 삼십이상에 팔십 종호를 갖추시옵셨다고요.

**정반왕** (침통한 어조로) 마하남 그래 출가 이외에는 다시 아무 도리도 없다고 하던가.

**마하남** 네— 그러하옵는데 아사타 선인의 나중 말씀이 만약 마야摩耶 중전마마께옵서 길이 생존해 계옵시고 또 아무쪼록 태자께옵서 출가만 하옵시지 못하게 하오면 이 세상에서 전륜성왕으로 계옵실 수가 있을 듯도 하다고요.

**정반왕** (하염없이 눈물을 지으며) 그러나 중전은 벌써 18년 전 태자 난 지 7일 만에 돌아갔으니 이제는 아비 된 늙은 몸만 홀로 남아 있어 아무리 만류하나 끝끝내 들을 것 같지도 아니하고…… 아무려나 이제는 마지막으로 야수다라에게나 한번 당부를 해볼까 하였는데…… (좌편을 보면서) 야수다라를 여기서 만나자고 벌써 아까 기별을 하였었는데 원 어째 이다지도 늦을꼬. (매우 초조하고 근심하는 얼굴)

(정원에서 환호하는 소리, 대고大鼓, 동라銅鑼, 기타 관악管樂 소리가 우렁차게 들린다. 파사파제[273]부인이 양삼兩三[274] 시녀에게 옹위擁衛되어 중앙 석계石階로 등장)

**정반왕** 화원花園에서는 유흥이 매우 짙은 모양인데 동궁은 얼마나 즐겨합디까.

**파사파제** 네. 글쎄요……. (고개를 힘없이 숙인다)

**정반왕** 그러면 오늘도 역시. (실망하는 태도)

**마하남** 동궁마마를 위하옵시와 이렇게 훌륭한 궁전까지 지으시옵고 오늘은 꽃 잔치 내일은 달놀이로 매일같이 동궁마마의 마음만을 위로해 돌려보시려고 하도 진념軫念하옵심…… 국난을 당하와도 아무 충성과 힘을 바치지 못하옵고 그저 성은으로 이 나이까지 죽지 못하고 살아 있는 노신老臣 하정下情[275]에 죄악이 더할 수 없이 지중至重하옴은 너무도 황공만

할 뿐이로소이다.

**파사파제** 오늘도 역시 어제나 다름없이 가무나 음률에는 눈도 거들떠보시지도 않고 시녀들이 그리 권하는 술잔도 듭시지 않고 매양과 같이 무슨 근심에 잠기어 침울해하시기만 하시겠지요.

**정반왕** 아무리 하여도 출가하겠다는 결심은 기어이 돌릴 수 없는 모양입디까.

**파사파제** 네— 글쎄요. 아무튼 이 몸이 친親어미가 아닌 만큼 사랑이 부족하였던 탓이겠지요.

**정반왕** 아따 그런 사랑 얘기는 저의 아내인 야수다라나 할 말이지 중전에게야 무슨 그리 불안스러운 사정이 있겠소.

**마하남** 어떻든 존엄하옵신 보위까지 던져버리시옵고 출가 입산入山하옵시겠다는 그 결심도 모르옵건대 여간하옵신 일이 아니온 줄로 아뢰옵나이다.

**정반왕** 아마도 그것도 천생 팔자라고나 이를까! 반드시 출가 수도하여 그 법력으로써 일천사해一天四海를 감복하는 불타가 되리라고 선인이 예언까지 하였었다더니…….

**마하남** 아무튼 그것은 거룩한 아사타 선인의 말씀이오매 설마 과히 거짓말도 아니올 줄로.

**정반왕** 과연 그러하면…… 금방이라도 선양禪讓해주려는 이 왕위도 버리고 출가를 한다면…… 이 가비라가 장차 어찌나 될는지…… 뭐 이제는 이 나라에 장래將來할 운명도 뻔히 보이는 일인데……. (암연暗然히 낙루落淚)

(야수다라가 양삼兩三 궁녀들에게 옹위擁衛되어 좌편 침전寢殿 출입구에서 등장. 시녀와 궁녀들은 정반왕에게 국궁鞠躬하고 양편으로 조금 멀리 물러선다)

**야수다라** (부왕에게 국궁) 지급至急히 입시入侍하랍시는 처분이 계옵셔서…….

**정반왕** 오— 내가 너를 부른 것은 다름이 아니라 너도 매양 근심하는 바와 같이 근일近日에는 태자가 주야晝夜로 얼굴에 수심이 가득히 차 보이니 어버이 된 나로서는 잠시도 마음이 놓이지 않는구나. 이 일을 장차 어찌하면 좋을꼬. 너의 생각엔 무슨 좋은 도리가 더러 있는지.

**야수다라** 사뢰옵기 황공하오나 저의 미천한 생각에도 태자께옵서 근일近日에는 행동하심이 더욱 평소와 다르시옵고 매일 삼시전三時殿[276]에서 여러 궁녀들을 시키와 노래와 춤으로써 위로도 드려보았사오나 그런 것들은 모두 귀찮아만 여기시옵고 기나긴 밤이 다 새도록 침실에 듭시지도 않사오며 늘 우울과 비탄으로만 지내시오니 이 일을 어찌하면 좋사올는지…… 그만 좁고 여린 가슴이 무너지는 듯……. (눈물을 짓는다)

**정반왕** 너의 심정도 응당 그럴 것이로다. 온 궁중이 아니 온 가비라 나라 백성들까지라도 모두 그로 말미암아서 걱정이거늘…… 태자가 월초月初에 사문四門 밖으로 구경 다녀온 뒤부터는 기색이 점점 달라가는 모양인데 네가 어떻게 하여서라도 그의 마음을 아무쪼록 평온하고 화락和樂하게 돌려볼 무슨 도리가 없을까.

**야수다라** (국궁) 황공하오나 미욱한 소견에 무슨 도리가 있사오리까. 부왕마마께옵서 아무쪼록 좋은 도리를 분부해주옵소서.

**정반왕** 내가 여러 대신과 권속들에게 신칙申飭하여 이미 왕성의 열두 대문과 서른여섯 소문을 단단히 지키게 하였고 만약 그 문을 한번 열면 사백 리 밖까지 울리게 하는 쇠북을 달아놓았으며 밤이면은 문마다 횃불을 잡혀서 만단萬端[277]의 단속을 철통같이 하여놓았으나 다만 걱정은 안으로 그의 마음을 돌이킬 아무 방법이 없으니…… 그러나 다행히 그의 마음을 돌이킬 수 있는 처지에 있는 사람이라면 그이는 오직 동궁비인 너뿐인데…… 남의 아내 된 도리이매 아무쪼록 정성을 다하여 어떻게 하여서라도 그의 번뇌와 고민을 풀고 평온하고 화락和樂한 기색으로 이 나라의 태평성대를 누리도록 하였으면 하는데…….

**야수다라** 젓사오나 부왕마마께옵서 그런 분부 아니 계옵신들 태자마마의 지어미 된 저의 몸은 새로 이 가비라성과 석가 족속族屬을 돌보온들 어찌 정성과 단심丹心을 다하지 않사오리까. 비록 미거未擧하오나[278] 부왕마마께옵서 안심하옵시도록 일심정력一心精力을 다하오리이다.

**정반왕** 오— 가상하다. 기특한 말이로다. 나는 이 나라의 천병만마千兵萬馬보다도 너의 뜻을 철성鐵城같이 굳세게 믿는 것이니 그리 알고 아무쪼록 되도록 잘해보아라. 그러면 바로 시방이라도 물러가서…….

**야수다라** (국궁하면서) 그럼 물러갑니다. 다시금 황공하오나 그 일만은 과도히 염려 마옵소서. (국궁하고 물러간다)

**정반왕** 오냐. 어서 가보아라.

(야수다라 궁녀들에게 옹위擁衛되어 고요히 좌편으로 퇴장)

**정반왕** 오. 이제야 마음이 다소 좀 놓이는걸. 야수다라비가 잘 힘만 쓰면 그만 일은 과연 됨 직도 하다마는…… 다행히 실달다가 생각을 관념하고 정말로 이 가비라성의 황통을 이어갈 전륜성왕이었으면…… 마하남, 그야말로 그 얼마나 반갑고 경사로울 일일까.

(중신들은 국궁)

**마하남** 젓사오나 성수무강聖壽無彊하옵소서. 미리 이 나라에 올 큰 경사를 축례하옵나이다.

**정반왕** (화기和氣로운 얼굴로) 과연 그리만 된다면…… 그러나 그것도 다 짐의 복이 아니라 모름지기 우러러 제석천궁에 계옵신 선왕선후께옵서 거룩하옵신 음덕蔭德[279]을 내리사 도우셨음이겠지.

(정반왕이 환궁하려고 중신들과 함께 좌편으로 향해 걸으려 할 때 전도前導 1인이 중앙 석계石階에서 급히 등장)

**전도** (정반왕을 향하여 복지伏地) 동궁마마께옵서 이리 듭실 줄로 아뢰오.

(정반왕은 점두點頭 후 발을 멈추고 태자가 들어오기를 기다리는 듯, 나팔수喇叭手 2인이 정면 홍예虹蜺 양측에 기착氣着[280] 정립하여 기가 달린 기다란 퉁나발로 외마디 가락을 길게길게 분다. 소음과 인군人群이 둘러 있는 곳에 8인의 궁녀가 모두 꽃다발을 가지고 들어와서 층계와 실내에 꽃을 흩날릴 뿐이다. 장엄한 음악에 맞추어 12인의 갑사甲士가 들어와 6명씩 석계 양측으로 갈라서서 장검長劍을 앞으로 버쩍 높이 든다. 그 팔자형八字型 의장검儀仗釰 밑을 통하여 실달태자를 선두로 가희歌姬 8인, 무희舞姬 8인, 궁녀 8인, 시종 갑사甲士 4인, 어릿광대 4인, 소고잡이 12인, 요발수[281] 4인, 여악공女樂工 6인, 기타 궁속宮屬 등 다수가 등장하여 위치를 찾아 기열나립記列羅立[282], 실달태자가 무대 중앙에 이르러 정반왕께 몸을 국궁 경례를 한 뒤에 노예들이 가져오는 의자에 시름없이 걸터앉는다. 어릿광대들은 태자를 둘러 책상다리를 하고 땅바닥에 앉는다. 음악소리는 점차로 가늘게 사라져 없어지고 침묵 정적, 소간小間)

**정반왕** (반가움과 근심이 교차하는 듯 태자를 그윽이 보고 섰다가 천천히 걸어 태자의 곁으로 가서 태자의 등을 어루만지며) 오, 실달다…….

**태자** (일어나 부왕께 공손히 국궁하고) 소신이 부왕마마께 알견謁見하옵고저 시방 대전으로 입시入侍하려 하옵던 길이옵더니…….

**정반왕** 웅. 늙은 몸이 너무 외로이 팔중八重에만 깊이 들어 있어 하도나[283]

적적하기에 자내 안으로[284] 잠시 소풍이나 하고자 하여 나왔던 길인데…… 그런데 오늘도 저리 깊은 시름에만 싸여 있어 보이니…… 너무 심상心想을 그리 괴롭게만 가지면 신색身色[285]에도 좋지 않을 터인데…….

**태자** (무슨 말을 할 듯하다가 다시 고개를 숙인다)

**정반왕** 그래 이제 고만 그 출가하겠다는 뜻을 버리고 아무쪼록 심신을 편하고 즐겁게 갖도록 하여라.

**태자** (무슨 말을 할 듯하다가 침묵)

**정반왕** 다시 더 한번 돌려 생각해보아라.

**파사파제** 아무렴 그러셔야지요. 동궁마마 부왕마마께옵서는 저리도 춘추가 높으시옵고…… 더구나 천추만대 뒤를 깊이 길이 믿삽기는 오직 슬하의 동궁마마 한 분뿐이옵신데…… 만일 노래老來에 하염없는 근심을 끼쳐드리옵신다면…… 그야말로 동궁마마께옵서 일부러 불효불충한 허물을 범하옵심이 아니겠습니까. 이 노신의 간절한 권청勸請이오니 동궁마마 아무쪼록 부왕마마께옵서도 만경晩境에 복락안강福樂安康[286]하옵시도록…… 마음을 돌리시와 다시 사려思慮해보시옵소서.

**태자** 그야 모후母后마마께옵서 그처럼 진념軫念 안 하옵신들 불초한 소신이오나 그만한 사려야 어찌 없사오리까마는…….

**파사파제** 더구나 꽃 같은 청춘의 야수다라 마마가 가엾지 않사오리까.

**태자** 마마. 이 땅의 모든 중생이 모두 가엾고 불쌍한 목숨들이옵거든…… 어찌 반드시 가비라 왕궁 야수다라 귀비貴妃의 꽃 같은 청춘만이 오직 가엾다고 이르오리까.

(정반왕과 파사파제비는 서로 시의是意[287]하게 쳐다보며 점두點頭, 아마 태자를 더 이상 권유할 필요도 없다는 눈치)

**정반왕** 흥…… 네가 정히 그리 고집을 하니 나도 더 이상 더 권유하지도 않겠노라. 그러나 다만…… 출가는 네 뜻대로 할 제 하더라도 아직은 심신을 유쾌히 가지고…… 내 이제라도 만승萬乘의 보위를 물려줄 것이니 아무쪼록 세간 환락을 마음껏 누려보아라. 과연 인간복락[288]을 다 갖추어 맛본 뒤에 출가를 한다 하더라도 그리 과히 늦은 일은 아니니까.

**태자** 아니올시다. 부왕마마. 거친 고해苦海에도 물결을 타고 표랑부침漂浪浮沈[289]하는 불쌍한 중생을 제도濟度하오려면 불초 소신의 출가가 한 찰나도 바쁘옵건마는…… 이 나라의 자고自古로 전래하는 유풍遺風이나마 "자식이 되어가지고 성혼하여 아들을 낳기 전에 출가함은 큰 죄악이라" 일컫사오매 부득불 왕손을 낳아 바쳐 왕위를 계승케 하옵고저 하였삽더니…… 이것 왕대를 받들 왕손 라후라가 출생하였건마는 소신이 또다시 왕위와 애욕에 얽매여 잡혀서 이내 출가치 못한다 하오면 오백 생을 거푸 드나드온들 어느 시절에 또다시 출가할 겨를이나 있겠사오리까.

**파사파제** 일부러 출가의 괴로움을 찾아 애쓰느니보다는 만승천자의 부귀복락을 길이 누리어보는 것이 좋지 않사오리까.

**태자** 그러나 삼계가 모든 화택火宅[290]인데 복락福樂의 그 평안한 자리를 부귀 속에서야 어떻게 찾을 수 있을 것이며 또 애써 그 부귀라는 허풍선이에게 탐착耽着[291]이 되어서 세간 왕좌, 이른바 거룩한 자리에 높이 올라앉아보온들 제 몸이 윤회의 괴로움에서 벗어 나오지 못하였으매 무서운 지옥의 초열번뇌焦熱煩惱를 어찌 다 견딜 수 있사오리까. (다소 괴로운 듯 주저하다가) 부왕마마 그리하와 소신이 출가하와 한 사문沙門[292]이 되고자 하옵는 것은 소신 평생의 간절한 염원이오니 윤허하옵시기를 복원伏願[293]하옵나이다.

**정반왕** (침묵 잠깐) 출가 입산. 네가 출가 입산을 하다니…… 안 된다. 안 될 말이다. 네가 떠나서는 안 된단 말이다. 출가가 무엇이며 입산이 다 무엇이냐. 네가 만일 출가를 한다면 늙은 나는 어찌 되며 석가족釋迦族[294]은 무엇이 되며 가비라왕성은 뉘 것이 되란 말이냐. 그 대답을 먼저 하여보아라.

**태자** (고민 침묵)

**정반왕** 왜 대답이 없을까. 무엇을 그리 주저하고 섰는고. 속히 그 대답을 좀 이르라.

**태자** 소신이 공손히 봉답奉答하올 그 사연은 부왕마마께옵서 이미 통촉洞燭하옵셨을 줄로 아뢰옵나이다.

**정반왕** 그러면 너는 기어코 내 명을 거스르고야 말 작정인가.

**태자** 황공하오나 소신이 오늘날까지 한 번이라도 부왕마마께옵서 하명하옵심을 봉행奉行[295]치 않은 적이 없사온 줄로 아뢰옵나이다.

**정반왕** (다소 안심한 듯이) 그야 암, 그렇지. 출천出天의 충효를 가진 네가 군부의 명을 거역할 리야…… 그러면 이제 아마 내 명령이면 무엇이든지 모두 순종하겠지.

**태자** (몸을 좀 떨기는 하나 안색을 동요치 않고 두 눈만 멍하니 저편 하늘을 하염없이 바라보고 있을 뿐이다. 그의 영혼은 벌써 아마 왕궁을 떠나 딴 세계에 있는 듯. 그러다가 자아로 돌아와서 부왕 전前에 엎디어 공손히 절하며) 용서하옵소서. 부왕마마께옵서 그토록 진념軫念하옵고 만류만 하옵시니 소신의 도리로서 도무지 어찌할 수 없삽나이다.

**정반왕** (흔연欣然[296]히) 아무렴 그래야지.

**태자** 그런데 아뢰옵기 황공하오나 부왕마마께옵서 소신이 출가를 발원發願하옴으로 말미암아 하도 그리 진념하옵시거든 소신의 정상情相을 불쌍히 여기시와 소신의 달리 다시 소원하옵는 것을 이루어주옵시면 출가할 뜻을 버리겠삽나이다.

**정반왕** (반가운 기세로) 옳지 그래야지. 그러면 너의 소원이 있다면…… 무엇이든지 출가 말고는 모두 들어 이루어줄 터이니 너의 소회所懷를 세세히 다 이르라.

**태자** 거룩하옵신 성지聖旨[297]는 천은이 망극하옵고도 황공하도소이다. 소신의 소원은 네 가지가 있사옵는데…… 첫째 소원은 항상 씩씩하고 꽃답게 있고자 하옵는 것이옵고 둘째 소원은 항상 병들지 않고 살고자 하옵는 것이옵고 셋째 소원은 항상 늙지 말고자 하옵는 것이옵고 넷째 소원은 죽지 않고자 하옵는 것이로소이다. 복원伏願 부왕마마. 지금 사뢰온 이 네 가지 소원만을 이루어주옵시면 출가를 하지 않고도 살겠삽나이다. 부왕마마, 이 소원만 제발 이루어주옵소서.

**정반왕** (어이가 없고 기가 막혀 한참이나 어쩔 줄 모르다가) 실달다야. 너의 소회는 잘 알았다. 그리고 가엾은 그 고충을 뼈에 사무쳐 동정도 하노라. 그러나…… 그러나 인생의 일이란 인력으로 되는 것도 있고 또한 인력으로 못 하는 것도 있나니라. 그러니 그러한 헛된 생각 쓸데없는 번민은 하지 말고……. (목이 멘다)

**태자** (실망하는 듯 침묵)

**정반왕** (다시 기전氣轉[298]) 실달다야. 너무 그리 낙심만 하지 말아라. 이 부요한 가비라의 국토와 거룩하고도 존엄한 역대사직과 만승천자의 영화로운 보위가 모두 다 너의 것이 아니고 누구의 것이랴. 그리고 또한 이 늙은 아비의 흰 터럭을 좀 살피어다오……. (느끼며) 그리고 또 저 야수다라와 라후라가 가엾지 않느냐. 아무쪼록 마음을 좀 돌리어다오. 일국의 대왕이요 태자의 아비로서 이렇게 손을 모아 (합장하며) 너에게 간원懇願[299]이다.

**태자** (황공돈수惶恐頓首[300]) 부왕마마 황공하오나 그만하옵소서. 그러하오나 왕자王者의 권위와 궁중의 부귀가 그 아무리 영화스러울지라도 소신의 눈에는 다만 그 속에서 났다 늙고 병들고 죽는 그것만이 보일 뿐이로소이다. 부왕마마 마마께옵서는 다만 궁중 살림의 호화로운 그것만 보시옵고 어찌하여 일체 중생의 고통하는 그 신음 소리는 듣지 못하시나이까. 나의 부모는 정반왕뿐만이 아니오라 무량한 중생이 모두 다 나의 부모이며 나의 처자는 야수다라와 라후라뿐만이 아니오라 무수한 중생이다 나의 처자며 골육骨肉이로소이다. 부왕마마 그리하와 소신은 불효 불충 불초하온 이 소자는 이 모든 부모와 처자와 골육을 위하여 출가 수도하옵기로 결심하였소이다. 황공하오나 이 미충하정微衷下情[301]을 통찰하여주옵소서. (국궁)

**정반왕** (노기를 띠고 한참이나 태자를 노려보다가) 출가, 출가 수도! 이 늙은 아비를 버리고 그래 기어코 출가……?

(풍악 소리가 들린다)

**정반왕** (일부러 기전 화기和氣롭게) 실달다야. 자— 그러지 말고 저 삼시전三時殿의 풍악 소리나 들어보아라. (소간小間) 맑고 요량嘹喨한[302] 음률! 질탕跌宕한 풍악! 저 얼마나 좋은 소리냐. 그러지 말고 어서 들어가 즐겁게 놀아라.

**태자** (얼빠진 듯이 서 있다)

**정반왕** (좌편으로 퇴장하려다가 발을 멈추고 고개를 돌이켜 재삼再三 무슨 말을 더 다시 부탁하려다가 태자의 수상한 태도를 보고 몹시도 불안이 되는 듯 단념하는 듯 중신 등에게 옹호擁護되어 무거운 걸음을 걸어서 좌편 출입구로 퇴장)

**태자** (주저앉아 두 손으로 머리를 쥐고 번민)

— 조명과 음악 소리가 점차 줄어지며 막 —

**2**

막간幕間 1분 30초, 객석의 조명은 어두운 채로 고요한 음악과 가희의 노래가 들린다.

"꽃이라 말하오리 달이라 이르오리
곱고 둥그올사 꽃도 달도 같아서라
지는 꽃 붉은 눈물 여윈 달 푸른 시름
붉게 붙는 푸른 불 생초목生草木 다 타옵네"

"라후라 굵은 줄이 하마나 풀리오리
끊어도 또 옭매듭 그 이름이 사랑이라
짧은 밤 길게 잡혀 외돌고 푸돌을 제
좁은 가슴 쥐여짜 피 돋는 하소연은"

막이 열리면 중앙 홍예虹蜺 밖으로 교교皎皎한 월색月色, 무대 좌우편 출입구 밖에서 암바 라이트[303]가 들이비추며 군데군데 창으로 스며드는 녹색 스포트라이트의 월광月光이 비쳐 보일 뿐 그 이외는 무대 전부가 암흑이다.

(인도 악기의 고요한 멜로디가 멀리서 은은히 들린다. 태자가 좌편 출입구에서 초연히 등장하여 월광月光을 띠고 중앙에 서서 침전 출입구를 물끄러미 바라본다. 금방이라도 출가할 결의가 굳세게 보이는 듯 야수다라가 침전 출입구에서 고요히 등장한다. 염려艶麗하면서도 천녀天女와 같이 유한고결幽閑高潔[304]한 품격을 갖추었다. 고요한 음악 소리에 싸여 태자는 로맨틱하면서도 부부애의 진심을 가득히 담은 야수다라의 애정을 몹시도 굿기는[305] 듯한 무량無量한 희열과 얼마 안 있어서 이별하게 될 쓸쓸한 비애를 느끼는 듯)

**야수다라** (태자를 향하여 공손히 국궁) 부르심도 없사온데 이처럼 당돌히 출입하옴을 용서하옵소서.

**태자** (몹시 애련愛憐해하는 듯한 표정으로 고요하고도 또 부드럽게) 오— 야수다라 왜 아직껏 취침하지 않으셨소.

**야수다라** (고요히 점두) 네. 어쩐 일인지 이상하게도 별안간 가슴이 몹시 두근두근 울렁거려서요.

**태자** 왜 그렇게 가슴이 두근거릴까.

**야수다라** (태자를 한참이나 유심히 보다가) 아마 전하께옵서는 아무 기별도 없이 이 밤 안으로 출성出城을 하실 작정이시지요! 아마 꼭 그렇지요!

**태자** 야수다라! 태자가 이제껏 출성出城치 못하였던 것은 애처로운 그대의 안타까운 그 눈물 그 애정에 얽매 잡히어⋯⋯ 이내 헤어나갈 수가 없었던 것이오. 그러나 이제는 태자 일신一身만의 부질없는 애욕으로 말미암아서 일체 중생의 고뇌함을 아니 돌볼 수가 있겠소. 지금 중생들은 어두운 길에서 헤매며 한창 괴로워하고 있소. 그러니 얼른 그 고뇌 속에서 구해내어 영원장구한 안락을 주어야 하지 않겠소? (홍예 밖 화원을 내다보며) 아— 향기로운 꽃도 피었다 지며 아름다운 달도 찼다 기우나니 하물며 꽃답다는 인생의 청춘이야⋯⋯ 생각하면 생각할수록 부왕마마를 비롯하여 일체 모든 중생은 탐진치貪瞋痴 삼독三毒이란 미끼에 걸려 생로병사의 그물에 들어가는 가엾은 물고기로다. 내 이제 여기에서 대자대비의 대원大願을 발하였노라[306]. 일체 중생으로 하여금 이 고해苦海를 벗어 건네어 영생불멸의 큰 낙을 주고 싶은 것이 오직 나의 소원이로다. 야수다라비여. 그대의 마음엔 어떠하신지요. (정답게 야수다라를 껴안을 듯이 들여다본다)

**야수다라** (잠깐 사색하는 듯) 젓사오나 전하께옵서 그토록 일체 중생을 가엾이 여기시옵거든 그 모든 중생의 하나이온 이 야수다라의 불쌍한 정상情相 안타까운 가슴도 좀 살펴주옵소서. 헤아려주옵소서. 그래서 영원한 안락을 주옵소서. 전하! 네?

**태자** (무언중無言中 부인하는 동작)

**야수다라** 그러면 불쌍한 야수다라는 불행히도 그 일체 중생의 테 밖으로 쫓기어났다고 생각하십니까. 만일 정말 그러시오면 야수다라가 이 자리에서 금방 죽어 없어져도 전하께옵서는 도리어 매우 기꺼우실 줄로 믿사오니 과연 죽어 없어지라고 하고 싶으시오면 차라리 어서 죽어 없어지라고 하시옵소서. 태자 전하께옵서 생각하시는 그 고해苦海보다도 아픈 주검이라 그리 두려워 사양하올 야수다라가 아니옵거든……. (다소 히스테리컬한 기미로 서둔다)

**태자** 야수다라! 태자가 야수다라를 알뜰히 사랑하지 않소? 사랑하므로 아니 크게 두굿겨 사랑함으로 말미암아서 지금 우리가 받는 이 고뇌를 해탈해버리려고 애쓰는 것이 아니오!

**야수다라** 시방은 그리 두굿겨 사랑하옵신다 하온들 만일 한번 이 몸을 떼쳐버리시옵고 멀리멀리 훌쩍 떠나만 가옵시면…… 사랑을 잃은 이 몸 홀로 이 넓은 궁중宮中에 게 발 물어 던진 듯이……. (목이 멘다)

**태자** 그야 무얼 사랑에야 때를 타며 곳을 가릴 리가 있겠소. 참된 사랑이란 때와 곳을 떠나서 영원무궁한 것일 터인데…….

**야수다라** 그러면 전하께옵서는 기어코 이 야수다라를 버리시옵고 출가를 하실 작정이십니까? 더구나 갓 낳은 핏덩이 라후라! 아빠 엄마의 얼굴도 가려 알 줄 모르는 아직도 강보의 핏덩이인 그 불쌍한 것을 그냥 내어버리시옵고 꼭 출가만 하옵실 작정이시라면…… 그 아버님 된 이의 마음은 너무도 잔인하다고 이르지 않사오리까. 전하, 전하께옵서는 눈앞에 방긋거리는 갓난아기 당신 아드님이 가엾고 사랑스럽지도 않으십니까.

**태자** 그야 아무렴 남다르게 가엾기도 하고 사랑스럽기도 하기에…….

**야수다라** 아니지요. 그것도 모두 허튼 말씀이시겠지요……. 그러면 왜 그 아기가 탄생하였다는 기별을 들으시옵고 전하께옵서는 라후라라는 이름을 지어 부르셨어요. 라후라! 라후라라는 그 말뜻은 계박繫縛! 장애! 곧 방해물이라는 이름이 아니에요? 그러니 그처럼 당신의 아드님까지도 방해물 원수 구수仇讐[307]로 여기시옵는데 천하고도 하잘것없는 이 야수다라쯤이야 어느 때 어떻게 구박에 학대를 받사올는지.

**태자** 아니오. 그것은…… 야수다라비가 이 태자의 마음을 잘못 알았소.

**야수다라** 잘못 알았어요? 아내와 자식도 떼쳐버리시옵고 기어코 출가만 하옵시겠다는 그 마음 말씀이셔요? (침전에서 영아의 울음소리가 들린다) 아기의 울음! 그렇게 거룩합신 아버님을 사모하여 섧게 우는 아기의 울음! 저 울음소리도 전하 귀에는 귀찮고 성가시렵게만 들리시겠습지요.

**태자** 야수다라비여. 내 말씀을 자세히 좀 들어주시오. 날짐승 길버러지라도 제 새끼는 두굿길 줄 알거든 하물며 사람이야 다시 이를 바 있겠소. 다만 그때 자식의 사랑 그것으로 말미암아서 평생의 굳은 결심이 무디어지면 어떻게 하나 하고 속으로 걱정을 하던 중 부지불식간에 그만 그런 말이 입에서 튀어나왔던 것이오. '사랑하는 이에게서 떠나가지 않으면 아니 될 터인데 그 괴로움 그 구슬픔의 씨가 또 하나 불었으니 출가하는 데 장해障害가 더 늘지 않았을까' 하는 그만 애정에서 우러나오는 속 깊은 탄식에 섞여 라후라라는 말이 문득 나왔던 것이오. 야수다라! 그러니 그때의 태자의 가슴과 정경情景을 좀 헤아려주시오. 네?

**야수다라** 낮에는 전하의 곁에 항상 뫼시와 넌짓한 웃음에 푸른 봄철 늘어진 가락을 노래하옵고 밤에는 원앙금침 보드라운 꿈자리에 고요한 안개를 속삭이었삽더니…… 그만 라후라 아기가 탄생한 이후로는 동궁비라 일컬음도 다만 아름답게 헛된 칭호뿐이고……. (함원含怨하는 암루暗淚에 떨리는 음성)

**태자** (어쩔 줄 몰라 잠깐 기전氣轉, 실내로 잠깐 거닐다가 별안간 완이莞爾[308] 타소打笑[309]) 아하하. 그대의 원망은 당연하도다. 애처로운 그 가슴! 안타까운 부르짖음! 그러나 그것만이…… 베개를 같이하고 살을 섞으며 애욕에 빠져 허둥지둥 얼크러지는 그것만이 부부의 그윽한 원정源情은 아니련마는 무우수無優樹[310] 위에 뚜렷이 솟은 달을 한마음으로 사랑하고 한 가지의 방긋이 웃는 꽃을 둘이 함께 바라보며 기쁘거나 슬프거나 갈래가 없도록 마음이 합하고 넋이 어울리는 것이 이른바 삼생연분三生緣分의 참된 부부가 아니겠소? 참된 부부임이 이러하거니…… (화원 꽃을 가리키며) 저를 보라. 저기 저 꽃밭! 꽃다운 향기에 미쳐 날던 한 쌍의 호접도 같은 이슬을 맑게 맛보고 같은 꽃잎에 고요히 쉬는도다. 암나비는 야수다라 그대요, 숫나비는 실달태자 나라고…… 피는 봄꽃에 평화롭고 화락和樂한 마음은 둘지언정 어지러운 색色에 집착執着되지는 말지어다. 야수다라! 그렇지 않소?

**야수다라** (화성이안和聲怡顔[311]에 반기는 미소를 띠고) 일찍이 듣지 못하옵던 반가운 말씀, 비 와서 궂은 밤에 보름달을 뵈옵는 듯 두굿겨주옵시는 애처로운 이 몸 쾌생 회춘[312]의 감로수를 먹사온 듯 금방 죽사온들 임 향한 일편단심 가실 줄 있사오리. 이제 저의 가슴에 뭉치어 있던 그 무엇이 금방 한꺼번에 사라진 것 같소이다. 그럼 이제 날마다 모시옵고 꽃구경 달구경이나 하옵도록……. (애교를 피우면서)

(태자가 야수다라비를 가볍게 포옹, 영아의 울음소리가 또 들린다. 시녀 1인이 침전 출입구에서 조용히 등장)

**시녀** (열적어서 잠깐 주저하다가 넌지시 국궁) 라후라 아기가 선잠을 깨시와 엄마마마를 찾으시는 줄로 아뢰오.

**야수다라** 아기가 오늘은 어째 그리 선잠을 자주 깨어 보챌까.

**태자** 응. 그러면 어서 들어가서 귀여운 우리 라후라를 보채지 않도록 하시오.

**야수다라** (아직도 마음이 놓이지 않는 듯 잠깐 주저하다가) 그럼 전하께옵서도 침전으로 함께 듭시지요.

**태자** (다소 주저하는 빛) 먼저 들어가시오. 나는 잠깐 좀…….

**야수다라** 무얼요. 지금 같이 듭시지요. 이 야수다라가 그렇게 보기 싫으십니까. 어서어서 들어가십소서. (평생 용기를 다 쓰는 듯한 팔로 태자의 허리를 껴안고 떼어밀어 침전으로 들어간다)

— 음악 고조, 태자가 침실로 들어가며 막 —

〈제2막〉

**3**

**장**: 실달태자궁 침전.

**시**: 전막前幕의 심야 달밤.

**경**: 정면에는 청홍색 대리석 원주圓柱가 몇 개 서 있고 그 중앙 근처에 태자와 비의 기거起居하는 상탑床榻이 놓여 있다. 우편으로는 별전別殿으로 통하는 소문小門이요 좌편 후면에 정원으로부터 들어오는 계단문, 우편으로 아치형 전망창展望窓, 창밖으로 정원의 기화요초琪花瑤草[313]와 멀리 설산雪山이 보인다.

군데군데 청홍등 불빛이 근심스럽게 꺼물거릴 뿐인데 화려하던 낙원이 음산한 시체로 화化한 듯 시녀와 가희와 무희는 모두 송장처럼 여기저기 쓰러지고 엎드러져 팔다리를 함부로 내어놓고 혹은 침을 흘리고 혹은 이를 갈며 혹은 군소리를 하며 갖은 추태를 드러내고 있다.

(태자가 부시시 일어나 실내 광경을 두루 한참이나 여겨본다)

**태자** (별안간 몸서리를 치며) 송장! 송장! 여기도 송장 저기도 백골 아…… 무서운 무덤! 사바! 지옥! (전망창 앞으로 쫓긴 듯이 달아난다. 한참이나 고민, 달빛에 은은히 보이는 설산을 물끄러미 바라보더니 무엇을 결심하는 듯 별안간 주먹을 힘 있게 쥐며) 오— 세상의 환락이란 이와 같이 모두 더럽고 헛된 것이다. 나는 지금 출세간出世間[314]의 무위진락無爲眞樂[315]을 구하여 오…… 오냐, 가자. 설산으로 가자. 기어코 설산으로 가자. 히말라야 설산이 나를 부른다. (휙 돌아서 정원으로 통하는 문을 향하여 돌진하다가 야수다라 침상 앞에 이르러 문득 발을 멈추고 다소 주저하면서) 아기와 엄마는 고요히 잠이 들었도다. (라후라를 끌어안고 뺨이라도 대어보아 최후의 이별을 하려는 듯하다가 다시 단념하는 듯) 아서라. 그만두어라. 라후라가 만일 잠이 깨어서 울든지 하여 야수다라마저 잠이 깨게 되면 이 밤으로 떠날 이 길에 또 방해가 적지 않을 것이다. 시방은 박정薄情하나마 무언의 고별告別…… 차라리 은애恩愛를 버리고 무위無爲에 들어서 불도를 닦아 불과佛果[316]를 깨우친 뒤에 다시 만나보리라. (걸어 나가려 한다)

**야수다라** (얕은 잠이 깬 듯 눈을 비비며 일어나 앉더니 무엇이 반갑고 다행한 듯) 오! 전하 여기 계십니까. 나는 정말…… 그런데 이렇게 밤이 깊도록 왜 취침하지 않으시고 자리에 일어나 계십니까.

**태자** (어색하게) 아까 잠깐 잠이 깨었다가 시방 막 다시 누우려고 하는 길이오. (자기 침상으로 간다)

**야수다라** 밤이 아마 늦었나 본데…… 그럼 어서 주무시지요. 아이참, 이상도 해라…… 저는 시방 어찌도 무서운 꿈을 꾸었는지요?

**태자** (시들하지 않게) 무슨 꿈을 꾸었기에?

**야수다라** (태자 침상으로 가서 태자의 얼굴을 유심히 여겨보면서) 아주 참 무서운 꿈을 꾸었어요. 생각만 하여도 (몸서리를 치며) 아주 몸서리가 쳐지는 무서운 꿈을 꾸었어요. 저…… 전하께옵서 저를 그저 떼어버리시옵고 성을 넘어서 설산으로 도망해 들어가옵시는…… 그런 아주 무서운 꿈을 꾸었어요. 에그, 전하께옵서 정말 저를 버리고 가옵시면 어떡하나……. (태자의 어깨를 싸고 매달려 하소연하는 듯)

**태자** (잠깐 침묵) 뭘 그까짓 꿈을 누가 믿겠소. 설마하니 내가 그대를 어찌 차마 아주 버리고 갈 수야 있겠소. 그까짓 꿈……. 아무 염려 말고 잠이나 어서 잡시다. (일부러 선하품을 하며 자리에 눕는다)

**야수다라** (자기 침상으로 가서 앉으며) 글쎄요…… 그 꿈이 정말 맞지 말았으면 작히나 좋겠습니까……. 이 야수다라가 전하로 말미암아서 이렇게 가슴을 졸이고 애를 태우기는 벌써 두 번째나 되어요.

**태자** (미소를 띄우며) 언제 언제 두 번째나 그리 알뜰히 속을 태웠더란 말이오.

**야수다라** 한 번은 이번 출가하신다는 통이고…….

**태자** 또 한 번은.

**야수다라** (부끄러움을 머금은 미소) 또 한 번은 우리가 가례嘉禮의 인연을 맺기 바로 그 전…….

**태자** (픽 웃으며) 원 참 서로 만나기도 전의 혼자 꿈타령을 누가 믿겠소.

**야수다라** 아니에요. 그것은 꿈타령이 아니라 정말 생시生時의 이야기예요.

**태자** 그것은 또 무슨 수수께끼인데?

**야수다라** 그것은요, 저…… '수와얀바라'(자선식自選式)[317] 경기장에서요.

**태자** 왜요. 내가 그때 최후까지 모든 경기에 최우승最優勝을 하였었는데…….

**야수다라** 글쎄 그러니 말이지요. 저는 높은 대상臺上[318] 휘장 속에서 혼자 좁은 가슴이 몹시 두근거렸어요. '차라리 모든 경기를 중지해버렸으면…… 혹시 불행하여 전하께서 한 가지 재주라도 다른 왕자들에게 지시게나 되면 어떻게 하나' 하고 온종일토록 어떻게 좁은 속을 태우고 졸였던지요.

**태자** 그래도 최후의 승리는 내가 얻어서 이렇게 삼생三生의 가연佳緣을 맺게 된 것이 아니오.

**야수다라** 그것은 그렇게 되었지만요.

**태자** 그런데 무얼 사라진 옛꿈 하소연을 이제서 하면 무슨 잠투정이시오.

**야수다라** 아이참, 전하도…….

**태자** (웃으며) 그러니 그때는 그렇게 애를 졸이고 넋을 사루며 알뜰히 찾았던 그 인연이 이제 와서는 또다시 말썽을 부린다는 그런 하소연이지요.

**야수다라** 뭐 꼭 그렇다는 것도 아니옵지요마는…….

**태자** (미소를 띠고) 그럼 이제는 내가 출가하였다가 다시 돌아오는 꿈이나 한번 꾸어보시오.

**야수다라** (미소에 섞여 누우며) 글쎄요. 이제 그런 꿈이나 다시 한번 꾸어볼까요. (하품, 잠이 드는 듯)

(소간, 등불이 꺼물거린다)

**태자** (누워 자는 체하다가 고개를 들며 야수다라의 동정動靜을 몇 번이나 살피다가 다시 일어나) 오, 이제는 갈 때가 되었다. 출가할 제때가 돌아왔도다. 일각一刻이 늦으면 일각의 번민 일각의 고뇌…… 만일 또다시 이때에 떠나지 못하면 영겁의 해탈을 얻지 못하리로다. (소리 없는 눈물로 마지막 고별을 하는 듯 무대 중앙에 서서 사방을 돌아보며 열루熱淚를 머금은 최후의 결별. 정원 문 쪽으로 걸어가다가 다시 돌아서서 다소 석별惜別, 계단 문턱까지 이르러 마지막 다시 돌아다본다)

**라후라** (꿈을 깨인 듯 별안간에 크게 운다) 으으아아으아…….

**태자** (최후의 승리를 축복하는 듯, 두 팔을 힘 있게 번쩍 들더니 획 돌아서 달음박질 계단으로 내려간다)

(실내 등불이 별안간 꺼진다)

— 음악 고조, 태자가 아니 보일 때까지 천천히 막 —

## 4

**장**: 궁성 후문.

**시**: 아사타월月의 만월滿月의 날, 양력 7월 1일 심야.

**경**: 정면은 인도식 석병石屛[319], 중앙에 네 귀[320] 들린 지붕 있는 소문小門, 문 우측에는 협문脇門[321], 문 전前에 철망을 걸어놓았고 횃불이 한옆에 거진 다 타 여신餘燼[322]만 이따금 꺼물거린다. 기치旗幟와 창검 등이 병립竝立, 소문 좌편 구석에 차익車匿[323]의 방, 방에서는 희미한 불빛이 비치어 있다. 달빛마저 쓸쓸한 심야 정적한 정경, 성문이 가만히 열리며 실달태자 가만히 나온다.

**태자** 어허, 다행이로다. 다행이로다. 그런데 다행한 중에도 참 신기한 일이로다. 천인의 힘으로도 열지 못한다는 이 철문이 더구나 사백 리 밖까지 울리는 쇠북을 달아놓은 이 철문이 소리도 없이 불가사의하게 저절로 열리어졌으니…… 오냐. 이제 궐내의 어려운 곳과 금문禁門의 경위警衛를 벗어나서 시방 이 문턱까지 넘어선 이 한 걸음이 곧 일체 중생을 고해苦海에서 구제해낼 첫길이로다. 은애恩愛를 벗어버리고 하염없음에 들어가 처자의 쇠사슬을 끊어버릴 때는 진실로 이때이로다. 자— 그럼 이제 어서 차익이를 찾아보아야 할 터인데…… 차익이가 있는 곳이 어디였지? 옳지, 저기 있었다. 저기야. (차익이 방 창문 앞으로 가서 가만히 창을 두들기며) 차익아. 차익아. 얘, 차익아. 빨리 좀 일어나 오너라. (독백) 이거 어떡하면 좋을까. (초조) 얘, 차익아!

**차익** (실내에서) 으응. 거기 누가 왔소? (잠 섞인 음성으로 퉁명스럽게)

**태자** (초조하던 중 일변一邊 반가운 듯) 내다, 내야.

**차익** 으—응. 누구야 일 있거든 낼 아침에 오너라.

**태자** 아니 나야.

**차익** 내가 누구야. 알다 모르게 내가 망할 자식. 낼 아침에 오래도.

**태자** (몹시 초조하며) 아니 내야. 나는 태자다, 태자.

**차익** (놀라워서) 네? (방문을 열고 눈을 비비고 나오면서) 아니 태자께옵서 이 밤중에 나오실 리가…….

**태자** 쉬— 내다, 내야. 정말 태자야.

**차익** 네— 그럼 정말! (얼결에 국궁) 정말 태자께옵서 이같이 깊은 밤에 어찌하여서 여기를.

**태자** 나는 이제까지 몹시 취했다가 지금 막 깬 터이라 감로수 한 모금이 몹시도 급하게 마시고 싶구나. 그래서…… 들으니 그 물은, 그 샘물은 저…… 생사를 여읜 거룩한 나라에 존귀한 나라에 있다 하더라. 그러니 나는 지금 그 나라로…… 거룩한 설산 히말라야까지 가서 그 샘물을 찾아볼 터이다. 차익아, 말을 그 말을 얼른 타고 갈 그 말을 빨리 좀 대령해다오. 어서어서 말을 그 말을…….

**차익** 원 천만의 말씀! 산이 다— 무엇입니까. 이 밤중에 남 다 자는 아닌 밤중에 히말라야 설산엔 어떻게 가시며 또 무엇 하러 가십니까.

**태자** 지금 말과 같이 감로수를 얻어 마시려고…….

**차익** 안 됩니다. 안 됩니다. 태자께옵서 정말 그렇게 떠나가시오면 대전大殿마마께옵서와 마하남 대신, 기타 중신, 아니 온 나라의 일체 신민들까지 얼마나 걱정을 하겠습니까?

**태자** 아니다. 나는 정말 목이 몹시 마르다. 시각이 급하다. 만일 시각이 늦으면…… 남의 눈에 뜨이면 안 될 터이니까. 차익아 어서어서 그 날랜 말

을 어서 좀 끌어오너라. (애원, 초조, 고민)

**차익** 안 됩니다. 매우 어려운 일이올시다. 태자께옵서 정 그렇게 분부가 계옵시면 구실이 마부인 이 차익이 타옵실 말만을 하는 수 없이 대령하겠사오나…… 암만해도 마하남 대신께 한마디 여쭈어보옵고…….

**태자** (별안간 위엄 있는 동작을 갖추며) 괴이한지고. 너는 내 영을 거역하느냐.

**차익** 아, 안, 아니올시다. 그, 그럴 리가.

**태자** 그러면 잔말 말고 어서 바삐 그 간다가[324]란 말을 이리로 끌어오너라.

**차익** 네. 저…… 마하남 대신께옵서 분부가 계옵셨는데……. (머리를 긁으며 매우 주저한다)

**태자** 분부? 무슨 분부! 태자가 나오거든 얼른 말을 대령하라는 분부이냐?

**차익** 아니올시다. 도무지 말을 드리지 말으랍셨는데…….

**태자** 흥. 너는 참 미욱한 놈이로다. 그래, 이놈아. 생각해보아라. 네가 그리 몹시 무서워하는 그 마하남 대감도 나에게는 하잘것없는 한낱 신하야. 그래 너는 신하의 말만 그리 장하게 듣고 이 태자의 명은 종시 거역할 터이란 말이냐. (일부러 성난 얼굴로 차익을 노려보며) 그래, 그런 법도 더러 있을 수 있을까.

**차익** (황공돈수惶恐頓首) 황공하올시다. 그럴 리가…….

**태자** 그러면?

**차익** (눈물을 씻으며) 그런데 황공하오나 어리실 때부터 한 번도 이 차익이 놈을 꾸중하시던 일이 없으신 태자께옵서 여간하신 일이 아니옵시면 이처럼 역정을 내실 리가 없으신데……. (다소 주저 사색하다가 결심) 네, 끌어옵지요. 날랜 말을 즉각으로 대령하겠습니다. 어디까지옵든지 뫼시고라도 가겠습니다. (훌쩍이며 우편으로 퇴장)

**태자** (차익의 가는 곳을 물끄러미 바라보다가) 충복이로다. 차익은 순직順直한 충복이로다. 그런데 어서 바삐 이 도성을 벗어나 이 밤 안으로 간다

기강江[325]까지…… 간다기강이 몇 리라더라? 응. 이백여 리! 암만 이백여 리라도 날랜 말로 질풍같이 달려만 가면…….

(차익이가 황금비黃金轡[326] 산호안장 진홍眞紅 부담의 백마白馬 간다가[乾陟]를 이끌고 우편에서 등장)

**차익** 말을 대령하였습니다.

**태자** 어두운 밤에 수고하였다. (말 머리를 만지며) 간다가야! 간다가야! 부왕마마께옵서는 너를 타옵시고 일찍이 전지戰地로 달리어 왕래하옵시며 여러 번 승리에 수많은 축배를 듭시었지. 간다가야! 그럴 적마다 네 등의 수고는 얼마며 네 발의 공로는 또 얼마였겠느냐. 그런데 간다가야! 나는 지금 팔만 사천 대마군大魔軍에게 열 겹 스무 겹 포위를 당하여 가는 생명이 위기일발에 서 있다. 간다가야! 이때를 당하여 나를 한 번만 도와다고. 나를 구해다고. 나는 너의 힘을 빌어서 지혜의 칼날로 마군魔軍[327]을 무찌르고 남아 대장부의 웅도雄圖[328]가 만고에 빛나는 큰 승리를! 승리의 노래를 부르려 한다. 아무쪼록 힘껏 정성껏 달리어다오. 내가 다행히 승리만 하는 날이면 너희들 축생畜生의 무리에게까지도 무상無上의 복락福樂을 누릴 날이 있게 하리라. 간다가야! 힘껏 달려다오.

(건척乾陟[329]이 머리를 수그리고 굽을 치며 발로 땅을 긁는다)

**차익** 머지않은 장래 전하께옵서 보위에 오르옵시는 기꺼운 날에 이 말의 영광스러운 고삐를 잡아보려고 주소晝宵[330]로 벼르며 축수祝數하옵던 것이…… 그만 천만뜻밖에 이렇게 초라한 밤길을 뫼실 줄이야……. (태자의 다리에 매달려 느끼어 운다)

**태자** (엄연奄然히) 늦었다. 그런 수작은 그런 하소연은 때가 늦었다. 그런 범부凡夫를 괴롭게 하는 번뇌의 대적은 쳐서 멸해버리고 무상정변정각無上正遍正覺[331]의 큰 열매를 너희들에게 줄 대장부는 이 구담瞿曇[332]이다. 실달다 구담이다. 오— 이제는 출가의 첫걸음! 눈물은 부당不當이다. 범부凡夫의 눈물은 부당하다.

**차익** 네. 네—. (눈물을 씻고 일어나) 그럼 어서 타십시오.

(천지가 별안간 암담하고 풍우風雨가 소란)

**태자** 별안간 비바람이 대작大作[333]! 차익아 우장雨裝[334]을 빨리 준비하여라.

**차익** 네—이. (차익이 방으로 퇴장)

(야수다라가 몽유병자처럼 초연愀然히 열려진 성문에서 등장. 태자의 광경을 보고 경악하여 화석과 같이 우두커니 섰다가 황급히 달려와 태자에게 매달린다)

**야수다라** 전하, 태자 전하! 이 야수다라와 라후라를 버리시옵고 어디로 갑시렵니까, 어디로…….

**태자** (민련憫憐[335]하는 얼굴로 야수다라를 내려다만 볼 뿐)

**야수다라** (태자를 쳐다보며 몸부림하는 듯 애소哀訴[336]하는 듯) 나의 하늘이요, 나의 생명이신 태자 전하! 못 가십니다. 못 가십니다. 당신께서 떠나가옵시면 애처로운 이 몸과 가엾은 라후라! 또 이 가비라의 모든 생명들은 어찌나 되라고 하십니까.

**태자** (묵연默然히 야수다라의 손을 잡아 일으켜 세우고 엄연히) 야수다라여. 나라도 망할 수 있는 것이며 사람은 죽는 것이오. 시방 나는 그것을 구제키 위하여 영원불멸의 국토와 생명을 찾아서 가는 길이니 차라리 기꺼워할지언정 조금도 서러워는 하지 마시오.

**야수다라** 영원불멸의 나라? 불멸의 그 나라를 어디로 찾아가시렵니까? 멀고도 알 수 없는 그 나라! 그 나라로 태자를 떠나보냄보다는 차라리 이 세상에서 당신을 모시고 있사옴이…… (산란散亂한 태도) 아…… 그러함보다도 차라리 이 몸 하나가…… 없어지면…….(땅에 엎드려 운다)

**태자** (야수다라 등의 번쩍이는 영락瓔珞만을 묵연默然 응시)

(소간小間, 차익이 우장雨裝을 가지고 등장)

**차익** (태자의 광경을 보고 섰다가 두어 걸음 태자 앞으로 가까이 가서) 차익이 대령하였습니다.

**태자** (꿈을 깬 듯 구원을 얻은 듯) 오…… 옳지…….

**차익** (태자에게 우장을 입히고 말고삐를 잡는다)

**태자** (말을 타려고 돌아서며) 야수다라! 그러면 이제 이것으로 작별이오.

**야수다라** (일어나 원망스럽게 태자를 쳐다보며) 기어코 떠나시렵니까? (울면서 태자의 옷을 잡고) 전하께옵서 과연 이리 떠나갑시면…… 이 몸은 금방 이 자리에서 죽고야 말 터입니다.

**태자** (야수다라를 잠깐 묵연 응시, 야수다라의 손을 뿌리치며 엄연히 또 힘있게) 죽으시오. 야수다라 마음대로 죽으시오.

**야수다라** (안색이 창백하게 질려서) 네—?

**태자** (먼 하늘을 우러러보며) 어리석은 계집아. 물러나라. 나의 앞길을 막는 자는 영원히 재앙이 있을 것이다. 골육骨肉이라 친척이라 일컫는 그것도 모두 다 외도外道이다. 악마이다. (손으로 야수다라를 가리키며) 사바娑婆 속세의 어리석은 계집아. 너와 나와 무슨 상관이 있으랴.

**야수다라** (엎드러져 기절한다)

**태자** (합장) 시방삼세十方三世[337] 제불 제보살諸佛 諸菩薩[338]! 구담瞿曇의

대원大願을 성취하게 하소서. (말을 타고 왕궁을 향하여 경배敬拜)

— 비장한 음악, 번개가 두어 번 번쩍, 막 —

(『현대조선문학전집現代朝鮮文學全集』, 1938년 10월)

# 주

1 『여시(如是)』 1호(창간호, 1928.6)에 실린 희곡이다. 『여시』 본문에는 '전 1막'으로 이루어진 단막극으로 표기되어 있다.

2 헤살: 남의 일이 잘 안되도록 짓궂게 방해함.

3 쉴손: 흔히. 쉴 새 없이.

4 해열산(解熱散): 해열제.

5 에누다리: '넋두리'의 방언.

6 얼: '덜된' 또는 '모자라는'의 뜻을 더하는 접두사.

7 남포질: 남포(다이너마이트)를 터뜨려 바위 따위의 단단한 물질을 깨뜨리는 일.

8 핀센트: 핀셋.

9 흐너지다: 무너지다.

10 이스카레트 유다: 이스카리옷(Iscariot) 유다. 개신교에서는 가룟 유다로 음역.

11 그예: 마지막에 가서는 기어이.

12 홍사용의 장편희곡 「흰 젖」은 『불교』 50, 51호 합호에 발표되었다. 목차에는 '불교역사극 6막 17장'으로 소개되어 있으며, 백우(白牛)란 필명으로 발표되었다.

13 "한 생각에 끝없는 세월을 널리 살펴보니, 가는 것도 오는 것도 없으며, 또한 머무는 것도 없구나. 이와 같이 과거, 현재, 미래의 일을 분명히 아니, 모든 방편을 뛰어넘어 열 가지 힘을 성취하네"라는 뜻이다. 이 문장은 희곡의 첫머리에 제사(題詞) 형식으로 붙어 있는 글로서, 『화엄경』의 「광명각품(光明覺品)」에 실려 있다.

14 자금(自今): 지금으로부터.

15 영산회상곡(靈山會上曲): 석가여래가 영산회(靈山會)에서 『법화경』을 설법할 때의 불보살(佛菩薩)을 찬탄한 악곡.

16 참치(參差): 길고 짧고 들쭉날쭉하여 같지 않음.

17 치성(稚省): 신라 시대 예궁전(穢宮典)·어룡성(御龍省) 등에 두었던 한 벼슬. 또는 그 벼슬아치.

18 푸서리길: 거칠게 잡풀이 우거진 길.

19 제턱: 변함이 없는 그대로의 정도나 분량.

20 천경림(天鏡林): 서라벌에 있는 숲 이름. 신라의 흥륜사가 있었던 곳.

21 행군취타(行軍吹打): 이동하는 군대에서 나발, 소라, 대각, 호적 등을 불고 징, 북, 바라 등을 치는 군악.

22 전도(前導): 앞잡이. 앞길을 인도하는 사람.

23 이차돈(異次頓): 삼국시대 신라의 제23대 법흥왕 때 불교를 전파하기 위해 스스로 순교한 불교인. 『삼국사기』와 『삼국유사』에는 이차돈이 순교한 내용이 기록되어 있다.

24 철부(哲夫): 신라 법흥왕 시기, 이찬 관등으로 최초로 상대등이 된 사람.

25 실죽(實竹): 삼국시대 신라의 우산성 전투에 참전한 장수.

26 이사부(異斯夫): 신라 시대 내물마립간의 4대손으로, 지증왕 이래 법흥왕·진흥왕 대까지 활약한 대표적인 장군이자 정치가.

27 공목(工目): 법흥왕 시기의 조신(朝臣)이라고 『향전(鄕傳)』에 기록되어 있다. 벼슬 이름으로도 추정한다.

28 알공(謁恭): 법흥왕 때의 관료. 공알(恭謁)이라고도 한다. 법흥왕이 불교를 공인하려고 할 때 여러 신하와 함께 반대한 인물.

29 흑개감(黑鎧監): 신라 시대에 임금의 호위에 관한 일을 맡아보던 관아. 여기서는 흑개감의 소속 관원을 이르는 말로 보인다.

30 게염: 부러워하며 시샘하여 탐내는 마음.

31 앙세다: 약해 보여도 힘이 세고 다부지다.

32 살피: 땅과 땅 사이의 경계선을 간단히 나타낸 표. 여기서는 '경계선'을 이르는 것으로 보인다.

33 사망: '소망'의 방언. 혹은 생각하며 바란다는 뜻의 '사망(思望)'의 의미로 보인다.

34 눌지마립간(訥祗麻立干): 신라의 제19대 왕. 성은 김(金), 이름은 눌지이며, 왕호는 마립간이다.

35 땅비: '따비'의 방언. '따비'는 논밭을 가는 데 쓰는 농기구.

36 소수레: 손수레.

37 진휼(賑恤): 흉년에 곤궁한 백성을 구원하여 도와줌.

38 마깝다: '맞갖다'의 방언. '딱 알맞다'는 뜻.

39 가닥질하다: '가댁질하다'의 방언. 아이들이 서로 잡으려고 쫓고, 이리저리 피해 달아나며 뛰노는 장난을 하다.

40 원화(原花): 신라 시대의 화랑(花郎)의 전신(前身).

41 이찬(伊飡): 신라 17관등 가운데 제2관등.

42 치술신(鵄述神): 치술신모, 즉 치술령의 신모(神母)가 된, 신라 눌지왕의 충신 박제상의 부인. 일본에 볼모로 잡혀간 왕의 동생을 구해 보내고 왜국에서 죽은 박제상을 치술령에서 기다리다가 죽어서 망부석이 되었다는 설화와 관련되어 있다.

43 원발표면에는 인물이 표기되어 있지 않다. 맥락상 실죽이나 알공의 대사로 추정된다.
44 원발표면에는 인물이 표기되어 있지 않다. 맥락상 왕의 대사로 추정된다.
45 차차웅(次次雄): 신라 박혁거세의 맏아들이며, 제2대 왕인 남해왕의 칭호.
46 이사금(尼師今): 신라 초기에 사용한 임금의 칭호. 이질금(尼叱今, 爾叱今)·치질금(齒叱今)이라고도 한다.
47 경상(經像): 불경(佛經)과 불상(佛像).
48 원표(元表): 신라의 승려. 당나라에 들어가 불법을 공부하고, 인도에 가 불교 성지를 두루 순례하고 불교 경전과 율법을 연찬하였다.
49 푸리: 무당의 굿 풀이.
50 원발표면에는 "초조하고도 (…) 둘러보며" 부분이 괄호 없이 대사처럼 표기되어 있으나, 김학동본에 따라 지문으로 처리하였다. 이후에도 원발표면에서 지문으로 보이는 부분은 괄호를 표시하여 대사와 구분하였다.
51 모례(毛禮): 삼국시대 신라 최초의 불교 신자. 모록(毛祿)이라고도 한다.
52 아도(阿道): 삼국시대 신라에 불교를 전파한 고구려의 승려. 고구려·신라에 불교를 전래한 승려들에 대한 통칭으로도 쓰인다.
53 금환석장(金環錫杖): 금으로 만든 고리가 달린 석장. 석장은 승려들이 짚고 다니는 지팡이다.
54 옥발응기(玉鉢應器): 옥으로 만든 승려의 공양 그릇.
55 하납(霞衲): 승려가 입는 옷인 납의(衲衣). 세상 사람들이 버린 낡은 천을 기워서 만든 옷이다.
56 화전(花詮): 불경을 가리키는 것으로 보인다. 『대각국사문집』에 "불경 3백 권을 어렵사리 번역했네[錦翻三百貫花詮]"라는 시가 나온다.
57 미추이질금(未鄒尼叱今): 신라 13대 왕인 미추 '이사금(尼師今)'의 다른 표기. 『삼국유사』에 '미추이질금'으로 기록되어 있는 내용을 따른 것으로 보인다.
58 밝수: 남자무당. 박수무당. 판수. 여기서는 '노선(老仙)'을 지칭한다.
59 새배: '새벽'의 방언.
60 거둥: 임금의 행차.
61 낭: '벼랑'의 방언.
62 금선(金仙): '금빛 신선'이라는 뜻으로, 부처를 가리킨다.
63 대자대비(大慈大悲): '자(慈)'는 타인에게 즐거움을 주려는 마음이고, '비(悲)'는 타인의 고통을 덜어주려는 마음이다. 자비의 마음이 끝이 없는 것을 '대자대비'라고 한다.
64 무상정법(無上正法): 위없이 바른 가르침.
65 해탈정각(解脫正覺): '해탈'은 번뇌의 고통에서 풀려나는 것이고, '정각'은 그러한 해탈을

가능케 하는 바른 깨달음이다.

66 '유두(流頭)'는 음력 6월 보름으로, 이날 동쪽으로 흐르는 물에 머리를 감으면 나쁜 일을 막고 여름에 더위를 먹지 않는다고 한다. '유두 전일'이므로, 음력 6월 14일을 가리킨다.

67 데퉁하다: 거칠고 미련스럽다.

68 열적다: 겸연쩍고 부끄럽다. 혹은 담이 작고 겁이 많다.

69 광술: '관솔'의 방언. 송진이 엉긴 소나무의 가지나 옹이. 불이 잘 붙으므로 여기에 불을 붙여 등불 대신 이용하였다.

70 사시(史侍): 신라 최초의 비구니이자 절을 개창한 여성 출가자로서, 『삼국유사』에는 사씨(史氏)로, 『해동고승전』에는 사시(史侍)로 기록되어 있다.

71 회소곡(會蘇曲)은 신라 유리왕 때의 민간 노래이다. 길쌈 시합을 하고, 진 편이 이긴 편에게 술과 음식을 대접하여 노래와 술을 즐겼다. 진 편에서 춤추며 "회소(會蘇), 회소"라는 탄식하는 음조(音調)를 내었는데, 그 가락이 슬프고 아름다워 후세 사람들이 그 소리에 맞추어 노래를 지어 불렀다. "회소, 회소"는 오늘날 "아서라, 말아라"에 해당하는 말이다.

72 말구종: 말을 타고 갈 때에 고삐를 잡고 앞에서 끌거나 뒤에서 따르는 하인.

73 도섭: 주책없이 능청맞고 수선스럽게 변덕을 부리는 짓.

74 다그다: 어떤 방향으로 가까이 옮기다. 혹은 몸을 움직여 가까이 다가가다.

75 형극(荊棘): 나무의 온갖 가시.

76 방포(方袍): 승려가 입는 가사(袈裟).

77 정례(頂禮): 공경하는 마음으로 이마가 땅에 닿도록 몸을 구부려 절을 함. 또는 그렇게 하는 절.

78 "금교엔 눈이 쌓이고 얼음도 풀리지 않으니, 계림에 봄빛은 아직도 돌아오지 않았구나. 영리한 봄의 신은 재주도 많아, 모례의 집 매화에 먼저 꽃을 피웠네"라는 뜻. 『삼국유사』에서 일연(一然)은 신라에 불교가 처음 전파된 것을 매화로 상징하여 표현하였다. 봄은 불법을, 봄의 신인 '청제(青帝)'는 법신(法身)을 상징하며, 모례(毛禮) 집의 매화꽃은 불법이 화현(化現)된 것으로 볼 수 있다.

79 노구메: 산천의 신령에게 제사 지내기 위하여 놋쇠나 구리로 만든 작은 솥에 지은 메밥.

80 등롱: 대나무 등으로 살을 만들어 겉에 종이나 헝겊을 씌우고 그 안에 등잔을 넣어 사용하는 등.

81 원발표면에는 '이애'로 표기되어 있다. '이애'는 어른이 아이를 부르거나 같은 또래끼리 서로 부르는 말. 이후로는 축약어인 '얘'로 표기한다.

82 보도부인(保刀夫人): 신라 법흥왕의 비. 『삼국유사』에서는 파도부인(巴刀夫人)이라고 한다.

83 미끗하다: 모양이 거친 데 없이 미끈하다.

84 헌출하다: 키나 몸집 따위가 보기 좋게 어울리도록 크다.

85 자최: '자취'의 옛말.

86 사정부령(司正府令): 신라 시대 형률(刑律)과 탄핵(彈劾)의 일을 관장하던 관청의 장관급 관직.

87 천추만세(千秋萬歲): 오래도록 별고 없이 사는 것.

88 영매(英邁): 성질이 영리하고 비범함.

89 알음장: 눈치로 은밀히 알려줌.

90 유한(遺恨): 생전(生前)의 남은 원한.

91 두던: '언덕'의 방언.

92 손잡손: '손짭손'의 북한어. 좀스럽고 얄망궂은 손장난.

93 새: 피륙의 날을 세는 단위. 한 새는 날실 여든 올이다.

94 기롱: 실없는 말로 놀리는 것.

95 얼없이: 얼이 빠져 정신이 없이.

96 초추(初秋): 이른 가을. 주로 음력 7월을 이른다.

97 거칠부(居漆夫): 6세기 중엽 신라의 파진찬, 상대등 등을 역임한 관리.

98 하념(下念): 윗사람이 아랫사람을 염려함.

99 위화부령(位和府令): 신라 시대 하급 관리의 위계와 인사에 관한 사무를 맡던 위화부(位和府)의 장관급 관직.

100 짐대: 불교에서 당(幢)을 달아 세우는 대.

101 질래: '끝내'의 방언.

102 들레다: 야단스럽게 떠들다.

103 사복(私腹): 개인의 사사로운 이익이나 욕심.

104 참괴(慚愧): 스스로 반성하여 자신의 죄나 허물을 스스로 부끄러워하는 마음 작용을 참(慚), 자신의 죄나 허물에 대하여 남을 의식하여 부끄러워하는 마음 작용을 괴(愧)라고 한다.

105 유들스럽다: 살이 많이 찌고 윤이 번드르르하게 흐르는 데가 있다.

106 동독(董督): 감시하고 독촉하고 격려하는 것.

107 시위(侍衛): 임금이나 어떤 모임의 우두머리를 모시어 호위함.

108 난신적자(亂臣賊子): 나라를 어지럽히는 신하와 어버이에게 불효하는 자식. 나라를 어지럽히는 불충한 무리를 비유적으로 이르는 말.

109 유리걸식(流離乞食): 정처 없이 떠돌아다니며 밥을 빌어먹음.

110 모군능상(侮君凌上): 군주를 업신여기고 윗사람을 능멸함.

111 갑사(甲士): 갑옷 입은 병사.

112 민연(憫然)하다: 보기에 답답하고 딱하여 안타깝다.

113 차수정례(叉手頂禮): 손을 모아 머리를 숙여 예를 표함.

114 아미타불(阿彌陀佛): 불교의 여러 정토 세계 가운데 서방 극락정토(極樂淨土)의 주불(主佛). 아미타불을 믿고 그 이름을 부르면 모두 극락정토에 태어나 즐거움을 누릴 수 있다고 한다. 아미타불의 명호를 부르는 염불 신앙은 동아시아에서 가장 보편화된 불교 신앙이다.

115 걸식사문(乞食沙門): '사문(沙門)'은 불교의 출가 수행자를 가리킨다. 사문은 직접 노동하지 않고 하루 한 번 걸식(乞食)하는 것을 전통으로 삼는다.

116 구중지밀(九重至密): '구중'은 문이 겹겹이 이어진 궁궐을, '지밀'은 임금이 거처하는 곳을 뜻한다.

117 오욕(五慾): 불교에서 말하는 인간의 다섯 가지 근본 욕망으로, 재물욕, 색욕, 식욕, 수면욕, 명예욕을 말한다. 본문에서는 '五慾'과 '五欲'이라는 표기가 같이 쓰이고 있다.

118 탐애(貪愛): 탐내어 집착함. 욕심에 사로잡힘.

119 초열지옥: 팔열지옥(八熱地獄) 가운데 하나로서, 불에 달군 철판 위에 눕혀놓고 벌겋게 단 쇠몽둥이와 쇠꼬챙이로 때리거나 지지는 고통을 받는다. 살생, 도둑질, 음행, 음주, 거짓말의 죄를 지은 자가 가는 곳이다.

120 참고(慘苦): 참혹한 고통.

121 전변무상(轉變無常): '전변'은 변화와 동일한 의미다. 언제나 변화하고 있는 무상함을 뜻한다.

122 극격(劇激)하다: 거센 물결과 같다.

123 사고팔난(四苦八難): 생로병사의 네 가지 고통과, 부처를 만나지 못하고 바른 가르침을 듣지 못하는 등의 여덟 가지 고난.

124 영영 자자(營營孜孜): 쉬지 않고 부지런히 일함.

125 자민(慈愍): 남을 가엾이 여기는 연민의 마음.

126 백죄: 백주 대낮에 그러면 안 된다는 말.

127 질소(質素)하다: 소박하다.

128 살매: 사람의 의지와는 상관없이 초인간적인 힘에 의해 지배된다고 생각되는 운명.

129 구치다: 언짢게 하다.

130 무간지옥(無間地獄): 팔열지옥 가운데 하나로 아비지옥(阿鼻地獄)이라고도 한다. '무간'이란 고통이 끊임없이 이어지는 것을 뜻한다.

131 모가비: 사당패 또는 산타령패 따위의 우두머리. 혹은 국악의 앞소리꾼.

132 "의에 죽고 삶을 버림도 놀라기에 족하거늘, 하늘의 꽃과 흰 젖이여, 놀란 가슴을 치는구나. 어느덧 한칼에 몸은 비록 죽었어도, 절마다 쇠북소리는 서라벌을 뒤흔드네"라는 뜻. 『삼국유사』에 실린 일연 스님의 시이다.

133 소장(素帳): 장사(葬事) 지내기 전에 궤연 앞에 치는 흰 포장(包裝).

134 향탁(香卓): 향로를 올려놓는 탁자.

135 어별(魚鼈): 물고기와 자라를 아울러 이르는 말. 바다 동물을 통틀어 이를 때 사용된다.

136 원노(猿猱): 원숭이.

137 선면(蟬冕): 얇은 면류관.

138 선관(仙官): 선경(仙境)의 관원(官員).

139 서천(西天): 서쪽 하늘. 부처가 난 인도를 말하며, 서방 정토의 극락세계를 의미하는 말이기도 하다.

140 법우(法雨): 불교의 가르침이 비처럼 내리는 것을 비유한 말.

141 "성인의 지혜는 본래 만세를 꾀하고, 구구한 여론은 작은 것도 나무란다. 법륜(法輪)이 풀려 금륜(金輪)을 따라 구르니, 순일(舜日)이 일어남에 불일(佛日)이 높이 빛나네"라는 뜻. 『삼국유사』 중 「원종흥법 염촉멸신」이란 시로서, 일연이 법흥왕을 위해 지은 것이다. '법륜(法輪)'은 불교의 가르침을 뜻하고, '금륜(金輪)'은 세계를 통치하는 전륜왕(轉輪王)의 네 종류 중 하나이다. '순일(舜日)'은 고대 중국의 성왕인 순임금의 태평성세를 가리키고, '불일(佛日)'은 부처를 태양에 비유한 표현이다.

142 제석(除夕): 섣달그믐날 밤.

143 휘양: 추울 때 머리에 쓰던 모자. 남바위와 비슷하나 훨씬 길고 볼끼를 달아 목덜미와 뺨을 싸게 만들었는데, 볼끼는 뒤로 잦혀 매기도 하였다.

144 옹솥: 작고 오목한 솥.

145 깃달이: 옷에 깃을 다는 일. 옷깃을 단 솜씨.

146 곱다: 손가락이나 발가락이 얼어서 감각이 없고 놀리기가 어렵다.

147 본새: 어떤 물건의 본디의 생김새. 혹은 어떤 동작이나 버릇의 됨됨이.

148 붕어배래: 둥근 소매.

149 원발표면에는 '쑤어박혀'로 표기되어 있다. '꾸어박히다'는 '처박히다'와 유사한 뜻이다.

150 심평: 생활의 형편.

151 세찬(歲饌): 연말에 선사하는 물건.

152 드난꾼: 임시로 남의 집 행랑에 붙어 지내며 그 집의 일을 도와주는 사람.

153 원발표면에는 '체숄'로 표기되어 있다. 마을 이름으로 추정된다.

154 명일(名日): 명절과 국경일을 통틀어 이르는 말.

155 왜채(倭債): 일본인이나 일본으로부터 얻어 쓴 빚.

156 거산(擧産): 집안 식구나 한곳에 살던 사람들이 모두 뿔뿔이 흩어짐.

157 생화(生貨): 먹고살아가는 데 도움이 되는 벌이나 직업.

158 시들하다: 생기가 없다. 혹은 내키지 않다.

159 원발표면에는 '백죄'로 표기되어 있다. '백주에'는 '드러내놓고 터무니없이', '공연히'라는 뜻이다.

160 괴춤: '고의춤'의 방언. 고의의 허리 부분을 접어서 여민 사이. 허리춤.

161 구실아치: 조선 시대 각 관아의 벼슬아치 밑에서 일을 보던 사람.

162 부명(富名): 부자라는 평판. 또는 부자라는 소문.

163 조련질: 못되게 굴어 남을 괴롭히는 것.

164 시체: 시대의 풍습, 유행을 따르거나 지식 따위를 받음. 또는 그런 풍습이나 유행.

165 솔개미: '솔개'의 방언.

166 순검(巡檢): 순찰하여 살핌. 또는 그런 일을 하는 사람.

167 가쾌(家儈): 집을 사고파는 사람들 사이에 흥정을 붙이는 것을 직업으로 하는 사람.

168 집주름: 중개인.

169 선돈: 선금.

170 흑작질: 흑책질. 교활한 수단을 써서 남의 일을 방해하는 일을 낮잡아 이르는 말.

171 수대(手袋): 손가방. 지갑.

172 야료(惹鬧): 까닭 없이 트집을 잡고 함부로 떠들어댐.

173 이면(裏面)치레: 체면이 서도록 일부러 어떤 행동을 함. 또는 그 행동.

174 세(歲)안으로: '세(歲)밑'이 한 해가 끝날 무렵, 설을 앞둔 섣달그믐께를 이르는 말이므로, '한 해가 끝나기 전에'의 의미로 보인다.

175 1936년 1월, 장곡천정 공회당에서 〈태자의 출가〉(예천좌)라는 제목으로 공연되었다. 작품은 『현대조선문학전집 — 희곡집』(1938.10)에 수록되어 있다.

176 거금(距今): 지금으로부터 지나간 어느 때.

177 무장갑사(武裝甲士): 무장한 병사.

178 철우(鐵偶): 산신이 타고 다닌다는 호랑이를 신격화한 조형물.

179 양인(兩人): 두 사람.

180 소조(蕭條): 분위기가 매우 조용하고 쓸쓸함.

181 배광(配光): 어떤 물체를 비추고자 빛을 보냄. 조명.

182 바리때: 발우(鉢盂). 적당한 양을 담는 밥그릇이란 뜻으로 절에서 부처 또는 승려들이 소지하는 밥그릇. 공양 그릇.

183 점두(點頭): 승낙하거나 옳다는 뜻으로 머리를 약간 끄덕임.

184 장자(長者): 큰 부자를 점잖게 이르는 말.

185 천량: 재산.

186 일수(日數): 그날의 운수(運數).

187 바라문(婆羅門): 인도 사회의 사성계급(四姓階級) 가운데 가장 상위에 속한 제사장 계급.

부처는 바라문 다음의 계급인 왕족, 무사 계급의 인물이다.

188 계행(戒行): 계를 받은 뒤에 계법(戒法)의 조목에 따라 이를 실천, 수행하는 것.

189 적심(籍甚): 더욱 심함.

190 덕분(德分): 남에게 어질고 고마운 짓을 베푸는 일.

191 원발표면에는 '아토(餓兎)'라고 표기되어 있으나 '아귀(餓鬼)'의 오식으로 추정되어 수정하였다. 이하는 아귀로 표기한다. '아귀'는 육도윤회(六道輪迴)하는 여섯 부류의 중생 가운데 '배고픔으로 고통받는 중생'을 가리킨다. 이들은 인간세계가 아닌 귀신의 세계에 속한 존재들이다.

192 무릇하다: 다소 무른 듯하다.

193 연전(年前): 몇 해 전.

194 구살라(拘薩羅): 석가모니 당시 인도에 있던 코살라(Kosala) 왕국을 가리킨다. 코살라는 마가다 왕국과 전쟁을 벌이다가 멸망하게 되었다. 초기 불경에 보면 코살라 왕국은 석가모니의 불교를 지원한 곳으로 나온다.

195 뒤떠들다: 왁자하게 마구 떠들다.

196 짓몰다: '마구 몰다'의 북한어.

197 행구(行具): 길 가는 데 쓰는 여러 가지 물건이나 차림.

198 수라도(修羅道): 항상 싸움이 그치지 않는 세계로, 교만심과 시기심이 많은 사람이 죽어서 가는 곳.

199 축생도(畜生道): 죄업 때문에 죽은 뒤에 짐승으로 태어나 괴로움을 받는 세계.

200 삼독(三毒): 사람의 착한 마음을 해치는 세 가지 번뇌. 탐욕, 진에(성내고 노여워함), 우치(어리석음) 따위를 '독'에 비유하여 이르는 말.

201 『보조어록』의 한 구절이다. 석우 보화가 우연히 범어사에 이르러 『보조어록』을 열람하고 출가의 뜻을 굳혔다고 알려져 있으며, 뜻은 다음과 같다. "삼계(三界)의 열뇌(熱惱)를 비유컨대 불난 집과 같으니, 그것을 참고 머물러서 긴 고통을 달게 받을 것인가. 욕심의 윤회를 벗어나고자 하면 부처를 찾아야 하고, (…)"

202 범패(梵唄): 석가여래의 공덕을 찬미하는 노래. 절에서 재(齋)를 올릴 때에 부른다.

203 아사타(阿私陀) 선인: 인도의 성인. '아사타(阿私陀)'는 범어 'Āṣāḍha'의 음사이다. 석가모니가 탄생했을 때, 태자의 상을 보고 속세에 있게 되면 전륜성왕이 되고, 출가하면 부처가 될 것이라고 예언하였다고 한다.

204 윤성왕(輪聖王): '전륜성왕', 즉 천하를 통일할 수 있는 왕을 뜻한다.

205 제기다: 있던 자리에서 빠져 달아나다.

206 몽당비: 끝이 거의 다 닳아서 없어진 비.

207 행계(行啓): 왕태후·왕후·왕세자 등이 출입하는 일.

208 경필(警蹕): 임금이 거둥할 때 일반인의 통행을 금한 일.

209 국궁(鞠躬): 존경하는 마음으로 윗사람이나 영위(靈位) 앞에서 몸을 굽힘.

210 복지돈수(伏地頓首): 땅에 엎드려 머리를 조아림.

211 불회(不會): 명료하게 알지 못함. 분명하게 이해하지 못함.

212 범예(犯穢): 더러움을 저지르는 것.

213 무수돈수(無數頓首): 헤아릴 수 없이 머리를 조아림.

214 옥가(玉駕): 임금이 타는 가마.

215 원발표면에는 '가령참혹(可怜慘酷)'으로 표기되어 있다. 여기서 '怜'은 '憐'의 약자(간체자)로 보인다.

216 정상(情相): 형편. 상황.

217 간단(間斷)없이: 끊임없이.

218 지수화풍(地水火風) 사대(四大): '지수화풍'은 사람의 육신이나 만물을 구성하는 네 가지 기본 요소로서, 사대(四大)라고도 한다. 불교에서는 우주 만물은 지, 수, 화, 풍의 이합집산으로 생겨나기도 하고 없어지기도 한다고 한다.

219 우수(右手): 오른손.

220 장태식(長太息): 장탄식. 긴 한숨을 지으며 깊이 탄식하는 일.

221 하마나: 행여나.

222 게송(偈頌): 부처의 공덕이나 가르침을 찬탄하는 노래.

223 원발표면에는 '재행자'로 표기되어 있으나, '대행자'(수행을 쌓은 행자, 행자를 높여 이르는 말)로 추정된다.

224 염애(染愛): 애착에 물듦.

225 제도(濟度): 미혹한 세계에서 생사만을 되풀이하는 중생을 건져내어 생사 없는 열반의 언덕에 이르게 함.

226 "제행이 무상하니, 이것이 생멸의 법이다"라는 뜻. '제행(諸行)'은 인연의 조합에 의해 만들어지는 온갖 사물과 사태를 뜻한다. 이런 것들은 영원하지 않으므로 무상하다고 한다. 그리고 이를 '생겨났다 소멸하는 법'이라고 한다.

227 "생멸하는 세계를 벗어나면 고요한 해탈의 상태를 즐거움으로 삼는다"는 뜻.

228 진락(眞樂): 참된 즐거움.

229 "모든 형상 있는 것은 모두가 허망하니, 모든 형상을 본래 형상이 아닌 것으로 보면 곧 진실한 모습을 보게 된다"는 뜻. 『금강경』에 있는 다양한 사구게(四句偈) 중 가장 널리 알려진 게송이다.

230 지급(至急): 매우 급함.

231 야수다라(耶輸陀羅): 석가가 출가하기 전 싯다르타 태자의 아내, 곧 라후라(羅睺羅)의 어머

니. '야수다라(耶輸陀羅)'는 범어 '야쇼다라(Yaśodharā)'의 음역이다. 정반왕(淨飯王)이 세상을 떠나자 파사파제(波闍波提)와 함께 출가하여 비구니가 되었다.

232 경희(驚喜): 경사스럽게 기뻐함.

233 라후라: 석가모니 아들의 이름으로, '장애'를 뜻한다. 출가 이전의 태자는 자신의 자식이 태어났다는 얘기를 듣자, 곧장 '풀기 어려운 계박(繫縛)'이라는 뜻의 '라후라'라는 말을 내뱉는데, 이 말이 곧장 아들의 이름이 되었다.

234 '가비라성 안에 산다'는 뜻.

235 원발표면에는 '여인 나라'로 표기되어 있으나, '생사의 고통을 여읜(없앤) 나라'를 뜻하는 것으로 보인다.

236 감로수(甘露水): 마시면 죽지 않는 불사(不死)의 약.

237 영안영락(永安永樂): 길이길이 편안하고 즐거움.

238 일후(日後): 후일.

239 영락(瓔珞): 구슬을 꿰어 만든 장신구. 목이나 팔 따위에 두른다.

240 상하신민(上下臣民): 귀하고 천한 백성.

241 전륜성왕(轉輪聖王): 인도 신화에서 통치의 수레바퀴를 굴려, 세계를 통일·지배하는 이상적인 제왕.

242 오천축(五天竺): 인도를 동서남북 및 중간의 다섯 구역으로 나눈 것을 말한다. 천축(天竺)의 '축(竺)'이 원발표면에는 '립(笠)'으로 잘못 표기되어 있어 바로잡는다.

243 마야부인(摩耶夫人): 석가모니의 생모. 싯다르타를 낳기 위해 친정으로 가던 도중 산통을 느끼고 룸비니 동산에서 난산 끝에 싯다르타 태자를 낳았고, 7일 만에 세상을 떠났다.

244 석가성족(釋迦聖族): 고대 인도의 크샤트리아 계급에 속하는 종족(석가모니도 속함).

245 거가(車駕): 임금이 타는 수레. 어가.

246 춘경제(春耕祭): 석가모니가 어린 시절 겪었던 매우 중요한 체험 가운데 하나이다. 봄에 처음 밭을 가는 행사인 춘경제에 국왕인 아버지를 따라갔던 태자는 밭을 둘러싸고 벌어진 여러 약육강식의 사태를 보고서 깊은 의문이 들어 나무 아래에서 그것에 대해 곰곰이 사색했다고 전한다.

247 장기밥: '쟁기밥'을 이르는 것으로 보인다.

248 원지(圓智): 원만하고 완전한 지혜.

249 태자가 처음 태어나 일곱 걸음 걸은 뒤 "천상천하 유아독존(天上天下 唯我獨尊)"이라고 외쳤던 것을 말한다.

250 실달태자(悉達太子): 석가모니 부처님이 출가하기 전의 이름을 음역한 실달다(悉達多)의 준말인 '실달'에, 당시 태자였으므로 그 지위를 합친 호칭. 범어 '싯다르타(Siddhārtha)'는 목적을 이룬 자, 성취한 자, 번영을 이룬 자 등의 의미를 지닌다.

251 편거(便居): 거처.

252 액연(額緣): 문이나 창 따위에 두른 장식물.

253 광(廣): 넓이.

254 아청(鴉青): 검은빛을 띤 푸른빛.

255 염부수(閻浮樹): 인도에 많은 교목.

256 조입(彫入): 조각.

257 고동비(古銅扉): 구리 문짝,

258 융전(絨氈): 융단(絨緞).

259 화려장미(華麗壯美)하다: 화려하고 장대하다.

260 철상(鐵像): 철로 만든 동상.

261 성고(盛高)히: 크고 높게.

262 원유회(園遊會): 여러 사람이 산이나 들 또는 정원에 나가서 노는 모임.

263 정반왕(淨飯王): 중인도 가비라성의 성주로 석가모니의 아버지. 처는 마야부인이다. '정반왕(淨飯王)'은 범어 '숫도다나(Śuddhodāna)'의 음역이다.

264 마하남(靡訶男): 정반왕에 이은 가비라성의 왕이자 석가모니의 사촌동생으로 석가모니의 가르침을 생활화하였다. '마하남(靡訶男)'은 범어 '마하나마(Mahānāma)'의 음역으로, '靡訶'를 불교계에서는 통상적으로 '마하'로 읽는다. 'Mahā'는 '크다, 위대하다'는 뜻이고, 'nāma'는 '이름'이라는 뜻이므로, 의역하여 대호(大號), 대명(大名)이라고도 불렸다.

265 "우주 가운데 나보다 더 존귀한 사람은 없다"는 뜻. 모든 중생에게 자기 인격의 존엄함을 일깨워주는 말.

266 천화(天花): 천상계에 핀다는 영묘한 꽃.

267 상법(相法): 관상 보는 법.

268 삼십이상(三十二相): 부처의 몸에 갖춘 서른두 가지의 독특한 모양.

269 팔십 종호(種好): 부처의 몸에 갖추어져 있는 미묘하고 잘생긴 여든 가지 상(相).

270 '구의(究意)'는 '구경(究竟)'을 잘못 표기한 것으로도 보인다. '구경'은 궁극적이라는 뜻이다.

271 대각(大覺): 큰 깨달음.

272 인천삼계(人天三界): '인천(人天)'은 인간계와 천상계의 중생을 가리키고, '삼계(三界)'는 욕계, 색계, 무색계의 세 가지 세계를 가리킨다.

273 파사파제(波闍波提): 싯타르타의 이모. '파사파제'의 이름은 팔리어로는 마하파자파티(Mahāpajāpatī)이고, 범어로는 마하프라자파티(Mahāprajāpatī)이다. 현대 한국불교에서는 관례적으로 '파사파제'라고 칭한다. 석가모니는 태어난 지 7일 만에 어머니 마야부인을 잃고 이모인 파사파제 손에서 자랐다.

274 양삼(兩三): 두세 명의.

275 하정(下情): 윗사람에 대하여 자기의 마음이나 뜻을 낮추어 이르는 말.

276 삼시전(三時殿): 석가모니의 태자 시절에 부왕이 석가모니를 위해 철에 따라서 각각 적합하게 만들어놓은 세 궁전. 인도에서는 1년을 세 가지 철로 나눈다.

277 만단(萬端): 온갖. 수없이 많은 갈래나 토막으로 얼크러진 일의 실마리.

278 미거(未擧)하다: 사리가 어둡다.

279 음덕(蔭德): 조상의 덕.

280 기착(氣着): 차려.

281 요발수(鐃鈸手): 불교 의식구의 하나인 바라를 다루는 사람. 바라는 발자(鉢子), 동발(銅鈸)이라고도 하는데, 타악기의 일종이다.

282 기열나립(記列羅立): 자신의 정해진 위치에 벌여 서는 것.

283 하도나: 퍽이나. 몹시나.

284 원발표면에 한자가 표기되어 있지 않으나, '자내(自內)'는 임금이 거주하는 대궐 안을 의미한다. '궁궐 안으로'라는 뜻.

285 신색(身色): 몸빛.

286 복락안강(福樂安康): 행복하고 안락하며, 평안하고 건강함.

287 시의(是意): 그래. 그렇다.

288 인간복락: 인간의 행복과 즐거움.

289 표랑부침(漂浪浮沈): 떠돌아다니며 성하고 쇠하는 것.

290 화택(火宅): 번뇌와 고통이 가득한 세상. 이는 『법화경』의 용어로, 이 세계가 마치 불난 집과 같다는 것을 비유한다.

291 탐착(耽着): 탐하여 집착함.

292 사문(沙門): 출가하여 수행하는 사람을 통틀어 일컫는 말.

293 복원(伏願): 웃어른에게 엎드려 공손히 원함.

294 석가족(釋迦族): 석가의 종족. 가령 '석가모니'는 '석가 종족에서 태어난 성자'를 뜻한다.

295 봉행(奉行): 뜻을 받들어 행하는 것.

296 흔연(欣然): 기쁘거나 반가워 기분이 좋은 모양.

297 성지(聖旨): 임금의 뜻.

298 기전(氣轉): 대기 혹은 공기의 변화라는 뜻. '기분을 바꿔서', '분위기를 바꿔서'라는 의미.

299 간원(懇願): 간절하게 원함.

300 황공돈수(惶恐頓首): 황공해하며 머리가 닿도록 절함.

301 미충하정(微衷下情): 변변치 못한 충정.

302 요량(嘹喨)하다: 소리가 맑고 낭랑하다.

303 원발표면에는 '암바 라잍'으로 표기되어 있다. '앰버(amber)' 필터를 이용한 갈색 계통의

조명으로, 연극에서 석양 따위의 효과를 낼 때 쓰인다.

304 유한고결(幽閑高潔): 그윽하고 고결함.

305 궂기다: 망설이다, 머뭇거리다[迍].

306 발하다: 공개적으로 알리다.

307 구수(仇讐): 원수.

308 완이(莞爾): 빙그레 웃는 모양.

309 타소(打笑): 크게 웃음.

310 무우수(無優樹): 보리수나무를 달리 이르는 말. 이 나무 아래서 마야부인이 석가를 낳았다고 한다. 범어 '아소카(asoka)'가 '우울함이 없다'는 뜻이므로 '무우수(無憂樹)'라고도 의역되고, 한역으로는 '아수가(阿輸迦)'로 불린다.

311 화성이안(和聲怡顔): 화목하고 즐거운 얼굴.

312 쾌생 회춘(快生 回春): 빨리 살아나 회춘함.

313 기화요초(琪花瑤草): 옥같이 고운 풀에 핀 구슬같이 아름다운 꽃.

314 출세간(出世間): 생사의 세계를 벗어나 열반의 세계로 들어가는 것.

315 무위진락(無爲眞樂): 인연을 따라 이루어진 것이 아니라 생멸의 변화를 떠난 참된 즐거움. '무위(無爲)'는 생멸하지 않는 세계를 가리킨다. 석가모니는 생멸하는 세계인 유위(有爲)를 벗어나 무위(無爲)의 세계를 증득한 뒤 참된 즐거움을 누렸다고 한다.

316 불과(佛果): 불도를 닦아 이르는 부처의 지위.

317 수와얀바라[自選式]: 고대 인도의 결혼 풍속으로, '스바얌바라(svayamvara 또는 svayavara)'라고도 한다. 신부 측에서 시험을 내어 신랑을 선택하는 풍습이므로, 이 글에서는 스스로 선택한다는 의미에서 '자선(自選)의 방식'으로 풀이되고 있다.

318 대상(臺上): 높은 대(臺)의 위.

319 석병(石屛): 병풍 같은 모양의 돌을 말하는 듯하다.

320 귀: 지붕의 모서리.

321 협문(脇門): 쪽문. 대문 옆에 있는 작은 문.

322 여신(餘燼): 타다 남은 불기운.

323 차익(車匿): 싯다르타가 성문을 떠나 출가할 때에 말을 몰았던 마부(馬夫)의 이름. 범어 '찬다카(Chandaka)'의 음사.

324 간다가: 태자가 타던 흰 말의 이름인 '칸타카(Kanthaka)'를 가리킨다. 불전에서는 건척(犍陟), 건척(乾陟) 등으로 표기한다.

325 간다기강(江): 간다크(Gandak)강. 네팔 중부와 인도 북부를 지나 갠지스강으로 흘러 들어가는 강.

326 황금비(黃金轡): 황금 고삐.

327 마군(魔軍): 석가모니의 득도를 방해한 악마의 군사 혹은 불도를 방해하는 온갖 악한 일을 비유적으로 이르는 말.

328 웅도(雄圖): 크고 뛰어난 계획과 포부.

329 건척(乾陟): 앞에 언급된 '간다가'(말 이름)의 한문식 표현.

330 주소(晝宵): 밤낮. 밤과 낮을 아울러 이르는 말.

331 무상정변정각(無上正遍正覺): 『반야심경』의 '아뇩다라삼먁삼보리(阿耨多羅三藐三菩提, anuttarā-samyak-saṃbodhi)'로 가장 높고 가장 보편적이고 가장 올바른 깨달음이라는 뜻이다.

332 구담(瞿曇): '고타마'라는 석가 종족의 성. 곧 도를 이루기 전의 고타마 싯다르타 자신을 이르는 말.

333 대작(大作): 바람, 구름 따위가 크게 일어남.

334 우장(雨裝): 비를 맞지 아니하기 위해서 차려입음. 또는 그런 복장.

335 민련(悶憐): 딱하고 가엾어함.

336 애소(哀訴): 슬프게 하소연함.

337 시방삼세(十方三世): 사방(四方)·사유(四維)·상하(上下)와 과거·현재·미래.

338 제불 제보살(諸佛 諸菩薩): 온 세계에 있는 모든 부처와 모든 보살.

# 제5부

# 평론

# 조선朝鮮은 메나리 나라[1]

너희 부리가 어떠한 부리시냐

아득한 옛날 일이야, 어찌 다— 이로 가려 알 수가 있으랴마는 그래도 반 만년의 기나긴 내력을 가진 거룩한 겨레이다.

"우리 아가 예쁜 아가, 금싸라기같이 귀한 아가, 신통방통 우리 아가." 이것은 어머니가 어린 나에게 던져주시던 수수팔단지였지마는, 그래도 나를 얼싸안고 웃음과 눈물을 반죽해 부르시던 자장노래였다.

나는 시방도 어머니의 부르시던 그 보드라운 음조를 휘돌쳐 느끼고 있다. 내가 어찌하기로서니 그것이야 설마 잊을 수가 있으랴.

아무튼 우리가 어려서는 귀한 아기였었던지?

조선은 귀여운 아기를 많이 가졌었다. 그 아기들은 모두 훌륭한 보물을 퍽 많이 가졌었지? 자랑할 만한 그 보물? 이 세상에는 둘도 없는 그 보물!

그러나 그 보물은 감추어두었다. 아니 감추어두었던 것이 아니라 몇백 년 동안 기나긴 세월에, 그만 아무도 모를 흙구덩이 속에다 넣고 파묻어 이때껏 그냥 내버려두었었다.

그렇지만 파묻어두었다고 썩어 없어질 리는 없는 보물이니, 그것은 사그리 삭아 없어지는 것보다, 금두꺼비처럼 무럭무럭 자라나는, 거룩한 보물인 까닭이다.

그런데, 우리는 그 보물구덩이를 안다. 남들은 모두 몰라도……. 그러나 설사 남들이 그 보물 냄새를 맡고 찾아가 제아무리 죽을힘을 들이어서 그 구덩이를 파 뒤집어본다 한들 볼 수나 있으며 알 수나 있으며, 더구나 얻을 길이 있으랴. 다만 그것은 임자가 있는 보물이며 또 임자밖에는 도무지 안 체도 안 하는 보물이니 우리만 갖고 우리만 즐기고 우리만이 자랑할 신통하고도 거룩한 보물이다. 그 보물은 흙 속에 파묻혀 있는 그동안에, 도리어 땅 밖으로 싹이 트고 움이 돋고 줄거리가 자라고 꽃이 피고 또 열매까지도 맺었건마는 우리밖에 밉살스러운 그 남들은 도무지 그것을 모르는구나. 얼씨구 좋다 요런 깨판[2]이 또 어디 있으랴.

이제는 조선이 다— 거지가 되었더라도, 그 보물만은 어느 때든지 거부자장일 것이다. 또 다른 걱정이 무어야. 그것을 가진 우리의 목숨은 살았다. 아직도 이렇게 살아 있다. 다른 것은 모두 쪽박을 차게 되었을수록, 그 보물만은 우리를 두굿겨주고 귀여워한다. 그러니 그 보물은 과연 무엇이냐. 무엇이 그리 자랑거리가 될 만한 보물이더냐.

그것은 우리로서는 아주 알기 쉬운 것이다. 싸고도 비싼 보물이다. '메나리'라 하는 보물! 한자로 쓰면 조선의 민요 그것이란다.

그 보물은 어느 때 어느 곳에서 생겨난 것이냐.

메나리는 글이 아니다. 말도 아니요 또 시도 아니다. 이 백성이 생기고 이 나라가 이룩될 때에 메나리도 저절로 따라 생긴 것이니, 그저 그 백성이 저절로 그럭저럭 속 깊이 간직해가진 거룩한 넋일 뿐이다.

사람은 환경이 있다. 사람은 사람만이 사는 것이 아니라, 그 환경이라는 그것과 아울러서 한데 산다. 그래서, 사람과 사람, 사람과 환경은 서로서로 어느 사이인지도 모르게 낯익고 속 깊은 수작을 주고받고 하나니, 그 수작이 저절로 메나리라는 가락으로 되어버린다.

사람들의 고운 상상심과 극적 본능은, 저의 환경을 모두 얽어 넣어 저의 한 세계를 만들어놓는다. 앞산 도령아 이리 오너라, 뒷내 각시 너도 가자, 날쌘 눈짓이 재빠르게 건너간다. 달콤한 이삭다니가, 무르녹아진다. 여기에서 한낮의 이상하고도 그윽한 전설이 저절로 이룩해지나니, 그 산과 그 물을 의 인화해낼 때에, 그 가운데 쌓여 있는 이끼 슨 바위나 곰삭은 고목 가지라도 한 마치[3]의 훌륭한 재비[4]를 아니 맞아줄 수가 없으며, 거기에서 한바탕의 신화 세계가 그럭저럭 이룩해 어우러진다. 그래서 늘어진 가락 재치는 가락이 서로 얼크러져 한마당의 굿놀이판이 열려지나니, 등장한 재비꾼들은 제가끔 과백科白[5]으로 몇 마디의 메나리를 제멋껏 불러본다.

그 토지와 그 사건을 교묘하게 얽어 뭉친 그 노래는, 깊은 인상을 지니고, 뒷세상 오늘날까지, 입으로 입으로 불러 전해 내려왔다. 다만 입으로만 불려 전승해온 것이라, 묵고 오래인 만큼 그 모양과 뜻이 바뀌어지고 달라졌을는지는 모르나, 그래도 그 속에 깊이 파묻혀 있는 넋은 바꾸어놓을 수가 없으니까 조선이라는 한 붉은 땅덩이의 특색과 색다른 이취異趣는 어느 때든지 그대로 지니고 있으리라.

또 노래라는 것은 입으로 부르는 것이요, 글로 짓는 것이 아니매, 구태여 글씨로 적어 내려오지 못한 그것을 그리 탓할 까닭도 없다. 더구나 남달리 우리의 메나리는, 몇천 대 몇백 대 우리 조상의 영혼이 오랫동안 지니고 가꾸어올 때에, 그 시대마다 그 사람에게는 그대로 그것이 완성이 되었으리니, 그 줄거리가 시방도 한창 우리에게도 자라고 완성하며 있을 것이다. 무어 그리, 글로 기록하고, 말로 지껄이기야, 어려울 것이 있으랴마는 억만고億萬古 그동안을 이 나라 이 사람에게로, 거쳐 내려온 그것을 우리의 넋을, 넋두리를, 이 세상 어느 나라 무슨 글로든지 도무지 옮기어 쓸 수가 없을 것이라는 말이다.

우리나라에 다른 예술도 그렇게 잘되고 많았던지는 모르나, 우리는 민요국의 백성이라고 자랑할 만큼, 메나리를 퍽 많이 가졌다. 다른 것은 다— 어렴풋해 보기가 어려워도, 메나리 속에서 산 이 나라 백성의 운율적 생활 역사는 굵고 검붉은 선이 뚜렷하게 영원에서 영원까지 길이길이 그리어 있다.

사람들마다 입만 벙긋하면 모두 노래다. 젊은이나 늙은이나 사내나 계집이나, 모두 저절로 되는 그 노래! 살아서나 죽어서나, 일할 때나 쉴 때나, 허튼 주정, 잠꼬대, 푸념, 넋두리, 에누다리, 잔사설이 모두 그대로 그윽한 메나리 가락이 아니면 무어냐. 산에 올라 〈산타령〉, 들에 내려 〈양구양천〉, 〈아리랑〉 타령은 두 마치 장단, 늘어지고 서러운 것은 〈육자배기〉, 산에나 들에나 메나리꽃이 휘드러져 널리었다.

뫼가 우뚝하니 섰으니, 응징스럽다. 물이 철철 흐르니, 가만한 눈물이 저절로 흐른다. 수수께끼 속같이 곱고도 그윽한 이 나라에, 바람이 불어, 몹쓸 년의 그 바람이 불어서, 꽃은 피었다가도 지고, 봄은 왔다가도 돌아선다. 제비는 오건마는 기러기는 가는구나. 백성들이 간다. 사람들이 운다. 한 많은 뻐꾸기는, 구슬픈 울음을 운다. 울음을 운다. 무슨 울음을 울었더냐. 무슨 소리로 울었느냐. 뼈가 녹는 시름? 피를 품는 설움? 아니다. 그런 것이 아니다.

> 문경聞慶어(에) 세자넌(새재는) 워—ㄴ고개—ㄴ고—(웬 고개인고) 구비야 구비야 눈물이 나게

우리는 간다. 고개를 넘는다. 구비야 구비야 산길은 구비졌다. 구비야 구비야 눈물도 구비친다. 아—, 이 고개는 무슨 몹쓸 설움의 고개이냐.

하늘에는 별도 많고 시내 강변엔 돌도 많다. 한도 많다. 설움도 많다. 그러나 우리는 그것을 나타내기가 싫다. 할 말도 많건마는 또한 할 말도 없구나. 설움이 오거든 웃음으로 보내버리자. 사설이 있거든 메나리로 풀어버리자. 그러나 메나리 그것도 슬프기는 슬프구나. 슬그머니 내려앉은 가슴이 또다시 마음까지 앓게 되누나.

그러나 이것을 남들이야 알랴. 남들이야 어찌 그 마디마디 그 구슬픈 가락을 알 수가 있으랴.

> 도라지 캐러 간다고 요 핑계 조 핑계 하더니 총각낭군 무덤에 삼우제 지내러

간단다

이것은 강원도 메나리

길주명천吉州明川 가는 베장사야 첫닭이 운다고 가지 마소 닭이 울면 정닭이냐 맹상군의 인닭이라

이것은 함경도 메나리

쓰나 다나 된장 먹지 갈그이 사냥을 왜 나갔슴나

이것은 황해도 메나리이다. 가락이 길고 가늘고 무딜수록 저절로 설움도 있고 멋도 있나니, 그 멋이라는 것은 우리밖에는 느낄 이도 없고 자랑할 이도 없다. 또 애를 써 그것을 (분해) 설명할 필요도 없나니, 끝끝내 아무 보람도 없을 것이요, 아무 까닭도 없는 일이다. 다만 우리의 넋은 저절로 그것을 느끼며 알고 있으니까.

이름 있는 소리 이름 없는 소리 그 모든 소리가 우리 입에 오르내리는 것만 해도 그 가짓수가 이루 헤일 수 없이 많으니 메나리로서는 우리의 것이 온 세계에 가장 자랑할 만치 풍부하거니와 한 가지 같은 소리로도 곳곳이 골을 따라 그 뜻과 그 멋이 다르다. 〈아리랑〉도 서울 〈아리랑〉, 강원도 충청도 함경도 경상도 〈아리랑〉이 다르고, 〈흥타령〉도 서울 〈흥타령〉, 영남 〈흥타령〉이 다르고, 〈산염불〉도 서울 시골이 같지 않고, 〈난봉가〉도 서울과 개성과 황해도 것이 다르고, 〈수심가〉도 평양 〈수심가〉, 충북 〈수심가〉, 황해도 것이 다르고 같지 않은 멋이 있다. 무당의 〈제석거리〉는 13도 곳곳마다 다— 같지 않다. 또한 고전극 그대로를 아직껏 지니고 내려온 소리도 많으니, 〈심청전〉 〈춘향전〉 〈흥부전〉 〈토끼전〉 그런 것은 말할 것도 없거니와 중

들이 부르는 〈염불〉 〈회심곡〉, 한 무당이 부르는 〈푸리〉나 〈거리〉, 장돌뱅이의 〈장타령〉, 재주바치의 〈산대도감〉 〈꼭두각시〉, 무엇 무엇 그것도 헤일 수 없을 만치 퍽 많다. 가슴이 날뛰는 영남의 〈쾌지나 칭칭 나네〉도 좋다마는 뼈가 녹고 넋이 끊어질 듯한 평안도 〈배따라기〉도 그립구나. 화톳불 빛에 붉은 볼을 화끈거리며 선머슴이나 숫색시가 밤을 새워 보는 황해도 〈배뱅이굿〉은 얼마나 즐거운 일이냐. 평안도 〈다리굿〉의 〈아미타불〉도 또한 한 가닥 눈물이었다. 김매는 〈기심노래〉, 베 매는 〈베틀가〉도 좋지 않은 것이 없으며 남쪽의 〈산유화〉, 북쪽의 〈놀량사거리〉도 진역震域[6]에서는 가장 오랜 소리로 그 음조만으로도 우리의 넋을 힘 있게 흐늘거린다.

메나리는 특별히 잘되고 못된 것도 있을 까닭이 없으니 그것은 속임 없는 우리의 넋, 넋의 울리는 소리 그대로이니까.

우리의 메나리는 구박을 받아왔다. 어느 놈이 그런 몹쓸 짓을 하였느냐. 우리는 몇백 년 동안 한학漢學이라는 그 거북하고도 야릇한 살매 들리어 우리의 것을 우리의 손으로 스스로 푸대접해왔다. 아— 야속한 괄시만 받던 우리의 메나리는 그동안 얼마나 혼자 외딴길 어두운 거리로 헤매며 속 깊은 울음을 울었겠느냐.

그러나 할 수 없다. 우리의 넋은 우리의 넋 그대로인 것을 어찌하겠니. 메나리가 우리와 함께 있을 바에 우리가 살 동안까지는 늘 우리와 같이 있으리니, 이 나라가 뒤죽박죽이 되며 짚신을 머리에 이고, 갓을 꽁무니에 차고 다니는 세상이 온다 할지라도, 메나리만은 그 세상 그대로 없어지지 않고 있을 것이다. 아무리 무디고 어지러워진 신경이라도 우리는 우리의 메나리를 들을 때에, 저절로 느끼는 것이 있다. 아무나 마음이 통하고 느낌이 같다. 좋다 소리가 저절로 난다. 대체 좋다는 그것이 무엇이냐. 우리의 마음의 거문고가 우리의 마음속에서 절로 울려지는 그 까닭이다.

우리는 메나리 나라 백성이다. 메나리 나라로 돌아가자. 내 것이 아니면 모두 빌려 온 것뿐이다.

요사이 흔한 '양시조', 서투른 언문풍월諺文風月, 도막도막 잘 터놓는 신시新詩 타령, 그것은 다— 무엇이냐. 되지도 못하고 어색스러운 앵도장사를 일부러 애써 하는 것보다는 차라리 제멋의 제 국으로나 놀아라. 앵도장사란 무엇인지 아느냐, 받아다 판다는 말이다. 양洋가가[7]에서 일부러 육촉肉燭[8] 부스러기를 사다 먹고 골머리를 알아 장발객[9]들이 된다는 말이다.

넋이야 넋이로다. 이 넋이 무슨 넋?

(『별건곤別乾坤』 12~13호, 1928년 5월)

# 백조시대白潮時代에 남긴 여화餘話[10]
## — 젊은 문학도의 그리던 꿈

### 1. 그 시절

"여러분이 오시니 종로 거리가 새파랗구려."

이것은 방소파方小坡 군이 그 어느 해 여름날 백조 동인들을 철물교鐵物橋에서 만나서 부러운 듯이 칭찬하는 말이었다. 그 두터운 왜수건[11]으로 철철 흐르는 비지땀을 씻어가며 일부러 서서…….

오— 그리울손 그 시절! 백조白潮가 흐르던 그 시절!

도향稻香 월탄月灘 회월懷月 빙허憑虛 석영夕影 노작露雀 십여 인이 그때의 소위 백조파 동인들인데 춘원春園이 제일 연장이요 가장 어리기로는 나도향羅稻香 군이었다. 도향의 그때 나이는 아마 열아홉 살이었던가 한다.

우전雨田은 키 큰 데서도[12] 세상이 다— 아는 반나마이요 월탄은 짧은 외투도 길게 입기로 이름이 또한 높았다. 빙허, 노작, 석영, 월탄, 회월은 모두 스물한두 살로 자칫 동갑들이었었는데 빙허, 석영을 부세富世의 미장부美丈夫라고 남들이 추어 일컬을 적이면 매양 새침하니 돌아앉아서 깨어진 거울만을 우두커니 들여다보고 앉았던 도향은 그의 가는 속눈썹에 새삼스러이 몇 방울 맑은 이슬이 하염없이 듣고 있었다.

낙원동의 백조사白潮社[13]라 하면 대단히 빛나고 훌륭한 간판이었다. 그러나 어둠침침한 단간흑방單間黑房……. 방이라고 초라하기도 짝이 없었다. 방안에는 '토지조사土地調査' 화인火印이 찍힌 장사척여長四尺餘 광삼척廣三尺의 두터운 송판松板 책상 하나가 자리를 제일 많이 잡고 놓여 있었는데 헌 무명이불 한 채와 침의寢衣로 쓰는 헌 양복 몇 벌, 원고용지, 신문지 뭉치 등이 도깨비 쓸개같이 어수산란하게 흩어져 있으나마 그것이 방 안 세간의 대략이었다.

합숙인은 매양 4~5인이 넘었다. 자리가 좁으니까 모두 한편으로 모로 누워 자는 것이 취침 중의 공약이며 또한 공공한 도덕으로 되어 있었다. 만일에 누구든지 배탈이 나든지 하면 참말로 큰 탈이었으니 자다가 일어나는 것은 큰 비극인 까닭이었다. 변소便所 같은 곳에는 가느라고 누구든지 한번 일어만 나면 온 방중이 모두 곤한 잠을 깨게 되거니와 또 다음의 침석寢席은…… 먼저 자던 자리는 그만 그야말로 죽 떠먹은 자리라 일어나 나갈 수는 있었어도 다시 돌아와 드러누울 수는 없이 되어버리니 참말로 대단한 낭패狼狽이다. 아무라도 한 번만 일어나갔던 이면 그만 그 뒤에는 하는 수 없이 실내공자室內公子들의 기침起寢하시는 기척이 계실 때까지는 그대로 방문 밖에 우두커니 서서 푸른 봄철 아지랑이 짙은 꿈 보금자리를 고이고이 수호하는 역군이 되는 수는 달리 아무러한 도리도 없었다.

그런데 그것도 모두 저절로 자연 도태가 되어서 그러하였던지 모두 자가自家에서 금의옥식錦衣玉食으로 호강할 적에는 아마 약채藥債가 생활비보다는 더 예산이 되었을 축들이건마는 한번 이 흑방 속으로 들어오는 날이면 만행萬幸으로 모두 건강하였다. 배탈이나 감기 한번 아니 앓고 혈색 좋게 뛰놀고 기운차게 떠들었다.

내객來客이 있을 적이면 책상을 진번陳蕃의 탑榻[14]으로 대공代共하게 되었다.

### 2. 젊은이들

한창 젊은이들이라 주야가 없이 만장萬丈의 기염氣焰…… 몹시도 잘들 떠들었다.

그러나 그들은 몹시 청빈한 살림살이를 하였다. 불 안 땐 냉돌冷突에서 포단蒲團도 없는 잠자리로 식사라고는 하루에 한 끼……. 그래도 모두 마음으로나 몸으로나 그리 구읍拘揖하지도 않고 잘 지내었다.

젊은이들만이 득시글득시글 남들이 뜻 없이 보면은 아마 차라리 난폭한 생활이라고도 일렀으리라. 영창映窓 밖에는 뒤숭 산란하게 진날 흙투성이한 십여 족의 해어진 구두[15]가 여기저기 발 디딜 틈도 없을 만치 벗어져 있건마는 그래도 흑방 안에서는 목청 굵은 이야기와 즐거운 웃음소리가 쏟아져 나왔다.

그들은 모두 젊은 영웅들이요 어린 천재들이었다.

새로운 예술을 동경하고 커다란 희망을 가슴 가득히 품은 이들이라 한 번 금방에라도 일편에 귀신 도울 만한 걸작으로써 단박 채찍에 문단으로 치쳐 달리려 하는 그런 붉은 야심이 성하게 북받쳐 불붙는 젊은 사나이들만이 모였다.

모인 무리들이 스스로 형용하여 일컫기를 동인同人이라 하였다. 어렴풋하고도 어수룩하게 동인이라 일컬음! 일컫기를 동인이라서 그러하였던지 개인끼리에는 아무러한 사적 간격도 없었고 또한 어떠한 이해적 타산은 털끝만치도 없었다. 무슨 일에든지 덮어놓고 굳센 악수로 융합뿐이었다. 처음 나는 동인이라도 십 년 묵은 옛 벗과 같이 아무 가림이나 거리낌도 없고 아무러한 흉허물도 없이 그저 쉽고 즐겁게 담소하고 논란하며 부르짖고 하소연하였다.

그들은 몹시도 숫되고 깨끗만 하였다. 그들은 만나기만 하면 서로 이야기로 떠듦이요 술이요 웃음이요 노래였다.

인생 예술 그리고 당시 유행주의의 문제이었던 상징 낭만 퇴폐 회색 다다 등 그따위의 이야기로 싫증도 없이 열심히…… 밤이나 낮이나 잘도 떠들었다. 그리고 또 그 문단에 나타난 신작의 비평 도색桃色 문예작가에 대한 평판…… 또 외국 작가로는 '괴테'니 '하이네'니 '괠렌'이니 '모파상'이니 '로맹 롤랑'이나 '브라우닝'이니 하는 이의 이름이 그들의 논중인論中人이요 의중인意中人으로 영원 유구한 몽상탑夢想塔 그림자였다.

그래서 논담論談의 흥이 한창 겨워졌으니 저절로 몇 병 술이 없을 수 있으랴. 취기가 도연陶然하게 무르녹아지면 아까의 백면서생白面書生들이 금방에 홍안소년紅顏少年으로 돌변하여져서 고요히 짙어가는 장안의 봄밤 눈이 부시게 푸른 전등 빛 속에서 그들은 고함치듯이 부르짖듯이 떠들어대었다.

그들은 그들의 사상이나 행위나가 모두 엄청나게도 대담하였고 또 혹은 일부러 대담한 듯이 차리기도 한 모양이었다. 인습타파 노동신성 연애지상 유미주의…… 무엇이든지 꺼릴 것이 없이 어디까지든지 자유롭고 멋있게 되는대로 생각하고 그리고 행하자……. 그것이 그들의 한 신조였다.

제아무리 추하든지 밉든지 간에 그것이 우리 생의 현실이라면 하는 수 없는 일이리라. 왜 애써 꾸미고 장식하고 있으랴. 거짓말을 말아라. 형식을 취하지 말라. 덮고 가리지 말라. 어디까지든지 적나라하게…… 자유주의가 가리킨 이러한 주장은 그들의 뻗칠 대로 뻗친 젊고 붉은 피를 힘껏 흔들어 솟구쳐놓아서 뛰놀고 싶은 대로 뛰놀고 드높고 싶은 대로 드높게 하는 형편이었다.

사철 밤으로 낮으로 지껄이는 소리가 그 소리건마는 그래도 그들은 날이 가고 때가 바뀔수록 이나마 무슨 새로운 흥취와 새로운 재미를 느끼던 모양이었던지…….

그래서 담론의 흥이 한창 기울면 잇대어 술이요 한 잔 두 잔 백주白酒의 흥이 거의 고조高潮에 사무치게 되면

"가자—."

"순례다."

"가자 가자—."

누구의 입에선지도 모르게 한 마디 소리가 부르짖으면 그들은 모두 분연히…… 실제 그것을 이렇게밖에 더 형용할 수가 없었다…… 화응和應하여 자리를 박차고 우— 몰려 나서게 된다. 그래서 미인을 찾아 회색의 거리로

이리저리 수수께끼처럼 행진하였다.

### 3. 상아탑의 그림자

그들의 생애 그들의 종종상種種相[16] 은 구태여 대강 여기에 적어보자 하니 애란愛蘭[17] 시인 예이츠의 술회를 그대로 잠깐 이끌어 써보자.

이 땅의 종족은 '현실적인 자연주의'를 가지고 있었다. "자연 까닭의 자연 사랑을 가졌었으며 자연의 마술에 대한 싱싱한 감정도 가지고 있었다.

이 자연의 마술이란 사람이, 자연을 대할 적마다 그대로 저절로 알아졌으며 남들이 자기 기원이나 자기의 운명을 자기에게 말하여 들려주듯이 어렴풋하게 깨우쳐지고 느끼어지는 그 우울도 섞이어 있었다."

"아마도 공상과 몽환을 현실과 뒤섞어 착오해 보기에도 몹시 고달팠으리라." 그래서 "고전적 상상에 그대로 견주어 본다면 백의족白衣族의 상상이란 진실로 유한에 대한 무한이었다."

"부루 종족의 역사는 한 가락 길고 느릿한 상두꾼의 소리였으니 애끓는 시름도 애오라지 이십여 년…… 옛날의 추방을…… 동대륙東大陸 그윽한 땅에 남으로 남으로 반도의 최남단까지 자꾸자꾸 올망올망 한 걸음 두 걸음 뒤를 돌아보면서 유리流離 도망하여 내려오던 그 기억을 시방도 아직껏 짐작하고 있었다. 추상하고 있었다."

"이따금 성질이 낙천적이라 순수하고 유쾌하고 상명爽明하게[18] 보이는 적이 더러 있기는 있지마는 곰이 핀 묵은 시름의 하염없는 눈물을 금방 그 너른한 미소 속에 섞어서 지우는 적도 한두 번이 아니었으리라. 멋없는 아리랑 타령을 얼마나 많이 불렀었던고. 즐거운 〈쾌지나 친친〉 노래를 상두꾼의 구슬픈 소리로도 메기어 쓸 수가 있거든…… 넓은 땅 어느 종족의 애처롭다는 노래가 이 겨레의 열두 가락 메나리보담 더 다시 처량할 수가 있을 것이랴."

자연에 대한 부루의 정열이야 거의 자연의 '미'감 그것에서보담도 시러금[19] 자연의 '신비감' 그것에서 물이 붙어오르던 것이며 자연의 후리는 힘과 마술 그것을 더 다시 불쏘시개로 집어넣고 부채질을 하던 것이었다.

그래서 부루의 상상과 유울幽鬱[20]과는 한결같이 사실의 전제에 대한 격렬하고 소란하고도 무엇으로 억제하기 어려운 한 반동이었다.

부루는 '파우스트'나 또는 '베르테르'와 같이 '전혀 확정된 동기'에서만의 애울愛鬱이 아니라 '어떻게 설명할 수도 없고 대담하면서도 억센' 자기의 주위와 환경의 어떠한 무엇 까닭에 유울하여지는 것이었다.

한숨에 무너진 설움의 집으로
혼자 울 오늘 밤도 머지 않구나.

오늘은 마음껏 흥껏 춤도 추고 뛰놀기도 하고 술도 마시고 부르짖기도 하여 보자. 내일 아침이면 쓸쓸한 단칸 흑방 침침한 구석에서 저 혼자만이 외롭고 쓸쓸히 우울과 침통…… 안타깝고 애처롭고 구슬픈 홍타령 잃어버린 희망 그리운 망자亡者……. '이 몸 한번 죽어지면 만수장림萬樹長林의 설무雪霧로구나…….' 이 세상의 하염없음과 가시성城을 넘어드는 죽음도 소리 없이— 닥치어 올 것을…… 군소리 삼아 한 마디 기다란 노래가락이었다.

이상적 천재…… 그리고 확실히 불기不羈[21]의 정서에 대한 갈망과 야생적인 우울 그것이 곧 그들의 예술이었다.

자연적인 신비감에 도취하여 초자연적인 미美 불가능의 예술미를 그러한 광란 상태 속으로 일부 뛰어 들어가서 엿보고 있으려 하였던 것이었다.

그들은 미의 정령精靈을 자유라고 일컬었다. 전제專制나 혹은 유덕한 인사에게는 명령도 복종도 없는 바와 같이 이른바 이 세상의 모든 권위라는 것은 모름지기 그의 덕소德素를 그 미美가 이르는 길목쟁이에 지키고 서서 일부러 집어치워버린 까닭이며 또 미의 정령은 모든 것을 사랑에 의지하여 인도하나니 곧 사랑은 사상이나 모든 물건에 있는 그 미를 지각하고 있는 어련무던한 주인공이니까……. 그래서 영혼으로서 사상과 동작으로…… 영혼을 표현하고 있는 것은 사랑 그것이었다. 미의 정령은 그들을 시키어 '일체만유 모든 물건에게 그들의 내심으로 경험하고 있는 것과 동일한 그러한 물건을 불러 일깨우도록' 만들어서 사랑에 의지하여 명령하고 있던 것이리라.

"그들은 이 세상에 태어났다. 그래서 그들이 생존하는 그 순간부터 그들의 내부에는 미의 정령의 어여쁜 양자樣姿[22]를 항상 갈망하는 것을 가지고 있다."

그들은 "고통이나 비애나 악이나가 함부로 날아들고 뛰어덤비는 일은 구태여 하지 않는다. 영혼의 정정당당한 거룩한 낙원에 굳은 울타리를 하고 있는 '미' 그것쯤은 그들의 영혼 속에 깊이깊이 간직하고 있었으니까." 그래서 그들은 그것을 다시 풍부하게 소유하기 위하여 이 영혼을 수많은 거울에다 비추어 보려고 노력할 뿐이었다. 그들은 세계의 진보를 거칠고 무딘 노력에 의지하여서 구하려고도 않고 또 그들로써 악惡 그 물건에게 직접으로 저항하려고도 하지 않았다.

그들이 소야疎野[23]하기는

유성소택 진취불기 공물자당 흥솔위기 축실송하 탈모간시 단지단모 불변하시 당연적의 기필유위 약기천방 여시득지維性所宅 眞取不羈 控物自當 興率爲期 築室松下 脫帽看詩 但知旦暮 不辯何時 倘然適意 豈必有爲 若其天放 如是得之[24]

광달曠達[25]하기는

생자백세 상거기하 환락고단 우수실다 하여존주 일왕연라 화복○첨 소우상과 도주기진 장ㅇ행가 숙불유고 남산아아生者百歲 相去幾何 歡樂苦短 憂愁實多 何如尊酒 日往煙蘿 花覆ㅇ檐 疎雨相過 倒酒旣盡 杖ㅇ行歌 孰不有古 南山峨峨

이러한 글을 소리쳐 읊조리었다.

## 4. 백조가 흐를 제

동인들 이외에 매일 놀러 오는 손님으로는 마경주馬耕宙 이행인李杏仁 권일청權一淸 등 7~8인이었다. 그들이 한번 모두 모이면 그 양산박梁山泊[26]…… 아니 '압팟슈'[27]는 금방에 더 한층 대성황을 이루었었다.

너털웃음을 잘 웃는 도향은 그때에도 지적으로는 나이 어린 늙은이였다. 해골에 연색鳶色[28]칠을 올린 듯한 인상 깊은 그의 얼굴까지도……. 우전雨田이라는 두 글자를 붙여놓으면 우레 뢰자雷字가 되나니 피근거리기는 효령대군孝寧大君 북가죽[29]이요 늘어지기로는 홍제원弘濟院 인절미 같은 그의 성질도 한번 들뜨기만 하면 그야말로 벼락불 같았다. 본디 말이 가뜩이나 더덜거리는 데에다가 다소 흥분 좀 되면 굵은 목소리가 터질 듯이 한창 더덜거리며 갈데없는 우렛소리 그대로였다. 우렛소리만 한번 동動하면 남의 말은 옳건 그르건 '우르르' 그 양산박의 번영과 존재 가치는 도향의 웃음소리와 우전의 우렛소리로 좌우하게 되었다. 더구나 모두가 스무 살 안팎의 책상물림 도련님들 중에서는 연령으로나 경력으로나 우전이 오입판 문서에도 달사達士[30]요 선배요 또한 능히 선두로 나서는 수령 격이었다.

도향은 방랑적이고 그 센치멘탈한 성격에 자기 집도 훌륭히 있건마는 도무지 들어가 있기가 싫어서 고향에서도 일부러 타향살이를 하게 되니 그야말로 '부지하처시고향不知何處是古鄕'[31] 격이었다. 그러자니 그때 12년 전까지도 변변치 못한 하숙에서나마 대개는 다— 외상인지라 하는 수 없이 상床밥집 봉로방[32]에서 허튼 꿈자리…… 친지의 집 발치잠[33]에 뜬눈으로 새운

적도 아마 많았으리라.

그렇게 불운의 천재가 「별을 안거든 울지나 말걸」 이후에 일약 문단의 중견 작가가 된 셈이었다. 근본이 다작이요 또 달필을 자랑하던 터이라 일본의 기쿠치 간菊池寬[34]을 닮았던지…… 얼굴도 근사한 점이 더러 있었지만…… 하루 동안에 백여 매百餘枚의 원고를 다시 한번 퇴고도 없이 그냥 써내어 들이기만 하는 그의 문체가 다소 껄끄럽기도 하고 어색한 점도 더러 없지는 않았으나 오랑캐꽃내 같은 그의 작풍作風은 돌개바람같이 한때의 창작계를 풍미하여버리었다. 문단의 수수께끼 같은 한 경이…… 초저녁 샛별같이 별안간 찬란하게 나타난 천재들이었다.

그때 한창 유행하던 퇴폐주의…… '데카당'…… '데카당적'……. 회색 세계로 돌아다니며 유련황망流連荒亡[35]히 돌아설 줄을 모르던 그들의 생활……. 그래서 기생방 경대 앞에서 낮잠에 생코를 골며 창작을 꿈꾸던 그러한 생활 그러한 방자한 생활……. 그러나 그것도 그들은 숭배하던 당시 소위 문학소년들의 눈으로 본다면은 결코 그리 싫고 몹쓸 짓도 아니었으리라. 차라리 그 '데카당' 일파를 가리키어 불운의 천재들의 불기不羈의 용감으로 인습이나 도덕에나 거리끼지 않는 어디까지든지 예술가다운 태도나 생활이라고 찬미의 게송偈頌을 드리었을는지도 모르지…….

어떻든 그 파 일당의 방만한 행동은 당시 문단의 한낱 이야깃거리였으며 영웅적 생애나 호걸풍의 방탕하던 꼴은 그들이 그때에 모두 신진화형新進花形들의 열이었으니만큼 적이 저절로 세인의 이목을 이끌어 기울이게 하였던 것이었다.

재조를 믿고 혈기를 내세우니 안하眼下에 무인이라. 당시 창조파이나 폐허파이나 하는 여러 선배들도 있기는 있었지마는 선배 그까짓 것쯤이 그리 눈결에나 걸릴 리도 없었다. 더구나 그 자파自派들 중에서도 승재勝才를 믿고 양양자득揚揚自得하다가 서로 충돌이 생기는 일도 많았으니까…….

그중에도 우전雨田과 도향稻香 사이의 충돌이 제일 번수番數가 많았다.

일대충돌……. 그리고 충돌 직후 즉각부터는 도향의 웃는 빛도 못 보고 우전의 우렛소리도 들을 수가 없어 백조白潮가 별안간 낙조落潮가 되어버린다. 황혼의 밀물이 쓸쓸한 가을바람 속에서 슬며시 미루벌[36]만 드러낼 뿐이었다.

그들은 웃고 떠드는 것이 생명이다. 적적요요寂寂寥寥[37] 쓸쓸하면 살 수가 없었다. 그러니 그 쓸쓸한 인위적 추풍기秋風期도 한두 시간밖에는 더 오래 존속할 수가 없는 일이라 얼마 뒤에면 다시금 봄바람이 건듯 낙조도 상조上潮로 밀어닥치게 된다. 잠시만 잠잠하고 있어도 서로 궁금하고 서로 쓸쓸하여 못 견디는 불가사의한 서로의 애착에서 웃음소리가 먼저 터지거나 우렛소리가 먼저 터지거나 하기만 하면 금방에 춘풍이 대아大雅하여 웃음의 꽃이 만발하여진다. 그 훤소喧笑[38]가 한참이나 고조高潮해지면 또다시 금방 낙조이다. 기상관측의 보시報示도 없이…….

한번은 우전이 매양 평화주장자인 노작露雀과도 번갯불이 이는 충돌이 있었었다. 해운海雲이라는…… 백조파의 명호命號인데 우전의 임시 정신적 연인이었다…… 기생을 서로 역성해주다가 우전이 다소 추태가 있었다 하여 노작의 강마른 주먹이 한 번 나는 곳에 우전의 널따란 얼굴에다 금방 독버섯만 한 검푸른 군살을 만들어놓았다.

노작은 데퉁적은 주먹질로 열적은 후회일 제 얼마 동안 엎드리어 쩔쩔매고 있다가 부시시 일어나 껄껄 웃던 우전의 호걸풍

"나는 웃소. 그러나 또 울고 싶소. 맞은 내가 아픈 것이 아니라 노작의 고가냘픈 주먹이 이 피둥피둥하고도 두터운 얼굴을 때리어 보기에 얼마나 힘이 들었겠소."

그 이튿날 술이 깬 뒤에 우전은 그 광면廣面에다 손바닥만 한 붉은 고기탈을 쓰고 앉았다. 하도 '그로테스크'한 일이라 노작이

"웬일이오."

물으니 우전은 천진스럽고도 무사기無邪氣[39]하게

"날소고기를 붙이면 멍든 것이 단박에 풀린대."

그 소리를 들은 노작은 어찌나 마음속 깊이 미안하고 딱하고 가엾고 또 보기도 싫었던지

"그게 또 무슨 추태야."

소리를 지르며 이제는 소고기탈을 어울러 우전의 얼굴에다 또 한 대 주먹 당상을 올려붙이었다. 그리고 그길로 또 요정으로……. 그때 관철동에 선명관鮮明館이라는 조그마한 요리점이 있었는데 그들의 단골집이었다.

그래 배반盃盤이 낭자狼藉하고 취기도 한창 도연정도陶然程度를 넘어 옥산玉山이 절로 거꾸러질 지경인데 그래도 술이 제일 억센 우전을 벌거벗고 '사로메'[40] 춤, 춤 끝에는 '콘도라'[41] 노래

인생은 초로草露같다
　사랑하라 소녀들
연붉은 그 입술이
　사위기 전에…….

'그 전날 밤'의 '엘레나'가 '콘도라' 강에서나 애졸여 우는 듯이 자기의 광대뼈 비어진 큰 얼굴을 아양성스럽게 쓰다듬다가 그 큰 주먹으로 슬쩍 한 번 때리고 나서 또다시 그 일종의 호걸풍적 웃음.

"기적이야. 참 기적이야. 노작의 그 마른 주먹이 그래도 제법 약손이거든! 이제는 이렇게 암만 때리어도 도무지 아프질 않은께."

과연 노작의 손이 약손이었던지 날소고기의 특효가 있었던지 모르건대 아마도 그런 약물보다도 호방뇌락豪放磊落[42]한 그의 성격에다 백약百藥의 성聖이라는 것을 또다시 가미하였던 까닭이었겠지. 어쨌든 검푸르게 멍진 것은 씻은 듯이 가시어졌다.

아무려나 그런 소리도 그 적의 한 가락 무기無氣하던 옛꿈 타령이었다.

## 5. 잿빛의 꿈

그때 살림이 '빈한貧寒이라' 일컬을지는 모르나 그래도 돈 쓰기에는 그리 궁색이 적었던 셈이었다. 본래에 재리財利에 그리 욕심이 없었던 축들이라 동시에 물건에 집착이 그리 되지도 않았던 모양이었다. 그래서 융착融着이 적었음으로 말미암아 모든 것이 쓰기에도 쉽고 또 흔한 듯도 하였다.

술도 많이 마시었다. 요정에도 많이 가보았다. 돈을 쓰다 모자라면 매양 빙허憑虛의 전가보傳家寶인 금시계…… 빙허 매부께서 일본공사로 가셨을 적에 사가지고 오셨다는 것인데 앞딱지가 있는 구식이라도 육칠십 원쯤 융통은 매양 무난하였다…… 가 놀아난다. 그러고도 또 모자라면 그어두거나, 그어두려다가 정주인亭主人이 듣지 않으면 하는 수 없이 '이노코리居殘り'[43]라 매양 우전雨田 등 몇몇 사람이 며칠씩 돌려가며 '이노코리'를 살았다. 우전은 도리어 '이노코리'를 즐겨 하는 편이었다. '이노코리' 핑계 삼아서 '이노코리' 중에 또 먹고 또 먹고 '이노코리'…… 김초향金楚香이의 '이노코리' 식전 아침 해성解醒[44] 소리가 구슬프기도 하였거니와 멋도 또한 있었다. 어떠한 때는 한번 '이노코리'가 십여 일을 넘기는 적도 있었다.

시절은 오월이라
인생은 청춘

'하이델베르크'[45]의 학생…… 학생조합원들은 밤을 낮 삼아가면서 "'밴트'를 매고서 '삐루'[46]를 마시니"로 즐겁게 노래하며 놀았다. 흑방공자黑房公子들도 날을 잇대어 마시고 즐겨 하였다. 도향稻香은 웃음도 많았거니와 눈물도 또한 흔하였다.

사비수泗沘水[47] 나리는 물

석양이 비낀 데
버들꽃 날리는데
낙화암落花岩에 난다
철모르는 아이들은
피리만 불건만
맘 있는 나그네의
창자를 끊노라
낙화암 낙화암
왜 말이 없느냐[48]

시방은 가사를 잊었는데 대개 그런 뜻의 노래를 도향은 매양 술만 취하면 잘 불렀다. 애조……. 좌중의 청삼青衫을 적시는 그 애처로운 '멜로디' 매양 소리 없는 웃음과 함께 하염없는 눈물을 지었다.

도향은 회향병[49]적懷鄕病的 연정아軟情兒이면서 유울幽鬱한 염세관의 시인이었다. 그의 웃음 속에도 깔끔거리는[50] 조소와 고달픈 회의의 사이에 고요하고도 넌지시 봄꽃내를 불어 품기는 산들바람같이 가장 보드랍고 가냘픈 숫되고도 깨끗한 서정적 향내가 나는 감상의 시인이었다.

그의 웃음과 눈물을 따르는 '센치'……. 언제인가 하루는 도향이 멍하니 앉았다가 하염없는 눈물을 짓는다. 노작이

"왜 그러오."

물으니

"소설을 쓰는데 설화雪花라는 기생…… 여주인공을 어떻게 죽여야 좋을는지……."

"왜 그 기생과 무슨 원수진 일 있소?"

"아니 설화가 죽기는 꼭 죽는데…… 저절로 죽게 할는지 자살을 시켜버릴는지…… 무슨 아름답게 죽일 약이나 좋은 수단이 없을까요."

그래서 "먹으면 죽을 수 있는 독한 향수가 없느냐" 또는 "동양화 채색의 녹청綠靑이 독약이라는데" 하며 다소 주저하다가 결국은 폐병으로 시들어 죽게 하였다.

『석두기石頭記』[51]의 대옥黛玉은 박명을 읊조린 시고詩稿를 불살라 없애고 역시 시들어 스러졌으며 송도의 황진이는 일부러 청교靑郊 벌판에 쓰러져 운명할 적에 "이 몸이 죽거든 염殮도 말고 묻지도 말어. 그대로 썩어서 오작烏鵲의 밥이나 되게 하라" 하였더니 도향은 설화雪花의 애달픈 일생을 묘사하는데 "눈물에 어룽진 유서까지 불살라버리고 시들픈 인생에 아무러한 애착도 없이 저 혼자 저절로 스러져버리게" 하였다.

'거룩한 천재는 예언자라'더니 아마도 도향의 「환희幻戱」 일 편은 자기의 애달픈 최후까지 미리 적어놓은 일장만가一章輓歌가 아니었던지……. 월탄은 술이 취하면 팔대짓[52], 팔대짓이 지치면 〈방아타령〉이요, 빙허는 불호령號令, 호령號令이 끝이면 반드시 남도단가南道短歌이다.

"객사문아흥망사客事問我興亡事 소지노화월일선笑指蘆花月一船 초강어부楚江漁父가 부인배 자라등에다 저 달을 실어라 우리 고향 함께 가……."[53]

멋과 가락은 모두 빙허의 독안독락獨安獨樂이나마 그래도 기운차게 떼를 써가며 잘도 불렀었다. 노작은 이백의 「양양가襄陽歌」[54]를 득의得意라 하였다. 석영夕影은 "저녁 안개는 달빛을 가리고……" 성악으로는 제일 수재였다.

또 그들은 남의 눈으로 언뜻 잘못 보면은 아마 모두 몹시 열광병자熱狂病者거나 그렇지 않으면 극도의 신경질로도 보였으리라. 조금만 건드려도 당장에 회오리바람이 일어날 듯이……. 그러나 실상 그들에게는 천진天眞이 흐르는 우활迂闊[55]과 소취踈脆, 무사기無邪氣에서 빚어지는 골계와 '유머'도 많았다.

한번은 이런 일도 있었다.

그때 노작은 수원 고서故棲[56]에 잠시 귀성하여 있을 적인데 때마침 권일청權一淸 군이 출연하는 민중극단이 수원 공연을 하게 되었다.

흑방黑房의 일동은 그때 어느 요정에서 술을 마시다가 문득 떨어져 있는 노작이 새롭게 그리웠던지 누구의 입에선지도 모르게

"가자—."

"순례다."

"수원으로 순례다."

그래서 일청, 석영, 도향, 우전 네 사람은 경성역두京城驛頭에서 무지개와 같이 나타났다. 7색 '스펙트럼' 같은 그들의 행색. 언소자약言笑自若[57]한 건방진 태도. 우전은 자의장自意裝으로 기괴한 복색. 일동의 초생달을 장식한 토이기모土耳其帽[58] '루바시카'[59] 홍안장발紅顔長髮에 어느 것 하나 남의 눈에 얼른 서투르게 띄지 않을 것이 있었으랴. 그래서 역으로 순찰하던 어떤 경관이

"당신들 어디서 오셨소?"

"문門안서 나왔소."

"아니 어디를 갔다가 오지 않았느냐 말이오."

"술 먹으러 갔다가 나왔소."

"허— 어디를 가시오"

"연극 구경 가오."

"어디로?"

"수원으로."

"수원? 원적이 어디요."

이때의 우전이 수작酬酌이 더 다시 걸작이었다. 그 거대한 장군두將軍頭의 화로 보금이 같은 머리털을 어색하게 긁적긁적하면서 대단한 낭패라는 듯이

"아차 이럴 줄 알았더면 찾아볼 것을."

"무엇을 말이오."

"사글세 집으로만 하도 많이 이사를 다녔으니까 호적이 어디로 있는지 도

무지 모르겠구려."

경관도 어이가 없어서 픽 웃으며

"그럼 현주소는?"

"그건 낙원동 파출소에서 잘 압니다."

"그건 또 무슨 말이오."

"우리가 파출소 뒷집에 있으니까요."

그래서 그 경관이 낙원동으로 조회하여보니 낙원동서도 확실하고 친절하게 잘 신원보증을 하여주었더라 한다.

또 그리고 일당이 모두 수원으로 날이 풀리었으니 백조사白潮社는 문호개방한 무주공청無主空廳[60]이 되었을 것이다. 그래서 문 앞 파출소 경관이 경성역 조회 전화를 받고 나서 애써 짓궂게 창호窓戶를 닫아주고 하루 이틀 3~4일을 두고 빈집 수위까지도 튼튼히 잘해주었다는데 그동안에 백조사를 찾아오는 이마다 모두 엄밀한 취체取締[61]를 당하였다는 이야기를 그 뒤에 고소苦笑에 섞어서 들은 적이 있었다. 아무튼 그 밖에서 그때 낙원동 파출소에는 든든한 보호와 고마운 신세를 퍽 많이 받고 끼치고 하였다.

### 6. 네 동무

우전, 석영, 도향, 노작 이 네 사람은 동인이요 또는 한방에서 기와起臥[62]를 같이하느니만큼 여러 동무들 중에서도 제일 뜻도 맞고 교분도 더욱 두터웠다. 연령순으로는 우전이 첫째요 노작이 둘째 석영이 셋째 도향이 끝이었다.

우전과 석영은 미술인이요 도향은 창작가로 노작은 시를 썼었다.

정열적이요 앙분昻奮하기 쉬운 우전과 석영, 냉정하고도 깔끔거리고 이지적이요 또 내성적인 도향과는 그 각자의 다른 성격과 다른 견지에서 가끔 논란이 상하上下하였었다.[63]

노작은 말주변도 없거니와 이름까지 한때는 '소아笑啞'라고 지칭하던 인물인지라, 매양 잠잠히 그들의 시비하는 꼴을 보고 듣기만 하고 앉았는 일이 많았다. 그러다가도 또 어느 틈엔지 모르게 저절로 그 과권過卷 속으로 끌려 들어가서 얼굴에 핏대를 올리어가며 떠들게 되는 일도 있었다.

하다가 그들의 앙분이 극도에 달하면 감정적으로 돌려 붙여 매도적인 구각口角에 게거품이 일도록 그렇게 격렬하게 훤조喧噪[64]하는 것쯤은 매일 과정의 항다반례사恒茶飯例事[65]인지라 그리 괴이할 것도 없거니와 그리 야릇하게 여기지도 않았다. 아무튼 철없는 아기들같이 매일 아무 악의 없이 싸우기도 잘 싸우고 풀리기도 일쑤 잘 풀리었다.

그 논란하는 제목이 매양 정해놓고 인생이니 현실이니 '내추럴리즘'이니 하는 모두 막연한 문제뿐만이니만큼 귀에 대면 귀걸이 코에 대면 코걸이 격으로 논담論談이 어디까지 이르더라도 도무지 모지고 다—할 길이 없었다. 그래서 떼를 쓰며 고집하고 주장하는 격론 그 가운데에도 그 무슨 조건을 또렷이 논란하였던 것인지 그 목적점까지 잊어버리고 그저 덮어놓고 떠들어 대기만 하다가 결국은 "우리가 대체 무슨 얘기를 하다가 이 말까지 나왔지?" 하는 허튼수작이 나오면 서로 얼굴을 쳐다보며 어색한 웃음을 터쳐 웃는다.

"아무튼 이제는 새 시대이다."

"'톨스토이'의 인도주의도 늙은 영감의 군수작이요 '투르게네프'의 「그 전날 밤」도 너무나 달착지근하여 못쓰겠다. 마찬가지로서 노서아露西亞[66]면은 '이리키'나 '안드레프'이다. '안드레프'의 「안개」 같은 것은 참으로 심각하고 훌륭하지 않은가. 우리들의 예술도 어서 그러한 길을 밟아나가세."

"느낌이 영혼 속 깊이 사무쳐지는……."

"아무튼 시방 이때 일초 일각까지 모든 시대는 지나갔다. 지나간 시대이다. 그까진 지나간 시대를 우리가 말하여 무엇하랴. 우리의 시대는 앞으로 온다."

"이제부터는 우리의 시대이다. 내 세상이다. 젊고 힘 있는 시대이다."

"우리 앞에는 백조가 흐른다. 새 시대의 물결이 밀물이 소리치며 뒤덮여 몰려온다."

부르짖는 이, 기염氣焰을 토하는 이, 샛별 같은 눈을 반짝이는 이, 우레처럼 소리쳐 들리는 이……. 네 사람은 그런 수작으로 서로 지껄이고 떠들다가 까닭 없이 흥분해버린다. 그리고 그 흥분을 더 돕기 위하여 혹은 가라앉히기 위하여 좋은 약으로 역시 술을 마시게 된다. 그래서 취흥이 그럴듯만 해지면

"이제 나가자."

"그렇지 순례다."

그들은 제 주창主唱에 스스로 동의하고 대찬성을 하며 나선다. 아릿한 향내 쓸쓸한 웃음 보랏빛 환락의 세계로…….

그러나 그들은 일부러 음탕을 취하여 그러는 것은 아니었다. 다만 젊은이의 호기심에 몰리어 풀어놓은 생명체가 천연天然으로 분일奔逸[67]함에 지나지 아니하였다. 그리고 또 그러한 것이라도 없으면 어떻게 얼리고 붙들고 달래 가라앉히고 위안할 수가 없는 초조가 있었고 불안이 있었고 공허가 있었고 적막도 있었던 것이었다. 그리고 또 그런 것이 한편으로는 그때의 한 시대상이었다고도 이를 수 있을는지 모르니까…….

봉건제도가 갓 부서진 그 사회이지마는 규방閨房은 여전히 엄쇄嚴鎖한 채로 있었으니 한창 젊은이들로서 이성을 대할 곳이라고는 화류촌花柳村밖에 다른 데가 없었던 것이었다. 그래서 술 석 잔, 시조 삼장時調三章, 기생을 다루는 멋있고 도트인 수작, 그것을 모르면은 당세의 운치 있는 풍류사로는 도저히 행세할 수가 없었던 것이었다.

### 7. 순례巡禮

순례! 기생! 연애!

그런데 그들의 까닭 없는 결벽…… 철저한 금욕 생활은…… 연애는 반드

시 성욕과 분리할 것이라고 주장하였다. 도리어 "남녀의 성교는 일부러 지극히 더러운 것이라" 쳐버리는 동시에 연애에서 정신적 그것만을 쏙 빼내어 깨끗하게 성화聖化를 하려고 애를 써보았었다. 말하자면 인간의 애를 천상으로 끌어올려다 놓고 거룩히 치어다만 보자는 것이 그들의 이상이었던 모양이다.

그래서 사랑을 중심으로 하는 모든 행동 모든 용어까지도 몹시 정화하고 성화하느라고 고심을 하였다.

그때의 조선일보 기자 몇몇 사람 사이에는 기생집에 가는 것을 '돌격'이라 일컬었고 그 일행을 '돌격대'라고 불렀다는데 백조파는 그것을 '순례'라 일컬었고 그 일행을 '순례단'이라 불렀다. 순례! 순례! 그 얼마나 거룩한 일컬음이랴. 또 '돌격'이라는 수라살풍적修羅殺風的 전투용어보담은 '순례' 그것이 얼마나 운아韻雅하고도[68] 청한淸閑한 일컬음이냐.

누구는 '밀실지신密室之神' 누구는 '순례지성巡禮之聖' 신자神字 성자聖字도 모두 가관이려니와 도향의 '소정지옹笑亭之翁'[69]이라는 '옹'도 본디는 신선이라는 '선仙' 자였는데 '선'은 '운율이 너무 떨어지고 또 함축이 그리 없다' 하여 일부러 '옹' 자로 고치어 불렀던 것이었다.

아무튼 도향은 늙은이였다. 이성관異性觀으로도 모인 중에서는 제일 몹시 숙성夙成하였다.

아무려나 그들은 청춘의 정열을 순결 경건한 예술의 법열法悅로 전향해 보려고 굳이 애쓰고 있었던 모양인지도 모르겠다.

옛날의 기생들은 지조와 범절이 있었다. 왕자의 권세로도 빼앗을 수 없고 만종萬鐘의 황금으로도 바꾸지 못할 것은 전아典雅하고[70] 청기淸奇한 그 몸에 고고하고 기일羈逸한 그 뜻이었다. 미색美色이야 어디엔들 없으랴만 다만 범골凡骨로서는 도무지 흉내도 내어볼 수 없는 것이 그의 천여 년간의 묵은 전통을 가진 지조의 꽃과 전형의 미였던 것이다.

솔이라 솔이라 하니 무슨 솔만 여겼난다
천심절벽에 낙락장송 내기로다
갈 아래 초동樵童의 접낫이야
걸어볼 줄이 있으랴

송이松伊[71]는 이렇게 읊었고

"소녀가 비록 천인이나 마음에 일정 결단一定決斷 남의 부실[72]가소副室可笑하고 노류장화路柳墻花[73] 불원不遠하니 말씀 간절하시오나 시행은 못 하오니 단념하옵소서."

"행모육례行謀六禮[74] 없는 혼인, 다정해로할 양이면 이도 또한 연분이라. 사양지심辭讓之心은 예지단禮之端이나[75] 잔말 말고 허락하라."

"소녀를 천기라고 함부로 연인緣因 맺자 마음대로 하시오나 저는 약간 작정이 있어 도고학박道高學博하여 덕택德澤이 만세萬世에 끼치거나 출장입상出將入相[76]하여 공업功業이 일대에 덮일 만한 서방님을 만나 평생을 바치려 하오니 이 뜻은 아무라도 굽히지 못하올지라. 여러 말씀 마시옵소서."

"너는 어떤 계집아이인데 장부 간장을 다 녹이나니 네 뜻— 이러하면 우리 같은 아이놈은 엿보지 못할쏘냐. 그런 사람 의외로도다—. 같은 아이 우리 둘이 양양총각兩兩總角 놀아보자."

"진정眞情의 말씀 하오리다. 도련님은 귀공자요 소녀는 천기賤妓오니 지금은 아직 일시 정욕으로 그리 저리하였다가 사또[使道]가 체수遞帥하실 때에 미장가 전前 도련님이 헌 신 벗듯 버리시면 소녀의 팔자 돌아보오. 청춘시절 생과부 되어 독수공방 찬 자리에 게 발 물어 던진 듯이 안진雁盡하니 서난기書難寄요 수다愁多하니 몽불성夢不成[77]을 한 술질로 홀로 앉아 누구를 바라고 살라시오."

"상담常談[78]에 이르기를 노류장화路柳墻花는 인개가절人皆可折이요, 산계야경山鷄野鶩은 가막능순家莫能馴이라[79] 하더니 너와 같은 정貞과 열烈이 고금천지 또 있으랴. 말마다 얌전하고 기특하다. 글랑은 염려 말라. 인연을 맺어도 아주 장가 처妻로 믿고 사도고만使道苽滿[80]은 있다고 하여도 너를 두고 어찌 가리. 조금치도 의심 마라. 면자 적삼 속고름에 차고 간들 두고 가며 품고 간들 두고 가며 이고 간들 두고 가며 협태산이초북해挾泰山以超北海[81]같이 끼고 간들 두고 가며 우리 대부인大夫人은 두고 갈지라도 양반의 자식 되고 일구이언한단 말인가. 데려가되 향정자香亭子[82]에 배행陪行[83]하리라."

"산 사람도 향정자라오."

"아차, 잊었다. 쌍가마에 뫼시리라."

"대부인 타실 것을 어찌 타고 가오리까."

"대부인은 집안 어른이라 허물없는 터이니 정— 위급하면 아무것인들 못 타시랴. 잔말 말고 허락하라."

이것은 춘향과 이도령이 탁문군卓文君[84]의 거문고에 월노승月姥繩[85]을 맺어두고 인간의 백 년 기약을 둘이 정하려 할 제 맨 첫 번의 이삭다니 일구一詢였다.

삼절三絶 황진이黃眞伊나 의암義岩 논개論介나 계월향桂月香이나 옥단춘玉丹春이나 채봉彩鳳이나 부용芙蓉이나 홍장紅粧이나가 다— 같이 청구명기靑邱名妓[86]의 전형이 있었던 것이다. 아마도 옛날로는 「옥루몽」의 강남홍江南紅이나 벽성선碧城仙이나 근자로는 「무정」의 월화나 월향이나 빙허 「타락자」의 춘심이나 도향 「환희」의 설화나가 모두 다 명기적 전형의 꽃을…… 향내를…… 일면이라도 그리어보려던 것이리라.

기생은 첫째가 지조요 둘째가 가무요 셋째가 물색物色이라 하였었다. 지조가 굳고 의협이 많고 비공리적非功利的 행동에라면 발 벗고 나서며 부귀에도 굴하지 않고 권세도 아첨하지 아니하여 자기의 의지를 기어이 관철하고야 마는 그러한 기이 비상한 점으로만 보아서는 너무도 시대와 세속을 떠나서인 듯한 느낌도 없지는 않으나 그러나 미인박명이라는 그러한 정신적 방면의 논제들도 다— 거기에서 맺혀 우러나오는 것이었으리라.

또 그러한 특점特點이 호방불기豪放不羈한 백조파의 낙양 과객洛陽過客들과도 기백이 서로 통하고 홍서紅犀가 서로 비추는 한 둘레의 마음의 달이었던 것이다.

지조와 처신이 기생의 가치를 좌우하는 것이매 기생으로서 품위가 일이류에 이르자면은 그동안의 청절고행淸節苦行이 여간이 아닐 것이다.

그러나 일단 일류만 되면 생활에나 용돈에는 저절로 그리 군색이 없어진다. 그래서 물적 부자유가 없으니까 돈을 그다지 중하게 여기지도 않는 듯하거니와 다만 돈만 가지고 달래어보려 덤비는 표객標客쯤은 도리어 비할 수 없는 모욕까지 씌워 쫓아 보내게 된다.

또 성적 문제에도 탐화광접耽花狂蝶[87]이라니 흘레 개같이 몰리어드는 소위 미남자…… 그것도 그리 문제로 삼지 않는다. 다만 지심소원至心所願과 일념소원一念所願은 정말의 참된 사랑 그것뿐이리라. 이것은 화류계花柳界 일반을 통한 보편적 정세이리니 아마도 모르건대 춘향과 이도령의 역사적 존재는 이 세상에 기생의 종자가 존속되는 그동안까지는 길이길이 그의 가치를 잃지 아니하리라.

일상 그 바닥으로 유산遺散하는 인사들이란 대개가 소위 '지각 났을 연령'이요 상당한 지위와 부력도 가진 이가 많으리니 따라서 그 나이까지에 고깃덩이의 방자放姿만을 기르는 동안에 오입도 많이 하여보았고 치가置家[88]깨나도 할 만한 편의도 많은 터이매 벌써 예전에 색계色界판으로는 다— 닳은 대갈마치요 오입 속으로는 백 년 묵은 능구리들이라 별안간 새로이 풋오입쟁이의 정열을 가질 수도 없고 또 도섭스럽게 숫되고 알뜰한 체 '사랑이 어떠러냐 둥그러하냐 모지더냐……' 할 수도 없을 것이다.

그러니 그들은 어색漁色[89] 이외에는 그리 정신적 귀한 것을 갖지도 않았거니와 또한 요구하지도 않을 것이다. 다만 '화대花代만 행하行下[90]하면 향락을 맛볼 수가 있다'고…… 수작이 쉬울손 추태만 자르르 흐르고 계집 앞에서만 저 잘난 척 뽐내고 있으니 "네가 잘라 내가 잘라 그 누가 잘라 구리 백동白銅 은전銀錢 지화紙貨 제 잘났지"가 되며 또 아무리 사랑을 한다 하더라도 순정한 연인으로 대접하는 것이 아니라 높아야 돈 주고 사 온 천물賤物로밖에 더 다룰 줄을 모르니…… 굳고 무뚝뚝하고 인색하고 물정도 모르거니와 기력도 없고 또는 우굴쭈굴 늙은 영감태기요, 그렇지 않으면 무식무뢰한 팔난봉八難棒…… 넓은 천지 많은 인간에 한 군데인들 뜻 가는 곳이 있으랴.

그래서 "기생의 팔자는 앞서서 간다", "조득모실朝得暮失하는 신세", "장림長林 까마귀 학이 되며 영문營門[91] 기생 열녀 될까" 이런 소리도 모두 다 일면으로는 참사랑을 만나지 못하는 그 환경 안타까움에서 저절로 빚어진 기생의 인생관이며 연애관일 것이다.

그러한 속에서 시대적 굴레를 벗은 근세의 기생들은 얼마나 많이 참사랑에 주리었으며 인생 생활에 있어서나 사회교양적인 일에 얼마나 기갈의 애졸임을 품고 있었으랴.

기미 직후에는 사회 각층이 한창 버석거리며 변환하던 시국이라. 화류계에도 각성이 있었고 변혁이 있었다.

시대적 비분에 유미柳眉[92]를 거스린 강향란姜香蘭[93]은 단발 남장으로 거리에 나서서 부르짖었다. 강명화康明花[94]는 손가락을 자르고 머리채를 베어 버리고 안타깝게 붉은 눈물을 흘리며 하연하다가 나중[95]에는 애인의 이름만 하염없이 부르면서 꽃다운 목숨까지 끊어버리었고 문기화文琦花[96]는 애달프고 시들푼 세상살이를 애처로이 음독으로 자결해버리었다……. 그들의 애인도 모두 추후정사追後情死를 하였다는 것도 전고前古에 못 들은 새로운 보도였다.

옛날 같으면 기둥서방의 착취는 당연한 것으로 또 그렇게밖에는 더 생각하지도 못하였을 터이지마는…… 근대의 기생들은 그런 것쯤은 훌륭히 판단하고 있었다. 그래서 강제 매음의 불유쾌, 자기 장래의 생활…… 더구나 계급적 천시와 학대…….

기생 나이 이십이 넘으면 환갑이라니…… 그들은 이십 전후의 나이 '멱'이 점점 차질수록 저절로 누구보담도 대단한 흥미도 가지고 희망도 갖고서 자기 사정의 동감 또는 동정하는 듯하는 그 이야기면은 몹시 들으려고 애를 쓴다. 그래서 "내가 사랑하는 사람으로서 훌륭한 남편이 될 만한 사람…… 만약 그렇게 못되더라도 내가 사랑하는 사람으로서 일평생 굶기지나 않을 이……" 이런 것을 그들의 대다수가 진심으로 몹시 갈구하고 있었던 것도 또한 사실이리라.

그러니 그러한 그때가 흑방순례패들에게는 천재일우의 다시없을 시절이었던 것이다. 예전 같으면

"서방님 몇 살이시오."

"열네 살일세."

"너무 이르지 않소?"

"저녁 먹고 왔는데."

이렇게 멋있는 수작을 내놓아 겨우 그윽한 지취旨趣[97]를 허락받았다는 어떤 어린 귀공자도 있었다지마는……. 아무튼 그렇게 어렵고 거북한 판국에야 백조파 순례패 같은 서투른 풋오입쟁이쯤으로서는 도무지 명함도 내놓지 못하게 수줍었을 것이언마는 다행히 시절이 바뀐지라 제법 번쩍 좋게 회색거리에 순례하는 행자行者로 대도大導의 법을 설說하게까지 되었던 것이었다.

그때의 소위 일류의 기생쯤은 대개가 일 개월의 화대로 이삼백 원의 수입은 있을 터이니까 돈 쓰기로는 그리 큰 걱정이 없었고 다행히 이른바 '새서방'이라는 것이나 하나 생기면 시량柴糧[98] 의복 차 화장품까지도 의례히 기증을 받는 별수입別收入이 있을 터이니까…… 생활 경영만 될 수 있다면 이 방면의 일은 저절로 그리 중대시하게 되지는 않는다. 다만 "정말 참 생활이라는 것은 무엇이냐. 인간의 행복이라는 것은 어떠한 것이다"라는 생활론 연

애론 내지 예술론까지를 아무쪼록 아름다운 수사로 알아듣기 쉽고도 자세하게 순례패들은 법을 설하여준다.

그러면 그들은 평소 적에는 어찌 형용할 수도 없던 속 깊은 사정 그 불행불평이 그만 일시에 열연熱演히 대각大覺하게 되었으며 알 수 없던 일이 모두 저절로 알아지게 된다.

그래서 이야기가 그쯤 이르면 그들은 반드시 제 신세타령을 숨김없이 풀어 늘어놓게 된다. 그러면 그러할수록 순례행자들은 그의 사연을 따라서 신문지의 인사人事 상담 이상으로 때로는 꾸짖기도 하고 또 어떠한 때는 선동도 시켜가며 아무쪼록 친절하게 설명을 해주면 어느 틈엔지 그들에게는 이 서생書生들이 아마 그저 부랑자나 오입쟁이가 아니라고 정말 '선생님' 혹은 '의중인意中人' '미래의 애랑愛郎'처럼 저절로 그립고 정다워지게 된다.

그래서 한창 시절에는 백조사 흑방으로 매야每夜 새벽 두세 시쯤이면 파연罷宴 귀로의 3~4 미인이 손에 손목을 서로 이끌고 찾아오게 되었다. 그러니 흑방 동인들도 날마다 순례로 찾아가는 곳이 4~50처나 되었다.

그러나 순례란 본디 신성도 하거니와 또한 아무러한 공리적 야심도 없는 청청담담清清淡淡한 걸음이라 순례의 대상은 만나건 말건 그리 든든함도 없거니와 또한 아무 섭섭함도 없는— 다만 다리가 고달프도록 몇몇 집을 찾아 휘돌면 그만인 애틋한 허튼 길이었다.

### 8. 흑방비곡黑房秘曲

누항에도 봄이 드는 우중충한 흑방 속에 몇 떨기의 '시름꽃'이 때없이 웃게 되었다.

그들만이 지어 부르던 이름으로 채정採艇 설지雪枝 해운海雲 단심丹心 설영雪影 등— 서로 오고 가고 하는 동안에 모두 저절로 그리운 정이 짙어지니 정이 짙어진 한 쌍 남녀를 남들이 구태여 '연인'이라고 일렀다.

그러나 당자끼리는 넌즛한 '키스' 한 번도 없는 '정신적 연인'들……. 도향은 단심과 석영은 채정과 우전은 해운과 노작은 설지雪枝와…… 그래서 남화南畵에 명제[99]하듯이 '도향단심' '석영채정' '우전해운' '설지노작' 이렇게 불러보았었다. 그런데 연애의 결과로는 도향 단심이 가장 실질적이었다. 석영 채정은 저녁노을같이 잠시 잠깐 반짝하다가 어느덧 사라졌을 뿐이고 우전 해운은 뜻도 얼리기 전에 일진광풍에 그만 멋없이 흩어져버리었고 설지 노작은 반딧불같이 아무 열熱 없는 목숨이 몹시 외떨어져 아르르 떨다가 그만 불행하여 버리었다.

꿈이면!
이러한가
사랑은 지나가는 나그네의 허튼주정
아니라 부서버리자 종이로 만든 그까짓 화환花環
철모르는 지어미여 비웃지 말라
날더러 안존치 못하다고?
귀밑머리 풀기 전 나는
그래도 순결하였었노라[100]

연애 삼매三昧도 하염없는 허튼 꿈자리였다. 과거 현재 미래를 통하여 섭섭하고도 하염없고 시들푼 세계였다. 다만 사랑하는 여자는 사랑이란 이끼가 슨 푸른 늪 속에 깊이깊이 들어가 잠기어 거기서 떠오르는 모험과 불가사의의 야릇한 향기에 영원히 도취해 있을 뿐이다. 그러나 어색가漁色家[101]가 아닌 순례패들은 어떠한 여성을 대하든지 두굿기고 아껴함이 넘치는 안타까운 정성으로 사랑을 한다. 한 송이의 어여쁜 꽃으로 사랑하려고 하였다. 꺾지도 말고 맡아보지도 말고 다만 고이고이 모시어 간직해놓고 고요히 쳐다만 보려고 하였던 것이었다.

기생으로 연인…… 시간적으로 설혹 상대녀에게 어떠한 옛 기억이 있든지 또 현재에 아무러한 사실이 흑막 뒤에서 진행이 되든지 그것을 알려 할 까닭이 없다. 다만 일순에서도 영원 그것이 있을 뿐이었다.

동짓달 기나긴 밤을 한 허리를 둘을 내어
춘풍 이불 아래 서리서리 넣었다가
어룬 님 오신 날 밤이어드란 구비구비 펴리라

하루 저녁 한 시간이면 어떠하랴. 그렇게 만나는 것도 사랑이거든…… 사랑이란 신성하다 이르거니 물적物的 영구永久라는 그따위의 말까지도 더러운 누더기의 군더더기리라…… 하물며 변전무상變轉無常하는 이 세상 일이랴. 한 시간 전에는 누구하고 놀았거나 또한 한 시간 뒷일을 누가 알 것이랴. 다만 현각일초現刻一秒의 순간이라도 거짓 없는 속삭임을 서로 꾸어본다면 여기에도 유구신성한 꽃다운 향내가 떠돎을 느낄 수도 있으리라…… 그들은 그렇게 생각을 하였던 것이었다.

단심丹心은 그리 미인은 아니었다. 또 당시의 일류도 되지 못하였었으며 의려유한倚麗幽閑한 성격자도 아니었다. 다만 가진 것은 밤비 속에 저절로 부여진[102] 광대버섯같이…… 벌레 먹고 농익은 개살구 같은…… 얼른 말하자면은 말괄량이요 요부적 '타입'이었다. 체구가 장부가 부럽지 않게 거대하였고 주먹 힘도 세었다. 그리고 그는 그때 벌써 네 살 먹은 아들의 재롱을 보고 있는 아기 어머니였으니 나이도 도향보다는 훨씬 위였다.

채정採艇은 청초하고도 정열 있는 가인이었다. 신세를 자탄하는 까닭인지 처지를 비관하는 탓인지 그리 현세를 원한하는 것도 같지 않건마는 어딘지 모르게 수심가愁心歌 그대로의 일맥의 애수를 항상 띠고 있었다. 풍정이 가미로운 목소리로 부르는 그의 노래는 매양 청량하면서도 저으기 그윽한 봄시름을 자아내었다. 흑방을 맨 먼저 찾아간 이도 채정이었다.

해운海雲은 녹발綠髮 명모明眸 호치皓齒 단순丹脣 모두가 신구新舊를 통하여 아무렇게 치든지 미인이었고 또 여걸이었다. 어떤 결혼 피로연에 초빙이 되어 갔다가 명예와 지위가 높다는 그 신랑이 몹시 아니꼽다고 당장에 따귀를 올려붙여 일시 화류계에 신기한 화제가 되었던 인물이었다.

설지雪枝는 험구인 회월懷月의 첫인상이 '메리노온나眠りの女'[103]이었다. 메리노온나! 아무려나 일타수련一朶垂蓮이 버들 낙지落枝 속에서 가녈픈 시름 가벼운 한숨으로 고요한 졸음을 흐느적거린다면 그의 윤곽 일부를 그럴듯이 상징한 말이라 이를 수도 있으리라. 해운을 미인이라 이른다면 설지는 애오라지 여인격麗人格이었다.

우전은 소 같은 사람이었다. 마음이 눅고[104] 또 어질었다. 모든 것에 저절로 주의요 그리 강작강행强作强行을 몹시 싫어하는 편이었다. 그리고 또 그리 호색아도 아닌 모양이었다. 다만 싫지는 않으니까 미색을 보면 멋없는 웃음을 웃기는 하였다. 또 어떠한 여자에게든지 일부러 악마의 제자가 되어 잔혹히 미워하거나 경멸이 다르거나 억압하거나 유린하려 드는 그런 사람은 아니었다.

그래서 모든 여자가 애愛의 대상이면서 동시에 모두 쓸쓸한 남이었다. 여자의 마음속에 들기 위하여 여자를 쫓아다니지는 아니하였고 또 그것을 포로로 정복하기 위하여 내닫지도 아니하였다. 다만 간투看套의 오입娛入 식이 그의 연애관이 된지라 '여자란 일시적 위안의 도구 아름다운 장난감…….' 그래서 그는 고결이나 청초를 구태여 탐하지도 않았지마는 또 미추美醜도 그리 가리지 않는 편이었다. 여자는 그저 여자 그대로면 고만이었다. 그러나 그의 오입판의 수완이나 방식은 매우 능숙하고 놀랍게 세련되었지마는 그것도 그만 흑방 행자의 계행戒行을 지키느라고 한 번 마음대로 행사하여보지도 못하였다. 은인자중隱忍自重…… 그러는 동안에 여러 번의 웃는 꽃은 그만 가버리고 말았다. 첫 번에는 고계화高桂花요, 둘째 번에는 김해운金海雲이었다. 셋째 번에는 김난주金蘭珠, 넷째 번에는 신소도申小桃, 모두 왔다가는 실없이 웃고 돌아가버리는 가시찔레꽃뿐이었다.

"님 향한 일편단심 앙긋방긋 웃지를 말아……."

이것은 노작이 『개벽』 '가십'에 쓴 도향 소식의 일절이었다.

도향은 그만 새침하니 '육肉'을 탐하였다. 파계를 하고 흑방서 내쫓기어버리었다. 따라서 단심도 오지를 못하고 다른 곳 가나안 복지福地 그윽한 보금자리에서 도향과 밀회를 하게 되었다.

성지聖地는 그만 더럽혀졌다. 실내의 공기는 부정하여졌다. "소독! 소독!" 그러나 이미 더럽혀진 사랑의 영호靈豪 임금林檎[105]을 잃어버린 마음의 성단聖壇을 여간 냄새나는 시속時俗의 약물쯤으로야 무슨 소용이 있으랴. 무슨 보람이 있으랴.

### 9. 우전雨田의 음울陰鬱

어저 내일이야 그릴 줄을 모르던가
있으라 하더면 가랴마는 제 구태여
보내고 그리는 정은 나도 몰라 하노라

내 언제 신信이 없어 님을 언제 속였관대
월침삼경月沈三更에 올 뜻이 전혀 없네
추풍秋風에 지는 잎소리야 낸들 어이 하리오[106]

연애 삼매의 흑방비곡…… 여기에도 그나마 정신 연애에도 실연失戀만 맛보는 우전은 파계행자인 소정지옹笑亭之翁까지 잃어버리고 저절로 우중충 우울하게 흐려졌다.

고립! 고독! 오— 얼마나 쓸쓸한 형용사이냐. 계행을 지키는 명예의 고립! "벗이 없는 인생은 사막이라" 하거니 실연만을 당하면서도 계행은 묵수墨守

하는 명예의 고립!

그것을 그 헐렁이가 엄연히 지키고 있었던 것은 순례성단巡禮聖壇에 한 기적이었거니와 당자 자신으로도 아마 지극한 곤란이었으리라. 다만 그림자만 남은 한 가락 단골의 '콘도라' 노래만은 여상如常히 그의 거친 성대가 의미 있는 듯이 무겁게 떨리고 속 깊이 울리어 나왔으니 그것은 소정이 떠나간 고독의 구슬픈 소리였다. '님 향한 일편단심'이 무덥게 흑방 속에서 소정지옹을 녹이어낼 적에도 "인생은 초로 같다 사랑해라 소녀들" 순례의 일행이 회색가로 걸어 나갈 적에도 "연붉은 그 입술이 사위기 전에" 하던…… 그저 밤이나 낮이나 "인생은 초로 같다……" 그 '콘도라'의 그리움이여…… 탈선 무규無規한 그들의 생활도 세월이 짙었으니 불규不規 그대로가 항례恒例가 되어 기계적으로 매일 되풀이하여졌다. 원고 쓰기, 담론, 음주, 연담戀談, 수면으로 한 해 두 해 매일같이 그대로 되풀이만 하는 회색 생활 속에서 다만 우전의 '콘도라' 노래 한가락만이 시감時感을 따라서 높았다 낮았다 빨랐다 느렸다 하여 일상의 단조를 적이 깨트리고 있을 뿐이었다. 그는 일곡一曲의 '콘도라' 가운데에도 울적하고도 무한한 청춘의 희망을 사랑을 고적을…… 굵은 목 가득히 내뿜어 쓸쓸한 만호장안萬戶長安에 임자 없이 떠도는 저녁 안개에 끝없이 하소연하는 것이 유일의 위안이며 예술이었던 것이었다. 그러나 인생이란 매양 모순과 갈등이 많은지라 백조사白潮社 대문 안에는 계림흥산회사鷄林興産會社라는 한 고리대금의 흑마원이 세를 들고 있었다. 주야로 복리계산의 주판질, 착취하려는 밀담 등…… 더구나 거기에는 '위의威儀'가 가난한 이를 다루는 데에는 한 커다란 권위적 도구였던 것이다. 그런데 옆방에서는 밤낮으로 "인생은 초로 같다 사랑해라 소녀들" 하고 거칠고 무디게 소리를 지르니 아마 그들의 심장을 송곳으로 쑤시고 체질하듯 몹시 흔들어놓았으리라. 그래서 하루는 그 회사 전무취체역專務取締役이라는 자가 급사給仕를 시켜

"의무상 여러 가지 사정으로 보아 매우 곤란하니…… 그리 무리한 청이

아니다 될 수 있으면 회사 전원이 퇴근한 뒤에 좀 떠들든지 노래를 하든지 마음대로 하시오" 하는 전갈을 보내었다.

그 기별을 들은 우전은 전갈 온 급사가 채 돌아서기도 전에 거친 성대를 더 다시 박차고 억세게 내질러서

"인생은 초로 같다—"

그때는 아마 계림회사 전무는커녕 사장 이하로 빚 얻으러 온 손님들까지도 모두 초풍을 하여 달아날 지경이었으리라. 그해 9월에 있던 동경진재東京震災가 또 이른 것이 아니면 '뢰雷' 자 그대로 천동지동天動地動 청천벽력이나 아닌가 하고……. 우전으로 보아서는 그것도 그리 무리는 아니었다. 다만 한 가락의 위안인 그 쓸쓸한 노래에다까지 그러한 제한과 제재를 씌워주는 것은 그의 생명을 위협하는 것이나 마찬가지로 너무나 지독한 일이었다.

우전은 성이 났었다. 우렛소리가 터져 나왔다.

"인생은 초로 같다…… 인생은 초로 같다."

그러나 이제는 그 노래에는 예전과 같이 청춘의 오뇌를 품은 애조는 영영 사라져버리었고 다만 불붙는 분노와 타매唾罵[107]가 뒤틀어져 쏟아지는 우렛소리뿐이었다. 무섭고 거친 우렛소리는 계림회사에 대하여 도향 단심에 대하여 더 다시 인생에 대하여…….

우전은 가끔 아마 어두운 가슴을 어루만지며 아릿한 후회도 하리라. "그렇게 너무 데퉁쩍고 멋없이 좀 말고 조금만 안존한 온정으로…… 도향처럼 그렇게 달갑게 굴지는 않더라도 조금 법 다른 취급, 남다른 접대만을 하였더라도……" 하고 또 흑방 이외의 다른 동무들도 다소 느긋한 유감이 있었으리라. 그때는 모두 너무도 선머슴이요 도련님 풍월이라 높기는 높고 맑기는 맑았지마는 아름다운 이성異性을 웃는 꽃을 미美를…… 꽃 그것이 곧 인생이건만…… 보는 데에 반드시 유독 남다른 각도에서 떨어져서 보아야 한다고 일부러 인생의 현실을 도피하여 무슨 때나 묻을세라 무슨 허물이나 있을세

라 허둥지둥 '포즈'를 고쳐놓기에만 분망奔忙하였고 직접으로 가까이 가서 좀 더 가치 있는 것을 발현하는 것을 한각閑却해버리었으니까……. 월탄의 오뇌懊惱 심甚하다 하던 「2년 후」의 황경옥黃璟玉이나 빙허憑虛가 애처로이 보던 가엾은 순희純姬나 회월懷月의 꿈으로 그리던 Y양이나…… 모두 싱싱하고 꽃다운 생화를 일부러 종이로 만든 가화假花로만 대접하였던 것이 아니랴. 그들의 인생의 실패는 말하자면 인생의 속에 들어서서 사철 그 꽃다운 꽃의 본질미를 향수할 수 있는 그것을 차마 해보지 못하였다는 그 침묵에 있었다고 새로금 느껴진다. 그렇게 생각하니 도향은 확실히 '옹'은 '옹'이었다. '선仙'이 아니라 '옹'이었다. 발 잰 선수였다. 걸음 빠른 선진先進이었다. 이성삼매異性三昧의 그 어려운 업을 어느 틈에 일찍이 수득성취修得成就한 셈이니까…….

"봄은 오더니만 그리고 또 가더이다."[108]

'하이델베르그'의 '뻬데이'는 나이를 먹었다. 점잖아진 공자公子를 다시 만나서 쉽게 쉽게 느끼어가며 울었다. "몇 해 전의 봄철은 참으로 즐거웠어요" 하면서…….

우전은 우레와 같은 그 정열로 인제는 '콘도라'의 붉은 입술과 함께 살아서 아무러한 탄력도 없이 근자까지는 조극문간朝劇門間에서 졸고 앉았는 것을 보았는데 그나마의 조선극장도 봄불에 다— 타버리었으니 이제는 어디로 가서 또 우중충하게 쭈그리고 앉았는지? 아마 과음의 탓인지 근년에는 위궤양으로 그 좋아하던 술담배도 일금一禁을 하여버리었다 하니 그의 성격 그의 생활에 아마도 더 다시 몹시도 쓸쓸하고 우중충할 것이다.

도향은 23세 청춘을 일기로 하고 요절하여버렸다. 일대의 수재로 풍염한 미래의 꽃다운 희망을 가슴 가득히 품은 채 초라하게 저승의 길을 떠날 때 도향은 아마 몹시 울었으리라. 다정다한한 그의 일평생 그것을 온통 궂은 눈물로 바꾸어가지고 거리거리 인정을 써가며 가기 싫은 황천길을 걸어갈 적에 아마도 눈물빛 도가都家 지장보살께 적이 안타까운 사정은 그리 적었으려니……. 동인 생활 삼 년간의 옛날 교의交誼와 우정 그것이 하염없이 을씨년스런 추억으로 뇌어질 적에 애끊는 구슬픔을 새록새록 느끼는 산 사람들……. 정말 그것도 숙연宿緣[109]인지 기우였던지 도향이 작고한 지도 벌써 열두 해이었건만 그의 음용音容[110]은 방불하여 시방도 아직껏 어제인 듯하다.

"새파랗다"고 칭찬하던 방소파方小坡 군도 벌써 다섯 해 전 이맘때엔가 불귀의 손이 되었으니 아마도 이제는 가을바람 남북으로 유리영산流離零散한 이 꼴을 그리 탄식이나 해줄 이도 없을 터이지……. 낙원동의 경관 파출소도 치워버린 지가 이미 오래니 흑방 옛 품에 꽃피는 봄이 다시 돌아든들 그리 알뜰히 두굿겨 보호해줄 인들 또 어디 있으랴.

오! 그리울손 백조가 흐르던 그 시절
병자丙子 여름 궂은비 훌쩍이는 밤에
나이 먹은 순례지성巡禮之聖은
파석坡石 두메 외따른 초암草庵에서
아릿한 옛노래를 이렇게 적노라

(『조광朝光』 제2권 9호, 1936년 9월)

# 주

1 「朝鮮은 메나리 나라」는 『별건곤(別乾坤)』(1928.5)에 '민요자랑 — 둘도 없는 보물(寶物), 특색있는 예술'이란 코너로 게재된 평론이다.

2 깨판: 아주 고소하게 일이 벌어진 자리나 장면.

3 마치: 풍물놀이나 무속 음악에서 장단을 이르는 말.

4 재비: 국악에서 악기를 연주하거나 노래를 부르거나 춤을 추는 기능자.

5 과백(科白): 탈춤이나 연극에서 배우의 움직임과 대사를 통틀어 이르는 말.

6 진역(震域): 동쪽에 있는 나라라는 뜻으로, 우리나라를 달리 이르는 말.

7 가가(假家): 가게의 원말. 임시로 지은 집.

8 육촉(肉燭): 쇠기름으로 만든 초.

9 장발객: 머리털을 길게 기른 손님.

10 『조광(朝光)』 2권 9호(1936.9)의 목차에는 「백조시대의 젊은 꿈」이란 제목으로 소개되고 있으며, 본문에는 「白潮時代에 남긴 餘話 — 젊은 文學徒의 그리든 꿈」이라는 제목으로 소개되어 있다.

11 왜수건(倭手巾): 개량된 수건을 재래식 수건에 비교하여 이르던 말.

12 원발표면에서는 '데서도'의 표기가 잘 식별되지 않는다. 기전집본에서는 이를 '터수로'로 읽어 표기해왔으나, '데서도'로 읽는 것이 원발표면의 표기에 더 가까워 보인다.

13 원발표면에 '白潮朝'라 표기되어 있어 기전집본들은 '백조조'라는 표기를 그대로 사용하고 있다. 그러나 노작과 『백조』 동인들이 회고한 자료들을 살펴볼 때 '白潮朝'란 표기의 근거를 찾기 어렵다. 이 글의 후반부에 여러 차례 등장하는 '白潮社'에 대한 서술 등을 참고하여 '白潮朝'를 '白潮社'의 오식으로 보고 수정하였으나, 한자 표기의 차이도 간과할 수 없으므로 여기에 밝혀둔다.

14 기전집본에 '진축의 탑'으로 표기되어 있던 것을 '진번의 탑'으로 바로잡는다. '진번하탑(陳蕃下榻)'은 『후한서(後漢書)』 「진번열전(陳蕃列傳)」에 나오는 말이다. 진번이 예장태수로 있을 때 다른 객(客)들은 접하지 않으면서 의자[榻] 하나를 만들어 매달아두었다가 높은 선비인 주구(周璆)가 오면 그 의자를 내려서 앉게 했다. 그리고 그가 가고 나면 다시 달아매어두고 그가 오기를 기다렸다고 한다. 이 고사에서 유래하여 귀한 손님을 대접하는 의자를 뜻한다.

15 원발표면에는 '구쓰'라고 표기되어 있다. 일본어 'くつ'를 여기서는 구두로 표기하였다.

16 종종상(種種相): 갖가지 상(相).

17 애란(愛蘭): 아일랜드.

18 상명(爽明)하다: 시원하고 밝다.

19 시러금: 능히. 넉넉히. 잘.

20 유울(幽鬱): 마음이 답답하고 개운하지 못함.

21 불기(不羈): 도덕이나 관습 따위에 속박되지 않고 얽매임이 없음.

22 양자(樣姿): 겉으로 나타난 모양이나 모습.

23 소야(疎野): 꾸밈없고 자연 그대로 활달하여 자질구레한 예법에 얽매이지 않는 것.

24 인용된 문장은 당나라 말기 시인인 사공도(司空圖)의 「이십사시품(二十四詩品)」의 일부이다. 사공도는 「이십사시품」을 통해 시의 스물네 가지 품격을 분류하여 노래하였다. '소야(疎野)'는 12구로 된 24수의 사언시 중에서 열다섯 번째로 소개된 작품으로, 뜻은 다음과 같다. "오로지 본성이 머무르는 곳에서, 천진함을 취하여 세속에 얽매이지 않고, 사물을 안으면 저절로 풍부해지며, 진솔함을 기준으로 살아야 하네. 소나무 아래 집을 짓고, 모자 벗고 시를 읽으니, 다만 아침과 저녁만 알 뿐, 어느 때인지 가리질 않네. 만일 마음에 든다 해도, 어찌 반드시 작위가 들어 있으랴, 그와 같이 천성 그대로 한다면, 이같이 이루어지네."

25 사공도의 「이십사시품」 중 스물세 번째 시품은 '광달(曠達)'이다. 광달은 도량이 너그럽고 활달하며, 대범하고 의젓한 것을 말한다. 원발표면의 '광달'이란 사언시가 인용된 부분에서는 "화복○첨"과 "장○행가"가 탈자로 표기되어 있다. 『조광』을 발행하는 인쇄소에서 해당 한자의 활자를 구하지 못한 게 아닌가 추정하나, 정확한 상황은 알 수가 없다. 노작이 용사한 시의 원문과 뜻은 다음과 같다. "生者百歲 相去幾何 歡樂苦短 憂愁實多 何如尊酒 日往煙蘿 花覆茅檐 疎雨相過 倒酒旣盡 杖藜行歌 孰不有古 南山峨峨" "백년을 산다 해도, 그 차이가 얼마나 되랴, 환락은 아주 짧고, 근심은 실로 많도다. 어찌하면 술통의 술 들고, 날마다 안개 낀 덩굴을 찾을까, 초가집 처마를 꽃이 덮고, 성긴 비도 지나간다. 술잔 기울여 다 비우면, 지팡이 짚고 노래하며 걷네, 누군들 옛사람 되지 않으랴만, 남산만은 변함없이 우뚝하도다."

26 양산박(梁山泊): 중국 산동성(山東省)에 있는 습지대. 『수호전(水滸傳)』의 송강(松江) 등 호걸들이 모여든 곳으로, 호걸이나 야심가들을 이르는 말.

27 압팟슈: '아파슈(apache)'는 미국의 원주민으로 호전적이고 교활한 인디언인 '아파치족'에서 유래한 말로서, 프랑스 파리의 밤거리에 출몰하는 난폭한 '무뢰한'을 일컫는다. 프랑스 파리의 하층사회에서 행해지던 격렬하고 퇴폐적인 춤의 한 형식을 '아파슈 당스(apache danse)'라고 한다.

28 연색(鳶色): 약간 검은빛을 띤 갈색.

29 효령대군(孝寧大君) 북가죽: 태종이 충녕에게 마음이 있는 것을 알고 미친 체하며 지내던 양녕대군이 세자가 되려고 애쓰는 효령대군을 발길로 걷어차며 "충녕을 모르느냐!"고 하니, 이에 효령대군도 깨닫고 절에 들어가 북만 치며 살았다. 효령대군이 절에서 치던 북은 찢어지지 않았는데, 이때부터 부드러우면서도 찢어지지 않고 질긴 북가죽을 '효령대군 북가죽'이라고 부르게 되었다 한다.

30 달사(達士): 이치에 밝아서 사물에 얽매여 지내지 않는 사람.

31 이백의 「객중행(客中行)」이라는 칠언절구의 일부이다. 나그네가 객지 타향을 가서 술을 마시는 내용의 이 시에는 "주인은 손님을 취하게 하면 그만이지만, 나그네는 어디가 타향인지 알 수 없네[但使主人能醉客, 不知何處是他鄕]"라는 구절이 나온다. 이 구절을 도향의 방랑적인 생활에 비유하고 있다.

32 봉로방: 떠돌이 장사꾼들의 쉼터.

33 발치잠: 형편이 허락하는 한에서 자는 잠.

34 기쿠치 간(菊池寬): 일본 다이쇼 시대와 쇼와 시대의 소설가이자 극작가. 아쿠타가와상, 나오키상 등을 제정한 바 있으며, 1920년대 『진주부인(眞珠夫人)』으로 대표되는 신문 연재 통속소설들이 베스트셀러가 되어 사랑을 받았다.

35 유련황망(流連荒亡): 유흥(遊興)의 즐거움에 잠겨 집에 돌아갈 줄을 모르고, 수렵이나 술 마시는 즐거움에 빠지는 것. 『맹자(孟子)』「양혜왕(梁惠王)」에는 "흐름을 따라 배 타고 내려가면서 돌아올 줄 모르는 것을 유(流)라 하고, 흐름을 따라 배 타고 올라가다가 돌아올 줄 모르는 것을 연(連)이라 한다. 짐승을 따르며 귀찮아함이 없음을 황(荒)이라 하며, 술을 좋아하여 싫증 남을 모르는 것을 망(亡)이라 한다"는 말이 나온다.

36 미루벌: 꽤 넓고 평평한 벌판.

37 적적요요(寂寂寥寥): '적적'은 지극히 고요하여 일체의 분별 사량이 다 끊어진 경지, '요요'는 소소영령한 지혜가 나타나는 것을 말한다. 『선시의경(禪詩意境)』에 실린 송나라 선사 야보도천(冶父道川)의 시 "산집의 고요한 밤 앉은 채 말 없으니, 적막하고 쓸쓸함이 본래의 자연일세. 무슨 일로 갈바람은 숲과 들판 흔들고, 한 소리 찬 기러기 긴 하늘에 우짖는고[山堂靜夜坐無言 寂寂寥寥本自然 何故西風動林野 一聲寒雁唳長天]"에 나오는 말이다.

38 훤소(喧笑): 큰 소리로 담소하는 것.

39 무사기(無邪氣): 전혀 간사(奸邪)한 표가 없음.

40 사로메: 살로메. 유대 왕비 헤로디아의 딸. 의붓아버지 헤롯 왕의 앞에서 춤을 추어 그 상으로 세례 요한의 목을 베어달라고 하여 그 목을 얻었다고 전해진다. 『백조』 2호에 박영희의 번역으로 오스카 와일드 원작의 「사로메(Salome)」 희곡이 실려 있다.

41 콘도라: '곤돌라(gondola)', 혹은 〈곤돌라의 노래(ゴンドラの唄)〉(사공의 노래)라는 엔카를 일컫는 것으로 추정된다. 다이쇼 4년(1915), 〈그 전날 밤(その前夜)〉이라는 연극에 삽입된

곡으로, 다이쇼 시대의 최고 인기곡이다. 일본의 닛치쿠(日蓄)회사에서 취입한 〈곤돌라의 노래〉는 다음의 가사로 시작된다. "인생은 짧도다 사랑하라 소녀여 / 연붉은 입술 바래기 전에 / 뜨거운 피가 식기 전에 / 내일의 세월은 없으니(いのち短し戀せよ少女 / 朱き唇 褪せぬ間に / 熱き血潮の冷えぬ間に / 明日の月日は ないものを) (…)"

42 호방뇌락(豪放磊落): 기개가 장하고 도량이 넓고 큼.

43 이노코리(居殘り): 다른 사람이 돌아간 뒤에 잔류하여 인질로 잡혀 있는 일. 또는 그 사람. 원발표면에는 모두 '居殘り'로 표기되어 있으나, 가독성을 위해 '이노코리'로 바꾸어 표기한다.

44 해성(解醒): 해독(解毒)시켜 깨어나도록 하는 것.

45 토월회가 공연한 빌헬름 마이어 푀르스터(W. Meyer-Förster)의 〈알트-하이델베르크(Alt-Heidelberg)〉란 작품을 일컫는 것으로 보인다. 유학 중인 왕자 하인리히와 케티의 사랑을 중심으로 하여 독일 학생들의 생활을 감상적으로 그렸다. 『백조』 3호의 전면 표지 뒤에는 토월회의 2회 연극 공연[본 연극을 포함, 톨스토이의 〈부활〉, 스트린드베리의 〈채귀(債鬼)〉]이 광고되어 있다.

46 삐루: 맥주.

47 '사비수'는 '사자수'라고도 칭해진다. 백마강의 삼국 시대 이름.

48 춘원 이광수의 시를 노래로 만든 것으로 보인다. 원문은 다음의 구절로 이루어져 있다. "사자수 내린 물에 석양이 빗길 제 / 버들꽃 날리는데 낙화암이란다 // 모르는 아이들은 피리만 불건만 / 맘 있는 나그네의 창자를 끊노라 / 낙화암 낙화암 왜 말이 없느냐"

49 회향병(懷鄕病): 고향을 그리워해 생기는 병.

50 깔끔거리다: 빳빳한 털 따위가 살에 닿아 자꾸 따끔거리다.

51 중국 청나라 시기에 집필된 장편소설 『홍루몽(紅樓夢)』은 『석두기(石頭記)』라는 이름으로 80회 동안 조설근(曹雪芹)이 연재했으며, 필사본으로 사회에 유통되면서 다양한 이명으로 불렸다. 이후 다른 필자가 40회를 이어 쓰며 120회를 활자화하여 『홍루몽』이라는 제목으로 불리게 된다. 이 소설은 금릉 출신의 주인공 가보옥(賈寶玉)과 그의 고종사촌 누이 임대옥(林黛玉)의 비극적 사랑과 가문의 흥망성쇠를 다루고 있다. 귀족 가문의 어른들이 가보옥의 배필로 설보채(薛寶釵)를 맞아들이자 대옥은 그동안 썼던 시고(詩稿)를 불태우고 죽게 된다. 노작의 원발표면에서는 『석두기』의 주인공 대옥(黛玉)을 '대왕(岱王)'이라고 표기하고 있는데, 이를 활자 식자 시에 생긴 오류로 판단하여 바로잡는다.

52 팔대짓: 말을 할 때에 상대편의 앞에서 팔을 들어 흔들어대는 짓.

53 『증보가요집성(增補歌謠集成)』(1959) 자료집에서 해당 남도단가의 가사를 확인할 수 있다. "客來問我 興亡事"나 "초강어부 빈 배 자라 등에 저 달을 실어라"와 같은 가사는 원발표면에 인용된 내용과 상이하여 그 내용을 밝혀둔다. "적벽강만 남아았다 풍엽추화 심양

강에 / 백낙천은 어듸로 갔느냐 / 파릉승상 중에 동정호가 제일이라 / 객래문아 홍망사 소지로화 월일선 / 초강어부 빈배 자라 등에 저 달을 실어라 / 우리 고향을 어서가세 기경선자 / 간연후 공추월지단단 황산롱명월 이수로 / 돌고돌아 벽계수변으로 나려가니 붉은 꽃 / 푸른잎은 산용수색을 그림하고 나는 나비 / 우는 새는 춘광춘흥을 자랑한다 / 애닯다 청산두견이 자주 운다 / 저 새소리 타향 수궁에 갔던 손님 고국 산천이 반가워라 / 아니놀고 무엇을 할가나 거드렁거리고 지내보자"

54 「양양가(襄陽歌)」: 12가사의 한 곡명으로, 중국 이백(李白)의 시에 토만 달아 곡조에 맞추어 부른 노래이다. 이백이 양양 땅을 지나면서 느끼는 소회를 적은 것으로, 주로 정치와 부귀공명이 허무한 것이며 호방하게 술을 마시며 자연을 즐기자는 내용을 담고 있다.

55 우활(迂闊): 사리에 어둡고 세상 물정을 잘 모름.

56 고서(故棲): 오래된 거처.

57 언소자약(言笑自若): 근심이나 놀라운 일을 당하였을 때도 보통 때와 같이 웃고 이야기함.

58 토이기모(土耳其帽): 터키모자. '토이기'는 터키의 음역어.

59 루바시카(rubashka): 러시아 남성들이 입는 블라우스풍의 풍성한 긴 상의.

60 무주공청(無主空廳): 주인 없이 비어 있는 관청. 차지하고 있는 사람이 없는 공간.

61 취체(取締): 규칙, 법령, 명령 따위를 지키도록 통제함.

62 기와(起臥): 일어나고 눕는 일상적인 생활 상태.

63 상하(上下)하다: 오르고 내리다.

64 훤조(喧噪): 시끄럽게 지껄이며 떠듦.

65 항다반례사(恒茶飯例事): 항상 있는 차와 밥이라는 뜻. 늘 다반사로 있는 예사로운 일.

66 노서아(露西亞): '러시아'의 음역어.

67 분일(奔逸): 뛰어서 달려감. 제 마음대로 행동함.

68 운아(韻雅)하다: 운치가 있고 아담하다.

69 소정지옹(笑亭之翁): 나도향의 호 중 하나.

70 전아(典雅)하다: 법도에 맞고 아담하다.

71 송이(松伊): 18세기 중반에 활동한 기생. 본문에 인용된 송이의 시조「솔이 솔이라 하니」는『해동가요』에 수록되어 있다.

72 부실(副室): 정식 부인 외에 따로 데리고 사는 여성.

73 노류장화(路柳墻花): 아무나 쉽게 꺾을 수 있는 길가의 버들과 담 밑의 꽃. 기생을 비유적으로 이르는 말.

74 행모육례(行謀六禮): 우리나라에서 전통적으로 내려오는 혼인의 여섯 가지 예법.

75 『맹자』에는 "사양지심 예지단야(辭讓之心 禮之端也)"라는 문장이 전해진다. "사양지심, 즉 겸허(謙虛)하게 양보(讓步)하는 마음은 예(禮)의 근본(根本)이니"라는 의미.

76 출장입상(出將入相): 난세에 전장에 나아가서 장수가 되고 조정(朝廷)에 들어와서는 재상이 되어 정치를 한다는 뜻. 문무를 다 갖추어 장상(將相)의 벼슬을 모두 지내는 것.

77 당의 시인인 심여균의 「규원(閨怨)」이라는 한시를 인용하여 이야기하고 있다. 출정한 남편을 생각하며 규방의 원망을 노래하는 시다. "雁盡書難寄 愁多夢不成(기러기 모두 떠나니 편지 전할 길 없고, 수심이 많아 꿈자리도 이루지 못한다)"은 이 시의 일부이다.

78 상담(常談): 늘 쓰는 예사로운 말. 예사말.

79 『전등신화(剪燈新話)』의 「애경전(愛卿傳)」에서 유래하는 말이다. 길가의 버들 담장에 핀 꽃은 누구든지 쉽게 꺾을 수 있고, 산에서 멋대로 자란 꿩과 따오기는 집 안에서 길들이지 못한다는 의미이다.

80 사도고만(使道苽滿): 관직의 임기.

81 협태산이초북해(挾泰山以超北海): 태산을 끼고 북해(北海)를 뛰어넘는다는 뜻으로, 용력(勇力)이 썩 장대함을 비유하는 말.

82 향정자(香亭子): 장례 때에 신주를 받들거나 향로와 향합을 넣어 들고 가는 정자 모양으로 된 작은 가마.

83 배행(陪行): 떠나는 사람을 일정한 곳까지 따라가는 것.

84 탁문군(卓文君): 중국 서한 때의 음악가. 부호인 탁왕손의 딸로, 거문고를 잘 타서 이름을 얻었다고 한다.

85 월노승(月姥繩): 남녀의 인연을 맺어준다는 월하노인(月下老人)이 지니고 다니는 붉은 끈.

86 청구명기(靑邱名妓): 우리나라의 이름 있는 기생.

87 탐화광접(耽花狂蝶): 꽃을 찾아다니는 미친 나비라는 뜻으로, '탐화봉접(探花蜂蝶)'을 강조하여 이르는 말.

88 치가(置家): 첩을 얻어 따로 살림을 차림. 첩치가(妾置家).

89 어색(漁色): 여자와의 육체적 관계 따위를 지나치게 좇음.

90 행하(行下): 놀이가 끝난 뒤에 기생이나 광대에게 주는 보수.

91 영문(營門): 병영의 문이나 군영의 경내(境內).

92 유미(柳眉): 미인의 눈썹.

93 경성의 기생 강향란은 한 청년 문사와의 이별 후 자살을 기도한 바 있다. 이후 스스로 단발을 하고 남장을 한 뒤 남자 강습소에서 학업을 지속하다 발각되어 세간의 화제가 되었다. 여성의 주체적인 삶을 주장하며 항일운동 및 여성운동에도 관여하였다.

94 1923년 6월에 평양 출신 기생 강명화가 대구 부호의 아들이었던 장병천과 연애하다가 손가락을 자르고 자살한 사건이 장안에 화제가 되었다.

95 원발표면에는 '내종(乃終)'으로 표기되어 있다. 다른 일을 먼저 한 후의 차례를 뜻한다.

96 문기화는 전우영(全祐榮)과의 정사(情死)로 당대에 화제가 되었던 기생이다. 문기화가 스

무 살에 아편을 먹고 자살하고 나서 전우영의 본처이자 당대 최초의 여성 기자였던 이각경(李珏璟) 또한 1925년에 연이은 음독자살을 하여 이들의 관계는 세간에 기이한 연애담으로 다양하게 보도되었다.

97 지취(旨趣): 어떠한 일에 대하여 마음먹고 있는 뜻.

98 시량(柴糧): 땔나무와 먹을 양식을 통틀어 이르는 말.

99 명제(命題): 시문 따위의 글에 제목을 정함.

100 노작의 시 「꿈이면은」의 1연을 인용한 것으로 보이나 표현과 형식은 다소 상이하여 여기에 밝혀둔다. "꿈이면은 이러한가, 인생이 꿈이라니 / 사랑은, 지나가는 나그네의 허튼 주정(酒酊) / 아니라, 부숴버리자. / 종이로 만든 그까짓 화환(花環) / 지껼이지 마라, 정 모르는 지어미야. / 날더러 안존치 못하다고? / 귀밑머리 풀기 전 나는 / 그래도 순실(純實)하였었노라"

101 어색가(漁色家, ぎょしょくか): 엽색꾼.

102 부여지다: '부예지다'의 방언. 살갗이나 얼굴 따위가 허옇고 멀겋게 되다.

103 메리노온나(眼りの女): 눈이 밝은 여자. 원발표면에는 모두 '眼りの女'로 표기되어 있으나, 가독성을 위해 '메리노온나'로 바꾸어 표기한다.

104 눅다: 목소리나 성질 따위가 너그럽다.

105 임금(林檎): 능금.

106 『청구영언(靑丘永言)』에 수록된 황진이의 시조 두 편을 인용하고 있다.

107 타매(唾罵): 몹시 더럽게 생각하여 꾸짖거나 욕함.

108 노작의 「봄은 가더이다」의 시 구절 중 일부.

109 숙연(宿緣): 전생(前生)의 인연.

110 음용(音容): 음성과 용모.

# 제6부

# 기타

# 육호잡기六號雜記 1[1]

'검이여…… 빛을 주소서…….'[2] 북두성 자야반子夜半[3]에 합장묵도合掌默禱…… 그러나 완벽을 이룰 때까지는 앞에 많은 험악과 재액을 미리미리 자각합니다……. 장애는 있든 없든 아마도 우리만 진실했으면 고만이겠지요.

벌써부터 절절히 느끼는 것은 부자유란 그것이외다. 금번 호에 빙허 씨의 「전면纏綿」을 실으려 하였더니 작자는 관능에 직감되는 자연 그대로를 인생의 진상眞相에 상징해서 예술의 법열과 아울러 띄워 참의 비오秘奧에 살고자 함이었더니…… 불쌍한 불우의 그, 그의 그 뜻을 알아주는 이 없어 구박에 쫓겨가는 이 되었을 뿐이니 세야勢也라 내하奈何오[4] 내하오. 다만 그의 넋은 검은 나라 한 반짝거리는 별빛 밑에서 애졸여 혼자 울어 날밤을 새울 뿐…… 어떻든 못 내놓게 되었사오니 여러분에게도 섭섭하기 그지없거니와 작자 그분을 뵈옵기에도 미안다사未安多謝[5]로소이다.

— 노작

(『백조白潮』 1호, 1922년 1월)

# 육호잡기 2[6]

인생이 무상타 한들 이럴 수야 있을까요? "봄에나……" "삼월이면 나오리라" 벼르고 기다리던 금번 호가 나온다 나온다 나와 보니…… 때는 벌써 늦어서 오라던 봄철은 누가 데려갔는지 꽃도 웃음도 다— 시들어버리고 녹음이 우거진 오월 중순에 때아닌 이 노래를 노래합니다.

밖에서는 어쩌니 어쩌니 떠드는 소리도 알았지마는 금번 호가 늦어진 것은 사실이외다. 사실이 있으니 물론 그대로 이유도 있겠지요. 여러분이 그 이유를 들으려 하십니까? 들어야 시원할 까닭은 없겠지요마는 하도나 속도 퍽 썩이던 일이니 넋두리 삼아 한마디 하지요.

조선 사람이면은 누구나 다— 말하는 바이지마는 우리는 자유가 없습니다. 더구나 출판에 자유가 없어요. 그런 데다 3월 호를 출간하려던 일주일 전에 아펜젤러[亞扁薛羅] 씨가 발행인을 사퇴하였습니다. 그래 씨에게 진정으로 간청하기에 며칠, 다른 곳에 소개장 가지고 다니기에 며칠, 누구에게 교섭하기에 며칠, 누구누구에게 며칠 며칠 하다가 결국은 실망해서 며칠, 또 출판하는 제도를 고치자고 며칠, 그러고 보니 시절은 벌써 늦었더이다. 그러다 천만다행으로 보이스 부인이 승낙을 하셨습니다. 중간에서 애써주신 여러분도 물론 고마우시지마는 특히 부인께 많은 감사를 드립니다. 늦어진 이유는 이것뿐이올시다. 무슨 큰 동정을 줍소사 하는 것이 아니라 이러한 사정이나 짐작해주소서 함이외다.

금번부터는 육호잡기를 쓰는 범위를 넓혀서 자기의 생각한 것 감상하는 대로 다— 쓰자 하였습니다. 그러나 너무 창졸간倉卒間의 일이라 그러한지 잘 뜻과 같이 되지 못하였습니다. 다음에는 잘하겠지요.

오천원 씨에게서는 건강하시다는 편지는 왔으나 원고는 아직 미착未着이 올시다.

나도향 씨는 경북 안동 땅에서 교편을 잡고 계시게 되었습니다. 호왈號曰 소정지옹笑亭之翁이지마는 다정다감한 씨가 더구나 그 변적變的 성격에 어찌나 애를 썩이고 지내는지? 일상 잘 부르는 애상의 사비수곡泗沘水曲만 저녁노을 비친 낙동강 흐르는 물에 아마도 하염없이 애꿎이 흘려보내겠지요. 씨가 일전에 부친 편지에 "여기는 꽃이 다— 져버렸나이다. 웃는 듯하고 웃는 듯한 그 꽃은 벌써 다— 졌나이다. 저는 다만 수연愁然한 쌍안雙眼으로 무언無言한 그 꽃만 바라보았나이다. 그 꽃은 저를 보고 웃었는지 울었는지 성냈는지 토라졌는지 어떻든 말없이 있더이다. 바람이 불어서 시름없이 그의 치맛자락을 벗어 내던질 때까지 그는 다만 무언이었나이다. 그 위에 따뜻한 바람이 불 때나 밤이나 낮이나 아무 소리 없던 그 꽃은 고만 시들어져버렸나이다. 오형吾兄 오형 울어야 할는지 웃어야 할는지 저는 모르나이다. 그것을 말하는 자가 일찍이 없었으며 그것을 말할 자가 또한 있지 않을 터이지요……. 적적요요寂寂寥寥한 이곳에 외로이 있는 저는 다만 학교 뒤에 용출聳出[7]한 영남산嶺南山 위에 올라서서 서북편 하늘만 바라볼 뿐이외다. 그러나 중중영첩重重靈疊[8] 바위산이 나의 가슴을 탁 틀어막나이다. 구만리 장천이 북으로 열렸고 반천리半千里 장로長路가 북으로 터졌으나 다만 전하는 것은 두어 마디 친애하는 우리 동인 몇 사람의 불쌍히 여김인지 사랑함인지 때때로 보내주는 응정凝情[9]의 서찰뿐이요, 아무것도 없나이다……. 사나이 눈에 눈물을 머금음도 무리가 아니요, 장부의 가슴에 한숨을 감춤도 잘못이 아니건만 울려 하나 울 곳이 없고 한숨을 쉬려 하나 한숨을 받을 자가 없나이다. 우리가 만나야 그 눈물을 알고 우리가 만나야 그 한숨을 알아주련!? (중략)…… 봄이 가거라 쾌쾌快快히 가거라 봄이 나를 못살게 구나니 속히 가라 훨훨 가라, 저는 날마다 심중으로 이렇게 빌고 원하나이다."

표지 장화表紙裝畫[10]는 원우전 씨, 이면 장화裏面裝畫는 안석영 씨의 붓이

올시다. 거기에 숨긴 뜻을 설명은 붙일 수 없으나 그대로 아무쪼록 많은 감상을 주소서.

내가 쓴 시 아래 민요 일 편[11]은 경상도 지방에서 부르는 것이올시다. 그런데 민요라 하는 것보다도 동요올시다. 수줍은 산골 시악시들이 어여쁜 그 어린 목으로 노상 부른다 합니다.

경향京鄕 각지에서 기고하신 분이 많으셨는데 사랑으로 보내신 뜻은 감사합니다. 그러나 본지는 동인제同人制이므로 미안하오나 동인으로 추천되기 전에는 지상에 올릴 수 없습니다.

보내신 작품을 모두 정세精細히 논평하기는 극난極難한 일이나 보통 가작佳作은 많았습니다. 그런데 대개는 너무 신新을 꾸미려 애쓰다가 신도 신이 아니고 구舊도 구가 아닌 무엇인지 알 수 없는 일종 특제품이 되어버림이 큰 결흠缺欠이며 어떤 심한 것은 무엇을 흉내 낸다고 민족적 리듬까지 죽여버리고 아무 뜻도 없는 안조옥贋造玉[12]을 만들어버림은 매우 유감이올시다. 이런 점은 신시新詩에서 더욱 많이 보였습니다. 물론 이것을 누구가 잘못함이라 하지는 않습니다. 행방불분명하고 사상이 불건강한 우리 문단 자신의 죄겠지요. 그러나 될 수만 있거든 아무쪼록 순정純正한 감정을 그대로 썼으면 합니다. 일일이 엽서로라도 답장을 드릴 것인데 그럭저럭 못하고 다만 지상紙上으로 이만 드립니다.

— 이상以上 홍洪

(『백조白潮』 2호, 1922년 5월)

# 육호잡기 3[13]

이에 이 글을 인쇄에 부치고 나니, 희비 교차하는 이 마당에, 숨어 있던 모든 감회가 한꺼번에 북받쳐 오르는 듯하다.

맥이 풀린 이 손으로 다시 붓을 잡으매, 어린 이 가슴은 온통 무너져버리는지, 속 깊은 쓰린 한숨은 다시금 잡을 수도 없이 떨려질 뿐이다.

『백조』를 창간한 지도 일 년 반이요, 절간絶刊된 지도 또한 거의 일 년 반이나 되었다. 풍운다첩風雲多疊한 그때에 무모무각無謀無覺한 황발黃髮의 일동자一童子! 아무 준비도 없이 나섰던 그 길이었으니, 된서리 오던 가을 새벽달 아래서, 눈보라 치던 겨울밤 외딴 길가에서, 소리 없이 울기는 몇 번이었으며, 여각旅閣집 주인의 던져주는 밥술이 차든지 덥든지, 입으로 말 못 할 푸대접은 오죽이나 받았었느냐.

불행한 일개인一箇人의 사고事故가 죄 없는 이 집에까지 미쳐서, 빛바랜 문화사의 간판은 바람에 불 적마다 마음 없이 근드렁근드렁, 동인들은 난산難散하고, 사무원은 도망하고…… 이다음의 구절은 차마 붓으로는 더 그릴 수가 없다. 슬픔이거나 기꺼움이거나…… 다만 끝끝내 하려고 할 뿐이다.

◇

"매양 누가 병이라고 일컬을 때에, 불행하다 하면서도 매우 행복스러워 보이더라. 더구나 '병시인病詩人……' 그것은 참으로 쓰릿한 느낌이 있으면서도, 알뜰히 달콤한 맛이 있어 보이더라. 그러나 행복스럽게 보이던 그것도 동경하던 그때가, 좋을 뿐이지 정말로 병이 온다 하면은 천하에 싫은 것은 그것이다.

생의 동요…… 나의 시선에 부딪히는 모든 대상물이 점점 몽롱 불투명하며, 모든 색채가 희박하게 보여짐이다. 아, 이것이 나의 생의 최말일最末日의 일이 아니면 병이 아닌가.

그런데 여기에서도 생에 대한 나의 눈이 좀 더 지혜스러웠으면, 영리하였으면, 더 한 겹 속 깊이 약아졌으면, 이 기회에서 나의 내외적 생활의 온통 개조가 되었으면, 나는 밤낮으로 빈다. 아마 이것을 말하자면은 신음자의 애타는 입에서 그래도 가느다랗게 떨리는 희망이라 할는지—" 이것은 벌써 8개월 전에 『백조』 3호가 발간된다고 떠들 때에 내가 쓴 육호잡기의 한 구절이다.

그때는 내가 몹시 앓았었다. 그러나 시방은 다— 나아졌다. 병이 들었던 그때와 건강해진 이때를 서로 비겨보면, 나의 살림살이는 말할 수 없이 달라졌다. 어떻든 그때의 그 신병은, 나의 생활과 의식에 한 전환기를 삼아주었다. 나는 소춘蘇春[14] 된 기꺼움을 날마다 느끼며 이렇게 산다.

◇

편집을 하였다가 묵삭이[15]를 하고, 원고를 모았다가 헤쳐버리기 무릇 몇 차례였더냐, 일껏 별러서 하도 오래간만에 하는 것이니, 아무쪼록 새로운 작품만 모아서 새로운 책자를 세상에 내어놓아 보자고—. 그래 출간기가 지연될 적에마다, 동인들이 모두 묵은 원고는 되찾아가고, 새 원고로 바꾸어 들였다. 그러니 아마 이번에 낸 작품들은 거지반 일 개월이 넘지 않은 최근의 작인 듯하다. 나도 새것으로만 내어놓는다고, 며칠 동안을 허둥지둥 들볶아서 써놓으니 원 어떻게나 되었는지, 모르겠다. 물론 거칠고 잡스러운 것이 많을 줄 안다. 소설 「저승길」은 내가 소설에 붓을 잡은 지 두 번째의 시험이다. 아직 세련이 덜 되어서 그러함인지, 쓰기 전에 먹은 마음과 같이는 잘 맞게 되지 않은 것 같다. 상화想華[16] 「그리움의 한 묶음」은 좀 단단히 많이 써보려고 첫 번에는 제법 아주 길게 차렸었다. 하다가 지면상의 관계도 있고 또는 지루하고 너무 고달파서, 중간에 붓을 던져버렸다. 그러니 화호불성畵虎不成[17]이라, 말하자면 실패이다.

종로의 한길은 넓은 거리인 대신에, 쓸데없는 광고 간판이 부질없이 가로 거친다[18]. 저녁나절의 서울의 거리는, 술이 취하지 않은 사람이 보더라도 맑은 정신이 공연히 얼떨떨해지지마는, 정말로 중둥[19]이 풀려 비틀거리는 술주정꾼이 넓은 길거리를 좁다고 휩쓸어가다가, 커다란 책사冊肆[20] 앞에 서 있는 한 개의 광고판과, 시비를 걸었다. 그래 발길로 한 번 걷어차 넘어뜨리고 짓밟아버릴 때에, 애처롭게도 유린을 당할손, 광고문 중의 '고급문예' 네 자이다.

대체 고급문예라는 그것은, 무엇이냐. 어떠한 뜻이냐. 어떠한 것을 이름이냐. 고급? 고급? 사닥다리 위에 있는 문예가 고급문예냐. 3층집 꼭대기에 있는 문예가 고급문예냐. 종로경찰서의 탑시계 위가 아니면 종현성당 피전침避電針 꼭대기에 매달아놓은 문예가 고급문예냐. 과연 어떠한 것이 고급문예냐. 조선극장에서 흥행하던 어떤 극단에서는, 희곡이라는 그 문자를 풀어 알 수가 없어서, 고심 연구하다 못해 간신히 희극이라는 뜻이라고, 해석해버렸다 하는 이 시절이며, 또 어느 '적的'자를 잘 쓰는 '적화的化'가家는, 언필칭 '무슨 적 무슨 적' 적자的字를 쓰다 못해, 나중에는 '창피적'이라는 말까지 써버렸다 하는, 어수선 산란한 현하現下[21] 경성 천지이다마는, 그래도 그렇게 훌륭한 문예 작품을 광고한다는 간판의 문구로서 '고급문예' 네 자를 대서특서한 것은 뱃심도 몹시 좋은 일이지마는, 정말 그야말로 좀 '창피적'이다.

그 간판과 나란히 서 있는 동무 간판은 더 다시 가관이었으니 '사랑의 불꽃'이라든가 '사랑의 불거웃[22]'이라든가는 현대 조선 문단의 일류 문사들이 기고를 하였다고 써 있다. 문사! 문사! 일본말로 '시모노세끼'가 어떠하냐. 정말로 창피한 일이지. 어떤 얼어 죽을 문사가 그따위의 원고를 다 함께 쓰고 앉았더란 말이냐. 그것도 그러하지, 자칭 문사라고, 자칭 예술가라고, 자칭 조선의 '로맹 롤랑'이라고 까불고 다니는 한 키 작고 장발인 '예술청년'도 있다. 굵다란 목 아래에다 돗자리[23] 수건으로 동심결[24]만 매고 다니면, 항용 예술가라고 일컬어주는, 이 조선의 서울이다. 그러나 예술이란 그것이 어찌 그리 쉬운 것이랴. 더구나 문사라는 그 말을 남용치 마라. 아무 데에나 그렇게 함부로 남용하지 말아라.

일전에 들으니, 그러한 책자 그러한 문구를, 예전 우리 문화사 안에서 내어놓았다 하는 풍설이 있기에 대강 이만으로 좀 버릇을 알으켜주는 것이다.

— 이상 노작

(『백조白潮』 3호, 1923년 9월)

# 주

1 『백조』의 편집후기를 말한다. 1호의 「육호잡기」에는 박종화를 선두로 하여 나도향, 박영희, 홍사용의 편집후기가 게재되어 있다. 여기서는 『백조』의 발행 순서에 따라 숫자를 붙여서 구분하였다.

2 원발표면에는 '여는 따옴표'만 표기되어 있고 '닫는 따옴표'는 표기되어 있지 않다. 따옴표 안에 서술한 내용이 '합장묵도'의 형식일 것이라 판단하여 해당 위치에 닫는 따옴표를 부기하였다.

3 자야반(子夜半): 자시(子時) 무렵의 한밤중.

4 세야(勢也)라 내하(奈何)오: 형세니 어찌하랴.

5 미안다사(未安多謝): 미안하고 깊이 사죄함.

6 『백조』 2호 「육호잡기」는 홍사용이 선두로 긴 후기를 남기고, 후에 나도향, 이광수, 현진건의 후기가 첨부된 형태다.

7 용출(聳出): 우뚝 솟아남.

8 중중영첩(重重靈疊): 겹겹이 신령스러운 모습.

9 응정(凝情): 응어리진 마음. 혹은 응어리진 감정.

10 장화(裝畵): 도서의 장정을 위해 그린 그림. 표지에 그린 그림은 표지 장화, 내지 즉 본문에 그린 그림은 이면 장화이다.

11 노작이 『백조』 2호에 발표한 「봄은 가더이다」라는 시의 후미에 경상도 민요가 한 편 첨부되어 있다.

12 안조옥(贋造玉): 위조된 가짜 옥.

13 『백조』 3호 「육호잡기」에는 박종화의 편집후기를 시작으로 박영희, 홍사용, 나도향, 김기진의 후기가 이어져 있다.

14 소춘(蘇春): 되살아남. 소생.

15 묵삭이: 먹으로 글씨를 지워버림.

16 상화(想華): 수필을 이르는 말.

17 화호불성(畵虎不成): 범을 그리려다가 강아지를 그림. 서투른 솜씨로 어려운 일을 하려다가 도리어 잘못됨을 비유하는 말.

18 가로거치다: 앞에서 거치적거려 방해가 되다.

19 중둥: 치마 따위가 거치적거리지 아니하도록 그 위에 눌러 띠는 끈.

20 책사(冊肆): 서점.

21 현하(現下): 오늘날. 현재의 형편 아래.

22 불거웃: 불두덩에 난 털.

23 기전집본에서는 '룻다리', '늙다리'로 판독해왔으나 정확지 않다. '돗자리수(繡)'를 놓은 수건이 아닐까 한다.

24 동심결(同心結): 두 고를 내고 맞죄어서 매는 매듭.

# 해설

# 메나리의 관계망과 정동의 항상적 모색
## — 노작의 삶과 예술세계

노지영(문학평론가)

### 1. 노작의 예술적 행보

노작 홍사용은 한국문학사에서 문학적 외연을 가장 폭넓게 확장한 대표적인 문화인이다. 근대문학 초창기 『백조』라는 기념비적인 매체를 창립한 출판인이자, 낭만주의 시운동을 이끌었던 상징적인 문사다. 다채로운 화법의 자유시를 실험한 신문학운동의 주역이며, 신문학이 봉착한 한계에 응답하여 공동체의 정서가 반영된 전통적 형식을 지속적으로 탐색해나갔던 민요시인이다. 3·1운동 이후에는 민족이 처한 문제들을 핍진하게 묘사한 소설들을 남기기도 하였다.

그는 시와 소설 같은 기록문학으로 자기 정체성을 한정하지 않고, 공연문학으로 예술적 저변을 넓혀나갔다. 토월회 문예부장으로서 근대극 운동을 열정적으로 개시했으며, '산유화회'와 '신흥극장'을 창단하여 민족적 정서를 형상화한 극작품들을 창작한 연극인이었다. 지식 계층은 물론 문맹자 계층과도 소통하기 위해 다양한 레퍼토리들을 각색하고 연출하였으며, 문화사적 측면에서도 의미 있는 희곡들을 남겼다. 특히 불교문화에 대한 노작의 심층적 사유는 희곡은 물론 다수의 수필을 통해서도 확인할 수 있다. 방대한 고문들을 원용하여 급변하는 문화적 환경에 대한 자기 인식을 벼려왔고, 당대의 문학적 세태 앞에 날카로운 비평적 관점을 살려 '메나리 시론'을 제시했다.

또한 노작은 다방면의 문화영역을 접속시키는 문화운동가이기도 했다.

사회문화의 토대가 급격히 변화하면서 수용자층의 감각이 변모되어가는 현실을 그는 외면하지 않았다. 라디오극과 대중가요를 창작하여 매체 확장을 고민했고, 영화제작 같은 문화산업에도 관여하며 평범한 대중들의 정동이 흘러가는 방향에 관심을 기울였다. 시와 소설, 희곡, 평론, 산문, 민요와 유행가 등 작품의 전 영역에 걸쳐 노작은 박학한 지식과 다기한 소재를 활용하여 당대의 문학이 가야 할 방향을 모색했다.

노작의 문학적 성취는 『백조』를 통해 알려졌으나, 백조파와 동일화될 수 없는 지점에 있고, 노작의 문화적 이상은 '토월회'를 통해 알려졌으나, 토월회를 넘어선다. 그러나 안타깝게도 그가 당대를 살며 확장해왔던 예술적 반경은 오늘날의 독자들에게 충분히 이해받지 못하고 있다. 월탄의 회고대로 노작은 "당시에 있어서 순 서정시를 쓰는 민요 시인으로서" "소월"과 "쌍벽"[1]을 이루는 존재였음에도, 현재 "소월의 출세"와는 다른 좌표에 서 있는 것이 사실이다. 물론 노작의 문학 활동들이 뒤늦게 정리된 것이 큰 원인이 되겠지만, 보다 심층적인 이유는 아마도 노작이 주류 장르에서의 자기도취적 성취에 머무르지 않고, 전 민중과의 교감을 위해 문학적 변두리를 다양하게 발굴해가는 길을 택했기 때문일 것이다.

잘 알려졌다시피 노작은 유복한 환경에서 태어났음에도 생전에 자기 스스로를 위한 시집을 단 한 권도 발간하지 않았다. "시가 완성되었다고 자인하지 않는 한 활자화시키기를 크게 꺼려"[2] 한 그의 선비적 품성 때문일지도 모른다. 출판사업에 대한 이해도가 깊었음에도 그는 자신의 물적 자원과 인적 자원을 공동체의 매체운동과 공연운동에 투여하다가 가산을 탕진한 채 은둔의 삶을 마감했다. 그러한 연유로 노작의 문학은 오랫동안 정당한 문학적 평가를 받지 못했다. 개인시집의 발간 실적을 중심으로 정전화正典化가 이루어지는 문학장의 관행 속에서 노작처럼 자기검열이 강한 은사隱士들의 작품은 일정 기간 소외될 수밖에 없었다.

그의 사후 30년이 지나서야 파편적으로 흩어져 있던 자료가 수집되기 시작하면서 노작의 활약상이 새로이 조명되기 시작했다. 1976년에 처음으로 노작의 시와 산문을 모아 『나는 왕이로소이다』(근역서재)가 발간되었고, 1985년에 이르러 김학동의 『홍사용 전집』(새문사)이 발간되면서 본격적인 노작 연구의 기틀이 마련되었다. 이후 고어체를 현대어본으로 수정한 『홍사용 전집』(강경중 편, 뿌리와날개, 2000)이 노작문학기념사업회의 주도로 편찬되었고, 연이어 대중독자에게 더욱 친화적인 판본 형태로 『나는 왕이로소이다』(김은철 편, 범우, 2006)라는 문학선집도 출간되었다. 그 외에도 『노작 홍사용 문집』(문협경기도지회 편, 미리내, 1993)이나 『백조가 흐르던 시대』(이원규 편, 새물터, 2000), 『홍사용 평전』(김학동 저, 새문사, 2006) 등에 노작의 작품이 추가로 소개되거나 1, 2차 자료들의 일부가 부록으로 소개된 바 있지만, 기 전집에 미수록된 발굴 자료들이 한 권의 흐름으로 합본되지 않아 독자들은 노작 문학의 전모를 체감하기 어려웠다.

이러한 선행작업들을 계승하고 보완하여 이번에 『정본 노작 홍사용 문학 전집』이 새로이 출간되게 되었다. 기 전집본들의 결락된 부분을 해명하고 각종 전기 자료를 추가한 형식이다. 그러나 이 전집 또한 노작 문학의 실상을 보여주기엔 여전히 아쉬움이 있다. 문자로 남아 있는 자료들을 최대한 수집하여 노작 문학의 총체를 소개하고자 했으나 노작의 예술적 행보 자체가 기록문학으로 환원될 수 없는 문화적 실천을 향하고 있었기 때문이다. 매체문학(라디오극 대본, 음원 등의 녹음자료)이나 공연문학 중엔 미처 아카이빙되지 못한 자료들이 많았고, 검열 문제로 실전된 자료 중엔 해결하지 못한 것도 있다.

그러나 근대문학의 초석이면서, 근대문화예술의 그물망을 정력적으로 확장한 노작의 작업 앞에서, 이제 '과작寡作'과 '실전失傳'이라는 상투적 핑계를 들어 작품 연구의 한계를 고백하는 일은 중단되어야 할 것이다. 본 전집에 새로이 추가된 작품과 생애사적 자료들은 노작의 문학적 지향과 사상적 모색을 정밀화하는 데 큰 도움이 될 수 있을 것이라 믿는다. 특히 본 전집에서는 노작이 활용한 방대한 상호텍스트들(경전, 고문)의 출전을 일일이 확인함으로써 문학적 해석의 새로운 단서를 제공하고, 유의미한 학제적 맥락들을 개방하고자 했다. 이번 전집 작업이 그의 문학의 토대를 이루는 문화적 생태계를 조감하고 오늘의 문화예술적 쟁점들에 접속해나가는 데 도움이 되길 바란다.

이러한 접속 작업들을 돕기 위해서 전집의 말미에 본 해설을 덧붙인다. 비록 노작 홍사용의 문학적 행보를 거칠게 일별하여 소개하는 수준이지만, 이를 통해 노작 예술의 역동성을 조금이라도 실감할 수 있기를 바란다.

## 2. 문학적 형식의 모색기

노작은 1900년에 태어나서 47세에 병고로 세상을 떠나기까지 다양한 문화를 횡단하는 예술적 광폭성을 보여왔다. 단일 미학에 과몰입되지 않고 다양한 방식으로 문화적 네트워크를 확장하며 자기 문학을 갱신해온 것이다. 따라서 노작의 문학을 이해하기 위해서는 그의 생애 속에서 구성해온 예술적 관계가 그의 문학을 어떻게 다변화시켜왔는지를 탐구해보는 작업이 선행되어야 한다.

유년기에 고향의 사숙私塾에서 한문학을 공부해온 노작은 1916년에 휘문의숙(휘문고등보통학교)에 다니기 위해 상경한다. 재학 중 교육법이 개편되어 휘문의숙이란 교명으로는 10회, 휘문고보라는 교명으로는 1회 졸업생이 되었다. 월탄의 회고에 따르면 노작은 재학 중 "서상천, 윤희순, 안석주, 이승만"과 같은 동기들과 교유했다. "이선근, 정지용, 박팔양" 같은 후배들도 "모두 다 그를 사모했"다 한다. 특히 같은 반이었던 정백鄭栢(정지현鄭志鉉)의 소개로 박종화와 긴밀히 교유하였고, 이들과 톨스토이와 투르게네프, 괴테와 하이네, 밀턴 등을 읽으며 충만한 문청 시절을 보냈다. 정백, 박종화 등과는 『피는 꽃』(부전不傳)이라는 등사판 회람잡지까지 펴내며 문학적 지향을 공유했고, 그중에서도 박종화는 노작의 전 생애에 걸쳐 가장 든든한 문학적 동지가 되었다.[3] 월탄 또한 "친밀히 교유하는 문인"[4] 중 노작을 일 순위로 꼽을 만큼 노작에게 각별히 의지하였다. 휘문고보에서 만난 인연 중에는 정지용을 빼놓을 수 없다. 「기탄자리」 등을 『휘문』 창간호(1923.1)에 번역할 정도로 "타고르의 시에 미쳐"[5] 있었던 정지용에게 타고르를 강력히 추천한 것도 노작이었고, 이광수에게 소년 정지용을 소개시켜준 것도 노작이었다. 3·1운동에 반일半日수업제를 요구하는 학생대회를 개최[6]하였던 정지용이 무기징역 처분을 받자 노작은 구명운동도 벌인 바 있다. 동학으로서의 이러한 동행은 매체 발표로도 이어졌다. 졸업 이후 홍사용이 1919년 『서광』 창간호에 최초로 「어둔 밤」이라는 시를 발표할 때, 정지용 또한 동일한 매체에 그의 유일한 소설 작품인 『3인』을 게재했다. 습작기를 함께한 선후배의 최초 발표 지면이 동일하다는 것은 두 사람의 돈독한 유대 관계를 보여주는 징표다.

1919년, 노작이 휘문고보 졸업을 앞두고 있을 무렵, 전국적으로 3·1운동이 거세게 일어났다. 노작은 휘문고보의 동학들과 만세시위에 참여하였다. 이들은 일본 군경에 검거되었고, 동학 중 일부는 체포된 후 재판을 받기도 했다. 그중 절친한 교우인 정백은 노동자를 규합하여 노동자의 독립운동 참가를 촉구하는 노동자대회를 개최할 정도로 만세시위에 깊게 관여하였다.

3·1운동 직후 정백이 본격적인 사회운동에 투신하기 직전에 노작과 함께 고향으로 피신했었다는 점은 기억해둘 만하다. 두 사람은 일경의 감시를 피해서 화성으로 낙향하게 된다. 향리에서 노작은 정백과 『청산백운青山白雲』을 합작하면서 서로의 세계관에 영향을 주는 창작행위를 이어나간다. 소아笑啞와 묵소默笑라는 아호로 각각을 칭하며 머리말과 끝말 사이에 동일 제목을 가진 각자의 산문(「해 저문 현량개」)을 자필로 수록하여 합동산문집 초간본까지 엮어내었다. 마치 옛 선비들이 같은 시제를 놓고 대화하듯이, 메기고 받는 형식으로 꾸려진 이 산문집에서 정백은 두 사람이 고향으로 향하게 된 '배경'을 언급한다.

학해學海에 동주인同舟人이 되어 기미 춘삼월 풍랑에 표류를 당當하고 이리 저리 떠다니다가 다시 한곳으로 모이니 곳은 화성양포華城良浦요 때는 동년 유월이라 주인은 소아笑啞요 과객過客은 묵소默笑러라. (…) 구름 같은 그들의 자취는 우연偶然히 만나고 우연히 헤어지기를 정기定期가 없다. 현량개 거리에 쇠비碑나 돌비碑를 세워 그 만난 곳을 기념한다 하여도 쇠인들 녹슬지 않으며 돌인들 풍화되지 않으랴. / 어시於是에 몇 쪽 아니 되는 글월이나마 배경에 공통점을 두어 두 마음을 연락聯絡하고 길이길이 되새기어 청초淸楚로운 기념을 짓고자 함에 당當하여 묵소객默笑客은 아래와 같이 다시 부르짖노라.

— 묵소(정백), 「머리말」(『청산백운』) 중에서

학문의 바다에서 동주하다가 기미독립운동의 물결 속에서 두 사람은 '표류'하게 되었다. 아니 정백의 뉘앙스를 더 정확히 옮기자면 이들은 시대의 물결 속에 휩쓸리다 "표류를 당當"했다. 국권 피탈로 민족의 자립적 목소리를 잃은 채 속박되어왔지만, 이를 딛고 주체적 세계로 나아가려는 목소리도 3·1운동의 실패로 좌절되었다. 유교적 질서 체계가 붕괴된 사회에서 새로운 규범과 가치기준을 세우려던 계몽적 시도들은 그 한계를 드러내기 시작했고, 가치 있는 보편 이념을 추구한 만세시위는 다수의 희생자를 낳기도 하였다. 그리고 세계를 새로이 변화시키려는 이들은 쫓기는 몸이 되었다.

제국의 시스템 안에 속박되어 속수무책으로 '당'해야 하는 이러한 일련의 사태들은 세계의 진보를 꿈꾸는 학령기 청년들에게는 "마음의 부서짐"을 불러온다. "소중한 가치의 상실 앞에서 마음의 상처나 희망의 파괴를 체험한 사람들, 특히 우울에 함몰되어" "마음이 부서진 자들brokenhearted"이 경험하는 집합적 우울상태는 당대를 지배하는 세계감이 된다. 이러한 상황은 '주권적 우울'의 상태에 다름 아니다. 근대의 시민이자 주권자들은 "자신의 주권이 침해됨을 인지하고 이를 문제시하지만, 이에 대한 민주적 해결의 시도가 좌절되어 헌법에 규정된 이상과 정치적 현실 사이의 간극이 좁혀지지 않을 때"[7]에 무력한 감정에 휩싸이게 된다. 신지식을 통해 배워온 가치와 열망의 체계들이 충격적으로 와해되는 체험은 노작으로 하여금 도처에서 무너져 내리는 파상破像의 장면들을 포착하게 만든다.

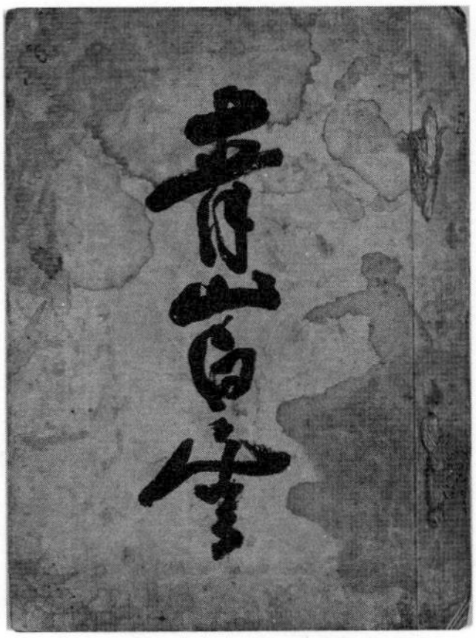

노작과 정백이 엮은
육필산문집 『청산백운』

여기서 '파상'이라는 용어는 한 연구자가 벤야민을 분석하면서 '상상'의 대타적 위치에서 제안했던 개념이다. 상상력이 실체가 상실된 존재를 가상적으로 현존시키는 힘이라면, 파상력이란 과거의 가상적 신기루를 파괴하고 폐허화된 자리를 깨닫는 힘을 말한다. 즉 "부재하는 무언가를 현존시키는 것이 상상이라면, 현존하는 것의 공성空性을 직관하거나 체험하는 것이 파상이다." 마치 연인과의 이별에서처럼 마음이 부서지는 이별의 사건을 겪은 이후에야 이별의 전조들이 파편적 형상으로 해독되듯이, 자신이 열망해온 상상적 세계가 파산되는 체험은 미처 인지하지 못했던 세계의 실재the real를 드러낸다. "유기적으로 연결되어 있던 추억들은 깨지고, 부서지고, 분할되고, 탈-의미화되어 순간적으로 폐허성을 띠"[8]게 된다. 망국적 세계와 망실의 이상이라는 이중적 조건을 정확히 바라보면서, 환멸에 침윤되지 않은 채 고통을 다루는 작업이 3·1운동을 겪은 청년 세대 앞에 놓여져 있었다.

스스로의 의도와 달리 역사의 풍랑에 휩쓸려 낙향을 '당'한 노작과 정백, 두 사람은 "해 저문 현량개(포)"의 풍경을 함께 보는 처지다. 정백은 자연과 합일된 시선으로 자연을 바라보면서 "마치 '자연화自然化'한 듯 저 자연의 가슴에 정신이 안긴 듯 자기의 존재를 인식지 못"하는 상태를 열망하지만, 그의 시선에는 "서천西天에서 파형波形"을 이루는 구름과 "수파水波 같은 인생"의 파편적 형상들이 동시에 포착되고 있다. 노작의 눈에도 마찬가지다. 청산을 상징하는 "주봉뫼"와 이를 어머니처럼 감싸는 "현량포"가 어우러진 "시골의 경景"을 꿈꾸지만, 조화로운 이상적 자연상을 위협하는 "탁파濁波"의 조류가 시인의 시선에 침입해온다.

> 나의 영靈은 저와 조화調和하여 몽기몽기 떠올라 가끔, 바람에 불려 이리 휘뚝 저리 휘뚝. 그러다 영영永永히 먼 곳으로 떠나가면 그만이지! 그러나 현량개 사람들아, 행여나 자모慈母 같은 저 사랑 품을 벗어나지 마라. 이 세상 악풍조惡風潮를 어찌 느끼랴. 도도한 탁파濁波가 뫼를 밀고 언덕을 넘어 덮어 민다. 조심하라. 음탕淫蕩, 사치奢侈, 유방遊放, 나태懶怠, 방만傲慢, 완고頑固 이 거친 물결을…….
>
> ― 笑啞(홍사용), 「해 저문 현량개」(『청산백운』) 중에서

3·1운동의 이상이 좌절되어 자연에 귀향한 경험이 또 다른 이상적 세계의 자기동일적 몰각으로 치우치지 않는다는 것은 노작의 작품에서 매우 중요한 지점이다. 청산의 굳건한 상 앞에서도 노작은 거친 '파도'와 백운의 '파형'을 동시에 바라보는 태도를 잃지 않는다. 노작이 바라보는 고향에는 자연세계와 하나를 꿈꾸는 '몽상'적 시간도 존재하지만, 세계와의 합일에 대한 환영이 '깨지는' '각성'의 시간이 공존하기 때문이다. 자연과 유기적으로 어울리는 고향의 이상적인 저녁 풍경 앞에서도 "세상世上 악풍조惡風潮"는 언제나 도사리고 있고, "어둠의 막幕은 겹겹이 쳐서 온다."

이상적인 풍경을 '상상'하는 동시에 이상적인 가상을 '파상'하면서 노작은 거듭 다가오는 시대적 어둠의 풍경을 직시한다. 그리하여 몽상과 파상으로 얽혀 있는 "그믐 같은 너의 속, 얼음 같은 너의 속, 검고 찬 너의 속, 답답하고 쓰린 너의 속"을 들여다보며, 그러한 이상이 부서진 세계를 어떠한 내면의 풍경으로 다뤄야 할 것인지에 더욱 관심을 기울여나간다. 몽상의 부서짐 속

에서 고통의 진실을 마주하려는 태도는 노작이 최초로 매체에 발표한 「어둔 밤」[9]이란 시에서부터 찾아볼 수 있다.

『서광』 창간호에 게재된 「어둔 밤」이란 작품을 김학동은 일찍이 『홍사용 평전』(2006)을 통해 산문 장르로 구분하여 소개한 바 있다. 시형을 기준으로 장르를 구분하였을 때, 시사종합지에 발표된 장형의 글은 언뜻 산문으로 착시될 수 있을 것이다. 그러나 청년기부터 노작과 함께했던 박종화는 이 작품을 산문시라 규정하며, 시로서의 장르성을 분명히 밝힌 바 있다. 「샘볼리슴」이라는 비평에서 이 시의 일부를 인용한 후, "신문단에 일이채一異彩인 홍새별[10] 군의 산문시 「어둔 밤」(『서광曙光』)"[11]을 상징주의시의 대표적인 사례로 소개했던 것이다. 박종화의 말대로 노작의 이 시가 "상징화의 추세"를 잘 보여주는 사례인지에 대해서는 차후 자세한 검토가 필요하겠지만, 이 작품에서는 세계에 대한 산문적 인식과 상징적 표현을 결합시키며 문학 양식을 탐색해온 근대적 주체로서의 '나'의 목소리가 전면화되고 있다.

> 때는 흑암黑暗 칠야漆夜다
>
> 나는 명상에 잠기어 암란暗瀾이 출렁거리는 마당 한복판에 섰다 (…)
>
> 저 자연 무대에서 무수한 환영이 활동함은 사람의 공상 앞도 없고 뒤도 없고 또한 위아래 모두 없다 전후좌우가 무궁하니 왜— 애써 가손을 맺으랴 확연한 우주 모두 내 차지로다 어둔 밤 있는 곳은 모두 내 차지로다
>
> 나는 저 어둠을 갖고 싶다 어둠을 사랑한다 즐겨한다 광명光明하다는 백주白晝보다 차라리 혼흑昏黑한 암야暗夜가 좋다 암야만 되었으면 이내 소원이다
>
> —「어둔 밤」 중에서

식민시기를 살았던 시인들의 시에서 '밤'이란 소재는 곧잘 암울한 민족현실을 표상하는 것으로 해석되곤 했다. 시야를 가리므로, 시적 전망 속에서 지양되어야 하는 시간대로 등장했던 것이다. 그리하여 근대 초창기 낭만

주의시가 '밤'이나 '어둠'과 같은 소재를 사용하여 암울한 정서를 강렬히 빚어낼 때, 일단에서는 병적 도피주의와 퇴행적 허무주의의 환영이 보인다고 지적되기도 하였다. 그러나 이 시에서의 '어둔 밤'이란 시간대는 직접적이고 지시적인 차원을 넘어서 중층적인 의미를 갖는다. 이 시에서 화자인 "나는 저 어둠을 갖고 싶다"고 과감히 외치고 있는데, 이는 '어둔 밤'이란 시간이 병적인 자아가 "공상"하는 시간이 아니라 시야의 자율성을 획득한 주체가 "명상"하는 시간으로 시화되었기 때문이다. "백주"의 "자연 무대에서 무수한 환영이 활동"하여 평등한 세상을 가릴 때, "혼흑한 암야"는 내면의 풍경 속에서 가려졌던 타자들의 실재를 가시적으로 드러내는 역할을 한다. 즉 '밤'이라는 상징은 인지하지 못했던 만상의 세계를 평등하게 드러내며 비가시성의 가시성을 역설적으로 보여주는 역할을 하는 것이다. 근대문명으로 이행하려는 이상이 식민제국의 욕망과 겹쳐져 만상을 바라보는 시야를 가린다면, 그 이상적 환영에 잠식되지 않은 채 내면의 고통을 바라보는 주체의 시간이 더욱 필요하다. 새로운 내면의 공간을 통해 환영적 "자연 무대"까지 파상하여야 한다.

『서광』 창간호 표지

그러한 만상의 세계를 통해 고통의 감정을 바라보는 이들을 규합하여 1920년 5월에 노작은 『문우』라는 문예지를 창간한다. 정백이나 월탄처럼 문청 시절부터 정서적 교감을 나누던 친우들을 규합하고, 『서광』에서 만난 필진들과도 합작하여 당대 사회에 대한 집합적 감정을 공유하고자 했다. 그러나 야심 차게 준비한 『문우』지는 창간호가 종간호가 되는 운명을 맞는다. 계몽적 언어가 주류이던 시기에 느슨한 동인 활동으로 만들어진 순문예지들이 그러했듯이 『문우』지도 필연적으로 부침을 겪을 수밖에 없었다. 창간호에서부터 박헌영의 번역시(「감옥에 가자」)가 삭제되었고, 이러한 사건은 『문우』 동인들이 가진 다양한 내적 지향들을 자극하는 동인이 되었다.

『문우』 창간호 표지

순문예지의 영역에서도 마주친 검열 문제는 동인들 각자에게 외부 현실에 대응하는 방식과 글쓰기 방향에 대한 고민을 불러왔다. 『문우』는 『폐허』라는 동인지보다 이른 시기에 등장한 잡지로서 시기적으로나 내용적인 차원에서 문학사적으로 중요한 위치를 점하고 있지만, 동인들마다 지적 방향성이 뚜렷하여 운영이 쉽지 않았다. 식민상황이라는 외적 현실을 해석하는 양상에 따라 구성원 간에 시각차가 있었다. 노작은 동인들과 "괴로운 냄새 슬픈 소리 쓰린 눈물"이 "뒤섞어 뒤범벅"(「커다란 집의 찬 밤」, 『문우』, 1920.5)되어 있는 실재감을 문학의 언어로 소통하려고 했으나, 외부 정세의 혼란이 심화될수록 동인들과의 공동 작업은 구심점을 찾기가 어려웠다. "네 심장에 나"와 "내 심장에 너"를 "일심실一心室 일실一室"(「벗에게」, 『문우』, 1920.5)로 동일화하려는 열망은 그리하여 또다시 파상을 맞게 된다.

그렇게 『문우』가 해체된 이후 동인들은 각자의 세계관을 전략화하며 운동의 방향성을 모색해나간다. 박종화와 홍사용은 신문학운동을 주도한 『백조』로 나아갔으며, 이서구, 최정묵, 차동균 등은 『신생활』을 중심으로 하여 사회 개조 담론을 전면화하였다. 박헌영과 정백은 매체 운동 너머에서 노골적인 사회주의 운동의 길을 선택한다.

이 시기의 노작은 자아의 시선으로 무언가를 규정하기 이전에 "심장"이나 "눈물"과 같이 즉각적인 신체의 반응으로 감각되는 슬픔의 세계를 어떻게 시화할 수 있는지에 더욱 관심을 기울였다. 불수의적인 신체 반응으로 닥쳐오는 심리적 고통들에 응답하되, 이것을 고통받는 이들과 어떤 방식으로 소통할 수 있겠는가를 고민하였다. 구심점이 될 만한 문화적 양식이 필요했고, 시대로부터 밀려오는 집단적 세계감을 함께 표현할 수 있는 문학장의 출현도 절실했다. 근대 초창기에 가장 뚜렷한 문학적 개성을 보여주었던 『백조』라는 동인지는 이러한 전사前史 속에서 탄생되었다.

### 3. 백조 시대와 신문학운동

노작 홍사용을 말할 때 『백조白潮』라는 동인지는 어떤 공식처럼 자동적으로 연상되는 단어다. 생전에 단독 저서를 한 권도 출간하지 않았음에도 『백조』라는 잡지의 문학적 성취는 한 시인을 문학사 안에 지속적으로 소환시켰다. 「백조시대에 남긴 여화」라는 홍사용의 유명한 평론을 비롯하여 박종화, 김기진, 박영희 등의 회고가 기록으로 전해오면서 『백조』는 그 어떤 동인지보다 문단 야사 면에서도 관심을 끌었다. '백조 시대'가 남긴 예술가의 전형적 상은 지금도 역사전기비평이나 문화사 연구에 다양한 방식으로 참조되고 있다.

1922년 1월, 노작은 낙원동에 문화사文化社를 창립하고, 미국인 아펜젤러[亞扁薛羅]를 발행인으로 하여 『백조』 창간호를 발간하였다. 홍사용, 박종화, 나도향, 노자영, 박영희, 이상화, 이광수, 현진건, 오천석, 노춘성 등 후대 한국문학의 흐름을 주도하던 이들과 함께였다. 안석영, 원우전 등의 미술인도 차별 없이 동인으로 참가하였던 것에서 당대 문화예술에 대한 개방적 지향성을 읽어낼 수 있다. 3호부터는 김기진과 방정환도 합류하여 더욱 외연을 넓혔다.

물론 『백조』는 기왕의 문학적 경향과는 불연속되는 지점이 부각되면서,

주로 낭만성, 감상성, 서정성, 퇴폐성, 관념성, 탐미성, 감각성의 측면에서 주목되어온 문예지이다. 그러나 임화의 지적처럼 "노작의 낭만주의, 월탄의 상징주의, 도향의 감상주의, 회월의 유미주의 모두가 서로 통한 바 있"[12]었으며, 동인들의 면면 속에서 경향문학적 경향, 신비주의적 경향, 자연주의적 경향, 민중주의적 경향, 민족주의적 경향까지 배태하고 있는 잡지이기도 했다. 창간 시에 백조 동인들은 문예잡지 『백조』와 사상잡지 『흑조黑潮』를 동시에 간행하여 "문예와 사상 두 방면을 목표로 하야" "우리의 전적全的 문화생활에 만일의 보람"[13]이 있기를 앙망하였고, 그러한 문화적 기획의 포부 속에서 지주 출신의 노작은 재종형 홍사중의 적극적인 물적 후원을 유도해냈다.

『백조』 창간호 표지

홍사용은 편집인으로서 실질적인 『백조』의 운영자였고, 발행인은 미국인 아펜젤러와 보이스 부인, 러시아인 훼루훼로 같은 외국인이 선택되었다. 일제의 검열 상황을 의식해야 했기 때문에, 동경 유학의 경험이 있는 동인들의 도움을 받았다. 어려움 속에서도 『백조』 2호와 3호를 연달아 간행하며, 노작의 창작열은 달아오르기 시작했다. 노작의 전 생애를 통틀어 가장 비중 있게 논의되는 작품들이 바로 『백조』 동인의 활동 시기에 집중적으로 창작되었다.

『백조』 창간호에는 「백조는 흐르는데 별 하나 나 하나」라는 홍사용의 산문시가 권두시 격으로 실려 있다. 이 시에는 『백조』라는 동인지의 제명을 소개하는 듯한 구절들이 등장한다. 가령 "커다란 침묵은 길이길이 조으는데 끝없이 흐르는 밀물 나라"나 "달콤한 저녁의 막幕이 소리를 쳐 내려올 때에 너른너른하는 허―연 밀물이 팔 벌려 어렴풋이 닥쳐옵니다"와 같은 구절이다. 『백조』라는 동인지명을 소개하기 위해 홍사용은 개념적 취지를 딱딱하게 나열한 서문을 쓰지 않고, 대신 "허―연 밀물"이 들어오는, 즉 '백조白潮'가 다가오는 순간을 감각적으로 환기할 수 있는 시편을 잡지의 첫 장에 게시한다. 누구나 경험했을 법한 보편적인 상황을 시 형식을 통해 감각적으로 제시하여 읽는 독자들이 스스로 정서적 울림을 느낄 수 있게 한 것이다. 이 시는 쉬운 모국어들로만 이루어져 있음에도, 밀려드는 파도의 정황을 매우 환상적이고 생동감 있게 묘사하고 있다.

노작은 이성적 개념으로 전달되는 진술들이 운동성을 갖지 못하고 식자층의 반향실 안에서만 공전하는 현실을 민감하게 받아들였던 것 같다. 언어가 돌파력을 상실한 채 결국 어떤 지배적인 경향하에 고정화되지 않도록, 그는 시 형식을 통해 감정과 감각을 공유하는 문제에 천착했다. 그것은 종래의 계몽주의적 문학이 소홀히 한 대중적 존재들과의 상호적 관계성에 관심을 갖는 태도이기도 했다. 끊임없이 밀려드는 세계의 물결을 감당하면서, 유동적으로 변화해가는 대중의 감응에 세심하게 반응할 필요가 있었다. 노작이 밀려드는 '흰 물결'인 『백조白潮』를 동인지명으로 삼은 것은 이러한 이유로 의미심장하다. 무엇보다 문학을 시대의 정동affect 속에서 변화하는 생물로 본 것이 의미 있고, 그 밀려드는 역사의 변화 속에서 감정변화를 일으키는 인간의 문제에 주목한 것이 더욱 의미 깊다. 『백조』란 동인지명을 통해 노작은 역사적 과정 속에서 변화해가는 대중을 의식하면서, 문학에 영향받는 이들의 정동으로 더 많은 운동성을 추구하겠다는 문화적 전환을 선언한 것이다. 그것은 '지식'을 가진 일부가 아니라 '감정'을 가진 모두의 이행을 추구한 것으로서, 노작의 지우인 박종화가 목 놓아 주창한 '역力의 예술', 역의 시詩가 지향하는 동력을 내장하려는 것이었다. 노작은 힘을 말하지 않음으로써 힘을 가진 시를 추구했고, 운동성의 과시를 내려놓으면서 이행력을 갖게 되는 시를 모색하였다. 그러한 작업을 위해서는 역사적 존재로서 강렬한 감정 안에 휘말려 있는 정동의 주체들을 시화할 필요가 있었다. 노작의 대표시 「나는 왕이로소이다」에 등장하는 '왕'이란 표상은 바로 그러한 맥락 위에 있다.

> 나는 왕이로소이다. 나는 왕이로소이다. 어머니의 가장 어여쁜 아들 나는 왕이로소이다. 가장 가난한 농군의 아들로서……
>
> 그러나 시왕전十王殿에서도 쫓기어 난 눈물의 왕이로소이다.
>
> "맨 처음으로 내가 너에게 준 것이 무엇이냐" 이렇게 어머니께서 물으시면은
>
> "맨 처음으로 어머니께 받은 것은 사랑이었지요마는 그것은 눈물이더이다" 하겠나이다. 다른 것도 많지요마는……
>
> "맨 처음으로 네가 나에게 한 말이 무엇이냐" 이렇게 어머니께서 물으시면은
>
> "맨 처음으로 어머니께 드린 말씀은 '젖 주셔요' 하는 그 소리였지요마는 그것은 '으아' 하는 울음이었나이다" 하겠나이다. 다른 말씀도 많지요마는……
>
> 이것은 노상 왕에게 들리어 주신 어머니의 말씀인데요.
>
> 왕이 처음으로 이 세상에 올 때에는 어머니의 흘리신 피를 몸에다 휘감고 왔더랍니다.
>
> (…)
>
> 누―런 떡갈나무 우거진 산길로 허물어진 봉화烽火둑 앞으로 쫓긴 이의 노래를 부르며 어슬렁거릴 때에, 바위 밑에 돌부처는 모른 체하며 감중련하고 앉았더이다.
>
> 아―, 뒷동산 장군將軍바위에서 날마다 자고 가는 뜬구름은 얼마나 많이 왕의 눈물을 싣고 갔는지요.

나는 왕이로소이다. 어머니의 외아들 나는 이렇게 왕이로소이다.

그러나 그러나 눈물의 왕! 이 세상 어느 곳에든지 설움 있는 땅은 모두 왕의 나라로소이다.

—「나는 왕이로소이다」 중에서

전체 9연으로 이루어진 이 산문시는 "나는 왕이로소이다"라는 호기로운 선언에서부터 시작된다. 엄연히 왕이 사라진 식민조선의 현실을 살고 있음에도, 시 전반에서 '왕'이라는 위치가 반복적으로 내세워지고 있는 것은 특기할 만하다. 이상화처럼 망국적 현실을 "빼앗긴 들"로 인식하는 시선 속에서는 서정주의 시에서처럼 "애비는 종이었다"는 굴종적 정체성이 자연스러울진대 노작은 암울한 식민지 시기에도 '왕'이라는 독존적 정체성을 파격적으로 내세운다.

이 시에서의 '왕'은 조선 시대 봉건국가의 상이 파상된 현실을 마주하게 하고 그 자리를 대체한 식민제국 통치자의 상도 동시에 파상시키는 미적 가상으로서의 '왕'이다. 마치 죽은 부왕을 시령視靈하고 나서 이승의 고통을 알게 된 햄릿이, 왕의 지위를 찬탈한 숙부의 상을 부정하며 어떤 존재로 살아야 할 것인가의 문제를 집요하게 질문하듯이, 이 시의 화자는 어머니의 아들이면서 진정한 왕이 되어야 하는 과정적 위치에 놓여 있다. 과거의 몽상과 미래의 꿈 사이, 즉 왕처럼 살았던 과거의 시간과 아직 도래하지 않은 시간 사이에서 역사적 설움을 견뎌내야 하는 존재인 것이다. "시왕전十王殿에서도 쫓"겨나서 저승으로도 쉬이 갈 수 없고, "쫓긴 이의 노래를 부르"며 이승인 조국에서도 어슬렁거려야 하는 아들은 '나는 누구인가'의 질문을 자전적 독백체로 이어나간다. 내면으로 강하게 밀려드는 망국의 슬픔들을 목도하며 자신이 승계해야 할 진정한 위치로서의 존엄성을 궁구하는 형태다.

이 시에서는 어린 시절부터 자신의 처지를 돌보며 정서적 충만함을 교류하였던 '어머니'라는 관계형식이 활용되고 있다. 조국에서 뿌리 뽑혀 떠도는 아들에게 어머니라는 대상은 자신이 과거에 누군가의 몸 안에 '있었던' 존재라는 걸 가장 확실하게 알게 해주는 관계이자, 자기 존재를 증명하는 유일한 기원이기 때문이다. 또한 '어머니'는 모든 걸 "맨 처음으로" 주었던 가장 사적이고 헌신적인 타자다. 더러워질 일만 남았음에도 "하얀 옷"을 입혀주며, 비루한 존재를 "가장 어여쁜" 지존至尊의 인물로 대접해주는 존재이며, 「어머니에게」라는 시에서도 찾아볼 수 있듯이 "티끌 없"는 "흰무리떡만을 해주"려는 순실한 마음의 상징이기도 하다. 아버지가 "가난한 농군의 아들"이라는 출신으로서의 한계를 부여한 사람이라면, 어머니는 태생적 한계에서 오는 슬픔의 경험을 섬세히 공유하면서 아들의 감정변화에 깊숙이 개입해온 존재로 등장한다. 그리하여 노작에게 '어머니'란 표상은 단순한 상상계로서의 이상이 아니라 설움의 현실들을 상징계 내에서 자각하고, 비통한 공적 현실 속에서 연민의 시선을 확장하게 만드는 2인칭의 대화자에 가깝다.

또한 어머니는 아들이 미처 자각하지 못한 슬픔의 실체를 옛이야기의 형태로 전달해주는 최초의 구술자이기도 하다. "~더랍니다"와 같이 간접 인용체로 구전되어온 어머니와의 대화를 통해 아들은 자신이 기억하지 못하는 출생의 순간조차 누군가의 육체적 고통으로 얼룩져 있다는 것을 인식하게 된다. "처음으로 이 세상에 올 때"부터 아들은 자신이 "어머니의 흘리신 피를 몸에다 휘감"으며 태어난 존재였다. '피'로 오염되어 있는 "발가숭이"의 몸이란 아들을 '티' 없이 성장시키고 싶어 하는 어머니에게는 직면해야 할 현실적 고통 자체가 된다. 이 시에서 어머니는 탄생의 기쁨보다는 진정한 그 '무엇'으로서 성장해나가기 어려운 아들의 비극적 위치를 먼저 바라보고 있다. 언젠가는 "젖 주셔요"라는 소리가 "'으아' 하는 울음" 소리로 순실히 번역되던 시절을 살기도 했지만, '아들'은 점차 세상을 경험하면서 "울음의 뜻은 도무지 모르"겠는 민족적 한의 응어리들을 마주할 수밖에 없기 때문이다.

어머니의 구술을 이어받아 아들이 고하는 자전적 이야기에는 미처 언어로 번역될 수 없는 울음들과, "소리 없이 혼자 우는" 원통한 울음들이 가득하다. 아들은 자신의 운명에 "모가지 없는 그림자"가 드리워진 것을 발견하게 되고, "상두꾼의 구슬픈 노래"를 들어야 하며, 동무를 쫓아가다가 "돌부리에 걸리어 넘어"지는 삶을 살게 된다. "봉화烽火둑 앞으로 쫓긴 이의 노래"를 부를 때에도 세상은 입 다문 돌부처처럼 변화가 없기에 지속적인 좌절감을 느끼게 될 것이다. 그러나 아들이 느낄 슬픔을 '곁'에서 지켜보는 어머니가 있기에 아들은 견디어나갈 수 있고, "어머니의 눈물을 따라서" 함께 우는 존재로도 거듭날 수 있다. 내밀한 슬픔의 감정을 교유해온 어머니로 인해 아들은 "발버둥질"에 불과하던 소란한 울음을 내려놓고, 점차 "속 깊이" 우는 법을 배워나가게 된다.

일각에서 지적하듯 노작의 시에서 어머니가 빈번히 등장하는 것을 동심의 상상계로 도피하는 퇴행 행위로 보는 시선은 재고될 필요가 있다. 전술했듯이 3·1운동 이후 고향에 귀향한 노작은 낭만화하기 좋은 향토에서조차 '파상'의 풍경들을 발견해왔고, 그가 빈번히 노래하는 '꿈'의 이미지 또한 대개 환몽에서 깨어나서 무덤과 폐허의 현실을 마주하는 형태로 나타나고 있는 것이 대부분이다. 노작의 정치적 체험 속에서 집중적으로 포착되어온 세계의 부서진 상들은 그의 작품 전반에서 민족적인 설움의 풍경으로 확장되고 있기도 하다. '눈물'이라는 소재의 빈번한 사용 때문에 노작의 시들을 감상적 낭만주의라 일갈하는 시선도 있지만, 눈물이라는 표현 자체보다는 그 반복적인 모티프가 가리키는 방향이 더욱 중요할 것이다. 노작의 시에서 '눈물'이란 인습적 감정을 분출하는 차원에 그치지 않고, 어머니와의 정신적 고통의 교감 속에서 공동의 감정을 고양시키는 기능에 더욱 충실하다.

자기 정체성을 탐문하는 깊숙한 슬픔은 어떤 식으로든 자아의 변화를 불러온다. 이 시를 포함하여 자유시형을 부지런히 창작하던 노작의 청년기 시편에는 문답체와 대화체, 이야기체의 시가 상당수 발견된다. 그중에서 어머니나 '누이', '그이'와 같은 그리움의 대상들은 노작의 시에 반복적으로 출현하여 감정의 강렬성을 고조시키는 역할을 해왔다. 자아를 더욱 예민하게 흔드는 관계의 상호성 속에서 자아의 진정한 상이 탐색되고 있는 것이다. 동일 매체의 다른 시에서 노작은 '누이'와도 대화하면서 "모른다 모른다 하여도, 도무지 모를 것은, 나라는 '나'이올시다"(「그것은 모두 꿈이었지마는」)라고 노래한 바 있다. 꿈과 같이 날름거리며 사라지는 쥐불의 이미지를 보며 '나라는 나'의 실체를 질문해갈수록 '나'라는 존재는 미궁에 빠지기 십상이다. 그리하여 근대적 개인으로서의 자아는 '나'의 위치를 집요하게 회의하면서, 나와 대화하고 있는 다른 이들의 꿈을 살펴보는 방식으로 '나'의 존재를 묻게 된다. 나를 둘러싼 이들과의 관계성 속에서 '참나'가 구조화되는 방식을 시화하고, 감정의 연결망을 구성하는 방식이다.

언어화되지 못한 채 밀려드는 감정들은 타인과의 관계성 속에서 언어의 옷을 입는다. 관계를 통해 선연해진 감정들은 시인으로 하여금 자기 위치를 고백하게 하고, 나아가야 할 세계를 바라보게 하는 이행의 힘을 제공한다. 그리하여 노작은 "나라는 '나'"를 구성하는 식민조선의 생태를 바라보며, 밀려드는 세계감 속에서 과감히 정동의 공동체에 거하는 '왕'이 되겠다 선언한다. 식민제국에 의해 실정적 의미로서의 국가는 상실되었다 해도, 사회적인 감정을 공유하는 '시의 나라'는 아직 패망하지 않았기 때문이다. 감정의 주권은 제국 권력이 침해할 수 없는 곳에 아직 살아 있다고 믿기에, 노작은 그 설움의 나라로 나아가려 한다. 비록 그 나라는 "이 세상 어느 곳"으로든지 확장되기에 아직 도래하지 않은 세계지만, '눈물의 왕'이 되겠다는 시인의 선취적 선언 속에서 비로소 접근할 수 있는 영토가 된다.

### 4. 자아의 확장과 서사장르의 실험

『백조』 시절에 쓴 신시류에서 노작은 '눈물'이나 '꿈'과 같은 시어를 다수 사용한 것으로 알려져 있다. 그리하여 낭만주의의 속성 중에서도 센티멘털리즘적 요소만이 과도하게 강조되어, 그의 시를 꿈으로의 도피나 퇴루탄적 감상성으로 비판하는 시선들도 있었다. 그러나 노작이 신시 창작에 몰두했던 1920년대 초반, 『백조』나 『동명』 등에 발표한 20여 편의 시편들은 몇몇의 시어적 빈도로만 환원할 수 없는 시적 개성들이 도열되어 있다. 다양한 정황들이 시적 장면으로 설계되고 있으며, 언술 형식에 있어서도 다채로운 형태를 보인다. 노작이 전 생애에 걸쳐 집필한 시편의 3분의 2가량이 『백조』 동인 시절인 1920년대 초반에 발표되었다고 할 수 있는데, 이 시기는 말 그대로 타자와 감응해가는 정동의 언어들을 시라는 양식을 통해 다양하게 실험하는 기간이었다 하겠다. 이야기체, 대화체의 시가 집중적으로 창작되었고, 시적 리듬을 보유한 산문시형의 시들도 발견된다. 자유시 시형이라 할 만한 시편들 안에 민요적 모티프들이 혼입되어 있는 형태도 있고, 아예 시형 자체를 민요조로 구성한 시편도 있다.

언술 형식이란 세계인식의 방법이다. 이 시기 노작은 시 장르 외에도 다양한 장르를 실험하며 작품 창작에 매진했다. 노작의 작품에서 서사 형식이 발견되는 것도 이 시기부터다. 먼저 1923년 1월에 『동아일보』에 발표한 「노래는 회색 — 나는 또 울다」와 같은 형태의 글을 언급할 수 있을 것이다. 이 작품은 앞부분에 제사題辭 형식의 시 작품을 배치하고, 뒷부분에 허구적인 설정의 줄글을 덧붙여 장르혼합의 형태로 발표한 작품이다. 시 아래에 덧붙여진 글은 그간 연구자들에 의해 산문 장르로 구분되어왔으나 김학동의 지적처럼 콩트 스타일의 짧은 단편소설[掌篇小說] 장르[14]로 보는 것이 더 적절하리라 판단된다. 유로流露, 누영淚影, 몽소夢笑, 화정花艇, "한일초韓一草" 등 우의적 성격이 뚜렷한 인물들[15]을 가공하여 이야기를 전개하고 있고, 같은 해 노작이 소설 「저승길」을 『백조』 3호에 발표하며 "소설에 붓을 잡은 지 두 번째의 시험"[16]이라고 직접 밝힌 내용도 노작의 장르적 계보를 정리하는 하나의 단서가 될 것이다. 물론 한 편의 소설로서는 과도기적 성격을 띠고 있는 게 사실이지만, 현재까지 발견된 작품 목록에 준한다면 아마도 이 글이 노작이 소설 장르를 의식하며 창작한 첫 번째 작업이 아닌가 한다. 이후 노작은 그의 본격적인 단편소설 「저승길」(1923.9)과 「봉화가 켜질 때에」(『개벽』, 1925.7)를 연이어 발표했고, 이후 자전적 소설형식인 「귀향」(『불교』, 1928.11)을 발표했다. 창작 조건이 악화된 1930년대 말에도 장편소설掌篇小說이란 장르로 「뺑덕이네」(『매일신보』, 1938.12.2)와 「정총대町總代」라는 소설을 발표하여 시대의 아이러니를 전하는 효과적인 형식을 모색해나갔다. 비록 현재 원문은 전해지지 않고 있으나 「향상대向上臺 풍경風景」[17]이나 「귀향」 같은 작품은 '라디오 소설'이란 장르 형식으로 방송되기도 했다.

이 시기 노작은 자신에게 밀려오는 세계감을 진정성 있게 담을 수 있는 문학적 형식을 고심하고 있었다. 『백조』 동인 활동을 하면서 나도향, 현진건 등의 소설가와 막역하게 지냈던 것이 미적 형식에 대한 고민을 더욱 심화시킨 계기가 되었다. 『백조』를 통해 문단 활동을 시작한 나도향은 첫 단편소설집 『진정』(1923.9)의 서문을 부탁할 정도로 노작에게 의지했다. 그는 "제일 뜻도 맞고 교분도 더욱 두터웠"[18]던 동인 중 하나였다고 전해진다. 빙허 현진건 또한 노작을 절대적으로 신뢰했던 것으로 보인다. 노작과의 일화를 여러 매체에서 다정하게 회고[19]하고 있으며, 일제의 검열 및 재정 문제에 고심하며 『백조』 3호를 발간하는 모습을 두고 "혈한血汗을 흘리시는 노력"[20]이라 칭송하기도 했다.

청년기 노작의 문학적 방향에 영향을 준 인물로는 춘원을 빼놓을 수 없다. 이 무렵 노작은 수양동우회의 전신인 수양동맹회에 발기인으로 참여했다. '나'라는 주체가 어떠한 지향점을 가져야 할지 고심하며, 노작은 김항작, 김윤경, 박현환 3인의 창립위원과 함께 수양동맹회 창립에 나섰다. 1922년 2월에 서울에서 창립된 수양동맹회는 표면적으로는 자기 인격 수련을 강조하는 친목 단체의 외양을 띠고 있었으나 실제적으로는 초개인으로서의 민족 개념을 상상하며 문화 담론을 확장해나간 사회단체였다. 수양동맹회가 강조하는 "덕, 체, 지 삼육三育을 일생동안 끊임없이 수련하여 건전한 인격을 완성"해야 한다는 방향[21]은 당대 식민지 민족의 현실과 분리될 수 없었다.

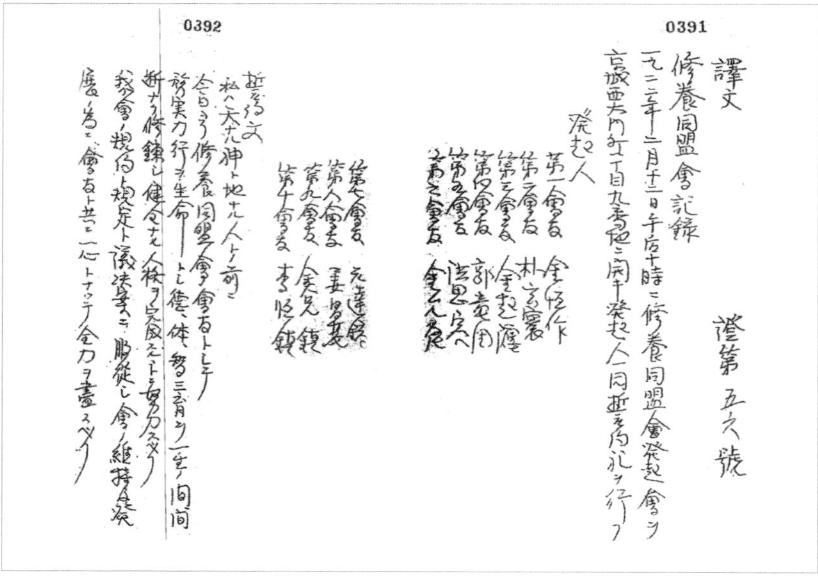

수양동맹회(발기회) 기록 문서(독립기념관 한국독립운동사정보시스템 안창호 회의록).
발기인 10인 중 다섯 번째(제5회우)로 홍사용의 이름이 기록되어 있다.

근대적 자아의 자기 인격을 수양하는 문제는 사회적 자아인 민족이 "무실역행務實力行"하여 자력을 키우는 방향과 직결되었다. 이후 수양동맹회란 단체는 같은 해 평양에서 창립한 동우구락부와 연합하여 수양동우회라는 단일 조직으로 발전하였고, 흥사단의 사상들을 구체적인 문화운동으로 실천하여 민족정신을 고취해나가는 것에 주력하였다. 노작 또한 이러한 단체에 가담하면서 시대적 변화에 기민하게 반응하고, 민족의식을 고취할 신조선 문화운동으로서의 문학에도 관심을 기울였던 것으로 보인다. 노작은 수양동맹회의 핵심적 인물이자 『백조』 동인이었던 춘원과 오랜 기간 정신적 교분을 이어갔으며, 이광수의 문학론과 문화관에 영향받으며 자신의 문학적 지류를 확장해나갔다.

그러한 영향 관계 속에서 노작의 서사 형식들이 실험되고, 또 무르익어갔다. 이 중 소설 「저승길」이 보여준 서사 장르로서의 성취는 주목할 만하다. 「저승길」은 3·1운동 이후의 시대적 정황을 형상화한 보기 드문 작품이다. '만세꾼' 황명수를 헌신적으로 뒷바라지해온 사상기생 '희정'의 죽음이 서사의 주요 골격을 이루지만, 종래의 계몽적 서사의 평면적 재현방식과는 궤를 달리하는 개성이 있다. 병원이란 공간에서 '저승길'을 향하게 된 죽음의 사건을 각개 주인공들의 시점으로 구술하게 함으로써 전 조선의 지체들이 감당하고 있는 식민현실의 무게를 실감 나게 드러내는 것이다. 노작의 초기 시편에서 시도된 대화체, 문답체 형식들은 이러한 다중 시점을 가진 소설형식으로 변형되면서 더욱 입체감이 확보되었다. 특히 소설의 3장 전체는 주인공의 내적 독백으로만 구성되어, 암울한 현실 속에서도 자기 신념을 지키며 살아온 여성 타자의 목소리를 생생하게 전달한다.

> 아— 나의 것을, 모두 모조리 빼앗아 간 이는 누구냐. 그 강도질을 한 죄인은 누구이냐. (…) 내가, 세상에 나 세상에서 사는 동안에, 나를 보고 지껄이는 사람들을 보면, 미운 생각뿐이다. 우기고 벋서고 싶은 마음뿐이다. 그러나 그것도 버릇이 되어버렸다. 다만 혼자만 고생이고 울음이고 가슴 아픈 일뿐이었다. 아무 효험 없이 아무 뜻 없이 아무 기운 없이, 긴 한숨은 죽음을 짓고, 쓴 눈물은 무덤을 파고, 쓸데없고 변변치 않은 모든 불쌍한 역사는 지겨운 죽음의 옷을, 한 벌씩 두 벌씩 한 갈피 두 갈피 차곡차곡 차례로 장만해왔을 뿐이다. 열이 나서 날뛰다가도 멈춰 서고, 의심을 해 돌아서다가도 꿈을 꾸며 다시 가고, 무서워서 머뭇거리다가도, 설마설마 하는 그 속에서 다시 속아, 그만 끝끝내 이렇게 병이 들어버렸구나. 낼모레 낼모레 하면서 미뤄오던, 미루체 근심은, 나를 지레로 늙히어서, 이처럼 다시 고칠 수 없는 무서운 병을, 깊이 들여놓았구나.
>
> —「저승길」 중에서

마치 연극의 주인공처럼, 주인공 희정은 죽음 앞에 직면하여 몰아닥치는 복잡한 생각들을 직정적인 어조와 가쁜 호흡으로 독백하고 있다. 희정은 "만세 난리 뒤에 다섯 해"를 "옳고 착한 일" 속에서 살아왔지만, 자신이 추구한 사랑과 이념을 모두 빼앗기고 비극적 죽음을 맞이하는 인물이다. "강도질"을 해온 식민체제와 여성이라는 주변적 위치, 기생이라는 신분적 한계는 주인공 희정에게 삼중의 병고를 안겨주었다. 그러나 '죽음에 이르는 병'이 깊어지고 천지가 "암암"해질수록 오히려 희정은 전 조선에 널려 있는 고통받는 지체들을 섬세히 바라보는 모습을 보인다. 자기가 속한 땅에서 "터전 없이" 밀쳐지는 경험을 통해, 변방을 바라보는 시좌가 열리는 것이다.

> 그들의 몸 매무새는 너무도 어지럽다. 허리를 드러내고, 젖가슴을 풀어헤친, 헐벗은 몸꼴도 몹시 볼 수도 없을 만큼 불쌍하다. 대개는 피 묻은 옷을 입고, 대개는 남루하다. 입언저리에 고운 피를 흘리며 오는 이도 있고, 혹은 울며, 혹은 고달파 졸며, 혹은 빛바랜 입술을 비죽비죽하고들 있다. 대개는 코 떨어진 병신이 아니면, 팔 병신, 다리병신, 문둥이, 반신불수, 온갖 병신들뿐이다.
>
> 나는 다— 잘 알았다. 그들의 저렇게 불쌍히 된 내력까지 다— 잘 안다. "밥을 주어요, 사랑을 주어요" 하는 소리가 이곳저곳에서 푸념하듯 한다.
>
> —「저승길」 중에서

"쓸데없고 변변치 않은 모든 불쌍한 역사" 속에서 희정이 알던 "정든" 사람들은 어딘가가 손상된 약체가 되었다. 약자가 된 이들의 구걸과 생존만을 위한 "아귀다툼질"을 바라보면서, 희정은 이승과 저승의 경계를 넘는다. 자신의 살아온 내력을 풀이하는 동시에 "피 묻은 옷"을 입은 남루한 이들이 "불쌍히 된 내력"들을 이해해나가며, 마치 서사무가의 주인공 바리데기처럼 희정은 척박한 저승길을 향한다.

죽음이라는 소재를 암울한 풍경으로 묘사하고 있는 이 작품에서 희정이 마지막으로 남긴 문장은 매우 인상적이다. 이승에서 쫓겨나 수동적으로 떠나는 저승길처럼 보이는데도 주인공 희정은 "그래도 가요"라는 능동성의 언어를 마지막으로 남기고 떠나는 것이다. 전반부에서도 등장하는 "그래도 가요"라는 이 전언은 소설의 결구에도 반복적으로 등장하면서 어떤 유언과도 같은 강렬한 여운을 던진다. 그것은 가는 자와 남은 자를 시간적으로 이어주는 말이며, 당대 식민현실에서 동일 운명을 보행해왔던 이들의 집단적 공간을 바라보게 만드는 문장이기도 하다.

희정처럼, '그래도' 끈질기게 살아가야만 하는 비극적 주인공들이 노작의 소설엔 가득하다. "유랑녀"이자 사상기생이었던 희정의 곡진한 삶은 백정의 딸이면서 "기미년 만세 운동" 때 중역을 살았던 귀영(「봉화가 켜질 때에」)의 고통과 겹쳐진다. "산 남편을 두고 후살이"를 하느라 "빽덕이"라는 멸칭으로 호명되어야 하는 점순네(「빽덕이네」)의 빈궁한 삶과 일제 말의 부역을 피하려고 술주정뱅이란 비난을 자처한 마어풍(「정총대」)의 삶에도 설움이 진득하다. 어쩌면 "그래도 가요"라는 문장은 먼저 떠나게 된 주인공이 선창하는 유언이면서, 일제 치하를 '그래도' 어떻게든 견디며 '살아가고 있는' 비극적 존재들이 외치는 집단적 코러스인지도 모른다.

### 5. 연극으로의 방향전환과 문예운동의 확장

노작이 신문학운동을 본격화하던 1920년대는 문화통치의 시대였다. 3·1운동 이후 일제는 피식민지의 저항을 잠재우기 위한 회유책을 썼다. 무단통치에서 문화통치로 정책을 전환하였고, 『조선일보』, 『동아일보』 등의 언론을 위시하여 『개벽』지같이 민족의 정신을 강조하는 매체들도 우후죽순 생겨났다. 부분적으로나마 언론, 출판, 결사의 자유가 허용되었고 침체되었던 문화적 분위기에는 얼마간 활기가 돌았다.

그러나 문화운동을 할 수 있는 물적 기반들이 자리 잡기 시작했음에도, 문화 담론을 형성하고 유통시키는 이들은 여전히 소수의 식자층이었다. 근대식 교육을 통해 일정 수준의 교양을 가진 수용자 계층이 늘어나고 있었으나, 출판 매체의 형식은 하층민들과의 관계적 기반을 마련하는 데에는 취약한 면이 있었다. 문예지라는 것도 당대 9할에 이르는 문맹자에게는 다가가기 어려운, 자칭 문사들이 선도하는 "고급문예"의 영역이었다. 노작은 『백조』 3호의 편집후기를 통해 "고급문예"를 자칭하는 예술가들을 부끄러워하는 태도를 보였다.

> 대체 고급문예라는 그것은, 무엇이냐. 어떠한 뜻이냐. 어떠한 것을 이름이냐. 고급? 고급? 사닥다리 위에 있는 문예가 고급문예냐. 3층집 꼭대기에 있는 문예가 고급문예냐. 종로경찰서의 탑시계 위가 아니면 종현성당 피전침避電針 꼭대기에 매달아놓은 문예가 고급문예냐. 과연 어떠한 것이 고급문예냐. 조선극장에서 흥행하던 어떤 극단에서는, 희곡이라는 그 문자를 풀어 알 수가 없어서, 고심연구하다 못해 간신히 희극이라는 뜻이라고, 해석해버렸다 하는 이 시절이며, 또 어느 '적的'자를 잘 쓰는 '적화的化'가家는, 언필칭 '무슨 적 무슨 적' 적자的字를 쓰다 못해, 나중에는 '창피적'이라는 말까지 써버렸다 하는, 어수선 산란한 현하現下 경성 천지이다마는, 그래도 그렇게 훌륭한 문예 작품을 광고한다는 간판의 문구로서 '고급문예' 네 자를 대서특서한 것은 뱃심도 몹시 좋은 일이지마는, 정말 그야말로 좀 '창피적'이다.
>
> —「육호잡기 3」 중에서

이 글의 말미에서 노작은 "예술이란 그것이 어찌 그리 쉬운 것이랴. 더구나 문사라는 그 말을 남용치 마라. 아무 데에나 그렇게 함부로 남용하지 말아라"라고 경고하며, 고급문예와 허세스러운 취향에 사로잡힌 예술가들을 비판한다. 당대의 문예가 "사닥다리 위"나 "3층집 꼭대기", "종현성당 피전침 꼭대기"에 간판의 문구로서 위치하는 것을 개탄하며, '천재'적 예술가들의 집합체로 화제의 중심에 있었던 『백조』가 그러한 고급문예란 "간판의 문구"

를 달고 있는 잡지처럼 보이는 지점을 우려하기도 한다. "그러한 문구를, 예전 우리 문화사文化社 안에서 내어놓았다 하는 풍설"(「육호잡기 3」)을 피하지 않으면서, 노작은 그 문화사를 설립한 운영주체로서 당당히 자신의 예술관을 밝힌다. 있어 보이는 '문구' 속에 머물거나, 부정확한 내용을 문제시하지 않은 채 고급문예를 선도한다는 몽상 속에만 빠져 있다면, 그러한 고급문예의 간판은 내려져야 할 것이었다. 『백조』라는 화려한 '간판'도 예외가 아니었다. 세계를 자발적으로 선도하겠다는 문사 중심의 변화체계가 또 하나의 몽상적 세계로 빠지는 것을 경계하면서, 노작은 현실 속에서 고통을 받는 이들에게로 하방할 수 있는 예술형식을 모색하고자 하였다.

『백조』는 노작의 의지로 발간되던 문예지였다. 재종형 홍사중이 홍수로 큰 수해를 입어 자금 사정에 문제가 생기자 노작은 시골 땅을 팔아 『백조』 3호의 간행비를 마련할 정도로 매체 발간에 열성을 보이곤 했다. 그러나 『백조』의 자금줄을 돌보던 노작이 연극운동에 주목하고 이들의 다급한 부채 상황에도 관심을 돌리게 되면서, 『백조』의 연속적 발간은 요원해졌다. 이후 『백조』의 주역이었던 박영희와 김기진이 문예사상의 방향을 놓고 대대적인 논쟁을 벌이는 사건으로 "자연히 동인들의 클럽은 흩어지"[22]게 되었다.

노작은 연극계의 재정적 곤란을 지원해주며 공연예술 쪽에 관심을 두기 시작했다. 토월회土月會가 그 시작이었다. 토월회는 근대극 운동에 있어 선구적인 역할을 했던 전문 연극단체로서, 김기진의 말마따나 현실[土]에 토착해 있되 이상[月]은 명월같이 높이 추구한다는 의미를 회명에 반영한 조직이었다. 애초에 '신월新月'이란 이름으로 작명하려던 취지를 내려놓고 '토월'이란 이름을 회명으로 선택한 것에서 볼 수 있듯이, 토월회는 식민조국이 처한 토착적 현실에 착근하고자 했다. 본래는 동경 유학생들 간 독서 토론을 하는 문예 모임으로 시작했지만, 당대의 문예운동이라는 것이 점차 경향적傾向的 조류로 흘러가는 추세를 무시할 수 없었다. 노작은 당대 문화운동에서 가장 적극적으로 대중과 만나던 연극 양식에 주목하며, 신극운동을 하는 것으로 문예운동의 방향을 전환했다.

1923년 5월, 토월회는 조선극장에서 야심 차게 창립공연을 개최하였다. 그러나 안타깝게도 이들의 첫 공연은 별다른 호평을 받지 못한 채 2천 4백 원의 빚만 남겼다. “1회 공연 때 급한 돈을 갚을 길이 없었던 차, 백조사 노작 홍사용이 예금 없는 빈 수표를 마련”[23]해주어 간신히 부채를 탕감하는 수준이었다. 9월에 이어졌던 토월회의 2회 공연도 원활하지만은 않았다. 노작의 관심과 백조사의 후원 속에서야 치러질 수 있었다. 비교적 성공적이었던 2회 공연에서도 재정의 문제가 발생하자 토월회는 기존의 동인제를 탈피하여 아예 전문극단의 체제로 방향을 전환하게 된다. 1924년에 개최된 3회 공연부터는 유학파 연극인 박승희를 중심으로 하여 프로듀싱 시스템을 전면화했고, 분야별로 전문성을 가진 인사들을 배치하여 극단 조직으로서의 위용을 갖췄다. 노작도 문예부장이란 중책을 맡으면서 토월회의 중심세력으로 부상했다.

3·1운동 이후, 연극계는 중요한 분기점 앞에 놓여 있었다. 종래의 낙후된 신파극과 아마추어적인 학생선전극을 동시에 넘어서는 새로운 문화운동으로서의 신극이 출현해야 했다. 연극은 문학 양식과 섬세하게 결합하여 상투적 언어를 쇄신해야 하는 과제를 안고 있었고, 그러한 막중한 시점에 문인인 노작이 일원으로 합류한 것은 전문극단으로서의 토월회의 위상을 격상시켰다.

노작에게도 토월회의 합류는 문화운동의 방향성을 전환하는 중대한 결단이었다. 출판물에 비해 공연물이라는 것은 문맹의 기층민들에게 다가서기에 보다 용이한 형식이었다. 말과 행동을 매체로 하여 전달되는 연극언어는 문자언어보다 대중에 대한 접근성이 높았다. 대사는 물론 신체표현, 음악과 조명 등 무대 위의 다양한 시청각적 표현수단을 통해서 소통하는 연극이라는 종합예술은 대화성과 구술성의 미적 현전을 다양한 방식으로 실험해

온 노작에게 상당히 매력적으로 다가왔을 것이라 추측된다. 연극은 수용자와의 새로운 관계적 기반을 중시하게 만드는 장르였고, 수용자의 관극 행위가 없다면 성립될 수 없는 문화형식이었다. 그것은 수용자 계층의 정동을 즉시적으로 감각하게 해주는 일종의 의식이자, 고통받는 이들과 함께 느끼는 집단적인 체험이기도 했다.

노작은 그해 1월, 새로 정비된 토월회를 통해 자신의 작품을 관객들에게 처음으로 선보인다. 직접 번안한 〈회색 꿈〉이란 작품을 종로기독청년회관(YMCA강당)에서 연출하면서 말이다. 이후에 노작은 이광수의 〈무정〉과 〈추풍감별곡〉 등의 레퍼토리를 각색, 연출하면서 무대에서 관객들의 정동적 반응을 직접적으로 체험하게 된다.

그러나 토월회는 1926년 2월 24일, 제56회 공연을 끝으로 활동을 중지한다. 집단의 예술인 공연 장르는 문학예술보다 훨씬 더 체계적인 조직 속에서 움직여야 함에도 토월회는 재정적으로나 연극의 방향성에 있어서 부침이 많았다. 노작에게는 집단적 감수성과 세계관을 교류할 연극적 동료가 긴요히 필요했으나, 변변한 자작 희곡 하나를 발표하지 못한 채 토월회는 휴면상태에 접어들었다. 그리하여 아쉬움을 뒤로한 채 노작은 이듬해에 새로이 극단을 하나 창설한다. 1927년 5월, 박진, 이소연, 박제행, 신일선, 박제당 등의 연극적 동지들을 규합하여 신극단체인 산유화회를 창립한 것이다. 노작의 주도로 설립된 이 단체는 "조선 신극운동의 서광"[24]이라 평가되며 주요 언론을 통해 대대적으로 조명되었다. 노작의 〈향토심〉[25]과 이소연 번안의 〈소낙비[驟雨]〉라는 작품이 창립공연의 막을 열었다.

이 중 노작의 첫 창작희곡으로 알려진 〈향토심〉은 문화계의 관심이 지대했던 만큼 가혹한 신고식을 감당해야 했던 작품으로 알려져 있다. 낭만주의 예술가로 알려진 노작의 첫 공연물을 두고 기성의 연극계가 호의적이기는 쉽지 않았을 것이다. 수탈이 심화되어가는 농촌에서 '향토심'을 말하는 것 자체가 낭만적 전원으로서의 농촌상을 미화하는 행위로 간주되었다. 특

「산유화회 제일회 시연극試演劇 〈향토심〉 초막初幕」, 『동아일보』, 1927.5.22.

히나 당대 사회주의 계열의 비평가들은 낭만주의 계열의 예술가에 대한 편견을 가감 없이 드러냈다. "추수섬이나 하고 학교깨나 다니고 돈푼이나 써보고 자유사상이니 예술이니 하는 책권이나 읽은 예술가의 머릿속에서 이따위 거룩한 향토, 향토심을 발견할 수 있는 것"[26]이라며 혹평을 가했다. "그러한 각본은 소설로나 또는 읽히기 위한 희곡"이며, "무대극으로는 천리만리나 머나먼 각본"[27]이라는 배타적인 평가도 이어졌다. 공연을 함께 준비한 박진도 〈향토심〉이 "미려한 시적 문장과 강렬한 민족의식을 고취한 작품"[28]이라고 평가했지만, 무대예술로서는 실패한 부분을 자인하였다.

그러나 카프 진영의 연극사가인 한효는 후대에 연극사를 정리하면서, 이러한 비판적 평가류와 대비되는 지점에서 〈향토심〉을 고평하기도 하였다. 토월회의 연극이 점차 상업화되어가는 경향과 대비해서, 산유화회의 〈향토심〉이란 연극을 "그 퇴폐와 타락의 구렁에서 구출할 수 있는 유일한 존재"로 언급한 것이다. 그는 "조선신극사상에 가장 중대"[29]하다 평가받던 토월회를 혹평하고, 대신 산유화회를 현대 연극의 참된 시발점으로 놓으며 "참으로 우리 현대 연극의 진실한 공연 활동이 여기서부터 열리었다"고 극찬하였다.

> '산유화회'의 연극은 '염군사' 연극부에 의하여 뿌려진 현대 연극의 '씨'가 결코 시들어진 것이 아니라 더욱 힘차게 살아나고 있다는 것을 말해주었다. 그렇기 때문에 '산유화회'는 비록 제1회 공연으로써 극단으로서의 자기의 존재를 끝마치었으나 그 연극 자체는 또 다른 새로운 극단들에 의하여 계속 자라나고 있었다. '산유화회'가 해산된 뒤에 1927년 6월에 영화배우이며 연출가인 라운규를 중심으로 하는 새 극단 '백양회白羊會'가 창립되였으며, 또한 같은 해 7월에 연학년과 기타 '산유화회'에 모였던 사람들이 중심이 되어 '종합예술협회'가 창립되었다.[30]

특히 이 글에서는 노작의 희곡작품의 모태를 카프 계열의 염군사焰群社에서 찾아내면서, 일경의 탄압을 받던 '백양회'나 연학년의 '종합예술협회'와 같은 경향적 성격의 극단을 '산유화회'의 후신으로 계보화한 점이 눈에 띈다. 카프 출신의 문예이론가가 후대에 연극사의 계보 안에서 '산유화회'의 사적 위상을 위와 같이 재조정한 것은 주목할 만한 부분이다. 후대에 카프 계열의 한 축에서 이런 종류의 긍정적인 비평이 나온 것을 보면, 노작의 실전된 작품들이 당대의 식민체제에 어떤 위협이 되었는지를 대략적으로 유추할 수 있기 때문이다. 또한 동일 작품을 두고 같은 진영의 예술사적 평가가 이 정도로 달라졌다는 것은 〈향토심〉 이후에 공연된 노작의 후속 작업들이 사회극으로서 일정 부분 성취를 보여줬다는 걸 방증하는 게 아닐까 한다.

문화계의 요란한 반응들은 노작의 예술관을 더욱 무르익게 하였다. 비록 산유화회는 〈향토심〉과 〈소낙비〉 단 두 편의 연극을 무대에 올리고 활동을 마감했지만, 노작이 본격적으로 공연예술에 몰두하는 계기를 마련해주었다. 그리하여 1930년에 노작은 홍해성, 최승일 등의 전문 연극인들과 '신흥극장新興劇場'이라는 극단을 조직하여 다시금 공연예술 작업을 해나가는 거

「산유화회 제일회 공연극, 〈향토심〉 삼막 경개梗槪」,
『동아일보』, 1927.5.21.

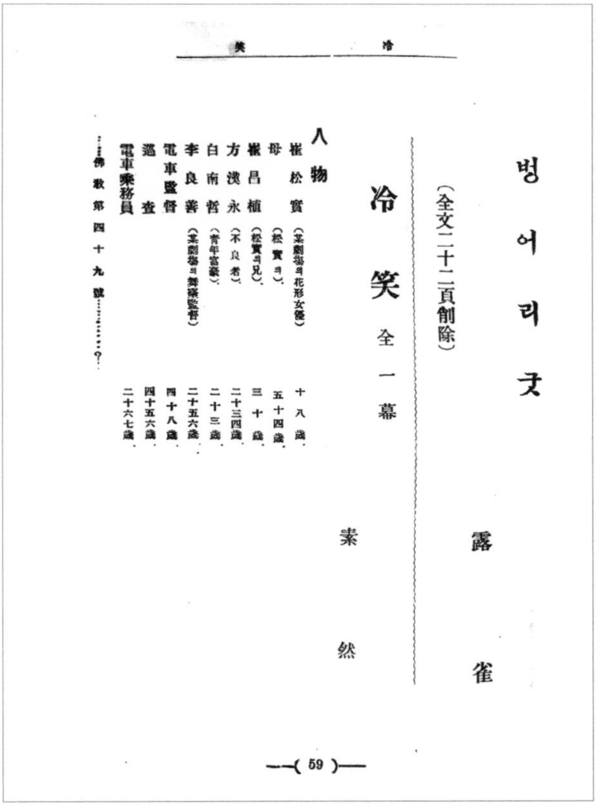
冷笑

벙어리굿 露雀

(全文二十二頁削除)

冷笑 全一幕 素然

人物

崔松實（某劇場의花形女優）十八歲

母（松實의）五十四歲

崔昌植（松實의兄）三十歲

方漢永（不良者）二十三四歲

白南哲（青年富豪）二十三歲

李良善（某劇場의舞踊監督）二十五六歲

電車監督 四十八歲

巡査 四十五六歲

電車乘務員 二十六七歲

……佛敎第四十九號……?

—( 59 )—

「벙어리굿」 전문 삭제全文 削除가 게시된 지면, 『불교』 49호, 1928.5.

점을 마련하고자 한다. 토월회, 산유화회를 거쳐 신흥극장으로 이어지는 이 시기는 노작이 가장 정력적으로 희곡을 창작하던 시기라 할 수 있다.

노작은 「할미꽃」(『여시如是』 1호)이란 단막극을 발표하고, 라디오 방송으로 매체의 범위를 넓혀 간간이 라디오극을 방송하기도 하였다. 하지만 노작의 연극활동에서 가장 두드러진 작업은 주로 불교계와의 결합을 통한 것들이었다. 특히 1928년에 노작이 『불교』지에 「벙어리굿」이란 작품을 발표하여 정치 검열을 당한 것은 노작의 생애사를 통틀어 가장 영향력 있는 사건

중 하나라 할 것이다. 「벙어리굿」이란 작품은 언어와 결사의 자유가 억압된 식민현실을 '벙어리굿'으로 비유한 단막의 희곡으로 알려져 있다. "3·1운동 이후", 독립을 상징하는 종이 울리기를 바라며 전국 방방곡곡에서 묵묵히 모여든 이들을 "일경이 눈치채고 막 잡아가"[31]는 내용이었는데, 아쉽게도 일제의 검열을 피하지 못하여 전문 22면이 소실되는 불운을 맞는다. 현재 해당 발표 지면에는 전문이 삭제된 흔적이 남아 있을 뿐이지만, 아마도 비슷한 시기 『불교』지에 무사히 발표되었던 「귀향」(『불교』 53호, 1928.11)과 같은 소설이나 「제석」(『불교』 56호, 1929.2)과 같은 희곡보다 민족이 처한 현실적 문제를 더욱 수위 높게 다룬 작품이었을 것이라 추측된다.

검열을 의식해서인지 노작은 동일한 매체인 『불교』지 다음 호에는 '백우白牛'라는 아호를 써서 희곡작품을 발표한다. '불교역사극佛敎歷史劇'이라는 타이틀을 전면에 강조한 「흰 젖」(『불교』 50, 51 합호, 1928.9)이란 장막극이었다. 이차돈의 생애를 모티프로 하여 집필된 이 작품은 문학사적인 측면이나 문화사적 측면에서도 매우 뜻깊은 작품이다. 근대희곡사에서 '역사극'이라는 용어를 최초로 사용하였고, 당시 발표되는 희곡작품으로서는 가장 거대한 스케일을 보여주는 장편역사극이었다. 통상적으로 『불교』지가 100쪽 내외의 분량으로 출간되었음을 고려할 때, 노작이 쓴 「흰 젖」이란 작품 한 편만 무려 116쪽, 6막 17장에 달하는 방대한 규모로 발표된 것은 매우 이례적이다. 양적인 규모 면에서뿐만 아니라 질적인 차원에서도 그 깊이는 상당하다. 작품 전반에 방대한 사료들과 고문古文들이 활용되어 있고, 무대예술로서도 고증해야 할 사항이 많아 불교문화사적 관점에서도 연구 가치가 큰 작품이다.

고전 역사물로 우회하고, 종교물로도 위장되어 있으나, 「흰 젖」의 주인공들은 노작의 다른 작품에 등장하는 인물들처럼 당대에 필요한 질문들을 진지하게 끌어오고 있다. 노작은 위태로워지는 국가의 운명 속에서 갈등하는 역사적 존재들을 그리면서, 장중하고 사색적인 톤으로 이차돈이라는 실존

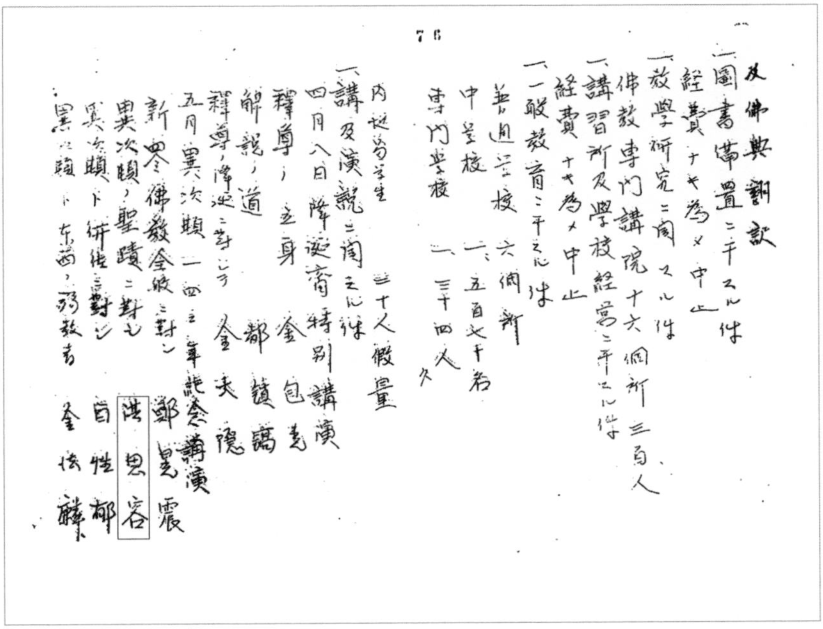

76

及佛典翻訳
一、圖書備置ニ干スル件
經費ナキ為メ中止
一、教學研究ニ関スル件
佛教專門講院十六個所三百人
一、講習所及學校經営ニ干スル件
經費ナキ為メ中止
一、一般教育ニ干スル件
普通學校 六個所
中學校 一、五百七十名
專門學校 一、三十四人
内地留学生 三十人假量
一、講及演説ニ関スル件
四月八日降誕齋特別講演
釋尊ノ出身 金包光
解説ノ道 都鎭鎬
釋尊ノ降誕ニ對シテ 金泰隱
五月異次頓一四〇〇年紀念講演
新羅佛教全般ニ對シ 鄭晃震
異次頓ノ聖蹟ニ對シ 洪思容
異次頓ト佛化ニ對シ 白性郁
異次頓ト東西ノ殉教者 金法麟

사상문제에 관한 조사서류 6, 「조선불교청년회 제2회 정기대회에 관한 건」
(종로경찰서 제3518호, 경성지방법원 검사국 문서) 중에서

적 인물이 처했던 고뇌와 결단을 조명하였다.

『불교』지를 중심으로 작품을 발표하던 시기에 노작은 불교단체와 긴밀히 관계를 맺어온 것으로 보인다. '무실역행'으로서의 인격수양을 강조하며 수양동맹회에 가담했던 노작이기에, 파상되는 세계 속에서 어떠한 '나'로 살아야 할 것인가의 문제는 자연스럽게 노작을 종교적 관심으로 이끈 것 같다. 당시 조선불교청년회는 3·1운동 이후 식민제국의 종교적 예속을 거부하면서 사회문화운동을 벌여왔던 단체였고, 노작도 이러한 불교단체가 주관하는 행사에 적극적으로 참여하면서 사회문화운동의 진폭을 넓혀가고 있었다. 이차돈의 생애를 극화한 「흰 젖」이란 대작을 집필하였던 노작은 1929년 5월, 불교단체의 요청에 의해 '이차돈의 성적聖蹟'이라는 주제로 강연도 진

홍사용 작, 〈흰 젖〉의 공연 장면, 「석가탄생기념연극성황」, 『조선일보』, 1939.4.9.

# 聖劇「흰젓」公演을압두고

中專 趙東卓

R兄! 주신글월 無限합니다 이번 四月八日觀燈節을 期하야 두가지 意義있어서 聖劇「흰젓」의 野外劇公演을 가지게된것은 우리를 自身으로서도 즐거운 일이아닐수업습니다 그러나 事實일을 저질고 나니깐 모든 不利한 條件압에서 果然 얼마만한 成果를/거두게될까에 가슴이후둑이는것도 어찌수업는일입니다 不足한經費 짤븐時日의 練習不足 게다가 初舞臺를밟는 未熟한演技는 當初부터 成功을 期한다는것이 妄動일것이 틀림업는 일입으로 우리들은 으로지 情熱!그것으로 여긔에 미봉하려 하는것입니다

R兄! 그러면 이것은 한개의 蠻勇에 不過하는것이라고 생각하시겟지요 그러나 蠻勇도 갑비싸게 사주어야 할때가 잇다는것은 우리만이 가지는 逆說이 아니겟지요。아니 절뚝재의 일은 蠻勇이 오히려 優柔不斷한 行動을 이긴다고 생각하고 십습니다 于先 일을 始作한뒤에야 그뒤치닥거리 即成不成이 問題되는것이니까 우리는여긔서 먼저 微弱하나마 지나간날에 傾向劇의 살아진뒤를 이어 旺盛하던 學生劇의 復興을 期하는 意味에서 그른어진 줄을 이으랴는것이 애초의 생각이라면 그러케 解釋할수도잇는것입니다。

旣成劇團에서도 한번 公演을 가지는데 적어도한달의 演習이 必要하다는데도 不拘하고 未熟한素人으로서 一週日間演習으로 公演을갓는다는것은 無責任하다는 꾸지람에辯明할말을찾기어려울도 事實입니다。하지만 몸에 지나친 經費周旋에바쁘고 밤을 새워가며 臺本을 박고。于先이것이 問題이며 이글을쓰는 오늘에도 演習을 始作자 못하고 잇다는것은 嚴正現實이 아닙니까? 四月八日을 五六日압두고 部員合宿練習을 始作한다는 그야말로 悲愴한 決心압에서 지금 마음조이는날을 보낸다는데는 너∨히 諒解해 주실분이 만흐실것을 밋고십습니다。여긔까지 어러케쓰고보니 悲鳴에 지나지안는것이나 그러타고 全的으로 아무 希望도 업는것이 아닙니다 그뒤에오는 기쁨이、이사서(實)하는 괴롬을 놀리기에 足하리라는것을 兄은 아십니까。이러케 괴로울것을 알면서도 始作한理由가 그것입니다。

R兄! 여긔에서 情熱과 그 成果에 對한問題가생각납니다。情熱은努力에 반듯이 빗나는成果가오리라는것이 멋고십흔 일여오 또그러케되기를 바라고십지만 兄! 努力과成果는 그빗남에 반듯이 正比例 한다는것을 斷言해 주실수 업습니까。只今 우리들의 心境은 그말이 第一듯고십흔말인 同時에 겁나는일은 于先只今에잇서 이일이 無一分의結果로 돌아간다는 그것밧게 업습니다。그럼으로 只今 이恐怖를돌코 한줄기 光明이 잇다면 여러동무의熱과 이 演劇의 原作者요 演出을 봐주시는 洪先生의 情誠이라는 것뿐입니다。劇界의 先輩이신 先生님이 十餘年前에 쓰신 因緣깁신글 더구나 처음上演하게되는 이脚本을 우리가舞臺우에 올린다는것과 七千餘圓의 尨大한 豫算으로 公演하러든것을 이러케 쫄들리는 經費를가지고 한다는것이 都是 겁나는 일이 아닐수 업지안습니까。그럼으로 最大의努力을가지고도 水泡로돌아감을 몰재 여긔 우리의感가잇습니다 (그것은 무슨 必然的 條件이잇겟지만) 그러타면 이번公演을 오직 그成功不成功問題 利害問題 그밖모든것을써나 左右間 公演을가저야겟다는것뿐입니다 서작해논일이라 거두어드릴수 업습은勿論經驗은血氣는 그런微々한 生氣를가슴 餘裕를 주지안습니다。

R兄! 그러면 우리는 이번 公演에 그演技에잇서서의 失敗는모르지만。情熱에잇서서는 어기리라는것을 確信하고십습니다 한개의 하-모니(調和)에서 成立된다 할수잇는 演劇을 統一업는人員으로 더욱어 短時日의演習으로한다는것은 洪先生님께 未安함을 禁치못하는것입니다 四月初八日 觀燈節을 挨節한다는 우리의일이 어쩐結果를 나흘지요。그러나 未熟하다고全的으로 한개의 取할點도 업다는것은 울치못할것입니다。수집은處女 어색하고 부끄럼만흔步女가 손재무더 벤둥벤둥하게 닮은女人보담 그리운것이니 적허興味가 업는일이라고할수도업지안습니까。우리자 千餘年前古習의 現實을옴겨놀 힘이잇슬는지 모르지만……

R兄! 지금이라도 조용니어딘에 돈은업나요。藝術과돈은距離가 멀면서도 이런일에는 苦痛을맛보는것은 우수운일이아님니까。不過한 生活에서 갑잇는 藝術이 나온다는것은 事實이나업스니괴롭습니다。이것만쉽게될수잇서도充分한演習을가질수잇섯슬것을……

R兄! 그만쓰겟습니다。念慮해 주시는것은 고마운 일이나 이우에쓴글로써 우리의 생각과 成不成을 度外視하는 盲目的一念만을 알리여 드리오니 諒解하소서 그리고 이어린作品이나마 하로저녁의 時間을 提供해 주실줄 밋습니다。그러면眞實로 이번일이 學生劇 復興의 一契機가 되기를 함께 빌어주십시요。그리고 거리낌업는 批判을 나려주십시요。

조동탁(조지훈), 「성극 〈흰 젖〉 공연을 앞두고」, 『매일신보』, 1939.4.2.

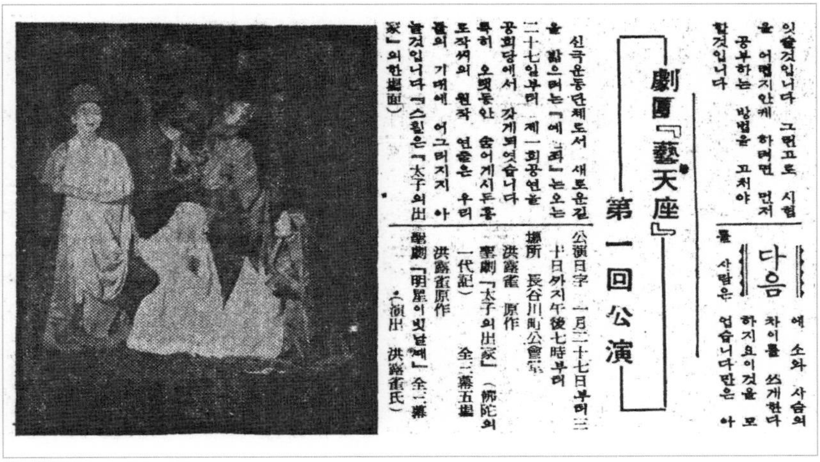

잇슬것입니다 그런고로 시험을 어렵지안케 하려면 먼저 공부하는 방법을 고처야 할것입니다

## 다음

예 소와 사슴의 차이를 쓰게한다 하지요 이것을 모를 사람은 업슴니다만은 아

# 劇團『藝天座』 第一回公演

신극운동단체로서 새로운길을 밟으려는『예천좌』는 오는 二十七일부터 제一회공연을 공회당에서 갓게되엿습니다 특히 오랫동안 숨어게시든 홍노작씨의 원작 연출은 우리들의 기대에 어그러지지 아니할것입니다「스틸은『太子의出家』의한場面)

公演日字 一月二十七日부터三十日까지午後七時부터
場所 長谷川町公會堂
洪露雀 原作 聖劇『太子의出家』(佛陀의一代記) 全二幕五場
洪露雀原作 聖劇『明星이빗날때』全一幕 (演出 洪露雀氏)

〈(태자의) 출가〉 공연 사진, 「극단 '예천좌' 제일회 공연」, 『매일신보』, 1936.1.27.

행하기로 예정되어 있었다. 그러나 이러한 불교계와 연계된 활동으로 인해 경성 종로경찰서의 조사 명단에 오르며, 노작의 문학은 더욱 철저하게 일제의 감시를 받는 형편이 된다. 등장인물이 많은 방대한 규모의 불교역사극인데다가, 사상 검열 문제까지 불거지게 되면서 「흰 젖」이란 희곡은 한동안 무대 위에서는 상연되기 어려워지게 되었다. 1937년 12월, 불교의 연중 명절 행사인 석가성도축하식에서야 〈백유白乳〉라는 제목으로 전 6막 17장의 공연이 가능했던 것으로 보인다.

불교적 색채가 강하게 드러나는 노작의 대표작으로 〈출가〉라는 작품을 지나칠 수 없다. 일제의 감시를 받고, '신흥극장'의 활동마저 지리멸렬해진 이후에, 노작은 한동안 연극계에서 활동이 뜸했다. 1930년대 중반 신건설 사건으로 인해 프롤레타리아 연극인들이 검거되면서 전반적으로 공연 레퍼토리가 위축된 사정도 노작의 창작 방향에 큰 영향을 미쳤을 것이다. 사회적 상상력 속에서 대중과 정동을 나누던 연극예술인들은 전향을 표시하거나 상업극으로 선회하지 않으면 공연예술을 이어가기 어려워졌고, 그러한 탄압의 분위기는 점차 고조되어갔다. 일제의 감시를 받던 노작도 '종교극'이라는 형식으로 우회하지 않으면 작품을 무대에 올리는 게 쉽지 않았다.

1936년에 이르러서야 노작은 "정예한 신인들을 모아 예천좌藝天座라는 신극운동단체를 만들어서" "중인衆人의 기대 속에 나타나"[32] 게 된다. 그는 불교성극단佛教聖劇團으로 홍보된 예천좌와 함께 〈명성明星이 빛날 제〉와 〈(태자의) 출가〉(3막 5장)라는 자작품을 장곡천정長谷川町(현재의 소공동) 공회당 무대에서 직접 연출하였다. 현재 노작이 집필한 것으로 알려진 「명성이 빛날 제」란 희곡은 부전되고 있으나, 같은 시기 공연된 「출가」라는 희곡은 『현대조선문학전집 — 희곡집』(1938)에 전해지고 있어 그 내용을 확인할 수 있다.

'성극'으로 소개된 이 「출가」라는 희곡은 '부처'의 성스러움을 부각하기보다는 실달태자가 출가하기 직전에 느꼈던 '인간'적 갈등을 압축적인 형태로 보여주는 것에 집중하고 있는 작품이다. 실달태자가 왕궁을 버리고 출가하게 된 일대기를 통해 식민지 지식인이 처한 결단의 문제를 비유적으로 보여주고 있기도 하다. 고통받는 걸인들의 풍경에서부터 시작되는 이 작품은 죽고 태어나는 인간의 운명을 바라보며 중생의 구제를 위해 출가를 결심하는 한 인간의 고뇌를 조명한다. 때문에 이 작품은 「나는 왕이로소이다」란 시와도 겹쳐지며, 기시감을 주기도 한다. "눈물의 왕"을 자처한 화자가 "설움 있는 땅"을 "모두 왕의 나라"로 바라보고 그곳으로 향하듯이, 이 작품의 주인공인 실달태자 또한 중생의 고통 앞에서 "그래도 가"야 하는 진정한 세계를 향해 나간다.

성극단과의 공연 이후에도 노작은 간간이 라디오극을 방송하거나 공연을 고증하면서 연극계와 연계된 활동을 이어나갔다. 그러나 신극 공연단체들이 해체되는 등 일제의 탄압이 거세어지며 공연계의 사정이 악화일로를 걷게 되자 이제는 종교물과 역사물의 외피를 띤 연극들조차 무대에 올리는 게 불가능해졌다. 1939년 불교계의 도움으로 「석존의 성탄과 조선의 문화」

라는 강연(김경주金敬注)과 더불어 〈흰 젖〉이 상연되기도 하였으나, 이 석가 탄신일 기념극인 〈흰 젖〉은 노작의 창작희곡 중에 마지막으로 무대에 올린 연출작이 되고 말았다. 당시의 국민총동원 체제는 '조선의 문화'가 연상되는 예술 자체를 용납하지 않았고, 오로지 전시체제를 선전하는 국민연극만을 허용하였다.

엄혹해지는 분위기는 노작을 압박해왔다. 이 무렵 조선총독부가 「김옥균전金玉均傳」을 쓰라는 교시를 내리면서, 노작은 일생일대의 큰 곤혹을 치르게 된다. 당시 총독부는 희곡의 결말을 김옥균이 황국신민화되는 내용으로 마무리하라 지시하였고, 노작은 일제에 협조하지 않은 채 김옥균이 애석하게 죽는 내용으로 작품을 마무리하였다 전해진다. 소신껏 집필한 희곡은 총독부에 압수당했고, 노작에게는 강력한 거주제한령이 내려지게 되었다. 일제의 감시 속에서 노작은 아들의 결혼식에도 참석하기 어려울 정도로 외출이 제한되었으며, 당국에 의해 삼엄하게 관리되었다.[33] 이러한 사태로 인해 노작이 집필한 것으로 알려진 「김옥균전」이란 작품은 현재 그 원문이 부전되고 있다. 다만 "1940년 3월 동양극장 연극제"에서 "홍노작 씨 연출"의 〈김옥균전〉이 공연될 예정이라는 광고를 기사[34]로 확인할 수 있을 따름이다.

노작이 연극제에서 연출하기로 계획되었던 연사극 〈김옥균전〉은 아마도 일제의 탄압 속에서 상연을 방해받은 것으로 보인다. 실제 동양극장의 연극제 기간 동안 〈김옥균전〉의 공연은 연기되었으며, 홍해성 연출의 〈목격자〉가 〈김옥균전〉을 대신하여 상연(『조선일보』, 1940.3.9)된 바 있다.[35] 이후 1940년에 동양극장과 제일극장에서 두 편의 〈김옥균전〉이 상연되기도 했지만, 여기에 노작이 참여한 흔적은 발견되지 않는다. 당시 노작은 대본 집필은커녕 '김옥균'이라는 레퍼토리에 개입하여 연출조차 맡기 어려울 정도로 총독부에 의해 강력한 제약을 받았던 것으로 추정된다.

암흑기라 불리는 일제 말, 전체주의적 신체제를 선전하는 국민연극 외에는 공연이 불가능해지면서, 노작은 더 이상의 공연 활동에 참여하지 않게 된다. 아마도 일제의 탄압에 절필로 답하는 일종의 불복종 운동을 한 것이 아니었을까 한다. 후대에 임종국은 한국문학의 공백기로 불리는 이 시기(1937~1945년 사이)의 문학을 연구하면서, "한 편의 친일문장親日文章도 남긴 것을 발견 못한"[36] 예외적인 작가로서 윤동주, 이육사 등과 함께 노작 홍사용을 꼽았다.

## 6. 메나리의 상호성과 문화적 양식의 확장

홍사용의 생애사적 자료들을 찾아 읽다 보면, 심심치 않게 발견되는 표현이 있다. 노작이 활동을 그만두고 자취를 감추었다는 유의 표현이다. 가령 "노작도 시를 발표하고서 자취를 시단으로부터 감추인 지 또한 오래되었다"[37], "노작 홍사용 씨가 토월회와 관계를 끊은 후 아주 소식을 알 수 없"[38]다, "홍사용 씨 문단과 영영 인연을 끊었는지 한동안 소식이 없"[39]다, "노작은 지금 침묵 중"[40]이다 같은 표현이 바로 그것이다. 문예지와 신문기사 등에 이런 표현들이 빈번히 출현하면서, 다양한 분야를 횡단해온 노작의 예술활동은 과소평가되어온 부분이 있다. 이러한 시선들은 노작을 신문학운동을 하다가 연극으로 전향하고, 이내 창작의 침체기를 겪었던 과작의 시인으로 박제화해왔던 것이다. 하지만 노작의 생애사를 자세히 들여다보면 신시나 신극이라는 주류 장르를 벗어나서 인접 예술의 영역으로 활동 반경을 넓힌 것이지 그가 아예 문화예술계를 떠나 활동을 중단한 것이 아니라는 걸 알 수 있다. 물론 노작은 자전적 소설「귀향」에 묘사된 것처럼 건강을 잃고 가산을 탕진한 채 일정 시간 방랑 생활을 한 적도 있었다. 그러나 일제의 감시를 받고, 무대 공연을 제약받던 시기에도 그는 있어야 할 문화적 형식을 고민하면서 문학장의 경계를 넘나드는 다양한 예술 활동을 이어나갔다.

노작이 문예작품을 본격적으로 창작하던 시기는 사회 곳곳에서 식민 지배를 용이하게 하기 위한 문화통치가 교묘히 스며들고 있었던 때였다. 식민제국의 거시적인 지배체계는 미시적인 문화적 토대들로 변형되어 개개인의 생활세계를 흔들기 시작했고, 신문화에 대한 대중들의 의존도는 점차 높아져가는 추세였다. 대중의 감정을 훈육하는 문화적 시스템이 섬세하게 설계되었고, 체제의 논리가 대중에게 자연스럽게 스며들 수 있는 감정적 계기들도 늘어났다. 물론 기존의 출판 매체가 이런 상황에 대한 문제의식이 없었던 건 아니지만, 대중 다수의 정동에 가닿기에는 한계가 많았다. 출판 매체는 이론과 사조에 기반한 지식을 소통하여 진리를 논쟁하는 것에는 유리했지만, 그러한 지식들을 대중의 생활세계 속에서 실현하기에는 불리한 형식이었기 때문이다. 일상에 파고들어 감정을 조종하고 체제의 논리에 공모하게 만드는 일제의 예속적 문화정책에 더욱 적극적으로 대응할 필요가 있었다.

노작은 어릴 때부터 한학에 조예가 깊었고 신문학을 개척하던 시기에도 『청구가곡靑邱歌曲』이라는 육필시조집을 집필할 정도로 고전에 대한 관심이 깊었지만, 고답적 문사의 관행을 넘어서서 새로운 영역으로 이동하기를 멈추지 않았다. 시대적 조류 속에서 문화운동의 물적 기반들이 변동되는 것을 기민하게 바라보았고, 시와 소설, 연극, 영화, 라디오 방송, 대중가요 등 자신이 감각하는 세계감을 진정성 있게 소통할 수 있는 문화적 양식을 끊임없이 탐색해왔다. 따라서 노작의 예술세계를 온당히 파악하기 위해서는 특정 장르 중심주의에 입각해 작품 창작의 단절을 지적하기보다는 그러한 기간에 노작이 어떠한 문화적 전환을 하며 다른 예술로 이행해나갔는지를 그가 추구한 예술의 전 영역을 통해 검토하는 시야가 필요할 것이다. 하여 본 전집에서는 시와 소설, 산문, 희곡 같은 기록문학은 물론, 노작이 연출하고 기획하고 고증한 다양한 공연문학도 작품 연보에 포함시켰다. 더불어 방송극이나 대중가요 창작 등 녹음문학의 흔적도 함께 기록하여두었다. 현전하는 텍스트의 바깥에서 시대와 함께 생멸해온 순문학의 타자들을 노작이 그 어떤 문인보다 적극적으로 포용해왔던 것을 존중할 필요가 있었다.

지사적 문예를 중시하던 시대에 노작이 이러한 개방적인 행보를 이어

나갈 수 있었던 것은 노작이 '설움의 왕'이 되기를 자처하며, 존재를 변이시키는 강렬한 슬픔의 힘에 관심을 기울였기 때문이다. 노작은 세계를 개조해가는 행위자agent로서의 존재보다는 세계에서 고통을 당하는 감수자patient(환자)[41]로서의 존재에 귀를 기울여왔다. 일반적으로 세계를 변화시키는 일은 능동적인 행위자를 통해 가능하다고 생각하기 쉽지만, 그것은 어쩌면 지극히 행위자 중심에서 사태를 납작하게 바라본 상투적 관점일 수 있다. 세상을 주도해나가려는 행위자들의 활동만으로 세상은 쉽게 변화하지 않는다. 다른 존재들이 가하는 행위의 작용을 견디어내면서 서서히 변화의 역량을 만들어나가는 '감수자'들이 합작하지 않는다면 세계의 근본적인 변화는 불가능하다.

물론 외적 정세가 긴급히 변동되는 시대에 이러한 고통의 감수력感受力, patiency에 주목하는 관점은 다소 안일해 보일지 모른다. 그러나 노작은 이러한 비판에 노출되면서도 관계적 세계의 실상을 바로 보는 태도를 택했다. 그리하여 자신의 이상이 파상되는 지점에서 설움을 감내하고 있는 '감수자'들을 꾸준히 작품을 통해 조명해나갔다. 부조리한 세계 앞에서 묵묵히 고통을 감당하는 이들에게서 세계를 변화시키는 잠재적 힘을 발견하는 방식으로 말이다.

이들은 병원에서 힘없이 죽어가면서도 "그래도 가요"라고 유언을 남기는 자들이며(「저승길」), "늙기도 전에 꼬부라진 할미꽃"이지만, "우리의 입으로 아직 송장이라고 부르기 전"(「할미꽃」)까지 병원이란 공간에서 연극을 준비하는 자들이다. 일경에 잡혀갈 줄 알면서도 묵묵히 시내 한복판에 모이는 자들이며(「벙어리굿」), 왜채倭債로 몰락하여 종일 빚 독촉을 받는 빈궁함 속에서도 어쩔 수 없이 새해를 맞이하여야 하는 자들이다(「제석」). 이들의 삶은 한없이 곤궁하고 비루해 보이지만, 노작이 보기에 일제 치하를 견디고 있는 이들의 구체적 생활세계는 결코 피하거나 무시되어서는 안 되는 민족적 삶의 일부였다. 이들이 주어진 삶을 감수하며 '가치'와 '생존'의 사이에서 극렬히 고뇌할수록 설움의 순간들은 극적으로 맺혀지게 되는데, 노작은 그렇게 얽어진 설움의 세계를 '메나리'의 생태 속에서 바라본다.

> 사람은 환경이 있다. 사람은 사람만이 사는 것이 아니라, 그 환경이라는 그것과 아울러서 한데 산다. 그래서, 사람과 사람, 사람과 환경은 서로서로 어느 사이인지도 모르게 낯익고 속 깊은 수작을 주고받고 하나니, 그 수작이 저절로 메나리라는 가락으로 되어버린다.
>
> 사람들의 고운 상상심과 극적 본능은, 저의 환경을 모두 얽어 넣어 저의 한 세계를 만들어 놓는다.
>
> —「조선은 메나리 나라」(『별건곤』 12, 13호, 1928.5) 중에서

노작의 예술론을 대표하는 이 글에서 노작은 '메나리'의 형성과 인간의 실존적 조건이 어떻게 연결되는지에 대해 설명하고 있다. 노작의 표현에서처럼, 사람은 그가 처한 환경 속에 살 수밖에 없는 존재이므로, "사람과 환경은 서로서로 어느 사이인지도 모르게 낯익고 속 깊은 수작을 주고받"으며 살게 된다. 그리고 우리 삶에서 벌어지는 모든 사건은 그러한 수작의 상호성 속에 연기緣起되어 있다. 그러한 상호성 안에는 이상을 꿈꾸면서 끊임없이 실패하는 행위자가 있고, 그러한 인간의 한계를 바라보면서도 묵묵히 기다려주는 감수자도 존재한다. 실패하면서도 행위하는 자들과 "환경이라는 그것과 아울러서 한데 살고 있는" 감수자들은 서로를 자극하고 견인하면서 삶을 지탱시켜나간다. 이들과의 메기고 받는 호흡 속에서 "속 깊은" 가락이 만들어지고, 그러한 설움에 맺혀 있는 노래들이 타인의 삶에 공명하면서 입에서 입으로 전승되는 것이다.

노작의 글에서 알 수 있듯이 '메나리'는 누군가의 일방적 행위를 통해서 실현되는 것이 아니라 그것을 온전히 겪어내는 자와의 관계적 기반 속에서 깊어지는 것이다. 상호적인 관계 속에서 "저절로 느끼"면서 주어지는 감정

이며, “마음이 통하”는 가운데 전해지는 정동의 힘으로 “자라나”는 것이다. ‘설움을 당할 자’와 ‘설움을 당한 자’가 깊숙이 연결되어 ‘응정凝情’될 때, ‘메나리’는 세계를 지탱하고 변화시키는 근본적인 동력이 될 수 있다.

짧다면 짧은 47년의 생애 동안 노작은 그러한 메나리가 ‘속 깊게’ 맺히는 문화적 형식을 고민해왔다. 오랜 역사 속에서 고통의 현실을 겪어온 이들이 시를 쓰고, 이야기를 짓고, 타인의 삶을 연행하기도 하면서 견디어나갔듯이, 노작 또한 다채로운 형태와 소재로 작품을 집필하며 이들의 삶을 이어쓰기 해왔다. “구태여 글씨로 적어 내려오지 못”하는 것들이 민요와 서사무가, 대중가요 같은 노래로 전해져왔듯이, 노작은 타인에게 공명하는 새로운 문화적 형식들을 다시 쓰기하면서 ‘메나리’의 거대한 관계망을 얽어나갔다.

노작은 신문학의 중심에 서 있었지만, 주류적 정체성으로 자신을 고정하지 않았으며, 장르의 위계 없이 복수複數의 양식을 횡단하면서 도래해야 할 사회문화적 네트워크를 꾸준히 조망해나간 선구적인 예술인이었다. 정동의 관계를 구조화하려던 한 예술가의 열정적 행보는 타 장르와의 접속이 절실하게 요구되는 오늘날의 문화예술계에도 뜻깊은 화두를 던진다.

# 주

1 박종화, 「서」, 『나는 왕이로소이다』, 근역서재, 1976, 3쪽.

2 위의 글, 3쪽.

3 박종화, 『달과 구름과 사상과』, 휘문출판사, 1965; 『청태집』, 영창서관, 1942 참조.

4 박종화, 「작가작품연대표」 설문, 『삼천리』, 1937.1.

5 김학동 편, 『정지용 전집 2 — 산문』(개정판), 민음사, 2003, 435쪽.

6 대한민국국회도서관 편, 「3·1운동 편」, 『한국민족운동사료』, 1978, 1쪽.

7 김홍중은 미국의 사회운동가 파커 파머의 표현을 빌려 이러한 상황을 '주권적 우울'의 상태로 설명한 바 있다. 김홍중, 『사회학적 파상력』, 문학동네, 2016, 66~67쪽 참고.

8 김홍중, 『은둔기계』, 문학동네, 2020, 72쪽.

9 기존 전집에서는 박종화의 회고에 의지해 미발표 유고인 「푸른 언덕 가으로」라는 작품을 노작의 첫 번째 시 작품으로 꼽아왔으나, 후대에 노작이 「푸른 언덕 가으로」라는 작품을 「커다란 집의 찬 밤」이라는 제목으로 바꿔 『문우』(1920.5)지에 발표하였음이 확인되었다. 작가가 공식적으로 매체에 발표한 순서대로라면, 작품 연보에서 「어둔 밤」이란 작품은 「커다란 집의 찬 밤」(「푸른 언덕 가으로」)보다 앞선 순서로 배치되어야 한다.

10 '홍새별'은 일찍이 이경돈(『상허학보』, 2010.3)이 지적한 바 있듯이 노작의 다른 아호다.

11 박종화, 「샘볼리슴」, 『문우』 창간호, 1920.5, 31쪽.

12 임화, 「'백조'의 문학사적 의의」, 『춘추』 11월, 1942, 135쪽.

13 박종화, 「육호잡기」, 『백조』 창간호, 1922, 141쪽.

14 김학동, 『홍사용 평전』, 새문사, 2016, 188쪽.

15 원문이 전해오지는 않지만, 노작의 〈향토심〉이라는 연극에는 "한일초(韓一草)"와 "백유로(白流露)"라는 이름을 가진 가공의 인물이 등장한다. 〈향토심〉이란 희곡에서처럼 「노래는 회색 — 나는 또 울다」라는 작품에도 노작이 창조한 동일한 이름의 허구적 인물이 등장하였다는 것을 확인할 수 있다. 「산유화회 제일회 공연극, 〈향토심〉 삼막 경개(梗槪)」, 『동아일보』, 1927.5.21.

16 홍사용, 「육호잡기」 3, 『백조』 3호, 1923.9, 213쪽.

17 라디오 소설 — 〈향상대의 풍경〉[경성방송국(JODK) 라디오 푸로그람], 『조선일보』, 1939.1.6; 라디오 소설 〈귀향〉(경성방송국 라디오 푸로그람), 1939.5.29~30.

18 홍사용, 「백조시대에 남긴 여화」, 『조광(朝光)』, 1936.9.

19 현진건, 「꿈에 본 신악양루기(新岳陽樓記)」, 『개벽』, 1924.4.1.

20 『삼천리』(1938.10, 80쪽)에 실린 「문인서한집」에는 빙허 현진건이 노작을 '인형(仁兄)'이라 칭하며 쓴 편지가 수록되어 있다. 1922년 음력 7월 16일(壬戌之秋 7月 既望)에 쓴 이 편지에는 이들 간의 우애로운 관계를 바탕으로 하여 노작의 근황이 실려 있으며, "문화사가 정리되고 『백조』가 부활"될 것이라는 소식도 실려 있어 눈길을 끈다.

21 「수양동우회(발기회) 기록: 증거 제56호」(1922), 독립기념관 한국독립운동사 정보시스템 / 독립운동가 자료 / 안창호 회의록.

22 김기진, 「노작 홍사용의 족적」, 『조선일보』, 1956.4.9.

23 박승희, 「토월회 이야기 1」, 『사상계』, 1963.5, 341쪽.

24 「사계의 유지를 망라하야 산유화회를 조직, 조선 신극운동의 서광」, 『조선일보』, 1927.5.7.

25 팔봉 김기진은 노작이 토월회 시절 "자작(自作) 삼막짜리 〈산유화〉라는 극을 조선극장에서 상연"하였다고 회고한 바 있다. 김기진이 두 차례에 걸친 회고에서 〈산유화〉라는 작품을 언급하면서, 이 작품은 노작의 부전 희곡으로 거론되어왔지만, 토월회의 공연 목록에서는 〈산유화〉라는 작품에 대한 기록을 찾을 수 없다. 팔봉의 회고는 윤진현의 지적대로 기억의 오류로 보이며, 공연장소나 작품의 분량, 내용적 차원 등을 고려해볼 때 팔봉이 언급한 〈산유화〉라는 작품은 조선극장에서 상연한 〈향토심〉을 일컫는 것으로 추정된다.

김기진, 「노작 홍사용의 족적」, 『조선일보』, 1956.4.9; 「토월회와 홍사용」, 『현대문학』, 1963.2.

윤진현, 「연극인 홍사용 연구」, 『민족문학사연구』, 2014, 290~291쪽.

26 안영(安影), 「산유화회 시연을 보고 ─ 2」, 『조선일보』, 1927.5.26.

27 추암(秋庵), 「연예 취미, 산유화회 제일회 시연을 보고」, 『중외일보』, 1927.5.23.

28 박진, 『세세년년』, 세손출판사, 1991, 41쪽.

29 김재철, 『조선연극사』, 조선어문회, 1933, 131쪽.

30 한효, 『조선연극사 개요』, 평양: 국립출판사, 1956, 263쪽.

31 박진, 앞의 책, 204쪽.

32 「극단 예천좌서 종교극을 공연」, 『조선일보』, 1936.1.26.

33 홍규선, 「유작 출간에 즈음하여」, 『나는 왕이로소이다』, 근역서재, 1976, 229~230쪽 참고.

34 「동극·연극제 거행 홍노작 씨 연출로」, 『조선일보』, 1940.2.25.

35 노작은 일제에 의해 〈김옥균전〉의 집필을 강제로 중단당하고, 연이어 연출까지 제약을 받은 것으로 보인다. 이후 동양극장에서는 〈김옥균전〉의 레퍼토리를 살려 송영에게 각색을 맡긴 것으로 보이나, 1940년 4월에 송영이 돌연 동양극장을 사임하여 극단 아랑으로 이동한다. 송영은 아랑에서 임선규와 합작하여 〈김옥균전〉을 마저 집필하였고, 박진을 연출로

하여 제일극장에서 공연을 준비한다. 동양극장도 이에 맞서 신예 김건을 내세워 〈김옥균전〉의 대본을 집필하였고 홍해성이 연출을 맡아 공연을 준비했다. 그리하여 1940년 4월 30일 같은 일자에, 시내의 동양극장과 제일극장에서 두 편의 〈김옥균전〉 공연이 경쟁하듯 무대에 올랐고, 이는 연극계의 큰 화제가 되었다.

36 「친일문학론」, 『조선일보』, 1966.7.5.

37 김기진, 「현 시단의 시인」, 『개벽』 58호, 1925.4.1.

38 탐보군, 「코—바듸스?, 행방불명씨 탐사록」, 『별건곤』 30호, 1930.7.1.

39 「문단풍문」, 『별건곤』 45호, 1931.11.

40 김동인, 『한국 문단 이면사』, 깊은샘, 1983, 65쪽.

41 김홍중, 앞의 책, 270쪽.

# 부록

# 부록1. 노작 관련 근현대 비평, 기사, 연구 목록

## 신문

### 홍사용 직접 관련 기사

「잡지 백조 부활」, 『조선일보』, 1923.8.10.

「토월회 공연」, 『조선일보』, 1924.1.22.

「취인정지자取引停止者」, 『조선신문』, 1924.7.5.

「신인新人을 망라한 극단 백조회 조직 불원간不遠間 제1회 공연!」, 『매일신보』, 1926.2.26.

「초하初夏의 리원梨園에 신극단 산유화회 토월회원 외 동지 수십 명이 모도혀 십일 경에 일회 공연」, 『매일신보』, 1927.5.7.

「사계斯界의 유지有志를 망라網羅하야 산유화회를 조직」, 『조선일보』, 1927.5.8.

「산유화회 공연 입일廿日부터 오일간」, 『조선일보』, 1927.5.21.

「산유화회 제일회 공연극 향토심鄕土心 삼막三幕」, 『동아일보』, 1927.5.21.

추암秋庵, 「연예 취미, 산유화회 제일회 시연을 보고」, 『중외일보』, 1927.5.23.

유산대주인, 「산유화회 관후감」, 『조선일보』, 1927.5.24.

안영安影, 「산유화회 시연試演을 보고 (1~2)」, 『조선일보』, 1927.5.25~26.

문외생, 「산유화회의 극평을 읽고」, 『매일신보』, 1927.5.26.

「산유화회와 종합예술협회」, 『조선일보』, 1928.1.10.

「백조 잡지 소생, 구월부터 발행」, 『매일신보』, 1928.8.10.

「토월회의 공연과 각본 11월 11일부터」, 『동아일보』, 1928.9.29.

「토월회가 신기치新旗幟로 재출현」, 『조선일보』, 1931.2.14.

「맹아기萌芽期의 『(학생극)』과 『레뷰—』 조선신극朝鮮新劇 25년 약사略史」, 『조선일보』, 1933.8.12.

「만화漫話 문단고래담文壇古來談 문단에 사러진 삽화 ⑩ 『부활復活』과 『하이델베르히』 토월회 공연과 카츄샤 역役」, 『조선일보』, 1935.3.5.

「극단 예천좌서 종교극을 공연」, 『조선일보』, 1936.1.26.
「홍사용 씨 조내간遭內艱」, 『조선일보』, 1936.4.22.
「연극조선演劇朝鮮의 밟어온 자최 (5)」, 『동아일보』, 1938.2.21.
「동극·연극제 거행 홍노작 씨 연출로」, 『조선일보』, 1940.2.25.
「노작 홍사용 씨」, 『조선일보』, 1947.1.7. (*부고)
「홍로작 시인 별세」, 『동아일보』, 1947.1.7. (*부고)

### 홍사용 회고 기사

월탄, 「노작의 생애와 예술」, 『동아일보』, 1947.1.14.
조지훈, 「인간 노작」, 『동아일보』, 1947.1.14.
박종화, 「8·15 후 물고작가物故作家의 그 어느 날 선비 홍사용」, 『경향신문』, 1956.3.30.
김팔봉, 「노작 홍사용의 족적」, 『조선일보』, 1956.4.9.

### 신문학운동, 백조, 문단 · 극단 소식, 회고

「휘고徽高 문제와 교우회」, 『동아일보』, 1920.6.29.
김안서, 「시단詩壇 일년」, 『동아일보』, 1925.1.1.
양주동, 「시단詩壇의 회고 (2) 시인선집을 읽고」, 『동아일보』, 1926.11.30.
「신극新劇 육십년의 증언 (3) 토월회시대」, 『경향신문』, 1968.7.20.
「문단 반세기半世紀 (17) 초기 신극新劇 운동」, 『동아일보』, 1973.5.7.
「문단 반세기 (34) 프로문학 동맹 결성」, 『동아일보』, 1973.6.2.
「문단 반세기 (41) 30년대 전반의 문인들」, 『동아일보』, 1973.6.15.
「문단 반세기 (54) 불굴의 문인」, 『동아일보』, 1973.7.5.
박영희, 「편편야화片片夜話 〈79〉 박종화와 박영희」, 『동아일보』, 1974.6.3.
우승규, 「나절로 만필漫筆 〈56〉 8·15의 좌우左右 혼돈」, 『동아일보』, 1975.1.4.
「한국 근대 민요시의 위상 〈上〉」, 『조선일보』, 1979.1.9.
「월탄의 생애와 그의 창작세계 격동기 속 철저한 민족정신 일관」, 『경향신문』, 1981.1.14.
복혜숙, 「나의 교유록交遊錄 원로 여류가 엮는 회고 〈79〉」, 『동아일보』, 1981.4.27.
복혜숙, 「나의 교유록交遊錄 원로 여류가 엮는 회고 〈80〉」, 『동아일보』, 1981.4.28.
「문학 속에 꽃피운 민족혼 (上) 투혼의 언어로 독립 일깨운 '시인의 항일'」, 『경향신문』, 1981.8.15.
최하림, 「문단이면사文壇裏面史 일화로 엮어본 문인들의 작품과 생애 (13) 『백조』의 동인들」,

『경향신문』, 1983.4.30.
최하림, 「문단이면사文壇裏面史 일화로 엮어본 문인들의 작품과 생애 (32) 『백조』의 동인들」, 『경향신문』, 1983.9.10.

## 출판, 행사, 방송 등

「한국작품의 대광장」, 『경향신문』, 1969.1.6.
「7월 현대시학 발간」, 『매일경제』, 1969.5.21. (*미발표원고 수록)
「주명덕 씨 사진집 발간」, 『동아일보』, 1971.10.18. (*홍사용 생가 사진 수록)
「사진집 『명시의 고향』 주명덕 씨, 10시인 생가도 담아」, 『경향신문』, 1971.10.16.
「시인 홍사용 편」, 『조선일보』, 1973.8.16. (*KBS 〈명작의 고향〉에서 홍사용 편 방영)
「정력적인 문학서 출판 시대 명암 진지하게 탐구」, 『동아일보』, 1974.5.30. (*문학연구서 출판)
「나는 왕이로소이다 … 홍사용 저」, 『조선일보』, 1976.12.29.
「햇빛 보는 '묻혔던 명작 단편'」, 『동아일보』, 1976.7.1.
「문화의 향훈香薰 따라 천리길 (35) 수원 활기찬 음악 요람지」, 『경향신문』, 1976.8.12.
「나도향의 장편소설 발굴 41년 홍사용이 펴낸 『젊은이의 봄』」, 『매일경제』, 1977.11.19.
「수원 『화홍문학華虹文學』 첫선」, 『동아일보』, 1979.10.31.
「'시효時效 30년' 저작권 소멸 작품 출판업계 발간 경쟁」, 『동아일보』, 1981.3.7.
「'성년문학成年文學' 이루게 한 '탐미'」, 『동아일보』, 1982.1.18.
「횡설수설」, 『동아일보』, 1982.1.19. (*『백조』 언급)
양주동, 「시단의 회고 (4) 시인선집을 읽고」, 『동아일보』, 1926.12.1.
양주동, 「시단의 회고 (6) 시인선집을 읽고」, 『동아일보』, 1926.12.3.
팔봉학인(김기진), 「십년간 조선문예 변천과정 (8)」, 『조선일보』, 1929.1.10.
팔봉학인(김기진), 「십년간 조선문예 변천과정 (13)」, 『조선일보』, 1929.1.10.
박팔양, 「조선 신시운동 개관 (6) 그 이십여년간 생성과정의 전망」, 『조선일보』, 1929.1.10.
박팔양, 「조선 신시운동 개관 (18)」, 『조선일보』, 1929.1.28.
박영희, 「눈물의 용사 문단의 그 시절을 회상한다 젊은 '씸볼리즘' 부대 (中)」, 『조선일보』, 1933.9.14.
홍효민, 「1934년과 조선문단 (3)」, 『동아일보』, 1934.1.5.
로방초路傍草, 「문단에 사러진 삽화 ⑥ 낭만청년들의 모임 순정純情에서 수로순례愁路巡禮에로 — 『백조』 잡지를 에워싼 비화」, 『조선일보』, 1935.2.24.
안석영, 「초창기의 비화 (7) 연극 편 〈1〉 토월회 시절」, 『동아일보』, 1939.4.6.

「회월시초懷月詩抄 출판기념」, 『조선일보』, 1939.7.16.
이하윤, 「조선문화 이십년 (31) 신시의 발아기」, 『동아일보』, 1940.5.26.
「조선문학을 어떻게 추진할까? 신문학운동의 회고와 전망」, 『중앙신문』, 1947.11.2.
양주동, 이은상, 김팔봉, 이관구, 「추야방담秋夜放談 (7)」, 『경향신문』, 1958.11.6.
이광훈, 「최루탄 문학」, 『동아일보』, 1960.9.20.
「민족문화의 선구자로 — 살아 있는 시사」, 『경향신문』, 1964.5.25.
「반세기의 증언 횃불은 흐른다 (16) 노골화한 동화정책 민족 단체 탄압의 첫 '케이스' 동우회 사건」, 『조선일보』, 1964.8.12.
박종화, 「측면으로 본 신문학 60년 (8) 백조시대」, 『동아일보』, 1968.3.23.
「인물로 본 한국학 인맥 역사의 뒤안길을 엮는 특별연재 〈34〉 광주산맥 ①」, 『조선일보』, 1969.9.18.
「조선일보철을 통해 본 민족의 '파노라마' 현대사의 순간 〈40〉 토월회의 창립공연」, 『조선일보』, 1972.11.7.
「문단 반세기 (13) 백조의 낭만」, 『동아일보』, 1973.5.2.
「문단 반세기 (14) 빙허와 상화」, 『동아일보』, 1973.5.3.
「문단 반세기 (17) 초기 신극 운동」, 『동아일보』, 1973.5.7.
「문단 반세기 (26) 호號와 필명의 시대」, 『동아일보』, 1973.5.22.
「문단 반세기 (28) 신녀성과 기생」, 『동아일보』, 1973.5.25.
「능통한 한국어로 열띤 토론」, 『동아일보』, 1982.8.7. (*영국 홍사용 연구자 언급)
「향맥鄕脈 고장 문화의 현장을 찾아 수원 (중)」, 『경향신문』, 1982.11.20.
「홍사용 시비 연초 제막」, 『조선일보』, 1983.12.27.
「문학」, 『조선일보』, 1984.5.18. (*시비 제막식)
「홍사용 전집」, 『동아일보』, 1985.9.17. (*김학동 편 홍사용 전집 광고)
「부드러움과 결단력 갖춘 '귀 큰 사람' 노태우 … 삶과 인간」, 『조선일보』, 1987.12.18. (*노태우가 좋아했던 홍사용의 시편 소개)
「홍사용 김상용 이해조 고향에 표지비 설치」, 『동아일보』, 1991.10.14.
「「나는 왕이로소이다」의 서정시인 홍사용 시-산문 담은 문집 나와」, 『동아일보』, 1993.10.28. (*문인협회경기도지부 편 문집 출간)

## 잡지


일기자一記者,「사회일지」,『개벽』21, 1922.3.

박월탄,「문단의 일년을 추억하야 현상과 작품을 개평하노라」,『개벽』31, 1923.1.

「문단풍문」,『개벽』31, 1923.1.

김안서,「시단의 일년」,『개벽』42, 1923.12.

염상섭,「문단의 금년, 올해의 소설계」,『개벽』42, 1923.12.

현진건,「꿈에 본 신악양루기新岳陽樓記」,『개벽』46, 1924.4.1

김기진,「현 시단의 시인」,『개벽』58, 1925.4.

「여언餘言」,『개벽』61, 1925.7.

탐보군探報軍,「코—바듸스?, 행방불명 씨氏 탐사록」,『별건곤』30, 1930.7.

「문단풍문」,『별건곤』45, 1931.11.

민병휘,「김기진론」,『삼천리』6~9, 1934.9.

현진건,「문인서한집」,『삼천리』10권 10호, 1938.10.

김기진,「토월회와 홍사용」,『현대문학』98, 1963.2.

박승희,「토월회 이야기 (1)」,『사상계』, 1963.5.


## 노작 회고 단행본


조지훈,『시와 인생』, 박영사, 1959.

박종화,「백조시대의 그들」,『증간 청태집靑苔集』, 박영사, 1975.

박진,「홍노작 회고」,『나는 왕이로소이다』, 근역서재, 1976.

박종화,『역사는 흐르는데 청산은 말이 없네』, 삼경출판사, 1979.

박승희,「토월회 이야기」,『춘강 박승희 문집』, 서문출판사, 1987.

박진,『세세년년』, 세손출판사, 1991.

박종화,「꼬장꼬장한 성격의 고고한 선비 — 홍사용 시집『나는 왕이로소이다』의 서序」,『노작 홍사용 문집』, 미리내, 1993.

임화, 「『백조』의 문학사적 의의 — 일 전형기의 문학」, 『춘추』 22, 1942.11.
한효, 『조선연극사 개요』, 평양: 국립출판사, 1956.
백철, 『신문학사조사新文學思潮史』, 신구문화사, 1968.
박영길, 「노작 홍사용론」, 『성대문학』 15·16, 1970.
박두진, 『한국현대시론』, 일조각, 1971.
김학동, 「노작 홍사용론」, 『한국근대시인연구 [I]』, 일조각, 1974.
최원식, 「홍사용 문학과 주체의 각성」, 『한국학논집』 5, 계명대학교 한국학연구원, 1978.
오세영, 「노작 홍사용 연구」, 『한국낭만주의시연구』, 일지사, 1980.
유민영, 『한국현대희곡사』, 홍성사, 1982.
이동하, 「동인지 『백조』의 문학사적 성격」, 『한국문화』 4, 서울대학교 규장각 한국학연구원, 1983.
김학동 편, 「제4부 홍사용 연구」, 『홍사용 전집』(현대시인연구 4), 새문사, 1985.
민병욱, 「홍사용의 희곡문학 갈래선택에 대하여」, 『어문교육논집』 9, 부산대학교 국어교육과, 1986.
서연호, 「불교극에 표현된 언어와 몸짓」, 『동시대적 삶과 연극』, 열음사, 1988.
송재일, 「홍사용 문학연구」, 충남대학교 박사학위논문, 1989.
송재일, 「민요시의 현실 대응 방식: 홍사용의 민요시론」, 『문예시학』 2, 1989.
오세영, 「III. 20년대 한국 민족주의문학」, 『20세기 한국시 연구』, 새문사, 1989.
임기중, 「『청구가곡靑邱歌曲』과 홍사용」, 『국어국문학』 102, 국어국문학회, 1989.
박철석, 『한국현대문학사론』, 민지사, 1990.
박혜숙, 「〈산유화〉의 창작 근원과 상징 구조 연구」, 『문학한글』 4, 1990.
김은철, 「사회화의 관점에서 본 홍사용의 시」, 『한민족어문학』 20, 한민족어문학회, 1991.
송재일, 「홍사용 희곡의 현실대응 방식」, 『한국현대희곡의 구조』, 우리문학사, 1991.
홍신선, 「방언사용을 통해서 본 기전畿甸, 충청권忠淸圈 정서: 지용·만해·노작의 시를 중심으로」, 『현대시학』 321, 현대시학사, 1995.
이재명, 「한국근대희곡문학의 분석적 연구 1 — 홍사용의 「할미꽃」과 「제석」에 대하여」, 『예체능논집』 6, 명지대학교 예체능연구소, 1996.
장혜전, 「경기도 현대극에 대한 연구」, 『광산 구중서 박사 화갑기념논문집』, 태학사, 1996.

홍신선,「한국시의 향토정서에 대하여: 노작·만해·지용의 시를 중심으로」,『기전어문학』, 수원대학교 국어국문학회, 1996.
민병욱,「홍사용 희곡의 문학사적 위치」,『한국근대희곡론』, 부산대학교 출판부, 1997.
이영섭,「1920년대 한국시의 근대적 성격」,『아세아 문화연구』2, 한국경원대학교 아시아문화연구소, 1997.
홍신선,「홍사용의 인간과 문학」,『불교어문논집』3, 불교어문학회, 1998.
이원규,『백조가 흐르던 시대』, 새물터, 2000.
김행숙,「1920년대 동인지 문학의 근대성 연구」, 고려대학교 박사학위논문, 2002.
허혜정,「근대 낭만주의 시에 나타난 미의식과 불교적 정서 연구 —『백조』동인들의 시와 시론을 중심으로」, 동국대학교 박사학위논문, 2002.
김재석,「홍사용의「흰 젖」에 나타난 대중화전략」,『불교문예』42, 2008.
조은주,「1920년대 문학에 나타난 허무주의와 '폐허廢墟'의 수사학」,『한국현대문학연구』25, 한국현대문학회, 2008.
장두식,「홍사용「저승길」연구」,『동양학』46, 2009.
정우택,「『문우』에서『백조』까지 — 매체와 인적 네트워크를 중심으로」,『국제어문』47, 2009.
이경돈,「동인지『문우』와 다점적 혼종의 문학」,『상허학보』28, 상허학회, 2010.
구인모,「홍사용과 구술문화 전통의 의미」,『동악어문학』56, 동악어문학회, 2011.
윤지영,「내면의 발견과 풍경으로서의 고향」,『한국문학논집』65, 한국문학회, 2013.
윤진현,「연극인 홍사용 연구」,『민족문학사연구』55, 민족문학사연구소, 2014.
김병길,「홍사용의 "불교역사극"〈흰 젖〉연구」,『드라마연구』49, 한국드라마학회, 2016.
손필영,「노작 홍사용 시와 희곡에 나타난 메나리적 요소와 상관성」,『어문연구』47, 한국어문교육연구회, 2019.
정우택,「근대문학 초창기 매체와 홍사용, 그리고 초기시」,『시와희곡』1, 노작홍사용문학관, 2019.
조은주,「1920년대 시의 '무덤' 이미지와 공동체적 노래의 장소들 — 홍사용의「묘장墓場」연작시, 김소월의「무덤」을 중심으로」,『한국문학과 예술』31, 숭실대학교 한국문학과 예술연구소, 2019.
권보드래,「3·1운동과 동인지의 시대」,『계간 백조』4, 노작홍사용문학관, 2020.
도재학,「키워드를 통해 보는 근대 잡지의 문예사조적 특성 —『백조』와 낭만주의를 중심으로」,『개념과 소통』26, 한림과학원, 2020.
박수연,「노래의 기억과 영원의 귀향」,『시와희곡』3, 노작홍사용문학관, 2020.

송현지, 「홍사용 시의 '눈물'과 시적 실천으로서의 민요시」, 『시와희곡』 3, 노작홍사용문학관, 2020.
최가은, 「『백조』, 왕복행 승차권」, 『계간 백조』 4, 노작홍사용문학관, 2020.
최원식, 「『백조』의 양면성」, 『계간 백조』 4, 노작홍사용문학관, 2020.
허희, 「홍사용 소설의 낭만적 정치성」, 『시와희곡』 3, 노작홍사용문학관, 2020.
김웅기, 「조선의 헤테로토피아로서 '백조시대' 연구 — 『백조』 동인의 회고록과 상징주의 시의 공간을 바탕으로」, 『우리문학연구』 71, 우리문학회, 2021.
박인석, 「홍사용 수필에 나타난 불교의 영향 분석」, 『한국문학연구』 69, 동국대학교 한국문학연구소, 2022.
박현수, 「백조라는 미디어와 홍사용」, 2022. (*제1회 백조학술논문공모 수상작)

# 노작露雀의 생애와 예술

월탄

노작露雀이 갔다 하는구나! 다시 만나보지 못할 먼 나라로 갔다 하는구나. 관棺머리를 대對하는 나에게 한마디 있음 직도 하다마는 적연寂然히 말이 없구나. 처자妻子와 유아幼兒가 호곡號哭 벽용擗踊[1]하나 무정無情하다. 태연자약泰然自若 대답對答 없이 영이靈輀[2] 위에 오르는구나! 설상빙릉雪上氷陵에 그대의 감을 영결永訣하는 노소고구老少故舊가 허희噓唏코 눈물을 거두거니 그대는 미안타는 말도 없이 훌훌히 떠나버리고 마는구나! 서자여사부逝者如斯夫[3]! 아, 가는 사람은 저렇게도 매정하냐?

오십 미만에 내 어이 복이 없어 친한 친구를 영결永訣하는 마당이 이다지도 많으냐. 도향稻香, 서해曙海, 성해星海, 심훈, 백화白華를 잃은 일은 벌써 오랜 일이라 이미 설움조차 스러졌거니와 빙허憑虛, 상화相和를 잃은 기억이 아직도 초롱초롱하거늘 오늘날 또다시 노작을 다비荼毘[4]에 부치고 보니 만사가 도무지 허무뿐이로구나. 공즉시색空卽是色 색즉시공色卽是空 삼라만상森羅萬象이 그대로 부운유수浮雲流水로구나.

결백潔白한 그대는 내가 이 글을 쓰는 것조차 싫어하리라.

고고孤高한 그대는 명부冥府에 돌아가서도 "월탄! 부질없는 짓을 공연히 하지 마오" 하고 쓴웃음을 웃으며 나직이 말하리라. 그러나 내 또한 아니치 못하노니 그대처럼 차갑지 못함을 어이하랴.

노작은 고고강명高孤剛明, 진실로 전형적인 높은 선비의 품격을 가졌다. 내가 그와 더불어 알기는 내가 열여섯, 그가 열일곱 휘문의숙의 학창시대부터였다.

이때 어린 마음을 서로 터놓아 인생의 진리를 탐구하고 동경하고 모색하던 세 소년이 있었으니 저와, 나와 벗 정백이었다.

이 세 사람의 문학 소년을 중심으로 하여 모여든 사람이 있었으니 나중에 『동아일보』의 김장환, 『조선일보』의 송종현 들이 그 사람들이요, 등사판으로 『피는 꽃』이라는 잡지를 박아낸 것도 그때 일이었다.

노작은 사람을 끄는 힘이 강했다. 같은 학우 중에도 서상천, 윤희순, 안석주 들이 있었고, 조금 뒤늦어 정지용, 이선근, 임성빈, 이승만 들도 몹시 그를 사모했다. 고결고답孤潔高踏한 반면에는 부드러운 정서가 또 면면綿綿해서 곧잘 후배들을 포용하는 성격을 가졌다.

학교를 나온 뒤에 정鄭은 사회운동의 투사가 되었고, 노작과 나는 『백조白潮』를 이룩하여보기 시작하였으니 이때 모인 동지가 지금은 벌써 모두 다 고인이 된 나도향, 현빙허, 이상화 그리고 회월懷月과 일 년 후에 팔봉八峯이 있었다.

그는 가장 낭만적인 향토시에 능숙했다. 「나는 왕이로소이다」 하는 명시는 아직도 만인의 입에 회자되는 대표적 웅편雄篇이다.

원래 과작寡作인 그의 시는 편편이 주옥珠玉이었다. 그러나 그는 또한 자기의 시를 세상에 발표하기를 싫어했다. 고고한 성격과 결백한 지조 때문이리라. 시인 생활 삼십 년에 시집 한 권을 갖지 않은 사람은 오직 노작이 있을 따름이다. 그는 토월회의 극계에도 또한 일방一方의 웅雄이었다.

다정다한多情多恨한 노작은 진세塵世의 연緣을 끊고 불경을 공부하기 위하여 사찰寺刹을 방랑했다. 승려僧侶가 된 것은 아니었으나 세상이 모두 다

보기가 싫었던 것이다. 이 동안 노작의 불지식佛智識은 과연 듣는 사람으로 놀랄 만한 말이 많았다.

때는 점점 어그러지고 일본 총독의 탄압은 마침내 『동아일보』와 『조선일보』를 폐간시켜버리고 말았다. 노작은 깨끗이 붓을 꺾어버리고 말았다.

그가 늦게 의서공부醫書工夫에 침잠하여 경성 시내에서도 여러 번 명의名醫라는 소문이 내 귓전까지 여러 차례 울렸다. 슬기로운 노작이여! 이것이 진실로 형극荊棘에 숨었던 그대의 양책良策이었다.

내 일찍이 그대 머리에 국방모國防帽와 국민복國民服 입음을 보지 못했다. 언제든지 수목 두루마기를 입은 한사寒士 홍사용이었다. 만나서 말없이 고소苦笑하며 악수하는 소아笑啞 홍사용이었다.

빙허 장식葬式 때 "월탄! 이제는 내 차례야" 하고 기침을 하며 고소苦笑를 던지던 그대의 처절한 모습이 선연하다.

나는 그대의 영결식에서 그대의 유시遺詩를 발견했다.

오! 노작! 그대는 역시 시인이었구나. 죽을 때까지 시를 잊히지 않았구나.

단 십 분이라도 다시 한번 생전으로 돌아와 시를 이야기하고 싶구나.

—4280년 1월 9일 그대를 다비荼毘에 부치고

(『동아일보』, 1947년 1월 14일)

# 홍노작 영결사

정백

인생人生은 생生과 사死의 한 덩어리다.

사람의 집이 어느 하나 죽음과 목숨이 없는 집이 어디 있으며,

사람의 길이 어느 하나나 송장과 어린애가 지나가지 않는 길이 어디 있는가.

죽음과 생명이 한데 전변轉變하는 것이 이 무상無常한 인생이 지나가는 노정路程이 아닌가.

그러하거니 어찌하여 이날에 우리는 영결永訣의 한숨을 뿜으며 노작의 관棺머리를 붙들고 피나게 울고 우는가.

애달프다. 정든 이가 하룻밤 사이에 홀홀忽忽히 없어졌으니 비고 빈 죽음의 뒤에 망연茫然히 붙들었던 이를 빼앗기고 친구는 동무를 잃었으니, 어찌 울음이리오. 우리 울음은 눈물이 아니라 피로다.

그러나 모인 것을 웃고 헤어지는 것을 우는 인생이므로 그 때문에 홍노작을 우는 것만 아니다.

고결한 선생의 덕행과 쓸쓸하고 쓰라린 선생의 생애와 침통한 선생의 조국애를 우리는 다시금 우는 것이다.

더구나 선생이 사랑하던 우리 향토에 조국의 봄이 와서 노랑 저고리 개나리와 분홍치마 진달래꽃이 필 때와 조선의 가을이 와서 단둘이 조국의 붉은 마음 토吐할 때에 아, 선생의 추억을 어떻게 견딜 수 있으며 이 강산의 바람, 이 향토의 흙내, 이 백성의 노래 앞에 선생이 없이 우리들만 혼자 이 향토의 사랑 어찌 받을 수 있으리오.

때가 와서 우리의 독립이 완성이 종소리를 울리고 조국의 문화가 번성한 꽃을 필 때에 굽이굽이 솟아나는 선생의 생각을 어떻게 참을 수 있으리오.

아, 애달프고 슬프다 선생이여. 선생은 가서 선생의 원願대로 우리 향토의 사랑 속에 영원한 포옹抱擁을 받으소서.

우리는 선생의 뒤를 이어 쓸쓸한 이 향토를 아름다운 시의 나라로, 허위와 비속卑俗의 이 땅을 진실과 숭고의 향토로, 가난과 기환의 이 나라를 부와 정숙情熟의 조선으로 선생의 최후의 비통悲痛을 위로코자 하오니 선생은 웃고 가소서.

아, 우리는 선생을 자연에 장사葬事치 않고 우리의 가슴속에 길이길이 묻어두나이다.

— 단기檀紀 4280년 1월 9일

# 홍노작 영전

이광수

## 노작(露雀)

만세 부른 담 담 해, 어느 날 단펏골 내 집에 옥색 옥양목 두루막을 입은 한 표표한 선비가 찾아왔다. 그것이 노작 그대였다. '이슬에 젖은 참새' 하고 우리 웃지 아니하였나. 『백조』를 낼 무렵은 그대의 득의한 때였다.

무대 감독인 그대를 광무대에서 만났다. 그 조용한 음성으로 그대는 나와 나란히 서서 무대를 바라보면서, 극예술에 대한 포부를 내게 말하지 아니하였나.

형이라 부르고, 아우라고 부르면서도 서로 만나는 날이 많지는 못하였다. 그대는 바람과 같이 불쑥 나를 찾아오는 때가 있었다. 그대는 술을 즐겨하고 선을 찬미하였다.

아들 혼인 주례를 하라고 나를 끌러온 지도 벌써 여러 해 전이다. 노작도 나이 많았구나 하였다.

작년인가 재작년인가 무척 오래간만에 그대가 동저고리 바람으로 자반 비웃을 지푸라기로 묶어 들고 자앗골 거리로 올라가는 것을 만난 것이 이제 보면 우리 둘이 금생의 영결이었다.

지난봄에 일부러 사람을 보내어서 꼭 나를 만나서 할 말이 있으니, 시간을 알려달라고 하고는 그대는 오지 아니하고 말았다. 아파서 못 왔던가. 꼭 내게 하려던 말은 무엇인가. 이제는 물을 길이 없다. 피차에 법계를 두루 도노라면 만날 날 있으려니, 둘의 인연이 이것이 끝은 아닐 것이다.

노작아 가난 고생에 세상 풍파에 시달린 혼을 편히 수이라.

정혜 정월 그대 몸이
이 세상을 떠나는 날

# 인간 노작
## — '잊히지 않는 모습'에서

조지훈

시인 홍노작 씨 영면이라는 슬픈 소식을 듣던 날 나는 청빈淸貧과 고절孤節 속에 일생을 마친 그의 맑고 깨끗한 인격을 우러르고 다시 그에게서 받은 따뜻한 권애眷愛를 추모하며 이 외로운 시인의 영嶺 앞에 괴로운 마음을 어쩌지 못했다. 생각하면 내가 노작을 처음 뵈온 것은 아홉 해 전 봄인 듯싶다. 학생극 때문에 여쭐 일이 있어 자하문 밖 선생의 작은 초옥草屋에 나아가 연출의 허락과 희곡 원고 한 편을 받아들고 물러나오던 그때부터 그 맑은 모습과 따뜻한 심서心緖 깊은 신념과 뜨거운 의지는 나의 가슴에 이미 아름다운 영상影像을 이루었으니 목마르고 괴롬 많던 청년에게 그는 포근한 피의 파동波動과 밝은 꿈의 보람을 베푼 이였다.

그다음 날부터 스무날 동안 하루도 빠짐없이 자하문 밖에서 동소문 안까지 먼 길을 내왕來往하신 보람 없이 연극은 여러 가지 사정과 또는 해마다 사월이면 오는 선생의 무슨 개인적 불길한 회억懷憶도 연유緣由되어 실패로 돌아갔거니와 울화김에 여럿이 함께 술을 마시고 그 밤만은 무슨 일이 있어도 밤늦게라도 꼭 댁으로 돌아가시던 선생마저 만취하여 친구집 담을 굴러 넘어 함께 자던 일이 생각난다. 그 뒤 간혹 거리에서 만나 쓸쓸히 헤어질 뿐 세월이 날로 시끄러워지자 나도 산골로 쫓겨 다니는 바람에 다시 찾아뵈옵지 못하고 해방 후 상경하여선 노상 선배와 동무 함께 벼르기를 한 병의 술을 지니고 병든 그를 찾아 한때나마 즐기자고 하면서도 뜻을 이루지 못하고 마침내 오늘에 이르고 만 것을 생각하면 진실로 말로 이르지 못할 바 있다.

마지막 그를 보내는 마당에 한 그루의 향불이나마 사르고자 공덕리에 이르렀을 때는 노작은 이미 푸른 나무 그늘에 계신 것이 아니라 얇은 관棺 속에 누워 바람 치는 식장式場에 모셔져 있을 때였으니 "시인 노작 홍사용지구之柩"라는 명정銘旌만이 눈에 보일 뿐이었다. 오직 뜻있는 선비요 깨끗한 시인일 뿐 일모一毛의 야욕도 없는 그에게 벼슬자리가 당치 않으려니와 설혹 좋은 세상이 바친 훌륭한 직함이 있다기로서니 이제 그를 보내는 마당에 "시인 홍노작" 다섯 자를 두고 또 무슨 별달리 그를 알아주는 말이 있으랴 하고 눈감으면 몇십 년을 하루같이 흰 모자에서부터 흰 신까지 신고 다니던 그 깨끗한 모습, 술을 대하면 더욱 조용해지고 날샐 무렵까지 앉은 자리에서 벽에 한 번 기대지도 않던 그 단정한 모습이며 불기不羈의 민족감정 때문에 글 쓸 자리를 고르다 못해 남 먼저 붓을 꺾고 만 그 정신이 역력히 살아온다. 이 땅의 시인으로서 가난하고 한恨 많고 다정하고 예리함이 노작 같은 이 몇 사람이 되랴만 가난해도 가난을 말하지 않으며 괴로워도 괴로운 것 같지 않고 술을 즐겨도 술 마시는 이 같지 않으며 알아도 아는 것 없는 듯한 이가 바로 인간 노작이다.

그의 씻은 듯한 청빈 서릿발 같은 지조는 언제나 옳은 선비의 거울이 되려니와 어둔 곳에서 모해謀害하고 권세權勢에 아첨하며 의義 앞에 머뭇거리는 세속의 못된 선비에게 그는 또한 뼈아픈 채찍이 될 것이다. 세검정洗劍亭 바윗가에서 뜨거운 향토애를 하소연하던 고결한 시인 노작은 이제 심우장尋牛莊 속에서 민족정신을 봉갈棒喝하던 고매한 선승 만해와 함께 나의 가슴 속에 길이 사라지지 않을 하나의 초상이 되고 말았다.

(『동아일보』, 1947년 1월 14일)

# 하나 호롱
## — 곡哭 노작선생露雀先生

유치환

가장 어진 조선의 심장이
이날 또 하나 멎었나니

조선의 아들이매
다친 새 모양 다리 오그리고
가오셨을 영원永遠한 소망의 길

아쉽게 불탄 그 애달픈 청춘靑春은 실상
죽지 않는 하나 호롱으로
이 땅의 뒤 따른 젊은 예지叡智를 길 밝혔나니

주름 주름 남아 스민 겨레의 흐느낌을
아아 당신 어찌 못다 울고 가셨나이까

(시집, 『울릉도』, 행문사, 1948)

# 부록3. 홍사용 생애 연보

**1900(1세)**

음력 5월 17일(양력 6월 13일), 경기도 용인군 기흥면器興面 농서리農書里 용수龍水골 151번지에서 아버지 홍철유洪哲裕와 어머니 능성 구씨綾城 具氏 사이에서 외아들로 태어나다. 본적지는 경기도 화성군 동탄면 석우리 492번지이다. 노작이 태어난 석우리石隅里는 속칭 '돌모루'로 불리는 곳으로, 남양 홍씨의 집성촌으로 많은 일가친척들이 살고 있었다.

홍사용의 아버지인 철유와 큰아버지 승유는 경기도 용인과 화성 일대에 많은 농토를 소유하고 있었기 때문에, 노작은 어려서 매우 유족한 환경에서 자랐다.

홍사용은 생후 백일경 아버지의 직장을 따라서 서울 종로구 재동齋洞으로 옮겨 그곳에서 유년기를 보냈다. 아버지 홍철유는 대한제국 무관학교 1기생으로 합격하여, 제국 말기에 통정대부 육군헌병 부위로 재직하고 있었다. 병자호란의 삼학사三學士로 꼽히는 충무공 홍익한洪翼漢의 후손 중 하나다.

본관은 남양南陽, 아호는 노작露雀, 소아笑啞, 咲啞, 백우白牛, 새별 등이 있으나, 주로 노작을 많이 사용하고 있다. 학창 시절에는 춘호春湖라는 아호를 사용하기도 했다. 별명으로는 돌부처, 고고문사枯高文士, 대리석, 고양이 등과, 아는 것이 많다는 뜻으로 열두박사가 있었다고 한다.

원효순元孝順과의 사이에서 규선奎善, 여선女善, 형애馨愛의 3남매를 두었고, 이후 둘째 부인 황숙엽黃淑燁과의 사이에서 진선軫善, 앙선昻善, 문선文善의 3남매를 두었다.

**1907(8세)**

일본과의 정미조약 체결로 군대가 해산되면서, 육군헌병 부위였던 아버지가 34세에 실직하였다. 어린 홍사용은 낙향한 아버지와 함께 본적지인 석우리 492번지로 돌아와 휘문의숙에 편입학할 때까지 사숙에서 사서삼경 등의 한학을 공부했다.

**1908(9세)**

홍철유의 외아들로 태어났지만 종가의 승계를 위해서 백부의 양자가 되다. 20세(1881)에 사망한 백부 홍승유洪升裕의 양자로 입후入後되어, 백모 한산 이씨韓山 李氏를 양모로 모시다.

**1912(13세)**

당시 조혼의 관습에 따라 자신보다 2년 연상의 원효순元孝順(본관 원주原州)과 결혼하다.

**1915(16세)**

부인 원효순과 2월 29일 자로 혼인신고를 하다.

**1916(17세)**

휘문의숙에 2학년으로 편입하다. 서울 의주로義州路 부근인 암근정(현 용산구 청암동)에서 하숙하며 학교에 다니다. 정백, 박종화, 서상천, 윤희순, 안석주, 이승만, 정지용, 박팔양, 이선근 등의 학우들과 교유하며 문청 시절을 보내다.

**1918(19세)**

교육법의 개정으로 휘문의숙이 휘문고등보통학교로 개칭되다. 동학인 정백, 박종화, 안석주, 김장환, 송종현 등과 함께 등사판 회람잡지인 『피는 꽃』을 펴냈다고 하지만, 현재는 전해지지 않는다.

**1919(20세)**

3월, 휘문고등학교 4년 과정을 마치고 졸업(제10회 졸업)하다. 3·1운동 당시 휘문고보의 동학들과 만세시위에 가담하였다가 검거되어 수감되다. 동학 중 일부는 일본 군경에 체포된 후 재판을 받다.

5월, 장남 규선奎善이 고향에서 태어나다.

6월, 고향으로 내려와 은거하다.

8월, 만세시위에 깊게 관여했던 향우 정백鄭栢(정지현鄭志鉉)과 낙향하여 친필 합동산문집 『청산백운靑山白雲』을 쓰다. 이 무렵 시 작품 「푸른 언덕 가으로」를 써서 월탄 박종화에게 보내다.

11월, 정백이 편집 실무로 참여한 시사종합지 『서광曙光』 창간호에 소아笑啞라는 아호로 산문시 「어둔 밤」을 발표하다. 「어둔 밤」은 홍사용이 공식적인 매체에 발표한 최초의 시 작품이다.

1919년 6월에서 1920년경, 어린 시절부터 수학해온 고문古文들을 망라하여 『청구가곡靑邱

歌曲』이란 육필 시조집을 집필하다.

**1920(21세)**

5월, 서울로 올라와 『서광』(발행인 이병조)지를 발간해온 출판사인 문흥사에서 순문예잡지인 『문우文友』(발행인 이병조)를 창간하다. 정백, 박종화 등과 편집진이 되어 잡지 간행을 주도하고, 이서구, 이동원, 최정묵, 차동균, 박헌영이 동인으로 참여하다. 1년 4회 간행하는 계간지를 목표로 하여, 시, 번역시, 소설, 문예평론 등을 수록했으나 창간호가 종간호가 되다. 『문우』지에 시 「커다란 집의 찬 밤」, 「철 모르는 아이가」, 「벗에게」 3편을 '소아'라는 아호로 발표하고, 동시에 '새별'이란 아호도 사용하여 「새해」라는 권두시를 발표하다.
6월, 휘문고 동교 확장 문제로 학내 소요가 발생하여 백여 명의 재학생들이 정학, 퇴학을 당하다. 졸업생 동문인 정백, 최영재, 김기안, 김형문과 학생들의 복귀를 조정하는 실행위원으로 활동하다.
음력 8월, 할머니 연안 김씨延安 金氏가 석우리에서 사망하다.

**1921(22세)**

정백과 『백홍白虹』이란 잡지 발행을 논의했으나, 자금 문제로 무산되다. 재종형인 홍사중洪思中과 김덕기에게 자금을 출자받아 문예지 『백조白潮』와 사상지 『흑조黑潮』를 창간하고자 준비하였으나, 그 이듬해에 『백조』지만 출간하다.
12월, 장녀 여선女善 고향에서 출생하다.

**1922(23세)**

1월, 낙원동에 문화사를 창립하고, 아펜젤러를 발행인으로 하여 『백조』 창간호를 출간하다. 연이어 5월에 『백조』 2호를 출간하며, 노작의 시작 활동이 본격화되다. 편집인을 홍사용이 맡고, 매호 검열을 피할 수 있는 외국인(아펜젤러, 보이스 부인, 훼루훼로)을 발행인으로 택해 문예지를 준비하다. 동인으로 홍사용, 박종화, 나도향, 노자영, 박영희, 이상화, 이광수, 현진건 등의 문인과 원우전, 안석영과 같은 미술인이 활동하여 한국 시단의 낭만주의적 경향을 주도하다. 『백조』 1~2호를 통해 「백조는 흐르는데 별 하나 나 하나」, 「꿈이면은?」, 「통발」, 「어부의 적」, 「푸른 강물에 물놀이 치는 것은」, 「시악시 마음은」, 「봄은 가더이다」 등의 시와 산문이 발표되다.
10월, 진학문, 최남선 등이 신문관에서 창간한 주간지 『동명』지에 「비 오는 밤」, 「별. 달, 또 나, 나는 노래만 합니다」, 「희게 하얗게」, 「바람이 불어요!」, 「키스 뒤에」, 「그러면 마음대로」 등의 시들을 발표하다.

2월 12일, 수양동맹회에 창립 발기인으로 참여하다. 수양동우회의 전신인 수양동맹회는 김항작金恒作, 김윤경金允經, 박현환朴玄環 등 홍사단興士團 단원들이 주축이 된 단체로서, 홍사용도 발기인 10명의 명단에 이름을 올리다.

**1923(24세)**

1월, 『동아일보』에 시와 장편소설掌篇小說이 결합된 형태의 「노래는 회색 — 나는 또 울다」를 발표하다.

5월, 박승희를 중심으로 하여 극단 '토월회土月會'가 발족하다. 제1회 공연으로 발생한 부채를 노작이 자금을 조달하여 돕다.

9월, 홍사중이 수해를 입어 백조사의 자금이 끊기자 노작이 시골 땅을 팔아 간행비를 마련하여 『백조』 3호를 속간하다. 『백조』 3호에 김기진, 방정환이 합류하다.

『백조』와 『개벽』지에 「해 저문 나라에」, 「어머니에게」, 「그이의 화상을 그릴 제」, 「흐르는 물을 붙들고서」, 「커다란 무덤을 껴안고」, 「시악시의 무덤」, 「그것은 모두 꿈이었지마는」, 「나는 왕이로소이다」, 「저승길」, 「그리움의 한 묶음」 등 시와 소설, 산문 등을 발표하다.

9월, 나도향의 소설집 『진정』에 서문을 쓰다.

**1924(25세)**

1월, 토월회의 제3회 공연부터 문예부장직을 맡으며 극단 활동을 시작하다. 본격적인 연극인으로서의 행보를 보이며, 토월회의 재정적 지원을 담당하다. 직접 번안 각색한 〈회색 꿈〉을 연출하여 종로기독청년회관(YMCA강당)에서 공연하다.

**1925(26세)**

4월과 5월, 〈무정〉과 〈추풍감별곡〉을 각색하여 광무대에서 공연하다.

7월, 『개벽』에 소설 「봉화가 켜질 때에」를 발표하다.

**1927(28세)**

2월, 박진, 이소연, 박제행, 신일선, 박제당 등과 함께 극단 '산유화회'를 조직하다.

5월, 창작희곡 〈향토심〉을 조선극장에서 공연하다.

5월, 이소연이 번안한 기시다 구니오岸田國士의 〈소낙비[驟雨]〉를 조선극장에서 연출하다.

차녀 형애馨愛가 고향에서 태어나다.

**1928(29세)**

5월, 『별건곤』에 평론 「조선은 메나리 나라」를 발표하다.

6월, 희곡 「할미꽃」을 『여시』 창간호에 발표하다. 경성방송국(JODK) 라디오 프로그램 중 하나로 〈아자미(アザミ, あざみ[薊], 엉겅퀴)〉(희곡 「할미꽃」으로 추정)라는 라디오 문사극 대본을 집필하고 연출을 맡다.

7월, 희곡 「벙어리굿」을 집필하였으나, 초교가 검열로 인해 압수되어 경기도경에 연행되다. 희곡의 전문 22면이 삭제[全文 削除]당하다.

9월, 백우白牛라는 아호로 희곡 「흰 젖」을 발표하다.

10월, 마쓰이 쇼요松居松葉의 작품(〈茶を作る家〉)을 번안하여 토월회 재기공연인 〈오남매五男妹〉(〈회색 꿈〉과 동일 작품으로 추정)를 연출하다.

10월, 조선총독부 경무국 도서과 '오늘의 출판물(けふの出版物)' 난에는 『홍사용 산문집山文集』이 출간되었다는 기록이 있으나, 구체적인 내용은 전해지지 않는다.

11월, 자전적 소설 「귀향」을 『불교』지에 발표하다.

**1929(30세)**

2월, 『불교』지에 희곡 「제석除夕」을 발표하다.

3월, 조선불교청년회 주관으로 5월에 개최되는 행사에서 '이차돈의 성적聖蹟'에 대하여 강연하기로 예정되어 있었으나, 이로 인해 종로경찰서의 조사 명단[5]에 오르며 감시를 받다.

7월, 전주에 조직된 영화사映畵社에서 '제1회 조선박람회'에 출품할 영화('전북의 각 명승고적'과 '전주팔경'을 소개)의 무대책임자를 맡다.

이 시기, 막역하게 지내온 박진의 집에 기거하는 등 방랑 생활을 시작하다. 각혈을 할 정도로 폐결핵 증상이 심해지고, 건강상태가 악화되다.

**1930(31세)**

11월, 홍해성, 이소연, 이백수, 박제행, 심영 등과 함께 신흥극단新興劇團을 조직하고 그 극단의 이름을 신흥극장新興劇場이라 명명하다. 최승일과 함께 문예부를 맡아 단성사를 거점으로 활동하기 시작하다. 창립공연으로 중국의 전등신화를 현대극화한 〈모란등기牧丹燈記〉(홍해성 연출, 이기영 번안)를 무대에 올리다.

11월, 경성방송국(JODK) 라디오 프로그램에서 〈동설령冬雪嶺〉이라는 라디오 드라마를 기획하다.

**1932(33세)**

둘째 부인인 황숙엽黃淑燁과 종로 6가 319번지 청계천 변 셋방에서 동거를 시작하다.

1월부터 1933년에 이르기까지 엔카풍의 유행가 가사를 번역하고 작사하다. 박진이 콜럼비아 축음기에서 레코드 드라마를 연출하면서 신흥극장 단원들의 경제적 곤란을 돕고 있었고, 홍사용도 이를 도와 콜럼비아 레코드에서 〈댓스오—케〉 등의 대중가요를 번역하고 창작하기 시작하다.

**1933(34세)**

신민요풍의 〈은행나무〉라는 대중가요를 작사하고, 〈아침〉, 〈스케치 북행열차〉 등 엔카와 유사한 유행가 가사를 창작하다.

**1934(35세)**

『신조선』에 시조 「한선寒蟬」을, 『월간매신』에 민요조시 「월병月餠」을 발표하다.

**1935(36세)**

서울의 자하문 밖 세검정 근처에서 한방의학을 공부하다. 평소 흰 고무신과 흰 두루마기 차림으로 다니며, 한방치료로 생계를 유지하다.

**1936(37세)**

1월, 불교성극단 예천좌라는 신극운동단체를 조직한 후, 제1회 공연을 올리다. 성극聖劇 〈명성明星이 빛날 제〉와 성극 〈태자의 출가〉(불타 일대기, 3막 5장)를 집필하여 장곡천정長谷川町(현재의 소공동) 공회당에서 연출하다.

2월, 라디오 드라마 〈오월동주吳越同舟〉를 연출하다.

9월, 『조광』에 「백조시대에 남긴 여화餘話」라는 평론을 발표하다.

**1937(38세)**

1월, 라디오극 〈사원무思怨無〉를 연출(지휘)하다.

12월, 석가성도축하식에 부민관 대강당에서 〈백유白乳〉(6막 17장으로 소개)를 공연하고, 인생극장 창립공연으로 부민관에서 〈백화白花〉(박화성 원작, 송영 각색)라는 공연을 고증考證하다.

**1938(39세)**

첫째 부인 원효순과 장남이 화성에서 상경하여 서울 마포구 공덕동 122번지로 이사하다.
둘째 부인 황숙엽과의 사이에서 4녀 묘선昴善이 태어나다.
『삼천리문학』과 『매일신보』에 「각시풀」, 「시악시 마음이란」, 「붉은 시름」, 「이한離恨」 등 4편의 민요조의 시와 산문 「산거의 달」, 「우송」, 「진여」, 「궂은비」, 「추감」, 「처마[檐下]의 인정」, 「향상」 등을, 『조선일보』에 소설 「빵덕이네」를 발표하다. 「태자의 출가」를 「출가」라는 제목으로 개제하여 『현대조선문학전집 — 희곡집』에 수록하다.

**1939(40세)**

2월, 장남 규선이 이광수의 주례로 결혼하고, 3월, 차녀 형애가 서울에서 사망하다.
4월, 불교단체 주최로 석가탄신일에 수송동의 조선불교총본산 대웅전에서 〈흰 젖〉을 공연하다.
9월, 황숙엽과의 사이에서 차남 문선文善이 태어나다.
『매일신보』에 소설 「정총대町總代」와 산문 「궁窮과 달達」, 「두부만필豆腐漫筆」 등을 발표하다. 『삼천리』에 「감출 수 없는 것은」, 「고추 당초 맵다 한들」, 「호젓한 걸음」 등의 민요조의 시를 발표하다. 라디오 소설 〈향상대向上臺 풍경〉, 〈귀향〉, 라디오극 〈처염상정處染常淨〉이 방송되다.
12월, 동양극장의 〈수호지〉 공연(호화선 출연)에서 의상 고증에 참여하다.
조선총독부에서 〈김옥균전〉을 희곡으로 쓰라는 기한부 교시를 내렸으나, 총독부의 지시대로 쓰지 않아 희곡이 압수당하고 주거지까지 제한을 받게 되다. 거주제한령으로 인해 외출이 불가능하였으나, 춘원의 도움으로 총독부의 허가를 받아 아들의 결혼식에 어렵게 참석하다. 현재 노작이 집필하였다는 〈김옥균전〉이란 작품은 전해지지 않고 있으며, 1940년 3월 동양극장 연극제에서 홍사용 연출의 〈김옥균전〉이 공연될 예정이라는 광고만 신문기사로 확인할 수 있다.

**1940(41세)**

강경, 전주 등지에서 교편을 잡았으며, 사찰을 순례하며 불경 연구를 하였다고 전해지나 구체적으로 언제까지 사찰을 떠돌아다녔는지는 명확하지 않다.

**1941(42세)**

고향에서 생모 능성 구씨 사망하다.

**1942(43세)**

고향에서 양모 한산 이씨 사망하다.

**1943(44세)**

9월, 생부 홍철유 사망하다. 생모, 양모, 생부의 장례가 있을 때만 고향을 들른 후 다시 집을 떠나 방랑을 거듭하다.

**1944(45세)**

이화여전에서 강의하였으나, 한 차례 강의한 후 출강하지 않았다고 전해진다.

**1945(46세)**

8·15해방과 함께 근국청년단槿國靑年團에 가담하여 청년운동을 일으키고자 하였으나, 건강 문제로 뜻을 이루지 못하였다고 알려져왔다. 좌우 군소 정치단체가 난립하며 명멸하던 시기라 '근국청년단'이라는 단체의 성격은 정확히 확인되지 않으나, 노작의 전기적 행보를 참고할 때 조선청년당朝鮮靑年黨의 지류인 것으로 파악된다.

**1946(47세)**

3월, 종로 기독교청년회관(YMCA)에서 개최하는 '전조선문필가협회 결성대회'에 참여하다.

6월, 청년문학가협회가 주관하는 '예술의 밤'에 참여하다.

9월, 조선청년문학가협회와 팔월시회가 공동 제정한 '조선시단특별상'을 홍노작, 오상순, 변영로, 박월탄 4인이 공동 수상하다.

12월, 덕수궁에서 열린 조선청년당 창당식에 아들과 함께 참석하다.[6]

**1947(48세)**

1월 5일(음력 1946년 12월 14일) 오전 6시, 폐환으로 마포구 공덕동 장남 자택(공덕정 122번지 40호)에서 사망하다. 유해는 서대문구 홍제동 화장장[弘濟院 葬齋場]에서 화장하여 백련사白蓮寺에 안치하다.

4월, 청년문학가협회가 '조선시단특별상'을 사후의 홍사용에게 수여하다. 동일한 문학상을 문단 중진 4인과 함께 2년 연속 공동 수상하다.

**1948**

유해를 고향인 화성군 동탄면 석우리(돌모루) 먹실[黑室] 불당골 선산으로 이장하다.

# 부록4. 홍사용 작품 연보

| 발표 일자 | 제목 | 발표지(근거) 및 활동 기록 | 구분 |
|---|---|---|---|
| 1918 | 피는 꽃 | (不傳) | 월탄月灘, 정백鄭栢과 함께 펴낸 유인물 |
| 1919.8 | 청산백운青山白雲 | 원본 유족 보관<br>(『현대시학』, 1969.7) | 정백과의 합동산문집 |
| 1919.11 | 어둔 밤 | 『서광曙光』 1호(창간호) | 자유시, 산문시<br>(아호 소아) |
| 1919.6~<br>1920 추정 | 청구가곡青邱歌曲 | 시작노트. 원본<br>유족 보관 | 시조 106수 |
| 1920.5.15 | 커다란 집의 찬 밤 | 『문우文友』 1호(창간호) | 「푸른 언덕 가으로」와 동일 작품(『동아일보』 재수록, 소아) |
| 1920.5.15 | 철 모르는 아이가 | 『문우』 1호 | 시(아호 소아) |
| 1920.5.15 | 벗에게 | 『문우』 1호 | 시(아호 소아) |
| 1920.5.15 | 새해 | 『문우』 1호 | 권두시(아호 새별) |
| 1922.1 | 백조白潮는 흐르는데 별하나 나 하나 | 『백조白潮』 1호(창간호) | 권두시 |
| 1922.1 | 꿈이면은? | 『백조』 1호 | 자유시, 이야기체 |
| 1922.1 | 통발 | 『백조』 1호 | 자유시 |
| 1922.1 | 어부漁父의 적跡 | 『백조』 1호 | 자유시, 이야기체 |
| 1922.1 | 푸른 강물에 물놀이 치는 것은 | 『백조』 1호 | 자유시 |
| 1922.1 | 육호잡기<br>六號雜記 1 | 『백조』 1호 | 편집후기 |
| 1922.5 | 시악시 마음은 | 『백조』 2호 | 민요조시 |
| 1922.5 | 봄은 가더이다 | 『백조』 2호 | 민요조시 |
| 1922.5 | 육호잡기 2 | 『백조』 2호 | 편집후기 |

| | | | |
|---|---|---|---|
| 1922.10 | 비 오는 밤 | 『동명東明』 7호 | 민요조시 |
| 1922.12 | 별, 달, 또 나, 나는 노래만 합니다 | 『동명』 17호 | 이야기체, 산문시 |
| 1922.12 | 희게 하얗게 | 『동명』 17호 | 대화체, 산문시 |
| 1922.12 | 바람이 불어요! | 『동명』 17호 | 자유시 |
| 1922.12 | 키스 뒤에 | 『동명』 17호 | 대화체, 산문시 |
| 1922.12 | 그러면 마음대로 | 『동명』 17호 | 대화체, 산문시 |
| 1923.1.1 | 노래는 회색灰色<br>— 나는 또 울다 | 『동아일보』 | 시 |
| 1923.1.1 | 노래는 회색<br>— 나는 또 울다 | 『동아일보』 | 소설(장편소설掌篇小說) |
| 1923.7 | 해 저문 나라에 | 『개벽開闢』 37호 | 자유시 |
| 1923.7 | 어머니에게 | 『개벽』 37호 | 자유시 |
| 1923.7 | 그이의 화상畵像을 그릴 제 | 『개벽』 37호 | 자유시 |
| 1923.9 | 흐르는 물을 붙들고서 | 『백조』 3호 | 민요조시, 자유시 |
| 1923.9 | 묘장墓場 1 — 커다란 무덤을 껴안고 | 『백조』 3호 | 민요조시, 자유시 |
| 1923.9 | 묘장 2<br>— 시악시의 무덤 | 『백조』 3호 | 자유시 |
| 1923.9 | 그것은 모두 꿈이었지마는 | 『백조』 3호 | 자유시, 대화체 |
| 1923.9 | 나는 왕이로소이다 | 『백조』 3호 | 산문시, 대화체 |
| 1923.9 | 저승길 | 『백조』 3호 | 소설 |
| 1923.9 | 그리움의 한 묶음 | 『백조』 3호 | 산문 |
| 1923.9 | 육호잡기 3 | 『백조』 3호 | 편집후기 |
| 1923.9 | 서문 | 나도향 소설집 『진정』 (영창서관) | 산문(서문) |
| 1924.1. 22~24 | 회색 꿈 | 토월회 3회 공연, 종로기독청년회관(YMCA강당) (不傳) | 번안희곡, 연출 |
| 1925.4.30 | 무정 | 토월회 13회 공연, 광무대. 이광수의 소설을 각색(不傳) | 각색희곡 |

| | | | |
|---|---|---|---|
| 1925.5.26 | 추풍감별곡<br>秋風感別曲 | 토월회 17회 공연,<br>광무대. 고전소설<br>(『채봉감별곡』)을<br>현대극으로 각색(不傳) | 각색희곡 |
| 1925.7 | 봉화烽火가 켜질<br>때에 | 『개벽』61호 | 소설 |
| 1927.5.20 | 향토심鄕土心 | 산유화회山有花會<br>창립공연, 조선극장(不傳) | 희곡 |
| 1927.5.20 | 소낙비 | 산유화회 창립공연.<br>기시다 구니오岸田國士의<br>작품을 이소연이<br>번안(不傳) | 연출 |
| 1928.5 | 조선은 메나리 나라 | 『별건곤別乾坤』12, 13호 | 평론(문예비평) |
| 1928.6 | 할미꽃 | 『여시如是』1호 | 희곡 |
| 1928.6.23 | アザミ(아자미, あざみ<br>[薊], 엉겅퀴) | 경성방송국(JODK)<br>라디오 방송(不傳) | 라디오극 대본, 연출 |
| 1928.7 | 벙어리굿 | 『불교佛敎』49호(不傳) | 희곡, 전문삭제全文削除 |
| 1928.9 | 흰 젖 | 『불교』50, 51합호 | 희곡(아호 백우) |
| 1928.10 | 오남매五男妹 | 토월회 재기공연.<br>마쓰이 쇼요松居松葉의<br>작품(《茶を作る家》)을<br>번안한 희곡(不傳) | 번안희곡, 연출 |
| 1928.10.3 | 홍사용 산문집<br>山文集[7] | (不傳) | 산문집 |
| 1928.11 | 귀향歸鄕 | 『불교』53호 | 소설(자전적 소설) |
| 1929.2 | 제석除夕 | 『불교』53호 | 희곡 |
| 1930.11.28 | 동설령冬雪嶺 | 경성방송국<br>라디오 방송(不傳) | 라디오극 기획(안案) |
| 1932.1 | 댓스 오—케—<br>(THAT'S O.K.) | Columbia40269-A,<br>유행소곡流行小曲 | 번안가사[譯詞] |
| 1932.1 | 달빛 여윈 물가 | Columbia40269-B,<br>유행소곡 | 번안가사 |
| 1932.2 | 아가씨 마음 | Columbia40284-A,<br>유행소곡 | 번안가사 |
| 1932.2 | 고도古都의 밤 | Columbia40284-B,<br>유행소곡 | 번안가사 |

| | | | |
|---|---|---|---|
| 1932.8 | 자전차-대장안주제가大長安主題歌 | Columbia40325-A | 작사 |
| 1932.11 | 항구港口노래 | 일축조선소리판K8-임29-A | 작사 |
| 1932.11 | 카페의 노래 | 일축조선소리판K8-임29-B | 작사 |
| 1933.7 | 은행나무 | Chieron108-A, 신민요新民謠 | 작사 |
| 1933.8 | 아침 | Columbia 40325-B | 작사 |
| 1934.2 | 스케치 북행열차北行列車 | Columbia40380-A·B | 작사 |
| 1934.10 | 한선寒蟬 | 『신조선』 6호 | 시조 |
| 1934.11 | 월병月餠 | 『월간매신月刊每申』 | 민요조시 |
| 1936.1. 27~30 | 명성明星이 빛날 제 | 예천좌 공연, 장곡천정長谷川町 (현재의 소공동) 공회당(不傳) | 희곡, 연출 |
| 1936.1. 27~30 | 태자의 출가(〈출가〉) | 예천좌 공연, 장곡천정 공회당 | 희곡, 연출 |
| 1936.2. 26~28 | 오월동주吳越同舟 | 경성방송국 라디오 방송(不傳) | 라디오극 연출 |
| 1936.9 | 백조시대에 남긴 여화餘話 | 『조광朝光』 11호 | 평론 |
| 1937.1.19 | 사원무思怨無 | 경성방송국 라디오 방송(不傳) | 라디오극 연출 |
| 1937.12. 7~8 | 백유白乳(〈흰 젖〉) | 부민관 대강당 공연 | 희곡 |
| 1937.12. 14~16 | 백화白花 | 인생극장 창립 공연 (부민관) (박화성 원작, 송영 각색) | 고증 |
| 1938.1 | 민요 한 묶음 — 각시풀 | 『삼천리문학』 1호 | 민요조시 |
| 1938.1 | 민요 한 묶음 — 시악시 마음이란 | 『삼천리문학』 1호 | 민요조시 |
| 1938.1 | 민요 한 묶음 — 붉은 시름 | 『삼천리문학』 1호 | 민요조시 |

| | | | |
|---|---|---|---|
| 1938.4 | 이한離恨<br>— 속續민요 한 묶음 | 『삼천리문학』 2호 | 민요조시 |
| 1938.7.5 | 고열한화 | 『매일신보』 | 산문 |
| 1938.7.20 | 산거山居의 달 | 『매일신보』 | 산문 |
| 1938.8.7 | 우송牛頌 | 『매일신보』 | 산문 |
| 1938.8.19 | 진여眞如 | 『매일신보』 | 산문 |
| 1938.9.4 | 궂은비 | 『매일신보』 | 산문 |
| 1938.10 | 출가 | 『현대조선문학전집<br>— 희곡집』 | 희곡 |
| 1938.10.16 | 추감秋感 | 『매일신보』 | 산문 |
| 1938.10.27 | 처마[檐下]의<br>인정人情 | 『매일신보』 | 산문 |
| 1938.11.15 | 향상向上 | 『매일신보』 | 산문 |
| 1938.12.2 | 빽덕이네 | 『매일신보』 | 소설(장편소설掌篇小說) |
| 1939.1.6 | 향상대向上臺<br>풍경風景 | 경성방송국<br>라디오 방송(不傳) | 라디오 소설 |
| 1939.2.9 | 정총대町總代 | 『매일신보』 | 소설(장편소설掌篇小說) |
| 1939.3.12 | 궁窮과 달達 | 『매일신보』 | 산문 |
| 1939.4 | 감출 수 없는 것은 | 『삼천리三千里』 131호 | 민요조시 |
| 1939.4 | 고추 당초 맵다 한들 | 『삼천리』 131호 | 민요조시 |
| 1939.4 | 호젓한 걸음 | 『삼천리』 131호 | 민요조시 |
| 1939.4.<br>6~8 | 처염상정處染常淨 | 경성방송국<br>라디오 방송(不傳) | 라디오극 대본 |
| 1939.4.8 | 흰 젖 | 조선불교총본산 대웅전<br>朝鮮佛敎總本山 大雄殿 | 희곡, 연출 |
| 1939.4.25 | 두부만필豆腐漫筆 | 『매일신보』 | 산문 |
| 1939.5.<br>29~30 | 귀향 1, 2 | 경성방송국<br>라디오 방송(不傳) | 라디오 소설 |
| 1939.12.2 | 수호지 | 호화선 공연, 동양극장<br>(홍해성 연출, 송영 각색) | 의상 고증 |
| 1939 | 김옥균전金玉均傳 | 호화선 공연 예정(不傳) | 집필 중단, 연출 예정<br>(1940.3) |

# 부록5. 『청구가곡青邱歌曲』

김하라(전주대학교 한문교육과 조교수) 역주

**朝鮮歌曲 種蟠桃調詞**

솔 심어 松亭짓고 딕 심어 竹樓로다
가릐 심어 바돌판이오 梧桐 심어 거문고라
그 즁에 蟠桃를 심어 長生不老

**조선가곡 종반도조사種蟠桃調詞[8]**

소나무 심어 송정松亭 짓고 대나무 심어 죽루竹樓로다
가래나무 심어 바둑판이요 오동나무 심어 거문고라
그 중에 반도蟠桃[9]를 심어 장생불로長生不老하리라

**朝鮮歌曲 春日溫 北嶽山人**

春日이 溫暖ᄒᆞ야 和氣가 自生ᄒᆞᆫ다
積雪도 다 盡ᄒᆞ고 層冰도 다 풀인다
人心도 春日 갓치 和氣瀜々

**조선가곡 봄날이 따뜻해[春日溫] 북악산인北嶽山人**

봄날이 따뜻하여 화기和氣 절로 생긴다
쌓인 눈도 다 녹고 두터운 얼음도 다 풀린다
인심人心도 봄날같이 화기 무르익기를

**談叢 爲仁 春睡堂**

貨悖而入者, 悖而出. 然而理財者何其不由正道也. 朱柏廬所謂‘刻薄成家理無久享’者, 豈非珍重箴戒. 然則爲富而不仁, 何如爲仁而不富?

**담총談叢[10] 어진 행동을 하는 것[爲仁] 춘수당春睡堂**

어그러진 방식으로 들어온 재화는 어그러진 방식으로 나간다. 그러니 재물을 다스리는 자가 어찌 정도正道를 따르지 않을 수 있겠는가. 주백려朱柏廬가 말한 바 "각박하게 이루어진 집안은 그 이룬 것을 오래 누릴 이치가 없다"라는 것이 어찌 보물과 같이 귀중한 잠언箴言이 아니겠는가. 그렇다면 부자가 되고 어질지 못한 것은, 어진 사람이 되며 부유하지 못한 것과 비교해 어떠할까?

**朝鮮歌曲 行路難**

行路難々々々ᄒᆞ니 行路難이 엇더ᄒᆞᆫ고
三千鳥道之危요 九曲羊腸之險이로다
엇지타 世上人心은 이와 一般

**조선가곡 행로난行路難[11]**

행로난 행로난 하니 행로난이 어떠한고
삼천 리 조도鳥道[12]의 위태로움이요 아홉 굽이 양의 창자처럼 험한 것이로다
어찌하여 세상 인심은 이와 일반一般[13]인가

**談叢 景仰**

鋤菜揮金与瓦石無異, 隣牛暴田輒牽着凉處. 此二者滔々人心之所不能爲, 而獨管幼安能之. 彼何人斯而澄淸度量絶倫若是? 景仰千舌, 深々一拜.

**담총 경앙景仰**[14]

호미로 채마밭을 매다 금덩이를 발견하고는 기왓조각과 다르지 않게 여겼고, 이웃의 소가 밭에 풀어져 있는 것을 보고는 곧 끌고 가 서늘한 곳에 매어두었다. 이 두 가지는 도도滔滔한 인심으로는 할 수 없는 일이며 오직 관유안管幼安[15]만이 할 수 있는 것이다. 저 사람은 누구이기에 맑디맑은 도량의 절륜絶倫함이 이와 같은가? 천고에 사모하고 우러르며 깊이 한 번 절한다.

**朝鮮歌曲 石假山**

蒼壁에 松陰이요 花園에 石假山이라

竹林에 淸風이요 蓮塘에 明月이로다

그즁에 草堂짓고 벗과 同樂

**조선가곡 석가산石假山**[16]

검푸른 절벽에 소나무 그늘이요 화원花園에 석가산이라

대숲에 맑은 바람이요 연못에 밝은 달이로다

그 중에 초당 짓고 벗과 함께 즐기리라

**談叢 惟口**

曰惟口興戎出好, 曰口容止, 曰守口如甁, 曰三緘其口, 古之戒, 愼其口率夛如此, 如懸河之辯, 如喋々之利, 較之利害果何如? 然寡言之福, 夛於好言之利, 宜其守默, 是爲平生之戒.

**담총 오직 입에서[惟口]**

"오직 입에서 전쟁이 일어나고 좋은 일도 생겨난다" 하고, "입은 무거워야 한다" 하고, "입을 병의 입구처럼 지킨다" 하고, "그 입을 세 번 봉한다" 한 것은 옛 경계警戒이니, 그 입을 조심하는 것이 대체로 이와 같다. 물 흐르듯 막힘없는 언변이나 수다스럽고 재빠른 말주변은 그에 비교하자면 이해利害가 과연 어떠할까? 그러나 과언寡言의 복은 호언好言의 이득보다 낫다. 마땅히 침묵을 지킴을 평생의 경계警戒로 여길 일이다.

**朝鮮歌曲 一葉舟**

一葉舟를 타고 塵海風浪을 利涉훈다
鯨齒鰐牙如雪山훈데 沙鰍泥션이 棹尾行이라
이즁에 堅坐不動安如山흐니 心君이 泰然

**조선가곡 일엽주一葉舟**[17]

일엽주一葉舟를 타고 티끌 바다 풍랑風浪을 건너간다
이빨을 드러낸 고래와 악어는 설산雪山 같은데 모래와 진흙 속 미꾸라지가 꼬리 흔들며 가누나
이 중에 꼼짝 않고 견고히 앉아 산처럼 편안하니 마음이 태연하도다

**談叢 人心**

人心不如我心者, 往々有是嘆. 我心玆眞宗無僞正直以待人, 則人心感化, 豈不如我之心乎? 每以我長彼短紛然相挐而然矣. 不若反求諸己.

**담총 인심人心**

인심人心이 내 마음 같지 않다는 탄식은 왕왕 있었다. 내 마음이 이에 진실되고 거짓 없으며 정직하게 남을 대하면 남의 마음을 감화할 수 있으리니 어찌 나의 마음과 같지 않겠는가? 매양 나는 잘했고 저쪽은 못했다며 어지러이 서로 움켜잡고 다투기에 그러한 것이다. 반구저기反求諸己[18]하는 것만 같지 못하다.

**朝鮮歌曲 四時靑**

솔은 속이 ᄎᆞ셔 鬱々晩翠ᄒᆞ고나

ᄃᆡ는 속이 븨엿건만 四時長春 어인 닐고

속이야 ᄎᆞ든 븨든 志操난 一般

**조선가곡 사계절 푸르른 것[四時靑]**

소나무는 속이 차서 울창히 늦도록 푸르구나

대나무는 속이 비었건만 사시四時 늘 봄인 건 어인 일인고

속이야 차든 비든 지조志操는 일반一般이니

**談叢 佛氏**

佛氏之普濟衆生, 猶患千手不足可乎? 老氏之厭世自潔, 猶患一身爲累可乎? 雖欲普濟而汲々不暇, 見其惡而不改, 慾而不厭, 寧可自潔之不如?

**담총 불씨佛氏**

불씨佛氏는 중생을 널리 구제하지만 외려 천 개의 손으로도 부족하니, 그래서야 되겠는가? 노씨老氏[19]는 세상을 싫어하고 스스로를 깨끗이 하려 하나 되레 일신一身이 짐이 되니, 그래서야 되겠는가? 비록 중생을 널리 구제하기에 급급해 겨를이 없으며 그 악을 보고 고치지 않고 욕망하여 싫증을 내지 않으니, 어찌 스스로를 깨끗이 하는 것만 못할 수 있겠는가?

**朝鮮歌曲 白髮嘆**

靑春을虛送ᄒᆞ고 白髮이 헌날어면

박든 긔도 重聽이요 말은 눈이 霧中花라

至今에 悲歎窮廬ᄒᆞᆫ들 後悔不及

**조선가곡 백발의 탄식[白髮嘆]**

청춘을 헛되이 보내고 백발이 흩날리면

밝던 귀도 어두워지고 맑은 눈이 안개 속 꽃처럼 흐려져

지금에 가난한 오두막에서 슬피 탄식한들 후회막급이리

## 談叢 青眼

眼有青眼白眼, 又有冷眼熱眼. 此非相家及醫家之所言. 處世涉人, 夛用是眼, 然未知何以青何以白何以冷何以熱. 請試看其眼.

吾知青白冷熱之眼, 青非青盲之青, 白非白障之白, 冷非冷淚之冷, 熱非熱赤之熱. 凡喜則青, 怒則白, 無情則冷, 有心則熱. 見其眼必知其人情之如何, 故曰觀其眸子, 人焉廋哉!

**담총 청안青眼**

눈에는 청안青眼과 백안白眼이 있고, 또 냉안冷眼[20]과 열안熱眼[21]이 있다. 이는 관상가觀相家나 의가醫家에서 말한 바는 아니다. 처세하고 사람을 겪으며 이와 같은 눈을 많이 쓰게 된다. 그러나 어째서 청안이 되고 어째서 백안이 되며 어째서 냉안이 되고 어째서 열안이 되는 것인지는 알 수 없나니, 그 눈을 한 번 보기를 바란다.

내가 알기로 청안과 백안, 냉안과 열안에서, '청'은 청맹과니의 '청'이 아니고 '백'은 백내장의 '백'이 아니며 '냉'은 냉루冷淚[22]의 '냉'이 아니고 '열'은 열적熱赤[23]의 '열'이 아니다. 대체로 기쁘면 청안이 되고 성나면 백안이 되며 무정하면 냉안이 되고 유심하면 열안이 된다. 그 눈을 보면 그 인정이 어떠한지 반드시 안다. 그러므로 "그 눈동자를 보면 사람이 어찌 숨을 수 있겠는가?"라고 하는 것이다.

**朝鮮歌曲 園藝樂**

園林에 봄이 드니 나흘 닐이 밧부도다
어듸난 葡萄 심고 어듸난 魯桑을 심을난지
그즁에 草堂 갓가온 平田에 菊花모종

**조선가곡 원예의 즐거움[園藝樂]**

원림園林에 봄이 드니 내 할 일이 바쁘도다
어디는 포도 심고 어디는 노상魯桑[24] 심을는지
그 중에 초당草堂 가까운 편편한 땅에 국화 모종 심으리

**漫墨 驕惰 天痴生**

富而有驕盈心者, 亡日不遠, 何不降氣? 貧而有怠惰心者, 死日不遠, 何不振氣?

**만묵漫墨[25] 교만과 게으름[驕惰] 천치생天痴生**

부유하면서 으스대고 빼기는 마음을 가진 자는 망할 날이 머지않았나니 어찌하여 기운을 가라앉히지 않는가? 가난하면서 게으르고 나태한 마음을 가진 자는 죽을 날이 머지않았나니, 어찌하여 기운을 떨쳐 일어나지 않는가?

**朝鮮古代歌曲 鴻雁調**

밤은 깁허 三更에 이루럿고 구진비는 梧桐에 헛날닐제
이리 궁굴 져리 궁굴 두루 生覺타가 좀 못 이루럿다
洞房에 蟋蟀聲과 靑天에 뜬 기러기 쇼릐 ᄉᆞ람에 無窮ᄒᆞᆫ 心懷를 짝지워
울구가난 져 鴻雁아 가뜩에 다 썩거 스러진 구븨肝腸이 이 밤 지닉우기 어려워라

**조선고대가곡 홍안조鴻雁調**[26]

밤은 깊어 삼경三更에 이르렀고 궂은비는 오동나무에 흩날릴 제

이리 뒹굴 저리 뒹굴 두루 생각하다가 잠 못 이루었다

동방洞房[27]에 귀뚜라미 소리와 청천靑天에 뜬 기러기 소리 사람의 무궁한 심회心懷를 짝지워

울고 가는 저 홍안鴻雁[28]아 가뜩에 다 썩어 스러진 굽이 간장肝腸이 이 밤 지내기 어려워라

**漫墨 辛苦**

厭口膏粱者, 豈知農夫之粒々皆辛苦, 遍身綺羅者, 豈知織婦之絲々皆辛苦.

**만묵 신고辛苦**[29]

고량진미를 실컷 먹는 자가, 농부의 한 톨 한 톨이 다 신고辛苦임을 어찌 알겠으며, 온몸에 비단을 휘감은 자가 베 짜는 아낙의 한 올 한 올이 다 신고임을 어찌 알겠는가.

**朝鮮古代歌曲 靑驄馬**

청총마 타고 보라믹 밧고 빅우장젼쳔근각궁을 허리에 띄구

산너머 구름 밧긔 쒕산냥ᄒᆞ 는 져 한가ᄒᆞᆫ 사람아

우리도 셩은을 갑흔 후에 너와 ᄒᆞᆫ쎄

**조선고대가곡 청총마靑驄馬**[30]

청총마 타고 보라매 받고 백우白羽 장전長箭 천 근 각궁角弓을 허리에 띠고

산 너머 구름 밖에 꿩 사냥 하는 저 한가한 사람아

우리도 성은聖恩을 갚은 후에 너와 함께하리라

## 漫墨 工夫

忍耐且忍耐, 是百鍊鐵身. 愼默且愼默, 是三緘其口.

### 만묵 공부工夫

인내하고 또 인내하여 백 번 단련한 철신鐵身[31]이 되고, 신중히 침묵하고 또 신중히 침묵하여 세 번 그 입을 봉할지어다.

## 朝鮮古代歌曲 肝腸 女唱

사랑이 불이 되야 틔오난이 肝腸이라
肝腸스러 셕은 물이 눈에 올나 눈물 된다
진실노 슈화상츙이니 살똥 말똥

### 조선고대가곡 간장肝腸 여창女唱

사랑이 불이 되어 태우나니 간장肝腸이라
간장 스러져 썩은 물이 눈에 올라 눈물 된다
진실로 수화상충水火相衝[32]이니 살동말동 하여라

## 漫墨 肥貪

啖膏粱而無公益心者, 肥如洋猪, 何益於渠? 愛金銀而無慈善心, 貪如生蕃, 何益於世?

### 만묵 살찐 것과 탐욕스러움[肥貪]

고량진미를 먹으면서 공익公益의 마음이 없는 자는 양돼지처럼 살이 찐들 그에게 무슨 이익이랴? 금은을 아끼면서 자선慈善의 마음이 없는 자는 탐욕이 생번生蕃[33]과 같으니 세상에 무슨 이익이 되랴?

**朝鮮古代歌曲 劉伶墳 女唱**

이러니져러니 ᄒᆞ야도 나더럴낭 말을 마소

쥭은 무덤 위에 논을 풀지 밧슬 갈지

酒不到劉伶墳上土라 ᄒᆞ니 아니놀가

**조선고대가곡 유령劉伶[34]의 무덤[劉伶墳] 여창女唱**

이러니저러니 하여도 나더럴랑 말을 마소

죽은 무덤 위에 논을 풀지 밭을 갈지

술이 유령劉伶의 무덤 위 흙에 이르지 않으리라 하니 아니 놀까 하노라

**漫墨 咄咄**

住江干者, 暴雨洪水, 每誓移居, 晴則忘置. 犯罪戾者, 鐵窓犴扉, 每誓改悔, 釋則依舊.

**만묵 돌돌咄咄[35]**

강안江岸에 사는 자는 폭우 내려 홍수가 나면 언제나 이사를 가리라 맹세하지만 날이 개면 잊어버린다. 죄악을 저지른 자는 철창 안에 갇혀서는 언제나 후회하고 고치리라 맹세하지만 석방되면 예전과 마찬가지로 된다.

**朝鮮古代歌曲 畵輞川 男唱**

十載經營屋數椽ᄒᆞ니 錦江之上月峯前이라

桃花浥露紅浮水요 柳絮飄風白滿船이라

石逕歸僧山影外요 烟沙眠鷺雨聲邊이라

若令摩詰노遊於此런들 不必當年에 畵輞川이리

**조선고대가곡 망천輞川[36]을 그리다[畵輞川] 남창男唱**

십 년을 경영하여 서까래 몇 개 얽어 집 지으니

금강錦江 가 월봉月峯 앞이라

이슬 젖은 붉은 복사꽃 물에 떠가고

버들개지 바람에 날려 희게 배 안에 가득하네

돌길로 돌아가는 스님은 산 그림자 밖에 있고

안개 낀 모래톱에 자는 해오라기는 빗소리 가에 있네

만약 왕마힐王摩詰[37]에게 여기에 노닐게 했던들 당년當年에 꼭 〈망천도輞川圖〉를 그리지 않았으리

**漫墨 隱微**

賣淫本是密事, 密無不發, 莫顯乎隱. 賭博本是暗事, 暗無不明, 莫顯乎微. 評曰: 奇哉, 言也.

**만묵 은미隱微**

매음賣淫은 본시 은밀한 일이나 은밀함은 드러나지 않을 때가 없으니 은밀한 것보다 잘 드러나는 일은 없다. 도박은 본시 어두운 일이나 어두운 것은 밝혀지지 않을 때가 없나니 은미한 것보다 잘 드러나는 일은 없다. 평하길, "기이하구나, 말이여"라 한다.

**朝鮮古代歌曲 的盧馬 男唱**

却說 玄德이 檀溪로 건너갈 졔 的盧馬야 날 살여라

압헤는 長江이요 뒤에난 蔡瑁로다

어ᄃᆡ셔 常山 趙子龍이 날 못ᄎᆞᆺ나

**조선고대가곡 적로마的盧馬[38] 남창男唱**

각설却說 현덕玄德[39]이 단계檀溪로 건너갈 제

적로마的盧馬야 날 살려라 앞에는 장강長江이요 뒤에는 채모蔡瑁[40]

어디서 상산常山 조자룡趙子龍이 날 못 찾나 하노라

**朝鮮古代歌曲 青鳥來 女唱**

青鳥야 오는 구나 반갑다 임에 소식

弱水三千里를 네 어이 건너온다

우리 임 만는 듯흔 졍회를 네가 알가

**조선고대가곡 청조가 오네[青鳥來] 여창女唱**

청조青鳥야 오는구나 반갑다 임의 소식

약수弱水 삼천리三千里를 네 어이 건너온다

우리 임 만난 듯한 정회情懷를 네가 알까 하노라

**朝鮮古代歌曲 秦始皇**

神農氏 못 어든 藥을 秦始皇이 어드랴구

童男童女 五百人를 실어 海中으로 보ᄂᆡᆺ더니

至今에 無消息ᄒᆞ니 그를 셜어

**조선고대가곡 진시황秦始皇**

신농씨神農氏 못 얻은 약藥을 진시황秦始皇이 얻으려고

동남동녀童男童女 오백인五百人을 실어 해중海中으로 보냈더니

지금至今에 무소식無消息하니 그를 서러워하노라

**漫墨 聞見**

世人皆聞而獨知無聲, 此俺耳偸鈴; 世人皆見而獨知無形, 此遮眼捕蟬. 評曰: 훠有是病.

**만묵 문견聞見**

세상 사람들은 모두 듣는데 홀로 소리가 없다고 알고 있는 것, 이것은 귀를 막고 방울을 훔치는 일이다. 세상 사람들은 모두 보는데 홀로 형태가 없다고 알고 있는 것, 이것은 눈을 가리고 매미를 잡는 것이다. 평하길, "이런 병이 많다"고 했다.

## 朝鮮古代歌曲 桃花

닉 집은 桃花洞이요 임의 집은 杏花村이라
桃花洞 바리고 杏花村 ᄎᆞ져가니 香氣러온 盆梅花라
童子야 거문고 쥴 골나라 彈琴長醉

**조선고대가곡 도화桃花**

내 집은 도화동桃花洞이요 임의 집은 행화촌杏花村이라
도화동 버리고 행화촌 찾아가니 향기로운 분매화盆梅花라
동자童子야 거문고 줄 고르거라 탄금장취彈琴長醉[41]하리라

## 漫墨 婦壻

欲擇子婦, 勿取富貴, 只取賢淑閨養. 欲擇壻郎, 勿取班閥, 只取學問秀才. 評曰: 取富蠻風, 取閥野習.

**만묵 며느리와 사위[婦壻]**

며느리를 선택하고자 한다면 부귀한 집에서 얻지 말고 그저 현숙한 규양閨養[42]을 얻어라. 사위를 선택하고자 한다면 양반 벌열가閥閱家에서 얻지 말고 그저 학문 있는 수재秀才를 얻어라. 평하여 말하길, "부자를 얻는 것은 오랑캐 풍속이고, 벌열가를 얻는 것은 촌스러운 습속이다"라 했다.

**朝鮮古代歌曲 女唱지름**

날[43] 밝고 셔리 찬 밤에 울고 가는 져 기럭기야

瀟湘洞庭 어ᄃᆡ 두고 旅館寒灯에 ᄌᆞᆷ든 나를 ᄭᆡ우ᄂᆞ냐

밤즁만 네 우름소ᄅᆡ 잠 못 일워

**조선고대가곡 여창女唱지름**

달 밝고 서리 찬 밤에 울고 가는 저 기러기야

소상강瀟湘江 동정호洞庭湖 어디 두고 여관 차가운 등불에 잠든 나를 깨우느냐

밤중만 네 울음소리에 잠 못 이뤄 하노라

**漫墨 錢才**

有錢者, 每利析秋毫, 不知巨大之害從後來; 有才者, 每眼空一世, 不知頑鈍之害從前来.

**만묵 돈과 재주[錢才]**

돈 있는 자는 언제나 사소한 이익을 따져 밝히지만 거대한 해로움이 뒤따라오는 줄은 알지 못한다. 재주 있는 자는 언제나 눈에 뵈는 것 없이 남을 업신여기지만 완고하고 우둔한 해로움이 앞으로부터 온다는 것을 알지 못한다.

**朝鮮古代歌曲 罷宴曲**

北斗七星 ᄒᆞ나 둘 셋 넷 다섯 여섯 일곱 분께 민망ᄒᆞᆫ 발괄쇼지 ᄒᆞᆫ 장 알외나이다 그리든 벗님 만나 만단정회 다 못ᄒᆞ여 희연이 장ᄎᆞ ᄉᆡ여 오니 밤즁만 ᄉᆞᆷᄐᆡ눅셩 ᄎᆞ사 노아 ᄉᆡᆺ별 읍시ᄒᆞ야 쥬옵쇼셔

**조선고대가곡 파연곡**罷宴曲[44]

북두칠성 하나 둘 셋 넷 다섯 여섯 일곱 분께 민망한 발괄소지[白活所志][45] 한 장 아뢰나이다

그리던 벗님 만나 만단정회萬端情懷 다 못하여 희연하게[46] 장차 새어 오니

밤중만 삼태육성三台六星 차사差使 놓아 샛별 없이해 주옵소서

## 漫墨 淫勢

自古行淫奪財之女, 無不作城下鬼, 何不自戒? 自古侍勢攫財之人, 無不作獄中魂, 何不自省?

**만묵 음행**淫行**과 세도**勢道**[淫勢]**

예로부터 음행을 하여 재물을 뺏는 여자 중에 성 아래의 귀신이 되지 않은 경우가 없으니 어찌하여 스스로 경계하지 않는가? 예로부터 세도를 믿고 재산을 움켜쥔 사람으로 옥중의 혼이 되지 않은 경우가 없으니 어찌하여 스스로 돌아보지 않는가?

## 朝鮮古代歌曲 消息傳

기럭이 산니로 잡아 길드리고 졍드려셔

님에 가는 길을 넉々히 가르쳐

밤즁만 님 싱각 나거든 消息傳케

**조선고대가곡 소식 전하게[消息傳]**

기러기 산이로 잡아[47] 길들이고 정들여서

임의 가는 길을 역력히 가르쳐

밤중만 임 생각 나거든 소식 전하게 하리라

**漫墨 金山**

爲子孫計, 不以種德, 以蓄黃金者多, 是何計? 爲祖先心, 不以繼志, 以望青山者多, 是何心?

**만묵 황금과 산[金山]**

자손을 위한 계획으로 덕을 파종하지 않고 황금을 쌓아두는 이가 많으니 이 무슨 계획인가? 조상을 위하는 마음을 갖되 그 뜻을 계승하지 않고 청산青山만 바라보는 자가 많으니 이 무슨 마음인가?

**漫墨 喩乎是**

東流水一去不復返, 嘆歲月者, 喩乎是; 將棊卒一上不復下, 嘆米價者, 喩乎是.

**만묵 이것을 깨쳐야[喩乎是]**

동쪽으로 흐르는 물은 한번 가면 다시 돌아오지 않으니, 세월을 탄식하는 자는 이것을 깨쳐야 한다. 장기의 졸 하나를 올렸다면 다시 내릴 수 없으니 미가米價를 탄식하는 자는 이것을 깨쳐야 한다.

**朝鮮古代歌曲 蟠桃宴**

솔아릐 구분 길에 청죠싀[48] 타고가는 져 童子야
瑤池 蟠桃宴에 누구〻〻 모혀 계시드냐
그곳에 李謫仙 蘇東坡 杜牧之 張騫 張志和 呂洞賓 다 모혀 계시더이다

**조선고대가곡 반도연蟠桃宴**

솔 아래 굽은 길에 청노새 타고 가는 저 동자야
요지瑤池 반도연蟠桃宴에 누구누구 모여 계시더냐

그곳에 이적선李謫仙[49], 소동파蘇東坡[50], 두목지杜牧之[51], 장건張騫, 장지화張志和, 여동빈呂洞賓 다 모여 계시더이다

## 朝鮮古代歌曲 大同江

白鷗난 翩々 大同江上飛ᄒᆞ고 長松落々 淸流壁上翠라

大野東頭点々山에 夕陽은 걸여잇고 長城一面溶々水에 一葉漁艇 흘니져어

大醉코 載妓隨波ᄒᆞ야 錦繡綾羅島로 任去來

### 조선고대가곡 대동강大同江

백구白鷗는 편편翩翩 대동강 위를 날고 장송長松은 낙락落落 청류벽淸流壁 위에 푸르도다

너른 들 동쪽 머리 점점의 산들에 석양은 걸려 있고 긴 성 한쪽 넘실넘실 강물에 고깃배 한 척 흘리저어[52]

대취大醉하고 기녀 태워 물결 따라 금수錦繡 능라도綾羅島로 마음껏 오간다

## 漫墨 憎憐

終日眠々臥々不動一指而呼飢者, 眞可憎. 終日勞々役々活動四体而不飽者, 眞可憐.

### 만묵 가증스러움과 가엾음[憎憐]

종일 잠이나 자고 누워서 손가락 하나 움직이지 않으며 배고프다고 외치는 자는 참으로 가증스럽다. 종일 힘들게 일을 하며 사지를 움직이지만 배불리 먹지 못하는 자는 참으로 가엾다.

**朝鮮古代歌曲 月黃昏**

ᄉᆡ벽셔리 찬바람에 울고가는 기럭이야 네 어ᄃᆡ로 향ᄒᆞ느냐

이리로 져리로 갈 졔 ᄂᆡ ᄒᆞᆫ 말 드러다가 漢陽城內 님 게신데 暫間 들너 이른 말이 月黃昏 겨워갈 졔 獨宿空房ᄒᆞ야 님 그리워 ᄎᆞᆷ아 못살네라 부ᄃᆡ ᄒᆞᆫ 말만 젼ᄒᆞ여 쥬렴 우리도 江湖에 일이 만아 밧비 가는 길이기로 젼ᄒᆞᆯ동 말동

**조선고대가곡 월황혼月黃昏**

새벽서리 찬바람에 울고 가는 기러기야 네 어디로 향하느냐

이리로 저리로 갈 제 내 한 말 들어다가 한양漢陽 성내城內 임 계신 데 잠깐 들러 이른 말이 월황혼月黃昏 겨워갈 제 독숙공방獨宿空房하여 임 그리워 차마 못 살네라 부디 한 말만 전하여 주렴

우리도 강호江湖에 일이 많아 바삐 가는 길이기로 전할동말동 하여라

**朝鮮古代歌曲 長坂橋**

長坂橋上에 環眼을 부릅쓰고 虎鬚를 거사리고 ᄉᆞ矛槍 둘너메고 深烏馬 빗기타고 雷聲霹靂 갓튼 져 壯士야 네 姓名이 무엇시냐 漢宗室 劉皇叔의 三弟 燕人 張翼德을 뉘 모르랴 아ᄆᆞ도 三國名將은 翼德인가

**조선고대가곡 장판교長坂橋**

장판교長坂橋 위에 환안環眼[53]을 부릅뜨고 호수虎鬚[54]를 거스르고[55] 사모창四矛槍 둘러메고 심오마深烏馬 비껴 타고 뇌성벽력雷聲霹靂 같은 저 장사壯士야 네 성명姓名이 무엇이냐

한 종실漢宗室 유황숙劉皇叔의 셋째 동생 연인燕人 장익덕張翼德[56]을 뉘 모르랴 아마도 삼국명장三國名將은 익덕翼德인가 하노라

**朝鮮古代歌曲 珠簾月**

珠簾에 달 빗치고 멀니셔 玉笛 소릐 나난구마

벗님네오 ᄌ 힉금 져 피리 싱황 양금 쥭장구 거문고 가지고 달 돗거든 노ᄌ구나

동ᄌ야 달빗만 살피여라 하마 쓸 씩

**조선고대가곡 주렴월**珠簾月

주렴珠簾에 달 비치고 멀리서 옥적玉笛 소리 나는구마

벗님네여 저 해금 저 피리 생황 양금 죽장구 거문고 가지고 달 돋거든 놀자꾸나

동자야 달빛만 살피어라 하마 뜰 때 되었도다

**漫墨 若是**

夏雲多奇峯, 世人之態度若是其變幻; 秋月揚明輝, 君子之心界若是其皎潔. 評曰: 善譬喩.

**만묵 이처럼**[若是]

여름 구름엔 기이한 봉우리 많나니, 세상 사람들의 태도가 이처럼 변환變幻하는 것이다. 가을 달은 떠올라 밝은 빛을 내나니, 군자의 심계心界가 이처럼 희고 깨끗한 것이다. 평하여 말하길, "좋은 비유다"라 했다.

**漫墨 害大**

虎豹豺狼無足畏, 蚊蠅蚤蝎真可畏; 强盜暴匪無足畏, 欺騙狡猾真可畏. 評曰: 小惡之爲害於人, 甚於大惡者.

**만묵 해로움이 큰 것**[害大]

호랑이와 표범과 승냥이와 늑대는 족히 두려워할 만한 것이 아니며, 모기와 파

리와 벼룩과 좀벌레가 참으로 두려워할 만하다. 강도와 폭도는 족히 두려워할 만한 것이 아니며, 사기꾼과 교활한 자가 참으로 두려워할 만하다. 평하여 말하길, “작은 악이 사람에게 해가 되는 것이 큰 악보다 심하다”고 했다.

**朝鮮古代歌曲 勸酒歌**

不老草로 숣을 비져 萬年盃에 가득 부어
ᄌᆞ부시니마다 비나이다 南山壽를 至今에
이 잔 곳 ᄌᆞ부시면 萬壽无彊

**조선고대가곡 권주가勸酒歌**

불로초不老草로 술을 빚어 만년배萬年盃에 가득 부어
잡으신 이마다 비나이다 남산수南山壽[57]를 지금至今에
이 잔 곧 잡으시면 만수무강萬壽无彊하소서

**朝鮮新歌曲 百和節**

歲月이 如流ᄒᆞ야 百和節이 도라온다
草色은 社公雨요 春信은 女郎花라
아마도 淸明時節이 갓가우니 杏花村으로

**조선신가곡 백화절百和節**

세월歲月이 여류如流하여 백화절百和節이 돌아온다
초색草色은 사공우社公雨[58]요 춘신春信[59]은 여랑화女郎花[60]라
아마도 청명시절淸明時節이 가까우니 행화촌杏花村으로 가리라

**朝鮮古代歌曲 緣分**

사랑인들 임 마자ᄒᆞ며 離別인들 다 셜을야

平生에 처음이요 다시 못 볼 임이로다
일후에 다시 만나면 天生緣分인가

**조선고대가곡 연분緣分**

사랑인들 임 맞아 하며 이별離別인들 다 서러우랴
평생平生에 처음이요 다시 못 볼 임이로다
일후에 다시 만나면 천생연분天生緣分인가 하노라

## 漫墨 疑劫

盃中弓影認爲蛇, 疑自心上來. 林間石塊認爲虎, 劫從眼中來.

**만묵 의심과 겁[疑劫]**

술잔 속의 활 그림자를 뱀인 줄 아니 의심이 마음에서 일어난다. 숲속의 바윗덩어리를 범인 줄 아니 겁이 눈에서부터 일어난다.

## 談叢 愼乎反

對人爲善, 善必反之; 對人爲惡, 惡必反之, 理之正則. 由是善惡報應, 如影隨形, 如響隨音, 愼乎哉!

**담총 돌아오는 일에 대해 신중할 것[愼乎反]**

사람을 대하여 선한 일을 하면 선한 일은 반드시 돌아오고, 사람을 대하여 악한 일을 하면 악한 일은 반드시 돌아오는 것이 이치의 올바른 법칙이다. 이로 말미암아 선악의 보응報應이 그림자가 형체를 따르는 것과 같고 메아리가 소리를 따르는 것과 같으니 신중할지어다.

**朝鮮新歌曲 從地理**

春氣和暢ᄒᆞᆷ을 나날이 徵驗ᄒᆞ니 들밧헤 종달ᄉᆡ난 ᄒᆞᆫ 길 두 길 놉피 ᄯᅳ네 우리도 ᄯᅢ조ᄎᆞ 活潑홈이 ᄉᆡ만 못히

評曰: 可以人而不如鳥乎!

**조선신가곡 종지리從地理**

춘기春氣 화창함을 나날이 징험徵驗하니 들 밖에 종달새는 한 길 두 길 높이 뜨네 우리도 때 좇아 활발活潑함이 새만 못해 되랴

평하여 말하길, "사람이면서 새만 못해서야 되겠는가!"라 했다.

**漫墨 堪歎**

人皆曰炎熱, 々々々々々, 炎熱幾時秋居然. 人皆曰少壯, 々々々々々, 少壯幾時老奈何.

**만묵 탄식할 만한 일[堪歎]**

사람들이 모두 불꽃처럼 뜨겁다고 하고 사람들이 모두 불꽃처럼 뜨겁다고 하는데, 불꽃처럼 뜨겁더니 얼마 있지 않아 가을이 어느새 와 있다. 사람들이 모두 젊고 씩씩하다 하고 사람들이 모두 젊고 씩씩하다 하는데, 젊고 씩씩한 시절이 얼마 되지 않아 늙으니 어찌하랴.

**朝鮮古代歌曲 洞庭湖**

三月三日李白桃紅 九月九日黃菊丹楓

金樽 ᄉᆞᆯ 잇구나 洞庭湖에 달이로다

童子야 잔 가득 부어라 玩月長醉

**조선고대가곡 동정호洞庭湖**

삼월 삼짇날 자두꽃 희고 복사꽃 붉으며, 9월 9일 노란 국화에 붉은 단풍이라

금준金樽에 술 있구나 동정호洞庭湖에 달이로다

동자童子야 잔 가득 부어라 완월장취玩月長醉[61]하리니

**朝鮮古代歌曲 杏花村**

창파에 낙시 넛코 扁舟에 실녀스니

落照淸江上에 비쇼릐[62] 더욱 조타

유지에 금리를 거러들고 杏花村으로

**조선고대가곡 행화촌杏花村**

창파滄波에 낚시 넣고 편주扁舟에 실렸으니

낙조청강상落照淸江上[63]에 뱃소리 더욱 좋다

유지柳枝에 금리金鯉를 걸어 들고 행화촌杏花村으로 가누나

**朝鮮古代歌曲 勸酒家**

ᄒᆞᆫ 잔 먹사이다 또 ᄒᆞᆫ 잔 먹사이다

꼿 썩거 쥬를 놋코 무궁무진 먹사이다

동ᄌᆞ야 잔 ᄌᆞ로 부어라 완월장취

**조선고대가곡 권주가勸酒家**

한 잔 먹사이다 또 한 잔 먹사이다

꽃 꺾어 주籌[64]를 놓고 무궁무진無窮無盡 먹사이다

동자야 잔 자주 부어라 완월장취玩月長醉하리니

**談叢 春風中**

口蜜腹劒, 面是背非, 人心之叵測, 自古然矣, 近世則尤甚. 不見瀜々和氣發乎面目言辭之間, 將何以提携擧在春風中.

**담총 봄바람 속에[春風中]**

입은 꿀처럼 단데 뱃속에 검을 품고 있고, 얼굴로는 옳다고 하며 뒤돌아서는 그르다고 한다. 인심을 헤아릴 수 없음은 예로부터 그랬으나 근세에 들어 더욱 심하다. 따스한 화기和氣가 얼굴과 말의 사이에서 피어나는 것을 볼 수 없으니, 장차 어찌하면 봄바람 속에 있는 화기를 가져올 수 있을까.

**朝鮮歌曲 三尺琴**

樓中에 萬卷書요 壁上三尺琴이라
門前에 百頃田이요 屋後에 千樹桑이라
平生에 事業을 맛치고 晩年皈計

**조선가곡 삼 척의 거문고[三尺琴]**

누각 가운데 일만 권 책이요 벽 위에는 삼 척의 거문고라
문 앞에 일백 경頃 밭이요 집 뒤에 일천 그루 뽕나무라
평생平生에 사업事業을 마치고 만년晩年에 돌아갈 계획이로다

**朝鮮歌曲 守錢虜**

黃金을 山갓치 쑷고 平生의 守錢虜
公益은 妄言이요 慈善心은 쑴밧기라
空手來空手去를 모로난다

**조선가곡 수전노守錢虜**

황금黃金을 산같이 쌓고 평생의 수전노守錢虜

공익公益은 망언妄言이요 자선심慈善心은 꿈 밖이라

공수래공수거空手來空手去를 모르는가 하노라

## 朝鮮歌曲 別有天

扁舟를 흘니져어 武夷九曲 드러가니

桑麻雨露 見平川ᄒᆞ니 除是人間別有天이라

아마도 집을 옴겨셔 이곳으로

**조선가곡 별유천別有天**

편주扁舟를 흘리저어 무이구곡武夷九曲 들어가니

상마우로桑麻雨露[65] 평천平川이 보이니 바로 인간의 별유천지別有天地라

아마도 집을 옮겨서 이곳으로 가고자

## 漫墨 莊叟

自古及今, 稱之達觀者, 凡幾人? 如化爲鯤魚, 化爲蝴蝶, 昴々於宇宙者, 果莊叟一人, 然學之不能, 仰之不可及.

**만묵 장자 어르신[莊叟]**

예로부터 지금까지 달관했다고 일컬어지는 자 무릇 몇 사람인가? 변화하여 곤어鯤魚가 되고 변화하여 호접蝴蝶[66]이 되어 우주 높은 곳에 있는 이라면 결국 장자莊子 한 사람일 것이다. 그러나 배워서 그렇게 될 수 없고 쳐다보아도 그런 경지에 이를 수 없다.

**談叢 不同**

日月薄蝕, 古稱災異. 以今之學問, 不過乎地球之作用, 歸之尋常. 如地震日沫 孛慧之屬, 皆不是以稱災異. 果今古不同, 皆類是矣.

**담총 같지 않은 것[不同]**

해와 달이 빛을 잃거나 일식, 월식이 생기는 것을 옛날에는 재이災異라 일컬었는데 지금의 학문에서는 지구의 작용에 지나지 않는 것으로 심상하게 여긴다. 지진이나 햇빛, 혜성 같은 것들도 모두 재이라 일컫지 않는다. 과연 지금과 옛날이 같지 않은 것이 모두 이러한 부류이다.

**朝鮮歌曲 桃花行**

桃花流水杳然去ᄒᆞ니 武陵桃源이 어ᄃᆡᄆᆡ뇨
月明松下房櫳靜이요 日出雲中犬鷄喧이라
아ᄆᆞ도 不辨仙源何處尋은 魚舟子인가

**조선가곡 도화행桃花行**

복사꽃 흐르는 물에 아득히 떠나가니 무릉도원武陵桃源이 어디메뇨
달 밝은 소나무 아래 창가는 고요하고 구름 사이 해 돋으니 개와 닭이 시끄럽다
아마도 선원仙源[67] 가는 길 어디인지 찾지 못하는 사람은 고깃배 모는 이인가 하노라

**朝鮮歌曲 萬々絲**

春風에 垂楊버들 万々烟絲 긴々 실노
漢江漁翁에 ᄇᆡ도 ᄆᆡ고 五陵少年에 말도 ᄆᆡ건마는
엇지타 如流ᄒᆞᆫ 이 歲月은 못 ᄆᆡ는고

**조선가곡 만만 가닥 실[萬萬絲]**

춘풍春風에 수양버들 안개 속 만만 가닥 긴긴 실로

한강漢江 어옹漁翁의 배도 매고 오릉五陵 소년의 말도 매건마는

어찌해 흐르는 듯한 이 세월은 못 매는고

**朝鮮歌曲 青川月**

青天에 두렷훈 달은 千万古를 빗취엿네

英雄豪傑偉人達士를 누구〻〻 보앗눈고

至今에 千万古明鑑은 져 달인가

**조선가곡 청천월靑川月**

청천靑天에 두렷한 달은 천만고千萬古를 비추었네

영웅 호걸 위인 달사達士를 누구누구 보았는고

지금至今에 천만고 명감明鑑[68]은 저 달인가 하노라

**朝鮮歌曲 北嶽山**

北嶽山 上〻峰에 올나 長安大道 구버보니

旗亭百隊開新市요 甲第千甍分戚里라

아마도 文明進化가 날노 달라

**조선가곡 북악산北嶽山**

북악산北嶽山 상상봉上上峰에 올라 장안長安[69] 대도大道 굽어보니

기정旗亭[70] 백여 무리가 신시新市를 열었고 갑제甲第[71] 일천 채 용마루 기와가 척리戚里로 나뉘었다

아마도 문명진화文明進化가 날로 달라지는가

**談叢 文章**

聰明才藝, 文章經綸, 古今宇宙, 未知有幾人. 吾以蘇東坡先生屈得第一指, 但氣剛口直, 不見容於小人, 是爲千古曠感, 焚一炷心香而忘其言.

**담총 문장文章**

총명聰明과 재예才藝, 문장文章과 경륜經綸을 갖춘 이는 고금古今과 우주宇宙에 그 몇 사람이 되는지 알지 못한다. 나는 소동파蘇東坡 선생을 첫손가락에 꼽는데, 다만 기운이 굳세고 말이 직설적이어서 소인에게 용납되지 못했다. 이에 천고의 광세지감曠世之感[72]을 느끼며 일주一炷의 심향心香을 사르고 그 말을 잊는다.

**朝鮮歌曲 喚友鶯**

東山 어제 밤바람에 辛夷杜鵑杏花桃花 다 픠웟고
南湖 오날 아춤비에 芳草는 萋々 柳色는 黃金嫩이라
아마도 벗 부르는 쇠고리 쇼릐는 릐일인가

**조선가곡 벗 부르는 꾀꼬리[喚友鶯]**

동산東山 어제 밤바람에 신이辛夷[73] 두견杜鵑[74] 행화杏花[75] 도화桃花[76] 다 피었고
남호南湖 오늘 아침 비에 방초芳草[77]는 처처萋萋[78] 유색柳色[79]은 황금눈黃金嫩[80]이라
아마도 벗 부르는 꾀꼬리 소리는 내일인가 하노라

**朝鮮歌曲 無價寶**

萬里長城 役事時에 金도 나고 銀도 나는 花樹盆 보빅런가
照車前後二十乘ᄒᆞ든 魏惠王의 夜光珠가 보빅런가

辟寒玉辟塵犀和氏璧과 大者六七尺珊瑚樹가 보비런가
木難火齊玞珷瑪瑙蜜花琥珀宝石金光石이 보비런가
아마도 世上天下千万古今에 盜賊도 못 가져간 無價宝는 文章인가

**조선가곡 값을 매길 수 없는 보배[無價寶]**

만리장성萬里長城 역사役事 때에 금도 나고 은도 나는 화수분花樹盆 보배런가
전후前後 이십 승乘 수레를 비추던 위혜왕魏惠王의 야광주夜光珠가 보배런가
벽한옥辟寒玉[81] 벽진서辟塵犀[82] 화씨벽和氏璧과 크기 육칠 척 되는 산호수珊瑚樹가 보배런가
목난木難 화제火齊 부무玞珷 마노瑪瑙 밀화蜜花 호박琥珀 보석寶石 금광석金光石이 보배런가
아마도 세상 천하 천만 고금古今에 도적盜賊도 못 가져간 무가보無價寶는 문장인가 하노라

**朝鮮歌曲 黃鶴樓**

嗚万古天下文章이 그 뉘라서 最上頭에 第一居甲인고
汨羅水 屈三閭와 寒山寺 庾開府며 千里烟波 司馬迁과 太乙燃藜 劉向이니
杜靑袍 白香山과 獨坐幽篁 王摩詰과 李謫仙 蘇東坡가 天下文章이라던가
아마도 嗚萬古文章은 黃鶴樓上題詩最上頭 崔顥가 第一居甲

**조선가곡 황학루黃鶴樓**

만고천하萬古天下를 울린 문장이 그 뉘라서 가장 첫머리에 제일 으뜸인고
멱라수汨羅水 굴삼려屈三閭[83]와 한산사寒山寺 유개부庾開府[84]며 천 리 연파烟波 사마천司馬遷과 태을연려太乙燃藜 유향劉向[85]이니

두청포杜青袍[86] 백향산白香山[87]과 독좌유황獨坐幽篁[88] 왕마힐王摩詰과 이적선李謫仙 소동파蘇東坡가 천하문장天下文章이라던가

아마도 만고에 울린 문장은 황학루黃鶴樓 위 첫머리에 시를 쓴 최호崔顥가 제일 으뜸이리라

**朝鮮歌曲 癸丑春**

三月三日 天氣新ᄒᆞ니 長安水邊夛麗人이라

溱洧에 芍藥宴과 曲江에 秉蘭會라

그즁에 山陰에 流觴曲水가 癸丑暮春

**조선가곡 계축년 봄[癸丑春]**

3월 3일 천기天氣가 새로우니 장안長安 물가에 고운 사람 많아라

진유溱洧[89]에 작약연芍藥宴[90]과 곡강曲江[91]에 병란회秉蘭會[92]라

그 중에 산음山陰에 유상곡수流觴曲水가 계축년 늦봄이리라[93]

**朝鮮歌曲 一美人**

마음이 고와야 美人이지 얼골이 고와야 美人인가

西施 夏姬 趙飛燕 楊貴妃 褒姒 妲己 졔 아모리 一色이라 ᄒᆞ여도

亡人家國ᄒᆞ고 誤了平生ᄒᆞᆫ 紅顔薄命 이 아닌가

아모도 마음 죳코 슬긔 잇는 天下薄色 無鹽이가 一美人인가

**조선가곡 일미인一美人**

마음이 고와야 미인이지 얼굴이 고와야 미인인가

서시西施 하희夏姬 조비연趙飛燕 양귀비楊貴妃 포사褒姒 달기妲己 제아무리 일색一色이라 하여도

망인가국亡人家國[94]하고 오료평생誤了平生[95]한 홍안박명紅顔薄命[96]이 아

닌가

아마도 마음 좋고 슬기 있는 천하 박색薄色 무염無鹽[97]이가 일미인一美人인가 하노라

**朝鮮歌曲 花上月**

花枝上月三更에 故蜀道ㆍㆍㆍㆅ난 져 杜鵑아

쏫피고 달 발근 밤의 무어시 셜어 그리 우나

우리난 아모 셔름도 업고 春興을 겨워

**조선가곡 꽃 위의 달[花上月]**

꽃가지 위 달 뜬 삼경三更에 귀촉도 귀촉도 하는 저 두견杜鵑[98]아

꽃 피고 달 밝은 밤에 무엇이 서러워 그리 우나

우리는 아무 설움도 없고 춘흥春興에 겨워 우노라

**朝鮮歌曲 知己友**

此君아 무러보ᄌᆞ 四時長春이 奇異ᄒᆞ다

우리ᄂᆞᆫ 中心이 堅固ᄒᆞ야 鬱鬱晩翠ᄒᆞ거니와

그ᄃᆡ난 中心이 븨여도 一色不移 어인일고

아마도 落々長松은 우리 知己之友라 무러무삼

**조선가곡 자기를 알아주는 벗[知己友]**

차군此君[99]아 물어보자 사시장춘四時長春[100]이 기이하다

우리는 중심中心이 견고堅固하여 울울만취鬱鬱晩翠[101]하거니와

그대는 중심이 비어도 일색불이一色不移[102] 어인 일인고

아마도 낙락장송落落長松은 우리 지기지우知己之友라 물어 무엇 하리오

**朝鮮歌曲 花月夜**

쏫피고 달발근 밤이 人間第一良宵언마는

달 발그면 쏫이 업고 쏫 피면 달이 업다

至今에 花開月明ᄒᆞ니 못ᄂᆡ 즐겨

**조선가곡 꽃과 달의 밤[花月夜]**

꽃 피고 달 밝은 밤이 인간人間 제일第一 양소良宵[103]언마는

달 밝으면 꽃이 없고 꽃 피면 달이 없다

지금至今에 화개월명花開月明[104]하니 못내 즐겨 하노라

**朝鮮歌曲 柳上鶯**

千門楊柳 느러진 그늘쇽에 괴꼬롱〻〻〻 우난 져 꾀고리야

一年春色이 繁華ᄒᆞ다고 자랑느냐 죠흔 벗님 오시라고 부르난냐

엇지타 네 말을 영어번역ᄒᆞ듯 알 양이면 酬酌이나 ᄒᆞ게

**조선가곡 버드나무 위의 꾀꼬리[柳上鶯]**

천문양류千門楊柳 늘어진 그늘 속에 꾀꼬롱 꾀꼬롱 우는 저 꾀꼬리야

일년춘색一年春色이 번화繁華하다고 자랑하느냐 좋은 벗님 오시라고 부르느냐

어찌하여 네 말을 영어 번역하듯 알 양이면 수작酬酌이나 하게

**朝鮮歌曲 無愁翁**

千萬古 英雄豪傑에 손꼽아 셰여보니 그 뉘라셔 達觀인고

蝴蝶이 爲莊周ᄒᆞ고 莊周가 爲蝴蝶ᄒᆞ든 漆園叟가 達觀인가

六合淸風에 玉貌獨立ᄒᆞ야 明日이 出海底ᄒᆞ든 魯仲連이가 達觀인가

아ᄆᆞ도 술 잘 먹고 詩 잘 짓고 平生에 無愁翁이 達觀인가

**조선가곡 근심 없는 노인[無愁翁]**

천만고千萬古 영웅호걸英雄豪傑에 손꼽아 세어 보니 그 뉘라서 달관達觀인고

호접蝴蝶이 장주莊周 되고 장주가 호접 되던 칠원수漆園叟[105]가 달관인가

육합청풍六合淸風에 옥모독립玉貌獨立하여 명일明日이 해저海底에서 나오던 노중련魯仲連[106]이가 달관인가

아마도 술 잘 먹고 시詩 잘 짓고 평생平生에 무수옹無愁翁이 달관인가 하노라

## 朝鮮古代歌曲 面鏡

이져바리ᄌ 히도 ᄎ마 그려 못 잇겐네

졍을 이즈랴고 벽을 안고 잠이 드니

그 벽이 面鏡되여 눈에 암々

**조선고대가곡 면경面鏡[107]**

잊어버리자 해도 차마 그려 못 잊겠네

정을 잊으려고 벽을 안고 잠이 드니

그 벽이 면경面鏡 되어 눈에 암암하도다

## 朝鮮古代歌曲 半夜

닥아 우지마라 이른다고 ᄌ랑마라

夜半秦關에 孟嘗君이 아니로다

오날은 임 오실 날이니 울어 무슴

**조선고대가곡 한밤중[半夜]**

닭아 울지 마라 이른다고 자랑 마라

야반夜半 진관秦關[108]에 맹상군孟嘗君이 아니로다

오늘은 임 오실 날이니 울어 무엇 하리오

**朝鮮古代歌曲 平生**

ᄂᆡ 먼져 쥭어 너를 이져야 올타 ᄒᆞ랴
내 살아 평ᄉᆡᆼ 나[109]를 그리워야 올타 홀나
쥭어 너를 잇기도 어렵고 사라 너를 그립긔도 어려워라
차라이 ᄂᆡ 먼져 쥭언 후에 네 평ᄉᆡᆼ에 그려보렴

**조선고대가곡 평생平生**

내 먼저 죽어 너를 잊어야 옳다 하랴
내 살아 평생 너를 그리워해야 옳다 하랴
죽어 너를 잊기도 어렵고 살아 너를 그리워하기도 어려워라
차라리 내 먼저 죽은 후에 네 평생에 그려 보렴

**朝鮮古代歌曲 靑春操**

靑春少年들아 白髮老人 웃지마라
공번된 ᄒᆞ 날 아ᄅᆡ 넨들 ᄆᆡ양 靑春리냐
우리도 少年行樂이 어제런 듯

**조선고대가곡 청춘조靑春操**

청춘소년靑春少年들아 백발노인白髮老人 웃지 마라
공변된 하늘 아래 너흰들 매양 청춘이랴
우리도 소년행락少年行樂이 어제런 듯하구나

**朝鮮古代歌曲 月明**

寂無人掩重門ᄒᆞᆫ 데 滿庭花落月明時라
獨倚紗窓ᄒᆞ야 長歎息ᄒᆞ노라니
遠村의 一鷄鳴ᄒᆞ니 ᄋᆡ 슨난 듯

**조선고대가곡 월명**月明

고요히 사람 없어 중문重門을 닫으니 뜰 가득 지는 꽃에 달 밝은 때라

홀로 사창紗窓[110]에 기대어 길이 탄식하노라니

먼 마을의 닭 한 마리 울어 애 끊는 듯하구나

**朝鮮歌曲 三春**

三春色자랑마라 花老ᄒᆞ면 蝶不來리

昭君玉骨도 春塚草요 貴妃花容도 馬嵬塵이라

져임은 一時花容을 익겨 무슴

**조선가곡 삼춘**三春

삼춘색三春色 자랑 마라 꽃 늙으면 나비 아니 오리

소군昭君 옥골玉骨 봄 무덤의 풀이요[111] 귀비貴妃 화용花容도 마외馬嵬의 티끌이라[112]

저 임은 한때의 화용을 아껴 무엇 하리오

**朝鮮古代歌曲 竹窓**

竹窓을 半開ᄒᆞ고 임에 草堂 구버보니

桃花에 갈이엿다 님에 草堂

童子야 져 꼿 헷치려무나 님을 보게

**조선고대가곡 죽창**竹窓

죽창竹窓을 반쯤 열고 임의 초당草堂 굽어보니

도화桃花에 가리었다 임의 초당

동자童子야 저 꽃 헤치려무나 임을 보게

**朝鮮古代歌曲 水墨**

ᄒᆞᆫ ᄌᆞ 쓰고 눈물이요 두 ᄌᆞ 쓰고 ᄒᆞᆫ숨이라
글ᄌᆞ난 아니되고 水墨山川만 되난구나
져 임아 울고 쓴 편지를 눌너보오

**조선고대가곡 수묵水墨**

한 자 쓰고 눈물이요 두 자 쓰고 한숨이라
글자는 아니 되고 수묵산천水墨山川만 되는구나
저 임아 울고 쓴 편지를 눌러 보오

**朝鮮古代歌曲 海棠**

담안에 셧ᄂᆞᆫ ᄭᅩᆺ시 모란인지 ᄒᆡ당환지
나보랴고 피엿난지 쳔연ᄒᆞ게 피엿구나
지금 그 ᄭᅩᆺ 임ᄌᆞᄂᆞᆫ 나ᄲᅮᆫ인가

**조선고대가곡 해당화[海棠]**

담 안에 섰는 꽃이 모란인지 해당환지
나 보라고 피었는지 천연하게 피었구나
지금 그 꽃 임자는 나뿐인가 하노라

**朝鮮古代歌曲 半月**

달은 반달이언마ᄂᆞᆫ 웬쳔ᄒᆞ를 다 발킨다
ᄂᆡ눈은 두눈이어마는 그리ᄂᆞᆫ 임을 못보난가
져 달아 명긔를 빌이여라 나도보게

**조선고대가곡 반월半月**

달은 반달이언마는 온 천하를 다 밝힌다

내 눈은 두눈이언마는 그리는 임을 못 보는가

저 달아 명기明氣를 빌리어라 나도 보게

## 朝鮮古代歌曲 分手

離別을 恨을 마라 만날 젹에 몰나씀나

若非此地에 難分手면 那由他時에 好對顔가

아ᄆᆞ 도 逢友別々友逢ᄒᆞ니 自然之勢인가

**조선고대가곡 분수分手**[113]

이별離別을 한恨을 마라 만날 적에 몰랐었나

만약 여기서 잡은 손 놓기 어려우면 어떻게 훗날 좋은 얼굴로 마주하겠는가

아마도 만난 벗과 이별하고 이별한 벗과 만나니 자연스런 형세인가 하노라

## 朝鮮古代歌曲 雪月

雪月이 滿庭ᄒᆞᆫ데 ᄇᆞ람아 부들마라

曳履聲 아닌 쥴은 判然이 알건마ᄂᆞᆫ

ᄋᆡ달고 그리온 마음에 힝혀 근가

**조선고대가곡 설월雪月**

설월雪月이 만정滿庭[114]한데 바람아 불지 마라

예리성曳履聲[115] 아닌 줄은 판연判然히 알건마는

애달고 그리운 마음에 행여 그인가 하노라

### 漫墨 大本

人之本, 在德与義, 人而無德義, 生而亦死; 國之本, 在教与化, 國而無教化, 存而亦亡.

#### 만묵 대본大本

사람의 근본은 덕德과 의義에 있다. 사람이면서 덕의德義가 없으면 살아도 또한 죽은 것이다. 나라의 근본은 교教와 화化에 있다. 나라이면서 교화教化가 없으면 존재하고 있어도 또한 망한 것이다.

### 朝鮮古代歌曲 風月

가노라 임아 彦陽端川에 風月江上으로 가노라
가다가 潯陽江上에 琵瑟聲을 어이ᄒᆞ리
밤즁만 지극총 닷 감는 쇼릐에 잠 못 일워

#### 조선고대가곡 풍월風月

가노라 임아 언양彦陽 단천端川에 풍월강상風月江上으로 가노라
가다가 심양강상潯陽江上에 비슬성琵瑟聲[116]을 어이하리
밤중만 지국총 닻 감는 소리에 잠 못 이뤄 하노라

### 談片 紫綬

紫綬金章我不願, 良田廣宅我不願, 裘馬玉帶我不願. 山紫水明, 茅楝数間, 藏書千卷, 花千本, 逍遙自適, 是我願.

#### 담편談片[117] 자수紫綬[118]

자수금장紫綬金章[119]을 나는 원치 않고, 좋은 밭과 넓은 집을 나는 원치 않으며, 구마裘馬[120]와 옥대玉帶[121]를 나는 원치 않는다. 산빛이 좋고 물이 맑은 곳에

띠풀 집 몇 칸을 지어 일천 권 장서를 두고 일천 포기 꽃을 심어 소요逍遙하며 유유자적하는 것, 이것이 나의 소원이다.

**朝鮮古代歌曲 神農**

神農氏嘗百草ᄒᆞ사 一萬病을 다 곳치되
님 그려 相思病은 百藥이 無效로다
져 님아 널노 난 병이니 날 살녀쥴염

**조선고대가곡 신농神農**

신농씨神農氏가 온갖 풀을 맛보시어 일만一萬 병病을 다 고치되
임 그려 상사병相思病은 백약百藥이 무효無效로다
저 임아 너로 난 병이니 날 살려 주렴

**朝鮮古代歌曲 百言**

옥에난 틔나 잇지 말곳ᄒᆞ면 다정드나
ᄂᆡ 안뒤여 남 못뵈고 요런 답々 어ᄃᆡ 잇노
열놈이 ᄇᆡᆨ말을 ᄒᆞᆯ지라도 드르리 짐작

**조선고대가곡 백언百言**

옥에는 티나 있지 말 곧 하면 다 정드나
내 안 되어 남 못 뵈고 요런 답답 어디 있노
열 놈이 백 말을 할지라도 들을 이 짐작하기를

**朝鮮古代歌曲 消息**

기러기 훨々 다 나라가고 그리든 님의 소식 뉘 전ᄒᆞ리
슈심은 쳡々하야 잠 못 일워 쑴 못 쑨다

아마도 ᄌᆞᆷ 못 일워 ᄭᅮᆷ 못 ᄭᅮ기는 나뿐인가

**조선고대가곡 소식消息**

기러기 훨훨 다 날아가고 그리던 임의 소식 뉘 전하리

수심愁心은 첩첩疊疊하여 잠 못 이뤄 꿈 못 꾼다

아마도 잠 못 이뤄 꿈 못 꾸기는 나뿐인가 하노라

## 朝鮮古代歌曲 白骨

등잔불 그무러질 제 창전 잠 못 드난 내 님아

ᄉᆡ벽날 지ᄉᆡ난 밤에 다시 만난 임의 얼골

아모리 ᄇᆡᆨ골이 진토된들 이즐손가

**조선고대가곡 백골白骨**

등잔불 그무러질 제 창전窓前 잠 못 드는 내 임아

새벽 날 지새는 밤에 다시 만난 임의 얼굴

아무리 백골이 진토 된들 잊을쏜가

## 朝鮮古代歌曲 生覺

너갓치 무정ᄒᆞᆫ 거슬 ᄉᆡᆼ각ᄒᆞ는 ᄂᆡ 그르도다

져다려 무러보면 ᄂᆡ 마음브담 더ᄒᆞ더니

지금의 일거무소식ᄒᆞ니 그를 슬워

**조선고대가곡 생각生覺**

너같이 무정한 것을 생각하는 내 그르도다

저더러 물어보면 내 마음보담 더하더니

지금의 일거무소식一去無消息하니 그를 설워하노라

**朝鮮古代歌曲 三秋**

一刻이 三秋라 ᄒᆞ니 열흘이면 몃 ᄉᆞᆷ츄요
ᄂᆡ 마음은 이러커니와 님이 나를 ᄉᆡᆼ각ᄂᆞᆫ지
갓쓱에 다 썩어 스러진 간장이 봄눈 슬 듯

**조선고대가곡 삼추三秋**

일각一刻이 삼추三秋라 하니 열흘이면 몇 삼추요
내 마음은 이렇거니와 님이 나를 생각는지
가뜩에 다 썩어 스러진 간장이 봄눈 슬듯 하노매

**朝鮮歌曲 新作 洞庭湖**

朝辭白帝暮蒼梧ᄒᆞ니 袖裏靑蛇膽氣麤라
三入岳陽人不識ᄒᆞ니 朗吟飛過洞庭湖라
암도 이 글 지은 呂洞賓先生은 地上仙인가

**조선가곡 신작新作 동정호洞庭湖**

아침에 백제白帝를 하직하고 저녁에 창오蒼梧에 이르니 소매 속 푸른 뱀은 담기膽氣가 크구나
세 번 악양岳陽에 들었어도 사람들 알아보지 못하니 낭랑히 읊조리며 동정호를 날아 지나간다
아마도 이 글 지은 여동빈呂洞賓 선생은 지상선地上仙인가[122]

**朝鮮歌曲 新作 五更鍾**

來是空言去絶蹤ᄒᆞ니 月斜樓上五更鍾를 夢爲遠別啼難喚이요 書被催成墨未濃을 蠟炬半籠含翡翠요 麝熏遙度繡芙蓉을 劉郎이 已向蓬山遠ᄒᆞ니 更隔蓬山一萬重을[123]

**조선가곡 신작 오경 종소리[五更鍾]**

다시 온다는 빈말 하고 떠나 발길이 끊어지니

달 기우는 누대 위에서 오경의 종소리 듣네

꿈속에서 멀리 이별할 때 울며 불러보기도 어려웠건만

편지도 재촉 받아 쓰느라 먹빛이 진하지 못하네

촛불은 비췻빛 머금고 반쯤 가려졌는데

사향은 연꽃 휘장 너머 아득히 번져 오네

유랑劉郎이 이미 멀리 봉래산蓬萊山을 향했는데[124]

다시 봉래산 일만 겹이 가로막혔네

**朝鮮歌曲 覽德輝**

五色文章 鳳凰ㅅ l는 엇더흔 ㅅ l인완ᄃ l 羽族三千의 第一灵物이라 이르난고

首戴仁ᄒ며 足躡義ᄒ야 翺翔千仞覽德輝而下ᄒ고

非梧桐不栖ᄒ고 非竹宲不食ᄒ야 將九雛鳴朝陽ᄒ단말가

아ᄆ도 東方君子之國의 生出ᄒ난 灵物은 이 ᄲᅮᆫ인가

**조선가곡 빛나는 덕을 보다[覽德輝]**

오색 문장 봉황새는 어떠한 새이관데 우족羽族[125] 삼천의 제일 영물靈物이라 이르는고

머리에 인仁을 이며 발로는 의義를 밟아 천 길을 날아올라 빛나는 덕을 보고 내려오고

오동나무가 아니면 살지 않고 대나무 열매가 아니면 먹지 아니하여 구추九雛[126]를 거느리고 조양朝陽에서 운단 말인가

아마도 동방군자지국東方君子之國에 나는 영물은 이뿐인가 하노라

**朝鮮歌曲 知時雨**

知時一犂雨에 四野出耟ᄒᆞ단말가

処ᄾ에 叱牛声도 죠커니와 漠ᄾ水田에 太平歌가 더옥 좃타

家々에 饁彼南畒ᄒᆞ니 田畯至喜

**조선가곡 때를 아는 비**[知時雨]

때를 아는 일려우一犂雨[127]에 사방 들로 따비 들고 나간단 말가

곳곳에 질우성叱牛聲[128]도 좋거니와 광활한 논에 태평가太平歌가 더욱 좋다

집집마다 들밥 이고 남쪽 밭에 나오니 전준田畯[129]이 지극히 기뻐하네

**朝鮮歌曲 五月天**

夕陽天에 옷슬 박과 입고 ᄯᅳᆺ슬 ᄯᅡ라 散步ᄒᆞ야

林园風景을 그윽히 구경ᄒᆞ니 池塘에 蓮葉은 田々 庭除에 芭蕉ᄂᆞᆫ 亭々

陌頭槐葉은 纂々 階上에 榴花은 灼々

아ᄆᆞ도 江深草閣寒ᄒᆞ고 不熱疑清秋ᄒᆞ기난 五月天氣

**조선가곡 오월천**五月天

석양천夕陽天에 옷을 바꿔 입고 뜻을 따라 산보散步하여

임원林園 풍경을 그윽이 구경하니 지당池塘에 연엽蓮葉은 전전田田[130] 정제庭除[131]에 파초芭蕉는 정정亭亭[132]

맥두陌頭[133] 괴엽槐葉[134]은 찬찬纂纂[135] 계상階上[136]에 유화榴花[137]는 작작灼灼[138]

아마도 강 깊어 초각草閣 차고 뜨겁지 않아 맑은 가을 같기로는 오월의 천기天氣인가 하노라

**朝鮮歌曲 木蘭舟**

木蘭舟 지어 타고 五湘烟月노 나려가니
西施는 간 곳 업고 白馬潮聲뿐이로다
至今에 桃花流水 鱖魚肥호 데 張志和를

**조선가곡 목란주木蘭舟**

목란주木蘭舟 지어 타고 오상연월五湘烟月로 내려가니
서시西施는 간 곳 없고 백마강白馬江 물소리뿐이로다
지금에 복사꽃 물에 흐르고 궐어鱖魚 살찌는데 장지화張志和를 따르고자[139]

**朝鮮歌曲 曉雨声**

碧梧桐 曉雨声에 잠을 씨여 누엇스니
天將曙鷄声亂호 데 万户残灯隱映中이라
아마도 太陽東升호면 万衆有色

**조선가곡 새벽 빗소리[曉雨聲]**

벽오동碧梧桐 새벽 빗소리에 잠을 깨어 누웠으니
하늘 장차 밝아오고 닭소리 어지러운데 일만 집의 남은 등불 어리비치는 가운데라
아마도 태양이 동쪽에 떠오르면 만중萬衆[140]이 색을 띠리라

**朝鮮歌曲 夏日에長**

三庚이 갓가우니 天氣蒸熱호다
玉井氷도 조커니와 碧筩酒 운치 잇다
우리도 浮李沉瓜와 甘紅露로 避暑飮

**조선가곡 긴 여름날[夏日에長]**

삼경三庚[141]이 가까우니 천기天氣 찌는 듯 뜨겁다

옥정빙玉井氷도 좋거니와 벽통주碧筩酒[142] 운치 있다

우리도 찬물에 담근 자두와 오이와 감홍로甘紅露[143]로 피서음避暑飮 하자꾸나

**朝鮮歌曲 夏日에長**

美柳白楊 우거진 곳에 아가시가 더옥 夛蔭

江深草閣寒々아니연만 五月不熱疑淸秋라

우리난 山亭夏日長훈 데 氷水焉用

**조선가곡 긴 여름날[夏日에長]**

미루나무 백양白楊 우거진 곳에 아가시[144]가 더욱 그늘 많은데

강 깊고 초각 서늘한 곳 아니건만 5월이 뜨겁지 않아 맑은 가을인가 의심한다

우리는 산정山亭에 여름날 긴데 빙수氷水가 무슨 소용이리

**朝鮮歌曲 碧梧桐**

창 밧긔 碧梧桐은 十年經營 심엇더니

雨聲大月影夛홀 쩍 閒愁淸興兩相催라

아마도 三疊琴韵이 이와 不及

**조선가곡 벽오동碧梧桐**

창밖에 벽오동碧梧桐은 십 년 경영해 심었더니

빗소리 크고 달그림자 많을 때 한가한 시름 맑은 흥이 둘이 서로 재촉한다

아마도 삼첩금운三疊琴韻[145]이 이에 미치지 못하리라

**朝鮮歌曲 守錢虜**

가ᄂᆡ못지 資本家 諸君 돈 만타 자랑ᄒᆞ고 富者藉勢 무숨 일고

돈이 만타 ᄒᆡ도 國家에 公益事業 ᄒᆞ나 ᄒᆞ며 社會에 共同生活 ᄒᆞ나 ᄒᆞᆻ나

高抬廣室 錦衣玉食 左酒色右歌舞로 져 혼ᄌᆞ 行樂ᄒᆞᆯ량이면 驕恣橫溢 ᄒᆞ야 富者藉勢ᄂᆞㅣ몰녀라

至今에 國家社會 아모 關係 읍난 守錢虜 너뿐인가

**조선가곡 수전노守錢虜**

가네모치金持ち[146] 자본가資本家 제군諸君 돈 많다 자랑하고 부자 자세藉勢[147] 무슨 일인고

돈이 많다 해도 국가에 공익사업 하나 하며 사회에 공동생활 하나 했나

고대광실高臺廣室 금의옥식錦衣玉食 좌주색左酒色 우가무右歌舞로 저 혼자 행락行樂할 양이면 교자驕恣[148] 횡일橫溢[149]하여 부자 자세藉勢 내몰려라

지금至今에 국가 사회 아무 관계없는 수전노 너뿐인가 하노라

**朝鮮歌曲 得意時**

ᄆᆡ암ᄼᆞᄼᆞ 우는 져 ᄆᆡ암이 一年秋聲을 너 먼져 지져귄다

네라셔 宿劫을 脫蛻ᄒᆞ고 羽化登仙ᄒᆞ야 滿天風露와 雨後斜陽이 네 平生得意時라 ᄒᆞ난구나

至今에 碧樹艸堂에 懷仰高風ᄒᆞ기난 나뿐인가

**조선가곡 득의한 때[得意時]**

맴맴 우는 저 매미 일 년 추성秋聲을 너 먼저 지저귄다

너라서 숙겁宿劫[150]의 허물을 벗고 우화등선羽化登仙하여 하늘 가득한 바람 이슬과 비온 뒤 사양斜陽이 네 평생平生 득의한 때라 하는구나

지금에 벽수초당碧樹草堂에 높은 풍모 우러르기는 나뿐인가 하노라

**朝鮮歌曲 陶淵明**

靑松黃菊 依然ᄒᆞ듸 栗里處士 陶淵明과

臥龍崗 草堂中에 春睡足 諸葛亮을

보아라 出处去就가 孰短孰長

**조선가곡 도연명陶淵明**

청송靑松 황국黃菊 의연依然[151] 한데 율리처사栗里處士 도연명陶淵明과

와룡강臥龍崗 초당草堂 중에 춘수족春睡足[152] 제갈량諸葛亮을

보아라 출처出處 거취去就가 누가 못하고 누가 나은지

**朝鮮農謳 十四章 姜雲松 著**

一章에 曰 聖君이 建皇極ᄒᆞ니 雨暘이 時旣若이라 雨暘極備無면 一切傷我穡이라 塊不破 枝不揚ᄒᆞ니 氤縕玉燭 吁老農豈知蒙帝力고 熙々但耕鑿이로다

二章에 曰 淸晨荷鋤南畝歸ᄒᆞ니 露溥々猶未晞라 但使我苗長厭浥이니 何傷我霑衣오

三章에 曰 山頭에 日初上ᄒᆞ니 綠秧齊葉이 平如掌이라 迎陽下田理荒穢ᄒᆞ니 佳穀이 日々長이로다

四章에 曰 提鋤莫忘提酒鍾ᄒᆞ라 提酒元從提鋤功이라 一年飢飽在提鋤ᄒᆞ니 提鋤安敢慵가

五章에 曰 彼莨莠與眞同ᄒᆞ니 看々不辨愁老翁이라 細討非類莫相容ᄒᆞ라 盡使莨莠空ᄒᆞ라

六章에 曰 昨從市中過ᄒᆞ니 市中諸児顔如花로다 争來嗤老醜ᄒᆞ야 各自逞奢華라 老夫拄杖語市人ᄒᆞ되 刀鋸[153]末利安肯誇오 長金積玉細商量ᄒᆞ라 皆自吾農家로다

七章에 曰 我身足可惜이라 我生過駒隙이로다 豈厭終歲坐安閑가 安

閑食不足이라 勉勤苦ᄒᆞ라 田畯來相促이로다

八章에 曰 大姑春政急ᄒᆞ고 小姑炊廚烟橫碧이로다 肌腸暗作吼雷鳴이요 空花生兩目이면 待饁提鋤不得力이로다

九章에 曰 麥飯香濛[154]在筥ᄒᆞ고 藜羹甜滑流匕로다 少長集次第止하야 四座喧誇香美로다 得一飽撑肚裡ᄒᆞ니 鼓腹便欣喜로다

十章에 曰 麥登場ᄒᆞ니 占年祥이로다 我稼穰ᄒᆞ야 願無傷이라 汚邪黃ᄒᆞ고 滿車箱ᄒᆞ니 殺羔羊ᄒᆞ야 稱壽觴이로다

十一章에 曰 竟長畝々正荒ᄒᆞ니 日煮我背汗翻漿이로다 大郎이 不及小郎強ᄒᆞ야 争咫尺手脚忙이로나 竟長畝四頭笑大郎ᄒᆞ니 大郎이 却慚小郎強이라 竟長畝々正荒이로구나

十二章에 曰 水鷄鳴當擧巵라 朝鷄累數ᄒᆞ야 已覺熏人肌러니 晩鷄忽己報ᄒᆞ니 釃酒來何遲오 水鷄鳴當擧巵로다.

十三章에 曰 回看斜日已啣山ᄒᆞ니 夕露微升凝葉端이라 捲却長鋤揷腰間ᄒᆞ고 趂村墟伴鴉歸ᄒᆞ리라

十四章에 曰 濯足不用十分濯ᄒᆞ라 還家合眼鷄咿喔이로다 鷄咿喔鋤還握ᄒᆞ니 十二時何時可伸脚고 夏夜短休幾刻인냐 濯足不用十分濯ᄒᆞ쇼

**조선농구農謳 14장 강운송姜雲松[155] 저著**

1장: 성군聖君이 황극皇極을 세우니 / 비와 볕이 때에 맞다 / 비와 볕이 잘 갖춰지지 않으면 / 우리 농사를 모두 해치느니라 / 흙덩이 깨뜨리지 않고 가지 흔들지 않으니 / 임금의 덕화에 하늘과 땅의 기운 조화롭다 / 아, 늙은 농부들이 제력帝力 입음 어찌 알리오 / 즐거워하며 밭 갈고 우물 팔 뿐

2장: 맑은 새벽에 호미 메고 남쪽 밭에 돌아오니 / 송골송골 이슬이 아직 마르지 않았더라 / 다만 나의 싹이 자라 이슬이 촉촉하니 / 내 옷이 젖은들 무슨 상관이리오

3장: 산머리에 해가 갓 뜨니 / 푸른 모의 가지런한 잎이 손바닥처럼 평평하네 /

해를 맞아 밭에 내려가 김을 매니 / 아름다운 곡식이 날마다 자라는구나

4장: 호미 들 때는 술잔 들 것 잊지 마라 / 술잔 드는 일 본디 호미 드는 공에 달렸으니 / 일 년의 주림과 배부름 호미 드는 데 달렸으니 호미 드는 일 어찌 감히 게을리할쏜가

5장: 저 가라지가 진짜 벼와 같으니 / 보아도 구별 못해 노옹의 근심이라 / 곡식 아닌 것은 하나하나 뽑아 용납하지 마라 / 가라지 모두 없어지게 하라

6장: 어제 저자를 지나가니 / 저자의 여러 아이들 얼굴 꽃과 같도다 / 다투어 와서는 늙고 추하다 비웃으며 / 저마다 사치와 화려 드러내더라 / 늙은이 지팡이 멈추고 저자 사람에게 말하되 / 사소한 말리末利[156]를 어찌 자랑하리오 / 금과 옥을 쌓아놓은 것 하나하나 생각하라 / 모두가 우리 농가農家에서 나왔도다

7장: 나의 몸 족히 아낄 만하며 / 나의 삶은 금세 지나가도다 / 일 년 내내 편안히 앉아 있는 것 어찌 싫으랴만 / 편안히 있다가는 먹을 것이 부족하다 / 애써 부지런히 일하라 / 전준田畯이 와서 재촉하는도다

8장: 시어머니 방아 찧기 서두르고 / 시누이 밥 짓는 연기 푸르도다 / 주린 창자에 가만히 꾸르륵 소리 나고 / 두 눈엔 공화空花[157]가 생겨나면 / 들밥을 기다리니 호미 들 힘을 못 내서로다

9장: 보리밥 향기 광주리에 수북하고 / 명아줏국 단맛이 숟가락에 흐르도다 / 어린이와 어른 모여 차례로 앉아 / 온 자리가 시끄럽게 맛있다고 떠들썩하다 / 한 번 실컷 먹어 배가 두둑하니 / 배 두드리며 곧 즐거워하도다

10장: 보리타작하니 상서로운 풍년을 점치도다 / 우리 농사 푸지게 되어 해로운 일 없기를 / 아, 누렇고 수레와 상자에 가득하니 / 염소와 양을 잡아 헌수獻壽 술잔 올리도다

11장: 긴 이랑 다 마치세 이랑이 휑하니 / 해가 내 등 지지니 땀이 물 흐르듯 하도다 / 큰아들이 힘센 작은아들만 못해 / 지척을 다투며 손발이 바쁘나 / 긴 이랑 다 마치고 돌아보며 큰아들 비웃으니 / 큰아들이 힘센 작은아들에게 되레 부끄러워하누나 / 긴 이랑 다 마치세 이랑이 휑하니

12장: 수계水鷄[158] 울면 마땅히 잔을 들도다 / 아침 닭에 몇 번 거듭하여 / 이미 주린 속이 불쾌해지더니 / 저녁닭이 이미 울었더니 / 술 거르러 간 이는 어찌 늦는고 / 수계 울면 마땅히 잔을 들도다

13장: 저녁 해 벌써 산에 지는 것 돌아보니 / 저녁 이슬 조금 돋아 잎 끝에 맺혔네 / 긴 호미 거두어 허리 사이 꽂고 / 까마귀 벗 삼아 촌마을 따라 돌아가리

14장: 발 씻어도 충분히 씻지 마시오 / 집에 돌아와 눈 감으니 닭이 꼬끼오 하도다 / 열두 시 어느 때나 다리를 펼꼬 / 여름밤 짧으니 얼마나 쉬랴 / 발 씻어도 충분히 씻지 마시오

**朝鮮歌曲 珊瑚鞭**

陽柳絲々 느러진 가지 銀鞍白馬 ᄆᆡ여 두고 珊瑚鞭 것구루 집고 酒肆靑樓 올나가니 今日은 芳年快事이나 光陰奈何

**조선가곡 산호 채찍[珊瑚鞭]**

버드나무 실실이 늘어진 가지 은 안장의 백마 매어 두고
산호 채찍 거꾸로 집고 주사청루酒肆靑樓[159] 올라가니
금일今日은 방년芳年 쾌사快事이나 광음光陰[160]은 어찌하리오

**朝鮮歌曲 苦霖歌**

十日東風 장마비는 限읍시 흐르도다
아릐웃강 沙工들아 ᄲᆞᆯ이 져어 ᄇᆡ듸여라
아마도 우리 同胞들이 漂流될가

**조선가곡 장마를 괴로워하는 노래[苦霖歌]**

열흘 동풍東風 장맛비는 한없이 흐르도다
아래위 강 사공沙工들아 빨리 저어 배 대어라

아마도 우리 동포同胞들이 표류漂流될까 하나니

**朝鮮歌曲 文章家**

從古로 文章大家를 혜여보니 平生에 困窮危險홈이 어인일고

三長大才 司馬遷도 蠶室에 辛苦ᄒᆞ고 詩中天子 李太白도 一字不求飢라 ᄒᆞ엿스며 叱退鰐魚ᄒᆞ든 韓文公도 動輒得謗 ᄒᆞ여 잇고 玉局神仙 蘇東坡도 惠州飯을자셧도다

아마도 文章은 天地間 寶物이라 福慧善全키는 어려운가

**조선가곡 문장가文章家**

예로부터 문장 대가大家를 헤어 보니 평생에 곤궁 위험함이 어인 일인고

삼장三長 대재大才 사마천司馬遷도 잠실蠶室에 신고辛苦하고 시중천자詩中天子 이태백李太白도 일자불구기一字不救飢[161]라 하였으며 악어를 꾸짖어 물리치던 한문공韓文公[162]도 동첩득방動輒得謗[163] 하여 있고 옥국신선玉局神仙 소동파蘇東坡도 혜주반惠州飯을 자셨도다

아마도 문장은 천지간天地間 보물寶物이라 복과 지혜를 온전히 보전하기는 어려운가 하노라

**朝鮮歌曲 芙蓉花**

綠水金塘 말근 물에 피엿구나 芙蓉花야

不染汚泥ᄒᆞ고 香遠益淸이로다

아ᄆᆞ도 花中君子는 너ᄲᅮᆫ인가

**조선가곡 부용화芙蓉花**

녹수綠水 금당金塘 맑은 물에 피었구나 부용화芙蓉花야

불염오니不染汚泥[164]하고 향원익청香遠益淸[165]이로다

아마도 화중군자花中君子는 너뿐인가 하노라

**朝鮮歌曲 蓴菜羹**

金凬이 颯起ᄒᆞ니 秋節이 宛然ᄒᆞ다

江湖에 ᄇᆡ를 ᄯᅴ워 어ᄂᆡ날 故園에 歸去ᄒᆞᆯ고

芭蕉葉上에 셩긘 비는 잠간 거두고 芙蓉塘畔에 明月이 皎潔ᄒᆞᆫᄃᆡ 碧樹凬露에 ᄆᆡ아미 소ᄅᆡ ᄯᅮᆨ 긋치고 草花籬落에 蟋蟀聲이 切々ᄒᆞ다

아마도 江東에 鱸魚鱠와 吳淞에 蓴菜羹이 政當其時

**조선가곡 순챗국[蓴菜羹]**

금풍金風[166]이 삽상히 일어나니 가을이 완연宛然하다

강호江湖에 배를 띄워 어느 날 고원故園에 돌아갈꼬

파초엽芭蕉葉 위에 성근 비는 잠깐 거두고 부용당芙蓉塘 가에 명월明月이 희고 깨끗한데 푸른 나무에 바람 이슬 내려 매미 소리 뚝 그치고 풀꽃 핀 울타리에 귀뚜라미 소리 절절하다

아마도 강동江東에 농어회와 오송吳淞에 순챗국이 바로 그때리라

**朝鮮歌曲 三千尺**

萬瀑洞 眞珠潭을 어ᄃᆡᄌᆞᄌᆞ 구경힛노

飛流直下三千尺ᄒᆞ니 疑是銀河落九天이라

암ᄋᆞ도 第一瀧泉은 朴淵인가

**조선가곡 삼천척三千尺**

만폭동萬瀑洞 진주담眞珠潭을 어디어디 구경했노

비류직하삼천척飛流直下三千尺[167]하니 의시은하락구천疑是銀河落九天[168]이라

아마도 제일第一 농천瀧泉은 박연朴淵인가 하노라

**朝鮮歌曲 生幽韻**

銀河는 淸淺ᄒᆞ고 明月은 皎潔이라

竹柏은 散淸影ᄒᆞ고 松桂는 生幽韻이라

밤즁만 所懷伊人는 秋夢인가

**조선가곡 그윽한 운치가 생겨남[生幽韻]**

은하銀河는 맑고 얕고 명월明月은 희고 깨끗하다

대나무와 측백나무 맑은 그림자 흩어져 있고 소나무 계수나무 그윽한 운치 생겨난다

밤중만 그 사람 그리워함은 가을 꿈인가 하노라

**朝鮮歌曲 人不見**

蓉山에 가을이 드니 風物이 華滋로다

一雁江湖秋水白이요 万蟬雲木夕陽黃이라

至今에 懷人々不見ᄒᆞ니 그를 셜워

**조선가곡 사람이 보이지 않아[人不見]**

용산蓉山에 가을이 드니 풍물風物이 화자華滋[169]로다

일안강호추수백一雁江湖秋水白[170]이요 만선운목석양황萬蟬雲木夕陽黃[171]이라

지금에 그 사람 그리워하나 그 사람 보이지 않으니 그를 서러워하노라

**朝鮮歌曲 勞々亭**

送君南浦何処去오 万里山河極目邊

兼葭曙色蒼々遠이오 蟋蟀秋聲処々同이라
아마도 勞々亭上에 白髮이 易生

**조선가곡 노로정**勞勞亭

송군남포하처거送君南浦何処去[172] 오 만리산하극목변萬里山河極目邊[173]

겸가서색창창원兼葭曙色蒼蒼遠[174] 이요 실솔추성처처동蟋蟀秋聲處處同이라[175]

아마도 노로정勞勞亭 위에 백발이 쉬 생기리라

**朝鮮歌曲 玉簪花**

藍田山 白玉으로 五出花를 짝거니니
顔色은 白雲이요 天香은 玉유로다
아모 도 美人에 粧飾品은 玉簪花인가

**조선가곡 옥잠화**玉簪花

남전산藍田山 백옥白玉으로 오출화五出花[176]를 깎아 내니

안색顔色은 백운白雲이요 천향天香은 옥유玉蕤[177]로다

아마도 미인美人의 장식품粧飾品은 옥잠화玉簪花인가 하노라

**朝鮮歌曲 芭蕉葉**

窓밧긔 芭蕉를 심은 뜻은 鳳尾 갓튼 葉이 좀도 좃타
글씨도 쓰기 죠코 비소릐도 듯기 조치마는
우리난 中心이 날날이 식로은 거슬 못닉 조흥

**조선가곡 파초엽**芭蕉葉

창窓밖에 파초芭蕉를 심은 뜻은 봉미鳳尾[178] 같은 잎이 좀도 좋다

글씨도 쓰기 좋고 빗소리도 듣기 좋지마는

우리는 중심中心이 나날이 새로운 것을 못내 좋아하노라

朝鮮歌曲 種蟠桃謫詞

솔 심어 松亭 짓고 되 심어 竹樓로다 가리 심어 바돌판이오

梧桐 심어 거문고라 그 즁에 蟠桃를 심어 長生不老

朝鮮歌曲 春日温 北嶽山人

春日이 温煖ᄒᆞ야 和氣가 自生ᄒᆞ도다 積雪도 다 盡ᄒᆞ고

層冰도 다 풀닌다 人心도 春日갓치 和氣融々

談叢 爲仁 春睡堂

貨悖而入者 悖而出然而理財者 何其不由正道也 朱柏廬

所謂刻薄成家 理無久享者 豈非珍重箴戒 然則爲

富而不仁 何如爲仁而不富

朝鮮歌曲 行路難

行路難々々ᄒᆞ니 行路難이 엇더ᄒᆞ고 三千鳥道之危오

九曲羊腸之險이로다 엇지타 世上人心은 이와一般

談義 景仰

鋤菜揮金与尾石無異 隣牛暴田輒牽着涼处 此

二者滔々人心之所不能爲而 彿管幼安能之 彼何人斯

而澄淸度量 絶倫若是 景仰千古 深々一拜

朝鮮歌曲 石假山

蒼壁에 松陰이요 花園에 石假山이라 竹林에 淸風이요

蓮塘에 明月이로다 그즁에 草堂짓고 벗과同樂

談義 惟口

曰惟口興戎出好 曰口容止 曰守口如甁 曰三緘其口 古之戒

愼其口率多如此 如懸河之辯 如喋々之利 較之利害果

何如 然寡言之福 多於好言之利 宜其守默是爲平

生之戒

朝鮮歌曲 一葉舟

一葉舟를 ᄐᆞ고 塵海風浪을 利涉ᄒᆞ라 鯨齒鰐牙 如雪山

ᄒᆞ뎨 沙鰍泥鱔이 掉尾行이라 이즁에 堅坐不動安如山ᄒᆞ

니 心君이 泰然

談義 人心

人心不如我心者 往々有是嘆 我心玆真寔無僞 正直以
待人則人心感化 豈不如我之心乎 每以我長彼短 紛然
相爭而然矣 不若反求諸己

朝鮮歌曲 四時青

솔은솔이라ᄒᆞ여 鬱々晩翠ᄒᆞ구나 뎌ᄂᆞᆫ솔이 비바ᄂᆞᆫ 만
四時長青허인날고 솔이야 ᄂᆞᆫ듯비ᄂᆞᆫ 志操난一般

設義 佛氏

佛氏之普濟衆生 猶患千手不足可乎 老氏之厭世自潔
猶患一身爲累可乎 雖欲普濟而汲々不暇 見惡世
而不改 欲而厭 寧可自潔之不如

朝鮮歌曲 白髮嘆

青春을虛送ᄒᆞ고 白髮이된날이면 바둑귀도 重聽이요
맑은눈이 雲霧中花라 至今에 悲歎窮廬ᄒᆞ들 後悔不
及

設義 青眼

眼有青眼白眼 又有冷眼熱眼 此非相家及醫家之
所言 処世涉人之用是眼 然未知何以青何以白何以冷
何以熱 請試看其眼

吾知青白冷熱之眼 青非青盲之青 白非白障之白 冷非
冷淚之冷 熱非熱赤之熱 凡喜則青 怒則白 無情則冷

有心則熱 見其眼必知其人情之如何 故曰觀其眸子人
焉廋哉

朝鮮歌曲 園藝樂

園林에 봄이 드니 나ᄂᆞᆫ 날이 밧부도다 어듸ᄂᆞᆫ 葡萄 심고
어듸ᄂᆞᆫ 魯桑을 심을 ᄂᆞ지 그즁에 草堂 갓가온 平田에 菊花 죠코

漫筆 驕惰 天痴生

富而有驕盈心者 亡日不遠 何不降氣 貧而有怠
惰心者 死日不遠 何不振氣

朝鮮古代歌曲 鴻雁調

밤은 깁허 三更에 이르럿고 구진비ᄂᆞᆫ 梧桐에 헛날닐
列이리 궁굴 저리 궁굴 두루 生覓타가 잠못이루럿다 洞
房에 蟋蟀聲과 青天에 ᄯᅥᆫ 기러기 소리 ᄉᆞ람에 無窮ᄒᆞᆫ
心懷를 ᄶᅡᆨ지워 울고 가ᄂᆞᆫ 져 鴻雁아 가뜩에 다 썩거스
러진 구뵈 肝腸이 이 밤 지내기 어려워라

漫筆 辛苦

饜口膏粱者 豈知農夫之粒粒皆辛苦 遍身綺羅
者 豈知織婦之縷縷皆辛苦

朝鮮古代歌曲 青驄馬

쳥총마 타고 보라매 밧고 빅구 찬 젼쳔 군ᄀᆡᆨ궁을 허리
에 ᄯᅴ고 산 너머 구름 밧긔 ᄭᅯᆼ 산양ᄒᆞᄂᆞᆫ 져 한가ᄒᆞᆫ 사람아

우리도 셩은을 감흔ᄒᆞ게 너와ᄒᆞᆫ데

漫墨 工夫

忍耐且忍耐 是百鍊鐵身 愼默且愼默 是三緘其口

朝鮮古代歌曲 肝腸 女唱

사람의 불이 되야 티오나니 肝腸이라 肝腸스러셕은 물의

눈에 올나 눈물된다 진실노 슈화상충이니 살동말동

漫墨 肥貪

啖膏粱而無公益心者 肥如洋猪 何益於渠 爰金銀

而無慈善心者 貪如生蕃 何益於世

朝鮮古代歌曲 劉伶墳 女唱

이러나 져러나 ᄒᆞ야도 나더러 날 말을 마소 죽은 무덤 위에

논을 풀지 밧을 갈지 酒不到劉伶墳上土라ᄒᆞ니 아니 놀가

漫墨 咄咄

住江干者 暴雨洪水每誓移居 晴則忘乭 犯罪戾

者 鐵窓秆扉每誓改悔 釋則依舊

朝鮮古代歌曲 西輞川 男唱

十載經營屋數椽ᄒᆞ니 錦江之上月峯前이라 桃花

浥露紅浮水요 柳絮飄風白滿船이라 石逕歸僧山

影外요 烟沙眠鷺雨聲邊이라 若令摩詰로 遊於

此런들 不必當年에 西輞川이지

漫墨 隱微

賣淫本是密事 密無不發 莫顯乎隱

賭博本是暗事 暗無不明 莫顯乎微 評曰 善哉言也

朝鮮古代歌曲 的盧馬 男唱

却說玄德이 檀溪로건너갈졔 的盧馬야 날살녀라
압헤는長江이오 뒤에는蔡瑁로다 어듸셔常山趙子龍이
날못촛나

朝鮮古代歌曲 靑鳥來 女唱

靑鳥야오는구나 반갑다임에소식 弱水三千里를 네
내이건너온다 우리임반는듯흔졍회를 네가알가

朝鮮古代歌曲 秦始皇

神農氏못머든藥을 秦始皇이머드라구 童男童女五
百人을실어 海中으로보닛더니 至今에無消息ᄒᆞ니그를셜워

漫墨 閑見

世人皆聞而猶知無聲 此掩耳偷鈴

世人皆見而猶知無形 此遮眼捕蟬 評曰 吾有是病

朝鮮古代歌曲 梅花

네집은桃花洞이오 임의집은杏花村이라 梅花洞바리
고 杏花村츠져가니 香氣러온盆梅花라 童子야 거문
고줄골나라 彈琴長醉

漫墨 婦婿

欲擇子婦 勿取富貴 只取賢淑閨養 譜 取富蛮風

欲擇壻郎 勿取班閥 只取學問秀才 取閥野習

朝鮮古代歌曲 女唱 지름

날 밝고 셔리 찬 밤에 울고 간는 져 기러기야 瀟湘洞庭 어

듸 두고 旅館寒灯에 잠든 날를 ᄭᆡ오ᄂᆞ냐 밤즁만 네 우름

소릐 잠 못 일워

漫墨 錢才

有錢者 每利析秋毫 不知巨大之害從後来 有才者每眼空

一世 不知頑鈍之害從前来

朝鮮古代歌曲 羅宴曲

北斗七星 ᄒᆞ나 둘 셋 넷 다섯 여섯 일곱 분께 민망ᄒᆞᆫ 발괄

쇼지 ᄒᆞᆫ 장 알외ᄂᆞ이다 그리든 벗님 맛나 만단졍회 다 못ᄒᆞ여

희여ᄒᆡ 쟝ᄎᆞ 신여오 밤즁만 삼티셩 ᄎᆞ사 노하 셧별

읍시 ᄒᆞ야 주ᄋᆞᆸ쇼셔

漫墨 淫慾

自古行淫集財之女 無不作城下鬼 何不自戒

自古恃勢攫財之人 無不作獄中魂 何不自省

朝鮮古代歌曲 消息傳

기럭이 산니 조잡아 길드리고 졍드려셔 님에 가는 길을 넉々히

가르쳐 밤중만 남창 나거든 消息傳케

漫墨 金山

為子孫計 不以種德 以蓄黃金者多 是何計

為祖先心 不以繼志 以望青山者多 是何心

漫墨 喻乎是

東流水 一去不復返 嘆歲月者 喻乎是

將基乎 一上不復下 嘆米價者 喻乎是

朝鮮古代歌曲 蟠桃宴

소슬아리 구분 길에 청조 신하고 가는 져 童子야 瑤池蟠桃

宴에 누구々々 모히셰시드냐 그곳에 李謫仙 蘇東坡

杜牧之 張騫 張志和 呂洞賓 담모히 계시더이라

朝鮮古代歌曲 大同江

白鷗야 翩々 大同江上 飛하고 長松 落々 清流壁上 翠라

大野東頭 点々 山에 夕陽은 걸녀 잇고 長城一面 溶々 水에

一葉漁艇 흘니 져어 大醉코 載妓隨波하야 錦繡綾羅

島로 任去來

漫墨 憎憐

終日眠々 臥々 不動一指而 呼飢者 真可憎 終日勞々 役々活

動四体而 不飽者 真可憐

朝鮮古代歌曲 月黃昏

시벽서리 찬바람에 울고가ᄂᆞᆫ 기러기야 네 어디로 향ᄒᆞᄂᆞ냐
이리로 져리로 갈졔 님ᄒᆞᆫ말 드러다가 漢陽城內 님계신데
暫間들너 이ᄂᆞᆫ말ᄒᆞ여 月黃昏 지워갈졔 獨宿空房 ᄒᆞ야
님그리워 ᄎᆞᆷ아 못살네라 부ᄃᆡ ᄒᆞᆫ말 ᄲᅡ진 ᄒᆞ미 주렴 우리도
江湖에 일이 많아 밧비 간ᄃᆞ 길이 길고 전ᄒᆞᆯ동 말동

## 朝鮮古代歌曲 長坂橋

長坂橋上에 環眼을 부릅ᄯᅳ고 虎鬚를 거사리고 소矛槍 들
너메고 深烏馬 빗기타고 雷聲霹靂 갓튼 져 壯士야 네 姓名
이 무엇이냐 漢宗室劉皇叔의 三弟 燕人張翼德을 뉘 모
르랴 아마도 三國名將은 翼德인가

## 朝鮮古代歌曲 珠簾月

珠簾에 달빗친고 먼니셔 玉笛소리 나ᄂᆞᆫ구나 벗님네 오ᄌᆞ ᄒᆞ
금 뎌 피리 싱황 양금 奚琴 장구 거문고 가지고 달도 거
든 노ᄅᆞ구나 동ᄌᆞ야 달 빗ᄭᅡ 살 피여라 하니 뜰에

漫墨 若是

夏雲多奇峯 世人之態度 若是其變幻
秋月揚明輝 君子之心界 若是其皎潔 評曰善譬喩

漫墨 害大

虎豹豺狼 無足畏 蛟蝇蚤蝎 真可畏 評 小惡之爲害於人
強盜暴匪 無足畏 欺騙狡猾 真可畏 甚於大惡者

朝鮮古代歌曲 勸酒歌

不老草로 술을 비져 萬年盃에 가득부어 잡부시나 바라

비나이다 南山壽를 至今에 이 잔 곳 잡부시면 万壽无疆

朝鮮新歌曲 百和節

歲月이 如流ᄒᆞ야 百和節 이도라 온다 草色은 社丘雨로

春信은 女郞花라 아 맛도 清明時節 이 차가우니 杏花村을

朝鮮古代歌曲 緣分

사랑인들 잊마라 ᄒᆞ며 離別인들 다설을 ᄒᆞ야 平生에 해

음이오 다시 못볼 이 아니로다 일후에 만나면 天生 緣分 인가

漫墨 疑翊

盃中弓影認爲蛇 疑自心上來 林間石塊認爲虎 翊

從眼中來

設義 愼字反

對人爲善 善必反之 對人爲惡 惡必反之 理之正則

由是善惡報應 如影隨形 如響隨音 愼哉哉

朝鮮新歌曲 從地理

春氣和暢ᄒᆞᆫ들 나뷔의 微驗ᄒᆞ되 들빛해 좃달실로

ᄒᆞᆫ길 두길 읍피 쓰네 우리 도여 조ᄎᆞ 活潑ᄒᆞᆷ이 시발

못 ᄒᆞ리

詩曰可以人而不如鳥乎

漫墨 堪歎

人皆曰炎熱 々々々々々 炎熱幾時秋居然

人皆曰少壯 々々々々々 少壯幾時老奈何

朝鮮古歌曲 洞庭湖

三月三日李白桃紅 九月九日黃菊丹楓 金樽에 술이 잇

구나 洞庭湖에 달이로다 童子야 잔 가득부어라 玩月長醉

朝鮮古歌曲 杏花村

창파에 낙시 넛고 扁舟에 실어스니 落照淸江上에 비

소리 더욱 조타 유지에 금리를 거러들고 杏花村으로

朝鮮古代歌曲 勸酒歌

혼잔 먹사이다 또 혼잔 먹사이다 꽃 썩거 주를 놋고 무궁무

진 먹사이다 둥둥야 잔 조로 부어라 완월장취

設叢 春風中

口蜜腹劍 面是背非 人心之叵測 自古然矣 近世則尤

甚 不見藹々和氣發乎面目言辭之間 將何以提携

舉在春風中

朝鮮歌曲 三尺琴

棧中에 萬卷書오 壁上三尺琴이라 門前에 百頃田이오

屋後에 千樹桑이라 平生에 事業을 맟치고 晩年故計

朝鮮歌曲 守錢虜

黃金은 山갓치 쏫고 平生의 守錢虜 公益은 妄言이오
慈善心은 몰낫기라 空手來空手去를 모로나냐

朝鮮歌曲 別有天

扁舟를 흘니져셔 武夷九曲드러가니 桑麻雨露見
平川ᄒᆞ니 除是人間別有天이라 아마도 집을 옴겨셔
이곳으로

談叢 莊叟

自古及今 稱之達覌者 凡幾人 如化爲鯤魚 化
爲蝴蝶 昂々於宇宙者 果莊叟一人 然學之不
能 仰之不可及

談叢 不同

日月薄蝕 古稱災異 以今之學問 不過乎地球
之作用 敀之尋常如地震 日沫孛慧之屬 皆不
足以稱災異 果今古不同 皆類是矣

朝鮮歌曲 棲花行

桃花流水杳然去ᄒᆞ니 武陵棲源이어ᄃᆡ미오 月明
松下房櫳靜이오 日出雲中犬鷄喧이라 아마도 不辨
仙源何处尋은 漁舟子인가

朝鮮歌曲 萬々絲

春風에 垂楊버들 万々烟絲긴々실노 漢江漁翁에비드리

고 五陵少年에 말으미건만는 엇지타 如流흔이 歲月은
못미느고

朝鮮歌曲 青天月

青天에 두렷흔 달은 千万古를 비취엿네 英雄豪傑
偉人達士를 누〻〻보앗느뇨 至今에 千万古明鑑은 저
달인가

朝鮮歌曲 北嶽山

北嶽山上〻峯에 올나 長安大道 굽어보니 旗亭百
隊 開新市오 甲第千甍 分戚里라 아마도 文明
進化는 날노 달나

說義 文章

聰明才藝 文章經綸 古今宇宙 未知有幾人
吾以蘇東坡先生 屈指第一指 但氣剛口直 不見
容於小人 是爲千古曠感 焚一炷心香而忘其言

朝鮮歌曲 喚友鶯

東山에 져믄바람에 辛夷杜鵑 杏花桃花 픠엿다고 南湖
오날 아츰비에 芳草는 萋〻 柳色은 黃金嫩이라 아마도
벗부르는 쐬고리 쇼리는 긔일인가

朝鮮歌曲 無價寶

萬里長城役事時에 金으나고 銀으나는 花樹盆이 보비런

가 照車前後十二乘ᄒᆞᄂᆞᆫ 魏惠王의 夜光珠가 보비런가
辟寒玉 辟塵犀 和氏璧과 大者ᄂᆞᆫ 七尺珊瑚樹가 보비런가
木難 火齊 玞珷 瑪瑙 審花 琥珀 宝石 金光石이 보비런가
아마도 世上天下 千万古今에 盜賊도 못가져 가ᄂᆞᆫ 無價宝ᄂᆞᆫ 文章인가

朝鮮歌曲 黃鶴樓

嗚乎古天下文章이 그뉘라서 最上頭에 第一居甲인고 汨
灘水 座三閭와 寒山寺 庚開府며 千里烟波 司馬迁과 太
乙燃藜 劉尙이며 杜青袍 白香山과 彿坐幽篁 王摩詰
과 李謫仙 蘇東坡가 天下文章이라던가 아마도 嗚萬古文
章은 黃鶴樓上題詩 最上頭 崔顥가 第一居甲

朝鮮歌曲 癸丑春

三月三日天氣新ᄒᆞ니 長安水邊 多麗人이라 潒淯
에 芳草宴이라 曲江에 秉蘭會라 그즁에 山陰에 流觴
曲水가 癸丑暮春

朝鮮歌曲 美人

마음이고와야 美人이지 얼골이고와야 美人인가 西施 夏姬
趙飛燕 楊貴妃 褒姒 妲己 列아모리 一色이라ᄒᆞ여도 亡人家
国ᄒᆞ고 誤了平生ᄒᆞᆫ 紅顔薄命이 ᄉᆞ아닌가 아마도 마음고운
고슬러잇ᄂᆞᆫ 天下薄色 無塩이가 一美人인가

朝鮮歌曲 花上月

花枝上月三更에 啟蜀道〻〻ᄒᆞ난 져 杜鵑아 꼿피고 달 발근
밤의 무어시 설어 그리ᄂᆞ냐 우리난 아모 셔름도 업고
春興을 겨워

朝鮮歌曲 知己友

此君아 무러보ᄌᆞ 四時長春이 奇異ᄒᆞ다 우리는 中心이 堅固
ᄒᆞ야 鬱鬱〻 晩翠ᄒᆞ거니와 그ᄃᆡ난 中心이 비여도 一色不移ᄒᆡ
이 일고 아ᄯᅡ도 落〻長松은 우리 知己之友라 무러무음

朝鮮歌曲 花月夜

꼿피고 달 발근 밤이 人間第一良宵언ᄯᅡᄂᆞᆫ 달 발고 ᄒᆞ면
꼿이 업고 꼿피면 달이 업다 至今에 花開月明ᄒᆞ니 못ᄂᆡ 즐겨

朝鮮歌曲 柳上鶯

千門楊柳 느러진 근을속에 괴꼬롱〻〻 우난 져 ᄭᅬ고리야
一年春色이 繁華ᄒᆞ다고 자랑ᄂᆞ냐 죠흔 벗님 오시라고 부르난냐
엇지타 네 말을 영어 번역ᄒᆞ듯 알 양이면 酬酢이나 ᄒᆞ게

朝鮮歌曲 · 無愁翁

千萬古英雄豪傑에 손꼽아 헤여보니 그 뉘라셔 達觀인고
蝴蝶이 爲莊周ᄒᆞ고 莊周가 爲蝴蝶ᄒᆞ든 漆園吏가 達觀인가
六合淸風에 玉皃猗ᄒᆞ야 明月이 出海底ᄒᆞ든 魯仲連이가
達觀인가 아모도 술 잘 먹고 詩 잘 짓고 平生에 無愁翁이
達觀인가

朝鮮古代歌曲 面鏡

이져바리자ᄒᆞ되 ᄎᆞ마ᄂᆞ러못잇겐네 졍을이즈랴고 벽을
안고잠이드니 그벽이面鏡되여 눈에암々

朝鮮古代歌曲 半夜

닥아오지마라 이롤다고ᄌᆞ랑마라 夜半秦關에 孟嘗君
이아니로다 오날은임오실날이니 울어무삼

朝鮮古代歌曲 平生

니번져죽어 너를이져야올타ᄒᆞ라 내살아 평생날를그
리워야올타ᄒᆞᆯ냐 죽어너를 잇기도어렵고 사라너를
그리기도어려워라 차라리 난번져죽연후에 네평생에
그려보렴

朝鮮古代歌曲 靑春操

靑春少年들아 白髮老人웃지마라 공번된ᄒᆞᆫ날아리
넨들미양靑春이랴나 우리도少年行樂이 어제런듯

朝鮮古代歌曲 月明

寂無人掩重门ᄒᆞᆫ데 滿庭花落月明時라 獨倚紗
窓ᄒᆞ야 長歎息ᄒᆞ노라니 遠村의一鷄鳴ᄒᆞ니 인ᄂᆞᆫ듯

朝鮮歌曲 三春

三春色자랑마라 花老ᄒᆞ면蝶不來라 昭君玉骨
도 春塚草요 貴妃花容도馬嵬坐이라 져임은

一時花容을 익거므슴

朝鮮古代歌曲 竹窓

竹窓을半開ᄒᆞ고 임에草堂구버보니 桃花에갈니
엿다 님에草堂 童子야져옷헤치려무나 님을보게

朝鮮古代歌曲 水墨

ᄒᆞᆫ즈쓰고눈물이요 두즈쓰고ᄒᆞᆫ숨이라 글즈난아니되고
水墨山川ᄲᅮᆫ되난구나 져임아울고쓴편지를눌너보소

朝鮮古代歌曲 海棠

담안에섯든 옷시 모란인지 히당환게 날보라고픠엿난
지 쳔연ᄒᆞᆫ게픠엿구나 지금오옷입즈든 나생인가

朝鮮古代歌曲 半月

달은반달이연ᄭᅡ는 웬쳔ᄒᆞ를다발킨다 너눈은두눈이
여ᄭᅡᆫ 그리든임을못보난가 져달아명긔를빌이여라
나도보게

朝鮮古代歌曲 分手

離別을恨을마라 만날적에물나씀나 若非此地에離
分手면 那由他時에好對顔가 아모도逢友別々友逢ᄒᆞ
니 自然之執인가

朝鮮古代歌曲 雪月

雪月이滿庭ᄒᆞᆫ데 브람아부들마라 曳履聲아닌줄은

判然이 쓸건싸드 의달고그리온마음에 힝혀근가

漫墨 犬本

人之本 在德与義 人而無德義 生而亦死

国之本 在教与化 国而無教化 存而亦亡

朝鮮古代歌曲 風月

가노라 임아 彦陽端川에 風月江上으로 가노라 가다가

潯陽江上에 琵琶聲을 어이호리 밤중쯤 지국총 닷감는

소리에 잠못일워

識片 紫綬

紫綬金章我不願 良田廣宅我不願 衆馬玉帶我

不願 山紫水明 茅棟數間 藏書千卷 花千本 道

逍自適 是我願

朝鮮古代歌曲 神農

神農氏嘗百草호사 一萬病을 다곳치되 님그려 相思病은

百藥이 無效로다 저님아 날노난 병이니 날 살녀 쥴면

朝鮮古代歌曲 百言

옥에 난 틔 나잇지 말곳호면 다졍드나 너 안 뒤여 남못뵈고

요런 답답 어디 잇소 열 붐이 박 쌀을 훌지라도 드르리 짐작

朝鮮古代歌曲 消息

기러기 훨훨 다 나라가고 그리든 님의 소식 뉘 전호리 슈심은 첩

ᄒᆞ야 잠못일워 꿈못꾸다 아마도 좀못일워 꿈못꾸
기는 나뿐인가

朝鮮古代歌曲 白骨

등잔불 그무러질제 창전 잠못드난 내님아 서벽날 지샤
난밤에 다시ᄭᆡ난 님의얼골 아모리 빅골이진토된들
이즐손가

朝鮮古代歌曲 生覔

너갓치 무졍ᄒᆞᆫ거슬 ᄉᆡᆼ각ᄒᆞᄂᆞᆫ 니그르도다 져다려 무러보
면 니ᄆᆞᄋᆞᆷ 브담더ᄒᆞ더니 지금의 일거무소식ᄒᆞ니 그를슬워

朝鮮古代歌曲 三秋

一刻이 三秋라ᄒᆞ니 열흘이면 몃삼추요 니ᄆᆞᄋᆞᆷ 이러
커니와 님이나를 ᄉᆡᆼ각ᄒᆞᄂᆞᆫ지 갓득에 다쎡어 스러진 간장
이 봄눈슬듯

朝鮮歌曲 新作 洞庭湖

朝辭白帝暮蒼。ᄒᆞ니 袖裏青蛇膽氣麁라 三入
岳陽人不識ᄒᆞ니 朗吟飛過洞庭湖라 이ᄯᅢ도 이글지
은 呂洞賓先生은 地上仙인가

合字下에 宜有梧字 음

朝鮮歌曲 新作 五更鍾

来是空言去絶踪ᄒᆞ니 月斜樓上五更鍾를 夢爲遠
別啼難喚이요 書被催成墨未濃을 蠟炬半籠金

翡翠ㅣ오 麝射薰遙度繡芙蓉을 劉郎이 己向蓬山
遠ᄒᆞ니 更隔蓬山一万重을

朝鮮歌曲 覽德輝

五色文章鳳凰ᄉᆡ는 ᄯᅥᆺ더ᄒᆞᆫ 신인ᄌᆡ 羽族三千의 帝
一灵物이라 이르ᄂᆞ고 首戴仁ᄒᆞ며 足踐義ᄒᆞ야 翺翔
千仞覽德輝而下ᄒᆞ고 非梧桐不栖ᄒᆞ고 非竹实不食
ᄒᆞ야 将九雛鳴朝陽ᄒᆞᆫ단 ᄆᆞᆯ가 아ᄆᆞ도 東方君子之
国의 生出ᄒᆞᆫ 灵物은 이ᄲᅮᆫ인가

朝鮮歌曲 知時雨

知時一犂雨에 四野出耟ᄒᆞᆫ단 ᄆᆞᆯ가 处々에 叱牛声도 좃
저니와 漢々水田에 太平歌가 넘쳐좃다 家々에 饁彼南
畝ᄒᆞ니 田畯至喜

朝鮮歌曲 五月天

夕陽天에 옷슬 벗과 이ᄇᆞ고 뜻슬 ᄯᅡ라 散步ᄒᆞ야 林园風景
을 그윽히 구경ᄒᆞ니 池塘에 蓮葉은 田々 庭除에 芭蕉
는 亭々 陌頭槐葉은 鬖々 堦上에 榴花는 灼々 아ᄆᆞ도
江深草阁寒ᄒᆞ고 不熱疑清秋ᄒᆞ기ᄂᆞᆫ 五月天氣

朝鮮歌曲 木蘭舟

木蘭舟 지어 ᄐᆞ고 五湖烟月로 ᄂᆞ려가니 西施는 간 곳 업
고 白馬潮報 알외오다 至今에 梅花流水鱖魚肥로

씌 張志和를

朝鮮歌曲 曉雨声

碧梧桐 曉雨声에 잠을 깨니 누엇스니 天將曙 鷄
声亂ᄒᆞᆫ데 万戶残灯隱映中이라 아마도 太陽東升
ᄒᆞ면 万象有色

朝鮮歌曲 夏日에長

三庚이 갓가ᄫᆞ니 天氣蒸熱ᄒᆞ다 玉井氷도 조커니와
碧筩酒ᄒᆞᆫ치 잇다 우리도 浮李沉瓜와 甘紅露
로 避暑飲

朝鮮歌曲 夏日에長

美柳白楊 우거진 곳에 아가시가 녹옥多蔭 江深草
洶寒々 아니연만 五月不熱 凝清秋라 우리난 山亭
夏日長ᄒᆞᆫ데 氷水爲用

朝鮮歌曲 碧梧桐

窓밧긔 碧梧桐은 十年経營 심엇더니 雨歇大月
影多ᄒᆞᆫ데 閒愁清興이 兩相催라 아마도 三疊琴韻
이 이와 不及

朝鮮歌曲 守錢虜

가니 못지 資本家諸君 돈만 타자란ᄒᆞ고 富者藉執ᄆᆞ
습일고 돈이 만타ᄒᆞ고 国家에 公益事業ᄒᆞ나ᄒᆞ며 社會에

共同生活ᄒᆞ나 힛나 高堂廣室錦衣玉食左酒色右歌舞
로져ᄒᆞᆫ즉 行樂ᄒᆞᆯ량이면 驕姿橫溢ᄒᆞ야 富者藉勢ㅣ
몬녀라 秦今에 国家社會에도 関係읍난 守錢虜뿐인가

朝鮮歌曲 得意時

미얌〻〻우난 져 미얌이 一年秋報을 너먼져 지져긴다
네라셔 宿劫을 脫蛻ᄒᆞ고 羽化登仙ᄒᆞ야 滿天風露와 雨後
斜陽에 네平生得意時라 ᄒᆞ난구나 秦今에 碧樹艸堂에
懷仰高風ᄒᆞᆯ 기난 나ᄲᅮᆫ인가

朝鮮歌曲 陶淵明

青松黃菊 依然ᄒᆞᆫ데 栗里處士 陶淵明과 臥龍嵩擘
堂中에 春睡足諸葛亮을 보아라 出处去就가 孰短
孰長

朝鮮農謳十四章 姜雲松 著

一章에曰 聖君이 建皇極ᄒᆞ니 雨暘이 時旣若이라 雨暘極
備無면 一切傷我穡이라 塊不破枝不揚ᄒᆞ니 氣縕玉燭 吁老
農豈知蒙帝力고 熙〻但耕鑿이로다
二章에曰 清晨荷鋤南畝ᄒᆞ니 露溥〻猶未晞라 但使
我苗長厭浥이 何傷我霑衣오
三章에曰 山頭에 日初上ᄒᆞ니 綠秧齊葉이平如掌이라 迎陽
下田理荒穢ᄒᆞ니 佳穀이 日〻長이로다

四章에曰提鋤莫忘提酒鍾ᄒᆞ라提酒元從提鋤功이라一年飢
飽在提鋤ᄒᆞ니提鋤安敢慵가
五章에曰彼莨莠ㅣ與同ᄒᆞ니着ᄃᆞ不辨愁老翁이라細討非
類莫相容ᄒᆞ라盡使莨莠空ᄒᆞ라
六章에曰昨從市中過ᄒᆞ니市中諸兒顏如花로다爭未嗤老醜
ᄒᆞ야各自逞奢華라老夫拄杖語市人ᄒᆞ되刀錐末利安肯
誇오長金積玉細商量ᄒᆞ라皆自吾農家로라
七章에曰我身足可惜이라我生過駒隙이로다豈厭終歲
坐安閑가安閑食不足이라勉勤苦ᄒᆞ라田畯手相促이로다
八章에曰大姑眷政急ᄒᆞ고小姑炊廚烟橫碧이로다肌膓暗作

疗雷鳴며空花生兩目이면待饁提鋤不得力이로다
九章에曰麥飦香濛在筥ᄒᆞ고藜羹甜滑流匕로다少長
集次第止ᄒᆞ야四座喧誇香味로다渴一飽撑肚裡ᄒᆞ니鼓腹
便欣喜로다
十章에曰麥登場ᄒᆞ니占年祥이로다我稼穰ᄒᆞ야願無傷
이라汚邪黃ᄒᆞ고滿車箱ᄒᆞ니殺羔羊ᄒᆞ야稱壽觴이로다
十一章에曰竟長畝ᄒᆞ고正荒ᄒᆞ니日煮我背汗翻漿이로다大郎
이不及小郎强ᄒᆞ야爭咫尺手脚忙이로다竟長畝四頭笑大
郎ᄒᆞ니大郎이卻慚小郎强이라竟長畝ᄒᆞ고正荒이로다
十二章에曰水鷄鳴當擧匜라朝鷄纍纍ᄒᆞ야已覓熏人

肌려나 晩鷄忽已報ᄒᆞ나 漉酒未何遲오 水鷄鳴當擧色
로다
十三章에曰 四着斜日已啣山ᄒᆞ나 夕露微升凝葉端이라 捲却
長鋤挿腰間ᄒᆞ고 趂村墟伴鴉歸ᄒᆞ리라
十四章에曰 濯足不用十分濯ᄒᆞ라 還家合眠鷄呷喔이로다
鷄呷喔鋤還握ᄒᆞ나 十二時何時可伸脚고 夏夜短休幾刻
인나 濯足不用十分濯ᄒᆞ소

朝鮮歌曲 珊瑚鞭

楊柳絲ᄀᆞ느러진가지 銀鞍白馬매여두고 珊瑚鞭것구러잡고
酒肆靑樓ᄎᆞᄌᆞ가니 今日은芳年快事일니 光陰奈何

朝鮮歌曲 苦霖歌

十日東風장마비는 限이업시흐르도다 아리ᄌᆞᆺ강 沙工들아 배를이
저어 비되여라 아마도 우리同胞들의 漂流될가

朝鮮歌曲 文章家

從古로文章大家를헤여보니 平生에困窮危險ᄒᆞᆫ이 여인일고
三長大才司馬遷도蠶室에辛苦ᄒᆞ고 詩中天子李太白도一字不求飢
라ᄒᆞ여ᄒᆞ며 比退鰐魚ᄒᆞ든韓文公도 動輒得謗ᄒᆞ여잇고 玉局神
仙蘇東坡도惠州餅을자셧도다 아마도文章은天地間寶物이
라 福慧善全키는어려운가

朝鮮歌曲 芙蓉花

綠水金塘 말근 물에 피엿구나 芙蓉花야 不染汚泥ᄒᆞ고
香遠益清이로구나 아마도 花中君子는 너 뿐인가
朝鮮歌曲 蓴菜美羹
金風이 颯起ᄒᆞ니 秋節이 宛然ᄒᆞ다 江湖에 비를 띄워셔
生故園에 歸去ᄒᆞ고 芭蕉葉上에 셩긘 빗는 잠간 거두고 芙
蓉塘畔에 明月이 皎潔ᄒᆞ되 碧樹風露에 미아미 소리 듯듯
치고 草花籬落에 蟋蟀聲이 切々ᄒᆞ다 아마도 江東에 鱸魚
膾와 吳淞에 蓴菜羹이 政當其時
朝鮮歌曲 三千尺
万壑洞 眞珠潭은 어듸 ᄂᆞ구 경치ᄂᆞ 飛流直下三千尺
ᄒᆞ니 疑是銀河落九天이라 아마도 第一瀑泉은 朴淵인가
朝鮮歌曲 生幽韵
銀河는 清淺ᄒᆞ고 明月은 皎潔이라 竹柏은 散清影ᄒᆞ고
松桂는 生幽韵이라 밤즁만 所懷伊人는 秋夢인가
朝鮮歌曲 人不見
落山에 가는이 드니 風物이 華滋로다 一鴈江湖 秋水白이오
万蟬雲木夕陽黃이라 至今에 懷人々 不見ᄒᆞ니 그를 셜워
朝鮮歌曲 勞々亭
送君南浦何處去오 万里山河極目邊 蒹葭曙色蒼
々遠이오 蟋蟀秋聲處々同이라 아마도 勞々亭上에

白髮이 易生

朝鮮歌曲　玉簪花

藍田山白玉으로 五出花를 색거니 顔色은 白雲이요

天香은 玉유로다 아모도 美人의 粧飾品은 玉簪花인가

朝鮮歌曲　芭蕉葉

窓밧긔 芭蕉를 심은뜻은 鳳尾갓튼 葉이 조흠도좃타

글쇠도 쓰기조코 비소리도 듯기조치마는 우리난 中心이

날날이 시로온거슬 못니조요

桃紅綠巷浩長呼 天地間七一丈夫

丈白多年 兩中華 如何從典老年手

明月萬川心照長 金 浩氣日昇

者和古今英雄事 戰々兢々 雲外

柏

宋丕齋 詩

# 주

1 벽용(擗踊): 부모의 상(喪)을 당하여 매우 슬피 울며, 가슴을 두드리거나 몸부림치는 것.

2 영이(靈輀): 영구차.

3 서자여사부(逝者如斯夫): 『논어』의 「자한(子罕)」 편에 나오는 말로, "가는 것은 이와 같구나"라는 뜻.

4 다비(茶毘): 불에 태운다는 뜻의 불교 용어로, 시체를 화장(火葬)하는 일을 이르는 말. 육신을 원래 이루어진 곳으로 돌려보낸다는 의미가 있다.

5 「조선불교청년회 제2회 정기대회에 관한 건」(종로경고비 제3518호, 경성지방법원 검사국 문서「사상문제에 관한 조사서류」6), 1929.3.25.

6 당시 난립하던 "수십 남녀 청년단을 망라"하여 덕수궁에서 조선청년당 창당식이 있었다(『동아일보』, 1946.12.13; 『동아일보』, 1946.12.19; 『자유신문』, 1946.12.19). 당시 하지 중장, 김규식, 안재홍, 신익희 등 수천 명이 참여해서 축사하고, 봉화제를 거행하였다. 조선청년당 당수 격인 이선근은 노작을 따르던 휘문고보 2년 후배이기도 하다. 노작과 '청년 발대식' 행사에 동행한 아들 홍규선은 수양동우회 활동을 했던 경무부장 조병옥 박사와 군정장관 러치(Archer Lynn Lerch)가 참여한 행사에 대해 회고(『백조가 흐르던 시대』, 117쪽)한 바 있다.

7 조선총독부 경무국 도서과의 '오늘의 출판물' 난에 『홍사용 산문집(山文集)』이 발간된 것으로 기록되어 있다. 「けふの出版物(二十八)」, 『경성일보』, 1928.10.3.

8 종반도조사(種蟠桃調詞): '반도(蟠桃)를 심는다'는 곡조의 가사.

9 반도(蟠桃): 서왕모의 뜰에서 자란다는 복사나무.

10 담총(談叢): 이야기 모음.

11 행로난(行路難): 길 가는 어려움.

12 조도(鳥道): 새나 갈 수 있는 험한 길.

13 일반(一般): 마찬가지.

14 경앙(景仰): 사모하여 우러름.

15 관유안(管幼安): 관녕(管寧).

16 석가산(石假山): 산을 본떠 만든 조경물.

17 일엽주(一葉舟): 한 척의 작은 배.

18 반구저기(反求諸己): 돌이켜 자기 자신에게서 구함.

19 노씨(老氏): 노자(老子).

20 냉안(冷眼): 차가운 눈.

21 열안(熱眼): 뜨거운 눈.

22 냉루(冷淚): 바람을 맞으면 눈물이 흐르는 증상.

23 열적(熱赤): 열기로 눈에 피가 진 것.

24 노상(魯桑): 마디뽕나무.

25 만묵(漫墨): 마음대로 쓴 글.

26 홍안조(鴻雁調): 기러기 곡조.

27 동방(洞房): 잠자는 방.

28 홍안(鴻雁): 기러기.

29 신고(辛苦): 고생.

30 청총마(青驄馬): 총이말.

31 철신(鐵身): 쇠 같은 몸.

32 수화상충(水火相衝): 물과 불이 서로 충돌함.

33 생번(生蕃): 야만인.

34 유령(劉伶): 중국 서진(西晉)의 시인. 술을 몹시 즐겼다.

35 돌돌(咄咄): 쯧쯧.

36 망천(輞川): 왕유(王維)의 별장.

37 왕마힐(王摩詰): 왕유(王維).

38 적로마(的盧馬): 유비(劉備)가 탔던 말.

39 현덕(玄德): 유비(劉備).

40 채모(蔡瑁): 동한(東漢) 말의 장수.

41 탄금장취(彈琴長醉): 거문고 타고 길이 취함.

42 규양(閨養): 혼기 찬 처녀.

43 '날'은 '달'의 오기이다.

44 파연곡(罷宴曲): 잔치가 끝날 때 연주하는 곡.

45 발괄소지[白活所志]: 민원 문서.

46 희연하다: '희번하다'와 같은 말. 동이 터서 허연 햇살이 약간 비치어 조금 훤하다.

47 기러기 산이로 잡아: 여창지름시조 중에 '기러기 산이로 잡아'라는 곡이 있다. '산이'는 미상.

48 '쳥죠식'는 문맥상 '쳥노식'의 오기인 듯하다.

49 이적선(李謫仙): 이백(李白).

50 소동파(蘇東坡): 소식(蘇軾).

51 두목지(杜牧之): 두목(杜牧).

52 흘리젓다: 배 따위를 흘러가게 띄워서 젓다.

53 환안(環眼): 고리눈.

54 호수(虎鬚): 범의 수염.

55 거스르다: 결과 반대되는 방향으로 만지다.

56 장익덕(張翼德): 장비(張飛).

57 남산수(南山壽): 남산처럼 오래 삶.

58 사공우(社公雨): 개화를 재촉하는 비.

59 춘신(春信): 봄소식.

60 여랑화(女郎花): 백목련.

61 완월장취(玩月長醉): 달을 보며 길이 취함.

62 '비쇼릐'는 '비쇼릐'의 오기인 듯하다.

63 낙조청강상(落照淸江上): 해 지는 맑은 강.

64 주(籌): 산가지.

65 상마우로(桑麻雨露): 뽕나무와 삼에 비와 이슬이 내림.

66 호접(蝴蝶): 나비.

67 선원(仙源): 도화원.

68 명감(明鑑): 밝은 안목.

69 장안(長安): 서울.

70 기정(旗亭): 술집.

71 갑제(甲第): 저택.

72 광세지감(曠世之感): 동시대에 태어나지 못해 서로 만나지 못한 데 대한 감회.

73 신이(辛夷): 개나리.

74 두견(杜鵑): 진달래.

75 행화(杏花): 살구꽃.

76 도화(桃花): 복사꽃.

77 방초(芳草): 향기로운 풀.

78 처처(萋萋): 우거짐.

79 유색(柳色): 버들빛.

80 황금눈(黃金嫩): 금빛 새싹.

81 벽한옥(辟寒玉): 추위를 막아주는 옥.

82 벽진서(辟塵犀): 먼지가 앉지 않는 무소뿔.

83 굴삼려(屈三閭): 굴원(屈原).

84 유개부(庾開府): 유신(庾信).

85 태을연려(太乙燃藜) 유향(劉向): 한 성제(漢成帝) 말년에 유향(劉向)이 천록각(天祿閣)에서 교서(校書)의 직책을 수행하고 있었는데, 어느 날 밤 태을지정(太乙之精)을 자처하는 황의노인(黃衣老人)이 나타나 청려장(青藜杖) 지팡이 끝에 불을 붙여 방 안을 환히 밝힌 다음 『홍범오행(洪範五行)』 등 고대의 글을 전수해주고 사라졌다고 한다.

86 두청포(杜青袍): 두보(杜甫).

87 백향산(白香山): 백거이(白居易).

88 독좌유황(獨坐幽篁): 홀로 깊은 대숲에 앉음.

89 진유(溱洧): 진수(溱水)와 유수(洧水)로서 춘추 시대 정(鄭)나라의 강 이름이다. 이곳에서는 봄이 되면 남녀가 난초를 머리에 꽂고 서로 어울려 놀던 풍습이 있었다고 한다.

90 작약연(芍藥宴): 당나라 현종(玄宗)이 침향정(沈香亭)에서 양귀비(楊貴妃)와 함께 목작약(木芍藥)을 완상하다가 금화전(金花牋)을 하사하며 한림(翰林) 이백(李白)을 불러 시를 짓게 한 일을 가리키는 듯하다.

91 곡강(曲江): 중국 섬서성(陝西省) 서안시(西安市) 남쪽에 있던 유명한 명승지인 곡강지(曲江池)를 말한다. 중화절(中和節), 상사절(上巳節) 등 명절 때면 많은 사람들이 이곳을 찾아가 노닐었다.

92 병란회(秉蘭會): '향란(香蘭)을 잡는 모임'이라는 뜻. 『시경(詩經)』 정풍(鄭風) 「진유(溱洧)」의 "진수와 유수는 바야흐로 넘실거리는데, 남녀들은 모두 난초를 손에 잡았도다[溱與洧方渙渙兮, 士與女方秉蘭兮]"에서 유래한 말이다. 정(鄭)나라에는 3월 상사일(上巳日)이면 남녀들이 모여 물 위에서 난초를 캐어 상서롭지 못한 일들을 떨어내는 풍속이 있었다.

93 산음(山陰)에 (…) 늦봄이리라: 동진(東晉) 시대에 왕희지(王羲之)가 당시의 명사(名士)인 사안(謝安), 손작(孫綽) 및 조카 왕응지(王凝之), 아들 왕헌지(王獻之) 등 40여 인과 함께 절강성(浙江省) 소흥(紹興)의 난저산(蘭渚山) 난정(蘭亭)에서 연회를 베풀고 곡수(曲水)에 띄운 술잔을 마시면서 시를 지었던 일을 가리킨다. 한편 '유상곡수' 모임은 영화(永和) 9년(353) 계축년 늦봄에 있었으며, 홍사용의 생존 시기에 해당하는 계축년은 1913년이다.

94 망인가국(亡人家國): 남의 집안과 나라를 망침.

95 오료평생(誤了平生): 평생을 그르침.

96 홍안박명(紅顔薄命): 팔자가 사나운 미인.

97 무염(無鹽): 제(齊)의 왕비. 추녀였다.

98 두견(杜鵑): 소쩍새.

99 차군(此君): 대나무.

100 사시장춘(四時長春): 사계절 내내 봄.

101 울울만취(鬱鬱晩翠): 울창히 늦도록 푸름.

102 일색불이(一色不移): 한 색깔이 변치 않음.

103 양소(良宵): 좋은 밤.

104 화개월명(花開月明): 꽃 피고 달 밝음.

105 칠원수(漆園叟): 장자(莊子).

106 육합청풍(六合淸風)에 (…) 노중련(魯仲連): 중국 춘추전국시대 제(齊)나라의 선비인 노중련의 풍모가 우주에 부는 맑은 바람과 같고 옥 같은 모습이 홀로 우뚝하여 밝은 해가 바다에서 솟아오르는 것 같다는 말이다. 한편 '옥모(玉貌)'는 위(魏)나라 객장군(客將軍) 신원연(新垣衍)이 노중련을 일컬었던 말이다. 노중련은 진(秦)나라 임금을 황제로 섬기라는 말에, "저 진나라가 방자하게 황제를 자칭하고 죄악으로 천하에 정사를 한다면, 나는 동해에 뛰어들어 죽을 뿐이요, 차마 그 백성은 될 수가 없다"고 응수한 것으로 유명하다.

107 면경(面鏡): 거울.

108 진관(秦關): 함곡관(函谷關).

109 '나'는 문맥상 '너'의 오기로 보인다.

110 사창(紗窓): 비단 창가.

111 소군(昭君) (…) 풀이요: 왕소군(王昭君)의 옥 같은 뼈도 무덤의 봄풀이 되어버렸다는 뜻.

112 귀비(貴妃) (…) 티끌이라: 양귀비(楊貴妃)의 꽃 같은 얼굴도 마외역(馬嵬驛)의 티끌이 되어버렸다는 뜻. 당 현종의 총애를 독차지하던 양귀비는, 안녹산(安祿山)이 반란을 일으켰을 때 당 현종과 함께 피란하던 중 마외역에 이르러 관군으로부터 책망을 당하고 교살되었다.

113 분수(分手): 잡은 손을 놓고 헤어짐.

114 만정(滿庭): 뜰에 가득함.

115 예리성(曳履聲): 발걸음 소리.

116 심양강상(潯陽江上)에 비슬성(琵瑟聲): 백거이(白居易)의 「비파인(琵琶引)」 첫머리의 "심양강 가 밤에 손님 전송하는데, 단풍잎 갈대꽃에 갈바람 쓸쓸하다[潯陽江頭夜送客, 楓葉荻花秋瑟瑟]"라는 구절을 염두에 둔 것이다.

117 담편(談片): 이야기 조각.

118 자수(紫綬): 고관대작의 인끈.

119 자수금장(紫綬金章): 비단 인끈을 매단 금 인장(印章).

120 구마(裘馬): 가벼운 갖옷과 살찐 말.

121 옥대(玉帶): 옥으로 만든 띠.

122 아침에 (…) 지상선(地上仙)인가: 여동빈(呂洞賓)은 중국 도교(道敎)의 팔선(八仙) 중 한 사람으로 일컬어지는 인물이다. 이 시는 여동빈의 「동빈이 악양을 노닐다[洞賓遊岳陽]」 시에서 따온 것인데, 원작은 다음과 같다. "아침에 북해에서 노닐다가 저녁에는 창오산, 담기가

크기도 해라 소매 속에 푸른 뱀. 세 번 악양에 왔어도 아는 사람 없이, 시 한 수 읊조리며 동정호 날아 지나가네[朝遊北海暮蒼梧, 袖裏青蛇膽氣麤. 三入岳陽人不識, 朗吟飛過洞庭湖]." 한편 원작과 다른 첫 구절의 "아침에 백제(白帝)를 하직하고"는 이백(李白)의 시 「아침에 백제성을 출발하다[早發白帝城]」의 첫 구절 "아침에 채색 구름 사이에서 백제성과 이별하고[朝辭白帝彩雲間]"에서 따온 것이다.

123 이 시는 이상은(李商隱)의 시 「무제(無題)」와 거의 같다. 다만 원작은 제7구가 "劉郎已恨蓬山遠"으로 되어 있다. "來是空言去絶蹤, 月斜樓上五更鐘. 夢爲遠別啼難喚, 書被催成墨未濃. 蠟照半籠金翡翠, 麝熏微度繡芙蓉. 劉郎已恨蓬山遠, 更隔蓬山一萬重."(『당시삼백수』 참조)

124 유랑(劉郎)이 (…) 향했는데: 이 구절은 원작에 "유랑(劉郎)은 봉래산이 멀다고 한탄했지만"으로 되어 있다. '유랑'은 유신(劉晨)을 가리킨다. 당나라 때 남자를 '郎'이라고 불렀다. 동한(東漢) 영평(永平) 연간에 유신이 완조(阮肇)와 함께 천태산(天台山)에서 약초를 캐다가 우연히 도원동(桃源洞)의 선경(仙境)에 들어가 선녀를 만나서, 반년을 살다 돌아오니 자손이 7세대가 지난 후였다. 그 뒤 다시 도원동을 찾아가려 했으나 종전의 길이 묘연하여 찾을 수 없었다는 전설이 전한다. 이상은의 시에서는 도원동을 봉래산(蓬萊山)으로 표현했다.

125 우족(羽族): 조류(鳥類).

126 구추(九雛): 새끼 새 아홉 마리.

127 일려우(一犁雨): 쟁기질하기에 알맞게 내린 봄비.

128 질우성(叱牛聲): 소 모는 소리.

129 전준(田畯): 권농관(勸農官).

130 지당(池塘)에 (…) 전전(田田): 연잎 등이 연못을 뒤덮은 모습.

131 정제(庭除): 섬돌 아래.

132 정정(亭亭): 우뚝하게 솟음.

133 맥두(陌頭): 길가.

134 괴엽(槐葉): 회화나무 잎.

135 찬찬(纂纂): 모여 있는 모습.

136 계상(階上): 섬돌 위.

137 유화(榴花): 석류꽃.

138 작작(灼灼): 밝게 빛남.

139 복사꽃 (…) 따르고자: '궐어(鱖魚)'는 쏘가리이다. 이 구절은 장지화(張志和)의 「어부가(漁夫歌)」 중 "서새산 앞으로 백로가 날고, 복숭아꽃 흐르는 물에 쏘가리가 살졌도다[西塞山前白鷺飛, 桃花流水鱖魚肥]"에서 가져온 것이다.

140 만중(萬衆): 모든 존재들.

141 삼경(三庚): 삼복(三伏).

142 벽통주(碧筩酒): 연잎을 술잔 삼아 마시는 술.

143 감홍로(甘紅露): 붉은 술 이름.

144 아가시: 아까시나무인 듯하다. 미국이 원산지인 아까시나무는 1891년경 한반도에 처음 들여온 것으로 알려져 있다.

145 삼첩금운(三疊琴韻): 삼첩금(三疊琴)의 가락. 기운을 온화하게 하는 도가의 수련법과 관련된 '금심삼첩(琴心三疊)'이라는 말이 참고된다.

146 가네모치(金持ち): 부자.

147 자세(藉勢): 세력을 믿음.

148 교자(驕恣): 교만방자.

149 횡일(橫溢): 흘러넘침.

150 숙겁(宿劫): 전생.

151 의연(依然): 예와 같음.

152 춘수족(春睡足): 봄잠이 넉넉함.

153 '刀鋸'는 '刀錐'의 오기이다.

154 '濛'은 '饛'의 오기이다.

155 강운송(姜雲松): 강희맹(姜希孟).

156 말리(末利): 눈앞의 작은 이익.

157 공화(空花): 헛것이 보이는 것.

158 수계(水鷄): 비오리.

159 주사청루(酒肆青樓): 술집.

160 광음(光陰): 세월.

161 일자불구기(一字不救飢): 한 글자가 굶주림을 채우지 못함.

162 한문공(韓文公): 한유(韓愈).

163 동첩득방(動輒得謗): 걸핏하면 비방을 받음.

164 불염오니(不染汚泥): 더러운 진흙에 물들지 않음.

165 향원익청(香遠益淸): 향기가 멀리 갈수록 더욱 맑음.

166 금풍(金風): 가을바람.

167 비류직하삼천척(飛流直下三千尺): 나는 물결이 삼천 척 곧게 떨어짐.

168 의시은하락구천(疑是銀河落九天): 구천에서 은하수가 떨어지나 의심함.

169 화자(華滋): 화려하고 풍부함.

170 일안강호추수백(一雁江湖秋水白): 강호에 한 기러기 나는데 가을 물이 희다.

171 만선운목석양황(萬蟬雲木夕陽黃): 높은 나무에 일만 매미 우는데 석양이 누렇다.

172 송군남포하처거(送君南浦何処去): 남포에서 그대를 보내니 어디로 가는가.

173 만리산하극목변(萬里山河極目邊): 만 리의 산하 눈길 아득히 닿는 곳.

174 겸가서색창창원(蒹葭曙色蒼蒼遠): 갈대에 새벽 빛 푸르스레 멀다.

175 실솔추성처처동(蟋蟀秋聲處處同): 귀뚜라미 가을 소리 곳곳마다 같다.

176 오출화(五出花): 다섯 잎의 꽃.

177 옥유(玉蕤): 옥유향.

178 봉미(鳳尾): 봉황 꼬리.

## 홍사용洪思容(1900~1947)

본관은 남양南陽, 호는 노작露雀·소아笑啞·백우白牛·새별 등이 있지만 주로 '노작'으로 작품 활동을 했다.
1900년 5월 17일(음력), 경기도 용인군 기흥면 농서리 용수골에서 아버지 홍철유와 어머니 능성 구씨의 외아들로 태어났다. 본적지는 경기도 화성군 동탄면 석우리 492번지다. 석우리石隅里는 속칭 '돌모루'라 불리는 곳으로, 남양 홍씨의 집성촌이며 현재 노작홍사용문학관이 위치해 있는 곳이기도 하다. 1919년 휘문고등보통학교를 졸업하고 3·1운동 때 학생운동에 참여했다가 검거된 바 있다. 1920년 박종화, 정백 등과 순문예 동인지 『문우』를 창간하였고 1922년 문화사를 설립하여 신문학운동을 주도하던 동인지 『백조』를 발간했다.
1923년 토월회에 관여하면서 연극 활동을 시작했으며, 이후 토월회의 문예부장을 맡으며 본격적으로 신극운동에 뛰어들었다. 1927년 박진·이소연 등과 함께 극단 '산유화회'를 결성해 창작희곡 「향토심」을 공연했으며, 1930년 최승일·홍해성 등과 극단 '신흥극장'을 조직해 연극운동을 이어나갔다.
「나는 왕이로소이다」로 대표되는 신시는 물론 「저승길」, 「봉화가 켜질 때에」 등 민족의 현실에 밀착한 소설을 창작하였고, 「조선은 메나리 나라」와 같은 비평을 통해 자신의 독특한 창작예술론을 전개하며 민요시 창작에도 힘썼다. 검열로 인해 「벙어리굿」 등 일부 작품은 실전되었으나 「흰 젖」, 「출가」 등 문화사적으로 의미 있는 장편희곡을 창작하였고, 그 외에도 다수의 희곡작품을 창작, 번안, 각색, 연출했다. 매체를 확장해 라디오극을 발표하기도 하고 대중가요의 번역가이자 창작자로서 활동하기도 했으나 일제강점기 말, 희곡 「김옥균전」을 집필하다 원고를 압수당한 후에는 더 이상의 작품 활동을 하지 않았다.
1935년을 전후해 서울 자하문 밖 세검정 근처에서 흰 고무신과 흰 두루마기 차림으로 다니며 한방치료로 생계를 유지했다고 전한다. 1940년 강경·전주 등지에서 잠시 교편을 잡았으며, 이 시기를 전후해 사찰을 순례하고 불경 연구를 하였다. 해방 후 근국청년단에 가담해 청년운동을 전개하려 하였으나 병세가 악화되어 뜻을 이루지 못하고 1947년 1월 5일, 폐환으로 별세하였다.

**편찬자**

**최원식** 문학평론가, 인하대학교 명예교수

**박수연** 문학평론가, 충남대학교 국어교육과 교수

**노지영** 문학평론가, 경희대학교 외래교수

**허 민** 노작홍사용문학관 사무국장, 성균관대학교 외래교수